圆环

〔美〕戴夫·艾格斯 著 侯凌玮 译

The Circle
Dave Eggers

人民文学出版社
PEOPLE'S LITERATURE PUBLISHING HOUSE

著作权合同登记号：图字 01-2016-8888

THE CIRCLE

图书在版编目(CIP)数据

圆环/(美)戴夫·艾格斯著;侯凌玮译.—北京：
人民文学出版社,2017
ISBN 978-7-02-012325-4

Ⅰ.①圆… Ⅱ.①戴… ②侯… Ⅲ.①长篇小说-美
国-现代 Ⅳ.①I712.45

中国版本图书馆 CIP 数据核字(2017)第 022272 号

责任编辑:朱卫净　潘丽萍
封面设计:汪佳诗

出版发行　人民文学出版社
社　　址　北京市朝内大街 166 号
邮政编码　100705
网　　址　http://www.rw-cn.com
印　　制　山东德州新华印务有限责任公司
经　　销　全国新华书店等
字　　数　372 千字
开　　本　890×1240 毫米　1/32
印　　张　15.5
版　　次　2017 年 4 月北京第 1 版
印　　次　2017 年 4 月第 1 次印刷
书　　号　978-7-02-012325-4
定　　价　52.00 元

如有印装质量问题,请与本社图书销售中心调换　电话:010-65233595

目　录

第一卷

天呐，这里简直是天堂！梅在心里默默赞叹。

偌大的园区绿意盎然、恣意延伸，但就连最微小的细节都经过精心考虑、细腻雕饰。这块土地曾是个造船厂，后来先后成了露天汽车影院和跳蚤市场，再后来都衰败了。如今这里却山冈青翠，不仅有一口卡拉特拉瓦设计建造的喷泉，还有呈同心圆状分布的野餐区、硬地和红土网球场，以及一个排球场——公司日托中心的孩子们在排球场上尖叫着四处奔跑，仿佛交织的水流一般。在这世界上最具影响力的公司的园区内，当然还有一座办公大楼——一个占地四百英亩的亚光钢板玻璃结构建筑。它上方的天空澄澈而湛蓝。

梅正穿过所有这一切，从停车场大步走向主楼，努力让自己看上去像是这里的一员。她脚下的人行道在柠檬树和橘子树中间蜿蜒，红色的鹅卵石间或点缀着一些地砖，上面写着的词语或向人发出恳求，或启迪人以灵感。一块地砖上写着"梦想"，这个词语通过激光切割在红色石料中。另一块上则写着"参与"。其他数十块上还分别写有"寻找团体""创新""想象"等词汇。她刚刚差点踩到了一个穿着灰色工作服的小伙子的手，他正在安装一块新地砖，上面写着"呼吸"。

在六月这个阳光明媚的周一，梅在公司总部的正门前停下了脚步，公司的标识就通过激光切割技术展现在她头顶上方的玻璃上。尽管这家公司成立不到六年，它的名字和标识——一个简单的大圆包围着一张交织的网，网中央有一个小写的字母"c"——已然成为世界上最知名的标识之一。在这个园区（也是公司主要的园区）内有超过一万名的员工；但圆环公司在世界各地都设有办公室，每周招募上百名青年才俊。公司已经连续四年被票选为全球最受青睐的公司。

若不是安妮，梅根本不会想到自己能有机会在此工作。安妮比梅年长两岁，两人大学期间曾在一栋丑陋的楼房内合住了三个学期。她们之间有一种特殊的纽带，既像朋友情谊，又似姐妹亲情——她俩都希望彼此就是亲姐妹，那样她们就有理由永远在一起了。也正是这种纽带使原本简陋的公寓变得宜居温馨。在她们合住的第一个月，梅在准备期末考试期间染上了流感，加上饮食不足，一天傍晚她晕倒了，磕破了下巴。安妮曾叫梅卧床养病，但梅还是去了7-11便利店买咖啡，结果当她苏醒过来时，发现自己正躺在人行道旁的一棵树下。安妮送梅去了医院，当医生们用钢丝帮梅固定下巴时，安妮在外面等待，之后留下来陪了梅一整夜，就睡在她床边的木椅中。回到家后，一连数日，她都用吸管喂梅进食。此前，梅从未在自己的同龄人身上看见过这样忘我的献身和卓越的能力。从那以后，她就对安妮忠心耿耿，就连她自己都未曾料到。

梅在卡尔顿大学念书时，常在各个专业之间漫游徘徊，从艺术史到市场营销最后转到心理学——虽然她取得了心理学学位却没有在这一领域继续发展的计划。而与此同时，安妮却已经毕业了，她从斯坦福大学获得工商管理硕士学位，受到了很多公司的聘请，其中最瞩目的还要数圆环公司，毕业没几天她就加入了圆环公司。如今安妮已经有了一个颇为高端的头衔——她开玩笑说自己是"未来保障主管"，并且积极怂恿梅也申请加入圆环公司。于是，梅就报名应聘了，尽管安妮坚称自己并没有在幕后牵线搭桥，梅还是确信她为自己开了后门，因此她感到欠了安妮极大的人情。有一百万人，甚至上十亿人，都梦想着自己能够像梅此刻这样，在为这家世界上唯一重要的公司工作的第一天，走进公司总部三十英尺高的天井，看着加利福尼亚的阳光从上方直射下来。

梅用力推开了厚重的大门，展现在眼前的前厅像游行的队伍一样长、和雄伟的大教堂一般高。它上方的两侧到处都是办公室，有四层楼那么高，每一面墙都是用玻璃做的。梅感到了短暂的眩晕，便低下了头，看见脚下光洁无瑕的地面反映出自己的面容，看上去有些焦虑不安。这时她感到有人出现在了身后，便用嘴角划出微笑的弧度。

"你一定就是梅了。"

梅转过身去，只见一张漂亮的年轻面孔出现在一条鲜红的围巾和洁白的丝质长裙上方。

"我是雷娜塔。"那人说道。

"你好，雷娜塔。我正在找——"

"安妮。我知道。她正往这儿赶呢，"雷娜塔的耳朵里传出轻微的数字式声响，"事实上，她正在……"虽然雷娜塔正看向梅，但实际上她却看见了别的什么。视网膜显示屏，梅这样猜想。这是圆环公司的又一发明。

"她正在'老西部'大楼，"雷娜塔说道，又一次将注意力集中在梅身上，"但她很快就会过来的。"

梅笑了笑："但愿她有一些硬面包和一匹强健的马。"

雷娜塔礼貌地微笑了一下，却没有笑出声。梅知道圆环公司习惯用历史时期来命名公司园区的各个片区，因为这样可以使偌大的园区少些公司气息而多些人情味。这一点就胜过了梅的上一个东家——那时她的办公楼叫做3B东大楼。仅仅在三周前梅还在她家乡的公共事业公司工作，当她告知老东家自己即将离职时对方着实吃了一惊。但现在，梅几乎无法想象自己竟然曾在那里浪费了那么长宝贵的时间。总算摆脱了那座"古拉格"以及那里代表的一切，梅庆幸地想。

雷娜塔仍不断地从耳机中接收信号。"哦，等等，"她说，"安妮说她现在还在那里脱不开身。"说着，雷娜塔向梅露出了一个灿烂的微笑。"不如我带你去你的办公桌吧？安妮说大约会在一小时后和你在那里见面。"

听了这话，梅不禁有些兴奋，尤其是"你的办公桌"这个词，让她立刻想到了她的爸爸。得知梅加入了圆环公司后，他备感骄傲。当时他在她的语音信箱留言说他"特别自豪"；他一定是在凌晨四点给她留的言，这样在她醒来时就能收到信息了。"特别特别自豪。"他激动地哽咽着说。梅从大学毕业两年后就取得了现在的成绩——受雇于圆环公司，薪金丰厚，享受着医疗保险，在城里拥有自己的公寓，完全没有成为父母的负担（老两口还有许多其他的事情需要操心）。

梅跟着雷娜塔走出了天井。在草坪上，有一对年轻人正沐浴在斑驳的阳光中，坐在人造假山上，手里拿着屏幕光洁的平板电脑，极其专注而热烈地交谈着。

"你将会在那里的'文艺复兴'大楼工作，"雷娜塔手指着草坪另一侧的一栋用玻璃和氧化铜建造的大楼说道，"而这里是所有客户体验部门的工作人员办公的地方。你之前已经来过了吧？"

梅点了点头："我来过几次，不过不是这栋大楼。"

"这么说来你一定已经见过游泳池和运动区啦。"雷娜塔向这栋大楼后面耸立的一个蓝色、棱角突出的平行四边形建筑挥了挥手，那就是健身房。"那里有瑜伽练习室、体能训练室、普拉提练习室、按摩房以及动感单车室。我听说你骑动感单车。那后面还有室外地滚球场地和新的绳球设备。穿过草地就是自助餐厅……"雷娜塔指了指苍翠茂盛、起起伏伏的绿地，五六个穿着职业装的年轻人像日光浴者一样四肢伸展地坐在上面，"好啦，我们到了。"

她们来到了文艺复兴大楼前，这里的天井有四十英尺高，上部有一个考尔德^① 设计的动态雕塑在缓慢地转动着。

"哦，我喜欢考尔德的作品。"梅说。

雷娜塔笑了笑。"我知道你喜欢，"她俩一同抬起头看着那雕塑，"这件作品曾经挂在法国国会或者类似法国国会的什么机构里。"

她们带进来的风吹动了那件动态雕塑，使雕塑的一只手臂正好指向了梅，仿佛正在以私人名义欢迎着她。雷娜塔抓着梅的胳膊肘说："准备好了吗？咱们从这边上去。"

她们走进了一部染着浅橙色的玻璃电梯。电梯内的灯闪烁了几下亮了起来，梅看见电梯墙上出现了自己的名字，旁边还有她在高中毕业年鉴中的照片。**欢迎梅·霍兰德**。梅的喉咙中不禁发出一声类似抽气的声响。她好多年没有见过那张照片了，也因为见不到它而感到高兴。这一定是安妮安排的，她又用这张照片来攻击她。这张照片上的人的确是梅——大大的嘴、薄嘴唇、橄榄色的皮肤、黑色的头发，但是在这张照片中她高高的颧骨使她比实际生活中看起来更加严肃，她棕色的双眸中没有笑意，只是小小的、冷冷的，仿佛时刻准备着战斗。拍这张照片时梅正值十八岁，既易怒又缺乏信心。自从拍了这张照片，她（非常必要地）长胖了些，面容变柔和了，身体也显露出了曲线，正是身体的曲线使她吸引了不同年龄、心怀各种动机的男人们的注意。从高中以来，她就努力让自己变得

①　亚历山大·考尔德（1898—1976），美国雕塑家，现代动态艺术的奠基人。

更加开放、包容，而此刻在这里看到这张很久以前、在她对世界持悲观态度时拍摄的照片，令她惊慌失措。就在她快无法忍受时，那张照片消失了。

"是的，这里的一切都安装了感应器，"雷娜塔说，"电梯识别你的身份，和你打招呼。安妮把你的那张照片给了我们。既然她能有你高中时的照片，那你俩一定非常亲密。无论如何，希望你不要介意。我们通常都是这样欢迎造访者的。他们也常常对此印象深刻。"

随着电梯的上升，当日的特色活动展现在电梯的每一块墙壁上，图像和文字从一块板移动到另一块板上。每一则通告都辅以视频、照片、动画和音乐。中午十二点将会有电影《失衡生活》的放映，下午一点有自我按摩示范，下午三点有核心肌群训练。六点半，一位梅没有听说过的、头发灰白但挺年轻的国会议员将在市政厅举行会议。在电梯门上的画面中，他正在别处的一个讲台上发表演说，身后旗帜飘扬，他卷起了衬衫袖子，双手握拳，显得认真又坚决。

电梯的门打开了，把那位国会议员分成了两半。

"我们到了。"雷娜塔说着走出电梯，踏上了一条用钢格栅制成的狭窄人行平台。梅低头向下看去，感到胃部一紧。她能够一直看到四楼之下的底楼地面。

梅故作轻松地说："我猜你们不会带恐高的人来这儿。"

雷娜塔停下了脚步，回过头严肃而关切地看着梅："当然不。但是你的档案上说——"

"不，不，"梅说，"我很好。"

"说真的，我们可以把你安排在更低的楼层，如果你——"

"不，不用，真的。这样就很好。抱歉。我只是开个玩笑。"

雷娜塔的不安显而易见："好吧。一旦有什么不妥尽管告诉我。"

"我会的。"

"你会吗？因为安妮希望我确保万无一失。"

"我会的，我保证。"梅说着对雷娜塔笑了笑。雷娜塔这才安了心，继续向前走去。

狭窄的人行平台直通主楼面，这层楼很宽敞，墙上开有窗户，一条长长的走廊将它一分为二。两侧的办公室正面的玻璃墙从天花板连到地面，办公室里的人员从外面看得一清二楚。每个人都精心地将自己的办公空间装饰得分外雅致——有一间办公室中装满了航海用具，这些用具大多悬挂在裸露的横梁上，看上去像是空降的；而另一间办公室中则排列着盆景植物。她们路过了一间小厨房，其中的橱柜和隔板全用玻璃制成，餐具则是有磁性的，紧密而整齐地吸附在冰箱上，一盏巨大的、人工吹制的枝形吊灯向外伸展着它的灯臂，上面橙色、桃红色和粉色的五彩灯泡发出明亮的光，照亮了厨房内的一切。

"好了，你到了。"

她们在一间灰色的小隔间门口停了下来，小隔间的轮廓用一种类似混合纤维的材料勾勒出来。梅的心颤抖了一下，因为这隔间与她过去十八个月里工作的那间隔间几乎一模一样。这也是她在圆环公司见到的第一个无需再三思考的、与过去有丝毫相似的东西。勾勒小隔间墙壁的材料——她简直无法相信这是真的——粗麻布。

梅知道雷娜塔正看着她，也知道自己正不自主地流露出类似恐惧的神色。微笑，她想。快微笑。

"这里还好吧？"雷娜塔说，目光直直地射向梅的整张脸。

梅动了动嘴角，努力摆出一丝满意的表情："好极了。这儿看上去很不错。"

这可不是她所期待的。

"那就好。我马上就走,让你自己熟悉一下这里的工作环境,德妮斯和乔赛亚很快就会过来带你适应这里,帮你安顿下来。"

见梅又一次挤出了一个微笑,蕾娜塔便转身离开了。梅坐了下来,发现椅背几乎要坏了,椅子也无法移动,因为它脚下的轮子似乎全部卡住了。办公桌上有一台电脑,却是非常老旧的机型,在这栋大楼的其他任何地方她都没见过的那种。梅既困惑又沮丧,心情一下子跌回谷底,仿佛回到了过去的几年。

到底还会不会有人为公共事业公司工作呢?梅又是怎么到那里工作的?她是如何忍受在那里的一切的?当人们问起她曾经的工作时,她宁愿撒谎说自己那几年无业赋闲。如果她曾经工作的地点不在自己的家乡,情况是不是会好一些?

整整六年多来,梅一直憎恶着自己的家乡,埋怨父母把家搬到了那里,也迫使她不得不忍受那里的局限与匮乏——娱乐消遣、餐馆饭店、开明的头脑,总之那里什么都缺。但最近,当梅回想起朗菲尔德时,她开始感到些许亲切。朗菲尔德是位于弗雷斯诺市和特朗奎利蒂市之间的一座小镇;1866 年,一位讲求实际的农夫在此建立了行政小镇并为它命了名。一百五十年后,小镇人口达到了顶峰,将近两千人,他们中的大多数都在二十英里外的弗雷斯诺市工作。朗菲尔德的生活成本很低,梅的朋友们的父母都是保安、教师或者喜欢打猎的卡车司机们。梅的高中毕业班总共有八十一名学生,只有十二人进了四年制大学深造,而她就是其中之一。她也是唯一一个到科罗拉多州以东求学的人。她为了上大学离开家那么远,又借了那么多外债,结果毕业后还是回到家乡在当地的公共事业公司工作，这让她和父母都备受打击，尽管父母表面上说她做得对，毕竟她抓住了一个稳定的工作机会，并且开始逐步偿还贷款。

那家公共事业公司的办公大楼，又称3B东大楼，是一栋外表寒碜的水泥建筑，外墙上竖直地开着的狭长缺口就是它的窗户。大楼内部大多数办公室的墙壁都是用煤渣砖块砌成的，一切都被粉刷成了令人作呕的绿色。在那里工作就好像在衣帽间工作一样。梅是公司里最年轻的职员，比大家小了十岁左右，但在她看来，即使是那些三十来岁的职员似乎都来自另一个世纪。他们惊异于她高超的电脑技能，但其实是她所认识的人都会的基本技能而已。尽管如此，她在公共事业公司的同事们仍然对此深感震惊。他们叫她"黑色闪电"——这是在拙劣地指涉她的发色，并且告诉她倘若她做事精明，她将在公共事业公司拥有"颇为光明的未来"。他们说不出四五年，她就能成为整个电力分站的IT部门主管！他们的话令她怒不可遏。因为她花了二十三万四千美元去大学里接受精英人文科学教育可不是为了做这样的工作。但这好歹是份工作，而她需要钱。她的助学贷款就像一张贪吃的嘴，每个月都需要投喂食物，所以她接受了这份工作和薪水，同时睁大眼睛留意着更优越的工作机会。

她的直属上司是个名叫凯文的男人，他表面上是公司的技术主管，实际上却恰巧对技术一无所知，这实在是荒谬。他的确知道电缆和分离器，但应该在他自己的地下室摆弄业余无线电而不是监管梅。日复一日、月复一月，他总是穿着同一件领口有纽扣的短袖衬衫，打着同一条褪了色的领带。他的存在对梅感官而言，简直是一种可怕的攻击——他的呼吸带着火腿的味道，唇上的胡须茂密杂乱，就像两只小爪子，从他那始终大张的鼻孔下伸出来，指向西南方和东南方。

梅本来应该可以忍受凯文的种种失礼之处，但谁承想他竟然认为梅在乎这份工作——他竟以为梅（这位怀揣着与众不同的金色梦想的卡尔顿大学毕业生）会在乎这份电气公司的工作，并且会为某天自己的表现未能达到凯文的预期标准而感到不安。他的这种想法让梅十分恼火。

每次他喊梅进入他的办公室（他会关上办公室的门，然后坐在他办公桌的一角），梅都备受煎熬。"你知道你为什么会在这里吗？"他会这样问道，就像一位把她拦停在公路上的交警一样。另一些时候，也就是当他对梅当天的工作感到满意时，他会做出更糟糕的举动——他会"表扬"她。他会称她为自己的门徒，他很喜欢这个词。他会对造访者介绍说："这是我的门徒，梅。大多数时候，她都挺机灵的。"每当说到这里时，他就会对她眨眨眼睛，就好像他是船长而她则是他的大副，他们俩共同经历了许多惊心动魄的冒险奇遇，并且永远忠诚于对方。"如果她不给自己添堵的话，她在这儿会有个光明的未来的。"

她无法忍受这一切——在那里工作的每一天，那十八个月，她不知道自己是否真的能请安妮帮个忙。她从来没有向别人寻求过这样的帮助——请别人来拯救自己，将自己拔出泥沼。这是一种贪婪的渴求、一种一意孤行、一种强人所难（她爸爸这么说），与她所受的家庭教育格格不入。她的父母都是默默无闻的人，从不喜欢妨碍任何人，他们谦逊又骄傲，因为他们从不向别人索取。

梅也是如此，但是那项工作却迫使她变了个人。只要能够离开那里，她甘愿做任何事情。那里的一切都令她作呕，那些绿色的煤渣砖块、那台饮水机、那些打孔卡片、那些奖状证书（每当有人做了什么特别的事总能得到这些证书），以及那一成不变的工作时间——真的是朝九晚五！所有这些现在想来都恍如隔世，也是理所应当忘却的，因为它们不但让她觉得自己在虚度生命，而且让她感到整个公司都在浪费生命、浪费人类的潜能，也在阻碍整个地球的运转。她在那家公司的小隔间，她的小隔间，就是所有这些无用功蒸馏出的产物。包围她的低矮墙壁旨在督促她将精力全部集中在手头的工作上；粗麻布勾勒着这些墙壁，就好像任何其他材料都可能暗示她还可以用更加多彩的方式度过这一天，从而会令她分心似的。那家公司里的人认为，在所有人工或天然的材料中，他们的员工每天一整天应该看到的就只有一种，那便是粗麻布——一种肮脏的、粗制滥造的、大块大块的、穷人使用的、最廉价的粗麻布。而她就在那样一间办公室中度过了十八个月。哦，天呐，她想道，当她离开那里的时候，她发誓再也不要看见、摸到这种材料，甚至再也不要承认它的存在。

她确实没有料到自己还会见到它。毕竟，除了在十九世纪或者在十九世纪的杂货店里，人们哪里会经常看见粗麻布呢？梅以为自己再也不会见到它了，谁知它却出现在了这儿——她在圆环公司新的办公室里，还四处包围着她。看着这粗麻布，闻着它发霉的味道，她的眼睛湿润了。“该死的粗麻布。”她喃喃自语道。

她听见身后传来一声叹息，随后响起了一个声音：“我在想这或许不是个好主意。”

梅转过身，看见安妮站在那里，身侧的手握成了拳头，就像个噘嘴赌气的孩子。“该死的粗麻布。”安妮模仿梅板着脸说，随后不禁大笑起来。笑完之后，她稳了稳情绪，说道：“真是绝了。梅，谢谢你刚才这么说。我就知道你肯定会讨厌它，但还是想看看你到底有多讨厌。真抱歉几乎要把你弄哭了。我的老天。”

这时，梅看向雷娜塔，后者正高举着双臂做投降状。“这可不是我的主意！”雷娜塔说，“是安妮逼我这么做的！你可别恨我！”

安妮满意地叹了口气："事实上，我不得不从沃尔玛买回了这个小隔间。还有这台电脑！我花了好久才在网上找到它的。我原以为我们可以直接从地下室或者什么地方弄点那样的东西上来，结果发现整个公司园区根本没有足够丑陋、陈旧的东西。哦，天呐，你真该看看刚才你自己的表情。"

梅的心脏怦怦直跳："你可真是病得不轻。"

安妮故作一脸困惑："我？我没生病呀，我身体好着呢。"

"我真难以相信你为了让我难过竟然如此大费周折。"

"是的，我确实那么做啦。这就是我现在能坐上这个位置的原因。这全靠事前计划以及贯彻实施。"说着，她对梅眨了眨眼，活像个推销员，梅忍不住笑了起来。安妮真是个疯子。"咱们走吧，我来带你好好转转。"

梅跟在安妮身后走着，她不得不提醒自己安妮可不是生来就能成为圆环公司的高级主管的。仅仅在四年前，安妮还是个大学生，穿着男士家居长裤去上课、吃饭和约会。安妮曾有过许多男友，他们都是支持一夫一妻制的体面男孩。她的一任男友曾称她是个傻瓜，她的确是的，但她有资本成为这样的傻瓜，因为她的家境殷实，世世代代都很富足，而且人长得既漂亮又可爱——深酒窝、长睫毛，还有一头极其天然的金发。在所有人眼中，她都是生气勃勃的，似乎没有什么能够对她造成长时间的困扰。但同时，她也是个傻瓜；她身材瘦长，说话时手势既夸张又危险，而且总是喜欢谈论奇怪的话题——洞穴、业余香水制造、嘟喔普音乐 [①] 等。她对谁都很友好，

[①] 嘟喔普音乐，20 世纪 40 年代发源于纽约、费城、芝加哥等美国大城市的非裔美国人社区的节奏蓝调。

包括她的每一位前男友、每个勾搭上的人以及每一位教授（她与这些教授都有私交，还会送他们礼物）。她加入或者管理了学校中大多数（或者所有的）俱乐部和社团，即便如此，她还能挤出时间认真对待课业（其实她对一切都很用心），同时，她也是在所有派对上最有可能让自己出丑而让大家避免拘束并且最后一个离开的人。她能够做到这些唯一合理的解释就是她从不睡觉，但事实并非如此。她的睡眠时间近乎堕落，每天长达八到十个小时，而且能在任何地方入睡——搭三分钟车，在校外某家小餐馆肮脏的小隔间中，或者在某人的沙发上，总之随时随地她都能睡着。

梅从亲身经历中得知了这一切，因为她曾经在安妮的长途旅行中扮演了私人司机的角色，开车带安妮走遍明尼苏达州、威斯康星州和爱荷华州，前去参加无数（大多毫无意义的）越野比赛。梅因为代表卡尔顿大学参赛而获得了部分奖学金，也就是在比赛中，她结识了安妮。安妮比她年长两岁，轻而易举地就可以取得好成绩，但她并不时刻关心自己或者团队的输赢。有时，她会全情投入，奚落对手，嘲笑对方的校服或者 SAT 考试成绩，有时，她又完全不在乎比赛结果，只是为能做一次长途旅行而感到高兴。在这些长途旅行中，安妮喜欢让梅来开自己的车，这时她会把光着的脚伸到车窗上或者车窗外，即兴点评路过的风景，还会花上数小时思考她们教练的卧室里到底会发生什么。她们的教练是一对已婚夫妇，两人留着相同的、近乎军队式的发型。安妮说的每一句话都令梅发笑，这使她能够将心思从比赛中抽离，因为与安妮不同，她必须赢得比赛（或者至少在比赛中表现优秀）才能证明学校没有白白提供给她奖学金。由于安妮总是忘记自己需要跑哪一场比赛，或者自己是否真的想参加比赛，所以她们总是在开赛前几分钟才到达比赛场地。

所以这个漫无目标、滑稽可笑的人（她至今仍把童年时盖过的毯子的一角放在口袋中随身携带）到底是如何在圆环公司中这么快晋升到如此高位的呢？现在她已经成为公司中最重要的四十个人之一，这四十个人组成了一个团体，叫做"四十人帮"，他们掌握着公司最机密的计划和数据。她能够不费吹灰之力让公司聘用梅，也能够在梅放下身段、提出请求短短几周内就将一切安排妥当。她究竟是如何做到这一切的呢？这是对安妮内心意志（某种神秘的、核心的命运感）的证明。安妮表面上没有显示出任何雄心壮志，但是梅确信安妮内心坚持认为自己无论来自何处，都必须到这里来，获得这个职位。即使安妮生长于西伯利亚冻原、出身于牧民家庭，她现在也会在这里。

"安妮，谢谢你。"她听见自己这么说。

她们已经路过了几间会议室和休息室，正经过公司新的画廊。画廊中悬挂着六幅巴斯奎特①的画作，它们是新近从迈阿密一家行将倒闭的博物馆购得的。

"别这么说，"安妮说，"我倒是为你在客户体验部门工作感到抱歉。我知道这个部门听起来很糟糕，但我还是想让你知道，公司半数的高级管理者都是从这个部门起家的。你相信我的话吗？"

"我相信。"

"很好，因为事实的确如此。"

她们离开画廊，走进了二楼的自助餐厅。"这儿叫做玻璃餐厅，我知道这个名字非常糟糕。"安妮说道。餐厅的独特设计让用餐者们可以在九个不同的水平面上用餐，由于餐厅所有的地面和墙面均用玻璃制成，所以乍一看，好像有上百人悬浮在半空中用餐

---

① 巴斯奎特（1960—1988），美国涂鸦艺术家。

一样。

随后，她们穿过出租室——这里向所有员工免费出租自行车、望远镜甚至是悬挂式滑翔机等任何东西，来到水族馆，这个项目得到了公司几位创始人中一人的鼎力支持。她们站在一个等身高的展品前，里面水母们如幽灵般缓慢地起起伏伏，既无章法又无目的。

"我会时刻关注你的，"安妮说，"每当你做了什么了不起的事，我会确保让所有人都知道，这样你就不会在这个部门待太久啦。公司的员工都有比较稳健的晋升空间，你也知道我们的中高层几乎全是从公司内部提拔的。所以你只需要努力工作、埋头苦干，很快就会离开客户体验部门，获得油水更多的职位，速度之快你自己都会感到惊讶呢。"

梅直视着安妮那双在水族馆灯光的映衬下闪闪发亮的眼睛，说："你放心，无论在公司的哪个部门工作，我都很开心。"

"你情愿处于自己想要攀爬的梯子的底端，也不愿处于自己不想攀爬的梯子的中间，是吧？呵，那些愚蠢至极、糟糕透顶的梯子！"

梅笑了。听到这些粗鄙的话从安妮甜美的嘴中说出，可真叫人吃惊。"你经常这样咒骂吗？我记得你可不是这样的。"

"我累的时候就会这样，而我几乎总是很累。"

"可你曾经是那么的亲切和蔼。"

"抱歉。非常抱歉，梅！我的老天，梅！好了，我们再去看点别的吧。对了，狗舍！"

"我们今天到底还工不工作？"梅问。

"工作？我们不**正在**工作吗？这就是你上班第一天所要完成的任务——熟悉环境、认识同事、适应这里。你知道这就像给自己的房子安装新的木地板——"

“不，我不知道。”

“那我来解释一下，当你给房子安装新地板时，你首先得把它们在那儿放上十天，让木头适应新环境。然后才开始安装。”

“所以在这个类比中，我就是木板？”

“对，你就是木板。”

“然后我就会被安装。”

“是的，之后我们将会安装你。我们会用一万个小铁钉把你给钉住。你会喜欢的。”

接下来，她们参观了狗舍，这可是安妮的作品。安妮的狗——“金斯曼博士”前不久刚去世，但在去世前它在这里愉快地度过了几年，一直守在主人身边。为什么数千名职员不得不把他们的宠物狗留在家中？他们明明可以把狗带到公司来，让它们和人们以及其他的狗在一起，得到照顾、相互陪伴。这就是安妮当初的想法。这一想法很快便得到了大家的欢迎并得以实行，如今大家都认为这个主意很有先见之明。她们还参观了夜总会（那里在白天通常用于“疯狂舞蹈”活动，安妮说那是一种极佳的锻炼方式）、一个巨大的露天剧场和一个小型室内剧场（“公司有大约十个即兴喜剧表演剧团”）。她们参观完所有这一切之后，来到了位于一楼的巨大自助餐厅吃午餐，在餐厅一角的小舞台上，一位男士正在弹吉他，他看起来就像梅的父母们喜欢的一位上了年纪的创作歌手。

“那是不是——”

“是他，”安妮说，继续大步前行，“每天这里都有人表演。音乐家、喜剧演员或者作家。这是贝利的‘激情项目’，让这些人来这里获得一些曝光度，要知道现今他们在外面的市场行情并不好。”

“我知道他们有时会来，可你刚才说他们每天都来？”

“我们会提前一年预约他们前来演出，毕竟我们得击败其他竞争对手。"

那位创作歌手正饱含激情地演唱着，他的头歪向一侧，头发覆盖着双眼，手指狂热地弹奏着，然而整个餐厅中鲜有人关注他。

"我无法想象公司那么做需要花费多少预算。"梅说。

"哦，老天，我们可不付钱给他们。对了，你得见见这个人。"

安妮喊住了一个名叫维普尔的男人，她说此人即将彻底改变电视业这个在二十世纪最深陷困境的媒体。

"应该是十九世纪，"他说话带着些许印度口音，语言精简、语气高傲，"顾客们从没从电视中得到他们想要的东西，而这些他们在别处都能得到。电视是横亘在生产者和观众之间的最后一道封建制度的残余屏障。我们早已不再是封臣了！"他说完很快就先行告退了。

"那家伙处于另一个级别。"她俩穿过餐厅时，安妮如此说道。她们先后在五六张餐桌前停下来，见了许多有趣的人物。在安妮看来，这些人当中的每一个都在做着某些不平凡的事情——要么将"震惊整个世界"，要么"改变人们的生活"，抑或是"领先所有人五十年"。这些人的工作范畴巨大得惊人。她们见到了两位研发水下探测器的女士，她俩的研究产品将揭开马里亚纳海沟所有的秘密。"她们将像绘制曼哈顿岛地图那样绘制马里亚纳海沟的地形图。"安妮说。那两位女士并未反驳这个夸张的形容。她们又来到了另一张桌前，三个年轻的小伙子看着嵌在桌上的一个屏幕，屏幕中显示着一种新型廉价房屋的三维图片，这种房屋可以轻易在发展中国家得到普及。

安妮抓住梅的手，把她拽向餐厅出口："现在让我们去看看赭石图书馆吧。你听说过它吗？"

梅未曾听说过，但她并不想如此承认。

安妮别有深意地看着梅，仿佛她俩在策划着一起阴谋，说道："本来不应该让你看到它的，不过我说，咱们还是去吧！"

她们走进了一部用树脂玻璃做成的、装有霓虹灯的电梯，沿着天井向上升去。她们经过了五个楼层，每层楼和每间办公室都清晰可见。"我实在无法想象公司哪儿来的资金建造这样的建筑。"梅说。

"哦，老天，我也不知道。但我想你应该已经知道了，在这里，钱不是问题。公司有足够的资金支持员工们充满激情的创造。那些致力于研发绿色住房的人其实是程序设计员，当然他们中有几个曾学过建筑学。于是他们撰写了一份提案，结果公司的'智者们'简直为此疯狂。尤其是贝利，他非常乐于为想法不凡的年轻人提供实现他们奇思妙想的机会。他设计的图书馆也是妙不可言——就是这里。"

她们走出电梯，走进了一条长长的走廊。这条走廊装饰着茂密的樱桃树和胡桃树，顶部一排紧凑的吊灯散发出琥珀色的灯光，显得宁静安详。

"守旧派。"梅评论道。

"你听说过贝利，对吧？他喜欢这样古老的东西——红木、黄铜、彩色玻璃。那是他的美学。他在这栋建筑中的其他地方得听命于人，但在这里他可以随心所欲。瞧瞧这个。"

安妮在一幅巨大的画作前停了下来。那是一幅"三智者"的肖像画。"丑陋至极，对吧？"她问。

那幅画制作粗劣，就像一位高中绘画学生画出的作品。画面中的那三个人，即公司的三位创始人，形成一个金字塔的形状，他们每人都穿着自己最为人所知的衣服，脸上的表情像漫画似的诉说着他们各自的性格。泰·戈斯波迪诺夫，圆环公司的神童梦想家，戴着一副平淡无奇的眼镜，穿着一件硕大的连帽衫，面带微笑地看向画面左侧，仿佛在独自享受某段调成了遥远频率的时光。人们说他是边缘型阿斯伯格综合征 ① 患者，而这幅画似乎想刻意强调这一点。画中他头发乌黑蓬乱、脸旁毫无线条，看上去不超过二十五岁。

"泰看起来一无是处，对吧？"安妮说，"但他根本不是这样。如果他不是个极有才华的管理大师的话，我们中的任何一个人都不可能有今天。我会跟你解释这其中的动态机制的，毕竟你很快就会得到晋升，所以我不妨和你开诚布公。"

"泰，全名泰勒·亚历山大·戈斯波迪诺夫，是'智者'中的第一人，"安妮解释道，"人们都叫他泰。"

"这我知道。"梅说。

"别打断我。我告诉你的可是我向国家元首们汇报的那一套。"

"好的。"

安妮接着说了下去。

泰意识到自己有毛病，轻则不擅社交，重则完全无法与他人交流。所以，当公司还有六个月就要进行首次公开募股时，他做出了一个非常明智而且有利可图的决定：他雇用了另外两位智者——埃蒙·贝利和汤姆·斯坦顿。这一举动平息了所有投资者的疑虑，最终使公司的市值增至原来的三倍。公司的首次公开募股筹集到了三十亿美元，这个数字前所未有却并不出乎意料。没有了财政上的后顾之忧，又有斯坦顿和贝利的加盟，泰得以四处游走、隐匿甚至消失。在接下来的几个月中，他在公司园区和媒体上越来越少露面。

---

① 阿斯伯格综合征（简称 AS），一种主要以社会交往困难，局限而异常的兴趣行为模式为特征的神经系统发育障碍性疾病。

他日渐隐退，但（有意也好，无心也罢）围绕他的光环却日益增长。观察圆环公司的人们想知道：泰在哪里？又在计划着什么？这些计划在公布前从不对外透露，随着圆环公司推出的一项又一项创新，人们越来越不清楚其中哪些是出自泰的手笔，哪些又是公司日渐壮大的创新团队的作品（世界上最优秀的创新人才现在都集中到了圆环公司的智囊团中）。

大多数观察家相信泰依然参与公司的创新项目，有些坚持认为圆环公司的每一项重大创举中都有泰的影子，都展现出他那具有全球视野的、优雅的、无比高超的解决问题的精湛技能。他进入大学一年后就创办了该公司，当时他并没有特殊的商业洞察力，也没有重大目标。"我们曾经叫他'尼亚加拉瀑布'，"他的室友在一篇最早关于泰的文章中如是说，"他的点子就像瀑布一样，每天、每时每刻都有成千上万的点子从不停歇地从他的头脑中奔涌出来，令人叹为观止。"

泰发明了初始系统，即统一操作系统，该系统使此前一直杂乱无章地分散在网络上的所有资料结合起来，包括用户的社交媒体资料、支付系统、各种密码、电子邮箱账户、用户名、喜好、每一个展现他们兴趣爱好的网络工具，等等。传统的方式，即每个网站、每次购物都会开启一次新的交易，使用一个新的系统，就像每次出门办事都得换一辆车一样。后来，在他的系统征服了整个网络和全世界之后，泰这样说道："你本不必拥有八十七辆车。"

与传统的方式不同，泰将每位用户所有的需求和工具全都放进了一个网络包中，发明了"真实的你"——每人一个账户、一个身份、一个密码、一个支付系统。不再需要其他密码和其他身份。你的设备知道你是谁，你的唯一的身份——"真实的你"坚定不移、不受遮蔽，也是唯一支付、签字、反馈、浏览、复审、看他人又被他人看的人。你必须使用自己的真实姓名，账户与你的信用卡、银行绑定，购买任何东西都变得易如反掌，只需要点击一下鼠标就可以从网上买到余生所需的一切。

圆环公司研发的工具是世界上最优质、最具优势、最普遍同时又是免费的，你必须以自己真实的身份（"真实的你"）来使用它们。在过去，用户们会使用假身份，拥有多个用户名、密码以及支付系统，用户身份也易遭盗窃。现在这个混乱的时代已经过去了。如今，你想浏览、使用、点评或者购买任何东西，只需要点击一个按钮、使用一个账户，所有的信息都绑定在一起，便于追溯，所有程序都可以在手机、笔记本电脑、平板电脑或者视网膜生物屏幕上操作。一旦建立了唯一的账户，你就可以使用它浏览网页的任何角落，登录每个门户网站、支付网页。总之，你想做的一切都能通过它轻而易举地办到。

"真实的你"在一年之内彻底改变了互联网。尽管起初一些网站对它进行了抵制，自由互联网的倡导者们也嚷着要维护人们的网络匿名权，"真实的你"掀起的浪潮还是击垮了所有反对的声音。它最先席卷了商业网站。既然能够知道进入网站浏览的用户的真实身份，那么非黄色网站又怎么会希望用户们都匿名呢？一夜之间，所有的评论版面都变得文明有序，所有的发帖、公告都需要承担责任了。那些曾经多多少少占领了互联网的恶作剧网民也不得不躲回他们阴暗的角落中，不敢再放肆了。

此外，那些想要或者需要在网上跟踪消费者动态的人建立了他们自己的瓦尔哈拉殿堂①——如此一来，他们就能够清晰地标记和

---

① 瓦尔哈拉殿堂，北欧神话中死亡之神奥丁款待阵亡将士英灵的殿堂。

测量生活中真实存在的人们真实的购买习惯，也就可以精确地对这些真实的买家进行有针对性的营销活动。大多数"真实的你"的用户（也就是大多数互联网网民）只是想获得简洁、高效、洁净和流畅的网络购物体验，因此他们对"真实的你"所取得的效果感到异常兴奋。他们不再需要记住十二个不同的身份和密码，也无需忍受那群匿名网民疯狂、愤怒的言论，更摆脱了曾如同铅弹般向他们袭来的营销广告——广告商们只能猜测他们的兴趣点，因此发出的广告总是和他们的实际需求相差十万八千里。现在他们接收到的广告信息重点突出、精确无误，大多数甚至受到了用户们的欢迎。

事实上，泰想出这个点子多少有些偶然。他厌倦了记住不同的身份、输入各种密码和他的信用卡信息，因此设计了一组代码来简化这一切。他是不是有意在"真实的你"中使用自己名字的字母的？他说他是在事后才注意到了这一点。他是否曾构想过"真实的你"的商业用途？他声称他并没有那样想过。大多数人也是这么认为的，他们相信将泰的发明转化为经济利益的主意出自另外两位"智者"，是这两位经验老到、具有商业头脑的人让"真实的你"变得有利可图，是他们找到了从泰所有的发明创造中谋利的方法，也是他们让圆环公司成长为继脸书、推特、谷歌以及后来的乐意、祖帕、杰菲和全 ① 之后又一大互联网势力。

"汤姆在这张画中看起来不怎么好看，"安妮评论道，"他并没有画中那么凶悍。但据说他很喜欢这幅画。"

在泰的左下方是汤姆·斯坦顿，那位跨步全球的 CEO（首席执行官），他自称是"资本家中的擎天柱"——他非常喜欢变形金

---

① 乐意、祖帕、杰菲和全都是作者虚构的互联网公司。

刚。画中的他穿着一套意大利西装，咧嘴笑着，活像《小红帽》中吃了小红帽奶奶的大灰狼。他的头发是深色的，两鬓有些灰白，双眼平淡无奇，眼神难以捉摸。他更像二十世纪八十年代典型的华尔街商人，富有、单身、好斗甚至有些危险，他自己则对此毫不掩饰、泰然自若。在他五十岁出头的时候，他是个挥金如土的国际巨头，并且看起来一年比一年强大，肆无忌惮地四处散布自己的金钱和影响力。他不怕美国总统，也不畏惧欧盟对他提起的诉讼，以及得到政府支持的 Z 国黑客们的攻击。没有什么能令他烦恼不安，也没有什么是他无法企及的，更没有什么会超出他的购买能力。他拥有一个纳斯卡赛车 ① 车队、一两艘赛艇和一架他自己驾驶的私人飞机。他是圆环公司中的一个不合时宜的人物、一个浮夸的 CEO。这个乌托邦式的公司里许多年轻人对他都抱有矛盾的情感。

"智者"中的另外两个人都不像斯坦顿这样大肆挥霍钱财。泰在距公司几英里外的地方租了一套破败的两居室公寓，但是从没有人看见过他到达或者离开公司园区。人们猜测他就住在那套公寓里。而所有人都知道埃蒙·贝利的住处——位于一条极易到达的街道上一栋显眼却非常朴素的三居室住宅，从那里到公司只需十分钟。与这两位截然相反，斯坦顿的房屋遍布全球各地——纽约、迪拜、杰克逊霍尔 ②，他还拥有旧金山千禧大楼的顶层以及马提尼克 ③ 附近的一座小岛。

在画中站在斯坦顿旁边的是埃蒙·贝利，他似乎因为另外两个

---

① 纳斯卡汽车竞赛，即（美国）全国汽车比赛协会，英文全称为 National Association of Stock Car Auto Racing，纳斯卡是首字母缩写 NASCAR 的音译。

② 杰克逊霍尔，美国怀俄明州著名的牛仔度假小镇。

③ 马提尼克，拉丁美洲向风群岛中部法属岛屿，首府为法兰西堡。

人的在场而感到非常平静，甚至有些愉快。要知道这两个人（至少在表面上）是与他的价值观格格不入的。他位于泰的右下方，他的肖像如实地反映了他本人的形象——头发灰白，面庞红润，双眼闪闪发光，显得既开心又真诚。在所有人眼中，他就是公司的形象代表，他的品格总是与圆环公司紧密相连。他经常微笑，当他微笑时，他的嘴巴、眼睛甚至肩膀似乎都在微笑。他既辛辣又幽默，说话的方式既充满感情又有理有据，有时措辞巧妙，有时又浅白直接。他出身于奥马哈市一个极其平凡的六口之家，早年几乎没有什么引人注目之处。他曾就读于圣母大学，与后来就读于圣玛丽大学①的女朋友结了婚，现在两人育有四个孩子，三个女儿和一个期盼已久的小儿子，可惜小儿子天生患有脑瘫。"他是被上帝触碰过的，所以我们会更加爱他。"当他向公司以及全世界宣布儿子的出生时，他如此说道。

在这三位"智者"中，贝利是最有可能出现在公司的，他可能在公司的才艺展示上演奏迪克西兰爵士②长号，更有可能代表圆环公司出现在访谈节目中——咯咯笑着谈论（或嗤笑）联邦通信委员会的这个或那个调查行动，或者公布公司产的一项有用的新特性以及能够改变游戏规则的新技术。他喜欢人们叫他埃蒙大叔，当他阔步走在公司里时，就像一位备受爱戴的大叔、第一任期内的泰迪·罗斯福③，既平易近人又真挚诚恳。这三个人无论是在这幅肖像画中还是在实际生活中都像一束搭配并不协调的奇怪花束，但毫无疑问这个组合很奏效。所有人都知道这个三头管理模型很管用，于是《财富》五百强企业中有不少纷纷效仿这种管理机制，至于取得

---

① 圣玛丽大学，始建于1802年，是加拿大最古老的大学之一。
② 迪克西兰爵士乐，起源于美国南部的一种爵士乐。
③ 泰迪·罗斯福，美国第26任总统（1901—1909）。

的效果则是好坏参半。

"但他们为什么不能请一位真正懂行的人来好好画一幅三人的写实肖像呢?"梅问道。

她越看这幅画,越感觉它奇怪。经过画家的刻意构图,三位智者每人都将一只手搭在了另一个人的肩上。这其实是不可能的,因为现实中手臂是无法这样扭曲或伸展的。

"贝利认为这幅画非常滑稽,"安妮回答说,"他希望把它挂在主走廊中,但斯坦顿否决了这一想法。你知道贝利算得上是个收藏家,对吧?他的品位令人难以置信。我是说,在大家印象中他是个乐天派,一个来自奥马哈的普通人,但他还是个鉴赏家,对保存过去的艺术品,甚至是过去糟糕的艺术品颇为热衷。等你看到他的图书馆之后你就明白了。"

她们来到一扇巨大的门前,这扇门看起来很可能是中世纪将野蛮人拒之于外的门。在门及胸高处一对巨大的石像鬼门环向外伸出。梅轻笑道:"门环真不错。"

安妮嗤笑一声,向墙上一块蓝色的牌子挥了挥手,门立刻就打开了。

"绝了,对吧?"安妮转向梅说。

这个图书馆有三层,一块开放的中庭周围环绕着三个楼层,一切都是用木头、铜和银制成,仿佛是一曲用低调的音符谱成的交响乐。这儿至少有一万册书,大多用皮革装订而成,整整齐齐地排列在漆光闪闪的书架上。在众多书本中立着一些著名人物的胸像,希腊人、罗马人、杰斐逊、圣女贞德以及马丁·路德·金。天花板上还挂着一个"云杉鹅"号飞机①(还是"艾诺

---

① "云杉鹅"号飞机,世界上最大的飞机,研制于1947年。

拉·盖"号轰炸机①？）的模型。图书馆里还有大约十二个内部发光的古老地球仪，光线温润柔和，照亮了那些已经消失了的国家。

"在许多这样的玩意儿就要被拍卖或者遗落的时候，他把它们买了回来。要知道，这就是他的圣战。当一些贫苦人家迫不得已准备承担巨大的损失卖掉他们的宝贝时，他就跑到人家家里按照市场价格买下它们，并且允许这些宝贝原来的拥有者随意前来观看。这些人也就是这里的常客，他们头发灰白，常到此阅读曾经属于他们的书，摸摸曾经属于他们的东西。哦，你一定得看看这个。它会让你大吃一惊的。"

安妮领着梅爬上了三段楼梯，所有台阶上都铺着图案错综复杂的马赛克地砖，梅猜想它们是拜占庭时期某些地砖的复制品。她扶着楼梯黄铜质的扶手向上走去，发现扶手上几乎没有任何指纹或者污渍。她看见那里有会计师用的老式绿台灯，闪烁着铜质和金质光泽的一架架望远镜相互交错，从倾斜着的玻璃窗口向外伸出——"哦，向上看。"安妮对她说，梅抬起头，发现天花板是用彩色玻璃镶嵌而成，拼出了一圈又一圈不计其数的天使图案。"那源自罗马的某座教堂。"安妮解释道。

她们来到了图书馆的顶层，安妮带领着梅穿过狭窄的走廊，走廊两侧陈列着圆形书脊的书籍，有些书甚至和梅一般高。这些书中有《圣经》、地图册以及关于战争、动乱、消失了的国家和民族的带有插图的历史书。

"来，看看这个，"安妮说，"等等，在我给你看这个东西之前，

---

① "艾诺拉·盖"号轰炸机，隶属于第二次世界大战期间美国空军第313飞行大队的B-29"超级堡垒"轰炸机，也是在日本时间1945年8月6日早上8点15分，于日本城市广岛上空掷下"小男孩原子弹"的飞机。

你得向我做出口头保证，绝不对他人透露这个秘密，行吗？"

"行。"

"我是说真的。"

"我也是认真的。我很严肃地对待此事。"

"好。现在当我移动这本书时……"安妮说着移动了一卷巨大的题为《我们最辉煌的岁月》的书。"瞧好了。"她说着向后退了几步。只见放置有一百本书的墙壁开始慢慢地向里移动，展现出隐藏在墙壁内的一间密室。"这很诡秘，对吧？"安妮问，说罢她俩走了进去。里面的这间房间呈圆形，内部排满了书籍，但它的核心是位于地板中央的一个洞，洞四周围着铜质栏杆。一根杆子穿过地板，向下方未知的区域延伸下去。

"他是不是消防员啊？"梅问。

"我怎么知道。"安妮说。

"这根杆子通向哪里？"

"就我所知，它通到贝利的停车点。"

梅简直想不出该用什么词来形容这件事："你下去过吗？"

"不，对他而言，把这个给我看就已经够冒险的了。他本不该给我看的，他曾这样告诉我。而现在，我又把它给你看了，这么做很愚蠢。但这里可以告诉你贝利这人有着怎样的头脑。他能够拥有任何东西，而他想要的却是一根消防员用的滑竿，一直通到七层之下的停车场。"

这时，安妮的耳中传来一声滴答声，她对信号那头的某人应了句"好"。看来，她俩该离开这里了。

她俩正乘坐电梯降回主要的员工楼层，安妮说："那么，我得走了，我有工作要做。现在到了'视察浮游生物'的时间了。"

"什么时间？"梅问。

"你知道，许多小规模的新创公司总是希望大鲸鱼（也就是我们公司）能认为它们足够美味，从而愿意把它们吃掉。每周我们都会与这些家伙见一次面，他们都想成为泰那样的人物，并且试图使我们相信我们需要争取他们。这说来有点悲哀，因为他们已经不再试图装出一副收益丰厚或者有潜力盈利的样子了。听着，尽管如此，我还是要把你交给另两位公司大使。他们对待自己的工作都非常严肃认真。事实上，你得好好瞧瞧他们是如何对待工作的。他们会带你参观公司园区的其他区域，之后我会来接你去参加公司的'夏至派对'，可以吗？派对七点钟开始。"

电梯门在二楼玻璃餐厅附近打开了，安妮把梅介绍给了德妮斯和乔赛亚，这两人都是二十六七岁，同样的目不斜视，看起来真挚诚恳，都穿着式样简介、颜色雅致、领尖有纽扣的衬衫。两人与梅握手时都伸出了双手，看上去几乎要鞠躬了。

"今天可别让她工作。"安妮说完便走回电梯，消失在了她们的视野中。

乔赛亚是个身材瘦削、满脸雀斑的男人，他湛蓝的眼睛一眨不眨地看着梅，说："我们非常高兴认识你。"

德妮斯是个身材高挑的美籍亚裔女人，她对梅微微笑了笑，闭上眼睛，仿佛在回味这一时刻："安妮把你俩的事情全部告诉了我们，说你们交情甚深。安妮是这里的心脏和灵魂，所以你能加入我们，对我们而言实在是件幸事。"

"人人都喜欢安妮。"乔赛亚补充道。

他们对于梅的敬重令她颇为尴尬。他们显然比她年长，但他们表现得就像她是一位来访的名人一样。

"我知道这可能有些多此一举，"乔赛亚说，"但如果你同意的话，我们想给你一次全面的新人之旅，可以吗？我们保证会让它变得有趣的。"

梅笑了，迫不及待地跟在两人之后开始了参观。

在当天接下来的时间里，德妮斯和乔赛亚带梅参观了各种玻璃房间，并给她提供了简短却异常热情的介绍。梅见到的每个人都非常忙碌，近乎工作过度，但他们见到她都非常兴奋，为安妮的任何一位朋友能够加入公司而感到高兴……梅参观了医疗中心，经介绍认识了掌管那里的留着长辫的汉普顿医生；参观了急诊室，见到了收治病患的苏格兰裔护士；参观了占地一百平方码的种植园，在那里两位全职农夫正在一边从新近收获的胡萝卜、土豆和甘蓝中抽样，一边向一大群圆环公司职员们介绍着什么；还参观了迷你高尔夫球场、电影院、保龄球馆以及百货商店。最后，在公司园区的偏远角落（梅如此猜测，是因为她能看见不远处的围墙和圣温琴佐酒店的房顶。顺便说一句，圆环公司的来访者通常都在这家酒店中下榻），梅参观了公司宿舍。此前梅就对公司宿舍有所耳闻——安妮曾经说到她自己有时会在公司过夜，现在她宁愿住在公司宿舍而不是住在自己家里。沿着宿舍走廊行走，看着一间间整洁的房间（每间房间都配备一个闪亮的小厨房、一张办公桌、一套垫得又厚又软的沙发和床），梅不得不承认安妮的偏好是发自肺腑的。

"现在这里有一百八十间房间，不过我们正在迅速增加房间数量，"乔塞亚说道，"这个园区中有大约一万名员工，总有一些人需要工作到很晚，也有些人白天需要小憩一会儿。这些房间都是免费使用的，并且总是保持整洁。你只需要上网就可以确定哪些房间是空闲的。如今这些房间总是很快就会被预订光，但是我们计划在接下来的几年内将房间数量扩充到至少几千间。"

"在类似今晚的派对之后，这些房间总是住得满满当当。"德妮斯说着对梅心领神会地眨了眨眼。

　　参观进行了整整一下午。其间，他们去烹饪课堂品尝了美食。当天那里有一位著名的年轻厨师正在授课，此人因为能够恰到好处地烹饪一切动物全身的肉而闻名遐迩。她为梅献上了一道名叫"烤猪脸"的菜，梅尝了之后觉得它的口感就像脂肪含量更多一些的熏肉，她非常喜欢。在他们参观公司园区时，他们还与其他参观者擦肩而过，这些参观者有的是大学生，有的是商贩，还有一位似乎是参议员，身边还跟着他的助手们。他们经过了一段拱廊，拱廊中有几台古老的弹球游戏机。他们还参观了一个室内羽毛球场，据安妮称，有一位羽毛球前世界冠军就在这里接受再次训练。等乔塞亚和德妮斯把梅带回园区中心时，天色已经渐渐暗了下来，一些员工正在草坪上安装刻有提基①神像的火把并把它们点燃。暮色中，几千名圆环公司的员工开始聚集在一起。站在他们中间，梅知道自己绝不会想在其他任何地方工作——她只想留在这里。她的家乡、加利福尼亚州的其他地方甚至美国的其他地方与这里相比，简直就像个混乱不堪的发展中国家。在圆环公司的围墙之外，有的只是噪声与挣扎、失败与污秽。但是在这里，一切都完美无瑕。在这里，最优秀的人们创造了最优质的系统，最优秀的系统又收获了无限的资金，这些资金继而创造出了这块最佳的工作环境。而这一切都再自然不过，梅这样想道。毕竟，除了梦想家们，还有谁能创造出乌托邦呢？

　　"这场派对吗？这没什么。"安妮向梅保证道。此刻，她们正沿着四十英尺长的自助餐餐台慢步向前。天色已经暗了下来，晚间的

_____

① 提基，波利尼西亚神话中人类的始祖。

空气也逐渐冷却，然而公司园区不知何故分外温暖，数百支火把迸发出琥珀色的光芒，照亮了整个园区。"这场派对是贝利的主意。这倒不是说他是什么'地球母亲'，但是他对恒星啦、季节等很感兴趣，所以夏至、冬至这样的日子他是不会错过的。他会在某个时刻出现，欢迎每一个人——至少他通常都会这么做。去年他穿了件无袖背心。他为他健美的双臂深感自豪。"

梅和安妮正走在苍翠繁茂的草坪上，往自己的盘子里盛放食物，之后在石头砌成的露天剧场中找到了座位。安妮手持一瓶雷司令葡萄酒，在向梅的玻璃杯中斟酒。她说这瓶酒是公司生产的，是一种卡路里更低、酒精含量更高的新型调制品。梅望向草坪另一侧排成几排、唑唑作响的火把，每一排火把都把狂欢的人群指向某种娱乐活动——林波舞①、脚踢球游戏、滑步舞等，这些娱乐活动与夏至本身都无丝毫联系。派对看上去很随意，不遵循任何计划，这降低了人们对它的期待，结果反而达到了超乎意料的效果。大家很快都醉了，没多久梅就找不到安妮了，她完全迷了路，最终发现自己正朝着滚地球场地走去。一小群年长一些的圆环公司员工（他们年龄都在三十岁以上）正在这块场地上用甜瓜打保龄球。梅设法回到了草坪上，加入了一种被圆环公司员工们成为"哈"的游戏。这游戏似乎就只要求参与者把双腿、双手或者四肢交叠着躺下即可。每当你旁边的人说"哈"时，你也必须说"哈"。这是个非常糟糕的游戏，但是就目前看来，梅需要它，因为她感到自己的脑袋正在旋转，而水平躺下会让她感觉好些。

"看看这家伙。她看上去很平静。"梅听见不远处有个声音这么说道。梅意识到这个声音，一个男人的声音，指的是她，于是便睁

---

① 林波舞，西印度群岛的一种特技舞蹈。

开了眼睛。她发现没有人正俯视着自己，眼前只有那片近乎清朗的天空，几缕灰色的云正缓缓经过公司园区的上空朝大海飘去。梅感觉眼皮很重，但她知道时间并不晚，至少还没有超过十点，她不想像平常那样喝完两三杯酒就睡觉，于是她站起身去寻找安妮或者更多的雷斯林葡萄酒，或者两者。她找到了自助餐餐台，发现上面已经一片狼藉，就像一场遭到野兽或者维京海盗袭击过的宴会。她只好向最近的吧台走去，结果这吧台也没有雷斯林葡萄酒了，只剩下某种用伏特加和功能饮料勾兑的饮料。她继续向前走去，一路上向偶然擦肩而过的人询问哪里还有雷斯林酒，直到她感到有一个身影在她面前经过。

"那里还有一些。"这个身影说。

梅转头看去，只见一副眼镜片反射着蓝色的光，架在一个男人模糊的脸上。他转身就要走。

"我在跟着你吗？"梅问道。

"还没呢。你还站在原地。但如果你想要喝那酒的话，你应该跟上来。"

她跟着那个身影穿过了草坪，月光穿透高大树木构成的华盖直射下来，仿佛上百根银色的矛。现在那个身影显得更清晰些了，梅看见他穿着一件沙色的 T 恤，外面套着一件皮的或者绒面革质地的类似背心的衣服——这种打扮梅好久都没见过了。接着，他停了下来，在一个瀑布的脚下蹲下来。这是个从"工业革命"那边流淌过来的人工瀑布。

"我在这里藏了几瓶酒。"他说，把手伸进瀑布底端的水池深处。结果他什么也没找到，便跪了下来，把手向更深处伸去，水一直没到了他的肩膀。他总算拿出两个光滑的绿瓶子，站起来转身面向她。她终于有机会好好看看他了。他的脸是柔和的三角形，下巴中央的那条凹缝非常细微，以至于她直到现在才看见它。他的皮肤如同婴儿般细腻，眼睛却看上去老成许多，鼻子很大，又歪又钩却给脸部的其余部分带来了某种稳定感，就像游艇的龙骨一样。他的眉毛浓重，向又圆又大、浅粉红色的耳朵边延伸。"你是想回去继续玩游戏还是……"他似乎在暗示"还是"一词后面的选项会精彩许多。

"当然。"她说。她意识到自己并不认识这个人，对他一无所知，但她还是答应了。这是因为他有那几瓶酒，也因为她现在找不到安妮，还因为她信任在圆环公司围墙内的所有人——当时她那么爱围墙中的每一个人，认为在这里一切都是崭新的、一切都能够得到允许。于是她跟着这人回到了派对中，至少是回到了派对的外围。他们坐在一圈俯瞰着草坪的高高的台阶上，看着远处奔跑着、喊叫着的人们的剪影。

那个男人把两瓶酒都打开了，给了梅一瓶，从自己那瓶中喝了一口，说他自己名叫弗朗西斯。

"你不叫弗兰克吗？"梅问。她接过酒瓶，向嘴里倒满了如糖果般甘甜的酒水。

"人们试图那样叫我，但我……我让他们别那么叫。"

她笑了，他也笑了。

他说自己是名程序开发员，来公司已经将近两年了。在来这儿前他曾是个无政府主义者，一个破坏分子。他比任何人都更为深入地入侵了圆环公司的电脑系统，结果却因此被录用了。现在他隶属于网络安全部门。

"我是第一天来这儿上班。"梅说。

"不可能。"

梅本想说"我可不骗你"，却决定换种更有新意的说法，结果在她寻找着新词的时候脑中不知什么出了岔子，一句"我可不和你上床 ①"脱口而出。话几乎刚出口，她就知道自己会在接下来的数十年中记住这句话，并且为这句话而恨自己。

"你不和我上床？"他面无表情地问，"这听起来毫无回旋的余地啊。你依据很少的信息就做出了决定。你不和我上床。真叫人大开眼界。"

梅试图解释自己的本意，她想（或者说她大脑的某部分想）如何让这句话听起来婉转一些……但是这已经不重要了。因为现在他笑了，他知道她具有幽默感，而她也知道他同样拥有幽默感。不知怎的，他令她感到安全，使她确信他不再会提起这事，她说的这句可怕的话会成为他们俩之间的秘密，他们俩都明白人会犯错，而如果一个人承认我们共有的人性，那么他也会承认人都是脆弱的，每个人每天都可能会上千次地说出愚蠢的话或者做出荒谬的事，我们应该忘记这些错误。

"第一天上班，"他说，"恭喜你。干杯。"

他们碰了碰酒瓶，喝了几口酒。梅冲着月亮举起酒瓶，看看里面还剩下多少酒。瓶中的液体呈现出蓝色，仿佛来自另一个世界。她发现自己已经吞下了一半的酒，便放下了酒瓶。

"我喜欢你的声音，"他说，"你说话一直是这个声音吗？"

"又低沉又沙哑？"

"我宁愿称它是饱经风霜的，或者饱含深情的。你知道塔图姆·奥尼尔 ② 吗？"

---

① 梅本来想说"I shit you not"，却说成了"I fuck you not"，与前一句一样可理解为"我不骗你"，但字面意思是"我不和你上床"。
② 塔图姆·奥尼尔（1963—），美国好莱坞著名女演员，十岁时因出演电影《纸月亮》一炮而红，荣获第 46 届奥斯卡最佳女配角金像奖。

"我父母逼着我看了《纸月亮》上百遍。他们希望这样能让我好受些。"

"我很喜欢那部电影。"他说。

"我父母以为我长大后会像《纸月亮》中的埃迪·普雷①一样，既精明又讨人喜欢。他们想要个假小子，于是就把我的头发剪成了影片中埃迪的样子。"

"这我喜欢。"

"你喜欢西瓜头吗？"

"不，我喜欢你的声音。目前看来它是你身上最大的优点。"

梅什么也没说，但她觉得自己被侮辱了。

"见鬼，"他说，"这话听起来是不是很奇怪？我只是想夸你。"

两人尴尬地沉默了片刻。梅曾经与一些特别能说会道的男人打过交道，那些经历很糟糕，因为那些男人会越过层层界限，有失分寸地恭维她。她转身看向弗朗西斯，试图确认他不是她所想象的那种看似慷慨无害，实际上却是心理扭曲的、烦恼不安的、与光鲜的外表不相称的。但当她看着他时，她看见的却还是之前那张光滑的面孔、那副蓝色的眼镜和那对深邃的双眸，只是他的表情显得有些痛苦。

他看了看手中的酒瓶，就好像要把自己的失礼归咎于酒精："我只是想让你对自己的声音更加自信些。但我猜我实际上侮辱了你身上的其他优点。"

听了这话，梅想了片刻，但酒精令她的大脑运转迟缓、糊里糊涂。最终，她不再试图费力地理解他的话或者揣测他的意图，只是说道："我觉得你挺奇怪的。"

---

① 埃迪·普雷是奥尼尔在《纸月亮》中饰演的人物。

"我无父无母，"他说，"这能换来你的原谅吗？"话一出口，他便意识到自己透露了太多，显得太过急切，于是转口道："你怎么不喝了。"

梅见他不想谈论自己的童年，也没有强求，说："我已经喝好了。喝酒的效果已经完全达到了。"

"非常抱歉。我口拙，有时难免词不达意。我情愿自己没有像刚才那样说话。"

"你真的很奇怪。"梅又说了一遍，她心里也是这么认为的。她活了二十四年，还从未遇到过像他这样的人呢。她脑袋醉醺醺地想：这简直是上帝存在的证据，不是吗？这么多年来，她可能在生命中遇到过数千人，其中那么多人彼此相似，那么多人她已经忘记，而此时此刻眼前的这个人是如此新鲜、如此奇异，就连说话也这么古怪。每天科学家们都会发现新品种的青蛙或者睡莲，这似乎也证明上帝的存在，他就像一位杂耍演员，或者天堂里的一位发明家，把一件件新玩具呈现在我们的面前，又或许他想把它们藏匿起来，但他藏得并不高明，以至于我们偶然会发现它们。眼前这个叫弗朗西斯的男人，就是这样一个与众不同的人，一只新品种的青蛙。梅转过头打量着他，心想自己也许要亲吻他了。

但他此刻却忙于其他事情——他一边用一只手将鞋子里的沙全部倒出来，一边似乎在咬另一只手的指甲。

于是，梅停止遐想，开始思念家里的床了。

"大家都是怎么回家的呢？"她问道。

弗朗西斯看着远处一群扭结在一起的人，他们似乎在试着搭建一座人体金字塔。"当然，这里有宿舍。但我敢肯定宿舍一定已经住满了。此外，总有几辆班车可以坐。他们可能已经告诉你这些了吧。"说着，他把酒瓶向正门方向挥了挥。梅朝他所指的方向看去，认出了几辆小型客车的车顶。她在今天早上来的路上看见过那些客车。"公司在各方面都进行了成本分析。如果一位员工在过于疲劳或者（像今天这样）醉酒的情况下开车回家的话……无论如何，从长远考虑，运营班车的成本比上述那种情况要低很多。班车非常棒，坐在里面就像置身游艇一样，里面有很多车厢和木材。"

"很多木材？很多木材？"梅在弗朗西斯的胳膊上捶了一拳。她知道自己这是在调情，知道自己在上班第一天就与圆环公司的同事调情是愚蠢的，在上班第一晚喝得这么醉醺醺的也是愚蠢的，但她还是这么做了，并且感到很开心。

有个人悄悄向他们这里走来。梅用迟钝的感官好奇地看过去，她先意识到那是个女人，然后才认出来人正是安妮。

"这家伙是不是在骚扰你？"安妮问道。

弗朗西斯迅速离开梅的身边，接着把他的酒瓶藏在身后。安妮笑了。

"弗朗西斯，你这么古古怪怪的干什么？"

"抱歉，我以为你说了什么其他的话。"

"哟，做贼心虚啦！我看见梅刚才捶了你胳膊一拳，于是就开了个玩笑。但是你是不是准备坦白什么呀？你在计划什么呢，弗朗西斯·加尔班佐①？"

"是加拉文塔。"

"是的，我知道你的名字。"

"弗朗西斯，"安妮说着一屁股坐在了两人之间，"作为你备受尊敬的同事和你的朋友，我得问你件事，可以吗？"

_____

① 安妮将弗朗西斯的姓戏称为加尔班佐（Garbanzo），原意为"鹰嘴豆"。

"当然。"

"好。我能和梅单独待一会儿吗？我得吻吻她的嘴。"

弗朗西斯笑了，随后突然止住了，因为他发现梅和安妮都没有笑。他吓了一跳，困惑不解，并且显然忌惮安妮，于是很快走下了台阶，躲闪着狂欢的人群，穿过了草坪。他在穿过那片绿地的途中，一度停下脚步转过身，抬头向这里望过来，似乎试图确认安妮确实意图取代他，陪伴梅度过今晚。他担心的这点得到了证实，他便继续向前走到了"黑暗时代大楼"的遮阳棚下。他试图打开大楼的门，却失败了。他拉了拉门，又推了推，但那扇门纹丝不动。知道梅和安妮一直在看着自己，他就绕行到大楼拐角处，消失在了视野中。

"他说他在安保部门工作。"梅说。

"他是这么告诉你的吗？那个弗朗西斯·加拉文塔？"

"我猜他可能不该告诉我这个。"

"唉，他又不是在情报部门那样的安保部门工作。他可不是摩萨德①间谍。我是不是打扰你做什么你在这里的第一晚本不该做的事情？你这个小傻瓜？"

"你丝毫没有打扰我。"

"我觉得我打扰了。"

"不，你真没有。"

"我打扰你了，我知道。"

安妮看见了梅脚边的酒瓶："我还以为大家几小时前就把酒水全部喝光了呢。"

"在瀑布底下还有些酒——'工业革命'旁边的瀑布。"

"哦，对了，有人会把东西藏在那儿。"

---

① 摩萨德，以色列秘密谍报机关。

"我刚才听到自己说'在"工业革命"旁边的瀑布底下有一些酒'。"

安妮望着远处的园区，说道："我知道。见鬼，我知道。"

梅坐上了班车，在车上有人给她吃了伏特加果子冻，又一路听班车司机忧心忡忡地谈论自己的家庭——他的一对双胞胎孩子和那患有痛风的妻子。等终于回到家时，梅已经睡不着了。梅与两位空乘员合住在一处车厢式公寓里，平时与她们难得见上一面，因此彼此间近乎陌生。此刻，她正躺在自己狭小房间里的廉价沙发床上。她的公寓位于二楼，这栋楼曾经是汽车旅馆，房间简陋、难以清洁，还有着一股前房客留下的绝望和糟糕伙食的味道。这处公寓让人感到悲伤，特别是在圆环公司度过一天后回到这里，悲伤感更为明显。毕竟，在圆环公司一切都是经过精心设计，处处都充满了关爱，展现出极佳的品位。梅在她那张破旧的矮床上睡了几个小时就醒来了，她仔细地回想刚刚过去的白天与夜晚、安妮和弗朗西斯、德妮斯和乔赛亚、那根消防滑竿、那架"艾诺拉·盖"号轰炸机、那处瀑布、那些刻着提基神像的火把，所有这一切，还有关于假期、梦想的种种难以置信的事情，突然她意识到（这也恰恰是她失眠的原因）自己就像一个蹒跚学步的孩童一样，正在为能够回到那个地方——那个这一切发生过的地方而倍感欢乐。是呀，那里欢迎她，圆环公司雇用了她！

第二天梅早早地就去上班了。但当她八点钟到达公司时，她发现公司并没有分配给她办公桌，至少没有给她一张真正意义上的办公桌，因此她无处可去。她在写着**行动起来，让我们一起完成这一切**的标语下等了一个小时，直到雷娜塔来领她去了"文艺复兴"二楼的一间大房间。这个房间足足有一个篮球场那么大，里面放着大约二十张办公桌，每张办公桌都用浅褐色的木材制成，桌面形状自然流畅且不尽相同。这些办公桌之间用玻璃相互隔开，五张一组，仿佛一朵花上的五片花瓣。所有办公桌都是空着的。

"你是第一个到这儿来的，"雷娜塔说，"但很快就会有人来加入你。每一处客户体验部门的新办公区都会很快招满人手。此外，你这里离那些高级职员很近。"说着，她向四周挥了挥手，意指这周围的十几间办公室。透过玻璃墙，梅能看见这些办公室里的人，这些主管们年龄都在二十六至三十二岁之间，正准备开始一天的工作，他们看起来既放松又精明能干。

"大楼的设计师们真的对玻璃情有独钟，是吧？"梅微笑着说。

雷娜塔顿了顿，皱着眉头想了想。她把一缕头发拨至耳后，说："我想是吧。我也可以去确认一下。但首先我得给你解释一下这里的环境，告诉你正式工作的第一天你将要做些什么。"

雷娜塔解释了办公桌、办公椅以及屏幕的特性，所有这些都完美地符合人类工程学。即使有人想要站着工作，它们也完全可以满足要求。

"你可以把你的东西放下，调整你的椅子，并且——哦，看来你还有个欢迎委员会呢！不用站起来。"她说完便让出了地方。

梅顺着雷娜塔的视线望去，看见三张年轻的面孔正向自己走来。一位年近三十的秃头男士正向她伸出一只手。梅与他握了握手。随后他将一台超大平板电脑放在她面前的办公桌上。

"梅，你好，我是财务处的罗伯。你一定很高兴见到我吧。"他先是微笑，随后便开怀大笑起来，似乎刚刚意识到自己妙语中的幽默劲儿。"言归正传，"他说，"我们已经把这一切填写好了，只是这三处地方需要你签字。"他指了指平板电脑屏幕上闪烁着的黄色矩形，让梅在那里签字。

梅签好字之后，罗伯拿起平板电脑，极其热情地微笑着："谢谢，欢迎加入我们。"

他转身离去了，随后一位人高马大、有着完美古铜色皮肤的女人取代了他。

"梅，你好，我是公证人塔莎，"说着，她拿出一本宽宽的簿子，"你有驾照吧？"梅把驾照给了她。"棒极了。我需要三份你的签名。别问我为什么，也别问我为什么这是纸质的。这都是政府的要求。"说着，塔莎指了指三个连在一起的空格。梅在上面签了名。

"谢谢，"玛莎说着拿出一盒蓝色印泥，"现在，请在每个签名后面按上手印。别担心，这个印泥不会弄脏你的手的，你看了便知。"

梅把大拇指按进印泥中，然后在每个签着自己名字的空格后面按上了手印。印泥在纸上清晰可见，但当梅看向自己的拇指时，手指上却干干净净。

塔莎见梅面露喜色，抬了抬眉毛，说："瞧见了吧？这印泥是无色的，它只在这个簿子上才会显出颜色。"

这正是梅来到这里的原因啊——在这里，一切都做得更好，连印泥都更为先进，是无色的。

塔莎离开后，一位穿着红色带拉链衬衫的瘦削男士走了过来。他和梅握了握手。

"你好，我是乔恩。我昨天发邮件通知你将你的出生证明带过来，你收到了吗？"他双手合拢，就像在祈祷一般。

见梅从包中拿出了出生证明，乔恩的眼睛立刻亮了起来。"你带来了！"他迅速轻声地拍了拍手，露出一嘴小小的牙齿。"没有人第一次就记得带呢。我最喜欢你了。"他拿了证明，并保证在复印之后就把它还给梅。

紧接着乔恩的是第四位职员，他约莫三十五岁，看上去幸福快乐。他也是梅今天到目前见到过的年纪最大的人。

"梅，你好，我是布兰登，很荣幸能把你的新平板给你。"他手里拿着一个闪闪发亮、半透明的东西，它的边缘像黑曜石一样漆黑而平滑。

梅吃了一惊："这个型号还没发售呢。"

布兰登露出一个大大的微笑："它的运行速度是旧版本的四倍。我已经玩了一周我的那台啦。很好用。"

"我也有一台吗？"

"你已经有啦，"他说，"上面还写着你的名字呢。"

他把手中的平板转过来，露出上面刻着的梅的全名——**梅柏林·蕾娜·霍兰德**。

他把它交给梅。那平板和纸盘一样轻。

"那么，我猜你本来有自己的平板电脑？"

"是的，不过是笔记本电脑。"

"笔记本。哇！能给我看看吗？"

梅指了指自己的笔记本电脑："我现在觉得应该把它扔进垃圾箱了。"

布兰登的脸色白了："不，别那么做！至少回收它。"

"哦，不，我只是开个玩笑，"梅说，"我很可能会继续用它。那里面存着我自己的东西呢。"

"说得对，梅！那正是我接下来要在这儿做的。我们将把你的资料全部转存到这台新平板电脑里。"

"哦，这我自己能行。"

"你能给我这个机会吗？毕竟我一辈子所受的训练就是为了做这个啊！"

梅笑了，把自己的椅子推开以腾出空间。布兰登跪在她的办公桌前，把新平板电脑放在她的笔记本电脑旁边。短短几分钟，他就把梅的资料和账户全部转存好了。

"好啦，现在我们也给你的手机同样处理一下吧。瞧着。"他把手伸进自己的包里，从里面拿出一部新手机。这部手机比梅自己的那部先进了不少。和那台平板电脑一样，这手机的背面早已刻上了梅的名字。他把新旧两部手机并排放在桌上，很快就通过无线把旧手机中所有的信息都转存进了新手机里。

"好啦。现在新平板和新手机里已经有你原来手机里和电脑硬盘里的一切资料了，我还在云端服务器和公司服务器上把它们备份了一份。你可以在上面访问你存储的音乐、照片、短信和数据，它们永远不会丢失。如果你丢了这台平板电脑或者这部手机，只需要六分钟就可以把所有这些数据提取再转存入另外的电脑或者手机里。即使到明年，甚至下个世纪，这些资料都会好好地保存在那里。"

说完，两人都看了看这些新设备。

"我真希望十年前我们就有这样的系统，"他继续说道，"那时我烧坏了两块电脑硬盘，那就好像你的房子着火了连带着屋里的东西全没了一样。"

布兰登站起了身。

"谢谢。"梅说。

"小事一桩，"他说，"这样我们还可以给你发送软件更新、应用程序等，也能够保证你用的是最新的版本。你应该可以想见，客户体验部门的每一位员工必须使用任意一款软件的同一个版本。好啦，我想事情都办妥了……"说完，他往后退去，随后他停下了脚步。"对了，很重要的一点是公司的所有设备都设有密码，所以我也给你设了一个，就写在这儿。"他递给梅一张纸条，上面写着一列数字和一些深奥难懂的印刷符号，"我希望你今天就能记住它，然后把它扔掉。可以吗？"

"好的，我会的。"

"如果你之后想更换密码，我们可以再改。你只需要告诉我，我就会给你一个新密码。这些密码都是由电脑生成的。"

梅拿起她的旧笔记本电脑，准备把它放进包里。

布兰登看着那台笔记本，就好像它是个入侵物种一样："你愿意让我把它扔掉吗？我们的处理方式非常环保。"

"可能明天再扔吧，"梅说，"我还想和它道别呢。"

布兰登纵容地笑了笑："哦，我懂了。好的。"他鞠了一躬就离开了。布兰登走后，梅看见了安妮，后者正用手托着下巴，歪着头。

"这才是我的小女孩，终于长大了啊！"

梅站起身，伸出双手抱了抱安妮。

"谢谢。"她把脸凑到安妮脖子边，说了一句。

"嗷。"安妮想要挣脱她的怀抱。

梅却把她抱得更紧了："真的很感谢。"

"这没什么，"安妮终于从梅的臂膀间解脱出来，说，"冷静点儿，或者继续？你的拥抱可变得有些情色意味啦！"

"我真的衷心感谢你。"梅声音颤抖着说。

"别别别，"安妮说，"你可别在入职第二天哭哟。"

"抱歉，我只是太感激了。"

"行了，"安妮靠近梅，抱住她说道，"好啦，好啦，老天爷，你可真是个怪人！"

梅深呼吸了几下，直到自己又平静下来："我想现在我能控制住自己的情绪了。对了，我爸爸说他爱你。每一个人都很高兴。"

"好吧。不过这有点奇怪，毕竟我从未见过他哩。但请转告他，我也爱他，深深地爱着他。他性感吗？像一只银狐那样？风流倜傥吗？也许我们能擦出点儿火花呢。言归正传，我们现在能开始工作了吗？"

"好的，好的，"梅说，重新坐下来，"抱歉。"

安妮顽皮地抬了抬眉毛："我感觉就像学校快开学了，而我们才刚刚发现自己被安排进了同一间教室。他们给了你一台新平板电脑？"

"是的，刚刚给我。"

"让我瞧瞧，"安妮检查了一下电脑，说，"哦，这名字刻得真不错。我们会一起陷入麻烦，对吧？"

"希望是吧。"

"好啦，你的组长来啦。丹，你好。"

梅匆匆把脸上可能存有的任何泪水擦干净。越过安妮，她看见一位体格结实、仪容整洁的帅气男士正向她们走来。他穿着一件棕色连帽衫，脸上挂着十分满意的微笑。

"安妮，你好，过得好吗？"他说着握了握安妮的手。

"我很好，丹。"

"对此我感到很高兴，安妮。"

"我希望你知道你有了位很棒的员工。"安妮说着抓住梅的手腕捏了捏。

"哦，我确实知道。"他答道。

"你可得照顾好她。"

"我会的。"他说，脸转向梅，他脸上满意的微笑变成了近乎完全肯定的表情。

"我会时刻关注你是不是在照顾她的。"安妮说。

"很高兴你会这么做。"他说。

"午餐时见。"安妮对梅说完就离开了。

现在只剩下梅和丹两个人了,但他的微笑始终没有改变——这是一种毫不刻意、发自内心的微笑,只有一个真正处在自己希望的位置上的人才能够露出这样的微笑。他拉出一张椅子。

"很高兴在这里见到你,"他说,"我非常高兴你接受了我们的聘请。"

梅试图在他的眼中寻找言不由衷的痕迹,毕竟任何有理智的人都不会拒绝在此工作的机会,然而他的眼中却毫无虚伪之色。丹曾在她求职的过程中面试过梅三次,每一次都是毋庸置疑的诚恳。

"我猜所有文书工作和指纹采集都已经完成了。"

"我想是的。"

"愿意走走吗?"

他们离开她的办公桌,沿着玻璃走廊走了一百码,穿过几扇高大的双开门,来到室外。接着他们爬上了一段宽敞的台阶。

"屋顶平台刚刚完工,"他说,"我想你会喜欢它的。"

当他们来到台阶顶端时,那里的视野简直棒极了。站在屋顶上可以俯瞰几乎整个公司园区、包围着它的圣温琴佐城以及远处的海湾。梅和丹在那里将这一切尽收眼底。接着,丹转脸对她说:

"梅,既然你已经成为公司的一员了,那么我想把公司的一些核心信条告诉你。首先,和我们在这里的工作同等重要(我们的工作非常重要)的是我们希望能够确保你在这里也能成为一个人。当然,我们希望这里成为你的工作场所,但是这里同样应该成为一处人所在的场所。这就意味着要形成一个共同体。事实上，这里必须成为一个共同体。正如你所知，这也是我们的众多口号之一——共同体为首。你也一定已经看见了那些标语，上面写着'人们工作于此'（我坚持要张贴那些标语）。这也是我提出宠物问题的原因。毕竟我们不是机器人，这儿也不是血汗工厂。我们是我们这一代（甚至几代）中最具智慧的一群人。因此，在这里我们要确保我们的人性得到尊重，我们的观点获得尊严，我们的声音有人聆听——这与公司的收益、股价以及职员们在这里做出的一切努力同等重要。这听起来是不是很陈腐？"

"不，不，"梅赶紧答道，"绝对没有。正是因为这个我才会来这里。我很喜欢'共同体为首'的信念。安妮从一开始就告诉了我。在我之前工作的地方，没有人能够很好地沟通交流。那里在各个方面都与这里截然相反。"

丹转身望向东边的群山，山上一块块的绿意仿佛覆盖着一层马海毛。"我很讨厌听到你说的这种情况。既然有了技术做保证，交流应该不成问题，人与人之间的相互理解也应该清晰无疑——这也是我们在这里所做的。你也许会说这是圆环公司的使命，但无论如何，这也是我的执念——交流、理解、清晰明了。"

丹狠狠地点了点头，仿佛刚才那番话全是他的嘴自行说出的，他的耳朵听了觉得其意义颇为深刻似的。

"正如你所知，在'文艺复兴'区我们负责客户体验，简称 CE。有些人或许会认为这是全公司最无趣的部门，但是在我看来，在'智者'们看来，它却是公司一切的基础。如果我们不能为客户们提供令人满意的、人性化的体验，那么我们就无法吸引客户。这是非常基本的道理。我们就是公司人性化的体现。"

梅折服得说不出话来。她完全同意丹的观点。她的前任老板

（那个叫凯文的男人）可没有这样的口才。凯文没有什么工作理念，也没有什么主意想法，他有的只有体味和胡须。想到这些，梅像个傻子一样咧嘴笑了。

"我知道你会在这里大展拳脚的。"丹说着向梅伸出手臂，似乎想把手掌放在她的肩上，但终究还是没有那么做。他的手垂在了身侧。"我们下楼去吧，你也可以开始工作了。"

他们离开天台，沿着宽阔的楼梯走下去，回到梅的办公桌前。在这里，他们见到了一位头发毛绒绒的男人。

"哈，他果然在这儿，"丹说道，"他总是提前到达。杰瑞德，你好。"

杰瑞德的表情很平静，脸上没什么线条，双手耐心地放在宽宽的大腿上，动也没动。他穿着一条卡其布长裤，身上那件领尖有纽扣的衬衫对他来说似乎小了一号。

"杰瑞德将对你进行培训，他也会成为你在客户体验部门的主要联系人。我负责监督整个团队，杰瑞德则负责监督你所在的小组。所以我们是你在这里需要认识的两个重要人物。杰瑞德，你准备好带着梅开始工作了吗？"

"是的，我准备好了，"杰瑞德说，"梅，你好。"他站着，伸出一只手来。梅和他握了握手。杰瑞德的手又圆又软，像个胖胖的小天使的手。

丹和他俩道别后就离开了。

杰瑞德咧嘴笑了笑，一只手摸了摸自己的一头蓬发，说道："那么，现在是培训时间，你准备好了吗？"

"当然。"

"你要喝咖啡还是茶，还是别的什么？"

梅摇了摇头，说："我已经一切就绪了。"

"好极了。我们坐下来吧。"

梅坐下来，杰瑞德把自己的办公椅拖到了她的身旁。

"好的。如你所知，你现在在为小型广告商提供客户维系服务。他们给客户体验部门发了一则信息，这则信息交到了我们部门的某位员工手里。最开始，这些信息是随机分配给部门员工的。但一旦你开始为一位客户提供服务，为方便操作，这位客户的信息就会专门发送到你手中。当你收到客户的询问信息时，你需要设法答复他们，然后把反馈发给他们。这就是你工作的核心内容，理论上来说这很简单。说到这里，你都还明白吧？"

梅点了点头，于是杰瑞德继续把最常见的二十个问题和要求帮梅梳理了一遍，还向梅展示了一些答复样本文件。

"虽然我给你看了这些，但这不意味着你的工作就是把这些答复复制粘贴后发回给客户。你必须确保每一份答复都是针对个人的、具体的。你是一个人，而客户们也是人，所以你不应该模仿一个机器人，也不应该把客户们当做机器人那样对待。你明白我的意思吗？在这里工作的可不是机器人。我们绝不希望客户们认为他们是在与非人的实体打交道，所以你必须总是在工作过程中融入人性化的元素。这听起来还不错吧？"

梅点了点头。她喜欢那句——"在这里工作的可不是机器人"。

他们又模拟了一遍十几种实际中可能遇到的情境，梅在一次次模拟中不断打磨修饰自己的回答。杰瑞德是个很有耐心的培训官，带领她模拟完了每一个情境。每当梅被某个情境难住时，她都可以把这个问题抛给杰瑞德，由杰瑞德来指导回答。杰瑞德说这正是他每天大多数时候所做的工作——接受并且指导客户体验部门的初级员工们回答疑难问题。

"但这种情况不会经常发生。很多问题你都能够立刻给出答复，这一点甚至都会令你自己惊异不已。那么，假如你已经回答了一位客户的问题，他们似乎也已对你的答复感到满意。这时候你就需要给他们发送一份调查问卷让他们填写。这份问卷是一组关于你的服务以及客户整体体验的问题，他们最终还会对此进行评分。然后，他们会将这份调查结果反馈给你，你就能够立刻知道自己的服务如何了。客户们的评分会显示在这儿。"

杰瑞德指了指梅的屏幕的一角，那里有一个大大的数字"99"，底下还有一些其他数字。

"这个大大的 99 就是最后一位客户对你的评分。客户们的评分实行百分制，即他们的评分从 1 到 100。你最近得到的评分会显示在这里，而这旁边的另一个格子中则将显示你当天获得的所有评分的平均值。这样你就时刻能知道自己服务的水平了，包括最近这一次以及整体水平。我知道你现在在想什么，你一定在想：'那么，杰瑞德，这里的平均服务水平是多少分呢？'答案是，如果你的平均得分低于 95 分的话，那么你就需要后退一步，仔细想想自己哪方面需要改进了。这样，也许你在接待下一位客户时就能提高你的平均评分，也许你就能够有所进步。如果你的评分始终在下滑，那么你就需要与丹或者其他团队领导见见面，复习一下那些最佳的工作实践。这个回答可以吧？"

"可以，"梅说，"杰瑞德，我觉得这样真的很棒。我在做上一份工作时，总是不清楚自己做得如何，只有在拿到季度评估时才能对自己的工作状况有所了解。那样太伤脑筋了。"

"那么你会非常喜欢这里的。如果客户们填写好了调查问卷并且给出了评分（大多数客户都会这么做），那么你就给他们发送另一则信息，这则信息是为了感谢他们填写了问卷，并且鼓励他们把此次享受你服务的经验通过圆环公司的社交媒体软件告诉他们的朋友。

理想的情况是，他们至少会给你发一封'极速帖'，或者给你一个微笑或者一个皱眉的表情。最佳情况下，你或许可以让他们发'极速帖'，或者在其他客户服务网站上写点评论。如果有人在网络上称赞他们在你这里获得的服务体验，那么大家就能实现共赢。明白了吗？"

"明白了。"

"好的，那让我们来一次实战吧。准备好了吗？"

梅其实还没有做好准备，但是无法拒绝："好了。"

杰瑞德打开一份客户需求信息，他看了之后很快地轻哼了一声，表示这则信息的性质很基础。他选择了一份样本回答，稍作修改答复了那位客户，并祝他全天一切顺利。整个交流时间只花了大约90秒。两分钟后，屏幕上显示该客户已经回答了调查问卷，也打出了评分——99。杰瑞德放松地靠在椅背上，看向了梅。

"怎么样，这很不错吧？99分很不错，但我还是忍不住要想为什么没拿到100分。让我们看看原因何在。"他打开了客户填写的调查问卷，浏览了其中的回复。"好吧，这里看不出他们到底对体验的哪一部分不太满意。在这种情况下大多数公司都会说，哇，100分拿了99分，这几乎算得上完美了。但我却要说，这确实只是近乎完美。但是在圆环公司，那个丢掉的1分困扰着我们。所以，让我们看看能不能弄清楚问题所在。这是一份我们可以发出的追加问卷。"

他给梅展示了另一份问卷，这份问卷更短，询问客户他们互动的哪些方面值得进一步改善以及如何改善。杰瑞德将这份问卷发给了刚才那位客户。

几秒钟后他们就收到了回复："一切都很好。抱歉，我应该给你打100分的。谢谢你！"

杰瑞德敲了敲屏幕，对梅竖了个大拇指。

"好吧，有时候你就是会碰见一些对数字不太敏感的客户。所以你需要询问他们，确保你能够搞清楚一切。现在我们得到了一个完美的分数。那么，你准备好自己来做了吗？"

"准备好了。"

他们下载了另一份客户咨询信息，梅浏览了样本回答，找到了合适的答案，加以个性化的修饰之后发送给了对方。当调查问卷的结果发还回来时，她获得的评分是 100 分。

一瞬间，杰瑞德似乎对此吃惊不小。"哇，你第一份回复就拿到了 100 分，"他说道，"我就知道你很棒。"很快他找回了原先的镇定："好啦，我想你已经准备好接受更多的咨询了。现在，我要告诉你另一些事情。让我们打开你的第二块显示屏吧。"他转身打开了梅右侧一块更小的显示屏。"这块显示屏是用来发送办公室内部信息的。所有的圆环公司员工都用主馈送系统发送信息，但这些信息会显示在这块显示屏上。这么做是为了清晰地表明信息的重要性，也便于你区分不同信息。你以后会时不时地从这里收到我发来的信息，我也许只是看看你做得如何，或者通知你一些调整信息或者新闻。明白吗？"

"明白了。"

"记住了，一旦你遇到什么棘手的问题都可以把它们发给我，如果你需要停下来和我谈谈，你也可以给我发一则信息，或者直接到我的办公桌那里。我的办公桌就在大厅尽头。我希望我们能在头几个星期里经常保持联系，我找你或者你找我都可以。这样我才能知道你学得怎么样了。所以，如果你要联系我，别犹豫。"

"我不会犹豫的。"

"好极了。那么，你现在做好准备真的开始工作了吗？"

"我准备好了。"

"好的，那么我将开启信息槽，当我把这潮水般的信息向你开放时，你就会拥有你自己的客户队列。在接下来的两小时直到午餐前，你会被这些信息淹没。你准备好了吗？"

梅认为如此："是的。"

"你确定？那么好的。"

他激活了梅的账户，对她做了个敬礼的手势就离开了。信息槽打开了，在接下来的二十分钟里，梅回答了四个问题，平均得分96。她出了很多汗，但那源源不断的信息是电子自动的。

这时，她右边的第二块显示屏上出现了杰瑞德发来的一则信息：目前为止你做得棒极了！让我们瞧瞧你能不能很快把平均得分提高到97分。

我会的！她回复道。

给那些评分低于100分的客户发送追加问卷。

好的。她写道。

梅发出了七份追加问卷，有三位客户将他们的评分调整为了100分。在十一点四十五分之前，梅又回答了十个问题。现在，她的平均得分是98分。

这时，她的第二块显示屏上又出现了一则信息，这条是丹发来的：梅，你干得棒极了！你现在感觉如何？

梅很吃惊。一位团队领导询问你工作近况，而且如此友善，这还是在工作的第一天？

很好，谢谢你！梅回复道。接着打开了下一位客户的问题。

杰瑞德又发来了一则信息。

有什么我能做的吗？有没有需要我回答的问题？

不需要啦，谢谢！梅回复道，我目前一切顺利。谢谢你，杰瑞德！她又将注意力转回到第一块显示屏上。第二块显示屏又弹出了杰瑞德发来的信息。

要知道，只有你告诉我该怎么做我才能帮你。

再次谢谢你！她写道。

截至午餐前，梅已经回答了三十六个问题，她的平均得分是97分。

这时，杰瑞德发来了一则信息：干得漂亮！给那些评分低于100分的客户发送追加问卷吧。

我会的。梅回复道，并给那些她还没有处理的评分客户发去了追加问卷。这么做使她将几个98分变成了100分。这时，她看到了一则丹发来的信息：做得好，梅！

几秒钟之后，第二块显示屏上出现了另一条信息，这条是安妮发来的，显示在丹的那条信息下面。安妮写道：丹说你赞爆了。这才是我的好姑娘！

接着，梅又收到了一则信息，告诉她有人在极速网上提到她了。于是她点击了极速网去查看那帖子。帖子是安妮写的：新人梅赞爆了！安妮已经将此帖发送给了公司园区里的其他所有人——总共10041个人。

这条极速帖被转发了322次，还有187条追加评论。这些都出现在梅的第二块显示屏上，还有人在不断回帖。梅没有时间一一阅读这些回帖，但她滚动着鼠标滚轮匆匆浏览了一遍，这些对她的认可令她很开心。当全天的工作结束时，梅的平均得分是98分。杰瑞德、丹和安妮都发来了祝贺信息。随之而来的还有一连串的极速帖，宣布并且祝贺梅成为安妮所说的"客户体验部门有史以来得分最高的新手"。

截至她工作第一周的周五，梅已经为 436 位客户提供了服务，也把所有的样本回答都牢记于心了。尽管客户们之间各有不同，他们询问的事宜也千差万别，但现在没有什么能让梅感到吃惊。圆环公司的影响力遍布各处，梅早在几年前就凭直觉知道了这一点，如今从这些客户口中得知这一事实（许多公司都必须依靠圆环公司来为它们的产品宣传、追踪它们在网络上的影响力或者了解是谁在何时购买了它们的产品），还是让梅对此有了全新的认识，这一切都在另一个层面上显得那么真实。现在，梅拥有的客户已经遍及路易斯安那州的克林顿市、佛蒙特州的帕特尼市、土耳其的马尔马里斯港、墨尔本、格拉斯哥和东京。这些客户在询问时无一例外都很客气（这得归功于"真实的你"的运用），他们评分时也非常慷慨。

　　到周五上午十点左右，梅当周的总平均得分为 97 分，圆环公司各部门的人员都对她的表现表示了认可。事实上，梅的工作并不简单，客户的需求源源不断地涌来，但他们的问题都大同小异，梅尚可以承受。而且她总是能及时获得客户们对她的评价，因此她很快就找到了较为舒适的工作节奏。

　　梅正要受理下一则客户询问，她的手机收到了一则安妮发来的信息：小傻瓜，和我一起吃饭吧。

　　她们俩坐在一座小山上，两人中间放着两份沙拉。天上的云朵缓缓飘动着，太阳不时从云朵后面露出来。梅和安妮看着三个肤色苍白的年轻人正试图扔一枚橄榄球玩，看他们的穿着似乎是工程师。

　　"话说你真的成了名人呢。我感觉自己就像个骄傲的妈妈。"

　　梅摇了摇头："我才不是什么名人。我还有很多东西要学。"

　　"你当然还要学很多东西。但是你现在就已经得了 97 分！这简直好得无法想象。我上班第一周的得分还不到 95 呢。你一定有天赋。"

这时，两个人的身影投在了她们的午餐上。

"我们能见见这位新人吗？"

梅抬起头，把手架在眉毛上，看着说话的人。

"当然可以。"安妮说。

来人坐了下来。安妮用叉子指着他们，说："这是萨宾和约瑟夫。"

梅和他们握了握手。萨宾有着一头金发，身体健壮，正眯着眼睛瞧着梅。约瑟夫则身形瘦削、肤色苍白，一口参差不齐的牙齿让他显得有些滑稽。

"她已经在瞧我的牙齿啦！"他指着梅哀叹道，"你们这些美国人可真是痴迷于此啊！我感觉自己就像一匹正在被拍卖的马。"

"丹尼的牙齿确实不好，"安妮说，"况且我们这里还有那么好的牙齿护理条件。"

约瑟夫展开了一块玉米煎饼，说："在这里所有人都完美得近乎怪异，而我认为我的牙齿恰到好处地缓解了这种怪异的完美。"

安妮歪了歪头，仔仔细细地研究着约瑟夫："我很确定你应该矫正牙齿，如果不是为了你自己，也应该为公司的士气着想。你会叫人们做噩梦的。"

约瑟夫非常夸张地噘了噘嘴，他的嘴里塞满了烤牛肉。安妮拍了拍他的胳膊。

萨宾转而对梅说："那么你是在客户体验部门工作？"这时，梅才看见萨宾的胳膊上文着一个文身，那是代表无限的符号。

"是的，这是我工作的第一周。"

"我看到目前你做得挺棒。我也是在客户体验部门起步的。几乎所有人都是从那里起步的。"

"萨宾是个生物化学家。"安妮补充道。

梅吃了一惊："你是个生物化学家?"

"是的。"

梅没有听说还有些生物化学家在圆环公司工作："我能问问你在做些什么吗?"

"你能问问吗?"萨宾微笑道,"你当然可以问。但是我不必告诉你什么。"

每个人都为此唏嘘了一阵,这时萨宾率先停止了感叹。

"老实说,我不能告诉你。至少目前还不能。宽泛地说,我的工作主要是生物计量方面的。你知道,诸如虹膜扫描和面部识别等。但目前我正在研究一些新东西。虽然我愿意……"

安妮向萨宾使了个眼色,恳求她别说了。于是萨宾往自己嘴里塞了好些生菜叶。

"对了,"安妮说,"约瑟夫在这里的教育部门工作。他正在努力给那些买不起平板电脑的学校提供平板电脑。他可是个社会改良家。他也是你的新朋友加尔班佐的朋友。"

"是加拉文塔。"梅纠正道。

"啊,你还记得他。你后来又见到他了吗?"

"这周还没有。我太忙了。"

此时,约瑟夫长大了嘴巴,他突然意识到了什么:"你是梅吗?"

安妮抽了抽嘴角："我们刚才不是说过了吗。她当然是梅。"

"抱歉,我刚才没听见。现在我终于知道你是谁了。"

安妮哼了哼鼻子:"怎么,你们两个'小姑娘'一起讨论了弗朗西斯的艳遇之夜? 他是不是还把梅的名字写在了自己的笔记本上,旁边还围满了爱心图案?"

约瑟夫深深地吸了口气:"不,他只是说那晚他遇见了个很好的人，她的名字叫梅。"

"那真贴心。"萨宾说。

"他告诉梅他在安全部门工作，"安妮说，"他为什么要那么说呢，约瑟夫？"

"他可不是这么说的，"梅坚持道，"我告诉过你。"

安妮似乎并不在意梅的话："好吧，我想你可以称之为安全部门。他是在儿童安全部门工作。他几乎是整个预防绑架项目的核心。事实上，他可以照看好小孩子。"

萨宾的嘴里塞满了食物，在奋力地点着头。"他当然会，"她说，嘴里掉出了一些沙拉碎屑和油醋汁，"这是确定了的。"

"什么是确定了的？"梅问道，"他将会防止一切绑架？"

"他可以，"约瑟夫说，"他有足够的动力。"

安妮睁大了眼睛："他告诉过你他的姐姐们吗？"

梅摇了摇头："没有，他没有说他有兄弟姐妹。他的姐姐们怎么了？"

另三位圆环公司的员工面面相觑，似乎在考虑那件事是否应该在此时此刻说出来。

"那件事糟糕透顶，"安妮说，"他的父母非常糟糕。我想他家里有四五个孩子，弗朗西斯是最小的或者第二小的孩子。总之，他的爸爸进了监狱，他的妈妈在吸毒，所以根本没有人照管家里的孩子。我印象中，一个孩子去了他的姑妈姑父家，他的两个姐姐被送到了养父母家，然后他们在养父母家被绑架了。至于她们是被送给还是卖给了那些杀人犯，就不知道了。"

"那些什么？"梅感到浑身无力。

"哦，我的天，她们被强奸了，还被藏进了衣橱中，她们的尸体被抛弃在废弃的导弹发射井里。我是说，这是最最糟糕的事情。

他在倡导这个儿童安全项目的时候跟我们几个人说过这件事。见鬼，你的脸色真糟糕，我真不该说这些的。”

梅说不出话来。

“你应该知道这件事，这很重要，”约瑟夫说，“这也是他如此热衷于这个项目的原因。我的意思是，他的计划几乎可以彻底防止类似事件再次发生。等等，现在几点了？”

安妮查了查手机：“没错，我们得走了。贝利正在举行揭幕式，我们该去大礼堂了。”

大礼堂位于“启蒙时代”里，那里有三千五百个用温暖的木材和哑光钢材做成的座席。当他们到场时，那里已经人声鼎沸，大家都在期待着揭幕式的举行。梅和安妮在第二层楼厅里找到了剩下为数不多的双联座，坐了下来。

“这个大礼堂几个月前刚刚竣工，”安妮说，“花了四千五百万美元。贝利仿照锡耶纳大教堂设计了这个礼堂。很不错吧？”

此时，梅的注意力完全被舞台吸引住了，一个男人正在热烈的掌声中走向用有机玻璃制成的讲台。他约莫四十五岁，身材高大，腰腹圆润但并不肥胖，穿着条牛仔裤和蓝色V领毛衣。讲台上看不见话筒，但当他开始说话时，他的声音被放大了，非常清晰。

“大家好。我的名字叫埃蒙·贝利，”他说道，礼堂里响起了又一轮掌声，被他止住了，“谢谢。很高兴能在这里见到大家。一个月前我曾发表过讲话，那时你们中的一些人还没有加入公司。新人们可以站起来让我看看吗？”安妮推了推梅。梅站起身，环视了一下整个礼堂，大约还有六十个新人也站着，他们大多数都和她一般年纪，看上去都很羞涩，但都很有个性，他们囊括了各个种族和民族，也属于不同的国籍，这得归功于圆环公司聘用国际员工的宽松政策。其他在座的圆环公司员工向新人致以热烈的掌声，其中还夹杂着些许呐喊。梅坐了下来。

"你脸红时看起来真可爱。"安妮说。

梅靠在了座椅里。

"新人们，"贝利说，"你们正在参加一项特殊的活动，叫做'梦想星期五'。在此，我们将展示我们正在做的工作的一部分内容。通常这将由我们的一位工程师、设计师或者畅想家来展示，而有时就由我来做。今天，无论好坏，将由我来展示。我要先对此表示抱歉。"

"埃蒙，我们爱你！"观众中发出了一句呐喊，紧接着传来一阵笑声。

"哦，谢谢你，"埃蒙说，"我也爱你。我爱你就像青草爱露珠，鸟儿爱枝头。"他停顿了片刻，梅也利用这片刻理匀了呼吸。她曾在网络上看过类似的演讲，但如今在这里亲身参与，亲眼看见贝利展现他的才智，亲耳聆听他那手到擒来的雄辩，简直美妙得超乎她的想象。她忍不住想，成为像贝利这样既能言善辩又给人以灵感、在数千观众面前泰然自若的人会是什么样的感觉呢？

"是的，"他继续说道，"距离我上次站在这个讲台上已经有整整一个月了。我知道我取代了那些工程师、设计师、畅想家让你们不满。我很抱歉没能让你们摆脱我，但我意识到我今天没有替补，"这些玩笑话引起了全场的笑声，"我知道你们中的很多人已经在想这家伙今天在这儿要干啥？"

礼堂前排的某个声音喊道："冲浪！"人们又笑了起来。

"没错。这阵子我是在玩冲浪，我今天也正要谈谈冲浪。我喜欢冲浪，当我想要冲浪时，我需要知道哪里有海浪。过去你早上醒来后得打电话给当地的冲浪器材商店，询问他们哪里适合冲浪。然后他们很快就会拒绝接听电话了。"

礼堂中年纪较长的人发出了会心的笑声。

"在手机普及以后，你可以打电话给你那些可能比你先到海边的哥们儿。而他们很快也不再会接听你的电话了。"

观众们又爆发出一阵大笑。

"说真的，每天早上拨打十二通电话是不切实际的，况且你能相信别人吗？冲浪的人可不想在有限的浪潮处看到太多人。所以后来出现了互联网，也陆续有些天才在海滩上设置了摄像头。我们可以登录网络获得在斯廷森海滩拍摄的海浪画面，但是它们非常粗糙。这简直比打电话给冲浪器材商店还要糟糕！这项技术非常原始，流媒体技术也很原始，或者说曾经很原始，直到今天。"

在他身后一块屏幕从上方降了下来。

"好啦，这是它曾经看起来的样子。"

屏幕上是标准的显示器界面，一只看不见的手在网址定位栏中输入了一个叫"观浪"的网站名。一个设计糟糕的网站出现了，网站页面中间有一个很小的、某处海岸线的画面。整个画面被像素化了，画面动作迟缓得滑稽。观众们发出了窃笑。

"这几乎完全没用，对吧？我们知道，最近几年流媒体视频已经进步了许多，但它仍然比实时画面要缓慢许多，镜头质量也很让人失望。我想我们在去年已经解决了质量问题。现在，让我们刷新这个网站页面，看看我们的新型视频传输技术效果如何。"

那个网站页面被刷新了，海岸线的画面经过全屏，所有的问题都完美地解决了。礼堂中的观众们发出了惊叹的声音。

"是的，这就是斯廷森海滩的实时画面。这就是斯廷森海滩此时此刻的样子。看起来很不错，对吧？也许我应该到那儿去，而不是在这儿和你们说话！"

安妮倾身靠向梅："下面他要说的话可棒了，你等着瞧吧。"

"我知道你们中的很多人并没有觉得这有什么了不起。我们都知道，许多机器都可以传输高解析度的流媒体视频，许多平板电脑和手机也已经可以支持这种视频的播放。但是现在我们加入了一些新的层面。首先是我们如何获取这些画面。如果你们知道这些画面并非拍摄自某个巨大的摄像头，而实际上是来自这些东西，你们会不会感到吃惊呢？"

他手里正拿着一个小设备，形状和大小酷似一支棒棒糖。

"这是一枚摄像头，如此高质量的画面正是这个型号的摄像头拍摄的。是的，它拍摄的画面质量如此之高。这就是第一个了不起的地方。如今我们能够用拇指大小的摄像头拍摄出高清晰度、高质量的画面。好吧，或许应该说是个非常大的拇指。第二个了不起的地方是，正如你们所见，这枚摄像头是无线的，它通过卫星来传播画面。"

观众爆发出的新一轮掌声撼动了整个礼堂。

"别急，我有没有告诉你们它使用锂蓄电池，一枚电池的电量可以维持它工作两年？没有吗？好吧，事实就是如此。此外，我们只需要一年时间就可以研制出一台纯太阳能的摄像头了。而且，这枚摄像头防水、防沙、防风、防虫，也不怕动物的破坏，什么都防。"

礼堂中响起了更加热烈的掌声。

"于是我在今天早晨架设起这样一枚摄像头，把它用胶带固定在一根棍子上，未经任何许可擅自把棍子插在了一垛沙丘的沙子里。事实上，没有人知道我把它放在了那里。然后，今天上午我把它打开后就开车回到了办公室，我连接上在斯廷森海滩的'一号摄像头'，就获得了这个画面。很不错。但这还不及我要告诉你们的二分之一。实际上，我今天忙了一整个上午。我开车去了不少地方，在罗德奥海滩也架设了这样一枚摄像头。"

在他说话间，斯廷森海滩的原始画面开始缩小，移动到了屏幕一角。另外一个窗口出现了，上面显示出太平洋沿岸几英里外的罗德奥海滩的海浪。"接下来是蒙塔拉，还有大洋海滩、尖兵堡。"贝利每提及一处海滩，都有相应地点的实时画面出现在屏幕上。现在，六处海滩的画面排列在了网格中，每个都是实地实时画面，而且有着完美的清晰度和色彩。

"你们要记住，没有人看见这些摄像头，我把它们隐藏得很好。对于普通人而言，它们看上去就像野草或者某种树棍，或者其他什么。人们不会注意到它们。也就是说，在今天上午的几个小时内，我在六处海滩都设置了特别清晰的摄像头，它们能够帮助我知道应该如何安排这一天。而我们在这里所做的一切不正是知道从前不知道的事情吗？"

观众们点着头，发出了零星掌声。

"很好，你们中的许多人正在想，'哦，这不过就是闭路电视加上流媒体技术、卫星传输，等等。'不错。但正如你们所知，要想利用现存的技术做到这一切对于普通人来说过于昂贵。但如果这些成了每一个人都能够轻易获得并且负担得起的呢？朋友们，你们要知道，我们计划在短短几个月后以五十九美元的零售价格出售这些摄像头。"

贝利拿出手中的棒棒糖摄像头，把它扔给了坐在前排的一位观众。接到摄像头的女士高高举着它，转身看向台下的观众，脸上挂着愉快的笑容。

"圣诞节前买上十台这样的摄像头，你们就可以知道自己想去的任何地方的情况了——家里、办公室以及路上的交通状况。任何人都可以安装它们。安装顶多只需五分钟。想想这意味着什么吧！"

他身后的屏幕上海滩的画面消失了，一个新的网格出现了。

"这是我后院的景象，"他说，画面上展示着一个小巧后院的实时画面，"这是我的前院、我的车库。这枚摄像头安装在一座小山上，这座山俯瞰着101号高速公路，这条路在高峰期非常拥堵。这枚摄像头则安装在我的停车位附近，它可以确保没有其他人把车停在那里。"

很快，屏幕上出现了十六个不同的画面，每一个都展示着实时图像。

"这些都是我个人的摄像头。我只需要输入'一号、二号、三号、十二号摄像头'等就能够看到它们拍摄的画面。轻而易举。但如何共享这些画面呢？换句话说，如果我的好哥们儿安装了一些摄像头，想让我也能够连接上它们呢？"

这时，屏幕上的网格从十六个窗口增加到了三十二个。"这是莱昂内尔·菲茨帕特里克的摄像头拍摄到的画面。他酷爱滑雪，因此他将摄像头安装在了塔霍地区十二处地点，以便能够辨清那里的滑雪条件。"

现在，屏幕上显示出十二个图像，它们展示着顶峰覆盖着白雪的山峰、冰蓝色的山谷、生长着深绿色针叶植被的山脊的实时图像。

"莱昂内尔可以按他的意愿让我连接上这些摄像头。这就像与人交朋友一样，只是现在我们能够获得他们全部的实时图像。忘了有线电视吧。忘了五百个电视频道吧。如果你拥有一千个朋友，他们每人又拥有十枚摄像头，那么你就有一万个实时镜头可供选择。如果你有五千个朋友，那你就拥有五万个选择。很快你就能够连接上全世界数以百万的摄像头。再想想这意味着什么！"

屏幕分裂成了一千块迷你屏幕，上面展示着海滩、山峰、湖泊、城市、办公室、客厅等的画面。人群中爆发出炽烈的掌声。突然，屏幕变得一片黑暗，从黑暗中出现了一个白色的象征和平的符号。

"现在想想这对人权意味着什么。走在埃及街道上的抗议者们无需再扛着摄像机，试图恰好捕捉到违反人权的暴行或者谋杀，再把在街上拍摄到的画面上传到网络上。现在，这一切只需要将一枚摄像头粘贴在一堵墙上。事实上，我们已经这么做了。"

观众们突然惊愕地肃静下来。

"让我们来看看开罗的八号摄像头拍摄的画面。"

屏幕上出现了一个街道的实时画面。街道上横列着一些横幅标语，一对身着防暴装备的警察站在远处。

"他们不知道我们正在看着他们，但我们确实看得见他们。整个世界都在看，都在听。打开声音。"

顿时他们可以清晰地听见一段阿拉伯语对话，对话出自两个经过镜头边的路人，他们完全不知道镜头的存在。

"当然，大多数摄像头可以手动控制或者能够进行语音识别。瞧瞧这个。八号摄像头，向左转。"

屏幕上那个正拍摄着开罗街道的摄像头的视角向左转去。"现在向右转。"摄像头的视角又向右转去。接着贝利操控它向上、向下、斜向转动，这一切动作都非常流畅。

观众们又一次鼓起掌来。

"要记住这些摄像头既便宜又易于隐藏，而且不需要电线。所以我们可以轻易地将它们安置在任何地方。现在让我们看看解放广场①。"

观众中有人倒抽了几口凉气。现在屏幕上出现了解放广场的实时画面，这个广场是埃及革命的摇篮。

"上周我们已经派人在开罗设置摄像头了。这些摄像头体积非常小，军队根本找不到，他们甚至不知道应该到哪里寻找摄像头！让我们来看看其他的画面。二号摄像头。三号摄像头。四号、五号、六号。"

屏幕上出现了解放广场六个角度的画面，每个画面都非常清晰，观众们可以看见人们脸上的汗水，也可以轻易读出士兵们制服上的姓名标签。

"现在从七号摄像头播放到五十号摄像头。"

这时屏幕上出现了五十个画面组成的网格，它们似乎囊括了解放广场的整块公共区域。观众们又一次欢呼起来。贝利抬了抬手，仿佛在说："还不到时候，还有很多好东西呢。"

"广场现在很安静，但是你们能想象一旦发生点什么它会变成什么样吗？有了这些摄像头，即时问责将成为可能。一旦有士兵做出了暴力举动，他的言行立刻就会被记录下来，供后人观看。他可能因此被指控犯有战争罪等相应的罪行。即使有人把所有记者都赶出广场，摄像头仍然在那里。无论他们做出多少次努力，要把设置在广场上的摄像头全部清除是不可能的，因为它们的体积过小。他们永远也无法确定它们到底在哪里，也无法确定是谁在何时何地设置了它们。这种不明确性能够防止人们滥用权力。如果一个普通士兵担心时刻都有数十台摄像头监视着他的一举一动，你认为他还会在街上拖拽妇女施以暴行吗？他当然会担心，他会害怕这些

① 解放广场，位于开罗市中心。

摄像头，他会害怕'视觉革命'——这是我们给这些摄像头起的名字。"

观众中迅速爆发出一阵热烈的掌声，当他们意识到这一名称的双重含义①时，掌声就更加热烈了。

"你们喜欢它吗？"贝利说，"好的，但是这种摄像头仅仅适用于发生动乱的地区。试想一下如果有一整座城市都处于这样的监视之下，情况又会如何呢？如果人们知道自己随时随地都可能受到监视的话，还有谁会去犯罪呢？我在美国联邦调查局工作的朋友们认为，只要我们能切实并且恰到好处地运用这项技术，它就可以使任何城市的犯罪率降低百分之七八十。"

礼堂中的掌声更加热烈了。

"现在让我们把目光转向世界上最需要透明度却最缺乏透明度的地方。在下面这些分散在全球的地点，我们已经安装了摄像头。试想一下如果类似的事件获得这样的透明度，那么这些摄像头会对过去和未来产生怎样的影响。这些是安装在T广场的五十枚摄像头。"

T广场各个角度的实时画面出现在了屏幕上，观众们又一次沸腾了。贝利继续展示了十几个专制政权的画面，这些地方的当局都不知道自己正处于加利福尼亚三千名圆环公司员工的监视之下——他们无法想象自己会受到监视，也不会想到这种技术已经或者即将成为现实。

现在贝利又一次清空了屏幕，向观众迈近了几步："你们明白我所说的吧？在这种情况下，我同意海牙以及全球人权激进分子的观

---

① 视觉革命的原文 SeeChange 既可以表示视觉方面的革命，又表达出所见能够改变世界的含义。

点。我们需要问责制。暴君将不再拥有藏身之所。我们需要也将会有记录文件和问责制，我们需要目睹事实真相。为了这一目标，我坚持认为世界上发生的一切都必须公之于众。"

最后这句话出现在了屏幕上：

世界上发生的一切都必须公之于众。

"伙计们，我们正处在第二场启蒙时代的开端。我可不是在说公司园区的某栋新建筑。我所说的是一个崭新的时代，在这个时代我们不会再允许人类思想、行为、成就和知识的大部分像流水一样从破桶中泄漏出去。我们曾经纵容过这种情况的发生。那个时代叫做中世纪，又称黑暗时代。多亏了那些僧侣，否则人类所掌握的所有知识都会遗落。但是，我们正生活在一个类似的时代，我们正在丧失我们大部分的所做、所见、所学。事实不必如此。有了这些摄像头，有了圆环公司肩负的使命，我们可以改变现状。"

他转身面对屏幕，读出了上面的话，并邀请在座的观众们将它牢记于心。

世界上发生的一切都必须公之于众。

他转过身面对观众，微笑了。

"好啦，现在我谈谈我家的情况。我的母亲今年八十一岁高龄，她已经不再像年轻时那样行动自如了。一年前她摔坏了臀部，从此我一直很担心她的身体状况。我让她安装安全摄像头，以便我能够通过闭路电视观察到她的情况，但是她拒绝了。现在我总算可以安心了，因为上周在她熟睡时……"

观众中泛起了阵阵笑声。

"请你们谅解！谅解！"他说，"我别无选择。不这么做，她是不可能让我安装摄像头的。所以我趁她熟睡时悄悄潜进房间，在每个房间中都安装了摄像头。它们非常小，所以她永远都不会注意到它们。我会很快展示给你们看。我们能看一下我母亲家中的一号到五号摄像头吗？"

一组图像出现在了屏幕上，其中一个画面中他的母亲身上围着一圈毛巾，正走在一条明亮的走廊中。观众中爆发出了一阵哄笑。

"哎呀，把这个画面去掉吧，"说着，画面消失了，"无论如何，重要的是我知道她很安全，这让我感到很安心。正如我们圆环公司员工都知道的那样，信息透明能使我们安心。我不再需要担心：'妈妈怎么样了？'我无需再担心：'缅甸在发生什么？'"

"如今我们正在生产一百万个这种型号的摄像头，我预计在一年内将有一百万个这样的摄像头运用于实时拍摄。五年内，这一数字将增加到五千万。十年内则会增加到二十亿。届时，我们将能够通过手中的屏幕观察到地球上几乎所有有人类居住的地方。"

观众又一次爆发出呐喊。有人喊道："我们现在就想要它！"

贝利继续道："曾经你在网络上查找，结果只能找到一些质量糟糕、经过编辑的视频片段。而以后你只需登录'视觉革命'，输入'缅甸'一词，或者你高中男朋友的名字。很可能有人已经在附近安装了摄像头，对吧？你对于世界的好奇心应该得到满足，难道不是吗？你想看看斐济风光却没法亲自前往？求助于'视觉革命'吧。你想知道你孩子在学校的表现如何？用'视觉革命'吧。它意味着信息的终极透明。不经过滤，你可以看见一切。永远如此。"

梅倾身靠近安妮，说："这真难以置信。"

"我知道，它确实很棒，对吧？"安妮说。

"那么，这些摄像头是否必须是固定的呢？"贝利说着，伸出一只手指做出否定的姿势，"当然不是。恰好在全球各地都有一些人在帮助我，他们正把这些摄像头戴在脖子上。让我们来见见他们如何？我能获取一下丹尼佩戴的摄像头的画面吗？"

说完，马丘比丘①的画面出现在了屏幕上。这是一个俯瞰整个古代遗址的视角，美得就如同一张明信片。接着画面开始移动，向遗址下方走去。观众们深吸了几口气，接着欢呼起来。

"这是个实时图像，虽然我想这一点已经显而易见了。丹尼，你好。现在让我们来见见身处肯尼亚山的萨拉。"大屏幕上出现的画面是山上的页岩山坡。"萨拉，你能让我们看看山顶的画面吗？"那枚摄像头向上移动，展现出了浓雾笼罩着的山顶的图像，"瞧，这开启了视觉替代的可能性。试想如果我卧病在床或者身体太虚弱无法亲自进山探险，那么我可以让某人在脖子上佩戴一枚摄像头，让她进山，我就在同一时间获得相同的体验了。让我们再去另外几个地方体验一下。"接着，他展示了巴黎、吉隆坡以及伦敦一处酒吧的实时画面。

"现在让我们来用这一切稍稍做个小实验。假设我正坐在家中，我登录了'视觉革命'想要感受一下世界。让我看看雅加达101号公路的路况、波里那斯海湾冲浪的景象、我母亲的家以及我所有高中同学的情况。"

随着他的每一句命令，新的画面不断出现在屏幕上，直到屏幕上同时聚集了至少一百个实时流媒体画面。

"我们将变得全视、全知。"

此时，观众们都站起了身，整个礼堂掌声雷动。梅激动得把头枕在安妮的肩头。

"我们将会知道世界上发生的一切。"安妮悄声说。

---

① 马丘比丘，古代印加城遗址，位于今秘鲁中部偏南。

"你看起来容光焕发。"

"你才是。"

"不，我可没有。"

"你就像有了孩子一样，容光焕发。"

"我知道你的意思。别说啦。"

梅的父亲从餐桌另一侧伸出手来，握住了她的手。这天是周六，梅的父母为庆祝她在圆环公司顺利工作一周而请她吃饭。梅一家总会做这些温情甜蜜的事情，至少最近他们经常这么做。梅是老两口的独生女，在她出生前夫妻俩早就认为自己可能不会有孩子了。在她小时候，梅家里的情况比现在复杂许多。在工作日，她几乎见不到父亲，因为他是夫勒斯诺市①一处办公园区的大楼管理员，每天工作十四个小时，将家里的一切都交给了梅的母亲，后者每周在一家酒店餐厅工作三班。面对这样的家庭压力，梅的母亲养成了一触即发的脾气，通常都是对梅发火。但等梅长到十岁时，她的父母宣布他们在夫勒斯诺市中心附近买下了一处停车场，之后的几年两人轮流管理停车场。每当梅的朋友的父母们告诉梅"嘿，我在停车场看见你妈妈了"或者"请代我再次谢谢你爸爸几天前给我停车券"，都让梅感到很丢脸。但是没多久，他们家的经济状况稳定下来了，他们能够雇用几个伙计来轮班照看生意。当她的父母能够休假一天，并且可以为数月之后的事情做打算之后，他们变得成熟稳重了，成了一对非常安宁、特别和蔼的老夫妻。就好像一年之中，他们在意识中从一对年轻夫妻转眼变成了爷爷奶奶，他们动作迟缓、热情善良，对自己的女儿究竟想要什么却一无所知。梅中学毕业后，他们曾开车带她去了迪士尼乐园，完全不知道梅那时的年龄已经大了，

① 夫勒斯诺市，美国加利福尼亚州中部城市。

不再适合去迪士尼玩耍，况且她独自前去（和两个成人同去实际上与独自前去毫无分别）完全无法获得快乐。但是当时夫妻俩的出发点那么好，使梅根本无法拒绝。最终他们那天过得无忧无虑、非常愉快，就连梅都没有料到她的父母也能如此开心。即使梅在幼年时期因为得不到情感上的安全感而对父母有所怨恨，这些不满都在夫妻俩中年后持续不断给予她的温情中慢慢消逝了。

今天，他们开车到了海边，准备在一家他们能够找到的最廉价的旅馆中共度周末。这家旅馆距离圆环公司有十五英里，看起来有些荒凉。现在，他们仨一起出门，来到一家夫妻俩听说过的貌似高档的餐馆用餐。如果他们当中有人容光焕发的话，那么一定是那夫妻俩。事实上，他俩喜不自胜。

"那么看来，工作很棒？"她母亲问道。

"是的。"

"我就知道。"她母亲放松地坐着，双臂交叉在胸前。

"我永远不会想在其他地方工作。"梅说。

"这真叫人放心，"她父亲说道，"我们也不想让你到其他地方工作。"

她母亲向前探身抓住了梅的胳膊。"我告诉了卡洛琳娜的妈妈，我认识她。"她缩了缩鼻子，这是她能发出的最接近侮辱的声音。"她的反应就像有人在她屁股上敲了一棍一样。她嫉妒得快疯了。"

"妈妈。"

"我不小心把你的工资说漏嘴了。"

"妈妈。"

"我只是说：'我希望六万美元的工资能让她过得下去。'"

"我真不敢相信你竟然把这告诉了她。"

"这是事实，不是吗？"

"实际上是六万两千美元。"

"哦，天哪，那我得打电话告诉她。"

"不，你不会那么做。"

"好吧，我不会。但真是好玩，"她说，"我只是在交谈时无意中透露了这个消息。我的女儿在世界上最诚实的公司工作，并且拥有全额牙医保险。"

"请您别说了。我只是走运罢了。而且安妮……"

她父亲皱着眉往前倾了倾身体："安妮现在怎么样？"

"很好。"

"告诉安妮我们爱她。"

"我会的。"

"她今晚不能来吗？"

"不行，她很忙。"

"但你叫她来了吗？"

"我说了。她向你们问好。但是她还有很多工作要做。"

"她究竟是做什么的呀？"她母亲问。

"她什么都做，真的，"梅说，"她是'四十人帮'的成员。她参与公司所有的重大决定。我觉得她专门负责处理关于其他国家监管规定的问题。"

"我敢肯定她身上责任重大。"

"一定也有很多股票期权！"他父亲说，"我无法想象她能赚多少。"

"爸爸，别想那个。"

"她既然有那么多股票期权，为什么还要工作呢？换做是我的话，我会躺在海滩上，还拥有许多情人。"

梅的母亲把一只手放在了她父亲手上。"温尼，别说了。"接着她对梅说："我希望她有时间享受生活。"

"她在享受生活，"梅说，"我们这会儿说话时她很可能正在参加园区派对呢。"

她父亲微笑着说："我很喜欢你把那叫做园区。这听起来很酷。我们曾经把那些地方称为办公室。"

梅的母亲看起来有些困扰："梅，你说派对？你难道不想去参加吗？"

"我想参加的，但我想见你们呀。那样的派对还有很多呢。"

"但那可是你工作第一周的派对！"她母亲露出痛苦的表情，"也许你应该去的。现在我感觉很糟糕，因为我们让你无法参加派对。"

"相信我，园区每隔一天就会举行一场派对。公司的人都非常爱社交。我在那里会很好的。"

"你没有带午饭去公司吃，对吧？"她母亲问道。当初梅开始在公共事业公司工作的时候，她母亲也曾提醒过这一点——你上班的第一周别带午饭去公司吃，这会传递出错误信息。

"别担心，"梅说，"我甚至连厕所都还没用过呢。"

她母亲对她翻了个白眼："无论如何，我只想说我们为你感到骄傲。我们爱你。"

"和安妮。"她父亲补充道。

"是的，我们爱你和安妮。"

他们三人吃得很快，因为他们知道梅的父亲很快就会感到疲惫。他总是坚持说要出门吃饭，尽管在家里时他很少这么做。他时常会感到疲惫，那种疲乏感有时会突然袭来，分外强烈，几乎能让他晕倒。因此，像这样出门在外必须时刻准备着迅速撤离。他们在吃甜点之前就离开了餐馆。梅跟父母一起回到了他们的房间。房间里散布着这家家庭旅馆主人的几十个玩偶，它们似乎都睁着眼睛看着梅一家。就是在这里梅和父母才能够放松下来，不必担心可能发生不测。梅还没能适应父亲患有多发性硬化症这一事实。尽管他父亲早在数年前就出现了相应的症状，但直到两年前才确诊。他有时说话含糊不清，伸手拿东西会伸过头，最后他曾两度在家里的门厅里伸手开门时摔倒。于是他们卖掉了停车场，赚了不少钱，转而花时间照顾他——这意味着每天花至少几小时集中精力研究药费单或者和保险公司交涉。

"哦，前几天我们遇到了梅塞。"她母亲说道，她的父亲露出了微笑。梅塞曾是梅的一任男友，是她在高中和大学期间认真交往的四个男孩中的一个。但在她父母眼中，他是唯一一个重要的男友，或者说是唯一一个他们承认并且记住的。当然这部分得益于他仍住在那条街上。

"那不错，"梅说，她想结束这个话题，"他还在用鹿角制作枝形吊灯吗？"

"别生气，"她父亲听出梅话中带刺，说道，"他现在做起了新生意。我不是说他喜欢炫耀，但显然他的生意很红火。"

梅需要转换话题。"我目前的平均得分是 97 分，"她说，"他们说这创下了公司新人的得分纪录。"

她的父母一脸迷茫，她父亲缓缓地眨了眨眼。他们完全不知道她在说什么。"亲爱的，那是什么呀？"她父亲问道。

梅没再说下去。当她脱口而出时她就意识到这得花很长时间来解释。"保险方面情况如何？"她刚一问出口就立刻后悔了。为什么她要问这样的问题呢？对于这个问题的回答会占据整个晚上的。

"不妙，"她母亲说，"我说不准。我们的保险计划不对。我是说，一言以蔽之，他们不想为你爸爸担保，而且他们似乎在想方设法赶我们走。但是我们怎么能走呢？我们无处可去。"

她父亲坐直了身体："告诉她药方的事情吧。"

"哦，对了。你爸爸为了消除病痛服用了两年克帕松①。他需要它，没有它……"

"会……非常疼。"他说。

"现在保险公司说他不需要这药，说这药不在他们预先核准的药单上。即使他服用这药已经两年了！"

"他们的做法简直是毫无必要的残忍。"梅的父亲说。

"他们没有提供任何替代药物。没有任何药物来消除疼痛！"

梅不知道该说些什么："我很难过。我能上网找找有哪些替代药物吗？我是说，你们有没有问过医生他们能不能找到其他保险能够支付的药物吗？比如一种通用的……"

这一话题持续了一个小时，等到它接近尾声时，梅已经精疲力竭。父亲的多发性硬化症，她无力去延缓发病，也无法让父亲过上曾经的美好生活——这些都折磨着她，但保险状况又是另外一回事，保险公司的做法是一种不必要的罪行，是落井下石。难道保险公司没有意识到他们没收和否认药物给他们造成的损失，没有意识到他们给这家人带来了多大的失望，没有意识到这只会让她父亲的身体更加恶化也威胁到她母亲的健康吗？即使不说这些，保险公司的做法也是毫无效率的。他们花了很多时间否认药物包含在保单范围内，争论、否认、阻挠——所有这些当然比直接向她父母指明正确的投保方向要麻烦得多。

"够了，"她母亲说，"我们给你带了个惊喜。放哪儿了？温尼，

---

① 克帕松，一种人工合成的肽类制剂，由谷氨酸、丙氨酸、酪氨酸和赖氨酸 4 种氨基酸组成。于 1996 年获美国 FDA 核准用于治疗多发性硬化症，目前已在全球 40 多个国家上市。

在你那儿吗?"

他们一起坐在那张盖着破旧拼布床单的高床上,她的父亲递给梅一个小小的、包裹好的礼物。从盒子的大小和形状看来,有可能是条项链,但梅知道那是不可能的。当她拆开包装、打开那个天鹅绒小盒子后,她笑了。那是一支笔,一种日渐罕见的银色、沉重的钢笔;它需要精心保养,吸水也要小心,观赏的用途大于书写。

"别担心,这不是我们买的。"她父亲说道。

"温尼!"她母亲发出一声悲叹。

"说真的,"他说,"不是我们买的,是我的一个朋友去年给我的。他为我不能工作这事感到很难过。我连打字都很勉强了,我不知道他还送我一支笔做什么。但这家伙一向不怎么聪明。"

"我们想这支笔放在你桌上一定很棒。"她母亲补充道。

"我们难道不是天底下最好的父母吗?"她父亲说。

梅的母亲笑了起来,更重要的是,她的父亲也笑了,他捧腹大笑。在他们身为父母的更加平静的人生阶段,他成了一个爱笑的人,他经常笑,任何事情都能使他发笑。他的笑声也是梅青少年时代最常听见的声音。他会对许多事情发笑——显然很滑稽的事情、大多数人只会报以微笑的事情,即使他本该感到难过的事情也会令他大笑起来。当梅做错事时,他会觉得那很好笑。有一天晚上,梅从她卧室窗户溜出去见梅塞,被她父亲逮个正着,她父亲笑得翻倒在地。一切都很搞笑,关于他那处于青春期的女儿的一切都能令他捧腹。"你真该看看你自己见到我时的表情!太逗了,简直千金不换!"

但后来他被确诊患有多发性硬化症,梅就很少听见他笑了。病痛时常折磨着他。病魔令他无法站起身,他也不再信任自己的双腿,这样的情况过于频繁也过于危险。每周他都会被送进急救室。最终，在梅的母亲近乎英雄般的努力下，他只去几位真正关心他的医生那里就诊，他服用了对症的药物，病情得到了控制——他的病情至少在一段时间内稳定下来。接着保险出现了问题，他坠入这医疗保险的炼狱之中。

然而今晚他精神振奋，梅的母亲也心情愉快，她和梅分享了在家庭旅馆的小厨房里找到的一些雪利酒。很快，她的父亲就穿着衣服躺在被子上睡着了，房里的灯都还全亮着，梅和母亲还在大声交谈着。后来，她们才发现他睡得身上都凉了，于是梅就在父母的床脚边给自己铺了个床铺。

第二天早晨他们睡了个懒觉，之后开车去吃午餐。她的父亲胃口很好，梅看到她母亲装作无动于衷，夫妻俩讨论了一个远方伯父最近创立的古怪企业，似乎是关于在冰水中养殖龙虾的事情。梅知道她的母亲每时每刻都在替父亲担心，毕竟他们连续两顿都外出进餐，所以她母亲特别仔细地观察着她父亲。他看上去心情愉悦，但他的体力很快就衰退了。

"你们慢慢吃，"他说，"我先去车里躺一会儿。"

"我们可以帮你。"梅说道，但是她母亲止住了她的话。她父亲已经站起身向门口走去了。

"他累了，这没事，"她母亲说道，"他只是作息不同罢了。他休息一会儿。他做些事情、走路、吃饭，活动一会儿之后就要休息一下。事实上，这很有规律也很平静。"

她们结了账，向停车场走去。梅看见她父亲的几缕白发露出车窗，他的脸大部分都在窗框以下，人躺在后座上。当她们走到车前时，她们发现他醒着，正向上看着一棵其貌不扬的树那纠缠在一起的枝桠。他把车窗摇了下来。

"哦，今天真是美妙极了。"他说道。

梅和父母道了别就离开了，她很高兴自己能够有一下午的空余时间。她开着车向西边驶去，阳光明媚又和煦，车窗外的风景展现出简单又澄澈的颜色——蓝色、黄色、绿色。当她驶进海岸时，她将车向海湾开去。如果她到得及时的话，她还可以租个皮划艇划上几小时。

是梅塞教会了她划皮划艇，在此之前她一直觉得皮划艇运动既笨拙又无聊——人坐在艇里，身体和水面线齐平，费力地划动那状似冰激凌勺子的奇怪艇桨；那扭曲的动作看上去非常痛苦，动作频率似乎也过于缓慢。但当她和梅塞一起试着划艇时，他们没有划那种专业级别的艇，而是一种更加基础的艇，划艇者坐在艇顶部，腿脚都露在外面。他们围着海湾划了好几圈，速度比她预想的要快得多，途中他们看见了许多麻斑海豹和鹈鹕，这让梅坚信人们大大低估了皮划艇运动的趣味性，也没能好好利用海湾。

当时他们从一片小海滩出发，划艇装备的提供方不需要对他们进行训练，也不要求他们自带装备。你只需支付每小时十五美元的费用，几分钟后你就已经泛舟海湾上了。

今天，梅驾车驶离高速公路，向海滩边开去。她发现那片水域特别安静，澄澈得如同玻璃纸一般。

"喂，你!"一个声音喊道。

梅转过身，看见一位年纪稍长、双腿罗圈、头发卷曲的女人。这是"处女航行"店的老板，名叫玛丽安。她早年靠贩卖文具发了财，后来开了这家运动品商店，十五年来她一直保持着处女之身。这些是在梅第一次来此租艇时玛丽安告诉她的，事实上玛丽安对来租艇的每个人都说了这事，她觉得自己靠卖文具赚了钱又做起了皮划艇和冲浪板租赁生意这件事很有趣，但梅始终不明白这事情到底哪里有趣了。无论如何，玛丽安是个热情大方、乐于助人的人，即使梅像今天这样在关门前几小时还来租赁皮划艇，她也毫无怨言。

"今天的天气条件棒极啦，"玛丽安说，"但别划太远哟。"

玛丽安帮梅把皮划艇推过布满沙砾和碎石的海滩，一直推进海边的小海浪里。她打开梅的救生衣，说道："记住，别打扰那些住在船屋里的人。你的视线可能恰好可以看见他们的客厅，但是别窥探他们的隐私。你今天需要鞋或者防风夹克衫吗？"她问道，"风浪可能会变大呢。"

梅婉拒了，随后赤脚坐进了皮划艇里，身上穿着中午吃饭时穿的羊毛衫和牛仔裤。几秒钟后，她就划着皮划艇从几条捕鱼船和几个冲浪者的身旁经过，来到了海湾开阔的水域中。

在这里，她的身边空无一人。这片水域很少有人涉足，这一点已经困扰了她好几个月。没有人在这里玩喷气式水艇，也没有人在这里划水橇，只有几个渔夫会不时来钓钓鱼，偶尔一艘摩托艇会途经这里。这里可能会有帆船出没，但数量比人们预想的少得多。这片水域过于平静可能是导致这一情况的部分原因，但或许只是因为在北加利福尼亚，人们有太多其他的户外运动可供选择，所以不必来这里？这真是让人费解，但梅并没什么好抱怨的。毕竟这让她一人享受了更大一片水域。

她把艇划到海湾深处，这里的海浪果然更汹涌了，冰冷的海水冲刷过她的双脚，感觉非常舒服，她忍不住伸手去舀了一捧海水来打湿自己的脸和后颈。当她再次睁开眼睛的时候，她看见一只麻斑海豹，就在她前方二十英尺的地方。那海豹盯着她，就好像是一只安静的小狗在打量着闯入自己庭院的陌生人。这只海豹的头又圆又灰，光滑得如同打磨过的大理石，闪烁着光泽。

梅把艇桨放在大腿上，看着正盯着自己的海豹。海豹的双眼像两颗不反光的黑色纽扣。梅没有动，海豹也一动不动。他们仿佛被锁在了相互注视的这一时刻，时间悄然过去，使他俩沉溺其中，双方的注视似乎还将继续。为什么要移动呢？

这时一阵风向梅这里吹来，风里带来了海豹身上强烈的味道。她上一次划皮划艇时就已经注意到了这种动物身上特有的味道，这种强烈的气味就像金枪鱼的味道再混合上还没洗澡的狗身上的味道。还是处在上风处比较好些。那只海豹仿佛突然感到了尴尬，一溜烟钻进了水里。

梅继续远离海岸向前划去。她看到海湾深处、在半岛拐角附近有一个红色的浮标，于是决心努力划到那里。划到那里需要大约半个小时，在途中她还会经过几条锚定了的驳船和帆船。这些船大多数都已经被改装成了某种家宅。她知道她不应该向那些屋子的窗户里张望，但她忍不住要那么做——里面的情况实在太叫人好奇。为什么这艘驳船上停着一辆摩托车？为什么那艘游艇上插着一面南方联盟国的旗帜？她还看见一架水上飞机在远处盘旋。

梅身后的风突然大了起来，借助风力她很快划过了那个红色的浮标，更接近远处的岸边了。梅原本没有计划在那里上岸，此前也从来没有横穿过整个海湾，但很快远处的海岸就出现在了她的视野中，并快速向她靠近。很快，她身下的海水逐渐变浅，水中的鳗草也清晰可见。

她跳出皮划艇，双脚踏上岸边圆润光滑的碎石。正当她要把皮划艇拉上岸时，身后的海水突然涨了起来，淹没了她的双腿。这不是一波海浪。事实上，海平面似乎突然整体上升了。上一秒她还站在干燥的海滩上，下一秒海水就淹没了她的小腿，浸湿了她的裤子。

当海平面再次下降之后，出现了一长条外表奇怪、仿佛装点着许多珠宝的海草——它闪烁着蓝色、绿色的光，从某个角度看甚至是彩虹色的。梅把它捡起来，放在手中，它的触感很光滑，坚韧有弹性，边缘有错综复杂的皱褶。梅的双脚被浸湿了，海水像雪水一样冰冷，但她丝毫不在乎。她坐在布满碎石的海滩上，捡起一根木棍，划过光滑的碎石开始画画。躲藏在碎石下面的小螃蟹们受到了惊扰，匆忙寻找其他的庇护所。一只鹈鹕栖息在了海滩那头一根枯死的树桩上，那根树桩经过风吹日晒、海浪漂洗，已经成了白色，从钢灰色的海水中向斜上方伸出，懒懒地指向上方的天空。

突然，梅发现自己在轻声哭泣。她父亲的状况很糟糕。不，他还没有那么糟糕。他正保持着尊严，努力面对困难。但是今天上午，他父亲似乎很疲惫，有种挫败感，或者说是一种听天由命的态度，就好像他自己知道他无法在抗击病魔的同时和保险公司作战。而梅丝毫帮不上忙。她可以辞去工作，帮忙打电话，与保险公司抗争来让父亲的身体好起来。这是一位好女儿应该做的，也是父母的好儿女、唯一的女儿应该做的。三到五年后，她的父亲可能就无法再随意走动，生活都无法自理了；作为一个孝顺的女儿，她将会利用这三到五年陪伴他、帮助他和她的母亲，为家里出一份力。然而，她知道她的父母不会让她那么做的。他们不会允许她这么做。因此，她陷入了一个两难境地——一边是她需要并且热爱的工作，另一边则是她无法帮到的父母。

无论如何，尽情哭泣使梅感觉好多了。她的肩膀颤抖着，感受着热泪滑过自己的脸颊，流进嘴里，有种咸咸的味道，她用衬衣下摆擦去鼻涕。她哭完之后，又把皮划艇推进了海里，开始返航。她惊讶地发现自己划桨的节奏都变得轻快起来了。当她来到海湾中部时，她一度停下了。此时，她脸上的泪水已经干了，呼吸也已经平稳下来。她感到既平静又坚强，但她此时已经不再想划到之前的那个红色浮标那里了，她坐在皮划艇中，把桨放在大腿上，任由身体随着海浪轻轻摇摆，感受着温暖的太阳慢慢晒干她的双手双脚。当她远离岸边的时候，她总会这么做——就这么静静地坐在艇中，感受着身下深不可测的大海。这片海域有猫鲨、蝙蝠鱼和水母出没，偶尔还能看到鼠海豚，但现在，她一只动物也没看见。它们正躲在幽暗的深海，活动在那个黑色的平行世界中。梅知道它们就在海里，却不知道具体在何处，对它们的其他情况也一无所知。这些在此时此刻却颇为奇怪地显得合情合理。她能看见远处，海湾口延伸至远海。在那薄雾笼罩的海湾口，一艘集装箱货运船正驶向公开水域。她考虑要不要前进，但打消了这个念头——现在她不需要去任何地方。待在这港湾的中心，什么也不做，什么也不看，这就足够了。她留在原地，慢慢地随波逐流，就这样消磨了近一小时。偶尔，她能闻到那种类似狗和金枪鱼的味道，一转身就能看见一只对她充满好奇的海豹，他们会相互打量，她不禁要想这海豹是否也和她有同样的想法，认为现在这种状态很棒，他们能够独享这片海域又是多么幸运。

接近傍晚，从太平洋吹来的风逐渐强劲起来，划回岸边就比较吃力了。等回到家里时，梅的上臂仿佛灌了铅一般，连头脑都不那么灵光了。她给自己做了份沙拉，吃了半包薯片，看着窗外发呆。八点时她就入睡了，一睡就睡了十一个小时。

正如丹此前提醒过她的，今天上午梅非常忙碌。早上八点，丹就召集了包括梅在内的一百多名客户体验部门的职员，提醒他们每周一上午重新开始受理顾客问询总是具有一定风险的，因为所有希望在上周末得到答复的客户们一定希望在周一上午能够获得满意的答复。

他说得一点儿没错。网络阀门刚一开启，客户们的问询就如潮水般铺天盖地地涌来，梅一刻不得闲地一直工作到十一点左右，才得到了片刻的休息。到此时，她一共处理了四十九桩问询，平均得分为91分，这是她迄今为止得到的最低均分。

别担心。杰瑞德发来了一条信息。周一上午的得分通常就是这样。记得发出尽可能多的追加问卷。

一整个上午，梅都在向客户发送追加问卷，但她得到的结果却不尽如人意。客户们似乎都很暴躁。那天上午梅收到的唯一的好消息是弗朗西斯通过公司内部渠道给她发来了一则信息，约她中午一起吃饭。根据公司官方规定，梅和其他客户体验部门的员工一样，中午有一小时的就餐时间，但是她从来没有看见身边的哪位同事用餐超过二十分钟。于是她也只给自己二十分钟的时间吃饭，但是她母亲曾经告诉她，吃午餐其实是严重的失职。这话一直在她的脑中回响。

她到达玻璃餐厅的时候已经比约定的时间晚了。她上下左右四处环顾，终于看见弗朗西斯坐在上方的平台上，他的双脚从高高的有机玻璃搁脚凳上垂下来。她向他挥了挥手，却没能引起他的注意。她又尽可能谨慎地朝他喊了几句，可他还是没有发现她。于是，尽管梅觉得这么做很傻，她还是给弗朗西斯发了条信息。她看着他收到信息后环顾整个餐厅，终于看见了她，向她挥了挥手。

梅排队领了一份蔬菜卷饼和一种新式有机苏打水之后就在弗朗西斯身边坐下了。弗朗西斯穿着一件起皱但却干净的衬衫和一条木工裤。他所在的平台正好俯瞰着室外游泳池，一群员工正在游泳池中打着水中排球。

"这群人并不怎么擅长运动啊。"他评论道。

"的确。"梅附和道。当弗朗西斯看着底下四处溅起的水花时，梅正努力将眼前的这张脸与她记忆中自己来这儿第一晚看见的那张脸相对比——同样浓密的眉毛，同样高挺的鼻子。但是眼前的弗朗西斯身形似乎缩小了一些。他的双手正拿着刀叉把卷饼切成两半，它们看起来特别纤细。

这时，他说："公司拥有这么多运动设施，员工们却几乎没有人擅长运动，这简直荒唐。这就好像一家信仰基督教科学派的人偏偏住在一家药店隔壁一样。"接着，他转过头看着梅。"谢谢你能来。我之前还在想我还能不能再见到你呢。"

"是啊，我最近工作太忙了。"

他指了指自己盘中的食物："抱歉，我已经开吃啦。但说实话，我都不确定你是否真能露面。"

"抱歉我迟到了。"她说。

"别这么说，相信我，我知道你很忙。你需要处理周一大量的客户问询，客户们一定都迫不及待，所以你估计都不怎么顾得上吃午饭了。"

"我不得不说，我很抱歉上次我们以那样的方式结束了交谈。我为安妮的事向你说声抱歉。"

"你们后来真的去约会了吗？当时我试图找个地方观察你俩究竟做了什么，但是……"

"不，我们没有。"

"我想如果我当时爬到树上……"

"不，我们不是那种关系。安妮就是那样，她是个傻瓜。"

"她是个在这里恰好跻身顶层的傻瓜。我真希望我也是她那样的傻瓜。"

"你当时正在说你童年的事情。"

"天呐，我竟然说了这个。我能怪我当时酒喝多了吗？"

"你不必什么都告诉我。"

梅感觉糟透了，她知道自己做了什么——她希望他能把一切都告诉自己，这样她就能把此前从别人那里听来的二手故事与他亲口告诉她的故事做个比较了。

"不，没关系，"他说，"我小时候有很多人来照顾我，他们都是政府委派的人。那算是很棒的经历。你的午休还剩多长时间，十分钟？"

"我可以午休到一点钟。"

"好的，那你还剩下八分钟。你吃饭，我说话，但我不会谈我的童年，你应该知道得够多啦——我猜安妮已经把那可怕的事情告诉你了，她很喜欢对别人讲那件事。"

于是，梅尽力以最快的速度吃了尽可能多的食物，而弗朗西斯谈起了昨晚他在公司影剧院看的一部电影。显然那部电影的导演到现场展播了自己的电影，之后又回答了大家的问题。

"那部电影讲述了一个女人的故事，她杀死了自己的丈夫和孩子。在之后的问答环节中，我们才知道这部电影的导演本人也陷入了和她前夫旷日持久的监护权之争。因此，我们大家都在想，这位女士只是试图在荧幕上解决自己的问题，还是……"

梅笑了，突然她想起了弗朗西斯那可怕的童年，于是立刻止住了。

"没关系，"他说，他明白梅为什么突然不笑了，"我不希望你觉得你与我相处时要处处小心。事情已经过去很久了，况且如果我自己对这方面感到不适的话，我就不会致力于发展'守护儿童'这个项目了。"

"但不管怎么说，我还是很抱歉。我总是不知道该说什么。那么，那个项目进展得好吗？距离你的目标还有多……"

"你还是感到措手不及啊！我喜欢这一点。"弗朗西斯说道。

"你喜欢措手不及的女人。"

"尤其是在我面前感到措手不及的女人。我希望你小心翼翼、猝不及防、担惊受怕、束手束脚并且甘愿臣服于我。"

梅希望自己笑笑，却笑不出来。

弗朗西斯盯着自己的餐盘说："见鬼。每当我的脑袋将车好好地停在车道上的时候，我的嘴都会不知分寸开车冲出车库。抱歉，我发誓我并不是这么想的。"

"没关系。跟我说说……"

"'守护儿童'计划，"他抬起头，问，"你真的想知道？"

"是的。"

"我这么问是因为我一旦谈起它来，就会滔滔不绝，相比之下你周一接到的问询大潮简直就是一通简短的电话。"

"我们还剩五分半钟的时间。"

"好吧，你还记得他们在丹麦实施的植入计划吗？"

梅摇了摇头。她依稀记得那里发生过一起严重的儿童绑架和谋杀案……

弗朗西斯看了看表，仿佛知道解释丹麦事件将占用他一分钟的时间。他叹了口气，开始说道："两三年前，丹麦政府尝试实施一项计划，他们将芯片植入儿童的手腕中。这很简单，只需要两秒钟，没有健康隐患，而且芯片立刻就可以开始工作。这样，所有的家长每时每刻都可以知道自己的孩子身在何方。他们将接受芯片植入的孩子年龄控制在十四岁以下，一开始一切安好。由于只有极少数人反对此项计划（事实上它得到了人们的一致赞成），当局没有召开法庭质询。家长们非常欢迎这项计划，我是说，他们爱死它了。那些可是孩子啊，我们应该想尽办法确保他们的安全，不是吗？"

梅点了点头，但她突然想起这件事最终的结局非常可怕。

"然而有一天七个孩子失踪了。警察和父母们心想，嘿，这没什么大不了，我们知道孩子们在哪儿。他们开始追踪芯片，但当他们追踪到芯片信号时，发现七枚芯片的信号都指向同一个停车场。他们在这个停车场的一个纸袋中找到了这些芯片，它们血迹斑斑。只有这些芯片，却不见孩子的踪影。"

"我现在想起来了。"梅感到一阵恶心。

"一周后他们找到了孩子们的尸体。这时公众们陷入恐慌，每个人都失去了理智。他们认为是这些芯片导致了绑架，认为芯片激起了凶手的犯罪欲望，让绑架和谋杀显得更具诱惑力。"

"这太可怕了。于是芯片计划就这么终止了。"

"是的，但是人们的这种推理是不合逻辑的。尤其是在这里，在美国每年发生大约一万两千起绑架案吧？还有多少起谋杀案？问题在于芯片植入的部位有多浅。任何人都能轻易砍下别人的手腕，这简直易如反掌。但我们在这里做的实验……你见过萨宾了吗？"

"见过了。"

"她就在我们的团队中。她不会告诉你这一点，因为她不能告诉别人自己所作的相关研究。但是为了保障儿童的安全，她已经想出了一个办法，可以把芯片植入骨头。这就完全不同了。"

"哦，天呐，哪里的骨头？"

"我觉得那并不重要。你的表情很奇怪。"

梅急忙换了副表情，尽量使自己看起来不偏不倚。

"当然，这听起来很疯狂。我的意思是，有些人一听到要把芯片植入我们的脑袋或者身体里就会抓狂，但其实这在技术层面上并不比无线对讲机先进多少。它其实什么都不做，只是告诉你某个东西在哪里。事实上，这种技术已经无处不在了，你购买的任何一种产品当中都有这样的芯片。你买一套立体声音响，它有块芯片。你买一辆车，它有一堆芯片。有些公司把芯片安装在食品包装里，以确保食品在送达市场时仍是新鲜的。芯片只是个非常简单的跟踪器。如果你把芯片植入骨头，它就会待在那里，但与手腕中的芯片不同，肉眼是看不见它的。"

梅放下了手中的蔬菜卷："真的在骨头里？"

"梅，想象一个世界，在这个世界中永远没有针对儿童的犯罪，不可能有。一旦一个孩子不在他应该在的地方，一个庞大的预警系统就会启动，人们迅速就能追踪到这个孩子的下落。每一个人都能追踪到他。所有的政府当局都会立刻知道他失踪了，而且知道他到底身处何地。他们可以打电话给孩子的父母，说：'嘿，他只是在逛商场。'或者他们可以在几秒钟之内追踪到某个猥亵儿童者。绑架者唯一的希望就是抓住一个孩子之后把他带进森林里，施以暴行，再在全世界抓住他之前逃离现场。但是他只有在一分半钟的时间内完成这一切，才有可能逃出法网。"

"那如果罪犯阻止芯片发射信号呢？"

"这当然是个办法，但谁能拥有这么专业的技术呢？世界上有多少恋童癖者同时又是电子天才呢？我想应该屈指可数吧。所以用这样的方法，可以使绑架、强奸、谋杀儿童的罪行减少99%。而做到这一切付出的唯一代价仅仅是在孩子们的脚踝内植入一枚芯片。你是希望有一个脚踝内安装有芯片但是能够安全长大、跑去公园玩耍、骑自行车上学的孩子呢。"

"你准备说还是。"

"是的，还是希望你的孩子死掉？或者每当你的孩子走去公交车站，你都要替他担心，如此多年备受煎熬？我的意思是，我们已经对全世界的父母们做了调查，结果是一旦父母们克服了最初的拘谨之后，88%的人都会同意这种做法。一旦他们认为这项技术可以实现，他们就会向我们呐喊：'为什么我们现在还没有这些芯片？它们什么时候问世？'我是说，这将为年轻人开启一个崭新的黄金时代，一个无忧无虑、绝对安全的时代。见鬼，你迟到了，瞧。"

他指了指时钟，已经一点零二分了。

梅立刻向办公室跑去。

下午的工作近乎残酷，梅的平均得分勉强达到了93分。这天结束时，她已经筋疲力尽。她看到自己的第二块显示屏上出现了一条丹发来的信息。你有空吗？公司社交平台"圆环社"的吉娜女士想和你面谈片刻。

梅回复道：可以控制在十五分钟吗？我还有一些追加调查需要发送，而且从中午到现在还没有撒过尿呢。这的确是事实。在刚刚过去的三个小时内，她一直没有离开过自己的座椅，她还想看看自己能不能把平均得分提高到93分以上。她确信丹之所以想让自己与吉娜见面就是因为自己这么低的平均得分。

丹的回复只有几个字：谢谢你，梅。梅在去卫生间时一直在脑中反复思考着这几个字。他是为她能够抽出十五分钟表示感谢呢，还是针对她此前出乎意料的亲密表达而特意严肃地表达感谢，以拉开彼此间的距离？

梅快要走到卫生间门口的时候看见了一个男人，他穿着闪亮的绿色牛仔裤、舒适的长袖衬衫，正站在走廊里的一扇狭窄的高窗下，盯着自己的手机看。沐浴在手机屏幕蓝白色的光线中，他好像在等待屏幕上出现指令。

梅走进了卫生间。

当她开门走出来时，发现那个男人仍然站在原地，不过这回正看着窗外。

"你好像迷路了。"梅说。

"没，我只是想在上楼前理理思路。你是这里的员工吗？"

"是的。我是这儿的新人，在 CE 工作。"

"CE？"

"客户体验部门的缩写。"

"哦，对。我们曾经称之为客户服务部门。"

"这么说你不是这里的新人？"

"我？不，不，我来这里已经有些年头了，但不是在这座大楼里。"他微笑着，向窗外看了看。趁着他把脸转向一边，梅仔仔细细打量了他。他有着深色的眼睛、椭圆的脸蛋、灰色近乎白色的头发，但他肯定不超过三十岁。他虽然瘦削但肌肉有力，紧身的牛仔裤和长袖衫为他的剪影增加了一种类似书法般刚柔并济的轮廓。

他重新把脸转向梅，眨着眼睛，嘲笑自己糟糕的举止："抱歉，忘了作自我介绍，我是卡尔顿。"

"卡尔顿？"

"这是藏语，"他说，"意思是金色的。我的父母总是想去西藏玩玩，可惜他们最远只到过香港。你叫什么名字？"

"梅。"说完两人握了握手。卡尔顿的握手有力却敷衍。梅猜想一定有人教过他握手，他却没能领会握手真正的意义。

"这么说来你没有迷路。"梅说，她意识到自己应该回办公室了。今天她已经迟到过一回了。

卡尔顿察觉了梅的意图："哦，你得走了。我可以送你一程吗？我只是想看看你在哪里工作。"

"呃，"梅说，她现在感到非常不安，"当然可以。"要不是梅已经对公司有所了解，还看到卡尔顿脖子上戴着身份绳，她很可能把卡尔顿当做一个在大街上漫步的闲逛者，或者是某种企业间谍，毕竟卡尔顿有着强烈的但没有明确目标的好奇心。但梅了解得还不够多，她在圆环公司仅仅工作了一周。所以，这可能是对她的检验，又或者卡尔顿只是一个古怪的同事。

梅把他领到了自己的办公桌前。

"你的桌子很干净。"他说。

"是的。你要知道，我刚到这里不久。"

"我知道'智者'中的一些人很喜欢圆环公司的员工保持整洁的桌面。你有没有在这附近看见过他们？"

"谁？'智者'吗？"梅自嘲道，"他们可不会出现在这儿，至少目前没有还没出现过。"

"是啊，我猜也是，"卡尔顿说完弯下腰来，把头凑在梅的肩膀旁，"我能看看你在做什么吗？"

"我的工作？"

"对，我能看看吗？我的意思是，如果这不让你感到不适的话。"

梅停顿了片刻。她在圆环公司遭遇的任何事、见到的任何人都遵循同一套逻辑和节奏，但是卡尔顿却一反常态。他的行事节奏与众不同，不着调，很奇怪，却并不让人感到不快。他的表情很坦然，他的眼睛水灵、温柔又谦逊，他说话语气非常温和，丝毫没有威胁的感觉。

"我想可以，"梅说，"但是我的工作一点儿也不激动人心。"

"也许如此，也许并不是这样。"

于是他看着梅处理了几个客户的问询。当她似乎完成了日常工作的每一部分之后，她转脸看向卡尔顿，只见他眼中倒映着闪闪发光的显示屏，脸上的表情全神贯注，就好像他一生中从来没有见过比这更有意思的事了。但有时他又好像神游千里之外，仿佛在看着什么梅看不见的东西。他的眼睛盯着显示屏，但他好像在看某个深藏在显示屏里的东西。

梅继续工作着，卡尔顿也继续时不时地提问："现在的这人是谁？""这种情况多久会出现一次？""为什么你那样回答？"

他靠得太近了，如果他是个有个人空间意识的正常人，他一定会意识到他们靠得太近了，但显然他不是这样的人，不是正常人。当他看着屏幕或者梅在键盘上打字的手的时候，他的下巴几乎快要碰到她的肩膀。梅能听见他轻轻的呼吸声，闻到他微微吐出的呼吸中他的味道，那是一种香皂混合着香蕉味洗发水的味道。这种体验非常古怪，以至于梅每隔几秒钟就要紧张地笑笑。除此之外，她不知道该怎么办。突然，这一切结束了。他清了清嗓子站起来。

"我想我应该走了，"他说，"我会乖乖溜走。我不想在这里打乱你的节奏。我想我一定会在园区里再次见到你的。"

他就这样离开了。

梅还没来得及梳理刚刚到底发生了什么，一张新的面孔就出现在了她身边。

"你好，我是吉娜。丹有没有说过我会来这儿？"

梅点了点头，虽然她早已把这事忘到九霄云外了。她看着比自己年长几岁的吉娜，努力回忆起关于吉娜或者这次会面的事情。吉娜的眼睛是黑色的，画着浓重的眼线和月光蓝色的眼影。这双眼睛正向她微笑，但梅从它们或者吉娜本人身上感受不到一丝温暖。

"丹说现在为你建立起人际关系网再合适不过了。你现在有空吗？"

"当然。"梅答道，尽管她现在一点儿空闲也没有。

"我猜上周你太忙了，还没来得及建立起你的公司社交账户吧？你一定也没有输入你原来的个人简介。"

梅默默地骂了自己几句："抱歉，我一直太忙了。"

吉娜皱了皱眉头。

梅赶忙改口，笑了一声试图掩饰自己的失算："不，是好的那种忙！只是我还没有时间来做业余的事情。"

吉娜歪了歪脑袋，夸张地清了清嗓子。"你这么说非常有趣。"她微笑着说，但她看上去并不高兴，"事实上我们会看你的简介，以及上面提及的各种动态，包括你在公司的参与度。通过这个渠道，你的同事们，甚至是公司其他园区的同事们，才能知道你是谁。交流当然不是业余的事情，对吧？"

梅现在感到非常尴尬。"对，"她说，"当然。"

"如果你访问一位同事的页面，并且在上面留言，这是件好事。这就是交流。这是在联系他人。当然不需要我说你也知道，这个公司之所以存在，全依靠你视之为'业余'的社交媒体。我听说你在来公司之前就使用过我们的社交媒体工具。"

梅不知道此刻她该说什么才能平息吉娜的不满。她工作一直非常忙碌，而且她不想让自己看起来三心二意，因此她迟迟没有激活自己的社交简介。

"对不起，"梅最终说道，"我并不是有意要说它是业余的。事实上我觉得它至关重要。只是我还在适应这里的工作，想暂时集中精力学习如何担负起我的新职责。"

然而吉娜正说到劲头上，她不把自己的想法全部说完是不会罢休的：“你知不知道社区（community）和交流（communication）这两个词其实源于同一个词根（communis），这个词在拉丁语中的意思是共通的、公共的、大家或者大多数人所同享有的？”

梅的心脏在怦怦直跳：“非常抱歉，吉娜。我为了能来这儿工作费了很大劲儿。你说的这些我都懂，我之所以到这里来就是因为我相信你所说的一切。只是上周我太忙了，没能把这件事情搞定。”

“没关系。但是你要知道，从现在开始你必须重视社交，必须保持在线，不仅是你的个人页面，还有你其他所有的相关账户——这正是你来这里的原因。我们认为网络在线也是你在这里的工作不可或缺的一部分。它们都是相互关联的。”

“我明白了。我为我错误地表达了自己的想法向你再次表示歉意。”

“很好。那么，让我们先来把这个搞定吧。”吉娜把手伸到梅办公桌隔板的另一边，拿来了另一块显示屏，这块显示屏比梅的第二块显示屏大。吉娜很快把它调试好之后就把它连接到了梅的电脑上。

“好了，现在你的第二块显示屏仍会是你与你的团队保持联系的工具，仅供在客户体验部门内部使用。你的第三块显示屏是专门为你在圆环公司内部以及公司其他园区进行社交而服务的。你明白了吗？”

“明白。”

梅看着吉娜激活了那块显示屏，顿时感到一阵兴奋。她从来没有享受过如此细致的安排。对于她这样处于公司职位阶梯底层的员工来说，公司就已经提供了三台平板电脑！这只有圆环公司才能做到。

“首先，我需要设置你的第二块显示屏，”吉娜说，“我想你一定还没有激活‘圆环搜索’软件，我们现在就激活它。”说完，显示屏上出现了一幅精细的公司三维地图。"这非常简单，如果你需要与公司的某个人见面，这张地图可以帮助你找到他。"

吉娜指了指一个正在闪烁的红点。

"你在这里。你炙手可热！"吉娜突然意识到这句话也许不太得体，赶忙接着说，"哈，我开个玩笑。你不是说你认识安妮吗？那我们就把她的名字输进来。"一个蓝点出现在了"老西部"，"不出所料，她正在她的办公室里。安妮是个工作狂。"

梅微笑道："没错。"

"我真嫉妒你和她那么熟，"吉娜说，她浅浅地微笑了一下，笑容有些虚伪，"在这里你能看到一个很酷的新应用程序，它能告诉我们大楼每天的情况。你能看见每天每个员工到达和离开大楼的时间。这能让我们切实体会公司的生活。当然，你不需要自己更新这部分内容。如果你去游泳池，你的身份会自动更新这条信息到系统中。除了你每天的活动，你还可以根据自己的意愿增加评论，我们鼓励大家这么做。"

"评论？"梅问道。

"哦，就是诸如你觉得午餐如何、健身房的新特色，等等。就是简单的评分、喜好和评价而已，没什么特别的。当然大家写的所有内容都有助于我们更好地为圆环社区服务。评论就写在这里。"她说着展示给梅看，每栋大楼、每个房间都可以点击，在其中可以添加对于任何人事物的评价。

"这就是你的第二块显示屏了。它是关于你的同事、你的团队的，也会帮助你找到人们在哪里。现在让我们来瞧瞧真正有趣的东西——你的第三块显示屏。你的社交页面和极速网页面都会出现在这里。我听说你还不是极速网用户？"

梅承认自己还不是，但是想要成为它的用户。

"很好，"吉娜说，"现在你拥有了极速网的账户。我给你的账户取了个名字——'梅之日'，就像那个战争纪念日，怎么样，很酷吧？"

梅不确定这个名字是好是坏，也想不起来有哪个纪念日是叫这个名字的。

"现在我把你的极速网账户和整个圆环社区连接起来，于是你刚刚获得了10041个新的关注！很酷吧。至于你自己每天发极速帖的次数，我们希望是十个左右，但这几乎是最低要求了。我相信你会有比这更多的帖要发的。对了，这里是你的歌曲播放列表，这上面排列着任意某年某月某日你最常播放的歌曲。上面还有整个公司园区最受欢迎的百首歌曲，当然你还可以用各种方式进行筛选，比如最受欢迎的嘻哈歌曲、独立歌曲、乡村歌曲，等等。基于你播放的歌曲以及与你有着相似爱好的人在听的歌曲，它还会给你推荐更多歌曲——在你工作的同时，这些信息就在相互传递。你清楚了吧？"

梅点了点头。

"在极速网信息接收端口的旁边，你能看到你最主要的社交窗口。我们将它划分成了两部分，'内圆环'接收口和你的外围社交'外圆环'接收口。很不错吧？你可以将两者合并，但是我们发现将它们保持分离比较有用。当然，这个'外圆环'仍然在圆环公司内部，对吧？一切都在公司之内。以上我说的这些，你都明白吗？"

梅回答说明白。

"我真不敢相信你在没有登录主社交平台的情况下在这里工作了一周。等你登录了社交平台，你的世界将彻底改变。"吉娜轻轻敲了敲梅的显示屏，梅的"内圆环"数据流变成了一大堆信息，在显示屏上如潮水般奔流。

"看到了吧，你正在接受上周的信息，所以才有这么多。哇，你真的错过了好多。"

梅看了看屏幕底部的计数器，它记录了梅从圆环公司其他同事那里收到的信息数。计数器在"1200"这个数字上停顿了片刻，然后增加到了"4400"；接着数字继续攀升，短暂地停顿之后最终停在了"8276"上。

"这些是上周的信息？八千多条？"

"你能赶上大家的步伐的，"吉娜轻松地说，"也许今晚就可以呢。现在，让我们打开你的常规社交账号，我们叫它'外圆环'，但是它们使用的是同一份身份简介和你使用多年的信息接收口。你介意我打开它吗？"

梅不介意。她看着自己多年前建立的第一份社交身份简介出现在她的第三块显示屏上，就在"内圆环"信息接收口的旁边。几百条信息和几百张照片如瀑布般布满了整个屏幕。

"这么看来你这里也有很多信息需要补看，"吉娜说道，"一场信息盛宴啊！好好享受吧。"

"谢谢你。"梅说，她尽可能让自己听上去非常兴奋。她需要让吉娜喜欢自己。

"哦，等等，还有一件事。我要解释一下信息等级。见鬼，我差点儿忘了说这茬，丹会杀了我的。你知道你的第一块屏幕上显示的客户体验部门的职责是最重要的。我们必须全心全意地为我们的客户服务。你一定很清楚这一点。"

"是的。"

"你的第二块屏幕上可能会收到丹、杰瑞德、安妮或者任何一位直接领导的信息。这些信息会告诉你每时每刻工作完成的质量。所以这将是次要的信息，你明白吗？"

"明白。"

"第三块显示屏上是你的社交平台——'内圆环'、'外圆环'。但是这些信息并不是多余的，它们和其他信息同样重要，但紧迫性次于前两种信息。有时这些信息也会非常紧急。你必须特别关注'内圆环'信息接收口，因为从这里你可以获悉有关员工会议、聚会以及任何爆炸性的新闻。如果圆环公司出了一条非常紧急的通知，那么它会用橙色标明。一些极其紧急的信息也会发到你的手机上。你经常查看手机吗？"梅点了点头，她的手机就放在办公桌上，在平板电脑下面。"很好，"吉娜说，"那么以上这些就是你需要首要关注的信息。你的第四级信息则是你的'外圆环'平台，它与其他信息一样重要，因为我们非常注重你工作和生活之间的平衡——你在公司的线上生活以及你在公司外的生活。我希望我说得够清楚了。你明白吗？"

"明白。"

"很好。我觉得你已经一切都准备妥当了。你还有什么问题吗？"梅说她没什么问题了。

吉娜怀疑地歪了歪头，显然她认为梅其实还有许多问题，但因为不想让自己显得太无知所以就没有问。吉娜微笑着站起来，后退一步，突然又站定了："见鬼，我又忘了一件事。"她在梅身边弯下腰来，花了几秒钟打了些字，接着第三块显示屏上出现了一个数字，看起来似乎是梅在客户体验部门得到的总分。上面写着："**梅·霍兰德：10328。**"

"这是你的参与排名，我们简称为'参排'，这儿还有些人称之为人气排名，但其实这并不准确。它只是一个通过算法产生的数字，它会综合考虑你在'内圆环'中的所有活动。这很有道理吧?"

"我想是的。"

"它会考虑以下这些方面——你的极速账户、你公司内部极速账户的外部关注度、别人对你极速账户的评价、你在其他圆环员工主页留下的评论、你发布的照片、公司活动的参加度、发布的有关这些活动的评论和照片。实际上它几乎采集你在这里所做的一切。当然,最活跃的圆环员工排名最高。正如你看见的,你目前的排名还很靠后,但这只是因为你是新人,你的社交账户刚刚激活。以后每当你发布、评论或者参加任何活动,都会被考虑进去,到时你就会看见你的排名相应地发生改变——这正是乐趣所在。换句话说,你发帖,你的排名就上升。如果有不少人喜欢你的帖子,那么你的排名就会蹿升。这个排名每时每刻都会变化。很棒吧?"

"非常棒。"梅答道。

"我们已经给了你一点起步鼓励分,否则你的排名将是10411。我再说一遍,这只是为了娱乐,你不会因为这个排名或者什么而被他人另眼相看。当然,有些员工非常重视这个排名,而我们也很喜欢乐于参与的员工,但是这个排名只是展示你在整个圆环社区中参与情况的一个有趣的方式。好吗?"

"好的。"

"那么,今天就到此为止。你知道以后怎么找到我。"

说完吉娜就转身离开了。

梅打开了公司内部的数据流——她决定今晚就把上周积攒下来的所有"内圆环"和"外圆环"的信息全部补看完。这当中有向全公司发布的通知,内容包括午餐菜单、当日天气、每日箴言(上周的箴言分别出自马丁·路德·金、甘地、索尔克 ①、特丽莎修女以及史蒂夫·乔布斯）。还有些通知是关于每天来公司参观的人员——一家宠物收养机构、一位州参议员、一位来自田纳西州的国会议员以及一位"无国界医生组织"的理事。梅有些懊悔地发现自己就在今天早上错过了诺贝尔和平奖获得者穆罕默德·尤纳斯造访公司的消息。她仔细地阅读每一条信息，看看是否有需要她以个人名义回复的信息。这些信息中有五十多条是问卷，收集圆环公司员工们对公司各种政策的意见，询问大家希望在哪些日子开展聚会活动、兴趣小组、庆祝活动或者休假。还有数十个俱乐部招募成员、通知集体活动的公告。其中有许多宠物主人组成的小组——至少十个养猫的、几个养兔的、六个养爬行动物的（其中有四个明确规定只有养蛇的人才可以参加）；不过最多的还要数养狗的，梅粗略数了一下有二十二个，但她知道养狗小组的实际总数肯定不止这个。有一个养狗小组是专门为饲养特小型狗的主人而设立的，这个小组发信息想知道有多少人愿意参加小组组织的一个周末徒步、远足、互助俱乐部，梅忽略了这条信息。但她突然意识到一旦自己忽略某条信息，就会立刻收到另一条更加紧急的信息，于是她回复了一条信息，解释说自己不养狗。她还收到了一条希望她在一张申请书上签名的信息，这张申请书呼吁公司午餐的菜单为素食主义者提供更多选择，她照做了。此外，她收到了九条来自公司不同工作小组的信息，邀请她加入他们的"小圆环"以便接受更有针对性的信息并与大家共享。她暂时加入了关于钩针编织、足球以及希区柯克等主题的工作小组。

---

① 乔纳斯·索尔克（1914—1995），美国实验医学家、病毒学家，主要以发现和制造出首例安全有效的"脊髓灰质炎疫苗"而知名。

梅收到的信息表明，公司拥有上百个家长小组——初为父母的家长、离异的家长、自闭儿童的家长，以及收养了危地马拉、埃塞俄比亚、俄罗斯孩子的家长。有七个即兴喜剧表演小组，也有九个游泳队（他们上周三刚刚举行了一次游泳比赛，有数百名泳者参加，一百条信息都是关于此次比赛的——有通报谁赢得了比赛的，有抱怨比赛结果有瑕疵的，还有建议以后园区设置调停者来解决疑问和不平的）。每天都有至少十批其他公司的代表来访问圆环公司，向圆环公司推介他们新的创意产品——新型节能汽车、新式平价跑鞋、新款当地取材制造的网球球拍。几乎每个你能想象到的部门都会发布会议信息——研发部、猎头部、社交部、外联部、专业网络部、慈善事业部、广告销售部。这时，梅的心一沉，她发现自己已经错过了一次所有新人"几乎必须参加"的会议。那是上周四的会议，为什么没有一个人提醒她呢？哎，傻瓜，她自答道，他们已经告诉你啦；不正在这儿吗。

"见鬼。"她诅咒道。

到晚上十点，她终于看完了所有公司内部的信息和警告通知，现在她转而研究自己的"外圆环"账户。她已经有六天没有登录账户了，而仅仅在今天她就收到了118条新通知。她决定从最近的通知开始往前看，把它们全部看一遍。最近，她的一位大学同学发布了一个帖子，说自己得了肠胃炎，下面有很长的跟帖，有些朋友提供治疗建议，有些发来安慰，还有些发来一些照片希望帮她振作起来。梅给其中两张照片和三条评论点了赞，随后回复了自己对朋友的祝福，并且附上了一个歌曲链接——一首她找到的名叫《呕吐的萨利》的歌。她的这个帖子又引来了54条跟帖，有些帖子是关于这首歌和创作这首歌的乐队的。一位跟帖的朋友说他认识这个乐队的贝斯手，于是就把那位贝斯手拉入了对话中。这位名叫达米安·吉罗蒂的贝斯手在新西兰，现在是个造型设计师，得知肠胃炎患者仍然能从《呕吐的萨利》这首歌中找到共鸣的时候，他非常高兴。他的留言让每个参与回帖的人都非常兴奋，于是又出现了129条跟帖，每个人都很高兴能看到乐队的贝斯手发来的评论。到跟帖的末尾，有人邀请达米安·吉罗蒂去一场婚礼上进行演奏（如果他愿意的话），还有人邀请他到博尔德、巴斯、盖恩斯维尔以及圣查尔斯游玩，大家说如果他碰巧经过这些城市的话大可以住在他们家，他们会为他提供家常便饭。提到圣查尔斯，有人问来自那里的人有没有听说过蒂姆·詹金斯，他正在阿富汗参战。有些人说他们曾看到报道说伊利诺伊州的一个小孩被一个假扮成警察的阿富汗反动人员开枪打死了。60条回复过后，那个回帖者肯定那不是蒂姆·詹金斯，他实际上来自伊利诺伊州的兰图尔市，而非圣查尔斯市。大家都松了口气，但很快新的一轮辩论占据了这条话题，大家开始争论阿富汗战争的效用、美国的外交政策、美国是否在越南与格拉纳达甚至一战中取得了胜利、阿富汗的自我治理能力、为反动武装提供经济支持的鸦片生意，以及在美国和欧洲进行任何甚至非法药品合法化的可能性。有人提到大麻有助于缓解青光眼症状，还有人说它有助于治疗多发性硬化症。接着三个多发性硬化症患者的家属展开了热烈的交流。这时梅感到体内有某种负面情绪正在蔓延，于是她退出了登录。

此时，梅已经困得睁不开眼了，尽管她才看了三天的信息量。她关了电脑，向停车场走去。

周二上午客户们的问询信息比周一上午的要少一些，但是梅第三块显示屏上的各种信息还是让她应接不暇，在办公桌前一连坐了三小时。在梅获得第三块显示屏之前，她每回答完一位客户的问题，都能够获得十到十二秒的宁静，然后她会知道客户对她刚才的答复是否满意；她通常会利用这短暂的十几秒钟来记一下样本回答，或者发一些追加调查，也会不时查看一下自己的手机。但是现在有了第三块显示屏，要想完成这一切就更加困难了。每过几分钟，第三块显示屏上就会接收到四十条"内圆环"的信息和十五条左右的"外圆环"的帖子。梅一有空闲，就会迅速浏览所有这些信息，以确保不会漏掉任何一条需要她立刻处理的东西；浏览过之后又迅速转回到她的主显示屏上继续工作。

在接近中午的时候，信息稍有减少，梅甚至已经可以轻松应对了。公司里发生着许多事件，到处都洋溢着人情味和愉悦的情绪，而公司的各项事业也在不断完成创举，梅知道仅仅因为身在圆环公司，她就已经取得了进步。公司就像一个管理精良的有机食品商店，你知道只要在这里购买食物你就会变得更加健康，你不会买错东西，因为这里的一切都经过了细致全面的质量检查。同样，圆环公司的每一位员工都经过了精心的选拔，因此公司的人才库非常了不得，这些人的智力、能力也极其出众。在这里，每一个人都坚持不懈地、充满激情地努力完善自我、相互提高、分享知识并且把自己的智慧传播给全世界。

尽管如此，到了午餐时分，梅还是感到精疲力竭。安妮执意要陪她一起在草坪上坐上一个小时，她说梅需要把大脑全部放空，好好歇歇。

然而，在十一点五十分，梅的第二块显示屏收到了丹的一则信息：你现在有空吗？就几分钟？

梅告诉安妮自己必须赶紧过去，不然恐怕就要迟到了。当她来到丹的办公室时，丹正倾身倚靠在门框上。他充满同情地微笑着看着梅，眉毛向上抬起，似乎有什么关于梅的事情正使他感到困惑，究竟是什么他却无法确定。他伸手向办公室里指了指，梅从他身边轻轻擦过，走进了办公室。他随后关上了门。

"梅，请坐。我猜你认识阿利斯泰尔吧？"

梅之前并没有看见办公室里还有其他人，但现在她看见办公室的角落里还坐着个男人，她并不认识这人。他个子挺高，年近三十，沙褐色的卷发显然精心打理过。他正斜靠着坐在一张圆椅中，瘦削的身形如同一块木板一样僵硬。他没有起身迎接梅，于是梅主动向他伸出了手。

"很高兴见到你。"梅说。

阿利斯泰尔无可奈何地叹了口气，有些不情愿地向梅伸出了手，仿佛他即将触碰的不是人的手，而是某个被海水冲上岸、正在腐烂的东西。

梅感到嘴里发干——事情不太对劲。

丹坐了下来。"我希望我们能尽快把情况弄清楚，"他说，"梅，你愿意先说吗？"

这两个男人看着梅。丹的眼神很平静，但阿利斯泰尔的眼神既痛苦又充满期待。梅完全不知道自己要说什么，也不知道到底是怎么回事。沉默在他们三个人之间开始溃烂、蔓延。阿利斯泰尔愤怒地眨了眨眼，强忍住眼泪不让它落下。

"我简直不敢相信这一切。"他勉强说道。

丹转向他，说："阿利斯泰尔，别这样。我们知道你很受伤，但是让我们正确地看待这件事情。"丹又看向梅："让我来把事情说明了吧。梅，我们在说阿利斯泰尔的葡萄牙式早午餐。"

丹没有继续说下去，他让梅自己消化一下这句话，希望梅接上话茬儿，但是梅完全不明白他在说什么——"阿利斯泰尔的葡萄牙式早午餐"？她能直说自己完全不知道这是什么意思吗？她知道自己不能这么说。她之前错过了许多信息，这件事一定与那有关。

"我很抱歉。"她说。她知道自己不得不敷衍一下、拖延时间，以便弄清楚这到底是怎么回事。

"这是个不错的开始，"丹说，"对吧，阿利斯泰尔？"

阿利斯泰尔耸了耸肩。

梅只得继续摸索着说下去。她知道什么呢？现在可以肯定的是，曾经有一场早午餐餐会，而且她显然没有参加。那场餐会应该是阿利斯泰尔策划的，现在他感到很受伤。这些都是合理的猜测。

"要是当时我能去参加就好了。"她冒险说道。这话一出，那两个男人的脸上顿时露出了些许肯定的表情。梅知道自己猜对了。"但是我不知道我是不是……"现在她得更加大胆，"我不确定我自己会不会受欢迎，毕竟我刚刚加入公司。"

他们的表情变得温和了。梅微笑了，知道自己说对了话。丹摇了摇头，他很高兴自己估计得没错——梅不是个坏人。他从椅子上站起来，绕到自己的办公桌前，背靠着桌子。

他问道："梅，难道我们没有让你感到宾至如归吗？"

"哦，你们确实很欢迎我！真的。但我不是阿利斯泰尔他们团队的成员，我不太清楚公司对于我团队的成员参加其他团队资深成员组织的活动这方面的规定。"

丹点了点头。"阿利斯泰尔，你听到了吧？我告诉过你，这很好解释。"现在阿利斯泰尔坐直了身体，似乎又想参与对话了。

"我们当然欢迎你，"他说着开玩笑似的拍了拍梅的膝盖，"尽管你现在还有些默默无闻。"

"阿利斯泰尔……"

"抱歉，"他说完深吸了一口气，"我现在已经控制住情绪了。我很高兴。"

后来他们相互表达了歉意，笑着谈论了理解与误解、交流、信息、错误以及宇宙秩序等话题。最后，谈话终于结束了。他们都站起了身。

"让我们拥抱一下，给这件事画上个圆满的句号吧。"丹说。他们紧紧拥抱了彼此，仿佛成了彼此新的密友。

等梅回到自己的座位上时，她的显示屏上已经有一条信息了：

谢谢你今天过来和我还有阿利斯泰尔见了面。我认为我们今天的见面很有成效。人力资源部门已经了解了这一情况，为了解决这件事，他们总是需要得到一份当事双方的联合声明。所以我写了这份声明，如果你觉得可以的话，就在屏幕上签字，把它发给我即可。

小误会 编号：5616ARN/MRH/RK2

日期：6月11日，周一

当事人：梅·霍兰德、阿利斯泰尔·奈特

事情经过："文艺复兴"第九团队的阿利斯泰尔为公司所有对葡萄牙感兴趣的员工组织了一次早午餐餐会。他一共发送了三则关于此次餐会的通知，但是"文艺复兴"第六团队的梅一则通知也没有回复。阿利斯泰尔没有收到梅的任何回馈和交流信息，他开始感到不安。在餐会举办当天，梅也没有前去参加，阿利斯泰尔理所当然地为此感到难过，他不明白梅为什么不回复自己一再的邀请，也没有参加当日的活动。梅的这种行为就是标准意义上的不参与。

今天，丹、阿利斯泰尔和梅三人进行了一次会面，梅解释了她没有参加活动的原因——她不确定大家是否欢迎她去参加餐会，毕竟餐会是另一个团队的成员组织的，而且她来公司工作仅仅两周。她为自己的行为令阿利斯泰尔感到担心和痛苦感到非常抱歉，当然也对自己损害了"文艺复兴"员工之间良好的关系而深感愧疚。现在这个事件已经圆满解决了，阿利斯泰尔和梅成为了很好的朋友，他们都重新振作了。他们都同意重新建立起彼此间的友谊。

这份声明下方画着一条线，梅需要在此签名。她用手指在显示屏上签了名，把它发回给了丹。她立刻就收到了丹发来的感谢信息。

这太棒了。他在信息里写道。显然阿利斯泰尔有些过于敏感，但那仅仅是因为他对圆环公司有着极深的感情。你也一样，对吧？谢谢你这么配合。你真棒。继续加油！

梅迟到了，她不希望安妮还在等她。今天天气晴朗温暖，梅发现安妮还坐在草坪上，在平板电脑上打着字，嘴里还叼着一根格兰诺拉燕麦卷。她抬起头斜着眼看着梅，说："嘿，你迟到啦。"

"抱歉。"

"你还好吧？"

梅做了个鬼脸。

"我懂，我懂。我追踪了整件事情。"安妮一边说，一边大口嚼着燕麦卷。

"别这样吃东西，把你的嘴闭上。你知道那件事？"

"我只是在工作的时候听说了。他们告诉我的。我还听说过更加糟糕的事情。每个人在刚刚来这里工作的时候都或多或少会遇到类似的事情。顺便说一句，你快点儿吃。吃完了我还想给你看点东西。"

梅的脑海中接连闪过两个想法。首先，安妮在她不知情的情况下一直在打听自己的情况，这让她深感不安，紧接着她又感到一阵释怀，因为她知道即使两人不能时刻见面，自己的朋友也会一直站在自己这一边，而且安妮确信梅可以在这里存活下去。

"你有过吗？"梅问道。

"我有过什么？"

"你有过被领导叫过去挨批评吗？我现在还在发抖呢。"

"当然有过。可能每个月都要被批一次。现在也是。你快点吃。"

梅一边尽可能快地吃着饭，一边看着人们在草坪上玩槌球游戏。玩球的人似乎制定了自己的游戏规则。梅终于把午饭解决了。

"很好，站起来吧。"安妮说，她们一起向"明日之城"走去。"怎么了？你脸上的表情似乎在说你还有问题要问。"

"你去参加那个葡萄牙式的早午餐餐会了吗？"

安妮嘲弄地哼了一声："我？没有，怎么了？我可没收到邀请。"

"那他们为什么要邀请我呢？我没有报名，我也不是什么葡萄牙迷。"

"你的主页简介上一定写了，对吧？你不是去过葡萄牙吗？"

"是的，但是我从来没有在我的简介上提到过这个。我是去过里斯本，但仅此而已。那都是五年前的事情了。"

她们来到"明日之城"大楼前，大楼正面用铁制成的墙壁看上去略微有些土耳其风味。安妮向挂在墙上的一块数码板挥了挥自己的通行证，门就打开了。

"你有没有拍照片？"安妮问道。

"在里斯本？当然拍了。"

"你把这些照片存在了笔记本电脑里？"

梅努力想了想："我想是吧。"

"那就对了。事情可能是这样的，如果这些照片在你的笔记本电脑里，那么它们现在也存在了公司的云端存储器中。公司的云端会扫描诸如此类的信息，你根本不需要到处报名参加葡萄牙兴趣小组或者类似的组织。当阿利斯泰尔想要组织他的早午餐餐会时，他很可能只需要查找公司里有哪些人去过葡萄牙、拍过照片或者在邮件和其他什么地方提到过葡萄牙就可以了。然后他就能够自动获得这样一份名单，再根据名单发出邀请。公司的这项技术可以省去数百小时的无用功。"

她们在一条长长的走廊前停下了脚步。安妮的眼睛闪闪发亮，显然又在打什么"坏"主意："你想看看超现实的东西吗？"

"我还在纳闷呢。"

"别想啦。快进来。"

安妮打开一扇门，门里面是一间漂亮的房间，它就像是个自助餐厅、博物馆和贸易展览馆的混合体。

"这简直太疯狂了！"

梅觉得这房间隐约有些眼熟，她曾经在电视上见过类似的东西。

"这就像明星们存放礼品的礼品室，对吧？"

梅扫视着整个房间。房间里的数十张桌子和平台上放满了各式各样的产品，但是这些产品并不是珠宝和舞鞋，而是运动鞋、牙刷、十几种品牌的薯片、饮料和能量棒。

梅笑了起来："我猜这些都是免费的吧？"

"对于你或者像你我这样非常重要的人来说，是的。"

"天呐。这些全都免费？"

"是的，这是免费样品房。这里总是摆满了东西，这些东西需要被用掉。我们会邀请不同的团队轮流前来——有时是程序员，有时是你这样的客户体验部门员工。每天都有不同的团队到这里来。"

"大家想拿什么就拿什么？"

"你需要在你拿走的所有东西上扫一下你的员工证，这样他们就知道是谁拿走了什么。否则，有些白痴会把整个房间里的东西都搬回家的。"

"我从来没有见过这样的东西。"

"在商场里？是的，这些东西都还没有进入商场销售呢。它们都是样品，我们还在对它们进行测试。"

"这些真的是李维斯吗？"

梅手里正拿着一条很漂亮的牛仔裤，她确定这种款式的还没有问世。

"它们可能在几个月甚至一年后才会问世。你想要吗？你可以换一个尺码。"

"我可以穿吗？"

"怎么不能？你如果不穿，还指望拿它做什么？擦屁股吗？他们希望你穿这些裤子。要知道，你可是一个在圆环公司工作的大人物呢！你是风格的开创人、时尚的引领者。"

"这条裤子恰好是我的尺码。"

"很好。那就拿两条吧。你有手提袋吗？"

安妮拿出一个印有圆环公司标识的布袋，递给了梅。梅这时来到一个展柜前，展柜上放着许多新式手机壳和手机配件。她拿起一个制作精美的手机壳，它像石头一样坚固，但有着山羊皮一般的质感。

"真糟糕，"梅说，"我忘带手机了。"

"什么？你手机在哪儿？"安妮吃惊地问道。

"大概在我办公桌上吧。"

"梅，你真令人难以置信。你做事那么专注，但是有时候却又这么丢三落四。你不带手机就过来吃午饭了？"

"抱歉。"

"你不用道歉，我就喜欢你这一点。你好像一半是人类，一半是彩虹。怎么啦？别难过。"

"没什么，只是今天我接收了太多新信息。"

"你该不会还在担心吧？"

"你觉得我和丹还有阿利斯泰尔的见面没问题了吗？"

"绝对没问题。"

"阿利斯泰尔真的那么敏感吗？"

安妮转了转眼珠："阿利斯泰尔？他简直敏感得不可理喻，但是他非常擅长编写代码。那家伙简直就是台机器。我们得花一年的时间才能找到或者培训出一个人来取代他的位置，做他的工作，所以我们不得不雇用这些疯子。这里的确有一些疯子，一些有特殊感情需求的疯子。当然，这里还有像丹这样的人，他们纵容这些疯子。但是别担心，我觉得你至少和阿利斯泰尔不会有多少交集。"安妮看了看时间，她得走了。

"你在这里再待一会儿，再拿些东西直到把这个袋子装满。"她说，"我们晚些时候再见。"

梅留在那里往袋子里又装了几条牛仔裤、食物、鞋、几个新手机壳和一副运动文胸。她离开的时候感觉自己像是个商店扒手，但她在出来的时候没有碰见任何人。等她回到办公桌前，安妮已经给她发了十一条信息。

她读了第一条：嘿，梅，我觉得我不该对丹和阿利斯泰尔发火，那样说不光彩，完全不像圆环人的风格。你就假装我没说那些话吧。

第二条：我上一条信息你收到了吗？

第三条：我已经开始有点抓狂了。你怎么还没有回复我啊？

第四条：我刚刚给你发了短信、打了电话。你是死了吗？见鬼。我忘了你没带手机。你真糟糕。

第五条：如果我说丹的那些话冒犯到了你，你别不理我。我已经道过歉了。回复我。

第六条：你收到这些信息了吗？这非常重要。打电话给我！

第七条：如果你正把我说的话告诉丹，那你就是个贱人。我们什么时候开始相互打小报告了？

第八条：我刚刚意识到你可能正在开会，是吧？

第九条：已经过去二十五分钟了。你到底怎么了？

第十条：我刚刚查过了，发现你已经回到办公室了。立刻打电话给我，否则我们就算掰了。我原以为我们是朋友。

第十一条：喂？

梅给安妮打了电话。

"笨蛋，你怎么回事？"

"你之前去哪儿了？"

"我们二十分钟前道的别。我在样品室里拿了些东西，之后去了趟厕所，然后就回来了。"

"你有没有告发我？"

"我有没有什么？"

"你有没有告发我？"

"安妮，你在乱说什么？"

"回答我。"

"不，我没有告发你。我向谁告发？"

"你对他说了什么？"

"谁？"

"丹。"

"我都还没见他呢。"

"你没有发信息给他?"

"没有,安妮,真见鬼。"

"你保证?"

"我保证。"

安妮叹了口气:"好的。见鬼。抱歉,我给他发了信息、打了电话,但他还没有回复我。而我又没有收到你的回复,我的脑袋就把这一切想歪了。"

"安妮,这真糟糕。"

"对不起。"

"我觉得你压力太大了。"

"不,我觉得我挺好。"

"我今晚带你去喝几杯吧。"

"谢谢,不必了。"

"求你了。"

"我不行。我们这周有太多事情要处理,我正准备收拾华盛顿的烂摊子呢。"

"华盛顿?那里怎么了?"

"说来话长。事实上,我不能告诉你。"

"但这件事必须由你来处理?华盛顿的所有事情?"

"他们让我处理这些有关政府的麻烦事,我也不知道为什么,也许是因为他们认为我的酒窝能派上用场;也许它们真的有用呢。我不知道,我只是希望自己能有三头六臂。"

"安妮,你听上去状态很差。今晚休个假,别工作了。"

"不,不。我会没事的。我只需要回答一些下属委员会的问询就可以了,一切都会解决的。我得走了。爱你。"

114

说完，她挂了电话。

梅给弗朗西斯打了电话："安妮不愿意和我出去玩，你愿意吗？就在今晚？"

"是约会的那种吗？今天晚上有个乐队来这儿。你听说过'奶油人'吗？他们今天要在'殖民地'表演，这是个好机会。"

梅说行，这主意听起来很不错。但到了约定的时间，她又不想看一个叫"奶油人"的乐队在"殖民地"表演了。她哄骗弗朗西斯上了自己的车，两人向旧金山驶去。

"你知道我们要去哪儿吗？"弗朗西斯问道。

"我不知道。你在干什么？"

弗朗西斯正在疯狂地往手机里输入着什么："我只是在发信息告诉大家我今晚不过去了。"

"发完了吗？"

"好了。"他放下了手机。

"很好，我们先去喝几杯吧。"

他们把车停在市中心，找到一家外表特别糟糕的餐馆，餐馆的窗户上杂乱地张贴着许多褪了色的食物图片，让人看了胃口全无。梅他们心想这家餐馆一定很便宜。他们想得一点儿没错。他们坐下吃了咖喱，喝了胜狮啤酒①，屁股下面的竹椅吱嘎直响，勉勉强强保持着直立。在快要喝完第一杯啤酒的时候，梅突然决定她要再来一杯，而且在吃完饭后她要立刻在大街上亲吻弗朗西斯。

他们吃完饭，梅真的那么做了。

"谢谢。"弗朗西斯说道。

"你刚才是不是谢我了？"

---

① 胜狮啤酒，泰国的一个啤酒品牌。

"你的吻免去了我太多的内心挣扎，因为我从来不是一个会率先迈出第一步的人。但是大多数女人都得花好几周才能明白我需要她主动采取行动。"

梅又一次感觉自己遭到了新信息的重击，这使她对弗朗西斯的感觉变得更加复杂——现在她意识到在前一秒还显得那么亲切的弗朗西斯，在下一秒就会变得非常陌生。

尽管如此，梅在酒精的作用下还是拉着弗朗西斯回到车上。他们在一个车流密集的十字路口停下，又一次接吻了。一个无家可归的男人正站在人行道上看着他们，好像一个观察着研究对象的人类学家，假装在做着笔记。

"我们走吧。"梅说。他们下了车，在城市里到处闲逛，发现一家日本纪念品商店还在营业，它隔壁的画廊也开着门，里面挂满了如照片般真实的巨幅人类臀部的画作。

"画着巨大屁股的巨幅绘画。"弗朗西斯评论说。说着，他们在一个小广场上找到一条长凳，坐了下来。他们头顶的路灯让这个小广场看起来像是笼罩在蓝色的月光中一样。"那可是真正的艺术。他们竟然一幅画都还没卖出，真难以置信。"

梅又一次亲吻了他。她现在特别想接吻，而且知道弗朗西斯不会做出任何具有侵略性的举动之后，她就更加放松了；知道今晚他们只是接吻，于是更加频繁地亲吻他。她接吻时几乎将整个人都扑到了弗朗西斯的怀里，使她的吻既带有情欲、友谊的意味又预示着可能产生的爱情。当她亲吻着弗朗西斯的时候，她想象着他的脸，不知道他是不是睁着眼睛，也不知道他是否介意那些对他们咕咕哝哝的路人们。

这之后的几天，梅的心情美妙极了，她几乎可以确定太阳是属

116

于她的光环，葱郁的树叶在为她迈出的每一步而惊叹，并且在激励她继续前行，在恭喜她结识了弗朗西斯，也在为他俩感情的进展而喝彩。她和弗朗西斯一起庆祝了他们熠熠生辉的青春、他们的自由、他们湿润的双唇，他们那么公开地庆贺自己澎湃的青春，因为他们知道无论自己曾经遭遇过怎样的困苦，以后又将面临怎样的困难，他们现在正在世界的中心工作，尽全力改善整个世界。他们有理由感到幸福。梅甚至在想自己是否坠入了爱河。不，她知道自己还没有爱上弗朗西斯，但是她觉得自己就快爱上他了。在那个星期，即使午休时间非常短暂，她也经常和弗朗西斯共进午餐，午餐后他们会找个地方相互依偎着接吻——一次是在"古生代"的安全出口，还有一次是在"罗马帝国"的板球场后面。梅非常喜欢弗朗西斯的味道，总是那么简单、清爽，就像柠檬水一样。她也非常喜欢他在接吻前把眼镜取下来，看上去像是有短暂的迷茫，随后他就会闭上双眼，样子近乎美丽，脸如同孩童般光滑、纯净。弗朗西斯的陪伴给梅的生活带来了新的火花，一切都充满了惊喜——就连他们现在坐在"启蒙时代"的大礼堂中等待"梦想星期五"的开始也令梅感到惊讶万分。

"仔细听，"弗朗西斯说，"我敢肯定你会喜欢这次的内容的。"

弗朗西斯不愿意告诉梅这次"梦想星期五"创意演讲的主题是什么。这次的主讲人名叫格斯·卡泽尼，他显然曾是弗朗西斯儿童安全项目的一员，不过四个月前他离开了该项目，成为一个新小组的领头人。今天是他首次向大家公布自己的研究成果和新计划。

在格斯的要求下，梅和弗朗西斯坐在了前排。弗朗西斯说，格斯希望当他首次在大礼堂演讲时能在前排看见一些朋友们的面孔。梅转头环视了身后的人群，看见丹坐在他们身后几排，雷娜塔和萨宾坐在一起，正聚精会神地看着放在两人之间的平板电脑。

埃蒙·贝利走上舞台作开场白。

"我们今天给大家准备了一顿大餐，"他说道，"你们中的大多数人都听说过公司一大宝，也是万事通——格斯·卡泽尼。你们中的大多数人也知道此前他想出一个好点子，我们鼓励他进一步执行下去。今天他将给大家做展示，我想你们一定会喜欢的。"说完，他走下来，把舞台交给格斯。格斯本人是个古怪的混合体——他的外表帅气得不可思议，他的举止却像老鼠一样羞怯；至少当他近乎蹑手蹑脚地走上舞台的时候，梅产生了这种印象。

"大家好，不知道你们是否和我一样是个可怜的单身汉，在我波斯血统的父母以及祖父母眼里永远是个令人失望的孩子，他们之所以把我视作废物，不仅仅是因为我找不着对象，还因为我很可怜。"

观众中传来笑声。

"我是不是说了两次'可怜'？"台下传来了更多笑声，"如果我的家人在这儿的话，他们会多说好几回这个词呢。"

"言归正传，"格斯继续道，"假设你想找个对象来取悦你的家人（或许也为了取悦你自己）。在座的有谁想找对象吗？"

有几个人举起了手。

"哦，拜托，你们这些骗子。我无意中得知公司 67% 的员工都未婚呢。所以我是说，那其余的 33% 可以见鬼去了。"

梅大声笑了出来。格斯说话恰到好处。梅把身子凑到弗朗西斯身边说："我真喜欢这家伙。"

格斯继续说道："你也许曾经尝试过其他交友网站。那么，来让我们假设你已经找到了满足你要求的网友，这很不错，你接下来就要去和她见面约会。一切似乎都很顺利，你的家人也很开心，至少他们在这段时间内会庆幸你没有白白浪费他们的 DNA。"

"然而，一旦你约某人出来见面，你就完蛋了，对吧？事实上，你还没有和她发生关系①；你还单身着，但你想要改变这一点。于是乎，在周末到来之前，你一直在发愁，不知道该约对方在哪里见面——是去吃饭、听音乐会还是参观蜡像馆？或者去某个地下室？你毫无头绪。一旦你做出了错误的选择，那么对方就会视你为白痴。你知道自己有很多不同的品位，喜欢很多东西，对方也可能如此，但第一次的选择总是至关重要的。为了传递出正确的信息，以表明你是个敏感、敏锐、果断、品位好的完美人士，你需要帮助。"

观众们都在笑。事实上他们的笑声从来不曾间断过。这时，格斯身后的大屏幕上显示出了一组图标，底下清楚地列举着相关信息。梅认出其中一些图标似乎代表餐馆、电影、音乐、购物、户外运动以及海滩。

"那么，"格斯继续说，"瞧瞧这个。你们要记住，这只是测试版，这个软件名叫'爱爱'。好啦，也许这个名字很差劲。事实上，我知道这个名字很糟糕，我们正在想新名字。但我现在要介绍的是它的运作方式。假设你已经找到了某个人，你知道对方的姓名，你联系了她并且开始做约会的准备，这时你就需要用到'爱爱'。也许你已经记下了对方在交友网站上的主页、她的个人页面和她所有的信息接收方式。然而'爱爱'软件却会给你提供完全不同的一组信息。你输入你约会对象的名字，这是第一步。接着'爱爱'就会搜索网络，它使用高性能、超细致的搜索工具，以确保你不会出丑，而且可能会觅得真爱，让她为你那怀疑你不孕不育的祖父生下曾孙。"

"格斯，你太棒啦！"观众中传来一个女人的呐喊声。

"谢谢你！你愿意和我约会吗？"他说，等待着对方的答复。那个女人却沉默了，于是他说："瞧见了吧，这就是我为什么需要帮助。现在，为了测试这款软件，我觉得我们需要一名志愿者。谁想要更进一步了解自己实际生活中的心仪对象？"

格斯看向台下的观众，他夸张地把手搭在眉毛下，四处张望。

"没有人吗？哦，等等，我看见有个人举手了。"

梅看见格斯正朝自己这里看过来，她顿时感到又惊又惧。但很快她发现格斯看着的其实是正举着手的弗朗西斯。梅还没有来得及跟弗朗西斯说句话，他就已经从座位上站起身，向舞台走去。

"让我们给这位勇敢的志愿者鼓鼓掌！"格斯说道。弗朗西斯小跑着上了台，站在了格斯旁边。一束聚光灯正打在他身上。从他起身离开梅的身边，他一直没有回头看梅。

"先生，请问你叫什么名字？"

"弗朗西斯·加拉文塔。"

梅感觉自己要吐了。到底发生了什么？她告诉自己，这一定不是真的。他真的要站在台上谈论自己吗？不会的，她自我安慰道。他只是在帮一位朋友，他们会使用假名字来进行演示的。

"那么，弗朗西斯，"格斯说道，"我是不是可以这样理解，你已经有了想要约会的心仪对象？"

"是的，格斯，你说得没错。"

梅感到眩晕和恐惧，但她还是忍不住注意到弗朗西斯和格斯一样，一站上台就像变了个人。他正配合着格斯，咧嘴笑着，装作羞涩的样子，但一举一动中流露出十足的自信。

"那是个真实存在的人吗？"格斯问道。

"当然。"弗朗西斯说，"我已经不再和想象中的人约会了。"观众们放声大笑起来，但梅感觉自己的胃沉到了脚底。哦，见鬼，她想，哦，真见鬼。

"那她叫什么名字？"

"她叫梅·霍兰德。"弗朗西斯说，这时他第一次看向了台下的梅。梅用双手捂着脸，眼睛透过颤抖的手指窃窃地看着他。弗朗西斯几乎不被察觉地稍稍歪了歪头，他似乎刚刚意识到梅对他上台的事情感到不怎么舒服。但他刚一注意到她的不安，就立刻把脸转向了格斯，他依然咧嘴笑着，活像一个游戏竞赛节目的主持人。

"好的，梅·霍兰德。"格斯说着把梅的姓名输进了自己的平板电脑里。梅的名字出现在大屏幕上的搜索栏中，每个字母足足有三英尺那么大。

"这么说，弗朗西斯想和梅约会，而且他不想在梅面前出丑。那么，他首先需要知道什么呢？有谁知道吗？"

"梅对哪些东西过敏！"有人喊道。

"好的，过敏源。我可以搜索一下。"

他点击了一个正在打喷嚏的猫的图标，一个诗节立刻出现在这个图标下方。

可能对麸质过敏

绝对对马匹过敏

母亲对坚果过敏

再无其他可能过敏源

"很好。接下来我能点击任意一行来进一步了解。让我们来试试麸质过敏这一条。"格斯点击了第一行字，屏幕上立刻显示出一系列更加复杂、密集的链接和文本，"正如你们现在看到的，'爱爱'能够找到梅在网络上发布过的所有内容。它已经对这些内容进行了检查，并且分析了其相关性。也许梅曾经提到过麸质，也许她购买过或者评价过不含麸质的产品。这些都表明她可能对麸质过敏。"

梅想要离开礼堂，但她知道那样会比留在这里更显眼。

"现在，让我们看看马匹过敏这条。"格斯说着点开了下一行字，"关于这条，我们可以做出一个更加确定的判断，因为我们找到了她发布的三条信息，直接承认了这一点，比如这条：'我对马匹过敏'。"

"所以，这对你有帮助吗？"格斯问道。

"有，"弗朗西斯苦着脸对观众们说，"我正准备带她去吃发酵面包呢。幸好我知道了！"

观众们笑了，格斯点了点头，仿佛在说：难道我们不是一对好搭档吗？"好的，"格斯继续说，"请注意，早在2010年梅就在脸书等网站上提到了对马匹过敏的事情。你们当中一定有些人认为我们花钱购买脸书档案是件蠢事，但现在你们瞧见了吧！好了，现在我们不谈过敏源了，让我们看看旁边这个。这是我脑袋里想的第二件事情——食物。弗朗西斯，你有没有想过请梅出去吃饭？"

弗朗西斯勇敢地答道："是的，格斯。"梅几乎认不出台上这个男人了。弗朗西斯去哪里了？梅简直想杀了现在站在台上的这个弗朗西斯。

"好，食物可是经常出问题的环节。再没有什么比反反复复却徒劳无功的对话更坏了——'你想去哪儿吃？''哦，随便。''不，说真的，你想吃什么？''我真的不介意。你想吃什么？'再也不用说这些……废话了。'爱爱'可以帮你分析这个问题。她发布的每一条关于食物的信息、她喜欢的和不喜欢的餐馆、她提到过的所有食物——这些都会经过'爱爱'的评估、分类，于是我最后得出了以下结果。"

他点击了代表食物的图标，屏幕上立刻显示出几个子集列表，其中包括不同种类食物的评分和按照城市和社区分类的餐馆名称。这些列表异常精确，其中甚至列出了梅和弗朗西斯上周去过的那家餐馆。

"现在，我点击我喜欢的餐馆。如果她曾经使用'真实的你'买过单，那么我就会知道她上次在那里用餐时点了哪些菜。假设你们的约会定在本周五，那么点击这里，你就可以看到本周五这家餐馆的特色菜。这是当天每张桌子平均需要等待的时间。那么，所有的不确定因素都排除了。"

在整场演示中，格斯一个接一个地讨论了梅喜欢看的电影、散步或者跑步喜欢去的地点、最喜欢的体育运动和最喜欢看的景色。他得出的大多数结论都非常精确。格斯和弗朗西斯在台上夸张地表演着，台下的观众们越来越被这款软件的强大功能所震撼，但梅却难受极了。她一开始是用双手捂住脸，后来就尽可能地把身子缩在座位里，最后，当她觉得自己随时有可能被叫上台证实这款新软件的强大功能时，她站起身，走过通道，走出礼堂的侧门，走进了室外阴沉沉的午后阳光中。

"对不起。"

梅气得无法直视弗朗西斯的脸。

"梅，对不起。我不知道你为什么这么生气。"

梅不想让他靠近自己。她已经回到了自己的办公桌前，弗朗西斯偏要跟着她，此刻他正像一只秃鹰一样站在她身边俯视着她。梅没有看他一眼，现在她不仅讨厌他，还发现他的表情懦弱、目光游移，她确定自己再也不想看见这张令人生厌的脸，更何况此时她还有工作要做。下午的问询信息闸门已经打开，信息量不小。"我们可以之后再谈。"梅对弗朗西斯说，但她其实一点都不想再和他谈什么，今天不想，以后也不想。她如此确定自己的心意，心里也轻松不少。

最终，他还是离开了，至少他的肉体离开了，但几分钟后，梅的第三块显示屏上就收到了他发来的信息——他恳求梅原谅他。他说他知道自己不应该在梅毫不知情的情况下来这么一手，但是格斯坚持说要让弗朗西斯给梅一个惊喜。当天下午，弗朗西斯发来了四五十条信息，不断地向梅道歉，还告诉梅她现在已经成了公司里的名人，如果她当时能够上台的话，情况会更好，因为台下的观众已经在为她鼓掌了。他向梅保证说当时出现在礼堂大屏幕上的所有信息都是网络上公开的，没有任何会令梅感到尴尬，毕竟这些内容全都是从梅自己在网上发布的信息里精选出来的。

梅知道他说的这些都是事实。她并不为公开自己的过敏源或者最喜欢的食物而生气，毕竟早在多年前她就在网上公开了这些信息，而且她觉得自己之所以喜欢上网，其中一个原因就是她能够在网上告诉别人她的爱好，也可以阅读其他人的爱好。

那么，格斯的展示过程中到底是什么令梅感到屈辱呢？她无法明确地指出究竟是什么。是因为整件事情出乎意料吗？还是那个软件算法惊人的准确性？可能是吧。但说到底，它得出的结论也并非完全准确。难道下面这个问题才是真正的症结所在？即人们把一大堆对于各种事物的喜好当做你个人的本质、你的全部。可能就是这个原因吧。这就像一面镜子，但是这面镜子所呈现出的图像是不完整的、扭曲的。如果弗朗西斯想要知道这些信息，他为什么不能直接问她呢？然而，整个下午，梅的第三块显示屏充斥了大家发来的道喜信息。

你棒极了，梅。

做得好，新人。

你不能骑马啦。你能骑大羊驼吗？

梅好不容易才完成了下午的工作，直到五点钟以后她才发现自己的手机提示灯一直在闪烁。她漏看了三条她妈妈发来的语音信息。当她开始听这些语音信息的时候，她发现它们说的都是相同的两个字："回家"。

梅开车一路翻过山丘、穿过隧道向东驶去，在途中她给她母亲打了电话，从母亲那里获悉了事情的详情。他父亲发病住进了医院，医生让他住院观察一晚。梅的母亲让她直接开车到医院，但当梅赶到医院时，她父亲却已经不在那儿了。梅立刻打电话给母亲。

"他在哪儿？"

"在家里。抱歉，我们刚刚到家。我没想到你这么快就赶到医院了。你父亲还不错。"

于是，梅开车往家里赶。当她气喘吁吁、又气又惧地到家时，她看见梅塞的丰田小卡车正停在她家的车道上，顿时心慌意乱。她不想在这儿看见梅塞，他的出现让原本糟糕的情况更加混乱了。

她打开门，看到的不是自己的父母，而是梅塞那难看的身形——他正站在门厅里。每当他们分开一段时间再见面的时候，梅都会被他那硕大、粗笨的身体刺激到。现在，他的头发比从前更长，使他显得块头更大了。他的头挡住了所有的光线。

"我听到了你车子的声音。"他说道，手里拿着一个梨。

"你为什么在这儿？"她问道。

"他们打电话让我来帮忙。"他回答。

"我爸?"梅匆匆地从梅塞身边走过,走进了客厅。她的父亲正整个人躺在沙发上休息,一边看着电视上播放的棒球比赛。

他没有转头,但看着梅的方向:"嘿,亲爱的,我刚才听见你在外面的声音了。"

梅在咖啡桌上坐下来,握住了他的手,说:"你还好吗?"

"我挺好,只是吓了一大跳,真的。病发得很猛,但之后逐渐消退了。"她父亲几乎不可察觉地把头向前伸了伸,看向梅的身旁。

"我是不是碍着你看比赛了?"

"这是第九局啦。"他说。

梅向旁边让了让,这时她母亲走进客厅:"我们打电话给梅塞,请他过来帮忙把你爸爸扶进车里。"

"我不想坐救护车。"她父亲一边看着比赛一边说。

"那么是发病了吗?"梅问道。

"他们不能肯定。"梅塞在厨房里答道。

"我能听我父母自己回答我吗?"梅大声说道。

"梅塞可救了我的命。"她父亲说。

"你为什么不打电话告诉我他情况不严重?"梅问道。

"当我给你打电话的时候,情况确实挺严重。"她母亲回答。

"但他现在还在看棒球赛。"

"现在病情好多了,"她母亲说,"但是当时真的有好一会儿我们不知道发生了什么。于是我们给梅塞打了电话。"

"他救了我的命。"

"我不认为是梅塞救了你,爸爸。"

"我不是说我当时快死了。但是你知道我有多讨厌急救人员和救护车上的警笛,也不想让邻居们知道。我们只是给梅塞打了电话,他五分钟之内就赶来了,把我扶上了车,还送我去了医院。事情就是这样，他的及时出现至关重要。"

梅简直怒不可遏。她慌慌张张地开了两小时车赶回家，结果发现她父亲正躺在沙发上休息，还看着棒球赛。她开了两小时车回到家，结果发现自己的前男友正在她家里，被奉为她全家的英雄。那她自己又算什么呢？无论如何，她都是疏忽大意的、多余的。这件事让她想起了很多她讨厌的梅塞的缺点——梅塞喜欢让大家认为他很善良，而且他一定要确保所有人都知道他的善良；梅总是听到人们夸赞梅塞善良、正直、可靠、充满同情心，这简直让梅发疯。但当梅塞和她在一起的时候，他却非常羞怯、喜怒无常，很多次，就在梅需要他的时候，他却不能出现在她身边。

"你想吃点鸡肉吗？梅塞带了一些过来。"她母亲说。梅觉得现在她正好可以趁机使用一下洗手间，她准备在里面待上十来分钟。

"我正要去洗漱一下。"她说完上楼去了。

等他们都吃完饭，他们讲述了这天发生的事情，解释说她父亲的视力已经退化到了令人担忧的地步，他手部的麻痹感也更加严重了。医生说这些都是正常症状，可以治疗，或者说至少是有计可施的。这之后，梅的父母上床休息了，梅和梅塞则到后院里坐了坐。院子里的草木依旧散发着白天的热度，淋过雨的灰色篱笆围绕在他们身旁。

"谢谢你来帮忙。"梅说。

"小事一桩。温尼比他过去轻了不少。"

梅不喜欢梅塞的话，她不希望她父亲体重减轻、易于搬弄。于是，她换了个话题。

"你的生意如何？"

"很不错，很不错。事实上我上周不得不招收一位学徒。这听起来很酷吧？我有了个学徒。你的工作怎么样？很棒吧？"

梅吃了一惊，因为梅塞很少如此兴高采烈。

"工作确实很棒。"她答道。

"很好，听到你这话我很高兴。我早前就希望你工作一切顺利。那么，你在做哪方面的工作呢？编程还是什么？"

"我在客户体验部门，目前我正在和广告商们打交道。对了，几天前我还看见了跟你的产品有关的东西。我查找了一下你的情况，结果发现有人发了一条评论，说是收到的产品在运输过程中损坏了？他们非常生气。我猜你看到那个消息了。"

梅塞非常夸张地呼出一口气，说："我没看到。"他的脸色变得有些难看。

"别担心，"她说，"这只是个小问题。"

"但我现在忍不住要想它。"

"你可别怪我。我只是……"

"你只是让我知道有个疯子恨我，还想毁了我的生意。"

"当然还有其他的客户评价，大多数评价都是积极的。还有一个特别好笑的评价呢。"她开始在她的手机里翻找。

"梅，得了吧。我求你不要读它。"

"哦，就是这条：'那些可怜的鹿死后，它们的鹿角就制成了这些垃圾？'"

"梅，我叫你别读给我听。"

"怎么了？这很好笑呀！"

"我怎么说才能让你尊重我的意愿呢？"

这就是梅记忆中的，也是她无法忍受的那个梅塞——刻薄的、喜怒无常的、霸道专横的梅塞。

"你在说什么？"

梅塞深吸了一口气，梅知道他又要发表长篇演说了。假如他面前有一个讲台，他一定会走上前去，从他运动上衣的口袋中拿出演讲稿。他只上过两年社区大学，却以为自己是位教授呢！他曾经对梅长篇大论地讲有机牛肉和"克里姆森国王"乐队 ① 的早期作品。每当他要开始演说时，都会深吸一口气，仿佛在说：肃静，接下来我说的话得花上一阵子，而且会让你大开眼界。

　　"梅，我必须让你……"

　　"我知道，你想让我别再读客户们对你的评价。好的。"

　　"不，这不是我想说的……"

　　"你希望我读给你听？"

　　"梅，你能不能让我把话说完？这样你就能知道我想说什么了。你猜测我每一句话的结尾，这丝毫没有用，因为你从来没猜对过。"

　　"但是你话说得太慢。"

　　"我的语速正常。只是你不耐烦罢了。"

　　"好吧，你说。"

　　"但你现在没必要这么大口地呼吸。"

　　"我猜我只是很容易对此感到厌烦。"

　　"对说话。"

　　"对慢吞吞地说话。"

　　"我现在能开始了吗？我将要说上三分钟。梅，你能给我三分钟吗？"

　　"好吧。"

　　"在接下来的三分钟里，你不要猜我会说什么，可以吗？我会给

---

① "克里姆森国王"乐队，英国一支激进摇滚乐队，成立于1969年。

你个惊喜的。"

"好吧。"

"很好。梅，我们得换个方式交流。每次我见到你或者听到你的消息，都是通过一个过滤器——你要么发给我网页链接，要么引用别人评论我的话，要么说你在某人的墙上看到了我的照片……我们之间总是横着一个第三者。即使我正在和你面对面地说话，你也要告诉我某个陌生人是怎么看我的。这就好像我们俩从来不是单独在一起。每次我见到你，都感觉屋子里还有一百个人。你总是透过另外一百个人的眼睛来看待我。"

"别小题大做。"

"我只是希望能直接和你交流。希望你不要把这个世界上可能对我有意见的每个陌生人带到我们俩之间。"

"我从来不那么做。"

"梅，你确实这么做的。几个月前你读到了刚才那条关于我的评论，然后把它记了下来？当我见到你的时候，你是那么不友好。"

"那是因为你在用濒危物种制作产品！"

"但我从来没有那么做。"

"这我怎么可能知道呢？"

"你可以问我呀！你可以问我。你知道这多么诡异吗？我的朋友也是我的前女友得从一些根本没见过我的陌生人那里了解我的情况。当我坐在你对面的时候，我们就像隔着一层奇怪的雾一样打量着对方。"

"好吧，抱歉。"

"你能向我保证以后不再这么做了吗？"

"不再阅读网上信息？"

"我不在乎你读什么信息。但是当你和我交流的时候，我希望我们可以直接交流。你写信给我，我写信给你；你问我问题，我回答问题。你不要再从第三方那里获得关于我的消息。"

"但是梅塞，你做生意，你需要参与网络互动。那些人是你的客户，这是他们表达自己意见的方式，也是你知道自己是否成功的渠道啊。"梅的脑海中想到了好几个有助于梅塞做生意的圆环公司开发研制的网络工具，但是梅塞生意做得并不怎么样，他只不过恰好是个自命不凡的家伙罢了。

"瞧，梅，你说得不对，事情不是这样的。如果我能把枝形吊灯卖出去，我就知道我成功了。只要人们下订单，我制作，然后他们付钱给我就可以了。如果在此之后他们有什么要说的，他们可以打电话给我或者写信给我。我是说，你参与的所有这些其实只是八卦留言，是人们在别人背后相互议论而已。大多数社交媒体，所有的评论、评价都是这样。你使用的那些网络工具助长了流言蜚语、八卦消息，让它们获得了效用，成为主流的交流方式。除此之外，它们全是扯淡。"

梅用鼻子深呼了几口气。

"我喜欢你这么呼气，"他说道，"这是不是意味着你无言以对？听着，二十年前，佩戴计算器手表并不时髦，对吧？如果一个人整天宅在家里摆弄计算器手表，就说明他不擅长社交。诸如'喜欢''不喜欢''微笑''皱眉'这样的评价词汇也只有初中生们会用。有些初中生会问：'你喜欢独角兽和贴纸吗？'另一些会说：'是的，我喜欢独角兽和贴纸！微笑！'但如今，不仅初中生们会这么说，每个人都在这么说，我有时候会觉得自己似乎来到了一个虚假的世界、某种镜子中的世界，在这里最愚蠢的事情反而是最主流的事情。整个世界都变得愚蠢了。"

"梅塞，保持自己的个性对你来说是不是很重要？"

"我看起来很有个性吗？"他一只手捂在自己日渐发福的肚子上，"显然我一点儿也不酷。但是我记得当你见到约翰·韦恩 ① 或者史蒂夫·麦奎因 ② 的时候，你说：'哇，这些家伙简直酷毙了，他们骑着马、驾着摩托车周游世界，惩恶扬善。'"

梅忍不住笑了起来。这时，她看了看手机上的时间，说："你讲了可不止三分钟。"

但是梅塞继续说道："现在的电影明星们都求着人们去关注他们的极速页面，他们发信息请求大家给他们点赞。想想那该死的邮件列表！现在人人都发送垃圾邮件。你知道我每天都得花一小时的时间做什么吗？我每天都要想方设法取消接收某些人发来的邮件，同时避免不伤害任何人的感情。人们现在都有了这种新的渴望，希望在网络上受到他人的关注和赞许——这种渴望无所不在。"他叹了口气，仿佛自己刚刚做了个至关重要的论断："整个世界都改变了。"

"这种改变是积极的，"梅说道，"我可以举出上千个例子来说明世界变得更好了。但如果是你自己不擅社交，那我可爱莫能助。我是说，你的社交需求似乎特别少……"

"不是我不擅社交，我有足够的社交活动。但是你们这些人发明的网络工具其实是在人为制造人们本不需要的、极端的社交需求。没有人需要你们提供那种程度的联系。这种不必要的联系根本没有益处，也没有营养，就像零食一样。你知道他们是怎么生产零食的吗？他们使用科学方法精确地规定需要放入多少盐和脂肪以保证你会不断进食这些零食。但事实上，你不饿，不需要吃零食，它对你也没有好处，但你还是不断摄入这些无用的卡路里。你们在倡导的

---

① 约翰·韦恩，好莱坞明星，以出演西部片和战争片中的硬汉而闻名，一生共出演 181 部，影响极大，是好莱坞有史以来最伟大的影星之一。
② 史蒂夫·麦奎因，著名的好莱坞硬汉派影星，在美国影坛有重要地位。

正是类似的事情，两者其实是一样的——前者让人们无止境地摄入无用的卡路里，你们则是毫无意义地让社交数字化；而且你们的设计同样会使人们上瘾。"

"哦，天呐。"

"你一定体会过吃完一袋薯片又悔恨自己贪吃的感受吧？因为你知道你的做法对自己没有好处。你知道，你享受了一场数字盛宴之后的感觉和这个是一样的，你觉得自己虚度了时间，感到空虚和挫败。"

"我从来不感到挫败。"梅想起今天她在网上签署的一份请愿书，这份请愿书要求给居住在巴黎市郊的外国移民们提供更多的工作机会。这件事令人振奋，并且必将产生影响。但是梅塞不知道这件事，他也不知道梅和圆环公司做的任何事情。梅现在对他太反感了，以至于都不愿意向他细细解释。

"此外，这种现状让我都无法与你交谈，"梅塞继续说道，"我是说，我无法给你发电子邮件，因为你会立刻把邮件转发给其他人。我不能给你发送照片，因为你会把照片贴在你自己的主页上。与此同时，你的公司正在扫描我们所有的信息，以期从中寻找到可以带来经济利益的内容。你难道不觉得这很疯狂吗？"

梅看着他肥硕的脸庞，他的脸的各个部位都在发福，他似乎已经有双下巴了。一个二十五岁的年轻人可能会有双下巴吗？难怪他会想到零食。

"谢谢你帮了我爸。"梅说完回屋了，她在等梅塞自行离开。他几分钟之后才离开，因为他坚持要把啤酒喝完。不过他喝完后很快走了，梅关掉了楼下的灯，回到自己的老房间中，躺倒在床上。她查看了一下信息，发现其中十几条需要她关注。此时才九点，她的父母都已经入睡了，她就登录了自己圆环公司的账户，处理了十几条问询信息。她每成功处理一条问询信息，都感觉自己正在把梅塞的话一点一点从脑袋中清除出去。等到了午夜时分，她感到自己仿佛重生了一般。

周六早上梅是在父母家自己的旧床上醒来的。吃完早饭她和父亲一起坐着观看了职业女篮比赛——她父亲特别热衷于收看体育比赛。看完比赛，他们打了牌，料理了家务，还一起做了一道鸡丁菜（这道菜是她父母在厨艺课上学的），这一整天就这么过去了。

周日上午的活动与往常无异——梅睡了个懒觉，起来后觉得浑身懒洋洋的，感觉不错；她走进客厅，发现她父亲还是在收看职业女篮比赛。此刻他正穿着一件厚厚的白色睡袍，这睡袍是他的一个朋友从洛杉矶的一家酒店中顺手拿的。

她母亲正在屋外用布基胶带修理一个塑料垃圾桶，浣熊喜欢自己从垃圾桶中翻找食物，结果把垃圾桶给弄坏了。梅感觉自己的头脑反应迟钝，身体什么也不想做，只想休息。这时她才意识到自己这周一直神经紧张，每天的睡眠都不超过五小时。现在对于梅来说，仅仅是坐在父母家阴暗的客厅里看着她毫不感兴趣的篮球比赛（看着那些辫子在眼前上下跳动，听着运动鞋在地板上的摩擦声），都让她觉得既放松又神圣。

"亲爱的，你能帮我一下吗？"她父亲问道。他双手握拳用力地撑着沙发，但仍然无法站立起来。沙发太柔软了，导致他的身体深陷其中。

梅站起身，伸手去拉他的手。可是当她抓住他的手时，她听见了轻微的水声。

"真该死。"他说道，又坐了下去。然后他调整了一下姿势，把

134

身子侧向一边，仿佛他刚刚想起沙发上有一处易碎的地方他不能坐上去。

"你能喊你妈妈来吗？"他咬着牙，闭着眼说。

"怎么了？"梅问道。

他睁开眼，目光中流露出一种梅从未见过的愤怒："请把你妈妈叫来。"

"我就在这儿，我来帮你吧。"梅说着又要伸手去拉她父亲，却被他用力推开了。

"去叫你妈妈。"

这时，梅突然闻到了一股恶臭。原来他把屎尿拉在身上了。

他大声地呼了口气，让自己镇定下来。他的语气温和了："亲爱的，求求你，去喊妈妈。"

梅向大门口跑去，在车库旁找到了她母亲，把发生的事情告诉了她。她母亲并不急着进屋，而是握住了梅的双手。

"我觉得你现在最好回自己那儿吧，"她说道，"他不想让你看见这些。"

"我能帮忙。"梅说。

"亲爱的，别这样。你得给他留一点尊严。"

"邦尼！"屋子里传来她父亲的大喊。

梅的母亲握紧梅的手说："亲爱的梅，你去收拾收拾你的东西，我们几周后再见，好吗？"

梅把车开回了海边，她的身体因为愤怒而不住地颤抖。他们无权那么做——把她喊回家又把她赶出来。她可不想闻他的臭屎味！当然，她会帮他们，只要他们开口，但是他们不能这样对待她。还有那个梅塞！他居然在她自己家里责备她。老天，他们三个真让人受不了。梅开了两个小时的车回家，现在又要开两个小时的车回来，她做的这一切又得到了什么回报呢？只有挫败感。晚上，胖男人对她说教；白天，自己的父母把她赶走。

下午四点十四分，她来到海边。她想她还有时间划一会儿皮划艇。这地方五点还是六点关门来着？她想不起来了。她开车驶离了高速公路，向码头开去。当她到达海滩时，皮划艇商店的门还开着，却看不到一个人。梅在放着皮划艇、冲浪板和救生衣的货架间四处望了望。"有人吗？"她问道。

"你好！"一个声音答道，"我在这儿，在拖车里。"

在摆放着各种设备的货架后面的煤渣砖上有一辆拖车，透过敞开的门，梅能看见一个男人正把双脚搁在一张办公桌上，一根电话线从桌上一直通到一张看不见的脸旁边。她向前走了几步，看见昏暗的拖车里有一个男人，三十来岁，有些谢顶，正伸出食指示意她稍等片刻。梅一边等一边每隔一分钟就看一下手机上的时间——四点二十分、四点二十一分、四点二十三分，时间正在一分一秒地流逝。当那男人终于挂断电话时，他对梅微笑了。

"谢谢你的耐心。有什么需要帮助的吗？"

"玛丽安在吗？"

"她不在，我是她儿子，沃尔特。"他站起来和梅握了握手。他又高又瘦，皮肤被晒得黝黑。

"很高兴见到你。我是不是来不及了？"

"来不及干什么？吃晚饭吗？"他说，自认为说了个笑话。

"来不及租皮划艇了。"

"哦，是这样。现在几点了？我好一会儿没看时间了。"

她不用看时间就回答道："四点二十六分。"

他清了清嗓子，微笑着说："四点二十六分了，是吧？我们通常五点钟关门，不过看你既然有这么强的时间观念，那我相信你可以在五点二十二分把艇划回来。你觉得这样可以吗？五点二十二分我必须离开这儿去接我的女儿。"

"谢谢你。"梅说。

"让我来给你安排一下，"他说，"我们刚刚把整个系统数字化了。你说你有个账户？"

梅把自己的名字告诉了他，他把梅的名字输进一台新平板电脑中，但是没有找到相应的记录。试了三次之后，他发现他的无线网络坏了。"也许我能用手机帮你登记。"他说着从口袋中拿出了手机。

"你能等我回来之后再登记吗？"梅问道，他同意了，毕竟那样他也有足够的时间把无线网络修好。他给梅提供了一艘皮划艇和一件救生衣。等到梅终于下水时，她又一次用手机看了时间，此时已经是四点三十二分了，她还有大约一个小时的时间。在海湾泛舟，一个小时足够了；一个小时就像一整天一样美妙。

她向远处划去，虽然她故意在码头停留了一阵，希望吸引麻斑海豹出现，但她今天一只也没看见。她向那个半沉在海中的废弃码头划去，麻斑海豹有时会在这个码头上晒太阳，但在这里，她还是不见它们的踪影。她没有看见麻斑海豹，也没有看见海狮，整个码头空空荡荡，只有一只长相丑陋的鹈鹕坐在一根标杆顶端。

她继续划过那些整洁的游艇，划过那些神秘的船只，进入外湾。她一来到这里就放下了桨，静静地感觉海水在身下平缓地起伏着，就像明胶一样，水深数英寻。正当她一动不动地坐在艇中时，在她前方二十码的地方，两只麻斑海豹从水里探出了头，相互打量着，似乎在商量着是否应该一起看向梅。随后它们就真的一致转头看着梅。

梅和那两只海豹眼睛一眨不眨地看着对方。突然，其中一只海

豹好像意识到梅只是一个无趣的、静止的东西，便倾身迎向一股小浪，消失在了水中；第二只海豹也紧随其后钻进了水里。

梅看见前方接近海湾深处的地方有一个人造的东西，她此前从未注意到它，于是当即决定她今天的任务就是划到那东西旁边一探究竟。等她划得离它更近一些的时候，她发现那其实是两只船——一艘古旧的捕鱼船和一艘小驳船拴在一起。在那艘驳船上有一个小巧又偷工减料的棚屋。如果这个棚屋搭建在陆地上，尤其是在这个地区附近，那么它肯定立刻就会被拆除。它看上去就像她曾经在照片中看到过的胡佛村 ① 或者某个临时搭建的难民避难营。

梅坐在艇里瞥着这又脏又乱的棚屋，就在这时一个女人从一块蓝色的油布下走了出来。

"哦，嘿，"那女人说道，"你是从什么地方冒出来的？"这女人约莫六十岁，一头白色的长发虽然浓密却受损严重，在脑后扎成一束马尾辫。她向前走了几步，没发现她比自己想象中的要年轻，或许刚刚五十出头，白发中夹杂着几簇金发。

"你好，"梅说，"抱歉，我不知道我是不是靠得太近了。码头上的人明确地告诉我们不要打扰你们。"

"我们通常是不希望被打扰，"那女人说道，"不过我们今晚将要举行鸡尾酒会。"她说着坐进了一张白色塑料椅中。"你来的时机还真是无可挑剔啊，"她向身后蓝色的油布仰了仰头，"你还要继续躲在那里吗？"

"我正在拿酒水呢，亲爱的。"一个男人的声音如此说道。梅仍

---

① 在 20 世纪 30 年代初美国经济危机期间，失业者饱受饥寒之苦，他们在全国四处流浪，有时露宿在丛林、公园、街头、车站，有时住在用木板、旧铁皮、油布甚至牛皮纸搭起的破屋里，靠少得可怜的救济活命。昔日繁华的大街上出现了用旧铁皮、纸板和粗麻布搭起的棚户区，这和胡佛在竞选时所宣称的繁荣大相径庭，所以人们把它叫做胡佛村，用来讽刺胡佛当局面对金融危机时的束手无策。

然看不见他，他的声音似乎竭力保持着礼貌。

那女人把脸转向梅，在暗淡的阳光中她的双眼分外明亮，几乎有点邪恶。"你看起来并无恶意，那么，你想上船来吗？"她歪着头对梅评价道。

梅把皮划艇划向小驳船，这时先前说话的男人从油布下现了身。他有着皮革般的皮肤，比那个女人略微年长，动作缓慢地从渔船里走出来，走上小驳船。他手里拿着两个像是热水瓶一样的东西。

"她要加入我们吗？"男人在女人旁边一张相同的塑料椅上坐了下来，问道。

"我邀请她加入我们了。"女人回答道。

梅离他们越来越近，现在她能够彻底看清他们的脸了，她发现他们的衣服既干净又整洁，她此前还担心他们的衣着会不会像他们的船一样破旧、脏乱，也害怕他们不仅是住在水上的流浪者还是危险分子。现在看来，是她多虑了。

在梅努力向驳船划去的时候，这对男女看了她好一会儿，显然他们对她感到好奇，但这种好奇是消极的，就好像这里是他们的客厅，而梅就是他们今晚将要欣赏的娱乐节目一样。

"哦，帮帮她。"女人试探性地说了一句，男人站起了身。

梅的皮划艇的前端撞到了驳船钢制的边缘，男人迅速把一根绳子拴在艇头上拽了拽，使皮艇和驳船保持平行。他扶着梅，把她拉上了驳船的甲板；甲板其实就是用几块长木板拼接而成的。

"亲爱的，坐在这儿。"女人说着指了指自己身边的那张椅子，那是男人先前坐着的那张，为了帮助梅上船，他把椅子空了出来。

梅坐下了，无意中看见男人愤怒地看了一眼女人。

"怎么，你再找一张椅子呗。"女人对他说。于是男人消失在了蓝油布底下。

"我平常不怎么这样四处指使他的，"她一边对梅说，一边伸手去拿男人放下的热水瓶，"但是他不知道如何消遣娱乐。你想喝红酒还是白酒？"

在下午这个时间梅不应该喝酒，毕竟她还得把皮划艇划回去，之后还要开车回家，但她现在很渴，如果现在能沐浴在傍晚的阳光中喝上几杯白酒，那感觉一定很棒，于是她立刻决定喝一点。"请给我点白酒。"她说道。

这时，油布褶后面出现了一张红色的小凳子，接着男人走出来，故意做出自己打扰了其他两位的样子。

"你快坐下喝点酒吧。"女人对他说道。她向咖啡纸杯里倒了些白酒给梅，又给自己和男人倒了红酒。男人坐下后，他们三人一起举起了杯子。梅尝了一口，她知道这酒的质量不好，但它喝起来却异常美味。

那个男人在揣摸着梅。"那么，我猜你是个探险者？喜欢极限运动之类的东西？"他一口气喝完杯中的酒，伸手去拿热水瓶。梅以为女人会向男人投去不满的目光，就像她母亲常常做的那样，但是女人正闭着眼睛，脸朝着天边西垂的太阳。

梅摇了摇头，回答："不，我完全不是什么探险者。"

"我们在这里很少遇见划皮划艇的人，"男人一边给自己斟满酒一边说，"他们往往喜欢待在海岸附近。"

"我觉得她是个善良的女孩儿，"女人说，仍旧闭着眼睛，"瞧瞧她身上的衣服，她看起来就像个学生。但她可不是个游手好闲的人，她只是偶尔会对一些事情比较好奇罢了。"

这时男人扮演起了辩护者的角色："喝了两口酒，她还以为自己是个预言家呢。"

"没关系。"梅说道，尽管她不知道自己该对女人给出的评价作何感想。她看了看男人又看看女人，这时女人睁开了眼睛。

"明天将有一小群灰鲸游到这里来。"她说着转脸看向金门海峡 ①。她眯着眼睛，脑海中似乎在向大海保证，明天当鲸鱼游到这里时，她会好好款待它们。随后她闭上眼睛，似乎把招待梅的任务全部交给了男人。

"今天的海湾如何？"男人问道。

"很不错，"梅答道，"海水很平静。"

"今天的海水是本周以来最平静的。"他同意道。接下来有好一会儿他们谁也没说话，仿佛他们三个人都在用沉默向平静的海水致敬。在这片刻的沉默中，梅想如果安妮或者自己的父母看到她此刻的所作所为（午后在一艘驳船上和住在驳船上的陌生人一起喝着酒）会有怎样的反应呢？梅知道梅塞一定会同意她的做法。

终于，男人重新开口道："你今天看到麻斑海豹了吗？"

梅对这些人的生活一无所知，他们还没有告诉梅他们的名字，也没有问梅的名字。

从很远处传来雾角的声音。

"只在海岸边看见了几只。"梅答道。

"它们长什么样？"男人问道。梅向他描述了它们的长相——它们那灰色的玻璃纸般光滑的脑袋。男人瞟了女人一眼，说道："那一定是史蒂夫和凯文。"

女人同意地点了点头。

"我想其他的海豹可能游到更远处去觅食了。史蒂夫和凯文不常离开这片海湾。它们总是会到这里来和我们打招呼。"

梅想问这两人他们是否真的住在这里，如果他们不住在这里，

---

① 金门海峡，美国加利福尼亚州圣弗朗西斯科湾和太平洋相通的海峡。

那他们在这艘拴在渔船上的驳船上到底在做什么，毕竟无论是这驳船还是渔船似乎都已经没用了。他们是到这里来寻找食物的吗？他们当初是怎么到这里来的呢？但是，既然他们连梅的姓名都没有询问，梅就根本不可能问他们这些私人问题了。

男人指着海湾深处一个巨大的无人居住的岛屿说："那个岛失火的时候你在这一带吗？"梅向那里望去，只见那个岛屿在他们身后，岛上一片黑色，十分安静。梅摇了摇头。

"大火烧了两天。那时我们刚到这里。晚上即使你在这里都能感受到大火的温度。为了让自己凉快些，我们每天晚上都在这片海水里游泳。那时，我们想，世界末日来了。"

这时，女人睁开了眼睛，专注地盯着梅："你有没有在这片海湾里游过泳？"

"只游过几次，"梅答道，"在这里游泳可真不容易。不过我小时候经常在塔霍湖里游泳，那里的湖水和这里的海水一样冰冷。"

梅喝完了杯子里的酒，感到脸上开始发热。她眯着眼睛看了看太阳，又把脸转开了。这时，她看见远处的一艘银色帆船上有一个男人正举着一面三色旗。

"你多大年纪？"女人问道，"你看上去像十一岁。"

"我二十四岁了。"梅回答。

"我的天哪，你看起来这么年轻，脸上没有一丝皱纹。亲爱的，我们曾经也二十四岁过吗？"她转脸看向男人，他正拿着一支圆珠笔刮着自己的足弓。他耸了耸肩，女人没再继续这个话题。

"这儿真美。"梅感叹道。

"我们也这么觉得，"女人说道，"这里时刻都有引人注目的美景。今天早晨的日出简直太棒了，今晚又将是个月圆之夜。月亮上升时会是个橙色的大圆盘，等它升到天空顶端时就会变成银色；而海水在月光的照射下先会呈现出一片金黄，之后会变成银灰色。你真该留在这里欣赏这美景。"

梅指了指皮划艇说："我得把它还回去。"她看了看手机上显示的时间，补充说："我还有大约八分钟。"

说着，梅站起来，男人也站起来接过梅手中的杯子，把自己的杯子套在她的杯子里面："你觉得你能在八分钟之内划回岸边？"

"我尽量。"梅站着说。

女人大声地啧了一下嘴："我真不敢相信她就要走了，我很喜欢她。"

"亲爱的，她还活着，她还和我们在一起呢。讲点礼貌。"男人一边说着，一边搀扶梅上了皮划艇，松开了拴在艇上的绳子。

梅把手伸进海里蘸了点水湿了湿后颈。

"走吧，'小叛徒'。"女人说。

男人不满地转了转眼珠，对梅说："抱歉。"

"没关系。谢谢你们的酒，"梅说，"我会再来的。"

"那太好了。"女人说道，但她看起来似乎不再想和梅打交道了，就好像她一开始以为梅是一种人，现在发现梅是另一种人，于是她可以和梅分别，把梅还给外面的世界了。

梅穿过海湾向岸边划去，她感觉脑袋轻飘飘的，因为喝了酒，她的脸上挂着奇怪的微笑。这时她才意识到自己有多长时间没有想那些烦心事了——她的父母、梅塞还有工作压力。海上的风大了起来，向西边刮去。梅奋力划着桨，她猛烈的动作弄得水花四溅，打湿了她的双腿、脸颊和肩膀。她感到自己分外强壮，冰冷的海水每溅到她身上一下，她的肌肉似乎就变得更加有力。她爱极了这一切——看着散布在海上的船只逐渐向自己靠近，看着一艘艘游艇进入眼帘（它们艇身上的名字逐渐清晰），最后看着海滩渐渐显现出它的形状，而沃尔特就站在海岸边等着她。

周一上午，当她登录系统开始工作时，她的第二块显示屏上收到了大约一百条信息。

安妮发来的信息：我们真希望你周五晚上也在！

杰瑞德：你错过了一个超棒的聚会。

丹：你竟然没参加周日的庆祝活动，真可惜！

梅查看了一下自己的日历，发现上周五晚上有一个派对，"文艺复兴"的所有员工都可以参加。上周日有一场专门为最近两周加入公司的新人们举行的烧烤活动。

丹写道：忙碌的一天，尽快来见我。

梅去找丹的时候，丹正面对着墙壁站在他办公室的一角。梅轻轻敲了敲门，丹没有转过身，只是举起食指示意梅稍等片刻。梅看着他，猜想他大概是在接电话，于是耐心地默默站在那里等待。过了一会儿，梅才意识到丹是在查看他的视网膜显示屏，因此需要一个空白的背景。梅偶尔会看到圆环公司的员工做出同样的举动——面对墙壁以便让呈现在他们视网膜上的图像更加清晰。丹完成之后转身看向梅，脸上绽放出一个友好却转瞬即逝的微笑。

"你昨天没能来参加烧烤活动？"

"抱歉，我昨天在陪我父母。我爸爸……"

"昨天的活动非常棒。我想新人当中只有你一个没来参加。但我们可以待会儿再谈这个。现在我需要你帮个忙。公司的业务迅速扩大，我们需要许多新帮手，因此我在想你是否能够帮我辅导一下新来的员工。"

"当然可以。"

"我觉得你做这事应该很有把握。让我来告诉你应该做些什么。

144

我们回你的办公桌那儿吧。雷娜塔？"

雷娜塔手里拿着一个笔记本大小的小型显示器跟在他们后面去了梅的办公室，她把显示器安装在梅的办公桌上，随后就离开了。

"好啦。理想状况下，我们希望你就像当初杰瑞德辅导你一样辅导其他新员工。你还记得他当初是怎么做的吗？一旦有新人遇到了难题，就需要一个更资深的员工来解决，这时就轮到你出场了。毕竟你已经是这里的老手了。这很有道理吧？"

"是的。"

"另一件事情是，我希望新人们能够在工作中向你请教问题，而这块显示屏就能轻易做到这一点。"他指了指装在她主显示屏下方的那块小显示屏。"一旦你看见这块显示屏上出现了信息，你就会知道它是你团队中的某个成员发来的，好吗？"他打开那块新显示屏，随后在自己的平板电脑上输入了一个问题："梅，帮帮我！"之后这些内容就出现在了那块新显示屏上——它是梅的第四块屏幕。"这看起来够简单吧？"

"是的。"

"很好。那么等杰瑞德培训过那些新人之后，他们就会到这里来。我们说话的这会儿，他正在给他们进行集体培训。今天上午十一点左右将会有十二位新人到这儿来，没问题吧？"

丹向梅道了谢就离开了。

当天上午的客户问询信息量很大，直到十一点才有所减少，但是梅的平均得分是 98 分。有几位客户给她的评分低于 100 分，还有两位的评分甚至在 90 分以下。梅给他们发去了追加问卷，大多数客户都把他们的评分调整到了 100 分。

十一点梅抬头看见杰瑞德正领着一队人走进办公室，这些人看起来都非常年轻，他们走路都小心翼翼的，就好像生怕吵醒了某个隐形的婴儿一样。杰瑞德给他们每个人一一安排了办公桌，空荡了几周的办公室在几分钟之内就几乎坐满了人。

杰瑞德站上了一张椅子。"好啦，各位！"他说道，"今天你们的入职程序是有史以来最快的，培训课也是最短暂的，而你们的首个工作日也将会是最忙碌的。但是我相信你们都能很好地应对。而且有我全天在这里帮助你们，梅也在这里帮助你们，我更加坚信你们能够完成任务。梅，你能站起来让大家认识一下吗？"

梅站了起来，但显然办公室里只有少数几个新人能看见她。"你站在椅子上如何？"杰瑞德说，梅抹平了裙子，照做了。站在椅子上时，她觉得自己非常傻，完全暴露在众人的视线中，并且希望自己不要摔下去。

"我们俩全天都会在这里回答你们的问题、处理你们的难题。一旦你们遇到难以解决的棘手问题，只要把它转发过来，它们会被分配给我和梅两人中相对空闲的那个来处理。如果你有什么疑问，也这样处理——用我之前给你们介绍的那个渠道把它传过来，它会到达我们俩中的一人手上。我和梅会帮助你们的。大家放心了吗？"新人们都一动不动、一言不发。"好。那么我将要再次打开信息阀门了，今天我们将要一直干到中午十二点半。今天培训占用了一些时间，因此午餐休息时间相应缩短一点，但我们会在周五补偿给大家的。大家都准备好了吗？"新人们似乎都还没做好准备。"开始吧！"

说完杰瑞德就从椅子上跳了下来。梅也小心地爬下椅子，整理了自己的信息，屏幕上立刻就出现了三十条等待她处理的问询信息。她开始着手解决第一条，还没过一分钟，她的第四块屏幕上就收到了一位新人发来的问题。

客户需要他们去年全年的支付记录。我们可以找到它吗？在哪里能找到？

梅告诉那个新人去右边的文件夹中寻找，然后把注意力转回到她正在解决的问询上。整个上午，她都处于这样的工作状态中——每隔几分钟就有一个新人发来问题，让她不得不放下自己手头上的工作，直到十二点半，她终于看到杰瑞德又站到了椅子上。

"哇，哇，"他说，"午餐时间到。上午的工作很忙、很累，对吧？但是我们完成了任务。我们全体的平均得分是 93 分，这个分数不算太高，但考虑到我们使用的是新系统，而且信息量有所增加，这个分数还是不错的。祝贺大家。去吃点儿东西，补充些能量，我们下午一点再见。梅，你有空时来找我一下。"

说完，他跳下了椅子，抢在梅走到他那儿之前来到梅的办公桌前。杰瑞德脸上流露出对朋友感到担心的神色。

"你还没有去诊所。"

"我？"

"是这样吗？"

"我想是的。"

"你本该第一周就去的。"

"哦。"

"他们在等你。今天你能去吗？"

"当然可以。你是要我现在去吗？"

"不，不。正如你所见，我们现在太忙了。下午四点钟如何？我可以站好今天最后一班岗。况且到了下午，这些新人们应该能够更加熟练地工作了。你今天到现在为止工作愉快吗？"

"当然。"

"压力大吗？"

"这给我的工作增加了新的层面。"

"是的，没错。我可以向你保证，你以后的工作还将增加更多新的内容。我知道像你这样的人如果只做常规的客户体验工作的话一定会感到厌烦的，所以下周我们会让你接触另一方面的工作。我想你会喜欢的，"他瞅了一眼手腕看时间，"哦，见鬼。你应该去吃饭了。我简直就是在阻止你吃饭啊。快去吧，你还有二十二分钟。"

梅在最近的厨房里找到了一个预制的三明治，就把它拿到办公桌前来吃。她边吃边浏览第三块显示屏上的社交信息，看看有没有什么信息需要她立即回复的。她找到了一些紧急信息，回复了 31 条，并为自己谨慎地处理了所有这些信息而感到满意。

下午的工作仿佛一列呼啸行驶的火车，节奏飞快，梅根本没有喘息的时间。新人们不断地发来问题，而杰瑞德完全没有遵守他的承诺，一整个下午他都不时地离开自己的岗位——他先后十几次离开办公室，而且频繁地拨打和接听电话。因此，梅不得不双线作战，一边处理客户们的问询，一边解答新人们的问题。到下午三点四十八分，梅的个人评分为 96 分，整个团队的平均得分为 94 分。自己的表现不错，她想道，毕竟团队新增了十二个成员，而她在三个小时中独自一人帮助了他们。等到下午四点，梅知道自己应该去诊所了，她希望杰瑞德还没忘记这件事。她站起来，发现杰瑞德正看着自己竖着大拇指，于是她离开了办公室。

诊所的大厅事实上根本不能算是个大厅，它看起来更像一家咖啡馆，里面三三两两地坐着正在交谈的圆环公司员工，一面墙上优美地陈列着许多健康食物和饮品，一个沙拉吧台以园区种植的蔬菜为主打特色，还有一面墙上挂着一个卷轴，上面写着制作原始健康菜汤的食谱。

梅不知道自己应该找谁。诊所里有五个人，其中四个人都忙着操作平板电脑，还有一个人正站在角落里查看自己的视网膜显示屏。那里根本不像通常的诊所那样有一个窗口，医疗人员在窗口后面接待你。

"你是梅吗？"

梅循声望去，看见一位留着黑色短发、面颊上长着酒窝的女人正对着她微笑。

"你准备好了吗？"

梅跟着她走过一条蓝色的走廊，走进一间房间，与其说这是间检查室，不如说它是个创意厨房。长着酒窝的女人把梅留在那里，示意她坐上一把垫得又软又厚的椅子。

梅坐了上去，但排列在房间墙壁上的橱柜很快吸引了她的注意力，她从椅子上站起身来。她清楚地看见有许多水平的线条，勾勒出抽屉的轮廓，使她能清晰地分辨出不同的抽屉，却没有任何突起的把手。她用手在那些抽屉的表面摸索着，感受着一个个抽屉间如发丝般细小的缝隙。在这些橱柜上方有一根铜条，上面刻着这几个字：**我们必先了解才能治愈；我们必先分享方可了解**。

这时，房间门突然开了，梅吓了一跳。

"梅，你好，"一个面容姣好、面带微笑的人正向她走来，"我是比利亚洛沃斯医生。"

梅大张着嘴和医生握了握手。梅觉得这名医生长得实在太美了，她不应该只是这里的一名医生，也不应该出现在这间房间里。这名医生不到四十岁，一头黑发梳成马尾辫，皮肤光洁发亮。她的脖子上挂着一副优雅的眼镜，沿着她奶油色夹克衫的褶皱落在她丰满的胸前。她脚上还穿着两英寸高的高跟鞋。

"梅，我非常高兴今天能见到你。"

梅不知道该说什么，最后只能说："谢谢你们让我来这儿。"话一出口，她就觉得自己笨得像个白痴。

"不，谢谢你过来，"医生说道，"通常新人们会在工作第一周到我们这儿来，因此当我们发现你没来，我们就有些担心了。你之所以这么晚才来是有什么特殊原因吗？"

"不，没有。我只是工作太忙了。"

梅上下打量了这位医生，希望找到她身体上的任何瑕疵，最后终于在她的脖子上找到了一颗痣，一根细小的汗毛从那颗痣上伸出来。

"忙得都没有时间顾及身体了！你可别这么说，"医生转过身去背对着梅准备了某种饮品，然后转过身来微笑着说，"这只是一个初始的身体检查，我们会为每一位圆环公司的新员工提供这样的基本身体检查，没问题吧？首先，我们诊所以预防为工作重点。为了让公司员工保持身心健康，我们为大家提供全面的健康服务。这与他们告诉你的信息一致吗？"

"是的。我有一位朋友已经在这里工作好几年了。她说这儿的医疗服务非常棒。"

"哦，很高兴听到你这么说。你的朋友是……？"

"你知道安妮·阿勒顿吗？"

"哦，是她。你的新人信息中有提到她。我们大家谁会不喜欢安妮呢？代我向她问好。不过我想我自己可以当面和她说。她在我轮班负责的人员之列，所以我每隔一周都能见她一面。她有没有告诉你我们每两周进行一次身体检查？"

"哦，那么……"

医生笑着说："每两周一次，这是你的健康周期。如果你只有在发现身体出问题后才来就医，那么你永远无法做到未雨绸缪。每两周一次的身体检查包括饮食咨询，同时我们会密切监控你全身健康的任何变化。这一点至关重要，可以尽早发现病情，确定你服用的药物，在发病前很长时间就能够发现问题，而不是等到病魔袭击你之后才做出应对。这听起来很不错吧？"

梅想起了她爸爸——他们在症状出现那么久之后才意识到他患的是多发性硬化症。"是的。"她答道。

"此外，我们这里生成的所有数据你都可以通过网络获取，包括我们做的每件事、说的每句话，当然还有你以往的病例病史。在你初来公司的时候，你已经签署了一份表格，让我们能够获取你的所有其他医生的信息，这样你的全部信息就集中在了一处，你和我们都可以获得这些信息，我们也能够根据它们做出决定、找出规律、发现潜在问题，从而形成对你健康状况的整体判断。你想要看看这些数据吗？"医生问道，接着她开启了墙上的一块显示屏。梅过去的所有病史都以表格、图片和图标的形式呈现在她的面前。比利亚洛沃斯医生触碰了墙上的屏幕，打开一个个文件夹，展示一张张图片，并且调出了梅过去每一次就诊的结果，这些信息一直追溯到她上幼儿园前的第一次身体检查。

"你的膝盖现在怎么样了？"医生问道。她找到了梅在几年前做过的核磁共振扫描图像。当时梅没有选择接受前交叉韧带手术，因为她的医疗保险还不包含这项手术。

"能正常工作。"梅答道。

"好的，如果你想要进行特别护理的话，尽管告诉我。我们诊所可以满足你的要求。那需要一个下午的时间，当然是免费的。圆环公司希望它的员工们膝盖健康。"医生把脸从屏幕上转向梅，她脸上的微笑虽然是经过练习的，但依旧令人信服。

"要把你早年的记录拼凑起来的确是件难事，不过从现在开始我们将会拥有你近乎完整的信息。每隔一周我们都会做一次血液检查、认知测验、生理反射检验、快速眼部检查以及一些轮流进行的更加特殊的检查，比如核磁共振之类的。"

有个问题梅简直想不通："但是你们怎么能够承担这么一大笔费用呢？我是说仅仅核磁共振这一项的费用……"

"预防总是比较便宜的，尤其是如果我们能在肿瘤还处在第一阶段的时候发现它，而不是等它发展到第四阶段才发现，这可以节省下巨额费用。由于圆环公司的员工们大多比较年轻、健康，因此我们的医疗费用比相近规模的其他公司要少很多——当然，这也是因为他们不具有我们这样的前瞻性。"

梅此时又产生了一种感觉（自从她进入圆环公司以来已经对这种感觉习以为常了），即只有圆环公司的人才能够设想（或者说只有他们才能实现）一些势在必行的改革。

"那么，你上一次接受身体检查是在什么时候？"

"大概是在大学里吧？"

"哇，好吧。那我们先来检查一下你的生命体征，都是些基本数据。你有没有见过这些？"医生拿出了一个大约三英寸宽的银色手环。梅曾经在杰瑞德和丹身上看见过健康监控仪，但是他们的是用橡胶制成的，尺寸稍微偏大了一些。而医生手中的这个更薄、更轻。

"我想是的。它是用来测量心率的吧？"

"没错。大多数圆环公司的老员工都佩戴某种版本的监控仪，但是他们一直在抱怨他们的就像某种手环一样，太宽松了。因此我们对它进行了改良，使它能够服帖地戴在手腕上。你想试试吗？"

梅同意了。医生把它戴在梅的左手腕，轻轻扣上了。戴着它，梅感觉非常舒适。"它暖暖的。"梅说道。

"佩戴的头几天你会感觉有些暖，之后你和这个手环就会彼此适应。当然，它必须与皮肤接触以便测量我们想要测量的数据——也就是说，所有数据。你想要享受全套计划，是吧？"

"是的。"

"在你的新人材料中，你说过你想接受我们推荐的全套测量。你现在仍是这么想的吗？"

"是的。"

"好的。你能把这个喝下去吗？"医生把她准备的一杯黏稠的绿色液体递给了梅，"这是一种果汁和牛奶的混合饮料。"

梅把它喝了下去，那饮料的口感又黏又凉。

"很好，你刚刚喝下了一个感应器，它将与你手腕上的监控仪——对了，它就在刚才那杯饮料中。"医生说着开玩笑似的锤了一下梅的肩膀，"我喜欢让你们把它喝下去。"

"我已经把它吞下去了吗？"梅问。

"这是最佳方式。如果我把它放到你手里的话，你一定会支支吾吾、犹豫不决的。但是感应器其实非常小，当然也是有机的，所以你即使喝下去也不会感觉到它的存在。"

"这么说感应器已经在我体内了？"

"是的，它现在就在你的身体里，"医生说着拍了拍梅手腕上的监控仪，"现在它开始工作了。它将会采集你的心率、血压、胆固醇、体内热流、热量摄取、睡眠持续时间、睡眠质量、消化效率等多方面数据。对于像你这样偶尔会面临很大的工作压力的圆环员工而言，它的存在还有一个好处，就是能够测量你的皮肤电反应，这样你就能够知道自己什么时候过于焦虑了。当我们发现圆环公司的某位员工或者某个部门的员工出现非正常的压力数据时，就会调整工作量。这个仪器还会测量你汗液的酸碱度，你就能知道自己什么时候需要摄入碱性水了。它还会探测你的身体姿势，你能知道自己什么时候需要换一种姿势了。它还测量你的血液和组织含氧量、红血球数量以及走路步数等。你知道，医生建议人们每天走大约一万步，而这个仪器会告诉你你还需要走多少步才能达到建议标准。现在，你在这房间里走走看吧。”

梅看见她手腕上的仪器显示着"10000"这个数字，她每走一步，那数字就减 1——9999、9998、9997。

"现在，我们要求所有新人佩戴这些第二代仪器，不出几个月，所有圆环公司的员工都会换上最新款。我们的想法是，一旦能够获取完整的信息，我们就能提供更好的医疗服务。不完整的信息会导致我们的知识上存在空白，从医疗层面上来说，知识上的空白会导致错误和疏忽。"

"我知道，"梅说道，"我在大学时就遭遇过这种情况。那时，你需要自己汇报健康状况。校方直到有三个学生死于脑膜炎之后才搞清楚这个疾病是怎么传播的。"

比利亚洛沃斯医生的脸色沉了下去："你知道，现今这种情况本可以避免的。首先，你不能指望大学生自己汇报健康状况。应该由校方来收集他们的健康数据，这样学生才能专注于学业。学生可能隐瞒自己患有的性病或者丙肝，但试想如果学校能够获得可靠的数据，那么他们就能采取适当的措施，而不需要猜测。你听说过冰岛做的实验吗？"

"我想是的。"梅说道，但她只有半成把握。

"因为冰岛的人口具有惊人的同源性，那里的大多数居民的祖先早在几世纪前就在岛上扎了根，每个人都能够轻易地把家谱追溯到一千年以前。于是，冰岛政府开始绘制冰岛每个人的基因组图谱，能够追查出每一种疾病的根源。他们从这个人群中获取了众多宝贵数据，毕竟地球上几乎没有什么固定的、相对同源且处于相同环境中的人群了，更别提对这样的人群进行长期研究。固定的人群、完整的信息是医疗服务效用最大化的两个关键要素。所以我们希望能够在这里实现这一点。如果我们能够追踪所有新人的数据，最终辐射圆环公司全体一万多名员工，那么我们不仅可以在问题变得严重前及时发现它们，而且可以采集到这个人群全体的数据。你们这些新人大多年龄相仿、身体健康，就连工程师也是如此。"说到这里，她笑了笑，显然她经常说这个笑话。"所以，一旦发现异常情况，我们就想进一步了解它，看看是不是能够发现某种趋势。这听起来挺有道理的吧？"

但此时梅的注意力已经被手腕上的手环吸引住了。

"梅？"

"哦，是的，那听起来很棒。"

那个手环很美观，上面有一个发亮的显示屏显示着表格和数字，灯光还和脉搏仪器搏动着。一朵雅致的玫瑰花一张一合，代表着梅的脉搏。上面还显示着梅的心电图，一根蓝色的线像闪电一样从左向右划去，不断重复。显示屏上用大大的绿色数字显示着梅的体温——37度，梅想起当天大家的平均体温是36度，于是认为她需要改善自己的体温。"这些又是干什么的呢？"她问道。在以上那些数据下方有一排按钮和提示。

"哦，你可以用这个手环来测量近百个其他数据。当你跑步时，它可以测量你跑步的速度。它可以比较你静止站立时的心跳和活动时的心跳。它还可以测量身体质量指数和卡路里摄入量等。瞧，你现在正在获得这个数据。"

说话间，梅正忙着实验她的手环，这是她迄今为止见过的最精巧的东西之一。每一则信息都有数十个层面，每一项数据都让她忍不住提出更多问题、进行更深入的探索。当她轻轻敲了敲显示她实时体温的电子数字时，屏幕上可以显示前二十四个小时中她的平均体温、最高和最低体温以及体温的中位数。

"当然，"比利亚洛沃斯医生补充道，"所有这些数据都保存在云端和你的平板电脑里，你想把它保存在哪里都可以。你随时随地都可以获取这些数据，也可以上传新数据。所以，倘若你跌倒碰伤了头部，当你躺在救护车里的时候，救护人员们就能够在几秒钟内得到你过去所有的健康记录。"

"这个手环是免费的吗？"

"当然是免费的。这是你健康计划的一部分。"

"它真漂亮。"

"是的，大家都喜欢它。那么，接下来我得问你一些标准问题了。你上次来月经是什么时候？"

梅在努力回忆："大概十天前吧。"

"你有过性生活吗？"

"目前没有。"

"总体来说？"

"总体来说，当然有过。"

"你在服用避孕药物吗？"

"是的。"

"好的。你可以把药方转存到这里来。在你出诊所的时候和塔尼娅谈谈，她会给你一些避孕套，那些避孕套可以避免避孕药无法避免的事情发生。你还服用其他药物吗？"

"没有了。"

"抗抑郁药物？"

"没有。"

"你觉得自己大多数时候都是开心的吗？"

"是的。"

"你对什么过敏吗？"

"是的。"

"哦，对了，我这里有这项数据。你对马匹过敏，真可惜。你有任何家族病史吗？"

"在我这个年纪？"

"任何年纪。你的父母？他们身体都还好吧？"

医生问问题的方式（她显然希望得到肯定的回答）以及她手中悬在平板电脑上方的触写笔大大伤了梅的元气，她一时竟说不出话来。

"哦，亲爱的。"医生说着伸手搂了搂梅的肩膀，让梅靠向自己。梅闻到她身上有一淡淡的花香味。"没事的，放轻松。"她继续说，但梅开始哭泣起来，她的肩膀不停地耸动，涕泗横流。梅知道自己把医生的棉外衣弄湿了，但哭出来让她感到一阵解脱，仿佛得到了原谅。梅把自己父亲的症状（他经常性的疲乏和周末的意外）都告诉了比利亚洛沃斯医生。

"哦，梅，"医生抚摸着她的头发说道，"可怜的梅。"

听了这话，梅一发不可收拾。她告诉比利亚洛沃斯医生她父亲那令人烦心的保险状况，她母亲是多么想用自己的余生来照顾丈夫——她为丈夫争取每一次治疗，每天花几个小时打电话给那些人周旋……

"梅，"医生最后说道，"你有没有问过人力资源部门能不能让你的父母加入公司的医疗计划？"

梅抬头看着她，问道："什么？"

"圆环公司有不少员工的家人都因为患有类似的疾病而加入了公

司的医疗保险计划。我觉得你这种情况可以考虑这个方案。"

梅从来没有听说过这个事情。

"你应该问问人力资源部门，"医生说道，"或者，你可以直接问问安妮。"

当天晚上安妮就得知了此事。"你为什么没有早点告诉我？"她问道。此时，梅和安妮正在安妮的办公室里，安妮的办公室是一间宽敞的白色房间，房间的窗户从天花板一直延伸到地面，房内有两张矮矮的沙发。"我之前都不知道你父母的保险状况这么糟糕。"

梅正看着墙上挂着的裱在相框中的照片，每张照片中都有一棵树或者一丛灌木长成了色情人体的形状："上次我来你这儿的时候，这面墙上还只有六张或者七张照片，对吧？"

"是的。有人传言我是一个狂热的收藏家，现在每天都有人给我一张这样的照片，而且这些照片的内容越来越色情。你看到最上面的那张了吗？"安妮指了指一张照片，照片中有一个巨大的阴茎形状的仙人掌。

这时，从走廊里伸过来一张古铜色的脸，来人的身体还隐藏在拐角后面。"你还需要我吗？"她问道。

"当然，我需要你，薇琪，"安妮说，"别走。"

"我正准备去参加'撒哈拉'的启动仪式呢。"

"薇琪，别走，"安妮面无表情地说道，"我爱你，我可不想和你分开。"薇琪笑了，但她似乎在想安妮什么时候能停止说这种话并让她离开。

"好吧，"安妮说，"我也应该过去的，但我走不开。所以，你去吧。"

一听这话，薇琪迅速地消失了。

"我认识她吗?"梅问道。

"她是我团队里的成员，"安妮说，"我的团队现在有十名成员了，不过薇琪是我的核心队员。你听说过'撒哈拉'吗?"

"我想是的。"梅曾经读到过一条关于"撒哈拉"的"内圆环"通知，那个计划似乎旨在数清撒哈拉沙漠中沙子的数量。

"抱歉，我们正在谈你爸爸的事，"安妮说，"我不明白为什么你没有告诉我。"

梅对安妮说了实情——她从来没有想到她父亲的健康状况会与圆环公司产生任何交集。全国还没有哪家公司会为员工的父母或者兄弟姐妹提供医疗保险呢。

"这当然是事实，但是你得知道我们在这里说的，"安妮说道，"凡是能够改善我们圆环员工生活的事情……"她似乎是在等梅接下去把这句话说完，但梅完全不知道她想说什么。"……都能立刻成为可能。你应该知道这句话呀!"

"抱歉。"

"他们在给你做入职情况介绍时就应该告诉你这句话了。梅!好吧，我会处理这件事的，"安妮说着在自己的手机上输入着什么，"但可能要等到今天晚上。其实我正要参加一场会议。"

"可是现在已经晚上六点了，"梅看了看手环，说道，"不，六点半了。"

"现在还早呢!我会在公司待到十二点，或者整晚都在这儿。今晚将有不少有趣的活动，"安妮的脸容光焕发，想象着可能发生的事情就顿时生机勃勃，"我今晚要处理关于俄罗斯税务的问题。可不能让那些家伙那么嚣张。"

"你晚上在宿舍过夜吗?"

"不，我可能就把这两张沙发拼起来在这儿睡吧。哦，见鬼。我得走了。爱你。"

安妮捏了捏梅，就走出了房间。

现在安妮的办公室里只剩下梅一个人了，她仍然感到惊愕不已。她父亲很快就能获得医疗保险了，这是真的吗？她父母生活的残酷悖论真的就要结束了吗？此前，他们与保险公司的较量实际上导致她父亲的健康状况每况愈下，也使得她母亲无法工作，让她没有办法挣钱去支付丈夫的医疗费用。

梅的手机震动起来，是安妮打来的电话。

"别担心，你知道我就像个技术高超的忍者，所以事情能圆满解决的。"说完，她就挂了电话。

梅透过安妮办公室的窗户向外望着圣温琴佐市的夜景，这座城市的大部分建筑都是在最近几年新建或者翻修的——供圆环公司员工就餐的餐馆、为圆环公司的来访者提供住宿的酒店、希望能够吸引圆环公司员工和来访者的商店、供圆环公司员工孩子上学的学校。圆环公司接管了这附近的五十多栋建筑，将破败的仓库改造成了攀岩馆、学校和服务器群组，每一处新建都结构大胆、史无前例，而且建筑水准远远超过美国绿色建筑评估体系①的标准要求。

梅的手机又震动了，这回仍然是安妮打来的电话。

"好啦，好消息比预想的提前到来了。我查过了，不是什么大问题。现在公司里有十来位员工的父母都参加了公司的医疗计划，甚至一些员工的兄弟姐妹也是如此。我动用了几个人脉，他们说你父

---

① 美国绿色建筑评估体系（简称 LLED）是美国节能与生态环境建筑委员会在 1995 年建立的一套自愿性的国家标准，用于开发高性能的可持续性建筑，对绿色建筑的评定。

亲可以参加公司医疗计划。"

梅看着自己的手机，现在距离她跟安妮提起这事仅仅过去了四分钟。

"哦，见鬼，你是说真的？"

"你想让你妈妈也加入公司医疗计划吗？你当然想。她身体更加健康，所以那会更加容易。我们会把他们两人一起加进来的。"

"什么时候？"

"我猜立刻吧。"

"我真不敢相信这一切。"

"喂，相信我，"安妮气喘吁吁地说道，她正在什么地方轻快地走着路，"这很简单。"

"那么，我应该告诉我父母吗？"

"怎么，你想让我去告诉他们？"

"不，不。我只是想确定这事情定下来了。"

"是的。这可不是天底下什么最重大的事件。公司有一万一千人都参加了医疗计划呢。下面，我们得商定条款，对吧？"

"安妮，谢谢你。"

"明天人力资源部门的人会打电话给你。你和他们可以制定出具体细节。我又得挂啦。这回我可真要迟到了。"

于是，安妮又一次挂上了电话。

梅给父母打了电话，她首先把这消息告诉了她妈妈，然后告诉了她爸爸。她听到父母发出惊喜的叫声，流出激动的泪水，他们更多地表扬了安妮，称她是他们全家的救星，也非常尴尬地提起梅已经长大成人，作为父母的他们却为自己如此依赖孩子并且给他们年轻的女儿带来如此沉重的负担而感到羞愧，都怪这将他们置于困境之中的该死的保险系统。但是谢谢你，他们说道，我们为你感到骄傲。当梅和她母亲单独通话时，她母亲说道："梅，你不仅挽救了你父亲的生命，也救了我的命，我对天发誓，你确实救了我，我的宝贝梅柏林。"

到了晚上七点钟，梅再也受不了了——她根本坐不住，必须起身找个方式庆祝一下。她查看了一下当晚公司园区的活动。她错过了"撒哈拉"启动仪式，现在已经开始后悔了。今晚园区有一场盛装诗歌朗诵会，她把这则信息标注为最想参加的活动，并且给了回复。但是她后来又看见了烹饪课的通知，通知上说他们将烤一整只羊。她把这个活动标注为备选项。晚上九点，一位社会活动家将出现在园区，她在马拉维发起了一项反对阴道切除的运动，想要得到圆环公司的帮助。如果梅努力一下，她可以至少参加几场这样的活动，正当她试着计划行程的时候，她看到了一则消息，顿时其他活动丧失了吸引力——"时髦杂技团"今晚七点将在园区"铁器时代"旁边的草坪上表演节目。梅听说过这个杂技团，人们对它的评价非常高，此外在这样的一个夜晚，观看杂技表演最符合梅此刻愉悦的心境了。

梅试着联系安妮，但没能成功，安妮的会议至少要开到晚上十一点。但是"圆环搜索"告诉梅，有一些她认识的人——雷娜塔、阿利斯泰尔和杰瑞德等，将会到那儿观看杂技表演，事实上，后面两位男士已经到达现场了，于是梅收拾好东西就迅速出发了。

灯光逐渐暗淡下来，只留下金色的几缕光束。当梅绕过"三国"的一角时，她看见一个男人正站在二层楼上表演喷火绝活。稍远处，一个女人戴着闪闪发亮的头巾，正在抛接霓虹色的棍棒。梅知道自己已经找到了杂技团。

这里大约有两百位观众在表演者身边松松散散地围成圈，那些表演者就在露天环境中用最少的道具进行表演，看来他们表演的预算非常有限。围观的圆环公司员工身上发出一排光线，有些光线是他们手腕上的仪器发出的，有些则是他们的手机发出的——他们正在用手机拍摄这些表演。梅一边寻找杰瑞德和雷娜塔，一边小心地避免碰见阿利斯泰尔，同时她也欣赏着面前的杂技团表演。似乎没有什么明确的仪式标志杂技表演正式开始——当她到达这里时演出已经开始了，表演也完全看不出有什么预定的程序。这里一共有十来位杂技团演员，他们全程同时进行表演，都穿着俗套又破旧的演出服。一个身材矮小的男人戴着一张吓人的大象面具在做着高难度的杂技动作。一个几乎赤裸的女人戴着一张火烈鸟头的面具在绕着圈跳舞，她的舞姿一会儿像芭蕾，一会儿像喝醉了酒后的蹒跚步伐。

离她不远处，梅看见了阿利斯泰尔，他向梅挥了挥手之后开始用手机发短信。片刻之后，梅查看了手机，发现阿利斯泰尔下周将要为所有葡萄牙爱好者举办一场更大、更好的活动。他在短信中写道：活动将是轰动性的！电影、音乐、诗歌、故事以及源源不断的欢乐！梅在短信中回复说自己会去参加的，已经有些等不及了。梅看见阿利斯泰尔在草坪另一边，隔着戴着火烈鸟面具跳舞的女人，正在阅读她的短信，他看完短信抬眼望向梅，挥了挥手。

梅转身继续观看杂技表演。那种贫穷低劣的氛围似乎不仅仅是表演者刻意表现的，而是他们实际的生存状态——关于他们的一切都显得陈旧，散发着一种年代久远、残破腐朽的气息。围观的圆环公司员工正在用手机拍摄这些表演，他们希望能够记录下这群看似无家可归的狂欢者诡异奇怪的表演，来证明这群表演者与圆环公司园区是多么格格不入——在这个园区里，每一条道路、每一个花园都经过精心设计，每一位在此工作的员工都勤洗澡洗衣，保持着颜为时髦的外表。

梅在人群中穿行着，她碰到了乔塞亚和德妮斯，两人见到梅都很高兴，但他们似乎都对杂技团感到反感，他们认为这场杂技表演的基调和主题都太不合时宜了，乔塞亚已经在网上给出了差评。简单交谈后梅就和他们分开了，她很高兴那两人看见了她，他们可以证明她确实参加了这场活动，现在梅要找个地方喝点饮料。梅看见远处有一排饮料摊就向那里走去，这时一个杂技演员——一个赤裸着上身、留着八字胡的男人向梅飞奔过来，手里还拿着三把剑。他看起来脚步不稳，眼看他就要跑到梅面前了，梅突然意识到尽管他努力让自己显得把握十足，让这一举动看起来像是他表演的一部分，但事实上他马上就要撞上梅了，他手里还拿着刀刃。梅吓得愣在了原地，动弹不得，就在那男人离她还有几英寸远时，梅突然感到有人一把抓住她的肩膀，把她拉开了。她膝盖着地跪在了地上，却背对着手里持剑的男人，躲过了一劫。

"你还好吧？"另一个男人问道。梅抬起头，看见说话的男子正站在自己之前站着的地方。

"还好。"她回答道。

接着，这个男人转头质问手持刀剑的男人："小丑，这到底是怎么回事？"

这人是卡尔顿吗？

玩刀剑的杂耍演员看着梅，想要确定她是否安然无恙，当他确定梅没什么大碍后，就把自己的注意力转移到了面前这个男人的身上。

现在梅能够确定了——这个人确实是卡尔顿，他有着卡尔顿那书法般的身形。他穿着一件纯白色的V字领汗衫和灰色长裤，这裤子就和梅第一次见到他时他穿的那条牛仔裤一样紧身。梅之前并没有意识到卡尔顿是个能够快速出击的家伙，然而现在，他正挺着胸膛、握着双拳站在杂耍演员面前。杂耍演员正静静地打量着卡尔顿，似乎在估量卡尔顿的实力以便做出明智的选择——是保持冷静，待在杂技团继续完成演出，然后从这家财大气粗的公司拿到一笔丰厚的报酬呢，还是在两百人面前和这个男人扭打在一起。

最终，演员露出了微笑，夸张地捻了捻胡子两端，转身离开了。

"抱歉发生了这样的事情。"卡尔顿一边说，一边扶着梅站起来，"你确定你没事吗？"

梅说自己真的没事。那个留着胡子的男人没有碰到她，只是吓了她一跳，不过即使是这惊吓也很短暂。

梅盯着卡尔顿的脸，他的脸在突然变成蓝色的灯光下看起来就如同一尊布朗库西 ① 的雕塑作品一样光滑，脸型是个完美的椭圆形。他的眉毛就像罗马的拱形门洞，鼻子则如同某种小型海洋生物的鼻子那样精巧。

"这些讨厌的家伙本来就不该出现在这里，"他说道，"简直就像一群到这里来取悦皇室成员的弄臣。我不明白这么做意义何在。"说着他踮起脚尖向四处看了看。"我们离开这儿吧？"

他们在途中找到了食物、饮料摊点，拿了些塔帕斯 ②、香肠和几杯红酒，然后走到了"维京时代"后面的一排柠檬树下。

"你不记得我的名字了吧。"梅问道。

"是的，我不记得了。但是我认识你，也想见你。所以我才会在那个胡子男人跑向你的时候出现在你身边。"

---

① 布朗库西（1876—1957），20 世纪现代雕塑的先驱和本世纪最伟大的雕塑家之一。生于罗马尼亚。曾入巴黎美术学院学习，也当过罗丹的助手，受毕加索立体主义绘画的启发开始开拓雕塑领域。
② 塔帕斯，西班牙特色餐前小吃。

"我叫梅。"

"对了。我叫卡尔顿。"

"我知道,我记得住大家的名字。"

"我努力记住别人的名字,我一直在努力。对了,乔塞亚和德妮斯是你的朋友吗?"她问道。

"我不知道。当然是。我是说,是他们在我入职时向我介绍了公司的情况,你知道,我从那以后就和他们保持着联系。你为什么这么问?"

"没什么原因。"

"你在这里做什么呀?"

"那丹呢?你在和丹约会吗?"

"丹是我的上司。你不会告诉我你在这儿做什么,是吧?"

"你想要柠檬吗?"他说完站了起来。他伸手从柠檬树上摘下一颗大柠檬,但他的眼睛始终看着梅。他的动作中透露出一股男性的优雅,他向上伸出手臂,动作流畅,但比预想的要缓慢一些,让梅联想到了潜水员。他看也没看那柠檬就把它递给了梅。

"这柠檬是青的。"梅说。

他眯着眼瞧了瞧,说道:"哦,我还以为能摘个好的呢。我摘了个我能找到的最大的,但它应该是黄色的呀。来,站起来。"

他把手伸向梅,拉着梅站起来,让梅站在树枝的旁边。接着他用胳膊抱住树干,用力摇了摇,直到柠檬像雨点一样落下来。有五六个柠檬砸到了梅。

"老天,对不起,"他说,"我是个白痴。"

"不,这挺好,"梅说,"它们挺重的,还有两个砸中了我的头。但是我喜欢这样。"

卡尔顿摸了摸梅的头,把手放在她的头两边,问道:"有哪里不

166

舒服吗?"

梅说她感觉挺好的。

"人们总是伤害自己所爱之人。"他说道,此时他的脸就在梅的脸的上方,看上去像个黑影,看不清表情。他好像突然意识到自己说了什么,于是清了清喉咙,说:"总之,我的父母这么说过。他们非常爱我。"

第二天早上,梅给安妮打了电话。安妮正在赶往飞机场的路上,她要前往墨西哥去解决关于法律法规方面的麻烦。

"我遇到了个非常有趣的人。"梅说。

"很好。我对你之前碰到的那个可不太感兴趣。那个叫加里波利的。"

"是加拉文塔。"

"对,弗朗西斯。他就像个紧张的小老鼠。那这个新家伙如何?你了解他哪些情况?"梅能感觉出安妮在加快对话的进程。

梅试图描述卡尔顿,但是她意识到自己对他几乎一无所知:"他很瘦,眼睛是棕色的,个头挺高。"

"就这些?棕色的眼睛、高个头?"

"哦,对了,"梅自嘲道,"他的头发是灰白的。他有一头灰发。"

"等等,你说什么?"

"他很年轻,但是头发灰白。"

"好吧,梅。如果你喜欢爷爷辈的人……"

"不,不。我确定他还年轻。"

"你的意思是他不到三十岁,头发却已经灰白了?"

"我发誓。"

"我认识的公司里的人没一个长这样的。"

"公司一万个人你全都认识？"

"也许他和公司签订了短期合同。你不知道他叫什么名字吗？"

"我问了他，但他非常腼腆。"

"哈，这可不怎么像圆环员工的作风，不是吗？而且他的头发灰白？"

"几乎全白了。"

"就像使用那种洗发水的游泳运动员一样？"

"不，他们的头发是银色的，但是他的头发只是灰白，就像老年人的头发一样。"

"但你确定他不是老年人？就像你在大街上会遇到的老年人？"

"他不是。"

"梅，你是不是在大街上闲逛了？你是不是特别喜欢老年人身上的味道？那些比自己老很多的男人？他们有一股发霉般的味道，就像一个潮湿的纸板箱。你喜欢那味道？"

"求你别这么说。"

安妮正自得其乐，于是继续道："我猜你喜欢老年人是因为你感到一种安慰，因为你知道他能够把他的养老金取出来，而且一旦有人给予他一点关爱，他一定会倍加感激……哦，见鬼，我到机场了，回头再给你打电话。"

后来安妮没有给梅回电，但在飞机上和墨西哥城都给梅发来了短信，还发了各种她在街上碰见的老人的照片。是他吗？这个呢？那个呢？那个？还是那个？

梅不禁开始思考整件事。她怎么会到现在还不知道卡尔顿的姓呢？她在公司人员名录中进行了初步查找，没有找到叫卡尔顿的人。她又试图输入卡尔丹、卡尔丁、卡尔敦等名字，却没有找到任何记录。也许是她把他的名字拼错了或者听错了？如果她知道卡尔顿在哪个部门或者园区的哪片区域工作，她就可以进行更加细致的搜索了，然而她对此一无所知。

尽管如此，卡尔顿还是占据了她所有的思绪，令她几乎无法思考其他任何事情。他那件白色的 V 领衫、他那双极力掩饰悲伤的双眼、他那条可能时髦可能难看的灰色紧身裤（当时梅在黑暗中无法确定它是否好看）以及那晚结束时他抱着她的方式——当时他们走到了直升机停机坪，希望能看到一架直升机，却没看着，于是他们走回了柠檬树林，在那里他说自己该走了，还问她是否能自己从树林走去班车停车处。他指了指停着的一排班车，班车离他们不过两百码远，梅笑着说她可以独自走过去。接着他突然把梅拉向自己，他的动作太突然了，以至于梅不知道他是想要亲吻她、触摸她还是别的什么。而实际上，他只是将梅紧紧搂在怀中，他的右臂环过梅的后背，右手放在梅的肩膀上，左手则更大胆地放在了她的骶骨处，手指轻轻地向下抚摸。

然后他放开了她，又露出了微笑。

"你确定你没事吗？"

"是的。"

"你不害怕吗？"

梅笑了起来："不，我不害怕。"

"好的，晚安。"

说完，他转过身朝另一个方向走去，既不是向班车，也不是向直升机或者杂技团，而是独自穿过了一条浓荫密布的狭窄小道。

一整个星期，梅都在想着卡尔顿离开时的身影，还有他向她腰部伸去的有力双手。梅看着卡尔顿为她摘的柠檬，她当时把这个柠檬捡回来放在办公桌上，以为过一段时间柠檬就会渐渐成熟，但没想到它还是青色的。

但是梅找不到卡尔顿。她在网上给公司全体成员发送了几则寻人启事，同时注意避免显得过于急切。然而，她没有收到任何回复。

梅知道安妮一定能够查清楚卡尔顿的所在，但是眼下安妮正远在秘鲁。圆环公司在亚马逊地区的计划遇到了一些麻烦——是关于公司用来计数和拍摄那里现存树木的无人机的。安妮需要会见各个环保部门的成员和监管官员，在众多会议的间隙，她终于给梅打来了电话："让我来给卡尔顿做个面部识别。你把他的照片发给我。"

但是梅没有卡尔顿的照片。

"你在开玩笑吧。你连他的一张照片都没有？"

"那天晚上光线很暗。就是杂技团来的那天。"

"这你说过。这么说来，他给了你一个青柠檬却没有给你照片。你确定他不是到公司来玩的吗？"

"但是我曾经见过他，你还记得吗？就在卫生间旁边。之后他跟我到了办公桌前，还看我工作了呢。"

"哇，梅，这家伙听上去像个赢家。他给你青柠檬，还在你回答客户问询的时候在你肩头重重地呼吸。哪怕我只有一点点多疑，我都会认为他是某个潜入者，或者低级的骚扰者。"说完，安妮不得不挂断了电话，但是一个小时后，她又发来了信息。你必须持续向我汇报这家伙的情况。我越发感到不安。多年来，我们遇到过不少奇怪的潜入者。去年有一个家伙是个博主，他参加了我们的一场派对之后在园区停留了两周，在公司里四处躲藏，睡在储藏室里。后来，我们发现他没有对公司或者任何人造成什么伤害，但是你可以想见，像这样一个身份不明的奇怪分子会导致怎样的不安。

但是梅并没有感到不安。她信任卡尔顿，不相信卡尔顿有任何邪恶的意图。他的脸透着率真，没有一丝狡猾的伪装。梅无法向安妮解释这些，但她对卡尔顿毫不怀疑。尽管梅知道卡尔顿算不上一个可靠的对话者，但是她相信卡尔顿一定会再次联系她的。如果梅无法联系到她生活中的其他什么人，她一定会感到焦虑难耐、怒不可遏，与卡尔顿相处了几日，虽然见不到他但知道他就在公司园区的某处却给梅在公司的工作时间增添了一丝新乐趣。这周的工作量很大，但只要一想到卡尔顿，每条客户问询都成了一曲光荣的咏叹调——客户们向她歌唱，她又向他们歌唱；她爱他们所有人——她爱爱达荷州特温福尔斯市的里莎·托马逊，她爱印第安纳州加里市的麦克·摩尔，她也爱身边的新人们，就连杰瑞德偶尔面带忧虑地出现在走廊里和她探讨如何将平均分保持在98分以上也不会让梅感到反感了。此外，梅很高兴地发现自己现在能够忽略弗朗西斯、无视他频繁发来的联系信息了。弗朗西斯不断地发来迷你视频、语音问候卡以及歌单（里面列举的全部都是道歉和歌唱痛苦的歌曲）。但是在梅心里，弗朗西斯已经成为了回忆，他已经完全被卡尔顿和卡尔顿那优雅的剪影、强壮的双手抹去了光芒。当梅独自在卫生间时，她喜欢用自己的手去模拟卡尔顿的手，模仿他触摸自己时施加的力道。但是，他到底在哪里呢？在周一、周二尚且令梅感到有趣的事情等到周三时已变得有些令她烦恼，到了周四她则变得怒不可遏了。梅开始觉得卡尔顿是故意不见自己，甚至感到他的这种行为有些无礼。他曾经承诺要保持联系的，不是吗？也许他并没有做出这样的承诺，梅想道。他究竟说了什么？她努力回忆，结果有些慌乱地意识到，那天晚上他只是说了一句"晚安"。好在安妮周五就要回来了，哪怕只要短短一个小时，她们都可以找到他，知道他的全名，并且锁定他。

周五上午，安妮终于回来了，她和梅约定在"梦想星期五"开始之前碰面。今天原本应该有一场展示，主题是"圆环货币"软件的未来。这款软件是通过圆环公司实现所有产品的在线购买，从而最终避免使用任何纸币。但后来这场展示取消了，公司要求所有员工观看一场在华盛顿举行的新闻发布会。

梅匆匆忙忙向"文艺复兴"的礼堂赶去，几百名圆环公司员工正在那里看着墙上的大屏幕。一位穿着蓝莓色西装的女士正站在一张堆满了话筒的讲台后面，她的身边站了几位副官，身后还竖着两面美国国旗。在这位女士的下方滚动着一条新闻提示字幕：威廉姆森参议员力图将圆环公司解体。一开始观众们太吵闹了，以至于完全听不见画面中的人在说什么。有人嘘了好几声之后大家安静下来，同时画面音量也增加了一些，这位女议员的声音才终于清晰起来。女议员正在宣读一份书面声明。

"今天我们在这里强烈要求国会反垄断工作小组开始对圆环公司是否存在垄断行为展开调查。我们相信司法部将认清圆环公司的本质，即一个不折不扣的垄断集团，并将动议将其解体，正如司法部此前对标准石油公司 ①、美国电话电报公司 ② 以及历史上其他垄断企业所做的那样。圆环公司目前的统治地位扼杀了良性竞争，不利于自由市场资本主义的发展。"

女议员发言结束后，墙上的大屏幕恢复了它一贯的用途——展

---

① 标准石油公司（Standard Oil），由美国人洛克菲勒于 1870 年创立，并在 20 年后成长为美国最大的原油生产商。高峰时期，标准石油公司垄断了美国 95% 的炼油能力、90% 的输油能力、25% 的原油产量。1911 年，美国最高法院依据《谢尔曼法》，一纸判决，将标准石油强制拆分成 37 家地区性油企。

② 美国电话电报公司（AT&T），一家美国电信公司，美国第二大移动运营商，创建于 1877 年，曾长期垄断美国长途和本地电话市场。在近 120 年中，该公司曾经过多次分拆和重组。

示圆环公司员工的想法。今天观众们产生了很多想法，大家得出的共识是，这名女议员以她偶尔非主流的想法而小有名气——她曾经反对美国在伊拉克和阿富汗进行的战争，因此她的这项反垄断运动不会得到多少支持。圆环公司无论是在政府层面还是民众层面都很受欢迎，因为公司对于每一个政治问题都采取实用的立场，并且坚持进行慷慨的捐赠。因此，这位左翼的参议员不会从她的民主党同仁那里获得多少支持，她能从共和党人那里获得的支持就更少了。

梅对《反垄断法》了解不足，因此无法当场产生什么意见。现在是否没有人可以与圆环公司相竞争？圆环公司占领了90%的网络搜索市场、88%的免费电子邮件市场以及92%的短信服务市场。在梅看来，这只是证明他们能够推出和销售最好的产品。因为一个公司高效并且注重细节而惩罚它，也就是因为它的成功而惩罚它，这种做法实在是荒谬。

梅看见安妮正向自己走来。"原来你在这儿，"梅说道，"墨西哥之行怎么样？秘鲁呢？"

"那个白痴。"安妮眯着眼睛对着刚刚显示过参议员画面的大屏幕轻蔑地嘶了一声。

"所以你一点儿不担心这件事？"

"你是指担心她的提议会真的取得什么结果？不。不过就她个人而言，她的情况相当糟糕。"

"你这是什么意思？你怎么知道的？"

安妮看了看梅，然后转过身看向房间的后排。汤姆·斯坦顿正站在那里与几位圆环公司员工说话，他双臂交叉在胸前，这种动作在其他人身上可能表示担忧甚至愤怒，他看起来却更像是感到有趣。

"我们走吧。"安妮说。她们穿过园区，希望能从一辆贩卖墨西哥玉米卷的食品车上取到今天的午饭，这辆车是公司今天雇来为员工提供食物的。"你那位神秘的绅士如何了？别告诉我他在做爱中途就死了啊。"

"我从上周以来就一直没见到他。"

"完全没有联系吗？"安妮问，"真是糟糕。"

"我想他可能是在'另一个时代'① 工作。"

"另一个时代？而且头发灰白？梅，你知不知道电影《闪灵》②里，尼科尔森在浴室里与一个女人发生了一场艳遇？最终发现那个女人其实是一具年老的、未死的尸体？"

梅完全不知道安妮在说什么。

"事实上……"安妮说着眼睛失去了焦点。

"什么？"

"你知道，考虑到威廉姆森发起的这个调查，我对某个不明人物潜藏在公司内部这事有些不安。你下次见到他时能告诉我一声吗？"

梅看着安妮，她有史以来第一次在安妮脸上看见了真正担忧的神色。

下午四点半的时候，丹发来了一则信息：今天到目前为止干得漂亮！五点来见我吧？

梅来到了丹的办公室门前。丹站起身示意梅在一张椅子上坐下，然后关上了办公室的门。他坐在办公桌后面轻轻敲着他的平板电脑。

---

① 这里的"时代"是指圆环公司的办公大楼或办公区域。
② 《闪灵》，一部 1980 年上映的英国恐怖悬疑电影。

"97、98、98、98。这周的得分很棒。"

"谢谢。"梅答道。

"真的非常出众，尤其是在新人来了之后、你的工作量大幅增加的情况下。你觉得现在的工作难度大吗？"

"最开始的两三天或许有些难，但是现在新人们都训练有素了，也就不再怎么需要我的帮助。他们都非常出色，所以如果一定要说工作有什么改变的话，那就是有更多的人手工作变得稍微轻松了一些。"

"很好，听到你这么说我很高兴，"这时，丹抬起头认真地看着梅的眼睛，"梅，你到圆环公司这么久以来工作和生活都还愉快吗？"

"当然。"她答道。

丹的神情变得更加愉快了："很好，很好。这真是个好消息。我让你过来只是想让你的工作和你在这里的社交行为（包括你在社交主页发出的信息）相协调。我想我也许没能把关于这份工作的全部情况完整地传达给你，因此我怪我自己没能做好这方面工作。"

"不，不。我知道你的工作完成得很好。我肯定你做得很棒。"

"哦，谢谢你，梅，谢谢你这么说。但是我们需要讨论的是……让我换一种表达方式吧。你知道在这里不是那种所谓的打卡上班、打卡下班的公司。这你明白吗？"

"哦，我知道。我不会……我是不是曾经暗示过这种想法……"

"不，不，你没有暗示什么。我们只是在五点钟以后不怎么能在公司看到你而已，于是我们猜想你是不是急于下班回家。"

"不，不。你们需要我留晚一点儿吗？"

丹皱了皱眉："不，不是这样的。你现在能挺好地完成工作。但是我们在上周四晚的'老西区'派对上很想念你呢，要知道，那是围绕我们大家非常引以为豪的一个产品而举行的一场重要的团队建设活动。你错过了至少两场为新人举办的活动，而在那次杂技团活动上，你似乎等不及要离开，我想你大概在那里待了二十分钟就走了吧。如果你的参与度排名不像现在这么低的话，这些事情我倒是可以理解。但是你知道你的参与度排名是多少吗？"

梅猜可能在 8000 名以内。"我是这么认为的。"她补充道。

"你这么认为，"丹说着在显示屏上查询了一下，"你的排名是9101。这对吗？"显然，这排名在梅一个小时前查看之后又下降了。

丹咯咯笑了一下，然后点了点头，似乎在纳闷自己的衬衫上怎么出现了一个污点："这个排名结合你此前在各种活动中的表现，我们开始担心是不是我们正对你失去吸引力。"

"不，不！事情完全不是这样的。"

"好吧，让我们聚焦于上周四晚上五点一刻吧。当晚我们在'老西区'有一场聚会，你的朋友安妮正在那里工作。那是一场为潜在合作者们举行的半强制性的欢迎派对，而你却离开了园区，这让我非常困惑，在我看来，你似乎在逃离公司。"

梅努力回想着。为什么当时她离开了呢？她当时在哪儿？她不知道有这场活动，这场活动是在园区另一侧的"老西区"举办的，但是她怎么会错过一场半强制性的活动呢？活动的通知一定是湮没在了她第三块显示屏接收到的众多信息中。

"天呐，非常抱歉，"她现在终于想起来了，"那天下午五点我离开公司去圣温琴佐的一家健康产品商店买芦荟了。我爸爸需要这种特定的芦荟……"

"梅，"丹用故作屈尊地语气打断了她的话，"公司的商店有芦荟出售。我们商店的库存比任何街头小店都要丰富，产品质量也更好。

我们的芦荟是经过精心培育的。"

"对不起，我不知道公司商店还有像芦荟这样的东西出售。"

"你去我们的商店里没找着？"

"不，不。我没有去公司的商店。我直接去了公司外的另一家商店。但是我很高兴知道……"

"请允许我再次打断你，因为你刚刚说了一句有趣的话。你说你没有先去我们的商店？"

"是的，抱歉。我只是猜想像那样的东西公司商店应该没有，所以……"

"你现在听我说。梅，我应该承认我知道你没有去我们的商店，这也是我想和你谈的一件事情。你从来没有去过公司的商店，一次也没有。你在大学里是运动员，却从来没有去过公司的健身房，可以说你几乎没怎么探索过整个园区。我觉得你只使用了这里大约1%的设施设备。"

"对不起，我想可能是因为此前工作一直很忙。"

"那么周五晚上呢？那天晚上园区也有一场重要活动。"

"对不起，我很想去参加那场派对的，但是我那天我必须赶回家。我爸爸发病了，虽然后来病情不严重，但是直到我回到家里才知道他并无大碍。"

丹看了看他的玻璃桌，拿起一张纸巾想要擦去上面的一块污点。等他擦干净后，他抬起了头。

"那非常情有可原。相信我，我认为陪伴父母是一件非常酷的事情。我只是想强调一下这份工作的'社区性'。我们把这里的办公场所视为一个'大社区'，每一个在这里工作的人都是社区中的一分子。为了让社区的一切顺利运行，需要大家的积极参与。这就好比我们这里是一个幼儿园班级，其中一个女孩子要举办一场生日派对，

结果班里只有半数小朋友前来参加了，那这个过生日的小姑娘会有
什么样的感受呢?"

"她会很难过。我明白，但是我确实观看了那场杂技表演，我觉
得那很棒。非常棒。"

"那的确很棒，不是吗? 看见你出现在那里我也很高兴。但是我
们没有关于你在那里的记录; 没有照片，没有极速帖，没有评论、
通知或者推送。为什么你没有发布这些呢?"

"我不知道。我想我当时正忙着……"

丹大声叹了口气:"你确实知道我们喜欢从员工那里获得反馈，
对吧? 你知道我们非常珍视圆环员工的意见?"

"当然。"

"那你也知道圆环公司之所以能够存在，在很大程度上是依靠像
你这样的人不断输入信息并且参与活动?"

"我知道。"

"听着。你想要花时间陪伴父母，这完全合情合理。他们可是你
的父母啊! 你这么做非常可贵。就像我之前说的: 非常，非常酷。
我只是在说我们也非常喜欢你，而且希望进一步了解你。为了实现
这个目标，我想你是否愿意再多待几分钟，与乔塞亚和德妮斯谈一
谈? 我想你应该还记得他们吧? 他们曾为你做过入职情况介绍。他
们非常愿意继续我们刚才讨论的话题，并且谈得更深入。这听起来
不错吧?"

"当然。"

"你不急着赶回家或者做其他什么……"

"不，我全听你的。"

"很好，很好。你这么说我很高兴。他们已经到啦。"

梅转过身，看见德妮斯和乔塞亚正站在丹办公室玻璃门的另一

侧向她挥手。

"梅,你最近好吗?"两人走进会议室的时候,德妮斯说道,"我真不敢相信我们第一次带你游览公司已经是三周以前的事情了!我们到这里来谈。"

乔塞亚打开了会议室的门。梅此前曾多次经过这间会议室,会议室呈椭圆形,墙壁用玻璃制成。

"请你坐在这里。"德妮斯说着指了指一张高靠背皮椅。她和乔塞亚坐在梅对面,正在准备他们的平板电脑、调整座椅,似乎是在为接下来一项将要持续数小时的工作做准备,而且这项工作看起来很可能不那么令人愉快。梅努力想挤出一个微笑。

"正如你所知,"德妮斯一边说着,一边将一缕黑发捋到耳后,"我们是人力资源部门的员工,这是我们针对社区新成员进行的一项常规性登记程序。每天我们都会在公司某处做这项工作,我们非常高兴今天再次见到你。你简直就是个谜。"

"我吗?"

"是的。我在这里工作好几年了,还从不记得有哪个加入公司的成员像你这样包裹在层层谜团中呢。"

梅不知道应该如何回答她的话。她不觉得自己有任何神秘之处。

"那么,我想我们首先应该谈谈关于你的事情,等我们对你有了进一步了解之后,我们就可以探讨一下你希望用哪些方式更多地参与到社区活动中来。这听上去可以吧?"

梅点了点头,答道:"当然可以。"她又看向乔塞亚,到目前为止乔塞亚还一言未发,而是一直忙着在他的平板电脑上打字或者删除着什么。

"很好。我想我们首先要说的是,我们真的非常喜欢你。"德妮斯说道。

这时，乔塞亚终于开了口，他那双蓝色的眼睛闪闪发亮："这千真万确，我们真的很喜欢你。你是我们团队中一个超级酷的成员。每个人都是这样想的。"

"谢谢。"梅答道，她觉得自己肯定就要被解雇了。她让自己的父母加入公司医疗保险计划的做法太过分了，她怎么能刚刚得到这份工作就做出这样的事呢？

"你在这里的工作表现堪称典范，"德妮斯继续说道，"你的平均得分是 97 分，这非常出众，要知道你才工作一个月。你对自己的表现满意吗？"

梅在猜测什么样的回答是正确的。"是的。"她说。

德妮斯点了点头："很好。但是正如你所知，在这里，工作不是全部。或者应该说，评分、认可之类的东西不是最重要的。你不是一台机器上的齿轮。"

乔塞亚在用力地摇着头，像是在说"你不是"："我们把你视为一个完整的、我们能够了解的、拥有无限潜力的人。当然也是社区一名不可或缺的成员。"

"谢谢。"梅答道，现在她不那么确定自己会不会被解雇了。

这时，德妮斯露出了一个痛苦的微笑："但是你也知道，你在和社区融合这方面有些许不足。当然，我们已经阅读了关于阿利斯泰尔和他的葡萄牙式午餐会事件的报告了。我们认为你的解释是完全合情合理的，而且你似乎已经清楚地认识到了这里的关键问题，这让我们感到非常鼓舞。然而那之后，你错过了大多数周末和晚上的活动，当然所有这些活动都不是强制要求参加的。你有什么需要补充的，以便我们理解这种情况吗？或者谈谈关于阿利斯泰尔的那件事？"

"我只想说，我为自己可能给阿利斯泰尔带来了痛苦而感到深深的自责。"

德妮斯和乔塞亚都露出了微笑。

"很好，很好，"德妮斯说道，"既然你理解问题所在，那你的行为就有点让我费解了，因为你从那件事以后的一些做法似乎与你的理解不符。让我们先来回顾一下上周末的事情。我们知道你在周五下午五点四十二分离开了园区，然后在周一上午八点四十六分回到了园区。"

"公司在周末有工作吗？"梅努力回忆着，"我是不是错过了什么？"

"不，不，不。你知道公司在周末不强制大家工作，但这不代表周六和周日园区里就没有人了，事实上周末有数千名员工来园区享受各种设备设施，参加数百种不同的活动。"

"我明白了，我明白了。但是我当时在家里。我爸爸生病了，我赶回家帮忙照顾他。"

"听到这个我很难过，"乔塞亚说道，"这和他的多发性硬化症有关吗？"

"是的。"

乔塞亚露出了同情的表情，德妮斯则向前倾了倾身子："但是你瞧，这就是特别令人费解的地方。我们对你爸爸发病的事情一无所知。你有没有在这次危机中向圆环公司的同事们求助？你知道公司园区内就有四个小组专门帮助家人患有多发性硬化症的员工吗？其中两个小组旨在帮助患有多发性硬化症的儿童。你有没有向这些小组寻求帮助呢？"

"不，我还没有。我想要那么做。"

"好的，"德妮斯说道，"让我们暂且搁置一下这个话题，因为你说的这点让我们意识到下面这个问题——你知道那些小组的存在却

181

没有向他们寻求帮助。你当然知道信息共享有利于治疗多发性硬化症吧?"

"是的。"

"那么与父母患有这种疾病的其他年轻人共享信息呢? 你知道这其中的益处吗?"

"当然。"

"比方说,你听说你的父亲发病了,你驱车一百英里赶回家。在这途中你从来没有试图通过'内圆环'或者'外圆环'平台获取什么信息。你不觉得这是浪费了好机会吗?"

"现在我觉得确实如此。我当时心烦意乱、非常担心,疯了一样开着车。我的理智似乎不在场了。"

德妮斯举起了一根手指:"啊,在场。这是个非常好的词。我很高兴你用了这个词。你觉得你自己通常都在场吗?"

"我努力做到这点。"

乔塞亚笑了,激动地往自己的平板电脑里输入着什么。

"但是在场的反义词是什么呢?"德妮斯问道。

"缺席?"

"是的,缺席。让我们把这一话题也暂且搁下不表,回到你爸爸的事情上,回到那个周末。他康复得好吗?"

"挺好,那其实只是虚惊一场。"

"很好,听到这个消息我很高兴。但奇怪的是你竟然没有把这件事和任何一个人分享。你有没有在什么地方发布这个事件呢? 比如在什么地方发一个帖子或者一则评论?"

"不,我没有。"梅说道。

"嗯,好吧。"德妮斯说着吸了口气,"你觉得会不会有其他什么人能从你的经历中吸取经验教训? 我是说,也许下一个开车一两个小时回家的人可能会从你的经历中得知那可能只是个轻微的意外，而不是真正的发病？"

"当然可能。我现在明白我的经历可能对其他人有所帮助。"

"很好。那么，你觉得你下一步的行动计划是什么呢？"

"我觉得我会加入多发性硬化症小组，"梅说道，"而且会把发生的一切都发布在网上。我知道那能够帮助其他人。"

德妮斯露出了笑容："好极了。现在让我们谈谈那周末其他时间的事情。周五你已经发现你爸爸身体并无大碍，但是那周末的剩余时间我们几乎没有收到关于你动态的任何信息，就像你这个人消失了一样！"她睁大了眼睛，说道，"而这原本应该是像你这样'参与度排名'较低的人提升排名的好机会，如果你想提升排名的话。但实际上你的排名下跌了2000名。我不是故意要用这些数字令你难堪，但是你在周五时的排名是第8625位，而到了星期天晚上你仅仅排在10288位。"

"我不知道情况那么糟糕，"梅说道，她恨自己，因为这个自己似乎总是妨碍她的表现，"我想我当时正在从我爸爸的病情给我带来的压力中恢复过来。"

"你能说说你周六都干了些什么吗？"

"说来尴尬，"梅说，"我什么也没做。"

"什么叫什么也没做？"

"那天的大多数时候我都待在我父母的家里，一直在看电视。"

乔塞亚的脸上露出了愉悦的表情："有什么好看的节目吗？"

"只是一些女篮比赛。"

"女篮比赛没什么不好！"乔塞亚喊道，"我非常爱看女篮比赛。你有没有关注我发的关于职业女子篮球比赛的极速帖？"

"没有，你有一个关于职业女子篮球比赛的极速帖？"

乔塞亚点了点头，看上去有些受伤，甚至有些困惑。

这时，德妮斯插嘴道："我再说一遍，你没有选择把自己的经历和任何人分享实在是令我们感到惊讶。你有没有加入任何关于女篮比赛的讨论？乔塞亚，我们的职业女篮讨论小组在全世界一共有多少名成员？"

乔塞亚的脸上依然流露着受伤的表情，他显然还在为梅没有阅读他发布的关于职业女子篮球比赛的帖子而感到震惊。但他还是在自己的平板电脑上找到了那个数字，咕哝道："有 143891 名成员。"

"那全世界有多少个极速帖是专门关注职业女子篮球比赛的呢？"

乔塞亚很快找到了那个数字："12992 个。"

"然而，梅，你既没有加入讨论组，也没有关注极速帖。你觉得为什么会出现这种状况呢？"

"我想我只是觉得我对职业女子篮球比赛的兴趣还不够浓厚，没有达到加入讨论小组或者关注什么帖子的程度。我对它没那么酷爱。"

德妮斯眯着眼看着梅："你的措辞非常有趣——酷爱。你听过'PPT'吗？它是'酷爱''参与'和'透明'这三个词的缩写。"

梅曾经在公司园区的各个地方都看到过"PPT"这几个字母，但在此之前她才从来没有把它们与这三个词联系在一起。她觉得自己就是个傻瓜。

德妮斯把手掌放在会议桌上，好像即将站起身一样："梅，你知道这是一家技术公司，对吧？"

"当然。"

"而且我们认为自己处在社交媒体的前沿。"

"是的。"

"那么你能正确理解'透明'这一术语吧？"

"我能。是的。"

乔塞亚看了看德妮斯，想要让她冷静一些。德妮斯把双手放回自己的腿上。这时，乔塞亚结束了话茬。他微笑着在自己的平板电脑上滑了一下，上面显示出一个新页面。

"好啦，让我们来看看周日的情况。和我们说说周日都发生了什么吧。"

"我开车回来了，仅此而已。"

"仅此而已？"

"我还划了皮划艇。"

乔塞亚和德妮斯都露出了惊讶的表情。

"你去划了皮划艇？"乔塞亚问道，"在哪里？"

"就在海湾那儿。"

"和谁一起？"

"没有其他人，就我独自一人。"

德妮斯和乔塞亚看起来颇为受伤。

"我也划皮划艇。"乔塞亚说道，接着往自己的平板电脑中输入了什么，他按键的动作非常用力。

"你通常多久去划一次皮划艇？"德妮斯问梅。

"大概每隔几周去一次吧？"

乔塞亚正专注地看着自己的平板电脑，说道："梅，我正在看你的个人主页，但我在上面找不到任何关于你划皮划艇的信息。没有微笑点赞，没有打分评分，没有发帖，什么都没有。而你现在跟我说你每隔几周就会去划一次艇？"

"哦，实际上可能没那么频繁？"

梅笑了，但德妮斯和乔塞亚都没有笑。乔塞亚仍旧盯着自己手中的屏幕，德妮斯则仔细打量着梅。

"当你去划皮划艇的时候，你看见了什么？"

"我不知道。我会看见很多东西。"

"海豹？"

"当然。"

"海狮？"

"通常都能看到。"

"水鸟？鹈鹕？"

"是的。"

德妮斯敲了敲她的平板电脑，说道："好的，我正在用你的名字搜索你说的这些划艇之旅的相关照片和视频，但是我什么也找不到。"

"哦，我划艇时从没带过相机。"

"那你怎么辨认那些水鸟呢？"

"我手头有一本小型指南。它是我前男友给我的。它其实是一本可以折叠的小书，上面介绍了这附近的各种野生动物。"

"这么说它就是一本手册之类的东西？"

"是的，我是说，它可以防水，而且……"

乔塞亚重重地呼了一口气。

"对不起。"梅说道。

乔塞亚转了转眼珠，说："不，我是说，这虽然有些离题，但我还是讨厌纸质书籍，因为它们终结了所有的交流，它们没有丝毫持续交流的可能。你读着你的纸质手册，然后一切就结束了。信息传递到你这里就终结了，就好像除了你，其他一切都无关紧要一样。但是，设想一下假如你一直在做记录，假如你一直在使用一种工具，它可以帮助你辨认你看到的所有鸟类，而且大家都可以从中获益——自然科学家、学生、历史学家以及海岸巡逻队员。这样，人

186

人都能知道这天海湾有哪些鸟类出没。一想到每天因为你这样的短视而导致了多少知识的流失，我就怒不可遏。虽然我不想把你这样的行为称为自私，但是……"

"不，那样的行为确实是自私的，我明白了。"梅说道。

乔塞亚的态度缓和了下来："但是除了记录这一问题，我非常想弄明白你为什么不愿意在网络上任何地方提及你划皮划艇这件事。我是说，它是你的一部分，不可或缺的一部分。"

梅不由自主地自嘲道："我可不认为它是我不可或缺的一部分，甚至也不认为我划皮划艇这一点有什么有趣之处。"

乔塞亚抬起头看着梅，他的双眼炯炯发亮："但它确实有趣！"

"很多人都划皮划艇。"梅说道。

"正是这个原因！"乔塞亚说道，他的脸迅速变红了，"你难道不想遇见其他划皮划艇的人吗？"乔塞亚敲着自己的电脑屏幕说："在你周围有 2331 个人也喜欢划皮划艇，包括我在内。"

梅笑了："人可真多。"

"比你想象中的多还是少？"德妮斯问道。

"我想是更多吧。"梅答道。

乔塞亚和德妮斯都露出了笑容。

"那么，我们是不是应该帮你报名，以便你能够知道你周围那些同样喜欢划皮划艇的人的消息？我们有很多工具……"乔塞亚似乎打开了一个新的页面，他可以在这个页面上帮梅报名注册。

"哦，我不知道。"梅答道。

他们两人的脸顿时沉了下去。

乔塞亚看起来又发怒了："为什么不？你难道认为你的爱好不重要吗？"

"也不是这样。我只是……"

乔塞亚向前倾了倾身子，说道："那你觉得其他圆环公司的同事们会怎么想呢？他们知道你明明离他们这么近，分明就是社区的一分子，却不想让他们知道你的兴趣爱好？你觉得他们会作何感想呢？"

"我不知道。我觉得他们应该不会有什么想法吧。"

"但是他们会有的！"乔塞亚说道，"问题在于你没有和身边的人积极互动！"

"这只是划皮划艇啊！"梅笑着说道，试图使谈话的主题变得轻松一些。

乔塞亚一边在他的平板电脑上忙碌，一边说道："只是划皮划艇？你知道皮划艇是个价值三十亿美元的产业吗？你竟然说'只是划皮划艇'！梅，你难道不明白这一切都是相互关联的吗？你得扮演好你的角色，你必须参与其中。"

德妮斯正用炽热的目光注视着梅："梅，我不得不问你一个有些敏感的问题。"

"可以。"梅说道。

"你是否觉得……你的问题出在自尊上？"

"什么？"

"你不愿意表达自己，是不是因为你害怕你的意见不重要？"

梅从来没有想过这个问题，但是这似乎有点道理。她是不是过于羞涩，不愿表达自己？"其实，我也不知道。"梅答道。

德妮斯眯了眯眼睛，继续说："梅，我不是个心理学家，但如果我是的话，我可能会质疑你的自我价值意识。我们曾经研究过这种行为。我们并不是说这种态度是反对社交的，但是它确实是不擅社交的，也与开放透明的理念大相径庭。我们发现这种行为有时是源自较低的自我价值意识——这是一种认为'哦，我想说的话根本不重要'的想法。你觉得这符合你自己的想法吗？"

梅被这问题弄得猝不及防，根本无法看清自己。"也许吧，"她说道，她想为自己争取点时间，也知道自己不该过于顺从他人的意见，"但有时我确定地知道我的话是重要的。当我知道我有什么重要的意见要补充时，我会毫不犹豫、充满自信地说出自己的想法。"

"但是你要注意你刚才说的是'有时我确定'，"乔塞亚摇着一根手指说道，"我对'有时'这个词很感兴趣，或者应该说，有些担心。因为我觉得这样的'有时'对你来说不够经常。"说完，他把身体向后靠去，仿佛他通过努力终于解决了梅的问题，现在终于可以休息了。

"梅，"德妮斯说道，"我们非常希望你能够参加一个特殊项目。你对此感兴趣吗？"

梅对那项目一无所知，但是她知道自己现在深陷麻烦之中，而且已经耽误了这两人这么长时间，因此她此时应该回答是的，所以她微笑着说："当然。"

"很好，我们会尽快让你加入那个项目的。你之后会和皮特·拉米雷斯见面，他会向你解释一切。我想那个项目不会让你只是'有时'感到确定，而是'总是'非常确定。这听起来更好，不是吗？"

会见结束之后，梅回到了自己的办公桌前，她开始埋怨自己。她到底是个什么样的人？无论如何，她感到非常羞愧。她在这里做得少之又少。她讨厌自己，也非常同情安妮。安妮当然已经听说了她的朋友梅是个游手好闲的家伙，这家伙接受了天上掉下来的馅饼——在所有人梦寐以求的圆环公司工作，公司还给她的父母提供了医疗保险！公司把他们一家从灾难中挽救出来，梅却在这里混日子。见鬼，梅，快做点什么！她想道，做一个对世界有点价值的人。

她给安妮写了信，向她道歉，说自己将会做得更好，说自己非常局促不安，说自己并不想滥用在这里工作的这一特权、这一馈赠，并且告诉安妮不用写回信了，自己一定会尽全力做得更好，比原来好上一千倍，即刻就开始努力。安妮还是给梅回了信，让梅不要担心，说那只是象征性的惩罚，对于新人来说再寻常不过了。

梅看了看时间，此时是晚上六点钟。她还有大量的时间来改正错误，就在此时此地，于是她开始了一系列动作——发送了四个极速帖、三十二则评论和八十八个笑脸点赞。在短短一小时之内，她的参与度排名就上升到了第 7288 位。突破 7000 大关更加困难一些，但是在八点钟之前，在加入了十一个讨论组并发帖、发送了十二条极速帖（其中一条极速帖在这个小时内是全球关注度前 5000 的帖子）、添加了六十七个订阅消息之后，她做到了。现在她的排名是第 6872 名。这时，她将注意力转移到自己的"内圆环"社交平台上，那上面已经积累了好几百条帖子。梅逐一浏览，回复了大约七十则信息，回复参加园区的十一个活动，签署了九个申请书，并且为四款尚处于测试阶段的产品提供了评论和建设性意见。到了晚上十点十六分，梅的排名已经变成了第 5342 名。这时，她又遇到了新的瓶颈——5000 大关，这一数字很难突破。她就圆环公司的一项新服务写了一系列极速帖；有了这项服务，一旦公司账户持有者的姓名在发送给其他人的信息中被提及，他们就会立刻知晓。梅的一则极速帖（也是她就这一话题写的第七则帖子）迅速火了起来，被大家转发了 2904 次，这使得她的参与度排名上升到了3887 位。

梅深深地体会到成就感和无限的可能性，但一种精疲力竭之感接踵而来。此刻已经接近午夜时分了，她需要休息了。但现在回家太晚了，于是她查看了一下公司宿舍的使用情况，预约了一间房间，获得了她的使用密码，穿过园区走进了"梦想家园"宿舍区。

当她关上房间的门之后，梅觉得自己简直就是个傻瓜——自己怎么没有早些利用这些条件优越的宿舍呢？！这间房间一尘不染、完美无瑕，充斥着银质装置和金色木料，地板下有地暖装置，非常温暖，床单和枕头洁白无瑕、松软无比，手指轻轻一碰，它们光洁的表面就会出现一条褶皱。根据床边一张卡片上的说明，床垫不是用弹簧或者泡沫制成的，而是用一种有机的新型纤维制成，梅发现这床垫不仅更加结实，而且更加柔软舒适，比她所知的任何床垫都要舒服。她把像云朵般洁白的被子拉起来，盖在自己身上。

然而，她却无法入睡。现在她想到自己可以做得更好，于是用自己的平板电脑登录了网络，并且发誓要一直工作到凌晨两点。她决心要突破3000大关。最终，她终于成功了，那时已经是早上三点十九分了。尽管她还没有完全精疲力竭，但梅知道自己需要休息了。于是她钻进被窝，关掉了屋里的灯。

第二天早上，梅仔细查看了房间的衣橱和梳妆台，她知道宿舍里储存了许多衣物，所有衣物都是新的，房客们可以租借也可以直接把这些衣服取走。她选了一件棉质T恤和一条卡普里紧身长裤，这T恤和裤子看上去都非常纯朴。在水池旁边放着几瓶新的润肤膏和漱口水，都是利用当地原料生产的有机产品，梅两样都试了试。她冲了个澡，换上新衣服，在八点二十分回到了办公桌前。

她通过辛勤努力换来的结果很快显现了出来。她的第三块显示屏上收到了如潮水般涌来的祝贺信息，丹、杰瑞德、乔塞亚和德妮斯每人都发来了大约五条信息，安妮则至少发来了十几条信息——她似乎为梅的进步备感骄傲和兴奋，整个人几乎要爆炸了。消息在"内圆环"平台上传开了，到中午时分，梅已经收到了大家发来的7716个微笑点赞帖。人人都知道她能成功；人人都知道她将在圆环公司大显身手；人人都确信她很快就将从客户体验部门毕业，也许就在九月份，因为他们几乎从没见过谁的参与度排名如此神速地提升，还获得了激光般的关注度。

一种新的成就感和自信心让梅顺利地度过了这一周。考虑到自己的排名已经接近前2000名，梅整个周末都在办公桌前待到很晚，新的一周一开始就早早地开始工作，决心要突破2000大关。为此，她每天晚上都在此前那间宿舍房间里过夜。梅知道那排名前2000的人都是圆环公司里近乎疯狂参加社交活动的人，而关注他们的人也都是公司里的精英；大家给这些人起了个绰号叫作"T2K"。在过去近十八个月里，"T2K"的成员们相对固定，只有他们的排名有时发生小幅度增减。

然而，梅知道她需要努力跻身其中。周四晚上，她的排名已经上升到第2219位。她知道处在这一排位的是一群和自己一样奋力拼搏想要跻身前2000名的人。她努力了整整一个小时，结果发现自己的排名仅仅上升了两位，到了2217名。她知道这将是场硬仗，但是她很享受这样的挑战。此外，每当她的排名的千位数减1，她就会收到无数称赞。梅一想到自己这么做是在报答安妮，就又充满了动力。

晚上十点，梅的排名已经上升到了2188位。正当她感到疲惫的时候，她突然意识到自己还年轻，身体还很强壮，如果她彻夜不眠，那么她就可以在其他人都熟睡时顺利成为"T2K"的一员。为了打起精神，她喝了一瓶功能饮料又嚼起了口香糖，当咖啡因和糖分发挥作用的时候，她感到自己天下无敌。第三块屏幕上的"内圆环"平台对她来说已经不够了，她打开了自己的"外圆环"平台，轻而易举地处理了上面的信息。她一路向前推进，参与了几百个极速帖并给每个帖子都写了评论。很快，她的排名上升到了2012位。但在这里，她确实遇到了强大的阻力。她在一个产品测试网站上发布了33条评论，终于让自己的排名上升到了2009位。她看了看左手腕的仪器，查看自己身体的健康状态，当她发现自己的心率正在上升时，她变得更加兴奋了——她知道自己正在统治这一切，而她还想要更多。她跟踪的数据只有41条，包括她的总平均得分——97分、她最后一次的得分——99分、她所在的团队的平均得分——96分、她当天处理的客户问询数量——221条、她前一天处理的问询数量——219条、她平均每天处理的问询数量——220条，以及她所在团队其他成员平均每天处理的问询数量——198条。在她的第二块显示屏上显示着当天其他员工发给她的信息数量——1192条、她阅读的信息数量——239条，以及她回复的信息数量——88条。上面还显示着她收到的近期圆环公司活动的邀请数——41条、她回复的邀请数——28条、当天访问圆环公司网站的总人次——32亿、当天浏览页面的人次——887亿。上面还显示着梅"外圆环"平台中的朋友数量——762人、希望成为她朋友的好友请求——27条、她关注的极速网用户数量——10343人、关注她的用户数量——18198人、她未阅读的极速帖数——887个、向她推荐的极速网用户数量——12862人。此外，还有她的电子资料库中保存的歌曲数量——6877首、这些歌曲代表的艺术家人数——921人、根据她的品位推荐给她的艺术家人数——3408人、她的电子资料库中的图片数量——33002张，以及推荐给她的图片数量——100038张。屏幕上还显示着此时大楼的内部温度——21度、室外温度——21.7度、当天公司园区内员工总人数——10981 人，以及当天前来参观园区的总人数——248 人。梅为 45 个姓名和话题设置了新闻提醒，这样每当有她喜爱的新闻提到这些名字或者话题，她都会收到一则提醒；当天的提醒数量为 187 条。梅还可以看见当天浏览她个人主页的人数——210 人，他们平均在主页上停留的时间——1.3 分钟。当然，如果梅愿意的话，她还可以进一步挖掘这些数据，看看这些人中的每一个人都看了哪些内容。此时，梅的健康数据又增加了几个，这让她感到更加平静，觉得一切尽在掌握之中。她知道自己的心率，知道它一切正常。她知道自己当天迈出的步数——近 8200 步，并且知道自己能够轻而易举把它提高到 10000 步。她知道自己饮水量正常，摄入的卡路里对于体质像她这样的人来说在可接受的范围内。此刻，梅突然清楚地意识到，此前经常令她感到焦虑、紧张或者不安的，不是什么外在的、独立的因素，不是她面临的危险或者他人的苦难和困难，而是一个内部的、主观的因素——无知的状态。真正困扰她的不是与朋友的争吵，也不是乔塞亚和德妮斯对她的责备，而是不知道这些意味着什么，不知道他们的计划，不知道这一切的后果，也不知道未来会怎样。如果她知道所有这一切，她就能心平气和、沉着冷静。她相当肯定地知道她的父母身在何处——他们和往常一样待在家中。她通过"圆环搜索"工具可以看到安妮身在何处——在她的办公室里，或许她也仍然在工作。但是卡尔顿在哪里呢？她已经有两周没有见到他或者听到他的消息了。想到这里，梅给安妮发去了信息。

你还醒着吗？

我总是醒着。

我还是没有听到卡尔顿的消息。

那个老男人？也许他死了。他度过了一个幸福而长久的人生。

你真的认为他只是个闯入者？

我觉得你躲过了一颗子弹。我很高兴他还没有回来。我很担心可能正在进行的间谍活动。

他不是个间谍。

那么他就是太老了。也许他是圆环公司某位员工的祖父，前来参观公司后迷了路？还是那句话，你太年轻了，不该成为一个寡妇。

梅想起了卡尔顿的双手。他的双手毁了她。此时此刻，梅只是想让他的双手再次放在自己身上，想让他把双手放在她的骶骨上抱紧她。她的欲望可能如此简单吗？他到底到哪里去了？他无权像这样消失。梅又查看了"圆环搜索"工具，其实她已经用这个方法寻找了他一百次，仍然一无所获。但是，她有权知道卡尔顿在哪里，至少她有权知道他曾经去过哪里、他是谁。她此刻感受到的负担就是那种不必要的、过时的不确定感。如今，她可以立刻知道雅加达的气温，却无法在公司园区里找到这个人？那个曾经那样触碰过你的人到哪里去了？如果她可以消除这样的不确定性——如果她可以知道在何时谁会再一次用那样的方式触碰她，那么她就能够消除世界上大多数的压力源，或许还能够消除现在她胸中不断积累的绝望。每周她都会有数次感觉到自己的身体内正形成一个黑色的裂缝，同时发出响亮的撕裂声。这种感觉通常不会持续太久，但是当她闭上眼睛的时候，她能看见一个细小的裂缝，看上去就像一条黑色布条上出现的裂缝，而通过这条细小的裂缝，她听见了无数看不见的灵魂发出的尖叫。她意识到这件事非常奇怪，而且她难以向任何人提起。她也许能够向安妮描述这种感受，可她不想刚进公司不久就让安妮替她操心。但是这种感觉到底是什么？是谁在通过这条布条上的裂缝大声尖叫？梅发现让自己不再想这事的最好方法就是成倍地增加自己的关注点、保持忙碌并且付出更多。有一次，梅产生了个短暂的傻念头——用"爱爱"软件可能可以找到卡尔顿。她那么做了，但当她的疑虑得到印证时，就连她自己也觉得这么做很愚蠢。她感到体内的裂缝正在扩大，一股黑暗席卷了她全身。她闭上双眼，听见许多像是从水下传来的尖叫声。梅咒骂自己的无知，知道她需要一个她可以了解的人、一个她可以定位的人。

门口传来的敲门声很轻，敲门的人似乎有些犹豫不决。

"门没锁。"梅答道。

弗朗西斯把脸从门缝里伸了进来，一手扶着门。

"我真的能进来吗？"他问道。

"是我请你来的。"梅说道。

他溜进房间，关上门，就好像刚刚躲过了走廊里一个正在追赶他的人。他四处看了看房间，说道："我喜欢你对这屋子的装修。"

梅笑了。

"我们去我的房间吧。"他说道。

梅本想反对，但她确实想看看弗朗西斯的房间是什么样子的。宿舍区各间房间都有些细微的差别。因为这些房间非常受欢迎而且很实用，因此如今圆环公司的许多员工们都选择在此长期居住。此外，他们还可以对这些房间进行个性化的装修。当梅和弗朗西斯来到弗朗西斯的房间时，梅看到他的房间几乎和自己的房间一模一样。弗朗西斯只是在为数不多的几处加入了自己的风格，最显眼的就是那张他儿时用混凝纸浆制成的面具。这张面具是黄色的，一双大眼睛上戴着一副眼镜，正挂在床的上方。弗朗西斯看见梅正盯着面具看。

"怎么了？"他问道。

"这很奇怪，你不觉得吗？在床头挂一张面具？"

"我睡觉的时候看不见它，"他答道，"你想喝点什么吗？"他打开冰箱，在里面找到了果汁和一种新式的日本米酒，这种米酒装在一个粉色的圆形玻璃容器中。

"这看上去不错，"梅说道，"我房间里没有这个。我房间里的酒装在一个更加普通的瓶子里，也许是另一个牌子的。"

弗朗西斯为他们两人调制了饮料，把两人的杯子都斟得满满的。

"我每天晚上都会喝上几杯，"他说道，"只有这样才能让我的脑袋运转慢下来，我才能入睡。你有入睡难的问题吗？"

"我得花一个小时才能入睡。"梅说。

"那么，"弗朗西斯说道，"这饮料可以让一个小时的倒计时缩短为一刻钟。"

他把杯子递给梅。梅往里面看了看。一开始，她觉得每天晚上喝米酒是件非常可怜的事情，但她随即意识到自己明晚也会尝试这么做。

弗朗西斯正看着梅的肚子到手肘之间的某处。

"怎么了？"

"我怎么也忘不了你的腰。"他说道。

"你说什么？"梅答道。她知道这划不来，知道自己和会说这种话的男人在一起肯定划不来。

"不，不！"他赶忙解释道，"我的意思是你的腰漂亮极了。你的腰线，它就像弓箭一样向内侧弯曲，真是太美了。"

随后，他用双手在空气中描画着她腰部的形状，画出两个长长的字母"C"。"我喜欢你既有丰满的臀部和肩部，又有这样的纤腰。"他微笑着直直地盯着梅的眼睛，仿佛完全没有意识到自己说的话是多么直白，或者他对此根本就不在乎。

"我猜我该谢谢你。"梅说。

"那真的是一句赞美，"他说道，"你腰部的曲线看起来就好像天生是为了让某人将双手放在那里而造出来的一样。"他模仿着将自己的双手放在她腰上的动作。

梅站了起来，轻轻地抿了一小口手中的酒，在考虑自己是否应该马上逃走。但是弗朗西斯刚才的话确实是赞美。他只是对她说了一句不合时宜、笨拙不当却非常直接的赞美，她知道自己永远不会忘记这句赞美，而且他的话已经让她的心跳变得有些不平稳了。

"你想看点什么吗？"弗朗西斯问道。

梅耸了耸肩，还是不知道该如何应对。

弗朗西斯在各种选项中切换着。事实上，他们可以收看现存的所有电影和电视节目。他们花了五分钟浏览各种节目，但很快就试图找到类似的、更好的其他节目。

"你听说过汉斯·威利斯推出的新玩意儿吗？"弗朗西斯问道。

梅已经决定留在这里了，她意识到和弗朗西斯在一起让她自我感觉良好。她在这里拥有一种权力，她喜欢这种权力。"没有。他是谁？"

"他大概算得上是一位住宅区音乐家吧。上周他录制了一整场音乐会。"

"这东西问世了吗？"

"还没有，但是如果它能够从圆环公司的员工这里得到不错的评价，他们可能会试着发售它。让我看看我能不能找到它。"

他播放了那段音乐，那是首典雅的钢琴曲，听起来像是一场雨的伊始。梅站起来关掉了房间里的灯，仅仅让显示屏继续发出灰色的冷光，这让弗朗西斯仿佛笼罩在了幽灵般的光线中。

梅注意到桌上有一本厚厚的皮质笔记本，把它拿起来，问道："这是什么？我的房间里没有这个。"

"哦，那是我的。一本相册，里面只是照片而已。"

"比如家庭照片？"梅说完就想起了弗朗西斯复杂的身世，"抱歉，我知道我不该那么说的。"

"没关系，"他说道，"你也可以说是家庭照片。其中一些是我的兄弟姐妹的照片。但是它们中的大多数都是我和我寄养家庭的照片。你想看看吗？"

"你把这相册放在圆环公司？"

他从梅手中拿过相册，坐在了床上："不，我通常把它放在家里，但是我今天把它带过来了。你想看看吗？大多数照片都很令人沮丧。"

这时，弗朗西斯已经打开了相册。梅在他身边坐下，看着他一页一页地翻着。她瞥见了弗朗西斯在一间笼罩着琥珀色光线的朴素的客厅里拍的照片，还有他在厨房中拍的照片，偶尔还有几张他在游乐园里拍的照片。他在翻看到一张照片时停下了动作，在这张照片中，弗朗西斯坐在一块滑板上，戴着一副巨大的眼镜向镜头张望。

"那眼镜一定是母亲的，"他说道，"瞧瞧那镜框。"他用手摸了摸那圆形的镜片，"那是一款女士戴的眼镜，对吧？"

"我想是的。"梅盯着弗朗西斯年幼时的脸说道。那时的他有着同样坦率的表情、同样高耸的鼻梁和同样丰满的下嘴唇。梅感到自己的眼睛里渐渐涌出了眼泪。

"我不记得那副眼镜了，"他说道，"我不知道它是从哪儿来的。我能想象的唯一原因是我通常佩戴的那副眼镜坏了，而这副是她的，她让我戴着她的眼镜。"

"照片上的你看起来很可爱。"梅说道，但其实她想放声大哭。

弗朗西斯正眯眼看着照片，仿佛他看它的时间足够长，他就能从中得到答案。

"这是在哪里拍的？"梅问道。

"我不记得了。"他回答说。

"你不知道你住在哪里？"

"毫无头绪。甚至能有照片都是稀奇事了。不是所有的寄养家庭都会给你照片的，但是当他们给你照片的时候，他们会确保照片中没有任何东西会让你找到他们。照片里没有房屋的外景，也没有地址、路牌或者地标。"

"你是说真的？"

弗朗西斯抬头看着她说："这就是寄养的方式。"

"为什么要这样？是为了阻止你回去还是为了别的什么目的？"

"这只是一条规定。是的，那样做的话你就不能回去了。如果他们抚养你一年，那就是一年，他们可不希望你再次出现在他们的门阶上——尤其是在你年纪更大了以后。有些被寄养的孩子会有些严重的倾向，因此寄养家庭不得不担心当这些孩子长大以后会再找到他们。"

"我对此一无所知。"

"是的，这是个奇怪的规定，但是合情合理。"他喝光了自己剩下的米酒，站起身去调试立体声音响。

"我可以看看吗？"梅问道。

弗朗西斯耸了耸肩表示同意。梅一页一页地翻看相册，试图找到任何能够定位的照片。但是在几十张照片中，她没有看见任何地址，也没有房屋外景。所有的照片拍的都是室内环境或者毫无个性的后院。

"我肯定有些家庭希望能够听到你的消息。"她说道。

弗朗西斯调好了音响，它正在播放一首新的歌曲，那是一首梅叫不出名字的老灵歌。弗朗西斯在梅的身边坐了下来。

"也许吧。但是那不符合寄养协议。"

"这么说，你从没有试着联系他们？我是说，用面部识别工具……"

"我不知道。我还没有想好要不要那么做。我是说，这正是我把这本相册带到公司来的原因。我明天会去扫描这些照片，看看结果如何。也许我们能找到几个吻合的记录。但除此之外，我并不准备做什么其他事情。我只是想填补一下遗漏的信息。"

"至少你有权知道一些基本信息。"

梅迅速地翻阅着相册，当她看到一张弗朗西斯年幼时的照片时，她停了下来。照片中的小弗朗西斯不足五岁，两个九或十岁的小女孩一左一右站在他的两侧。梅知道她们是他的姐姐，就是那两个被杀死的女孩。她想好好看看她们，虽然她也不知道自己为什么要这么做。她不想逼迫弗朗西斯谈论自己的姐姐，也知道自己什么也不该说，而是应该让弗朗西斯自己开启讨论她们的话题。倘若他没有立刻谈论起她们，她就应该把这页翻过去。

弗朗西斯什么也没说，于是她把这页翻了过去，同时感到自己对他充满了同情。她意识到自己此前太苛求弗朗西斯了。他就在这儿，他喜欢她，他想要和她在一起，而且他是梅认识的最悲伤的人了。而她可以让他不再悲伤。

"你的脉搏简直快得不正常。"他说道。

梅低头看了看她的手环，发现那上面显示她的心率是134。

"让我看看你的。"她说道。

弗朗西斯卷起了袖子。梅一把抓住他的手腕，把它翻转过来。

他的心率是 128。

"你自己也不是很平静。"她说完，把自己的手放在了弗朗西斯的大腿上。

"你把手放在我腿上不要拿开，就能看见我的心跳得有多快了。"他说道，于是他们两人一起看着他手腕上的仪器。结果非常惊人——他的心率迅速攀升到 134。看见自己竟然能对弗朗西斯产生如此大的影响，梅非常兴奋。反映她的这种影响力的证据就在她的眼前，可以准确无误地测量出来。现在，弗朗西斯的心率变成了 136。

"你想让我试着做点什么吗？"梅问道。

"是的。"他轻声说道，呼吸变得更加吃力了。

梅把手伸向弗朗西斯裤子的褶皱里，她发现他的阴茎勃起了，正抵在他的皮带扣上。她用食指轻轻擦了擦他阴茎的顶端，结果他们看见他的心率上升到了 152。

"你太容易兴奋了。"梅说道，"想想如果我们真的在做什么，你这样可不行。"

他闭上了眼睛。半晌后他终于开口道："是的。"但他的呼吸依旧吃力。

"你喜欢我这么做吗？"她问道。

"嗯。"他好不容易哼了一声表示肯定。

看见自己竟然能如此控制弗朗西斯，梅感到很兴奋。看着弗朗西斯，看着他放在床上的双手以及他抵着裤子勃起的阴茎，梅想到了一句此刻她可以说的话。这句话很粗俗，如果梅知道有人会知道她说过这句话，那么她一定永远不会把它说出口。但梅一想到这句话就不禁露出了微笑，她知道这句话一定会让弗朗西斯这个羞涩的大男孩发疯的。

"这个仪器还能测量些什么？"她突然问道。

一听这话，弗朗西斯的眼神都要发疯了。他用力扯着自己的裤子，想要把裤子脱掉。可是他刚刚把裤子脱到大腿处时，他的嘴里咕哝出了一句话，听上去像是"哦老天"或者"我要"，只见他的头突然向左右两边抽搐了几下，身体向前弯去，直到最后瘫倒在床上，就连头也撞到了墙上。梅赶忙向后退了几步，看着躺在床上的弗朗西斯。此时，他的衬衫掀了起来，下体暴露在外。眼前的景象让梅不禁想起篝火晚会上的一根小木棒，只是这根木棒上沾满了乳白色的液体。

"对不起。"他说道。

"别这么说，我挺喜欢你的反应的。"梅说道。

"我从来没有这么快过。"他说道，呼吸依旧非常吃力。突然，梅脑中的某根神经突触让她把眼前的景象和自己的父亲联系到了一起，她仿佛看见她父亲坐在沙发上，完全无法控制自己的身体。这让她非常想离开这里，到别的地方去。

"我得走了。"她说道。

"真的吗？为什么？"他问道。

"现在已经凌晨一点多了，我得睡觉了。"

"好的。"他答道，但他说话的方式让梅觉得有些讨厌——他似乎和梅一样迫不及待地想让她离开。

弗朗西斯站起来，拿来了他的手机。这时，梅才发现他的手机此前一直竖着放在小橱柜上，镜头对着他们俩。

"什么，你不会一直在用手机拍我们吧？"梅开玩笑道。

"也许吧。"他说道，但他的语气清楚地表明他确实在拍摄。

"等等。你是说真的？"

梅伸手要去拿他的手机。

"别，"他说道，"这是我的。"说完就把手机塞进了口袋里。

"它是你的？我们刚才的所作所为都是你的？"

"它既是你的也是我的。而且，要知道，我才是那个达到高潮的人。那么，你为什么要在乎呢？你可没有赤裸身体或者怎样。"

"弗朗西斯，我真不敢相信你竟然会这么做。你把那视频删掉，就现在。"

"你刚才说'删掉'？"他开玩笑似的问道，他的意思再清楚不过了——在圆环公司我们从不删除任何东西。"我必须找个法子自己看看刚才发生的一切。"

"那么所有人都会看见它的。"

"我不会把它发布到网上，也不会做任何事情。"

"弗朗西斯，求你了。"

"好啦，梅。你必须理解这对我来说意义重大。我可不是什么滥交的男人，所以刚才的事情对我来说非常难得。难道我就不能为这次宝贵的经历留下点纪念吗？"

"你不用担心。"安妮说道。

梅和安妮正在"启蒙时代"的大礼堂里。今天的演讲非常难得，因为主讲人将是斯坦顿，他还承诺将有一位特殊嘉宾到场。

"但是我确实很担心。"梅说道。自从她见过弗朗西斯之后，整整一个星期她都无法集中注意力。还没有其他任何人看过那段视频，但是那段视频一直保存在弗朗西斯的手机里，就意味着它也保存在圆环公司的云端里，任何人都能够获取它。最糟糕的是，梅对自己感到非常失望。她已经让同一个男人对自己做了两次这样的事情。

"别再要求我把它删除了。"安妮一边说着，一边向人群中的几位圆环公司高级人员挥手致意，那些人都是"四十人帮"的成员。

"求你删掉它吧。"

"你知道我做不到。梅，在这里我们从来不删除任何东西。要是贝利知道我删除了它，他会发疯的，他也会哭的。只要有人想要删除任何信息，他都会备感受伤。你知道，他说这就像屠杀婴儿一样。"

"但是你所说的这个婴儿不过是一段手淫视频。没有人想要这个婴儿。我们得删除这个婴儿。"

"没有人会看见它的。这你知道。云端里99%的信息都从没有人观看。等真的有人看到了这段视频，我们再谈，可以吗？"说着，安妮把手放在了梅的手上，"现在，好好听这场演讲。你不知道斯坦顿来此做演讲是多么难得。这次的主题一定很伟大，而且一定和政府的某些事情有关。那可是他的拿手绝活。"

"你不知道他今天要说什么？"

"我略知一二。"安妮说。

没有人作介绍，斯坦顿直接走上了舞台。观众们鼓起了掌，但他们鼓掌的方式与欢迎贝利时完全不同。贝利就像他们的一位才华横溢的叔叔，他拯救了他们每一个人的生活。而斯坦顿则是他们的老板，他们必须在他面前表现得很有职业素养，就连鼓掌也不例外。只见斯坦顿穿着完美无瑕的黑色西装，没有打领带；他径直走到舞台中央，没有自我介绍，也没有和大家打招呼，直接开始了演讲。

"正如你们所知，"他说道，"信息透明是我们圆环公司一直倡导的。在我们眼中，斯图尔特这样的人是鼓舞人心的，他是一个愿意为了增加我们全人类的知识而奉献一生的人。在过去的五年中，他每时每刻都在拍摄、录制，他的作品已经成了圆环公司一笔不可估量的宝贵财富，而且我相信，它们很快将成为全人类的宝贵财富。斯图尔特？"

斯坦顿望向观众，找到了斯图尔特——那个被大家称作"透明人"的人。此刻斯图尔特正站起身，脖子上挂着一个状似长焦镜头的东西。他约莫六十岁，秃顶，微微有些驼背，好像这是由他胸前装置的重量导致的。人群向他致以热烈的掌声，随后他坐回了座位上。

"同时，"斯坦顿继续道，"我们还想让公共生活的另外一个领域实现信息的透明化，这就是民主。我们很幸运，因为我们是在民主的环境中出生和成长的。但是这种民主也在不断完善。比如，当我还是个孩子的时候，为了对抗政治上的暗箱操作，人们坚持实行《阳光法案》①。这些法律的实施使得公民能够参加会议并且查看会议记录。公民们可以参加听证会，也可以申请查看政府公文。然而，尽管这项民主制度已经建立多年，我们还是每天都能听到自己选举出的领导人又卷入了某桩丑闻之中，通常他们都做了一些不该做的事情——秘密的、非法的、有悖于公民意愿和利益的事情。难怪国会的公信度只有11%。"

观众们低声抱怨着。斯坦顿借助观众们的反应继续说道："国会的公信度竟然能达到11%！要知道，最近刚刚曝出某位国会议员参与了非常糟糕的勾当。"

观众们爆发出大笑声、欢呼声和嗤笑声。

梅倾身靠向安妮，问道："等等，哪位议员？"

"威廉姆森。你没听说吗？她陷入了许多诡异的丑闻当中，算是全完啦。现在她正以数十种原因接受调查，据说她做了许多不道德

---

① 《阳光法案》，也称《公开性保障法》，它要求政府机构定期召开公开会议。

的事情。他们在她的电脑上找到了很多奇怪的搜索和下载记录——都是些非常恐怖诡异的东西。"

梅非常不情愿地联想到了弗朗西斯。但她马上把注意力转移到了斯坦顿身上。

"你的工作可能是往老年公民们头上倒粪水，"他说道，"而你的工作满意度仍然能达到11%以上，这实在荒唐。那么我们能做些什么呢？应该怎么做才能重新树立起民众们对他们选举出的领导人的信任？我在此很高兴地告诉大家，有一位女士对这个问题非常重视，她也正在采取一些措施来解决这个问题。请允许我向大家介绍十四区的众议员——奥利维亚·桑托斯女士。"

一位年约五十、身体健壮的女士从礼堂一侧走上台。她穿着一套红色的西装，围着一条黄色的印花围巾，一边走上台一边把双手高举过头顶向大家挥动着。台下的掌声稀疏却有礼，说明在这个礼堂中没有几个人知道她究竟是谁。

斯坦顿给了她一个僵硬的拥抱，之后，她便站在斯坦顿身边，双手紧握在身前。斯坦顿继续说道："如果有人需要补习公民学，桑托斯议员正代表了这一地区。如果你们此前不认识她，没关系，你们现在认识她了。"说完，他转向桑托斯，问道："议员，你今天感觉如何？"

"很好，汤姆，我感觉非常好。我非常高兴能来这儿。"

斯坦顿向她露出了他个性化的热情微笑，然后转而面向台下的观众。

"桑托斯女士今天来这里是为了向大家宣布一个通知，在我看来这是我们政府执政史上极为重要的一次发展。这说明我们在实现信息完全透明的道路上又前进了一步，而这一目标在民主制诞生伊始就是我们大家所共同追求的，是我们对于自己选举出的领导人的希冀。议员，您请讲。"

斯坦顿向后退了一步，坐在桑托斯身后的一张搁脚凳上。桑托斯议员走到舞台前，双手交握在背后，向整个礼堂扫了一眼。

"你说得没错，汤姆。我和在座的各位一样，认为公民们亟须知道他们选举出的领导人在做什么。我是说，这是你们的权利，不是吗？你们有权知道他们每天是如何度过的。他们在与哪些人见面，与哪些人交谈，用纳税人的钱做着哪些事情。直到今天，我们拥有一个特别的问责制。参议员、众议员、市长以及城镇政务的议员们偶尔会公布他们的日程，允许公民在不同程度上获悉他们的情况。但是我们还是不禁要问：他们为什么要和那个曾经是参议员现在成了说客的家伙见面？那个国会议员又是从哪儿得到了联邦调查局在他家的冰箱中找到的十五万美元的？另一位参议员怎么会在他妻子接受癌症治疗期间和数位女性安排约会的呢？我的意思是，这些官员领着公民支付的工资，却做出这一系列不端行径，这种情况不仅应该受到谴责，不仅让人无法接受，同时也是不必要的、可以避免的。"

观众中有些人鼓起了掌。桑托斯笑了，点了点头，继续说道：

"我们都希望从我们选举出的领导人那里获得透明的信息，但是从前科学技术还不能完全实现这一点。然而现在，这样的技术已经成熟了。正如斯图尔特之前展示的那样，现在我们很容易让整个世界知道你每天在做什么，见你所见，闻你所闻，听你所言。斯图尔特，我要谢谢你的勇气。"

观众再次以一种新的热情为斯图尔特鼓起了掌，一些观众已经开始猜测桑托斯即将宣布的内容。

"因此，我希望沿着斯图尔特为我们指明的道路继续前行。在此过程中，我希望向世人展示民主能够而且应该是这样的——完全公开、彻底透明。从今天开始，我将戴上和斯图尔特所戴的完全相同的设备。我每天遇见的人、一举一动、一言一语都将对我的选民以及全世界完全公开。"

这时，斯坦顿从搁脚凳上站起来，走向桑托斯议员。他看向聚集在礼堂中的圆环公司员工："让我们为国会议员桑托斯女士鼓掌！"

不用他说，观众们此时已经在鼓掌了。人群中有人在欢呼，也有人在吹口哨，桑托斯脸上绽放出灿烂的笑容。人群正在欢呼之时，一名技术人员从礼堂侧翼走上台，在桑托斯的脖子上挂上了一串类似项圈的设备——那是斯图尔特戴着的那种摄像机的小型版。桑托斯把那摄像机拿到嘴边，亲吻了镜头。观众又一次欢呼起来。一分钟后，斯坦顿向大家举手示意，观众这才安静下来。斯坦顿面向桑托斯说道：

"您是说您的每一句对话、每一次会面、生活的每一部分都将在网络上播放？"

"是的。这些内容将放在我的'圆环网'主页上。大家可以看到我生活的每时每刻，直到我睡着为止。"听到她的回答，观众又一次鼓起了掌。斯坦顿等了一会儿，然后让大家安静下来。

"那万一有人想当面见您，又不想把此次会面公之于众呢？"

"那样的话，他们只能选择不与我见面了。"桑托斯答道，"你要么完全公开透明，要么躲在暗处。你要么完全承担责任，要么别负责任。有谁非得跟我说些不能公开的话不可呢？我代表民众履行的工作有哪部分是不能让我所代表的民众知道的呢？"

观众爆发出的掌声湮没了桑托斯的声音。

"一点儿没错。"斯坦顿说道。

"谢谢，谢谢大家！"桑托斯合起双掌做出祈祷的姿势，向观众鞠躬致谢。观众的掌声持续了好几分钟。最后,斯坦顿再次示意大家安静下来。

"那么您从什么时候开始这项新计划呢?"他问道。

"就从此时此刻开始吧。"桑托斯回答道。她按了一下脖子上那个装置的一个按钮,她身后的大屏幕上立刻出现了她脖子上的摄像机所拍摄到的景象。台下的观众在画面中清晰地看到了自己,于是又一次爆发出热烈的赞许声。

"汤姆,这项计划现在从我开始,"桑托斯接着说道,"而我希望这个国家的其他领导人很快也会加入我的行列,直至推广到全球所有民主政权的每一位领导人。"

她又一次双手合十向大家鞠了一躬,之后便走下了舞台。就在她快要走到舞台左侧的幕布旁时,她停下脚步:"我没有理由要走这边,这里太暗了,我要从这里走。"她说着,走下舞台,同时礼堂里的灯光亮了起来。在明亮的灯光中,礼堂中的近千张面孔顿时变得清晰,他们都在放声欢呼。桑托斯径直沿着过道走着,过道两旁的观众争先恐后地向她伸出手去,一张张笑脸纷纷向她说着:"谢谢,谢谢你,加油前进,让我们以你为豪。"

当天晚上在"殖民地"有一场专门为桑托斯议员举行的招待会,桑托斯不断受到新的崇拜者的热烈欢迎。有一瞬间,梅曾试图想靠近桑托斯,和她握个手,但是整晚桑托斯身边簇拥着一大群人,因此梅只得远远地坐在自助餐厅里,一边吃着公司自制的碎猪肉,一边等着安妮。安妮此前说自己会尽力过来,但是她手头有一项工作就要到截止日期了,似乎是为公司在欧盟将要举行的一场听证会做准备工作。"他们又在抱怨税收方面的问题了。"安妮说道。

梅在招待会上闲逛着，这间房间的装饰略有些沙漠主题的味道，房间墙壁上的数码屏幕中显示着日落的画面，前面散置着一些仙人掌和砂岩。她碰见了丹、杰瑞德和几位她正在培训的新人，并和他们打了招呼。她在人群中找了一下弗朗西斯，希望他不要在这里出现，然后突然想起弗朗西斯此刻正在拉斯维加斯参加一场会议——他要在那里会见几个执法部门的人员，向他们介绍"守护儿童"项目，想到这个，梅大大松了一口气。梅正闲逛着，突然一面墙壁屏幕上的日落画面逐渐黯淡下去，随后出现了泰的脸。他没有刮胡子，眼袋深重，显然他非常疲惫，但他脸上仍然绽放着灿烂的笑容。他和往常一样穿着那件黑色的、对他来说过大的连帽衫，他花了片刻用袖口擦了擦眼镜，这才向房间各处看去，仿佛他在某处真能看见这房间里的所有人一样。也许他真的能看见他们。此时，房间里的人们很快就安静了下来。

"大家好。抱歉我不能和你们在一起。我正在忙着一个非常有趣的新项目，因此无法参加你们正在享受的这场精彩非凡的社交活动。但是我确实想向你们表示祝贺，祝贺你们取得了这一了不起的新进展。我认为这对圆环公司而言是至关重要的一步，对我们整体的魅力来说也是意义非凡的。"有一秒钟的时间，他似乎在看着操作摄像机的人，好像在确认自己说的是不是够多了；接着他的目光又看向房间。"谢谢你们为此付出的辛勤劳动，现在让派对正式开始吧！"

说完，他的脸从屏幕上消失了，上面又出现了日落的画面。梅和她团队里的几个新人聊了几句，他们中的有些人此前还从未见过泰的现场发言，刚才看了视频，简直高兴得要疯了。梅拍了张派对的照片，发在了极速网上，还加上了几个字——激动人心的场合！

梅拿起第二杯酒，正在想着怎样能只拿酒而不拿走下面的纸巾，因为那纸巾根本没什么用，最终她只能把它放进口袋里。正在这时，她看见了卡尔顿。他正坐在一处阴暗的楼梯井的台阶上。梅蜿蜒着穿过人群向他走去，当卡尔顿看见她时，他的脸上露出了愉悦的表情。

"哦，你好。"他说道。

"哦，你好？"

"抱歉。"他说着把身子靠向梅，想要和她拥抱。

梅向后退缩了一下："你之前去哪里了？"

"之前？"

"你消失两周了。"梅说道。

"这并不久，不是吗？况且我一直都在附近。有一天我来找过你，但你看上去很忙。"

"你到客户体验部门来了？"

"是的，但是我当时不想打扰你。"

"那你就不能设法留一条信息给我？"

"我不知道你姓什么，"他微笑着说道，仿佛他知道的比他透露的多得多，"为什么你没有联系我呢？"

"我也不知道你姓什么。而且公司里到处都找不到一个叫卡尔顿的人。"

"真的吗？你是怎么拼写我的名字的？"

梅开始列举她尝试过的各种拼写组合，这时卡尔顿打断了她。

"听着，这不重要了。我们俩都把事情搞砸了。不过现在我们就在这里。"

梅向后退了一步以便仔细打量他全身，心想也许在他身上的某处她能够找到一些线索，来判定他到底是不是诚实的——是否真的是圆环公司的员工，是否真的是个真实存在的人。今天他又穿着一件舒适的长袖衬衫，上面有绿色、红色和褐色的水平条纹，他的裤子还是黑色的紧身裤，使他的双腿看起来就像一个倒着的字母 V。

"你确实在这里工作，是吗？"梅问道。

"当然。否则我怎么能进来呢？这里的安保工作可严格了，尤其是在像今天这样的场合，当公司有重要客人到访时，安保更加严格。"他说着向桑托斯议员的方向点了点头，议员正在某人的平板电脑上签名。

"你看起来准备离开这儿了。"梅说道。

"是吗？"卡尔顿回答说，"不，不。我只是在这儿感到很舒服。我喜欢在这样的场合中安静地坐在某处。我想我可能喜欢这种随时能够溜走的感觉。"他伸出大拇指向肩膀后面指了指，意指身后他刚刚坐过的台阶。

"我很高兴我的主管见到我在这儿了，"梅说道，"那是我的第一要务。你需要你的主管或者其他什么领导看见你在这儿吗？"

"主管？"卡尔顿盯着梅看了一会儿，仿佛她刚刚用一种熟悉却难以理解的语言说了什么。"哦，是的，"他这才点头答道，"他们看见我在这里。这一点我已经搞定了。"

"你告诉过我你在这儿做什么了吗？"

"啊，我不确定。我说过了吗？瞧那家伙。"

"谁？"

"哦，没什么。"卡尔顿说道，似乎已经忘记了他刚才在看谁。"这么说，你在公共关系部门工作？"

"不，是客户体验部门。"

卡尔顿歪了歪头，说道："哦，是的，这我知道。"但梅对此并不感到信服。"你在那里已经工作好一阵子了吧?"

梅忍不住笑起来。这个男人根本就是心不在焉,他的心思似乎并不在这里,更不在这世界上的任何一处。

"非常抱歉,"他把脸转向梅说道,此刻他看起来非常诚恳,目光极其清澈,"但是我确实想要记住关于你的这一切。事实上,我很希望在这里能碰见你。"

"那我再问一遍,你在这里工作多久了?"梅问道。

"我? 呃,"他抓了抓后脑勺,说,"哇,我也不确定,有一阵子了。"

"一个月? 一年? 还是六年?"梅猜想着他可能真的是一位学者。

"六年?"他说道,"这我可得好好谈谈。你觉得我看上去老得可能在这里工作六年了吗? 我也不想让自己看上去那么老。是因为我这一·头灰发吗?"

梅不知道该怎样回答他。当然是因为那一头灰发。"我们是不是该去喝点什么?"她转而问道。

"不,我不需要,你请便。"他说。

"你害怕走出你的藏身之处?"

"不,我只是觉得自己没那么喜欢社交。"

梅向一张桌子走去,那桌上放着几百杯酒,正待人们取走。

"你是梅,对吧?"

梅闻声转过身去,看见了两位女士,原来是黛娜和希拉里,她们正在为斯坦顿建造一艘潜水器。梅记得自己曾在来公司的第一天见过她们,此后她每天在自己的第二块显示屏上都能接收到她们两人的消息更新。她们还需要几个星期就能完成潜水器了,斯坦顿打算把潜水器带到马里亚纳海沟去。

"我一直在关注你们的进展,"梅说道,"简直令人难以置信。你们在这里建造潜水器吗?"

梅回头向肩后扫了一眼，确认卡尔顿没有悄悄溜走。

"是的，我们和'第九项目组'的成员们一起，"希拉里一边说，一边向公司其他部门的什么人挥了挥手，"在这里建造潜水器更加安全，我们能确保专利产品的安全。"

"这将是第一艘体积足够大的潜水器，我们用它能够带回整只动物。"黛娜补充道。

"那么，你们也要去海沟里？"

黛娜和希拉里笑了。"不，"希拉里答道，"这艘潜水器是为一个人建造的，也只能容纳一个人，他就是汤姆·斯坦顿。"

黛娜扫了一眼希拉里，然后看向梅，说道："如果要把潜水器造得更大以容纳更多人的话，那成本就太高了。"

"没错，"希拉里说道，"这就是我刚才的意思。"

当梅手里拿着两杯酒回到卡尔顿所在的楼梯井时，他还待在原来的地方，但他不知用什么方法，手里也已经拿了两杯酒。

"有人拿着托盘来过这里。"他站起身解释道。

他们在一起站了片刻，两人双手都拿着酒杯。除了把四个杯子都碰在一起，梅想不到其他办法，于是他们就那样碰杯了。

"我刚才恰好碰到了建造潜水器的团队，"梅说道，"你认识她们吗？"

卡尔顿翻了个白眼。这着实让梅吃了一惊，她还从来没见过圆环公司里的其他什么人这么做过呢。

"怎么了？"她问道。

"没什么。"卡尔顿回答，又问道"你喜欢今天的演说吗？"

"关于桑托斯女士的整场演说？是的，我喜欢。激动人心，"她措辞非常小心，"我认为这将是一个至关重要的，呃，这在民主制的历史上将是个……"她看见卡尔顿笑了，于是停了下来，问道："怎么了？"

"没什么，"他说道，"你不用对我长篇大论。我听到斯坦顿今天说的话了。你真的认为这是个好主意？"

"你不这么认为吗？"

他耸了耸肩，喝了半杯酒。"那家伙有时会让我感到不安，"说完，他突然意识到自己不应该如此谈论一位"智者"，于是转换了话锋，"他只是太聪明了，聪明得让人感到害怕。你真的觉得我看上去很老吗？你觉得我多大年纪？三十岁？"

"你看起来没那么老。"梅说道。

"我才不信呢。我知道我看起来很老。"

梅喝了一口手中的酒。他们向四处望了望，看了看桑托斯身上戴着的摄像机拍摄到的画面。画面被投射到了远处一堵墙上，一群圆环公司的员工正站着观看，桑托斯则向后退了几英尺，融入在人群中。一位圆环公司的员工发现议员的摄像机拍到了自己，于是用手遮住了投射在墙上的自己的脸。

卡尔顿皱着眉仔细看着这一切。他哼了一声，歪着头，就像一位外地造访的旅行者正在苦苦思索想要弄清当地的一项奇特风俗。然后他把脸转向梅，看了看她手中的两个酒杯，又看了看自己的，仿佛现在才意识到他们俩双手拿着酒杯站在这门口是多么滑稽。"我要扔掉这个杯子。"他说着把左手杯子里的酒一口气喝完了。梅也照做了。

"抱歉。"她无缘无故地说道。她知道自己很快就会醉了，可能会醉得无力掩饰自己的晕眩，接下来就会做出错误的决定。她想趁自己尚且清醒的时候说些聪明的话。

"那么，这些东西都会放到哪儿呢？"她问道。

"你是说那台摄像机拍摄到的东西？"

"对，它们会被保存在这里的某处吗？保存到云端？"

"嗯，云端当然会有这些视频，但是它们也需要保存在一个切实存在的地方。斯图尔特的摄像机拍摄到的东西……对了，你想看一个东西吗？"

他说这话时已经向台阶下走去了，他的四肢修长而敏捷。

"我不确定。"梅说道。

卡尔顿抬头看了看她，好像感到有些受伤："我能给你看斯图尔特拍摄到的东西都存放在哪里了。你想看看吗？我可不是要把你带到某个地窖中。"

梅环顾了一下，想要寻找丹和杰瑞德，却没能看到他们。她在这里已经待了一小时，他们也已经看见她了，她觉得自己现在可以走了。她又拍了几张照片，把它们发在网上，发送了几则极速帖，详细地叙述并且评论了派对经过，随后便跟着卡尔顿走下楼梯。他们往下走了三段楼梯，来到了一个地方，梅猜想这里应该是一间地下室。"我真的很信任你。"她说道。

"你应该相信我。"卡尔顿说着走向一扇蓝色的大门。他把手指放在墙上安装的一块平板上，那扇门随后就打开了。"进来吧。"

梅跟着他沿着一条长长的走廊向前走去，她觉得自己正沿着一条深藏在地下的隧道从一栋大楼走向另一栋大楼。很快他们就来到了另一扇门前，卡尔顿又一次用自己的指纹打开了这扇门。梅一直跟在他身后，此时她几乎有点眩晕了，但她被卡尔顿具有的非凡通行权限深深吸引，况且她此刻醉得太厉害了，根本无法用理智思考跟着这个瘦削的男人走在这迷宫中的后果。他们一路向下走去，梅猜想他们大概走下了四层楼，进入了另一条长长的走廊，接着进入一个楼梯井，随后继续向下走去。很快，梅觉得她手里拿着的第二杯酒很碍事，于是一口气喝完了它。

"我能把杯子放在什么地方吗？"她问道。卡尔顿一言不发地将那杯子放在了他们刚刚走过的最后一级台阶上。

这个人到底是谁？他有权限通过他遇到的每一扇门，同时他具有一种无法无天的性情。圆环公司里再没有人会像他这样把一个酒杯弃置在这里，这么做简直就是一种污染环境的行为；也没有人会像他这样在一场派对的中途做这样一次旅行。梅模模糊糊地意识到卡尔顿可能是这里的一个捣乱者，他们此刻的所作所为很可能是违反公司某条或者所有规定和规则的。

"我还是不知道你在这里到底是做什么的。"她说道。

此时，他们正走在一条灯光暗淡的走廊里，这条走廊微微向下倾斜延伸，一眼望不到尽头。

卡尔顿闻言转过身来，说道："我的工作不多。我参加会议，聆听人们的发言，然后提供反馈意见。我的工作不是非常重要。"他一边说着，一边轻快地走到梅前面去了。

"你认识安妮·阿勒顿吗？"

"当然。我爱安妮。"这是，他转过身看着梅，问道："嘿，你还留着我给你的那个柠檬吗？"

"不，我把它扔了。它一直没有变黄。"

"哈。"他答道，一瞬间他的目光离开了梅，他仿佛需要看向自己脑海深处别的什么地方，进行一番短暂却极其重要的思考。

"我们现在在哪儿？"梅问道，"我觉得我们身处地下一千英尺。"

"还没有那么深，"卡尔顿说道，他的目光重新聚焦到梅身上，"但是差不多了。你有没有听说过'第九号项目'？"

就梅所知，"第九号项目"是圆环公司进行的所有秘密研究的总称，包括空间技术（斯坦顿认为圆环公司有能力设计并建造出比现有飞船好得多的可重复使用的航天器）以及传说中一项旨在植入并获取人类 DNA 中大量信息的计划。

"我们是去那里吗？"梅问道。

"不。"卡尔顿一边回答，一边又打开了一扇门。

他们走进一间大房间，这间房间约有一个篮球场那么大，室内光线暗淡，但有十几盏聚光灯照在一个巨大的、公交车大小的红色金属箱上。箱子的每个侧面都打磨得非常光滑，外面罩着一个用闪闪发亮的银色管子制成的精巧的网。

"这看起来像是一个唐纳德·贾德 ① 创作的雕塑作品。"梅评价道。

卡尔顿转过身看着梅，脸上容光焕发："听到你这么说我真高兴。他是带给我巨大启发的人物。我非常喜欢他曾经说过的那句话：'存在的事物存在着，一切尽在其中。'你有没有亲眼看过他的作品？"

梅对唐纳德·贾德的作品只是略有了解，她曾经在艺术史课上听过几节介绍贾德的课，但是她不想令卡尔顿失望，于是回答道："没有，但是我非常喜欢他，我非常喜欢他作品的分量。"

听了这话，卡尔顿的脸上流露出一种新的表情，这是对梅的一种新的尊重和新的兴趣，就好像此时此刻在他眼中，梅永远成为了一个三维的、立体的人。

然而，梅在下一刻就毁掉了她刚刚建立起来的美好形象："他为公司创作了这个作品吗？"她点了点头示意那个巨大的红色箱子，问道。

卡尔顿笑了，然后看着梅，他没有丧失对梅的兴趣，但这种兴趣显然有所衰退："不，不。他已经去世几十年了。只是这东西受到

---

① 唐纳德·贾德（1928—1994），美国著名雕塑艺术家。

了他的艺术的影响。这其实是台机器。或者说，它内部是台机器。这是一个存储单元。"

他看着梅，等着她想明白这一切。

但是梅做不到。

"这是斯图尔特的所有信息。"他终于解释道。

梅对数据存储一无所知，但是她有一个大致的概念，即存储这样的信息只需要一个比这小得多的空间即可。

"这个大家伙只存储他一个人的信息?"她问道。

"这里存储的是原始数据，这台机器能够通过这些数据模拟出各种情境。每一段视频都会使用一百种不同的方式进行排列。斯图尔特看到的所有东西都与我们拥有的其他一切视频相联系，这有助于我们绘制整个世界以及世界上一切事物的总体图景。当然，你从斯图尔特的摄像机里得到的数据要比任何其他客户设备提供的数据细致且有层次得多。"

"为什么要把这些数据储存在这里呢? 为什么不把它们储存在云端或者沙漠里的某处?"

"这就像有人喜欢把自己的骨灰撒在各处，有些则希望把自己葬在家附近，对吧?"

梅不是非常确定卡尔顿这话的意思，但是她不觉得自己能够承认这一点。"那这些管子是用来提供电力的吗?"她问道。

卡尔顿张嘴停顿了一下，然后笑着说道:"不，它们里面都是水。我们需要一吨的水来冷却处理器。所以这些水流过整个系统，把整个设备冷却下来。每个月这需要花费几百万加仑的水。你想看看存放桑托斯数据的房间吗?"

卡尔顿领着梅穿过一扇门，走进另一间相似的房间，里面放着另一个巨大的红色箱子:"这原本是为另一个人准备的，但是当桑托斯站出来的时候，这就属于她了。"

梅想问：这些东西怎么会占用这么大的空间？又怎么会耗费这么多的水？如果每个人都需要占用这么大空间，那么即使只有一百个人想要存储他们生活的每分每秒（当然事实上肯定有数百万人都选择或者迫切地希望让自己的信息实现透明），我们如何做到满足他们的需求呢？但是梅知道她今天晚上已经说了太多蠢话，而且她现在感觉头晕晕的，便没有开口问这些问题。

"哦，等等，有件事即将发生。"卡尔顿说着，拉起梅的手，把她领回斯图尔特的房间。他们两人站在那里听着机器的轰鸣声。

"已经发生了吗？"梅问道，卡尔顿手上的触感让她兴奋，她能感觉到他柔软的手掌和温暖纤长的手指。

卡尔顿抬了抬眉毛，让梅继续等待。

不一会儿，他们头顶传来了一阵响亮的液体流动的声音，毫无疑问，那是水流的声音。梅抬起头向上看去，有一瞬间她以为他们将被水淋湿，然而她很快意识到那只是水流经过管子的声音——水流正流向斯图尔特的数据存储器，把他的一切所作所见冷却下来。

"真是美妙悦耳的声音，不是吗？"卡尔顿看着梅说道，他的目光似乎期待着梅说出正确的回答，好让他再次感觉到她不是转瞬即逝的。

"很美妙。"梅回答道。或许是因为酒精的作用让她有些站立不稳，又或许是因为卡尔顿刚刚牵过她的手，也可能是因为刚才的水流声让她放开了一切顾虑，梅双手捧着卡尔顿的脸，亲吻了他的嘴唇。

卡尔顿从身体两侧抬起双手，试探性地用指尖扶住梅的腰，就好像梅是一个气球，他不想弄破她一样。但是，有好一会儿，他的嘴唇由于过于震惊而毫无回应。梅想自己这么做一定是个错误。然而片刻之后，仿佛一系列信号和指令终于到达卡尔顿的大脑皮层，他的嘴唇突然苏醒了，开始回应梅的吻。

"等等。"亲吻了一会儿之后他挣脱了梅的怀抱。他向装有斯图尔特的信息的巨大红色箱子点了点头，拉着梅的手走出那间房间，走进一条梅从来没有见过的狭窄走廊内。这条走廊里没有灯光，他们往远离那间房间的方向走去，直到房间里的灯光再也无法穿透过来。

"现在我有些害怕了。"梅说道。

"就快到了。"卡尔顿回答道。

接着，梅听到一堵钢制大门发出的吱嘎声。门打开了，眼前出现了一间被浅蓝色灯光照亮的巨大房间。卡尔顿领着梅穿过门廊，走进一处看起来像是个大洞穴的地方，这洞穴足有三十英尺高，有着一个筒形的穹顶。

"这是什么？"梅问道。

"这原本应该是地铁的一部分，"卡尔顿答道，"但是他们抛弃了这里。现在它就这么空着，成了一处人造隧道和天然洞穴的奇怪组合。你看见那些钟乳石了吗？"

他指了指巨大隧道的深处，在那里石笋和钟乳石使整个隧道看起来像是一张长满了参差不齐的牙齿的嘴。

"这隧道通向哪里？"梅问道。

"它和海湾底下的一条隧道相连，"卡尔顿答道，"我曾经走到里面约半英里深的地方，再往里面走就太潮湿了。"

他们现在站在这里就能看到黑色的水在隧道的底部形成了一个浅浅的小湖。

"我猜想以后那些想要存储信息的人的存储器就要放在这里。"

他说道，"成千上万的存储器，很可能会比现在的更小。我肯定他们很快就能把存储器缩小到一个人体的大小。"

他们一起向隧道深处望去，梅在脑海中想象着那景象——一系列红色的钢制盒子排向隧道深处，一眼望不到头。

卡尔顿看向梅，说道："你不能告诉任何人我今天把你带到这里来了。"

"我不会说的。"梅保证道，她立刻意识到要想履行这条承诺就不得不向安妮撒谎。现在看来，这似乎只是个小小的代价。她还想亲吻卡尔顿，于是又一次捧住他的脸，把它带到自己的脸前，对着他张开了嘴。她闭上双眼，想象着那条长长的洞穴、洞穴顶部的蓝色灯光和底部的黑色水面。

这时，在这片阴影中，在远离斯图尔特存储器的地方，卡尔顿发生了一些改变，他的双手变得更加自信了。他把梅拉向自己，双手逐渐加大力度。他的嘴从梅的嘴边吻过她的脸颊，吻到她的脖子，在那里停留了一会儿之后吻上她的耳朵，梅能感觉到他那炽烈的呼吸。梅试图跟上他的节奏，想要用双手捧着卡尔顿的脸，去探索他的脖子、他的背，但是卡尔顿占据了主导权，他有他的计划。他的右手放在梅的后腰处，使她紧紧贴着自己的身体。梅感到他坚硬的下体正抵在自己的肚子上。

接着，梅被举起来了。她双脚悬空，卡尔顿正抱着她。梅将自己的双腿缠在卡尔顿身上，卡尔顿则抱着她坚定地向梅身后的某处走去。梅睁开眼睛，但很快又闭上了眼，她不想知道卡尔顿正带她去哪里，她信任他，尽管她知道这么做是错的——相信这个她之前怎么也找不到甚至连姓都不知道的男人，还跟着他在地下走了这么久。

不久，卡尔顿把她放了下来，梅已经做好准备感受洞穴底部冰冷的岩石了，结果她却感觉自己像是躺到了某种柔软的床垫上。这时她才睁开了眼睛。她发现他们正在一个壁龛中，这是那个大洞穴中的一个小洞穴，距离地面有几英尺高，凿在一面穴壁上。壁龛中放满了被褥和枕头，卡尔顿正是把她轻轻放在了这些被褥上。

"这就是你睡觉的地方？"梅问道。她现在大脑就像发烧了一样，连思考方式也几乎丧失了逻辑。

"有时是的。"他一边说，一边将炽热的呼吸吹入梅的耳朵里。

梅突然想起了自己从比利亚洛沃斯医生的办公室中领到的避孕套。"我带了个东西。"她说道。

"很好。"卡尔顿答道。他从梅那里拿了一枚避孕套，正在撕开它的包装。梅在此时把他的裤子拉了下去。

卡尔顿动作迅速地扯下梅的长裤和内裤，把它们扔到一边，然后把脸埋在了她的肚子上，他的双手抓着她大腿的后侧，手指向上、向内摩挲着。

"到壁龛里来。"梅说道。

他照做了，还嘶嘶地在梅的耳边呼唤她的名字："梅。"

梅连话都说不出了。

"梅。"当梅整个人瘫倒在他怀里时，他又叫了一遍她的名字。

梅在宿舍中醒来，她首先想到的是那一切都是一场梦——那些地下的房间、水流、红色的箱子、放在她后腰上的双手、那张床以及那壁龛中的枕头；所有这些似乎都那么不真实。它们就像梦境中常有的那样，都是些随意组合在一起的细节，没有哪个细节真正可能存在于这个世界上。

但是当她起床、冲了澡、穿好衣服后，她意识到一切都像她记忆中那样切切实实发生过。她吻了这个名叫卡尔顿、她几乎毫不了解的男人，他不仅带她穿过了一系列安全等级很高的房间，而且带她进入了某间阴暗的休息室，在那里他们忘乎所以地亲热了几个小时，之后便昏睡过去了。

梅给安妮打了电话："我们做爱了。"

"和谁？你和那个老男人？"

"他不老。"

"他身上没有发霉的味道？他有没有提到他的起搏器或者尿布？别告诉我他死在了你身上。"

"他还没到三十岁。"

"这次你知道他姓什么了吗？"

"不，但是他给我留了个电话号码，好让我打电话给他。"

"哦，这可真'时髦'。那你试着打给他过吗？"

"还没有。"

"还没有？"

梅感觉自己的胃抽搐了一下。安妮重重地呼了一口气。

"你知道我一直担心他是某个间谍或者潜入者。你确认过他是个好人了吗？"

"是的。他在圆环公司工作。他说他认识你，而且他拥有进入许多地方的权利。他行为正常，可能有一点点奇怪。"

"他能够进入很多地方？你是什么意思？"安妮的语气变得犀利。

这时，梅知道她不得不开始向安妮撒谎。梅希望能再次和卡尔顿见面，那时她想再次扑进他怀里与他缠绵，靠在他宽阔的肩膀上，沉溺在他优雅的剪影里，因此她不希望安妮妨碍她接近卡尔顿。

"我的意思是他很熟悉这一带。"梅答道。其实梅模糊地意识到卡尔顿可能真的是公司的非法入侵者，此时她突然醒悟，他可能就住在那个奇怪的地下洞穴之中。他可能代表着某个反对圆环公司的势力；也许他是为威廉姆森议员工作的，又或者他在为圆环公司的某个未来竞争者效力；他还有可能只是个无名的博主和跟踪狂，一心想接近那处于世界中心的机器。

"这么说你们在哪里做爱了？在你的宿舍房间里？"

"是的。"梅答道。这样撒谎并不难。

"他留下过夜了？"

"没有，他不得不回家去。"梅意识到她与安妮谈得越久，她就不得不撒越多的谎，于是她编了个理由想要挂断电话。"我今天得和'圆环调查'联系。"她说道，这句话多多少少是真的。

"那之后再打电话给我吧。记住要设法知道他姓什么。"

"好的。"

"梅，我不是你的上司，我也不想做你的主管或者领导。但是公司需要知道这家伙是谁。公司的安全是我们每个人需要严肃对待的问题。让我们今天就把他的身份确定下来，好吗？"安妮的声音发生了变化，她听上去就像一个感到不满的主管。梅控制住自己的愤怒，挂断了电话。

梅拨打了卡尔顿留给她的号码，电话铃声响了很久却无人接听，也没有语音信箱可供她留言。梅又一次意识到自己无法与他保持联系。之前的那个晚上，梅多次想要问他姓什么，也想获悉关于他其他方面的信息，但是她始终没有找到合适的时机，而且卡尔顿也没有询问她姓什么，于是她认为当他们分别时，他们会相互交换这些信息。但是当他们分开时，两人都忘了这事。至少，梅把这事给忘了。他们究竟是怎样分别的呢？他陪梅走回宿舍，在房间门口又一次亲吻了她。也许他并没有这么做？梅仔细回想了一番，她终于记起来卡尔顿当时做了他此前做过的事情——他把她拉到一旁，避开门口的灯光，然后亲了她四次，依次吻了她的额头、下巴和两侧脸颊，亲吻的顺序正好是十字架的形状。之后，他就迅速离开了她，消失在瀑布附近的阴影之中。那正是弗朗西斯曾经从它下面找到酒水的瀑布。

午餐时间，梅设法来到"文化革新"区，应杰瑞德、乔塞亚和德妮斯的邀请，梅将在这里回答"圆环调查"的问题。他们此前曾向她保证这是一项奖赏、一个荣誉也将是一次有趣的经历——成为接受"圆环调查"提问的圆环公司员工之一，回答有关自己的品位、偏好、购物习惯和计划的问题，为圆环公司的客户提供有用信息。

"这的的确确是你下一步应该做的事情。"乔塞亚此前如此说道。

德妮斯也点头附和："我想你一定会喜欢的。"

皮特·拉米雷斯是个挺帅气的男人，比梅年长几岁。他的办公室里没有办公桌、办公椅也没有任何直角——那是间圆形的办公室。当梅走进他的办公室时，他正戴着一副耳机站着看窗外，一边对着耳机上的麦克风说话，一边挥舞着一根棒球棒。他向梅挥了挥手示意她进来，然后挂断了电话。他用右手和梅握手时，左手中仍然拿着那根棒球棒。

"梅·霍兰德，我非常高兴你今天能来。我知道现在是你吃午饭的时间，所以我们会很快结束。如果你不介意我的唐突，你七分钟之后就可以离开这里了，可以吗？"

"可以。"

"好极了。你知道你为什么会到这里来吗？"

"我想我知道。"

"你之所以来这儿，是因为我们重视你的意见。你的意见非常宝贵，所以整个世界需要知道它们——也就是你关于一切的意见。这听起来很讨喜吧？"

梅笑了，说："是的。"

"很好，你看见我戴着的这副耳机了吧？"

他指了指自己头上戴着的装置。耳机臂只有头发丝那么细，末端有一个麦克风，沿着他的颊骨伸到嘴边。

"我将给你戴上和它一样的小设备。听起来不错吧？"梅笑了笑，但是皮特不等她回答就拿出一副相同的耳机戴在了她的头上，并且调整好了麦克风的位置。

"你能说几句话让我检查一下音量吗？"

他手上没有拿平板电脑或者其他可见的屏幕，因此梅估计他的显示屏全部呈现在他的视网膜上。他是梅在公司遇见的第一个完全用视网膜取代显示屏的人。

"你只要告诉我你早饭吃了什么。"

"一根香蕉和格兰诺拉燕麦卷。"梅答道。

"好极了。让我们先确定一个声音。关于接收通知时的提醒音，你有什么偏好吗？比如说啁啾声、三全音或者其他什么？"

"一声标准的系统啁啾声吧？"

"你现在听到的就是这声音。"他说道，梅的耳机里立刻传来了那声音。

"这听起来不错。"

"听起来应该不仅仅是不错吧。毕竟你要多次听见它，所以你最好确定它是否合适。你再试试其他声音。"

他们又试了十几种选项，最终定下了一个小钟的声音，那声音听起来像是来自某个远方的教堂，听起来既遥远又有着悦耳悠长的回响。

"好极了，"皮特说道，"现在请让我解释一下它如何操作。我们的基本想法是测量作为样本的圆环员工的脉搏，这项工作非常重要。我们选中你是因为你的观点对于我们以及我们的客户而言至关重要。你提供的回答将帮助我们为客户提供更加个性化、针对性的服务。明白吗？"

梅想要回答，但是皮特不等她回答就又一次开口了。

"因此，每当你听到那钟声你就点头，耳机会记录你的这一动作，你就能在耳机中听见问题。你将使用标准英语来回答这些问题。在回答许多特别设定的问题时，你只需要提供以下两种标准回答的一种，即微笑（喜欢）或者皱眉（不喜欢）。我们的录音系统对这两种回答非常敏感，所以你无需担心自己说得含糊不清或者什么。当然，如果你口齿清晰地作答也完全没有问题。你想试一试吗？"

梅点了点头，很快她就听见了一声钟声，于是又点了点头，接着耳机中传来了一个问题："你喜欢鞋子吗？"

梅笑了，接着说道："微笑。"

皮特对她眨了眨眼，说道："这是个简单的问题。"

耳机里的声音又问道："你喜欢正装鞋吗？"

梅回答道："微笑。"

皮特举起手示意暂停："当然，大多数问题都不仅仅限定在以下三个标准回答中，即微笑、皱眉或者不确定。你可以更加细致地回答所有问题。下面一个问题就需要你提供更多的细节。我们接着来。"

"你多久会去购买一次新鞋？"

梅回答道："两个月一次。"接着，她听到了一声小小的钟声。

"我听到了一声钟声。这没问题吗？"

"是的，抱歉，"皮特说道，"我刚刚激活了钟声，这意味着我已经听到并且录下了你的回答，准备给你播放下一个问题了。这时你再次点头，就会听到下一个问题，或者你也可以等待下一个问题自动提出来。"

"我想再问一下，这两种情况有什么区别吗？"

"这么说吧，在特定的工作日内我们希望你能够回答完（我不想说定额的）一定数量的问题。比方说五百个问题，当然有时会更多，有时也会更少。你既可以按照你自己的速度回答，也可以一口气迅速答完，或者在一个工作日内分几次把它们回答完毕。大多数人可以在一小时内回答完五百个问题，因此这工作量不算很大。当然，你也可以等待问题自动提出来，当系统程序认为你需要加快答题速度的时候，它就会自动提出下一个问题。你有没有在网上回答过交通法规？"

梅回答过。那包括两百道题目，预计应在两小时内完成，而她仅仅花了二十五分钟就完成了。"我答过。"梅回答道。

"这就和那差不多。我肯定你能很快回答完一天的问题。当然，如果你真的很赶时间的话，我们也可以加快答题速度。怎么样？"

"好极了。"梅答道。

"如果你在答题时恰好手头有工作要忙，那么一段时间后，你就会收到另一个信号，提醒你回来继续完成答题。这个信号应该与前一个不同，你想另选一个什么呢？"

于是，他们筛选了一遍信号，这次梅选择了一个遥远的雾角的声音。

"或者，"皮特说道，"这儿有个别人随机选择的声音，你听听。哦，稍等一下。"他把注意力从梅身上移开，对着自己的麦克风说道："样本梅的声音 MAE。"接着，他转向梅，说道："好了，现在开始。"

梅听见耳机里传来自己的声音在说着自己的名字，音量不大，仅仅比耳语大声一点。这让她感觉亲密异常，同时感到有一股奇怪的旋风从身体内刮过。

"那是你自己的声音，对吧？"

梅红着脸感到非常困惑——那听起来一点儿也不像她说话的语气，但她还是点了点头。

"这个程序能够捕捉你麦克风里的所有声音，然后我们就能够让它念出任何单词，甚至是你的名字！那么，这将是你的第二个信号，如何？"

"好的。"梅答道。梅不确定自己是不是想一遍又一遍地听到自己的声音在喊自己的名字，但是她清清楚楚地知道自己非常想再听一遍那声音，越快越好。这种感觉很奇怪，那声音听起来只是有一点点不正常而已。

"很好，"皮特说道，"我们的工作完成了。你回到你的办公桌前，第一个钟声就会响起来。今天下午你就可以尽可能多地回答问题，你一定能完成前五百道问题的。没问题吧？"

"没有。"

"对了，等你回到你的办公桌前，你会看到一块新的显示屏。在必要时，有些问题会配有图片。当然我们会尽可能地减少这种配图的问题，因为我们知道你需要集中精力。"

当梅回到她的办公桌前时，一块新显示屏（也是她的第五块显示屏）已经立在了她用来接收和回答新人问题的那块显示屏右侧了。距离下午一点钟上班还有几分钟时间，于是她检测了一下系统。第一声钟声响起，梅点了点头。一个女人用类似天气预报员的声音问她："度假时，你是喜欢进行放松性的活动，比如去海边或者豪华饭店，还是喜欢进行冒险性的活动，比如玩激流漂流？"

梅回答道:"冒险活动。"

说完,她耳畔传来一声轻柔悦耳的钟声。

"谢谢。你喜欢从事什么样的冒险活动?"那声音问道。

"激流漂流。"梅答道。

又响起了一声钟声,梅点了点头。

"谢谢。如果玩激流漂流的话,你是喜欢多天的旅行,夜晚在外宿营,还是喜欢把活动控制在一天以内?"

梅抬头看了看办公室,发现团队里的其他成员已经吃完午餐,陆陆续续回到了办公室里。此刻的时间是十二点五十八分。

"多天的旅行。"她答道。

又响起一声钟声,梅再次点了点头。

"谢谢。你喜欢去大峡谷的旅行吗?"

"微笑。"

一声轻微的钟声之后,梅又点了点头。

"谢谢。你愿意花一千两百美元去大峡谷进行一次为期一周的旅行吗?"那声音问道。

"不确定。"梅答道,这时她抬起头看见杰瑞德正站在他的椅子上。

"信息阀门打开了!"他喊道。

眨眼之间梅的屏幕上出现了十二则客户问询。梅回答了第一则,得到 92 分的评分,她给这名客户发送了追加问卷,把这一评分提升到了 97 分。她接着回答了两则问询,得到了 96 分的平均得分。

"梅。"

她突然听见有一个女人在叫她。梅向四周看了看,心想可能是雷娜塔在喊她,但是她身边一个人也没有。

"梅。"

直到这时梅才意识到那是她自己的声音，那是她同意用来提醒自己回答问题的提示音。这声音比她预期得更响，比提问的人声和那个钟声都要响，而且它听起来极具吸引力，令人兴奋不已。她把耳机的音量调小了一点，里面再一次传来那声音："梅。"

由于她现在已经把音量调小了，那声音听起来远不如刚才那么有魅力，于是梅又把音量调回原来的大小。

"梅。"

梅知道这是她自己的声音，但不知什么原因，这声音听起来不怎么像她，反而更像某个年纪更长、更加睿智的她。梅想如果自己有一个比自己阅历更广的姐姐，她的声音听起来应该就是这样。

"梅。"那声音又一次呼唤道。

梅听到这声音，感觉整个人似乎从座位上飘了起来，在空中打着转。每次她听到这声音，心跳都会加速。

"梅。"

"我在。"她终于答道。

然而什么也没有发生。程序没有设置让这个声音回答问题，也没有人告诉梅该如何回答这个声音。梅试着点了点头，那声音说道："谢谢你，梅。"接着传来了钟声。

"你愿意花一千两百美元去大峡谷进行一次为期一周的旅行吗？"之前提问的声音再次问道。

"我愿意。"

接着又响起一声钟声。

梅很轻易地学会了这一切。第一天她回答了652个调查问题，收到了皮特·拉米雷斯、丹和杰瑞德发来的祝贺信息。梅感到自己很厉害，也想进一步让他们对她刮目相看，于是在第二天回答了

820 个问题，在第三天回答了 991 个问题。这对梅来说并不困难，大家对她的认可也令梅感到开心。皮特告诉她客户是多么感谢她提供的信息、她的坦率以及她的洞见。她能够熟练地操作这一程序，这非常有助于这一程序在她的团队中扩展开来。在第二周周末，她团队中有十几名成员也开始回答这些问题了。开始的一到两天可能会有些不适应，因为你会看见办公室中有很多人在频繁点头，而且他们点头的方式各不相同——有些人会突然像鸟儿一样敏捷轻快地点头，有些人点头的动作更加流畅自然，但这很快就成为了他们工作的常态，就像他们坐在办公桌前打字、看见面前的显示屏上出现客户问询信息一样，再正常不过了。在某些时刻，你会看到有许多人似乎在整齐划一地点着头，仿佛他们的脑袋里正演奏着同一支乐曲一样。这景象着实令人欢喜。

工作中增加了回答"圆环调查"问题这个部分，让梅把注意力从卡尔顿身上抽离了出来。那次分别后，卡尔顿一直没有联系她，也没有接听过电话。梅在打了两天电话未果之后，就不再给他打电话了，也再没有向包括安妮在内的任何人提起过卡尔顿。她对卡尔顿的感觉就像他们初次相遇和在马戏表演上的偶遇之后一样，沿着相同的路径发展——最开始，梅觉得无法触及的他极具魅力，甚至可以说是异常新奇；但是三天后，她觉得卡尔顿的失踪行为似乎既是有意为之，又是幼稚任性的；到了第四天，她就已经厌倦了这场游戏。她认为任何一个像这样消失的人在感情上都不是认真的。卡尔顿对她不认真，也不在意她的感情。每次他们见面时，他都显得非常敏感，但是当他们分别后，他的不知所踪简直就像是暴力犯罪——因为他每次都消失得无影无踪、音讯全无，而这在圆环公司这样的地方是很难做到的。尽管梅只对卡尔顿一人真正产生过强烈的欲望，她现在也彻底放弃了。她宁愿和一个不那么有魅力的人交往，只要她能够见到这个人，了解这个人，知道他身在何处。

同时，梅在不断改善她在"圆环调查"方面的表现。由于他们都能够获悉同仁们回答问题的数量，相互之间展开了良性竞争，每个人都时刻准备着行动。梅平均每天能够回答1345个问题，这一数字仅次于一个名叫塞巴斯蒂安的新人。塞巴斯蒂安坐在办公室角落里，从来不离开办公室吃午餐。鉴于她仍然一直要用第四块显示屏处理新人处理不完的客户问询，梅觉得在这一方面拿到第二名是个很不错的成绩。更何况她整个月的"参与度排名"保持在前两千名以内，而塞巴斯蒂安还没有突破四千大关。

一个周二下午，梅试图将自己的参与度排名提升到一千八百多名。当她正在"内圆环"网内对上百张照片和帖子发表评论时，她偶然看见远处有一个人正倚靠在办公室尽头的门柱上。那是个男人，身上穿着的条纹衬衫和梅上次见到卡尔顿时他身上穿的那件一模一样。那男人双臂交叉在胸前，歪着头，似乎看见了什么他无法理解或者无法相信的东西。梅确定那人就是卡尔顿，她一时惊得竟忘记了呼吸。她还没来得及想到另一个不那么急切的动作，就已经在朝他招手了。卡尔顿只是把手抬到腰部上面一点，也向她挥了挥手。

"梅。"梅听见耳机里自己的声音在喊她。

就在这时，门口的那个人迅速转身离开了。

"梅。"耳机里的声音又一次呼唤道。

梅摘下耳机，一路小跑到办公室门口，来到卡尔顿刚刚站着的地方，但此时他已经消失不见了。凭着直觉，梅走进她第一次遇见卡尔顿的卫生间，但是他也不在那里。

当她回到自己的办公桌前时，有一个人已经坐在她的椅子上了。那人是弗朗西斯。

"我还是很抱歉。"他说道。

梅看着他，看着他那浓重的眉毛、船龙骨般高挺的鼻子和试探性的微笑。梅叹息了一声，仔细地打量着他。她意识到弗朗西斯脸上的微笑很没有自信，就像一个永远不确定自己是否正确领会了笑话笑点的人时常会露出的微笑。尽管如此，梅在最近一段时间常常会想到弗朗西斯，想到他和卡尔顿之间的天壤之别。卡尔顿就像一个幽灵，他希望梅去追寻他，而弗朗西斯则时刻触手可及，完全没有丝毫神秘之处。偶尔，梅也会拿不定主意，有一两次，她不禁纳闷自己下次碰见弗朗西斯的时候应该如何对待他。梅知道弗朗西斯一直在她身边并且很想接近她。那么，她会臣服于这个事实进而接受他吗？这个问题已经困扰梅好几天了，直到现在她才得到了答案。不。他还是会让她感到恶心——他那温顺的懦弱、迫切的需求、恳求的语气以及鬼鬼祟祟的行为。

"你把那段视频删除了吗？"她问道。

"不，"他回答，"你知道我不能删除它。"说完，他笑了，坐在梅的椅子中转了个圈。他以为他们还是好朋友。"你收到了一条'内圆环'的调查问题，我帮你回答了。我猜你一定会同意圆环公司向也门提供援助的，对吧？"

有一瞬间，梅想象着自己用拳头狠狠砸向弗朗西斯的脸。

"请你离开。"她说。

"梅，没有人看过那段视频。它只是资料库中的一部分。仅仅在圆环公司内部，每天就有一万个视频上传到云端，全世界每天则新增十亿个视频，所以这段视频只是这众多视频中的一个。"

"我不希望它成为这十亿个视频中的一个。"

"梅，你知道从技术层面上说，这段视频已经不属于我们两个人中的任何一个了。即使我试图删除它，我现在也做不到了。这就像一则新闻，即使它发生在你身上，你也无法拥有它。正如你无法拥有历史，因为它已经成为了人类集体记录的一部分。"

梅感觉自己的脑袋都快气炸了。"我必须要工作了，"她强忍住扇弗朗西斯耳光的冲动，说道，"你可以走了吗？"

直到这时，弗朗西斯好像才第一次意识到梅是真的厌恶他，不想让他出现在自己身边。他的表情变得扭曲了，看起来就像噘着嘴生气。他看了看自己的鞋子，说道："你知道在拉斯维加斯他们同意了'守护儿童'项目吗？"

有那么一瞬间，梅着实有些同情弗朗西斯，即使那个瞬间非常短暂。她知道弗朗西斯是一个没有快乐童年的绝望的男人，毫无疑问，他一生都在尽力取悦他周围的人——一对又一对的寄养父母，他们根本不想把他留在身边。

"那棒极了，弗朗西斯。"梅答道。

弗朗西斯的脸上浮现出一丝微笑。梅补充道："你在拯救很多人的生命。"她希望这话能够安抚弗朗西斯，也能够让他离开，她好继续自己的工作。

听到这话，弗朗西斯露出了灿烂的笑容："你知道，六个月以后这项计划就能遍布各地了。它可以遍及各处，实现全方位渗透。那时我们能够追踪每一个孩子的行踪，每一个孩子都将永远处于安全之中。是斯坦顿亲口对我这么说的。你知道他来参观过我的实验室了吗？他对我的研究非常感兴趣，他们很可能会把项目的名称改为'真实的青少年'。我们已经有'真实的你'了，马上又将会有'真实的青少年'，你发现这其中的关联了吗？"

"弗朗西斯，这真是个好消息，"梅说道，现在她突然对弗朗西斯产生了一股复杂而强烈的感情，这其中夹杂着同情、怜悯甚至还有钦佩，"我以后再和你联系。"

这几周，不仅仅是弗朗西斯的项目，公司的很多工作都接二连三地取得了类似的进展。据说圆环公司（实际上是斯坦顿本人）即将接管整个圣温琴佐市。这合情合理，因为这座城市的大部分业务都是由圆环公司资助并不断完善的。还有传言说"第九项目组"的工程师已经找到了一个方法，能够将我们晚上睡觉时杂乱无章的梦境变成井井有条的思考过程，从而有助于解决现实中遇到的问题。圆环公司的另一个小组也即将想出一个方法，能在龙卷风形成初始就令它消散。此外还有大家最喜欢的项目——对撒哈拉大沙漠中的沙粒进行计数，这一项目目前已经开展了好几个月。世界需要知道这个吗？事实上，这一项目的实际用途尚不明确，但是"智者们"在这个项目中保持着他们的幽默感。这个项目的发起人斯坦顿称它是个玩笑，他们之所以这么做只是想先看看自己能否做到这一点（尽管这似乎毫无悬念，因为这其中需要运用的计算方法非常简单），其次才是为了取得科学上的进步。梅对这一项目有着和大多数圆环公司员工同样的理解，即它是对公司实力的展示，它向世人证明：只要圆环公司有意探索研究，凭借公司强大的创新能力和雄厚的财力支持，这世界上没有什么问题是它无法回答的。为了达到这一目的，项目组将整个研究过程延长到了一整个秋天，而事实上他们仅仅用了三周就解决了问题——这种略显夸张的作秀就是为了吸引世人的关注。当他们终于公布撒哈拉大沙漠中沙粒的数量时，那个数字大得近乎可笑，以至于没有人能够立刻理解它意味着什么。人们对这个结果的唯一认识就是圆环公司说到做到了，他们不仅完成了任务，而且速度奇快、效率惊人。

公司最主要的进展，也是贝利本人每隔几小时就会发极速帖宣传的进展，就是在美国乃至全世界选择信息透明化的领导人数量正在迅速增加。这在大多数人看来都是势不可挡的进步趋势。当桑托斯率先宣布她将让自己的生活完全透明时，有媒体对此进行了报道，但报道取得的反响并不像圆环公司期望的那样热烈。然而后来，随着人们登录网络开始观看桑托斯身上的摄像机拍摄的视频时，他们逐渐意识到她确实动了真格——她允许大众们观看和聆听她生活中的一切，不经任何筛选和审查。很快，这些视频的观看人数呈指数上升。每天桑托斯都会在网上发帖公布自己的日程安排，在她公开信息后的第二周，当她会见一群主张在阿拉斯加冻原地区钻井的说客时，有数百万人实时观看了这场会面。她对待这些说客非常坦率，既没有宣传、说教，也没有迁就、迎合。她的态度非常坦诚，在关着门的保密会议室中她会问什么，她在视频中就问什么。这使人们觉得观看这场会面非常精彩，甚至感到欢欣鼓舞。

到了第三周，美国又有二十一位领导人请圆环公司帮助他们进行信息透明化，这其中包括萨拉索塔①的市长、夏威夷的一位参议员、加利福尼亚州的两位参议员（这丝毫不令人意外）、圣何塞②市议会的全体成员以及堪萨斯州独立市的市执行长。每当一位官员作出信息透明的承诺，圆环公司的"智者们"就会发一条极速帖公布此事，之后就会迅速安排召开新闻发布会，在发布会当场这些官员的生活就正式走向透明化了。截至第一个月底，全世界有数千名领导人发来请求，希望让自己的生活实现透明化。对此，斯坦利和贝利说他们既感到震惊，又深感荣幸和感激，但同时也有些措

---

① 萨拉索塔，美国佛罗里达州西部城市。
② 圣何塞，美国加利福尼亚州西部城市，也是加州第三大城市。

手不及，因为圆环公司目前还不能满足这么多需求，但他们会努力的。

那种普通消费者尚且无法购买到的摄像机正在开足马力加紧制造。制造商位于中国的广东省，他们已经增加了工人的班次，并在另一个工厂中同步开始生产，以便将他们的生产力增加到原来的四倍。每安装好一台摄像机，就意味着一位领导人实现了信息透明化。这时斯坦顿就会向世人宣告此事，人们就会对此称赞、庆贺，观众数量也会不断增加。截至第五周周末，从美国的林肯市 ① 到巴基斯坦的拉合尔市 ②，共有 16188 位人民选举出的官员实现了信息全部透明化，而等待实现透明化的官员名单还在继续增加。

人们对于那些尚未公开自己信息的官员的态度从一开始礼貌的理解变成了迫切的压力。学者和选民明确并大声地质问这些官员：如果你不想公开自己的生活，那么你在隐藏什么？尽管一些公民和评论者站在保护隐私的立场上反对这种质疑，坚称政府在各个层面的工作都需要一些隐秘性来保证工作的安全和效率，但是想要推翻所有这类论点的势头仍然不可阻挡。这一派追问：如果你不在光天化日之下工作，那你到底在暗中做着哪些勾当？

除此之外，似乎将要发生一件美妙的事情，它感觉就像某种诗意的公正——每当有人开始抱怨圆环公司存在垄断行为，或者谴责圆环公司违规使用客户的私人信息谋取经济利益，或者偏执地指控圆环公司犯有其他罪行的时候，这些指控很快会被证明是子虚乌有，而这些指控圆环公司的人的真实身份也会曝光，他们要么是罪犯，要么是受到背后更大势力指示的行为不端者。比如，这些人中

---

① 林肯市，美国内布拉斯加州的首府、兰开斯特县的县城，位于州境的东南部。
② 拉合尔市，巴基斯坦的第二大城市，历史名城，旁遮普省省会。

有一个人与伊朗的恐怖组织过从甚密，还有一个人喜欢购买色情作品。似乎每当有人对圆环公司进行攻击，他们的下场都是出现在负面的新闻报道中——电视上会播放调查人员拿着这些人的电脑从他们家里离开的片段；经调查证实，他们曾经使用这些电脑搜索一些不堪入耳的内容，并在其中存储大量非法的、淫秽的资料。这一切看起来合情合理，毕竟除了这些处在社会边缘的不良分子，还有谁会去妨碍圆环公司为改善世界所作出的无可指摘的努力呢？

短短几周之后，那些拒绝信息透明的官员被人们当做社会弃民一样对待。如果这些官员不愿意走到镜头前，那么已经透明了的官员就拒绝与他们见面；于是这些官员就被孤立了。他们的选民想知道他们究竟在隐瞒什么，这也意味着他们注定将在未来的选举中一败涂地。在以后的竞选中，几乎没有哪位参选人敢说自己拒绝信息透明，相反，他们只会争先恐后地宣布自己支持透明化的立场。人们认为这种情况能够使候选人的素质得到立竿见影且长足的提升。将来，所有的政客都必须时刻对自己的所作所为担负全部的责任，因为他们的一言一行、一举一动都会被确凿无误地记录下来，为世人所知。以后将不再有暗箱操作、灰色交易，只剩下完全的透明和阳光。

当然，圆环公司也不可避免地将迎来信息的透明化。随着公众选举出的官员日益透明化，圆环公司内部和外部都响起了一些声音——圆环公司自身又该何去何从呢？就这一问题，贝利对人民大众以及公司内部员工这样回答道：是的，我们也应该走向透明。我们也应该变得公开。于是，圆环公司自身也开始了透明计划，这一计划的第一步就是在公司园区各处安装一千个“视觉革命”摄像头。这些摄像头首先被安装在普通的房间内、自助餐厅里以及室外空间中。接着，经过“智者们”仔细权衡，在确保公司知识产权安全的前提下，他们又在门厅、工作区甚至实验室里安装了摄像头。当然，摄像头并非无处不在——公司里仍然有几百个更加敏感的地点没有安装摄像头，此外，盥洗室和其他更加私密的空间也禁止安装摄像头。尽管如此，对于十亿多名圆环公司产品的用户而言，公司整个园区除了上述区域外，几乎一览无余地展现在他们眼前了。对于原本已经对公司忠心耿耿，并为它的神秘之处深深着迷的圆环公司的工作者和拥护者而言，公司距离他们更近了，他们为自己是这个开放的、热情的世界中的一分子而自豪。

梅所在的工作组的办公区域内安装了八枚摄像头，他们工作的每时每刻都受到实时直播。因此，组里的每一位成员都得到了一块新的显示屏，利用这块新的显示屏，他们可以看见自己工作区以及园区任何一处的实时画面——他们可以看见"玻璃餐厅"中自己最喜欢的座位是否已经有人坐了，园区健身馆里的人是不是很多，撞球场上进行的比赛是高手间的正规较量还是初学者间的随意玩闹。令梅感到惊讶的是，圆环公司园区内的生活在外界看来竟然如此富有吸引力，在短短几小时内，她就收到了她高中和大学同学的信息——他们都是通过网络追踪到了她的位置，并且能够观看她的工作画面。梅在高中的健身课老师曾经认为梅对总统所倡导的"身体健康测试"不够重视，而现在这位老师却对梅钦佩不已。梅在大学里曾经短暂交往过的一个男生给她发来信息，写道：梅，看到你如此努力地工作真是太好了！你是不是从不离开那张办公桌？

从此之后，梅开始更加费心地挑选上班时的衣着，也会更加谨慎地考虑她抓痒的部位或者要不要擤鼻涕。但这些都是有益的思考、有益的考量。她知道自己正时刻处于别人的注视中，也知道圆环公司一夜之间就成了世界上最受人关注的工作地点。这让她前所未有地深刻意识到在过去短短的几个月中，自己的生活发生了怎样翻天覆地的变化。十二个星期前，她还在家乡（一个鲜为人知的小镇）的一家公共事业公司工作；而现在，她却在与遍及全球的客户们交流沟通，掌管着六块显示屏，培训着一队新人，总之，她现在感觉有更多的人需要她，她的能力和才华也得到了更多的重视，她的聪明才智也受到了意想不到的启发。

有了圆环公司开发的多种工具，梅觉得自己有能力影响国际事务，甚至能拯救地球另一侧的生命。就在这天早上，梅在大学里的一位朋友，塔尼娅·施瓦茨，给她发来了一则消息，希望梅能够为她兄弟带头发起的一项行动提供帮助。原来，危地马拉的一个活跃在二十世纪八十年代的恐怖组织最近死灰复燃，形成了一个准军事组织，正在袭击当地村庄，掠夺妇女作为俘虏。一个名叫安娜·玛利亚·赫雷拉的女人逃了出来，她告诉人们该组织的成员屡次强奸妇女，强迫少女做他们的小老婆，并且杀害那些不愿意配合的妇女。虽然梅的朋友塔尼娅在学校里从来不是个活动家，但是她说这些暴行迫使她再也无法袖手旁观，她呼吁她认识的每一个人加入一个名叫"安娜·玛利亚，我们听见了你的声音"的行动。塔尼娅在信息中写道：让我们向她证明，她在全世界都有朋友，她的朋友不会纵容这些暴行，一定会阻止这一切。

梅看见了一张安娜·玛利亚的照片，照片中的安娜坐在一间白色房间的一张折叠椅上，正仰着脸面无表情地看着镜头，腿上还坐着一个不知名的孩子。在这张照片的旁边有一个微笑按钮，上面写着"安娜·玛利亚，我听见了你的声音"，只要点击这个按钮，梅的名字就会被列入安娜·玛利亚的支持者名单当中。梅点击了那个按钮。塔尼娅的信息接着写道：同样重要的是，我们还必须给那个准军事组织发一则信息，谴责他们的行为。在安娜·玛利亚的照片下方，出现了一张模糊的照片，照片中一群男人身着各不相同的军装，行走在茂密的丛林中。在这张照片的旁边有一个皱眉按钮，上面写着："我们谴责危地马拉中央安全部队"。梅犹豫了片刻，她知道自己接下来的行为的严重性——公然站出来反对这群强奸犯和杀人犯，但是她必须表明立场。她按下了那个按钮。紧接着，一个自动回复向她表示了感谢，并告诉梅她是第 24726 个向安娜·玛利亚发送微笑的人，也是第 19282 个向准军事组织发送皱眉表情的人。塔尼娅告诉梅，尽管那些微笑能够直接发送到安娜·玛利亚的手机上，塔尼娅的兄弟仍在想方设法把那些皱眉表情发送给危地马拉中央安全部队。

处理完了塔尼娅的请求之后，梅静静地坐了一会儿，她感到非常警觉，也清晰地认识到自己的处境——她不仅刚刚给自己在危地马拉树了一群强敌，同时有数千个不知名的观众通过"视觉革命"的镜头目睹了她做此事的全过程。这大大增强了梅的自我意识，也让她清晰地意识到身在此位她所能发挥的影响力。现在，她决定去一趟盥洗室，用冷水醒醒脸，顺便活动活动腿脚。就在盥洗室中，她的手机震动了。来电人的身份信息被屏蔽了。

"喂？"

"是我，卡尔顿。"

"你之前去哪儿了？"

"现在情况复杂多了。安装了这么多摄像头。"

"你该不会是个间谍吧？"

"你知道我不是间谍。"

"安妮觉得你是。"

"我想见你。"

"我在盥洗室。"

"我知道。"

"你知道?"

"有'圆环搜索''视觉革命'……想知道你在哪里并不难。"

"那你在哪里呢?"

"我正赶往你那儿,你待在原地别动。"

"不,不。"

"我需要见你,你别走。"

"不,我可以晚些和你见面。在'新王国时代'将举办一场K歌晚会①,那将是个安全的公共场合。"

"不,不,我不能在那儿见你。"

"你不能到这儿来。"

"我可以,而且我会的。"

说完他就挂断了电话。

梅检查了一下她随身的手包,发现里面有一个避孕套,于是待在原地。她选择在最里面的一间隔间等待卡尔顿。她知道等卡尔顿过来不是明智之举,从很多层面上说都是错误的决定。她不能把这事告诉安妮;当然,安妮同意进行绝大多数的肉体行为,但绝不是在此时此地——工作时间的卫生间。这种行为不仅会暴露梅糟糕的判断力,也会让安妮蒙羞。梅看了看时间,已经过去两分钟了,她仍然待在一间卫生间隔间里,等待着一个她几乎不了解的男人。她猜想这个男人可能只是想和她在一个古怪的地方做爱而已。那么,她为什么还在这里呢?因为她想让这一切发生;她想让他在卫生间的隔间里占有她;她想让自己在工作时间在卫生间隔间里和他做爱,并且只有他们两人知道这件事。为什么这件事在她看来如此具有吸

---

① K歌晚会,原文为open-mic folk night,即提供麦克风、让想唱歌的晚会参与者随意上台演唱的晚会。

引力，非做不可呢？她听到有人打开了卫生间的门，随后咔哒一声把那门锁上了。在此之前梅还不知道卫生间的门上有锁呢。接着，梅听见了卡尔顿大步行走的脚步声。脚步声在隔间附近停下了，取而代之的是从黑暗中传来的吱吱嘎嘎的声音，显然隔间门闩和钢板正承受着不小的压力。梅感到一团黑影笼罩在头顶，她使劲伸长脖子瞧过去，只见一个身影正在下降。原来卡尔顿爬上了高高的隔间挡板，正经过一间间隔间向她这里爬过来。梅感到卡尔顿从她身后溜了下来，他的体温温暖了她的后背，他灼热的呼吸正喷吐在她的后颈上。

"你在干什么？"梅问道。

卡尔顿在梅的耳边张开嘴，伸出舌头在里面舔了舔。梅大口喘着气，向他的怀里倾靠过去。卡尔顿的双手抚摸上梅的肚子，抚摸过她的腰线，迅速摸上并且仅仅抓住了她的大腿。梅把卡尔顿的手推向自己大腿内侧和上部，脑中做着激烈的思想斗争。最后她终于坚信自己有权这么做，要知道，她今年二十四岁，如果她现在不做这种事情——不在此时做此事，那么她以后再也没机会做了；这就是年轻的特权。

"梅，"卡尔顿低语道，"停止思考。"

"好。"

"闭上眼睛，想象我正在对你做的事情。"

卡尔顿的嘴唇贴上了梅的脖子，他在亲吻它、舔舐它，同时他的双手正忙着处理梅的裙子和内裤。他把梅的裙子和内裤从她的臀部褪到地上，把她拥在怀中紧紧贴着自己，然后迅速填满了她的下体。当梅把自己的身体更紧密地靠向他时，卡尔顿轻声唤道："梅。"他的双手抓着她的臀部，把自己深深地埋进她的身体里，梅感到他那肿胀的部位顶端几乎顶在自己的心脏附近。"梅。"他再次呼唤道。

246

梅正用双手扶着他们两侧的隔间隔板，仿佛把世界上其他一切事物都挡在了这两块隔板之外。

梅大口喘息着达到了高潮，卡尔顿也在沉默的颤栗中攀上了欲望的巅峰。这之后两人都轻轻笑了，他们知道他们刚才的所作所为非常鲁莽，可能会毁掉他们的事业，而现在他们得马上离开这里。卡尔顿转过梅的身体让她面向自己，然后睁着眼睛亲吻了她的嘴唇，他的表情看起来既震惊又顽皮。"再见。"他说道。梅刚刚挥了挥手，就感到他的身体在她背后向上移去，他爬上了隔间的墙壁，向卫生间外爬去。

梅猜想自己可能再也见不到卡尔顿了，正当他要在卫生间门口停留片刻打开门锁，梅拿起自己的手机，把它伸到隔间挡板的上方，冲着卫生间门口拍了一张照片。其实，她也不知道自己能否捕捉到他的身影。当她查看手机上刚刚拍下的照片时，她发现照片里只有他的右臂，从他的手肘到手指尖的部分，他身体的其他部分已经消失在了镜头外。

为什么要对安妮撒谎呢？梅问自己，她不知道答案，但是她知道无论如何自己还是要对安妮说谎。她在卫生间里平静了一下，这才回到了自己的办公桌前。但是她一回去就忍不住给安妮发了一则信息，她写道：我又和灰发男人在一起了。她知道此时的安妮正坐着飞机飞往或者飞越欧洲。把卡尔顿的任何一点消息告诉安妮都意味着梅必须继续编出大大小小的一系列谎话，在梅发完信息等待安妮回复（她一定会回复的）的这几分钟里，她在考虑到底要对安妮隐瞒多少，为什么要隐瞒。

几分钟后，她终于收到了安妮的信息：现在我必须知道一切。我正在伦敦和议会里的马屁精议员们在一起，我觉得其中一个人刚刚从口袋中掏出了一个单片眼镜。你快说些什么分散我的注意力。

梅还在考虑到底要告诉安妮多少，她提取出了一个细节：在卫生间里。

安妮立刻发来了回复。

那个老男人？在卫生间里？你们有没有用尿布更换台？

不，在一个隔间里。而且他非常勇猛。

安妮听到身后有人喊了她的名字。她转过身，看见吉娜脸上挂着紧张的笑容站在她身后。"我能打扰你片刻吗？"吉娜问道。梅试图移开那块显示着她和安妮对话的显示屏，然而吉娜已经看见了上面的内容。

"你正在和安妮聊天？"她问道，"你们的关系真的非常亲密，对吧？"

梅点了点头，转开了显示屏，吉娜脸上的光彩也全部消失了："现在这时间真的合适吗？我正准备给你解释转化率和零售总额呢。"

吉娜是要来给梅介绍她新增的一项工作内容的，而梅把这事完全忘了。

"当然。"梅答道。

"安妮是不是已经告诉你这些内容了？"吉娜问道，她的表情使她显得非常脆弱。

"不，"梅说道，"她还没有。"

"她没有告诉你转化率是什么？"

"没有。"

"那零售总额呢？"

"也没有。"

吉娜的脸上焕发出了光彩："哦，好的，很好。那么我们现在开始吧？"吉娜仔仔细细打量着梅的脸，仿佛想要在她的脸上寻找一丝一毫怀疑的表情，倘若真的看见梅露出这样的表情，吉娜一定会彻底崩溃的。

"好极了。"梅回答道，吉娜又一次容光焕发。

"很好。我先来给你介绍一下转化率。不管怎么说，转化率的概念都挺浅显易懂的，但是你要知道，如果没有真正的购买行为，没有商业的发展，那么圆环公司就不会存在、壮大，更无法达到今天的规模、形成完整的圆环。我们是作为全世界信息的门户而存在的，但同时，我们也依赖许多广告商的支持，他们则希望通过我们与客户建立联系。这你明白吧？"

吉娜露出了微笑，有那么一瞬，她那口白色的大牙占据了她的整张脸。梅想要集中精力听吉娜说话，但是她一直在想正在英国议会参加会议的安妮，而安妮一定在想着梅和卡尔顿。当梅想到自己和卡尔顿的时候，她想起卡尔顿把双手放在她的腰上，温柔地把她拉向自己的身体，那时她闭着双眼，脑海中逐渐扩大……

吉娜仍在说着："但是如何驱使、如何刺激人们消费——这就是转化率。你可以就任何产品发布极速帖，也可以给这个产品写评价、打分或者着重介绍它，但是你如何让这一切转变成消费者的购买行为呢？利用你的信誉来刺激消费行为，这至关重要，你明白吗？"

现在吉娜就坐在梅的身旁，她的手指就放在梅的键盘上。吉娜用梅的电脑打开了一份复杂的电子数据表，就在此时，梅的第二块显示屏收到了安妮发来的一条新信息，安妮把屏幕微微掉转过来，看见上面写着：现在我不得不扮演起你老板的角色。这回你知道他的姓了吗？

梅看见吉娜也在读这条信息，她似乎对此毫不掩饰。

"你请便，"吉娜说道，"这看起来挺重要的。"

梅伸出手越过吉娜，在自己的键盘上敲下了一句谎话，这句话早在她离开卫生间后不久就编好了，当时她就知道自己一定会对安妮这么说：是的，我什么都知道了。

安妮的回复立刻发了过来：那么他姓什么？

吉娜看了看这则信息，说道："这简直太疯狂了，直接从安妮·阿勒顿那里收到信息。"

"我想是的吧。"梅说着用键盘敲出：我不能告诉你。

吉娜读了梅的信息，她似乎对信息的内容不怎么感兴趣，相比之下，她对梅和安妮就在自己眼前这样你一言我一语地互发信息更感兴趣。"你们俩就这样若无其事地给对方发信息？"她问道。

梅有意减小自己的回答可能会给吉娜造成的冲击："我们也不是每天都这样。"

"不是每天都这样？"吉娜的脸上露出了试探性的微笑。

这时，屏幕上出现了安妮怒气冲冲的信息：你竟然不告诉我？快说，就现在。

"抱歉，"梅对吉娜说道，"我就快处理完了。"说完，她回复安妮说：不行，你会骚扰他的。

发一张他的照片给我。安妮回复道。

不行，但是我的确有一张他的照片。梅回复道，她知道第二句谎言是必要的。况且她确实有一张他的照片，她一意识到这点就觉得可以把这告诉安妮，如此一来，她也算是在说真话，只不过没把真相的全部告诉安妮罢了。这张照片，以及她对安妮说的善意的谎言（她知道卡尔顿姓什么）可以让她和这个名叫卡尔顿的男人继续交往。她知道这个男人很可能会对圆环公司造成威胁，但她的第二句谎言能为她争取更多的时间——让她能继续和卡尔顿接触，从而设法弄清楚他究竟是谁、想从梅这里得到什么。

那张照片是我在他运动时抓拍的。梅继续回复道，我对它进行了面部识别，找到了和他有关的所有信息。

谢天谢地。安妮回复道，但你是个重色轻友的家伙。

吉娜读了安妮的回复信息，立刻变得紧张不安起来。"也许我们可以把我们的事情先放一放？"她问道，她的额头上突然冒出了涔涔的汗珠。

"不用，抱歉，"梅说道，"我们继续吧。我会把这显示屏转到一旁的。"

说着，显示屏上又收到了安妮发来的信息。梅一边把显示屏转到一旁，一边趁机瞄了一眼。你坐在他身上的时候有没有听见他身体里的骨头断裂的声音？老男人的骨头和鸟骨一样脆弱，你说的那种压力对他们来说很可能是致命的。

"好啦，"吉娜重重地咽了一下口水，说道，"很多年来，一些较小的公司一直在追踪人们在网上对于产品的讨论、评价以及评分，希望找到这些网络行为与实际消费行为之间的关联，进而影响这种关联。圆环公司的开发者已经找到了一种方法，它能够衡量这些网上行为（即你的网络参与度）对实际消费行为产生的影响，并用'转化率'这一术语来表述这种影响。"

梅的第二块显示屏上又收到了一则信息，但梅没有去看它。吉娜一想到自己在梅的眼里比安妮更重要（哪怕就是眼下这片刻工夫）就倍感鼓舞，于是继续解释道：

"也就是说，只要你对某一产品的评价导致或者刺激了一笔消费，那么你的'转化率'就相应地提升了。如果你的购买行为或者网络评价促使五十人次购买了相同的产品，那么你的转化率就是'×50'。以下这些圆环公司员工的转化率都是'×1200'，这意味着只要他们购买某种产品，那么平均会另有1200人跟随他们购买相同的产品。也就是说，他们已经积累了极高的可信度，足以使那些关注他们的人信任他们做出的任何评价，而且感谢他们在购物时的自信。当然，安妮是圆环公司里转化率最高的人之一。"

就在这时，响起了一声水滴般的电子音。吉娜眨了眨眼，就好像被人打了一巴掌一样，但她很快继续道：

"好啦，让我们来看看你的表现，你目前的平均转化率是'×119'。这还不错，不过对于转化率处于1到1000之间的人来说，还有许多需要改进的空间。在转化率下面显示的是你的零售总额，也就是你所推荐的产品获得的购买总值。比方说你推荐了某款钥匙链，有1000个人听从了你的推荐购买了1000个钥匙链，这些钥匙链的零售价为4美元一个，那么你的零售总额就是4000美元。换句话说，你的零售总额就是由你激起的消费行为所产生的零售总额。这很有趣，不是吗？"

梅点了点头。这么说来，她就能够切实地追踪自己的品位和认可对他人购买行为产生的影响了。她对此非常满意。

这时，又传来了一声水滴般的电子音。吉娜眨了眨眼，看上去似乎在强忍住泪水。她站了起来。

"好啦，我觉得我不仅在侵占你的午餐时间，还在损害你和安妮之间的友谊。总之，那就是'转化率'和'零售总额'的意思，我知道你都理解了。今天下午下班前，你会得到新的一块显示屏，用来测算这两项得分。"

吉娜努力想露出笑容，但似乎怎么也无法抬高嘴角，这令她的笑容毫无说服力。"哦，对了，一位能够较好地履行职责的圆环公司员工的转化率应该达到×250，每周的零售总额应该达到45000美元，但大多数圆环员工的表现都远远超过这两个数字。如果你对此还有什么问题，"她顿了顿，眼神看起来非常脆弱，说道，"我想你一定可以请教安妮。"

说完她转身离开了。

几天后，在一个万里无云的周四，梅开车回了趟家。自从她父亲在圆环公司的保险生效后，她还没有回过家。梅知道她父亲的身体近来大有好转，她非常想亲眼见见他，甚至有些可笑地希望他的病情出现奇迹般的变化，但她知道，她只会看到一些细微的改善。尽管如此，她父母在电话里的声音和在信息中的措辞都显得热情洋溢。"现在一切都不同了。"他们这几周来一直这么说，也一再喊梅回家一起庆祝。于是，梅开车向东南边的父母家驶去，她想父母一定会对她充满了感激。当梅到家时，她的父亲在门口迎接了她，他看起来强壮多了，也显得更有尊严、更加自信、更像个男人了——他变回了原来的自己。他伸出手腕，把手腕上的监控仪并排放在梅的监控仪旁边，说道："瞧瞧咱们，咱们的监控仪是一样的。你想喝点葡萄酒吗？"

走进屋里，梅和父母像往常那样坐在厨房长台边，一边掷着骰子，一边吃着面包，也谈起她父亲的健康状况在各个方面得到的改善。现在他可以自己选择医生，服用药物也不再受到限制，医疗保险可以支付所有医药费，他们无需自付任何费用。梅注意到，当他们谈起父亲最近的健康状况时，她的母亲变得更加欢快，更加活泼了。她母亲那天甚至穿起了超短裤。

"最棒的是，"她父亲说道，"你母亲现在能享有大量的空闲时间了。一切都变得非常简单，我只需要去看医生就行了，圆环公司会料理其余一切事务。不需要中介，也不需要开会讨论。"

"那东西我没看错吧？"梅问道。在餐厅的桌子上方吊着一盏银色的枝形吊灯，梅仔细一瞧，发现它似乎是梅塞制造的那种——它那银色的枝杈其实是涂了漆的鹿角。梅对于梅塞的作品本没有多少兴趣，当他们还在约会时，她就不得不绞尽脑汁才能说出点好听的话来，然而眼前的这个吊灯她确实真心喜欢。

"你没看错。"她母亲答道。

"它还不错。"梅评价道。

"不错？"她父亲说，"这是他最好的作品，你知道的。这东西在旧金山的精品店里得卖五千美元呢。他把它免费送给我们了。"

梅着实有些感动，追问道："为什么要免费送给你们？"

"为什么免费？"她母亲反问道，"因为他是我们的朋友，因为他是一个善良的年轻人。等等，你先别急着翻白眼或者说出什么自作聪明的评论。"

梅确实没有急着说话，她在脑海中想了几句对梅塞不怎么客气的评价，但最终还是选择了沉默，她觉得自己对梅塞还是挺宽容的。因为她现在已经不再需要梅塞了，如今的她是全球商业的一名至关重要的驱动者了，她的影响力可以用数据明确地测量出来，此外在圆环公司还有两个男人供她选择——其中一个简直就是个谜，会像火山一样会突然爆发出如火般的热情，会爬过墙壁从她身后占有她，因此如今的梅可以宽容地对待可怜的梅塞，可以忍受他那蓬松杂乱的头发和怪异肥胖的后背。

"他这么做真的很友善。"梅评价道。

"你能这么想我很高兴，"她母亲说，"一会儿你可以亲口对他这么说。他今晚来我们这里吃晚饭。"

"不，"梅说，"请别叫他来。"

"梅，"她父亲坚决地说，"他今晚必须过来，明白吗？"

梅知道自己不能和父亲争论。她给自己倒了杯红酒，在摆放餐具的时候喝掉了半杯。不久之后，梅塞敲了敲门就径直走进了屋。

梅的脸已经基本麻木了，她的意识也有些模糊不清。

"嘿，梅。"梅塞和她打了声招呼，给了她一个试探性的拥抱。

"你做的枝形吊灯真的很棒。"梅说道，一言未毕，她就看见自己的话对梅塞产生了影响，于是进一步说道："它真的非常漂亮。"

"谢谢。"梅塞说。他转头看向梅的父母，似乎在确认他们是否也听到了相同的话。梅给自己又倒了一些红酒。

"我是说真的，"梅继续说道，"我的意思是，我知道你干得很不错。"当梅说这句话的时候，她刻意没有直视梅塞的眼睛，因为她知道梅塞一定会用怀疑地眼光看她。"这个吊灯是你目前为止制作的最好的一个。我很高兴你花了这么多心血在……你的作品中我最喜欢的一件竟然出现在我父母的餐厅中，这让我很开心。"

梅拿出了她的相机，拍了一张照片。

"你在做什么？"梅塞问道，尽管如此，看到梅认为那盏吊灯值得拍张照留念，他还是颇为欣喜的。

"我只是想给它拍张照片。瞧。"梅一边说着，一边给梅塞看照片。

这时，梅的父母已经离开了餐厅，显然他们认为她想单独和梅塞待一会儿。梅觉得她父母的想法真是又好笑又疯狂。

"这照片看起来很不错。"梅塞评价道，他盯着照片看的时间比梅预想的长了一些。显然，他依旧在为自己的作品感到满意和自豪。

"它看起来简直令人难以置信，"梅说道，酒精使她感觉有些飘飘然了，"你真好，愿意把它送给我父母。我知道这对他们来说意义重大，尤其是在现在这种情况下。你为这里增添了一个特别重要的东西。"梅很委婉地说道，她说这话不仅仅是因为酒精的作用，还因为她如今的释然——他们一家都得到了解放。"这个餐厅原来特别阴暗。"她说。

有那么短暂的一瞬间，梅和梅塞仿佛恢复了从前的关系。这么多年来，梅一直对梅塞感到一种近乎怜悯的失望，但现在她回想起梅塞确实能够完成很棒的作品。她知道他富有同情心、非常善良，尽管他那狭隘的视野常常令梅感到愤怒。然而现在，看到这盏吊灯（她能称它为艺术品吗？至少它看上去类似艺术品），看到它对这个屋子产生的效果，她对梅塞重新燃起了信心。

梅突然有了一个主意。她佯装要回自己的房间更衣，向梅塞致歉之后就匆匆上了楼。事实上，她并没有更衣，而是坐在自己的旧床上，花了不到三分钟的时间把自己拍的那张吊灯照片发到了二十几个关于设计和家居设计的帖子里，并且附上了梅塞的网站链接和电子邮件地址——因为梅塞的网站上只有他的电话号码和几张照片，他已经有好几年没有更新自己的网站了。如果梅塞不够聪明，无法为自己招揽生意的话，那么她很愿意帮他一把，梅这样想道。

当梅做完这些走下楼的时候，梅塞正和她的父母一起坐在餐桌旁，餐桌上摆满了菜肴——沙拉、酱爆鸡丁、各种蔬菜。他们三人一起盯着梅从楼梯上走下来。"我朝楼上喊了你几声。"梅的父亲说。

"我们喜欢趁菜还热的时候吃饭。"梅的母亲补充道。

梅在楼上时没有听到他们的呼唤："抱歉，我刚才在……哇，这看起来很不错。爸爸，你不觉得梅塞的吊灯做得棒极了吗？"

"确实。我告诉过你，也夸了他好几回。之前我们一直想得到他的一件作品，已经向他要了一年了呢。"

"不是我不愿给，只是我需要找到合适的鹿角，"梅塞说，"那时有好长一段时间，我都没有找到特别好的鹿角。"他接着解释了自己筛选材料的过程，说自己只从信得过的合作者那里购买鹿角。他说自己信任的合作者都不猎鹿，即使他们猎鹿也只是听从渔猎局的命

256

令，为了防止鹿的数量过多才进行猎杀的。

"这真是有趣，"梅的母亲说，"趁我还没忘记这事，我想提议我们举杯为……那是怎么回事？"

原来，未等梅的母亲说完，梅的手机就哔哔地响了一声。"没什么，"梅答道，"不过我想过一会儿我就有好消息要宣布了。妈妈，你继续。"

"我只是想说，让我们举杯为了我们……"

这时，梅塞的手机响了起来。

"抱歉。"他说道，伸手隔着裤子找到了挂断按钮，掐断了电话。

"大家都准备好了吗？"梅的母亲问道。

"对不起，霍兰德太太，"梅塞说，"您请继续。"

但就在这时，梅的手机又一次哔哔地响了起来。梅看向屏幕，只见上面有三十七条新的极速帖和信息。

"你有什么事情急着处理吗？"她父亲问道。

"不，还不急。"梅答道，其实她已经兴奋得等不及要公布好消息了。她为梅塞深感自豪，而且她马上就能够给他看看他在朗菲尔德之外的潜在客户了。如果在她发布照片的头几分钟内就有三十七条回复，那么在二十分钟后就会有一百条。

梅的母亲继续说道："我想谢谢你，梅，谢谢你为了改善你父亲的健康状况、为了避免我发疯所做的一切。同样，我还想为梅塞举杯，他就像我们家的一员，当然也为了感谢他赠予我们那件漂亮的作品。"她停顿了一下，好像觉得随时都会有某部手机响起。"哦，我很高兴一口气讲完了，没有再被什么打断。我们开动吧，菜要凉了。"

于是他们开始吃起来，但是短短几分钟内，梅已经听到太多次哔哔的信息声，看见自己的手机屏幕更新了太多次——她再也忍不住了。

"好啦，我再也忍不住了。梅塞，我把你的吊灯的照片发到了网上，结果人们爱死它了！"她兴高采烈地说道，同时举起了手中的酒杯，"我们应该为此干杯。"

梅塞看起来似乎并不高兴："等等，你把它们发在哪儿了？"

"梅塞，这好极了。"梅的父亲说道，也举起了自己的酒杯。

梅塞却没有举杯："梅，你把照片发在哪儿了？"

"发到了所有相关网站上，"梅答道，"人们对它的评价棒极了。"她伸手拿起手机："让我来读读第一条评论。它写道：哇，这太美了。这条评论出自斯德哥尔摩的一位非常有名的工业设计师。这儿还有另一条：非常酷，它让我想起了我去年在巴塞罗那看到的某个东西。发表这条评论的是圣达菲的一位设计师，她拥有自己的店铺。她给你的作品打了三颗星，而满分是四颗星，还给你提出了一些改进建议。如果你愿意的话，我觉得你一定能把你的吊灯卖到这些地方的。哦，这里还有一条评论……"

梅塞把手掌放在了餐桌上："请你别说了。"

"为什么？你甚至还没有听到最棒的部分呢。在'设计智慧'网站上，你已经获得了 122 个微笑赞，能在这么短的时间内获得这么多个赞简直让人难以置信。他们这个网站还设有排行榜，而你排在当日最受欢迎的前 50 名以内。事实上，我知道你的排名还可以进一步提升……"这时，梅突然意识到自己这样的行为一定能使她的参与度排名进入前 1900 名以内。此外，如果她能够让这些人购买梅塞的作品，她的转化率和零售总额也会大幅提升。

"梅，别说了，请你别说了，"梅塞正紧紧盯着梅，他的眼睛又小又圆，"在你的父母家里，我不想太大声说话，但是如果你再不住口的话，我立刻就走。"

"稍安毋躁。"梅一边说，一边滑动着手机屏幕在信息中搜寻着，她知道有一条信息一定会深深震撼到梅塞。她刚才看见了一条从迪拜发来的信息，她知道如果她找到它并读给梅塞听，一定能打消梅塞所有的顾虑。

"梅。"她听见母亲在叫她，"梅。"

可是梅找不到那条信息。它在哪儿？正当她滑动着手机屏幕时，她听见了椅子摩擦地板的声音。但是她眼看就要找到那条信息了，所以并没有抬头。等她终于抬起头的时候，才发现梅塞已经离开了，而她的父母正盯着她。

"你想要支持梅塞，我觉得这很好，"她母亲说道，"但是我不明白你为什么偏偏要现在做这事。我们原本想开开心心地享用一顿晚餐。"

梅看着母亲，看到母亲脸上写满了失望与不解，当她再也无法承受母亲的目光时，她冲出屋子，追上了正在把车倒出车道的梅塞。

梅一屁股坐上了副驾驶座，说道："停下。"

梅塞的目光呆呆的，毫无生气。他停下车，把双手搁在大腿上，极不情愿地叹了口气，一副屈尊俯就的样子。

"你究竟在犯什么毛病，梅塞？"

"梅，我让你别说了，你却不听。"

"我伤害到你的感情了吗？"

"没有，但你难住我了，你让我以为你疯了。我叫你住口，但你偏不肯。"

"我不愿意停下是因为我想帮你。"

"我可没让你帮我。我也没有允许你把我的作品发布在网上。"

"你的作品。"梅刻薄地重复了一遍这个词，她知道自己不该这么说，而且这对现在的情况毫无帮助。

"梅，你总爱挖苦人，非常刻薄，而且冷酷无情。"

"什么？我一点儿也不冷酷，梅塞，我恰恰相反。我想要帮你是因为我对你的工作充满信心。"

"不，你不是这样。梅，你只是无法容忍任何一样东西在一间房间里生存。我的作品只存在于一间房间里，它不存在于其他任何地方。这就是我所期望的。"

"这么说你不想要生意？"

梅塞从车的前挡风玻璃望出去，然后身子向后靠了靠："梅，我从来没有像现在这样强烈地感受到有某种狂热正席卷整个世界。一天有个人想要卖给我一样东西，你知道是什么吗？事实上，我敢说那东西肯定从属于圆环公司。你听说过'舒适之家'吗？有了这东西，你就可以用手机扫描这个屋子，从而获得家里一切产品的条形码……"

"没错。当你的某个东西损坏了或者缺少了，它就会自动帮你订购一件新的。这棒极了。"

"你觉得这没问题？"梅塞说道，"你知道他们是怎么向我介绍它的吗？还是老一套的乌托邦式的设想。这回，他们说这东西可以减少浪费。因为如果商店知道顾客想要那些产品，他们就不会过度生产、过度运输，也不会因为产品卖不出去而不得不把它们扔掉。我是说，这东西就像你们这些人所倡导的一切一样，听起来完美无缺，似乎是一种进步，但其实它意味着更多的控制，它意味着我们做的每一件事都将受到追踪和监控。"

"梅塞，圆环公司里是一群像我这样的人。你是不是在说，我们圆环公司里的所有人正聚在某处的一间房间里监视着你，计划着统治全世界？"

"不，我不是这个意思。首先，我知道圆环公司里的人都像你这样。而这恰恰是令人感到害怕的地方。作为个人的你们完全不知道你们作为一个集体在干什么。其次，不要认为你们的领导都有一副好心肠。这么多年来，一切似乎都平安无事，那些掌控着大多数互联网沟通渠道的人似乎都是正直体面的人，或者说，他们至少没有掠夺和报复他人。但是我对此总是非常担忧——万一有人想利用这种力量来惩罚所有挑战他们的人，我们该怎么办呢？"

"你在说什么？"

"每当某位国会议员或者博主谈论起垄断问题，他们就会卷入一些关于性、色情或者巫术之类的丑闻中，你觉得这只是巧合吗？二十年来，互联网早就可以在短短几分钟之内彻底毁掉一个人，但在你们公司那'三智者'（或者说他们中的一位）出现前，还没有人愿意这么做。你别告诉我你从来都没有意识到这点？"

"你太多疑了。梅塞，你那总想着阴谋理论的思维方式总是让我感到沮丧。你的话听起来这么无知，你竟然说'舒适之家'是个恐怖的新玩意儿。你要知道，一百年来一直有送奶工给人们送奶啊！他们总是知道你什么时候需要牛奶。此外还有卖肉的屠夫、卖面包的面点师傅……"

"但是送奶工可不会扫描我的屋子！要知道，现在所有带有条形码的东西都能被扫描。现在已经有数百万人用手机扫描了他们的家，并且把那些信息向全世界公布了。"

"那又怎样？你难道不想让魅力公司知道你在使用多少他们生产的卫生纸吗？难道魅力公司在狠狠地压迫你吗？"

"不，梅，这不一样。你说的情况容易理解，但是在我所说的这种情况下，不存在压迫者，因为没有人逼迫你做这件事，是你心甘情愿地给自己套上这些锁链，还心甘情愿地患上'社交自闭症'，你拒绝接受人类交流最基本的信号。比如，你正和另外三个人坐在同一张餐桌前，他们三个人都在看着你，想要和你说话，你却盯着一块屏幕，想要找到远在迪拜的某个陌生人。"

"你也没你说得那么纯洁，梅塞。你拥有一个电子邮箱账户，还有一个网站。"

"尽管对你说这话令我很痛苦，但是我还是要说——你不再像从前那么有趣了。你每天在一张办公桌前坐十二个小时，没有什么值得展示给别人看的，除了一些无意义的数字，要不了一周，就连这些数字都会消失，没有人会记得它们。你没有留下一丝一毫生活过的痕迹，没有任何证据证明你存在过。"

"去你的，梅塞。"

"更糟糕的是，你再也不做有趣的事情了。你什么也看不见，什么也说不出。诡异的悖论是：与此同时，你还认为自己处在万物中心，你以为自己的观点变得更加宝贵了，但事实上，你失去了生机与活力。我敢肯定你这几个月来还没有做过什么不需要网络、不需要操作屏幕的事情，我没猜错吧？"

"梅塞，你真是个混蛋。"

"你还会去户外运动吗？"

"你的意思是，只有你才是有趣的人，对吧？用死去动物的身体制作枝形吊灯的白痴？你才是做着各种有趣事情的神奇小子，是吧？"

"梅，你知道我在想什么吗？你认为坐在办公桌前发送微笑或者皱眉表情让你觉得自己的生活非常有趣。你评价各种事物，却不再去亲身实践。你看着描绘尼泊尔的图片，点击微笑按钮，就认为这和你自己去了一趟尼泊尔没什么分别。我是说，如果你真的到尼泊尔去又会发生些什么呢？哦，对了，你那愚蠢的圆环评分之类的东西会下降到令人无法接受的地步！梅，你意识到自己已经变成一个多么无趣的人了吗？"

这么多年来，梅塞一直是梅最为憎恶的人，这对梅来说早已不是什么新闻。他仿佛具有某种特殊能力，总是能令梅勃然大怒。他对自己职业的自鸣得意的态度、他那套陈腐老旧的言论，最令梅无法忍受的是梅塞最基本的也是最错误的假定，即他自以为了解梅。其实，他只是了解梅身上他所喜欢的、赞成的部分，还把这当做梅真正的自我、梅的本质。事实上，他对梅一无所知。

然而，在梅从父母家开车回家的路上，她的心情逐渐转好了。她的车每前进一英里，她就离那个肥胖的混蛋远一英里，她的心情也就好转一点。一想到自己曾经和他上过床，梅就感到一阵恶心。那时她是不是被某个怪异的魔鬼附体了？在她与梅塞交往的三年中，她的身体一定是被某种可怕的力量控制了，以至于她无法意识到梅塞有多讨厌。他当时就很胖，不是吗？在高中，什么样的人会发胖呢？他自己超重四十磅，竟然还敢说我每天坐在办公桌旁？这个男人简直是颠倒黑白。

她再也不会和他说话了。她清楚地知道这一点，并且从中获得了些许安慰。一种解脱的感觉像温水一样扩散至她的全身。她再也不会和他说话，也不会写信给他。她将坚持要求她的父母切断和他的一切联系。此外，她还计划毁掉那盏吊灯，并伪装成是一场意外，也许她会导演一场入室抢劫。一想到她将把那个肥胖的白痴从自己的生活中驱除，梅忍不住对自己笑了起来。那个丑陋的、总是汗涔涔的、用鹿角做吊灯的男人再也不会出现在她的世界里了。

梅看见了"处女航行"店的招牌，却对它无动于衷。她开车经过高速路出口，情绪没有丝毫波动。然而，几秒钟之后，她驶离了高速公路，折返回来向海滩驶去。现在将近晚上十点，她知道那家店铺早在几小时前就关门了。那么，她还来这里做什么呢？她可不是在回应梅塞的那番关于她是否在做户外运动的愚蠢言论。她只是过来看看那家店是不是还开着；她知道它肯定已经停止营业了，但是玛丽安或许还在那儿，她也许会允许梅租一艘皮划艇出去划上半个小时？毕竟，玛丽安就住在店旁边的那辆拖车里。梅没准会瞧见她正在拖车周围散步，说不定还能说服玛丽安借一艘皮划艇给她。

　　梅把车停好，透过铁链围成的围栏向里面张望，那里一个人也没有，那间租赁小棚屋门板紧锁，一艘艘皮划艇和一块块冲浪板正安安静静地躺在一排排货架上。梅站在那里，希望能在那辆拖车中瞥见个人影，然而她什么也没看见。拖车里亮着昏暗的玫瑰色灯光，里面空无一人。

　　梅走到那片小海滩，站在那儿看着月光洒在平静的海面上，然后坐了下来。尽管待在这里毫无意义，但是她不想回家。她的脑袋里装满了梅塞、他那张巨大的婴儿似的脸以及他当天晚上和此前每个晚上说的那些鬼话。无论如何，梅确定这是自己最后一次试图帮助梅塞了。他已经成了她的过去，不，准确地说，他就活在过去，他就像一个陈旧的、无趣的、毫无生气的东西，她可以把它永远丢弃在阁楼里。

　　梅想到自己应该回去继续提升参与度排名，于是站起身来，就在这时，她看见了一个奇怪的东西。在围栏的远处，在这块圈地的外侧，有一个大物体正颤颤巍巍地倚靠在围栏上。那要么是艘皮划艇，要么是块冲浪板。想到这里，梅迅速朝那东西走去。很快，她意识到那是一艘皮划艇，而且位于围栏的外侧，旁边还放着一支桨。这艘皮划艇摆放的角度极其罕见，事实上，她从来没有见过哪艘皮划艇能像它现在这样近乎垂直地立在这里。同时，她敢肯定玛丽安一定不会允许它像这样放在这里。梅能够想到的唯一的解释是，有人在小店关门之后才把皮划艇还回来，于是就想把它留在距离小店

264

尽可能近的地方。

梅想自己至少应该把这艘皮划艇横放在地上，以免它在夜间倒在地上。她确实这么做了，小心翼翼地把皮划艇放在沙滩上，她惊讶地发现它竟然那么轻巧。

随后，她又产生了一个想法。水面距离此处只有三十码，她知道自己能够轻易地把这艘皮划艇拖到海边。借用一艘已经被别人借用过了的皮划艇，这能算偷窃吗？毕竟，她不是把皮划艇从围栏内侧弄到围栏外侧去的，之前已经有人延长了这艘皮划艇的租用时间，她现在不过是把这一时间再次延长一些罢了。她会在一两个小时后把它还回来，没有人会发现有什么不同。

于是，梅把桨放在皮划艇里，拖着皮划艇在沙滩上试着走了几英尺远，想看看自己这么做会是什么感觉。这到底是不是偷窃呢？如果玛丽安知道事情的来龙去脉，她一定会理解梅的做法。要知道，玛丽安是个想法开明的人，而不是什么墨守成规、脾气暴躁的女人，她喜欢的那类人若是遇到和梅现在相同的处境，应该会做出同样的举动吧。梅不喜欢这件事中可能涉及的责任问题，但是话说回来，她真的对此事负有责任吗？如果玛丽安根本不知道她曾经使用了皮划艇，又怎么会向她问责呢？

现在，梅已经来到了海边，皮划艇的艇头已经被海水打湿了。梅感受着艇身下方的海水，感到那水流似乎在把皮划艇拉离她的身边，拉向海湾深处，这时，她知道自己不会再犹豫。唯一的顾虑就是她没有救生衣。之前的租借者成功地把救生衣从围栏上方扔进了围栏里。但是，此刻的海水是如此平静，梅认为如果自己靠近岸边划行，一定不会遭遇任何危险。

然而，她刚一下水就改变了主意。她感到身下的海水如同一块巨大的玻璃一般，自己前进的速度也颇为迅速，于是决定不再在浅水区停留。今晚她可以划到蓝岛那里。划到天使之岛并不难，很多人都划到过那里，但是蓝岛是座陌生的、边缘参差不齐的岛屿，至今尚无人涉足。梅想象着自己到达蓝岛的景象，笑了起来，当她想到梅塞，想到自己的这一行动会令他那张沾沾自喜的脸露出惊讶不已的神色时，梅笑得更欢了。梅塞太胖了，肯定无法坐进皮划艇中，即使他勉强挤进皮划艇里，他也太懒了，根本划不出停泊港，梅如此想道。这个年近三十、用鹿角制作枝形吊灯的男人，竟然对她这个在圆环公司工作的人滔滔不绝地谈论人生道路！真是可笑。但是，梅作为"T2K"中的一员（她的排名还在迅速提升），同样也是勇敢的，她能够在晚上把皮划艇划向海湾深处，去探索一座梅塞只能用望远镜远远观望的岛屿，梅塞唯一会做的事情就是把他那肥大的屁股常年埋在沙发里，用银色的油漆涂抹着动物身体的某个部分而已。

梅划行的路线毫无逻辑可言。她对海湾深处的水流状况一无所知，也根本不知道如何避开那些使用附近航道的邮轮，糟糕的是在黑夜里，邮轮上的人完全看不见她。此外，当她到达或者靠近那座岛屿的时候，情况可能变得非常复杂，使她无法顺利返航。然而，梅的身体里有一种力量就像睡眠的本能那样强烈，它驱使着她不到达蓝岛绝不停下，或者说这种力量令她无法停下。如果海上风平浪静的话，梅就能够到达那里。

梅划着皮划艇从那些帆船和冲浪者旁经过，她向南边瞥去，试图找到自己曾经见过的那对男女居住的驳船，但是远处的物体形状模糊，更何况这么晚了，他们不可能还亮着灯。梅继续向前划去，快速地经过那些抛着锚的游艇，划向海湾的深处。

突然，她听见身后传来海水泼溅的声音，她转身一瞧，看见一只麻斑海豹黑漆漆的头就在她身后不到十五英尺的地方。梅停了下来，等待这只海豹潜回海面之下，但是它却待在那里盯着梅看。于是，梅转过身去，继续朝那座岛屿划去，那只海豹跟了她一会儿，似乎也想看看她想看的东西。有那么片刻，梅在想这只海豹会不会一路跟随她到岛上，也许它只是要到那座岛附近的礁石上去——她开车途经礁石上方的那座桥时，曾经多次看见海豹在礁石上晒太阳。可是，不一会儿，梅再次转身看去，那只海豹已经不见了。

梅继续向海湾更深处划去，海面依旧平静。在这些地方，海水在海风的作用下通常会变得汹涌，但是今晚，海水非常平静，因此，她前进的速度也很快。出发二十分钟后，她就已经划完了半程，至少看起来是这样——蓝岛和她之间的距离很难确定，在夜间尤其如此；但是它在梅的视野中逐渐扩大，她甚至能够看见自己从来没有见过的岩石了。她看见岩石的上部一些反光的东西笼罩在明亮的银色月光中。她看见岛屿岸边黑色的沙子上有个东西，她确定那是一扇窗的残片。这时，她听见一声雾角声从远处金门海峡的海峡口传来。那里的雾一定很浓，梅心想，然而，在距离海峡口仅仅几英里的这里，夜晚的空气澄净，几乎盈满的月亮铺洒着明亮的光芒。海面上闪烁着的月光异常耀眼，刺得梅不得不眯起双眼。她想起了岛屿旁边的那些岩石，她曾经看见海豹和海狮在上面休息。它们现在会出现在岩石上，还是会在她到达之前就四散逃开？从西边的太平洋上吹来了一阵微风，梅静静地在那里坐了一会儿，感受着这阵风。如果风力越来越强的话，她就不得不返航了。相比于海岸，她现在的位置更靠近蓝岛，然而一旦海水变得汹涌起来，那么没穿救生衣、独自一人坐在皮划艇上的她将非常危险。幸好那阵风来得快去得也快，一切很快恢复了平静。

一阵响亮的海水澎湃的声音将梅的注意力拉向了北方。一艘看起来像是拖船的船正向她驶来。她看见那艘船的船舱顶部有白色和红色的灯，于是意识到这是一艘巡逻船，很可能是海岸警卫队的巡逻船。这艘船离她很近，足以看清她。如果梅继续笔直地坐在皮划艇中，她的身影很快就会暴露在巡逻员的面前。

梅赶忙紧贴着皮划艇底部平躺下来，希望巡逻船上的人员会误以为她和这艘艇是一块岩石、一根原木、一只海豹或者只是一个打破了海湾那闪闪发光的银色海面的黑色波浪而已。巡逻船引擎的轰鸣声更大了，梅确定不久就会有一束明亮的灯光照在自己身上，然而那艘船迅速从她身边开走了，并没有看见她。

梅向蓝岛开始了最后一波划行，她划得那么快，以至于她开始质疑自己的距离感。上一刻，她还觉得自己至少还有一半的路程，而下一刻，她却向蓝岛的海滩发起了最后的冲刺，仿佛有一股强劲的顺风正推着她前进。她跳下艇头，泛着白色泡沫的冰凉海水立刻包裹住了她的双脚。她急忙把皮划艇拖上海滩，直到皮划艇完全离开海水到了沙滩上。梅想起有一次，一阵迅速涨起的潮水差点把她的皮划艇卷走，便掉转这艘皮划艇，使它和海岸保持平行，并在它的两侧放置了许多大石块。

她站在那里重重地喘着气，感觉自己既强壮又伟大。她竟然来到了这里，这多么奇怪啊，她想道。在这座岛屿附近就有一座桥，她开车经过那座桥时曾经上百次地看见过这座岛，但是她从未看见岛上出现过任何生物，无论是人还是动物她都不曾看见。没有人敢涉足这座岛屿，又或者没有人想到这里来。那么，是什么令她对这座岛如此好奇呢？她突然意识到这是到达这座岛屿的唯一（或者说最佳）方式。玛丽安不会让她划到这么远的地方来的，她很可能会派一艘快艇来把她接回去。还有海岸警卫员，他们不是经常劝诫人们不要到这里来吗？难道这是一座私人岛屿？所有这些问题和顾虑现在都无关紧要，因为现在这里一片漆黑，没有人能看见她，没有人会知道她曾经到过这里。但是，她还是决心要找到问题的答案。

　　梅沿着岛屿边缘走了走，发现这座岛的南侧大部分地区都围着一圈沙滩，一直延伸到一座陡峭的峭壁脚下。她抬头向上望去，没有看见任何落脚点，峭壁下方就是泛着泡沫的海滩。她发现这座峭壁上有许多岩石，难以攀爬，而那海滩又乏善可陈，于是便沿原路返回了。她在海滩上发现了一条海藻，上面缠着许多螃蟹壳和浮游生物。她把手指插进海藻中捋了捋，只见那海藻在月光的照射下闪烁着一种她曾经见过的粼粼微光，发出像彩虹一般的光泽，好像被从内部点亮了。有那么一瞬间，梅感觉自己仿佛就站在月亮上的某个湖泊中，身边的一切都变换了颜色，笼罩在奇异的色彩之中——本来应该是绿色的东西成了灰色的，本来应该是蓝色的东西看起来却是银色；眼前的一切都是她从未见过的。她正想着这个，眼角的余光突然看见一个明亮的东西正从太平洋的上空坠落，她相信那是一颗流星。此前，她只见过一次流星，她不能确定刚才出现在夜空中最后消失在黑色山峰后面的那弧亮光是否和她曾经见过的那种一样。但除了流星，它还能是什么呢？她在沙滩上坐了一会儿，盯着刚才出现过流星的天空一角，就好像那里还会出现流星，又或者刚才的那颗流星会带来一场流星雨。

　　但是，梅知道她自己只不过是在拖延时间罢了，事实上，她最想做的事情就是去征服那座山，爬上它那多石的山顶。现在，她开始了这项任务。这里没有任何可以行走的路，这一事实给她带来了极大的乐趣，因为这意味着没有人（或者说几乎没有人）曾经来过这里。她用双手握住一簇簇草或者草根，把脚踩在偶尔露出岩面的石块上，奋力向上攀爬。在山的一侧，她发现了一个大山洞，它似圆形，几乎可以算得上整洁。这一定是某种动物的巢穴，但她不能确定究竟是哪种动物。她猜想这可能是兔子、狐狸、蛇、鼹鼠或者老鼠的洞穴，似乎它们都有可能又都不可能出现在这里。于是，她接着向上爬去。这不算太难，几分钟后她就爬上了山顶，站在山顶唯一的一棵松树旁，这棵松树比她高不了多少。她用这棵松树的树干保持着平衡，转身向四周望去。她看见远处城市里的一扇扇小小的白色窗户，还看见一艘油轮从下方驶过，船身上闪着许多红色的灯光，逐渐驶入太平洋。

她下方的海滩突然显得那么遥远，她的胃不禁抽搐了一下。她向东边望去，现在她能够更加清楚地看见海豹用来休憩的那组礁石了，此刻正有十几头海豹四散躺在上面睡觉。她又抬头看向上方的那座桥，那不是金门大桥——它比金门大桥小一些，虽然时值午夜，桥上的车流依然像白色的流水一般连绵不绝，梅不禁在想桥上是否会有人看见银色的海湾衬托着的她的身影。她想起弗朗西斯曾经说过他从来不知道这座桥下面还有座岛。如此说来，桥上的大多数司机和乘客都不会往下看向她，也就根本不会知道她的存在。

梅仍然抓着那棵松树枯瘦的树干，这时她才发现在这棵树顶部的树枝上有一个鸟巢。她不敢去触碰那鸟巢，因为她知道倘若自己那么做就会破坏那鸟巢原有的气味和构造，但她特别想看看那鸟巢里有什么。她站在一块石头上，想要把头伸到鸟巢上方好往里瞧瞧，但是她站得不够高，无法看见鸟巢里面的情况。她能把这鸟巢从树上取下来吗？就取下来几秒钟，然后立刻把它放回树上？她可以那么做，不是吗？不行，她知道自己还是不能这么做。如果她这么做，一定会把鸟巢里的东西给毁了的。

梅终于放弃了，面向南边坐了下来，在这里她能够看见远处的灯光、桥梁以及隔在这片海湾和太平洋之间的光秃秃的黑色小山。据说，在几百万年前，她眼前的这一切都被海水覆盖着。所有这些岬角和岛屿都处在深海里，顶多算是大洋底部的一些山脊。梅看见银色海湾的另一边有两只鸟儿（可能是白鹭或者鹭）在低空滑行向北方飞去。她就那么静静地坐着，看着它们，逐渐放空思绪。她想起了可能躲在她身下洞穴里的狐狸、可能藏身于海滩石砾下的螃蟹、从她头顶上驶过的汽车里坐着的人、拖船上和油轮上的人，以及在码头上来来往往的男男女女；每个人似乎都将一切尽收眼底。梅想象着在这片海水的深处生活着的所有生物，它们有的可能在目的明确地活动，有些则可能在漫无目的地随波逐流，但是她并没有花太多心思思考它们当中任何一个的生活状态。因为她知道在她身边还存在着数百万种其他可能的生活方式，在她看来，能意识到这一点就足够了，毕竟她不会也根本不可能对它们有多少了解——她清楚自己的无知，并对此感到释然。

当梅回到租借皮划艇的那片海滩时，似乎一切都未曾改变，还保持着她离开时的样子。海滩上空无一人，玛丽安的拖车里玫瑰色的灯光依旧那么昏暗。

梅从皮划艇里跳上沙滩，双脚深深地扎进潮湿的沙子里。等她终于把皮划艇拖上岸，她的双腿已经又酸又痛，于是她停下脚步，把皮划艇往身旁一丢，便伸直四肢躺在了沙滩上。她把手搭在眉毛上朝停车场望去，她的车仍旧停在原地，但是现在，它的旁边还停着另一辆车。她仔细打量着这第二辆车，心想是不是玛丽安回来了，就在这时，一束强烈的白光照了过来，刺得她睁不开眼。

"待在那里。"一个用扩音器放大了的声音吼道。

梅本能地把脸扭向一边。

那扩音器里的声音又喊道："不许动！"这声音里饱含着恶意。

梅措手不及，只得一动不动地待在原地，她不知道自己的这种姿势还能保持多久。事实上，她无需担心这一点，因为很快就有两个人的身影居高临下地来到了她身边。他们一把将她的双臂扭至她背后，并给她戴上了手铐。

很快，梅被带上了巡逻警车。此刻，车上的几位警察已经冷静下来了，正在努力判断梅是否在说实话。梅告诉他们她是这家运动器材店的会员，经常来租用皮划艇，今天只是还器材晚了些而已。警察给玛丽安打了电话，玛丽安证实梅确实是一位顾客，但当警察问玛丽安梅当天是否来海滩租用皮划艇并且未能按时归还时，玛丽安说她会立刻赶过来，说完就挂断了电话。

二十分钟后，玛丽安坐着一辆老式的红色小卡车赶来了，她身旁开车的司机是一位留着络腮胡的男人，他看起来既困惑又恼怒。见玛丽安脚步不稳地走向警车，梅知道她一定是喝酒了，那个开车的男人也许也喝了酒。他现在仍在车子里，似乎决心就那么一直待在那里，绝不下车。

梅看着玛丽安努力向警车走来，在此过程中，她们两人的目光交汇了。玛丽安看见梅坐在警车后座上，双手被铐在身后，她似乎立刻清醒了。

"哦，我的老天爷。"她说着急忙走向梅，接着转身对警察解释道，"她是梅·霍兰德，一直在这儿租用器材，并且有权自由使用这片海域。这到底是怎么回事？究竟发生了什么？"

警察解释说他们接到了两则报警信息，有人报告说这里可能发生了盗窃。"有一位不愿透露姓名的居民给我们打来了电话，"然后，他们转向玛丽安，继续道，"另一则报警信息则是您自己的摄像头发出的，列斐伏尔太太。"

梅几乎彻夜未眠，迅速升高的肾上腺素令她无法入睡。她怎么会如此愚蠢呢？她可不是小偷。但是如果没有玛丽安前来相救该怎

272

么办？她可能失去一切。她的父母会接到警方的电话，不得不来保释她，她会丢掉圆环公司的工作。梅从来没有收到过一张超速罚单，也没有卷进任何麻烦之中，而现在她却被怀疑盗窃一艘价值一千美元的皮划艇。

然而，这一切都有惊无险地结束了。当她们分别的时候，玛丽安甚至还坚持让梅再来她的店铺租用皮划艇，因为她知道梅会感到非常抱歉、非常愧疚，不愿意再次面对她。"我知道这会让你感到尴尬，但是我希望你还能过来。如果你不来的话，我会缠着你的。"

尽管梅只是断断续续地睡了几个小时，当她醒来时，还是有一种奇怪的解脱的感觉，就好像她刚刚从一场噩梦中醒来，知道梦里的一切都未曾发生过一样。她把昨晚发生的一切全部抛到脑后，像往常一样去上班了。

八点半，她上线了，发现自己是全公司第 3892 个上线的人。人在失眠一整夜之后往往能够一连几小时保持精力集中，梅此刻正是如此——整个上午她都在努力工作。关于昨夜的记忆不时会浮现在她脑海中——那平静的银色海水、岛上那棵孤零零的松树、巡逻警车发出的刺眼灯光、警车里塑料的味道以及她之前与梅塞那段愚蠢的谈话。但是这些记忆都在逐渐消退，或者说，是梅在强行把它们挤出脑海。就在这时，梅的第二块屏幕上出现了丹发来的一则信息：请尽快到我的办公室来。杰瑞德会帮你料理手头的工作。

梅急忙向丹的办公室赶去。当她来到他的门口时，丹已经站起了身，似乎时刻准备着迎接梅的到来。看到梅如此迅速地赶来，他的脸上露出了些许满意的表情。丹把门关上后，两人坐了下来。

"梅，你知道我要和你谈什么吗？"

这是在测试她是否会撒谎吗？

"抱歉，我不知道。"梅小心翼翼地答道。

丹缓缓地眨了一下眼，说道："梅，我再给你最后一次机会。"

"是关于昨晚的事情吗？"梅问道。心想如果丹不知道昨晚警察来过，她就可以编一些谎话，说说警察找到她几小时后发生的事情。

"是的。梅，那件事情非常严重。"

他知道了，天呐，他知道了。梅脑海深处的某个角落突然意识到圆环公司一定有一种预警网络，一旦公司的某位员工受到了警方的指控或者盘问，这个网络就会通知他们。这想来也合情合理。

"但是他们没有起诉我，"梅辩解道，"玛丽安澄清了一切。"

"玛丽安是那家器材店的老板？"

"是的。"

"但是，梅，你和我都知道你确实犯罪了，不是吗？"

梅哑口无言。

"梅，这次我会宽恕你。你知道圆环公司的一名员工——嘉里·卡茨在那片海滩上安装了一枚'视觉革命'摄像头吗？"

梅感觉自己的心向下一沉："不，我不知道。"

"那你知不知道店主的儿子沃尔特也在那里安装了一枚摄像头？"

"不知道。"

"好吧。首先，这件事情本身就很令人担心。你有时候会去划皮划艇，对吧？我看到你的个人简介上是这么写的。乔塞亚和德妮斯告诉我你们还曾好好谈论过这个问题。"

"是的，我有时会去划艇。好几个月来都是如此。"

"但是你从来没有想过利用'视觉革命'摄像头来检查一下海水情况？"

"没有，我原本应该那么做的。但是每次我去划艇都是临时起意，并没有经过事先计划。我从父母家开车回来总会经过那片海滩，所以……"

"这么说，你昨天回了一趟父母家？"丹问道，显然如果听到梅给出肯定的回答，他一定会更加生气的。

"是的，我只是回去吃了顿晚饭。"

这时，丹站起身，不再看梅。梅能够听到他的呼吸声，那是一连串极其愤怒的喘息。

梅的直觉告诉她她时刻都有可能被解雇。这时，她想到了安妮。安妮能不能拯救她呢？不，这回她不行。

"好吧，"丹说道，"这么说，你昨天回了家，因此错过了公司所有的活动。在家里待了好几个小时之后，你开车返回这里，又在途中去了一趟那家器材租赁店。别告诉我你当时不知道他们已经关门了。"

"我当时猜想他们应该已经关门了，但是我还是停了车，我只是想去确认一下。"

"然后，当你看到围栏外侧有一艘皮划艇时，你就决定把它拿走？"

"我只是借用它一下。我是那里的会员。"

"你有没有看过这段视频？"丹问道。

他打开了墙上的一块屏幕。梅看见上面出现了那片海滩的一个清晰的广角画面，画面中那片海滩正笼罩在月光里。画面底部的时间线显示这段视频拍摄于晚上十点十四分。"你难道不觉得这样的摄像头对你来说很有用吗？"他没等梅回答，就继续说道，"让我们瞧瞧你在哪里。"他把那视频快进了几秒钟，随后，梅看见自己灰暗的身影出现在海滩上。画面中的一切都非常清晰、一目了然——她惊讶地发现了那艘皮划艇，她犹豫迟疑了片刻，然后她迅速把皮划艇拖下水，划着它消失在了视线中。

"好了，"丹说，"正如你所见，很显然你当时知道自己在做一件错事。这可不是一个和玛吉（先不管那家店的老板叫什么名字）有约在先的人会做出的举动。我的意思是，我很高兴她后来恰好出现，帮你澄清了事实，使你免于被捕；因为如果你真的被捕，你就不可能再在这里工作了。圆环公司不允许罪犯在这里工作。但说实话，无论如何，这整件事还是让我感到反胃。我憎恶谎言。仅仅是处理这件事就足以令我震惊。"

梅感到空气中发生了振动，直觉又一次告诉她，她要被解雇了。但如果她真的即将遭到解雇，那么丹就不会花这么多时间和她谈话了，不是吗？他究竟会不会解雇安妮（这个比他职位高得多的人）雇用的员工呢？如果她不得不从某个人处听到自己被解雇的消息，这个人只能是安妮。于是，梅仍然坐在那里，期待着事情出现转机。

"那么，你告诉我这儿缺少什么？"丹指着屏幕上暂停的画面问道，画面里梅正要坐进皮划艇中。

"我不知道。"

"你真的不知道？"

"使用皮划艇的许可？"

"当然，"他斩钉截铁地说，"但是还缺少什么呢？"

梅摇了摇头："对不起，我不知道。"

"你平时划艇时难道不穿救生衣吗？"

"不，我穿的。但是昨天晚上救生衣在围栏里面。"

"但是万一在海上你遭遇了什么意外，但愿不要发生这种情况，你的父母会是什么感受呢？玛吉又会作何感想呢？"

"是玛丽安。"

"她会怎么想，梅？一夜之间，她的生意就毁了，完了。所有为她工作的人都会失业。人们会封闭那片海滩，再也不允许任何人在那片海湾划皮划艇。这项运动作为一种生意彻底结束了。而这一切都归咎于你的鲁莽。说得更准确些（原谅我直白的措辞），一切都源于你的愚蠢。"

"我知道。"梅答道，她被残酷的事实刺痛了。是的，她那么做很自私，除了自己的欲望，她什么都没有考虑。

"这件事真令我难过，因为你之前取得了那么大的进步。你的参与度排名高达第1668名，你的转化率和零售数据也超过四分之三的员工，位居前列。可现在却出了这事，"丹叹息道，"尽管这件事很令人失望，但是我们可以从中吸取教训。我的意思是，这其中的教训甚至可以改变我们的人生。换句话说，这个可耻的事件令你获得了与埃蒙·贝利见面的机会。"

梅大声倒抽了一口气。

"你没听错，贝利本人对这件事很感兴趣，因为他认为这件事与他个人的兴趣以及圆环公司的整体目标都有所关联。你愿意就此事和埃蒙谈谈吗？"

"是的，"梅好不容易说道，"当然。"

"很好。他等不及要见你了。今晚六点将有人带你去他的办公室。届时请你理清思路。"

梅在脑中一遍又一遍地谴责着自己。她恨极了自己。她怎么能那么做呢？她不仅险些害自己丢了工作，令她最好的朋友感到难堪，还差点让她父亲失去医疗保险！她是个傻瓜，没错，但难道她也是个精神分裂症患者吗？昨天晚上她到底是被什么附体了？什么人才会做出那样的行为？她一边斥责着自己，一边疯狂地工作着，希望能以此显示自己对公司的忠诚和热爱。她处理了140条客户问询，创造了她个人的新纪录，回答了1129个调查问题，同时一直辅导新人完成工作任务。她带领的团队总均分为98分，尽管她知道这成绩的取得一部分依靠运气，还有一部分则得益于杰瑞德的帮助——杰瑞德知道梅正在经历的事情，并且像他承诺的那样向她提供了帮助。下午五点，信息阀门关闭了，梅又花了四十五分钟将自己的参与度排名从第1827名提升到了第1430名。为了做到这一点，她发表了344条评论和帖子以及近一千个微笑或者皱眉表情。她转化了38个主话题和44个小话题，产生的零售数据达24050美元。她认为贝利一定会注意到并且赞赏她的这些表现，要知道在"三智者"当中，贝利是最关注参与度排名的人。

下午五点三刻，梅听见有人在喊她的名字。她抬起头，看见门口站着一个年约三十、她从未见过的男人。梅应声来到了门口。

"你是梅·霍兰德？"

"是我。"

"我是丹特·彼得森。我和埃蒙一起工作，他让我来带你去他的办公室。你准备好了吗？"

他们走的就是安妮当初领着梅走的那条路。在路上，梅意识到丹特不知道自己曾经去过贝利的办公室。虽然安妮从来没有向梅保证说要保守秘密，但是既然丹特不知道这件事，就说明贝利也毫不知情，那么梅就不需要主动承认这一点了。

当他们走进那条深红色的长廊时，梅已经汗流浃背了。她能感觉到汗水正像细流一样从她的腋下滑落到她的腰间。她紧张得连双脚都完全麻木了。

"这儿是一幅滑稽的'三智者'肖像画，"当他们在那扇门前停下来的时候，丹特说道，"它是贝利的侄女画的。"

梅装出一副吃惊的样子，假装喜爱那幅画天真又粗糙的画风。

丹特抓住巨大的石像鬼门环敲了敲门。门打开了，贝利的笑脸出现在眼前。

"你们好!"他说道,"丹特,你好;梅,你好!"他注意到自己打招呼还押着尾韵,笑得更欢了,"请进。"

贝利穿着一条卡其裤和一件白色的纽扣衬衫,看起来似乎刚刚冲过澡。梅跟着他走进了办公室,贝利挠着后颈看着自己的办公室,好像对自己把办公室装饰得如此巧妙略感尴尬。

"这是我最喜欢的房间,几乎没几个人见过它。这倒不是因为我把它视作机密,而是因为我实在没时间带人们前来参观。你以前见过这样的房间吗?"

梅想说她曾经来过这个房间,但她说不出口,于是答道:"从来没有。"

这时,贝利的脸似乎抽搐了一下,他的左眼眼角和左边嘴角似乎靠得更近了。

"丹特,谢谢你。"贝利说。

丹特笑了笑,转身走出了办公室,并且关上了那扇重重的门。

"那么,梅,你想喝茶吗?"贝利站在一套古色古香的茶具前,一缕蒸汽打着旋从一个银色的茶壶中飘出。

"谢谢。"梅答道。

"你想喝绿茶还是红茶?"他微笑着问道,"还是伯爵茶?"

"绿茶,谢谢。但是你不必迁就我。"

贝利已经在忙着沏茶了。"你很早以前就认识我们可爱的安妮了吗?"他一边小心地倒着茶,一边问道。

"是的,我本科二年级的时候就认识她了。到现在已经五年了。"

"五年了!那算是你人生的 30% 了吧!"

梅知道他进行了四舍五入,但还是轻笑了一声,回答:"我想是的,我们认识很久了。"贝利递给她一个茶托和一杯茶,并示意她坐下。办公室里有两张填充得非常饱满的皮椅。

贝利大声叹了口气，一屁股坐在了自己的椅子里，接着把一只脚的脚踝搁在了另一条腿的膝盖上。"安妮在我们这里是个非常重要的人物，同样，你也是。她曾和我们谈起你，听她的意思，你一定能够成为社区的一笔宝贵财富。你觉得她说得对吗？"

"你是指我能成为公司宝贵的一员？"

他点了点头，然后吹了吹自己的茶。接着，他从茶杯上方抬起眼看着梅，他的眼神非常平静。梅无意中与他那凝视的目光对视了一眼，顿时感到不知所措，连忙掉转视线，却又看见了贝利的脸——那是旁边架子上一张相框中的照片。这是贝利全家的黑白照片，贝利和妻子两人坐在当中，身旁站着他们的三个女儿。贝利的小儿子穿着运动套装坐在他的大腿上，手里还拿着一个钢铁侠的玩具人偶。

"我希望如此，"梅回答道，"我正尽全力做到这一点。我爱圆环公司，我非常感激这里给予我的机会，这种感激之情简直难以言表。"

贝利笑了："很好，很好。那么你跟我说说，你对昨晚发生的事情有什么感想吗？"他问这问题的语气就好像他真的对此感兴趣，好像她真的可能给出几种截然不同的回答一样。

梅此刻已经不再惊慌失措。她不再需要含糊其辞。"糟糕透了，"她回答道，"我昨晚几乎一夜没睡。我羞愧万分，简直要吐出来了。"如果这是在和斯坦顿说话，她一定不会使用这个词，但是梅觉得贝利也许会欣赏这些略显粗俗的词汇。

贝利几乎微不可察地微笑了一下，继续说道："梅，让我问你一个问题。如果你当时知道港口那里装有'视觉革命'摄像头，你的举动会有不同吗？"

"是的。"

贝利重重地点了点头："好的，那你会怎么做？"

"我不会做出昨天晚上的那些举动。"

"为什么不呢？"

"因为我会被抓住的。"

贝利歪了歪头："仅仅是这个原因？"

"我是说，我不想让任何人看见我做那件事。那是不对的，而且很丢人。"

贝利把茶杯放在身旁的一张桌子上，把双手放在大腿上，手掌做出温柔的拥抱的样子："这么说来，我们是不是可以概括地说，当你知道有人在看着你的时候，你的举动会有所不同？"

"是的，当然。"

"当你需要为自己的行为负责的时候。"

"是的。"

"当你的行为会被永久地记录下来，也就是说，当人们能够随时获悉你曾经的行为的时候。比如说，一段关于你的视频会永远保存在那里。"

"是的。"

"很好。你还记得今年初夏时我发表的演讲吗？我当时提到了'视觉革命'的终极目标。"

"我记得，如果它能够遍布世界各地的话，它就能够消除绝大多数的犯罪行为。"

贝利看起来很满意："是的，没错。寻常老百姓只要愿意花时间设置摄像头，就能帮助确保我们大家的安全。在这件事情中，嘉里·卡茨和沃尔特·列斐伏尔就是这么做的。在这件事情中，罪行非常轻微，也没有人受害，谢天谢地。你还活着，玛丽安的生意以及整个皮划艇业都还在继续。但是，你在某天夜里的一次自私的举动很可能毁掉这一切。一个人的行为可能产生一连串无穷无尽的效应。你同意我说的话吗？"

"我同意。我明白。我那么做太过分了。"这时，梅又一次认识到自己是个目光短浅的人，一次又一次地差点毁掉了圆环公司给予她的一切。

"贝利先生，我真不敢相信我竟然做出了那种事情。我知道您在想我是否还适合留在公司。我只是想让您知道我非常珍视我在这里的工作以及您对我的信任。我想为您、为公司争光。我愿意做任何事情来补偿我的过错。说真的，我愿意承担更多的工作，我愿意做任何事情。只要您吩咐我，我在所不辞。"

贝利咧开嘴笑了，似乎对此感到非常有趣："梅，这件事情并没有危及你的工作，你还会在这里待很久。安妮也会一直在这里。让你产生了误解，我感到很抱歉，即使你的误解只持续了一秒钟。我们不想让你们俩中的任何一个离开。"

"这真是太好了。谢谢您。"梅答道。尽管如此，她的心跳得更快了。

贝利微笑着点了点头，似乎很高兴澄清了那一点，因而松了口气。"但是这件事让我们吸取了一个很重要的教训，不是吗？"虽然这听起来是个反问句，梅还是点了点头。"梅，"贝利继续说道，"在什么情况下，秘密是个好东西？"

梅想了几秒钟，答道："当它能够避免人的感情受到伤害的时候。"

"比如说？"

"呃，"梅笨嘴拙舌地寻找着恰当的例子，"比如你知道你朋友的男朋友对她不忠，但是……"

"怎么？难道你不告诉你朋友？"

"好吧，这不是个恰当的例子。"

"梅，当你的朋友对你保守秘密的时候，你会开心吗？"

梅想到了自己最近对安妮说的小谎言。她不仅说了那些谎言，还输入了电脑，这使得那些谎言成了永恒存在、无法否认的东西。

"我不会开心，但是当他们不得不那么做的时候，我也能理解。"

"这很有趣。你有没有曾为你的朋友们不愿把秘密告诉你而感到开心呢？"

梅想不出来。"我目前想不到。"梅感到有些恶心。

"好吧，"贝利继续说，"目前看来，我们想不到朋友之间存在什么好的秘密。让我们进而考虑一下家人之间。在一个家庭中，秘密是个好东西吗？从理论上说，你是否曾经有过这种想法——你知道我最好不要让我家人知道什么吗？一个秘密。"

梅想到了她父母可能没有告诉她的许多东西——其中包括她父亲的病所导致的各种丢脸的事情。"没有。"她答道。

"一个家庭里不该有秘密？"

"说实话，"梅说道，"我不确定。你肯定有些事情不想让你父母知道。"

"那么你的父母想知道这些事情吗？"

"也许吧。"

"那么你就是在剥夺你父母知道他们想知道的事情的权利。这是件好事吗？"

"不，但这样可能对大家都好。"

"只对你有利，只对保守秘密的人有利。因为你只想对父母隐瞒一些不光彩的秘密。你如果做了一件非常棒的事情，会不告诉父母吗？也许他们知道了之后会感到非常开心呢？"

梅笑了："不，显然你不希望让父母知道的是一件你觉得很丢脸的事情，或者是你不想让他们知道你把事情搞砸了。"

"但是我们都同意，父母们想知道这些事。"

"是的。"

"那他们有权知道吗？"

"我猜是的。"

"很好。那么我们是否能够认为，在一个完美的世界中，你不会做任何你不齿于告诉父母的事情？"

"是的。但是还有其他一些事情他们也许无法理解。"

"因为他们从没有做过儿子或者女儿？"

"我不是这个意思，但是……"

"梅，你的亲戚或者朋友中有人是同性恋吗？"

"当然。"

"你知道同性恋在出柜之前和之后的生活有多么不同吗？"

"我大致了解。"

贝利站起身摆弄起茶具来。他给自己和梅又倒了些茶，然后坐了下来。

"我不知道你是否真的了解。和我同一辈的同性恋者为了争取出柜的权利付出了极大的努力。我的兄弟是同性恋，他直到二十四岁时才向家人承认自己的性取向。在此之前，这个问题几乎要把他逼疯了。这个秘密就像一个肿瘤一般在他体内溃烂，一天天不断长大，令他备受折磨。但是他为什么要认为自己最好保守这个秘密呢？事实上，当他把这个秘密告诉我的父母时，他们几乎连眼睛都没眨一下。到头来，是他自己在脑袋中把这事情小题大做了——所有围绕着他这个大秘密的谜团和负担都是他臆想出来的。导致这一问题的还有一部分是历史原因，此前所有其他的同性恋者都保守着相同的秘密。出柜非常困难，直到数百万其他男男女女出柜之后，才变得

284

容易许多，你同意吗？当数以百万的男男女女纷纷出柜以后，同性恋不再是神秘的所谓'反常'现象，而成为了一种主流的生活方式。你懂我的意思吗？"

"我懂。可是……"

"我想进一步推论，世界上的某个地方如果仍然在迫害同性恋者，那么只要那里的所有同性恋者一起公开出柜，当地的文明就取得了极大的进步。这样，那些迫害同性恋的人，以及对这种迫害持默许态度的人，就会意识到他们正在迫害当地至少十分之一的人口，这其中包括他们的儿子、女儿、邻居和朋友，甚至是他们自己的父母。那么，这种迫害政策立刻就变得不堪一击了。但我们要知道，对同性恋者或者任何少数族群的迫害都是源于保守秘密，有了秘密，这些迫害才成为可能。"

"好吧，我从未这么想过。"

"没关系。"他满意地说道，喝了一小口茶。他用手指擦了擦上嘴唇，擦干上面残留的茶水，继续说道："这么说，我们已经分析了在家庭成员之间和朋友之间保守秘密的危害，也探讨了秘密在对特定人群的迫害中扮演的角色。让我们继续探索秘密在政治政策方面的作用。我们是不是应该思考政治问题了？你觉得一位总统应不应该对她/他所治理的人民保守秘密？"

"不，但是总有一些事情是我们不该知道的。仅仅为了保障国家安全，也是如此。"

贝利开心地笑了，显然，梅的回答不出他所料。"梅，你真的这么认为吗？你还记得一个叫朱利安·阿桑奇的人吗？他曾经泄露了几百万份美国的机密文件。"

"这我在新闻上读到过。"

"事情是这样的：一开始，美国政府对此感到非常愤怒，媒体也是如此。很多人认为这严重损害了国家安全，对我们在境内外的军人造成了极大威胁。但你记得有哪位士兵真的因为这些文件的泄露而受到伤害吗？"

"我不记得了。"

"因为没有一位士兵受到伤害。上世纪七十年代，五角大楼的文件也遇到过同样的事情，但是没有一位士兵因为这些文件的泄露而受到丝毫伤害。在我的记忆中，这些文件公开后造成的最主要的影响是，我们知道了我们的许多外交官整天传播关于其他国家的领导人的流言蜚语。数百万份的文件都是这些内容，其中还有一大部分表明美国的外交官认为卡扎菲是个拥有很多女保镖、饮食习惯怪异的厨子。要说这些文件的泄露有什么后果，那就是它们改善了这些外交官的行为，他们对自己的言行更加谨慎了。"

"可是国防……"

"国防怎么了？唯一会对我们构成威胁的情况就是当我们不知道我们潜在的敌对国家正在计划什么、有何动机，或者当他们不知道我们的计划而进行胡乱揣测，不是吗？"

"当然。"

"但是，万一他们得知了我们的计划，我们也知道了他们的计划呢？那么，我们就会立刻摆脱所谓的'确保相互摧毁'的危险，达成相互间的信任。美国没有纯粹邪恶的动机，对吧？我们不想从世界地图上抹掉任何一个国家。只是有时我们为了达到目的会采取一些不为人知的行动。可是，如果每一个国家都变得或者说必须变得开放、诚实，情况又会怎样呢？"

"会变得更好？"

贝利的脸上绽放出了一个大大的笑容。"很好，我同意。"他放下茶杯，又一次把双手放在大腿上。

梅知道自己不该跟贝利争论，但是还未等她反应过来，话已经脱口而出了："但是您不能说每个人都应该知道一切。"

贝利睁大双眼，好像很满意梅诱导他说出他一直想要表达的观点："我当然不是这个意思。但我说的是每一个人都有权知道一切，并且应该拥有知道任何事情的工具。我们没有足够的时间去了解所有的事情，虽然我非常希望那能够成为现实。"

他停顿了一下，陷入短暂的沉思中，接着把注意力集中到了梅身上："我知道你对格斯以你为例来展示他的'爱爱'工具不太高兴，这我可以理解。"

"我只是感到非常意外。他事先没有跟我说过。"

"仅此而已吗？"

"说实话，他展示的不是真实的我，而是扭曲了的我。"

"他展示的信息不正确吗？存在事实上的错误？"

"不，不是这样的。只是……它们都是些零碎的信息。也许这让它们看起来是正确的。这就像他取走了我身上的一部分，把它们拼凑起来，当作一个完整的我呈现在大家面前……"

"那看起来不完整。"

"没错。"

"梅，我很高兴听到你这么说。正如你所知，圆环公司本身一直在试图变得完整。我们在努力把圆环公司内部的圆环画完整，"他对自己玩的文字游戏笑了笑，"我想，你知道我们的总体目标吧？"

梅不知道，但她还是回答："我想是的。"

"看看我们的公司标识。"他说着指了指墙上的一块屏幕，在他的指示下，上面出现了公司的标识。"你看见它中央那个开着口的字母'c'了吗？它困扰了我很多年，已经成为我们公司接下来需要做的工作的象征符号了；我们要做的正是让它闭合。"他说着，屏幕上的字母"c"就真的闭合起来，形成了一个完整的圆环。"你看到了吗？"他说道，"圆环是整个宇宙中最强大的形状。没有什么能战胜它，没有什么能改进它，也没有什么能够比它更完美。这就是我们想要达到的目标——完美。也就是说，任何我们不知道的信息，任何我们无法获得的东西，都妨碍了我们达到完美。你明白吗？"

"我明白。"梅答道，但事实上，她并不确定自己是否真的明白。

"这也符合我们对圆环公司的另一个目标，即公司能够帮助我们个人变得更加完整，让他人对我们的认识更加全面，要实现这些目标，就必须依赖信息的完整。此外，我们要避免和你有同样的感受，即觉得世人所看到的是扭曲的我们。那就像一面破碎的镜子，就像我们在照一面有裂痕的或者残缺不全的镜子，我们在镜子里看到的是什么呢？"

现在，梅明白了他的意思。任何基于不完整信息的评价、判断或者想象都将永远是错误的。"我们看到的是一个扭曲的、残缺的映像。"她答道。

"没错，"贝利说，"那么，如果那面镜子是完整无缺的呢？"

"我们就能看见一切。"

"镜子所反映的是真实的，对吧？"

"当然，它是面镜子，它反映的是事实。"

"但是只有当镜子是完整的时候它才能真实地反映事实。站在你的立场上，我认为格斯的那场展示的问题在于它是不完整的。"

"话虽如此。"

"话虽如此？"

"我的意思是，您说得没错。"梅说道。她也不知道自己为什么要开口，但是还没等她忍住，话就破口而出了。"可是我还是认为我们总有一些事情（即使只是为数不多的几件）是不愿告诉别人的。我的意思是，每个人都有羞于告人的事情，比如独自一人在卧室中悄悄做的事情。"

"可是他们为什么要感到羞耻呢？"

"也许他们不总是对这些事感到羞耻，只是不想与别人分享。也许他们认为别人不会理解，或者别人可能会因为这些事情改变对他们的看法。"

"好的，如果你讨论的是这样的事情，那么最终会出现两种情况。第一，我们会意识到我们所讨论的那种行为其实很多人都会做，而且不会对任何人造成伤害，因此我们不必对此遮遮掩掩。如果我们公开这些事情，如果我们承认这些事情大家都会做，那么它们就不会令人感到震惊。第二，这种情况甚至比第一种更好，如果我们大家作为一个社会，普遍认为我们不应该做这种事情，那么人人都知道或者有权知道谁在做这种事，就能避免任何人做这种事情。这就是你刚才所说的那种情况——如果你知道有人在看着你，你就不会偷用那艘皮划艇了。"

"是的。"

"如果坐在礼堂尽头的家伙知道有人在看着他，那他还会在工作时间观看色情视频吗？"

"不，我想他不会。"

"那么，你的问题就迎刃而解了，不是吗？"

"是的，我想是这样。"

"梅，你有没有过这样的经历——有一个秘密你憋在心里很久，备受煎熬，然后一旦你公之于众，立刻就感觉好多了？"

"当然有。"

"我也有过。那就是秘密的本质。当我们把秘密埋藏在心里的时候，它们就会像癌症一样折磨我们，一旦它们被公开，就会变得毫无危害。"

"您是说这个世界上不应该有任何秘密？"

"这么多年来我一直在思考这个问题，试图设想出一个情景，在其中秘密的利大于弊，但到目前为止我都没有成功。秘密使得反社会的、不道德的和破坏性的行为成为可能。你明白我为什么这么说吗？"

"我想是的。可是……"

"你知道多年前我妻子和我结婚时对我说了什么吗？她说每当我们俩分开的时候（比如说我去外地出差），我都应该注意自己的一言一行，就好像时刻有一部摄像机在拍摄我一样，就好像她时刻都在看着我。那是很多年前，她当时说这话完全是打个比方，甚至有点开玩笑的意味，但是她想象中的这幅图景对我帮助很大。每当我和一位女同事独处一室时，我就会想：如果凯伦正通过闭路摄像机看着这一切，她会作何感想呢？这个想法会温和地指导我的行为，也会防止我做出任何她不喜欢或者我会感到不齿的事情。它让我保持诚实。你明白我的意思了吗？"

"我明白。"梅答道。

"当然，我们现在已经能够追踪自动驾驶汽车的行驶路径了，这基本解决了此类问题。有了行驶记录的帮助，越来越多的人能够知道他们的伴侣曾经去过哪些地方。但是我想说的是，如果我们所有人都像时刻处于他人注视之中那样行动会怎么样呢？这将使我们的品行更为端正。如果人人都处于他人的注视之中，还有谁会去做不符合伦理道德、有违法律规范的事情呢？同样，如果我们能够追踪不法分子非法所得的钱财，记录他们打出的勒索电话，或者用十二台摄像机拍摄他们在加油站持枪抢劫的过程，甚至在他们实施抢劫的过程中就通过视网膜确定他们的身份，那么谁还敢去犯法呢？如果我们能够用多种方式记录色狼对妇女的猥亵行为，还有人敢肆意妄为吗？"

"我不知道。我猜想如果是这样的话，所有不法行为都会大大减少。"

"梅，这种时刻处于他人注视下的压力会迫使我们成为最好的自己。而且我认为人们会得到解脱，全球都会发出一声如释重负的叹息。最后的最后，我们都能成为好人。在一个不可能做出错误决定的世界里，我们除了遵纪守法之外别无选择。你能想象这样一个世界吗？"

梅点了点头。

"说到解脱，在我总结今天这场谈话之前，你有什么想对我说的吗？"

"我不知道，我想我可能有很多话想对您说。"梅说道，"但是您已经花了这么长时间和我谈话，我非常感谢您，所以……"

"梅，自从你来到这间房间以来，你有什么事情在瞒着我吗？"

梅立刻意识到撒谎是不可能的。

"我曾经来过这里？"她试探着说。

"你来过吗？"

"是的。"

"但是你刚才走进来的时候似乎显得从未来过。"

"安妮曾经带我来过这里。她说这是我俩之间的一个秘密。我不知道，我不知道该怎么做。我觉得公开或者保守这个秘密都不是理想的选择，因为二者选一，我总会惹上麻烦。"

贝利夸张地笑了起来："瞧，事情不是你想的这样。只有谎言、只有我们隐瞒的事情才会令我们陷入麻烦之中。我当然知道你曾经来过这儿。你要对我有点信心，这点本事我还是有的！但是你向我隐瞒了这件事，我感觉有些古怪，这拉远了我们之间的距离。梅，两个朋友之间的秘密就像一片汪洋大海，它又宽又深，我们会在其中迷失自我。那么，既然我知道了你的秘密，你现在感觉更好还是更糟了呢？"

"我感觉更好了。"

"感觉轻松了？"

"是的，松了口气。"

梅确实感到释然，一股爱情般强烈的轻松感。因为她知道自己保住了工作，不必回到朗菲尔德，她的父亲还能够保持坚强，她母亲也不必背负重担。梅希望贝利能拥抱一下她，用他的智慧和慷慨包容她。

"梅，"贝利说道，"我坚信，如果除了正确的道路、最佳的道路别无其他道路可选，那我们将得到一种终极的、彻底的解脱。我们不再会受到黑暗的诱惑。请原谅我用道德术语来阐释，因为我是个来自中西部的教徒。但是我相信人类能够达到完美，我认为我们能够变得更好，变得完美或者接近完美。当我们成为最好的自己，我们就拥有了无限的可能性。我们能够解决任何问题，治愈所有疾病，结束饥荒和一切灾难，因为我们不会被我们的弱点、小秘密以及隐瞒的信息和知识所拖累。我们最终能够充分发挥出所有潜力。"

和贝利谈话之后一连几天，梅的脑袋都晕晕乎乎的，她不断想起贝利的话。今天已经是周五了，梅一想到午餐时分她将登台就更加无法专心工作了。但是她知道自己必须集中精力工作，至少要给她的团队做榜样，因为今天很可能是她在客户体验部门工作的最后一天了。

上午的信息流很稳定而且信息量不算太大，一上午梅处理了 77 则客户问询。她的平均得分为 98 分，而她团队的总均分是 97 分，这是两个不错的分数。她的参与度排名为第 1921 名，这也是个不错的成绩，因此当她带着这一成绩前往"启蒙时代"的时候，她感到颇为满意。

中午十一点三十八分，梅离开了自己的办公桌，向礼堂的侧门走去。十一点五十分的时候，她到了那里。她敲了敲门，门开了，梅见到了舞台管理员朱尔斯——一个上了年纪、貌似幽灵的男人。朱尔斯领着梅走进一间简单的化妆间，化妆间的墙壁是雪白的，地面上铺着竹制的地板。在那里，一个名叫特丽莎的女人让梅坐下。特丽莎性格活泼，一双大眼睛上涂着蓝色的眼影。她检查了一下梅的头发，用一把柔软的刷子给梅涂了些腮红，随后把一枚颈挂式话筒安在了梅的连衣裙上。"你什么也不需要碰，"她对梅嘱咐道，"一走上台这话筒就会被激活。"

这一切都发生得非常快，梅马上就要登台了，但她觉得这样最好。因为如果她在上台前还有更多的准备时间，那只会让她更加紧张。于是，她听着朱尔斯和特丽莎的嘱咐，几分钟后就站在了舞台侧翼里。她听见一千名圆环公司员工正陆陆续续走进礼堂，他们相互谈笑着，快乐地坐进自己的座位里。一个疑问匆匆掠过梅的脑海——卡尔顿会在台下的这些人之中吗？

"梅。"

梅转过身，发现埃蒙·贝利就站在她身后。他穿着一件天蓝色的衬衫，正热情地冲她微笑着："你准备好了吗？"

"我想是的。"

"你一定会表现得很棒的，"他说，"不用担心，自然些就好。我们现在只是重演一遍上周的那场谈话，好吗？"

"好的。"

说完，贝利就向舞台走去。他一边上台，一边向台下的人们挥手致意，人群立刻爆发出炽烈的掌声。舞台上，面对面放了两张深紫红色的椅子，贝利坐在了其中一张椅子上，对着漆黑的台下开口了。

"圆环公司员工们，你们好。"他说。

"埃蒙你好！"观众们高声回应道。

"谢谢你们今天到这里来，我们将进行一期非常特别的'梦想星期五'。我想今天我们不妨稍做改变，也就是说，没有演讲，我们将进行一场采访。你们当中的一部分人或许知道，我们时不时会这么做，以便使大家对圆环公司的某些员工——他们的想法、理想以及成长过程有更深入的理解。今天我们正是要见证一位同仁的成长。"

贝利坐在椅子中，笑着看向舞台的侧翼："上周，我与公司的一位年轻员工进行了一场谈话，我想把这次谈话与大家分享。因此，我邀请了梅·霍兰德和我一起来做今天的活动。你们当中可能有些人已经知道，梅是我们客户体验部门的一位新人。梅，请上台吧。"

梅从舞台侧翼走到了灯光下。她顿时感到身体仿佛失重了一般，好像正漂浮在一个黑色的空间里，远处有两轮耀眼的太阳刺得她什么也看不见。她看不见台下的观众，甚至都无法确定舞台的方向。她的双腿仿佛是稻草做的，双脚则像灌了铅一般，然而她还是设法控制住了自己的身体，朝贝利走去。她好不容易找到了自己的椅子，但她的身体已经完全麻木，两眼什么也看不见，只得用双手扶着椅子慢慢地坐了下去。

"梅，你好。你感觉怎么样？"

"吓坏了。"

观众们笑了起来。

"别紧张。"贝利微笑着看了台下的观众一眼，然后略显担心地看了看梅。

"您说得轻巧！"梅说，台下又一次响起了哄笑。这些笑声令梅感觉好些了，也让她冷静了下来。她深深地吸了口气，向台下前几排座位看去，看见五六张笼罩在阴影中模糊不清的脸，但这些脸上都挂着微笑。这时，梅发自肺腑地感觉到在座的这些人都是她的朋友，她在这里很安全。她喝了一小口水，感受着冰凉的水将她体内的一切慢慢冷却下来。她把双手搁在大腿上——她觉得自己准备好了。

"梅，如果让你用简短的语言来形容你过去一周经历的觉醒，你会用什么词来形容呢？"

他们事先排练过这部分，因此梅知道贝利希望首先引入觉醒这一概念。"埃蒙，正如你所说，那就是一次觉醒。"梅答道，贝利要求她直呼自己的名字。

"哎呀，看来我抢在你之前用了你的关键词，"他说，观众们又笑了，"我本应该问你：'你上周经历了什么？'但是，告诉我们，你为什么要用那个词？"

"在我看来，觉醒这个词很恰当……"梅回答，然后补充道，"……我是说现在。"

她似乎迟了半秒才吐出"现在"这个词，这让贝利的眼睛抽搐了一下。"让我们来谈谈这次觉醒，"他说，"它开始于周日晚上。有了'视觉革命'和其他设备，礼堂里在座的大多数人都已经知道了事件的大致经过，但还是要请你跟我们简单介绍一下事情的来龙去脉。"

梅低头看了看自己的手，她突然意识到这是一个表演性的夸张举动，因为她私下里从来没有用低头看手这个姿态来表达自己的羞愧。

"简单地说，我犯了罪，"她说道，"我在物主不知情的情况下借用了一艘皮划艇，把它划到了海湾中部的一座小岛上。"

"如果我没记错的话，那座岛是蓝岛？"

"是的。"

"你当时有没有告诉任何人你在做什么？"

"不，我没有。"

"那么梅，你是否准备在事后告诉别人你做了这件事？"

"不。"

"你有没有用任何形式记录这件事？比如拍照片或者视频？"

"没有，我什么也没做。"

观众中有人在窃窃私语。梅和埃蒙料到披露这些会引起观众这样的反映，因此他们都暂时停下了对话，让观众消化吸收这些信息。

"你当时知道自己在犯罪吗？我是说在物主不知情的情况下擅自借用皮划艇？"

"我知道。"

"但你还是那么做了。为什么？"

"因为我以为没有人会知道这件事。"

观众又一次低语起来。

"你说的这点非常有趣。恰恰是因为你认为没有人会知道你的这种行为才促使你犯下了这桩罪行，是吗？"

"是的。"

"如果你当时知道人们在看着你，你还会那么做吗？"

"绝对不会。"

"如此说来，你当时认为自己能在黑暗中神不知鬼不觉地做这件事而不必承担责任，正是这种想法促使你做了一件让自己后悔的事情，对吗？"

"没错。我当时以为我是独自一人，没有人在看着我，这种想法让我犯了罪。我还冒着生命危险那么做了——我当时没有穿救生衣。"

观众中发出了一阵更加响亮的议论声。

"这么说，你不仅仅侵害了皮划艇主人的利益，还对自己的生命安全造成了威胁。这一切都是因为你以为自己披着一件隐身的外衣？"

观众中响起了一阵哄笑。贝利盯着梅，他的眼神在告诉梅：事情进行得很顺利。

"是的。"梅答道。

"梅，我有一个问题。当你知道有别人在观察你的时候，你的表现会更好还是更糟？"

"毫无疑问，我会表现得更好。"

"当你独自一人，没有人看见你，你也不用对自己的行为负责的时候，会发生什么呢？"

"首先，我会偷皮划艇。"

观众中突然爆发出一阵响亮的笑声。

"说真的，我会做一些我不想做的事情。我会撒谎。"

"那天我们在谈话时，你说了一句话，我当时觉得非常有趣，也非常简洁。你能告诉我们你当时是怎么说的吗？"

"我说秘密就是谎言。"

"秘密就是谎言，这很好记。梅，你能带我们一起推理，告诉我们你是如何得出这一结论的吗？"

"如果有些事情始终不为人知，那么会出现两种情况。第一，它使得犯罪成为可能。当我们不必对自己的行为负责的时候，我们就会做坏事；这一点自不用说。第二，秘密促使人们进行猜测。当我们不知道别人隐瞒了什么的时候，我们就会编造出答案。"

"梅的这个观点很有趣，不是吗？"贝利转而向台下的观众问道。"当我们联系不上自己的爱人时，我们就会进行猜测。我们会感到恐慌。我们会胡乱猜测他们去了什么地方、遭遇了什么事情。如果我们胸襟狭窄或者心怀妒忌的话，我们就会编造出谎言，有时候会编造出非常有害的谎言。我们甚至会猜想他们在做一些不法勾当。这些全都缘于我们对某些事情的无知。"

"这就像当我们看到两个人在窃窃私语，"梅说道，"就会感到担心、不安，我们会猜想他们在说一些可怕的事情。我们会猜测他们在说我们的坏话。"

"而事实上，他们很可能只是在讨论卫生间在哪里。"贝利的这句话引发了观众的哄堂大笑，他对此非常满意。

"是的。"梅附和道。她知道自己接下来要说几个关键的词语，而且要确保说得准确无误。此前，她已经在贝利的办公室里说过了，而现在她只需要像她当初那样一字不差地重复一遍。"比方说，我发现了一扇紧锁着的门，我就会开始揣测门后面到底有什么东西，编出各种各样的答案。我会觉得门后面的东西是一个秘密，这种想法使我编出各种谎言。但是如果所有的门都是开着的，这种开放既是实际意义上的，又是比喻意义上的，那么存在于我们眼前和脑海中的就只有真相了。"

贝利露出了微笑；她成功地做到了。

"梅，我很喜欢你刚才说的。当所有的门都是开着的，那么存在的就只有真相。现在让我们回顾一下梅的第一个论断。我们能把它打在屏幕上吗？"

梅身后的大屏幕上出现了那句话——**秘密就是谎言**。看见屏幕上的这几个字足足有四英尺高，梅突然产生了一种复杂的感觉——一种夹杂着兴奋和恐惧的感觉。贝利正面带笑容，摇着头欣赏着那几个字。

"很好，我们已经得出结论，即如果你当时知道要对自己的行为负责，那么你就不会做出那件事。你（在这件事中错误地）以为自己可以躲在暗处的这个念头促使你做了坏事。当你知道别人正看着你时，你的言行举止就会更好。是这样吗？"

"没错。"

"现在，让我们谈谈你在这件事之后获得的第二个启示。你刚才提到自己没有以任何方式记录去蓝岛的旅行。这是为什么呢？"

"首先，因为我知道自己的行为是违法的。"

"当然。但是你曾经说过自己经常在海湾划皮划艇，却从来没有以任何形式记录这些旅行。你没有加入圆环公司有关皮划艇运动的俱乐部，也没有发布过相关的活动、照片、视频或者评论。是不是中央情报局出资让你进行这些皮划艇活动呀？"

梅和观众都笑了，她答道："不是。"

"那么你为什么要保密呢？你在划皮划艇之前和之后都没有对任何人提起过这些旅行，也没有在任何地方提到过它们。哪里都找不到关于这些旅行的记录，我说得对吗？"

"你说得没错。"

梅听见礼堂各处响起了咯咯的大笑声。

"梅，在最近一次旅行中，你看见了什么？我听说那里的风景很美。"

"是的，埃蒙。当时天空中的月亮几乎是圆的，海水非常平静，我感觉自己就像在液态水银中划行一样。"

"这听起来美得难以置信。"

"确实。"

"你有没有看见什么动物？野生动物？"

"一只麻斑海豹在我的皮划艇后面跟了一阵子，它一会儿把头伸出水面，一会儿钻进水里，看起来既对我感到好奇，又好像在催促我继续前行。我此前从来没有去过那座岛，事实上很少有人去过那里。我一登上岛就爬到了最高处，站在顶峰上看到的景色美极了。我看见了城市里金黄色的灯光、延伸向太平洋黑色的山麓小丘，甚至还看见了一颗流星。"

"一颗流星！你可真幸运。"

"我确实非常幸运。"

"但是你却没有拍照片。"

"没有。"

"没有拍任何视频。"

"没有。"

"也就是说，你没有关于这次旅行的任何记录。"

"是的，除了我的记忆，再没有其他东西。"

梅听见观众中有人在抱怨。贝利转脸看着观众，摇着头，任由他们抱怨叹息。

"好啦，"贝利继续说道，听语气他好像在努力平复自己的心情，"现在我们要谈一些私人问题了。正如大家所知，我有个儿子名叫甘纳，他患有先天大脑麻痹症。尽管他的生活丰富多彩，我们也总是努力给他更多的机会，但他还是不得不坐在轮椅中——他不能行走，不能跑步，更不能划皮划艇。那么，如果他想获得类似的体验，他能做什么呢？他会观看视频、欣赏照片。事实上，他对这个世界大部分的体验都来自别人。当然，在座的各位当中有很多人非常慷慨，

300

为他提供了大量你们在旅途中拍摄的视频和照片。当他看着某位正在攀登肯尼亚山的圆环公司员工用佩戴的'视觉革命'镜头拍摄的景色时，他觉得似乎是他自己在攀登那座山。当甘纳看到'美国杯号'上的某位船员拍摄的一手视频时，他感觉自己也在乘坐'美国杯号'航行。他能够获得这些感受，得益于那些愿意将自己的所见所闻与全世界分享的人。我们只能大致推算世界上还有多少像甘纳这样的人。也许他们身有残疾，也许他们年事已高只能待在家里，也许他们还有一千多种其他的困难。梅，无论怎样，问题的关键在于世界上还有数百万个人，他们看不见你所看见的景象。那么，像这样剥夺他们见你所见的权利，你还认为这是对的吗？"

梅感觉自己喉咙发干，她试图掩饰自己的情绪："不，这感觉非常错误。"梅想到了贝利的儿子甘纳以及她自己的父亲。

"你认为他们是否有权看到你看到的东西？"

"是的。"

"在人短暂的一生中，"贝利继续说道，"所有人都应该看到他们想看到的一切，不是吗？每个人都应该有权看见世界上其他人能看见的风景，有权掌握世界上其他人能掌握的知识，有权获得世界上其他人能获得的体验，难道不是吗？"

梅用近乎耳语的声音回答道："每个人都应该享有这样的权利。"

"但是你却把此次的体验藏在心里。这着实奇怪，毕竟你也在网络上和大家分享过你生活的其他方面。你在圆环公司工作，你的参与度排名位列'T2K'。那么，你为什么要对全世界隐瞒你的这一爱好以及你此次非凡的探险呢？"

"说实话，我也不知道我当时是怎么想的。"梅答道。

观众又一次低声议论起来。贝利点了点头。

"好啦。我们刚刚讨论了我们作为人倾向于隐瞒我们觉得可耻的事情。我们会做非法或者不道德的事情，对世人隐瞒这一切，因为我们知道那样做是错误的。但是对世人隐瞒令人愉快的事情，比如一次绝妙的海上之旅、洒在海面上的美丽月光、一颗流星……"

"那就是自私的行为，埃蒙。那就是因为自私，仅此而已。那和一个孩子不愿意和别人分享她最喜爱的玩具是一样的。我认为遮遮掩掩是一种畸形的行为系统中的一部分。它源自人性的阴暗面——黑暗和吝啬。如果你阻止你的朋友或者你的儿子甘纳获得和我相同的经历，那么你实际上就是在偷窃属于他们的东西，你在剥夺他们有权拥有的东西。知情权是一项基本的人权，能够平等地获得所有可能的人类经验也是一项基本的人权。"

梅的雄辩甚至令她自己都吃了一惊，观众对她精彩的发言报以雷鸣般的掌声。贝利正看着梅，就好像一位自豪的父亲看着自己杰出的女儿。等到掌声逐渐平息，贝利才轻声地开了口，仿佛很不愿意打断梅的发言。

"你刚才的话说得好极了，我非常希望你能重复一遍。"

"说起来真是不好意思，其实我刚才的意思是分享就是关怀。"

观众又一次笑了起来。贝利也绽放出了热情的笑容。

"我不认为那有什么不好意思的。虽然这话有些老生常谈，但是它也适用于我们所谈论的问题，不是吗，梅？也许它在此尤为适用。"

"我觉得道理很简单。如果你关心身边的人，你就应该与他们分享你知道的一切和看见的一切。你给他们你能给的一切。如果你同情他们遭受的苦难和痛苦，在乎他们的求知欲和知情权，那么你就应该与他们分享你拥有的一切。你与他们分享你拥有的、看见的、知道的一切。在我看来，这个逻辑是无可争辩的。"

观众爆发出了一阵欢呼。与此同时，大屏幕上那句话的下方又出现了几个大字：分享就是关怀。贝利惊叹着摇了摇头。

"我非常喜欢你说的。梅，你很有口才。我认为今天的这场谈话太棒了，它给我们带来了非凡的启发，我想在座的每一位一定也是这么认为的。但是我知道你还有一句精彩的论断来结束今天的这场谈话。"

观众热情地鼓起掌来。

"我们此前探讨了你保守秘密的动机。"

"那可不是什么值得骄傲的事情，我觉得我之所以那么做，仅仅是由于我很自私。现在我彻底明白了这一点。我明白了作为人类我们有义务与别人分享我们的所见所知，而且每一个人都应该能够平等地获得全人类的所有知识。"

"也就是说，信息本来就应该是畅通无阻的。"

"没错。"

"我们都有权知道我们能够知道的一切。我们共同拥有全人类积累起来的全部知识。"

"是的，"梅说道，"那么，假如我阻止某人或者所有人获得我的知识，这是种什么样的行为呢？难道我不是在盗窃同胞们的财富吗？"

"的确。"贝利一边说着，一边认真地点了点头。梅看向台下的观众，虽然她只能看见第一排观众的脸，但他们都在点头。

"那么，梅，我在想你能不能用你一贯的语言风格向我们说出第三条也是最后一条启示。你当时是怎么说的？"

"我当时说隐私就是盗窃。"

贝利转头看向了观众："伙计们，这个表达方式是不是非常有趣？'隐私就是盗窃'。"现在，这几个字也出现在了他身后的大屏幕上，它们由巨大的白色字母组成：

隐私就是盗窃。

梅转过头看着大屏幕上三行大字。她努力眨了眨眼,强忍住激动的泪水。这些真的是她自己想出来的吗?

秘密就是谎言。
分享就是关怀。
隐私就是盗窃。

梅感觉自己的喉咙又干又紧。她知道自己现在说不出话来,因此希望贝利别让她开口。贝利似乎察觉到了梅的感受,知道她此刻无法自持,于是对她使了个眼色转而对台下的观众说道:

"让我们向梅表示感谢,谢谢她的坦率诚恳,谢谢她的精彩发言,谢谢她完美的人性。好吗?"

此刻,观众纷纷站起身来为梅鼓掌。梅的脸像发烧了一般滚烫,她不知道自己应该坐着还是站着。她站了片刻,然后感到这样做有些愚蠢,于是又坐了下来,并向台下的观众挥手致意。

在雷霆般的掌声中,贝利向在场所有的人大声宣布——为了与全世界分享她所看见的、所知道的一切,梅从此刻起就正式"透明化"了。就这样,整场活动在这样的高潮中圆满落幕了。

第二卷

　　展现在梅眼前的是一个奇特的生物，它状似幽灵，似乎略带攻击性，在一刻不停地游动着。尽管如此，每一个站在它面前的人都无法将视线从它身上移开，梅亦是如此。她完全被眼前的生物吸引住了——它的身形强壮有力，鳍如同刀片一般，皮肤呈乳白色，眼睛则是灰羊毛的颜色。这无疑是一条鲨鱼，它拥有鲨鱼特有的身形和凶狠的眼神，却是此前从未发现的新品种——它是一条看不见东西的杂食性鲨鱼。斯坦顿去马里亚纳海沟探险时发现了它，并且用圆环潜水器把它带了回来。当然，鲨鱼并非斯坦顿此行的唯一发现——到目前为止，他已经带回了许多未知的水母、海马和蝠鲼，它们几乎都是透明的，游动起来仿佛是在天空中飞行般优雅。为此，斯坦顿几乎一夜之间建造起了一系列巨大的水族馆，用来饲养并且展览他发现的所有生物。

　　梅的任务就是要将这些生物展示给观众并在必要时提供讲解。也就是说，她要通过脖子上佩戴的摄像机镜头，成为向世人展示这个新世界乃至整个圆环公司的窗口。每天早上，梅都会佩戴上一根项链，它很像斯图尔特佩戴的那种，但是比斯图尔特的项链更轻、更小，摄像机镜头正好垂在梅的心脏上方。因为在这里，镜头能拍摄到最稳定的画面并且获得最开阔的视野。它能够捕捉到梅所看到的一切，而且拍摄到的东西往往比梅看到的更多。这枚摄像头拍摄到的原始画面质量非常高，视频的观众可以放大或缩小焦距、左右移动画面、定格画面或者增强画质。项链上配套的录音设备也经过精细设计，能够捕捉并录下她的即时对话，同时收录次级重要的场景噪音或背景杂音。也就是说，任何一位观众都可以仔细查看梅进入的每一间房间，聚焦房间的任意一角，还可以试着分离出并聆听房间中其他人的对话。

马上就会有人来给斯坦顿发现的所有生物喂食了，但是此刻，梅和她的观众对眼前的这条鲨鱼特别感兴趣。梅从未见过它进食，但据说它非常贪吃而且进食速度很快。尽管它眼睛看不见，却能够迅速发现猎物（无论那猎物是大是小、是死是活），并且用惊人的速度吞食消化掉猎物。前一分钟，人们刚把一条鲱鱼或者乌贼投入这条鲨鱼所在的水箱，下一分钟，它就会在水箱的底部排出猎物剩余的残渣——貌似灰尘的微小颗粒状物质。由于这条鲨鱼的皮肤是半透明的，这个过程就更加引人入胜了，因为这使人能够清晰地目睹它消化食物的全过程。

梅听见自己的耳机里传来一声水滴般的电子音。一个声音说道："喂食推迟至下午一点零二分。"而此刻是十二点五十一分。

梅朝昏暗的走廊另一头望去，这条走廊通向另外三个水族箱，它们比眼前这个略微小一些。整条走廊的照明灯故意关闭着，因为这样才能最好地突出钢青色的水族箱和其中白雾般的生物。

"让我们现在到章鱼那边瞧瞧。"耳机中的声音说道。

额外指导部门发出的主要语音指令是通过一个小型的耳机发送给梅的，通过这个方法，额外指导部门偶尔会给梅提供指导；比如说建议她顺便去"机器时代"一趟，给她的观众展示一种新型的、太阳能驱动的民用无人机，只要有充足的阳光照射，这种飞机就能够跨越大陆和海洋，飞越无限长的距离——今天早些时候，梅已经完成了这个任务。她很享受此刻自己的这项工作，她正带着她的观众参观各个部门，给观众介绍圆环公司制造或者授权制造的各种新产品。她每天的工作内容都不尽相同，自从她变"透明"六个星期以来，梅已经走遍了公司园区的几乎每一个角落——从"大航海时代"到"古王国时代"（在"古王国时代"，研究人员正在进行一项计划，意图给地球上剩下的每一头北极熊都安上一枚摄像头）。

"让我们去看看那些章鱼吧。"梅对她的观众说道。

她向远处的一个高十六英尺、直径十二英尺的圆形玻璃容器走去。在这个容器里，有一只苍白的无脊椎生物，它的皮肤颜色像云朵一般洁白，上面布满了蓝色和绿色的纹理。它正用触手四处摸索，一边猜测一边拍打，就像一个快要瞎了的人正在笨拙地寻找自己的眼镜。

"这只章鱼是望远镜章鱼 ① 的近亲，"梅说道，"但是人们此前从来没有活捉到这种章鱼。"

这只章鱼的形状似乎时刻都在发生变化，上一刻它的身体还仿佛充了气，像气球一样又肥又圆、不断扩大，显得自信十足，下一刻它的身体就缩小了，旋转着或者伸展着，让人看不出它真实的形状。

"正如你们所见，它的真实大小很难分辨。上一秒，你似乎可以用一只手抓住它，下一秒，你就发现它几乎把整个水箱都填满了。"

这只章鱼的触手似乎想要知道周围的一切——这个玻璃水箱的形状、水箱底部珊瑚的形状以及它身体四周水流的感觉。

"它算得上是讨人喜爱了。"梅看着这只章鱼像一张网一样伸展着自己的身体，从水箱的一面墙爬到另一面墙上，她如此评价道。

---

① 望远镜章鱼，在印度洋、太平洋热带海域发现的一种章鱼的俗称，全身透明近乎无色，是唯一一种长有管状眼睛的章鱼，因此而得名。

它的好奇心使它在梅的眼里成了一只有感情的生物，它似乎充满了怀疑和渴望。

"事实上，斯坦顿最先发现了这只章鱼，"梅指的是那只正从水箱底部缓缓地、大摇大摆地向上移动的章鱼，"这只章鱼一开始出现在斯坦顿的潜水器后方，然后迅速游到了潜水器前方，就好像要让斯坦顿跟它走一样。你可以看见它移动的速度有多么迅速。"在梅说话的同时，这只章鱼正围着水族箱四处猛冲，它的身体像雨伞那样一张一合，推动着自己向前移动。

梅看了看时间，现在是十二点五十四分。在喂食开始前，她还得再消磨几分钟。她把自己胸前的摄像头聚焦在章鱼身上。

梅不会错误地认为自己每天的每分每秒对观众来说都那么妙趣横生。在她实现"透明"的这几周里，确实有一些无趣的时刻（事实上，绝大多数时间都是平淡无奇的），但是她的首要任务就是成为世人了解圆环公司生活的一扇开放的窗口，让他们在目睹这里非凡创举的同时，也了解这里的平凡之处。当她第一次向观众展示公司健身馆时，她可能会这么说："我们现在正在公司健身馆里。在这里，人们正在跑步、流汗，同时在想方设法神不知鬼不觉地偷偷查看别人的健身成果。"一小时后，她就可能坐在食堂里吃午餐，举止随意，不做任何评论；而其他的圆环公司员工就坐在她对面，他们都（努力）表现得像没有人在观看一样自然。梅的大多数圆环公司同事都很乐于出现在镜头中，几天之后所有的圆环公司员工都意识到：出现在镜头中就是他们职责的一部分，事情就是如此。如果他们的公司提倡信息透明化，倡导全球信息的永久性开放存取，那么他们就必须时时处处践行这一理想，在公司园区尤其如此。

好在圆环公司的内部有许多值得向世人阐明和歌颂的东西。今年的后半年，公司的各项事业以闪电般的速度取得了突破性的进展，当然这一切都在大家意料之中。公司园区的各处挂满了标语，暗示着公司即将真正实现"**完整**"。标语上的语句故意写得晦涩难懂，为的是引起大家的好奇心并促使人们展开讨论。"**完整**"将意味着什么？公司要求员工思考这一问题，把自己的答案提交在网上，并且写在"创意板"上。一个大受欢迎的回答这样写道：（它意味着）世界上的每个人都拥有一个圆环账户！另一个备受喜爱的回答则认为：圆环公司消除世界上一切饥饿。还有人回答道：圆环公司帮助我找到了自己的祖先。所有的数据，无论是人类的、数字的、情感的还是历史的，都不再会遗失。这个答案是贝利写的，他还在上面签了名。不过最受欢迎的、也是大家普遍给出的答案是：圆环公司帮助我发现了真实的自己。

早在圆环公司计划成立的阶段，他们就预想了将要实现这些进步，然而现在正是实现这些目标的最佳时机，他们前进的势头强劲、无可阻挡。现在，华盛顿90%的官员已经实现了信息透明，剩余的10%的官员正遭到同事和选民的强烈质疑，质疑声就如同炽烈的阳光一样炙烤着他们：你们到底在隐瞒些什么？公司计划在年底前实现大多数员工的透明化，但目前公司的首要工作是检查并修复系统中尚且存在的漏洞，并且让每个人都逐渐适应佩戴摄像头。当然，目前佩戴摄像头的员工只有梅和斯图尔特，但是梅的工作已经远远超过了斯图尔特此前所做的实验。梅很年轻，动作比斯图尔特迅捷许多，而且具有美妙的嗓音——观众非常喜爱她的声音，将它比作音乐，称她的声音如同木管乐器的声音、是悦耳的原声演奏；梅非常喜欢观众的这些评价，每天她说话时都能感受到数百万人对她的爱在体内流淌。

不过，梅首先需要适应身上佩戴的新设备基本的工作方式。摄像头很轻便，镜头丝毫不比项链吊坠重，因此短短几天之后，梅就几乎察觉不到它正挂在自己的胸前了。他们曾经尝试了多种方法想把这摄像头固定在她的胸前，甚至尝试在她的衣服上固定尼龙搭扣，但是所有方法都不如现在的这种方法简单有效——将摄像头挂在她的脖子上。他们做出的第二个调整就是在梅的右手腕上设置一个小型屏幕，使她能够通过这个屏幕看见胸前摄像头所拍摄到的景象。梅一直觉得这一改进非常有趣，但偶尔她也会感到有点不适应。她几乎都忘了自己左手腕上佩戴的健康监控仪了，不过这枚摄像头要求她必须使用右手腕上的第二个手环。这个手环的大小和材质都与她左手腕的那根相同，只是它的屏幕更大些，以便播放视频并将梅常用的平板电脑上的数据信息通通显示在这里。如今，梅的双手手腕上各佩戴了一个手环，两个手环都很舒适，金属表面光滑透亮，这让她感觉自己就像神奇女侠，知道自己拥有某种超能力——当然，这个想法听起来着实可笑，她也就没有告诉任何人。

在她的左手手腕上，她能够看见自己的心跳；在右手手腕上，她则能看见她的观众看见的景象，那是她胸前佩戴的摄像头所拍摄到的即时画面，这使她能够在必要时及时调整摄像头的拍摄角度。同时，右手腕上的屏幕会显示她目前的观众人数，她的排名以及得分，并且突出显示观众给出的最新和最普遍的评论。现在，梅正站在章鱼面前，她目前拥有 441762 位观众。虽然这个数字比她每天的平均观众数稍微多了一点，但她还是希望当自己在展示斯坦顿深海发现的时候观众人数能够更多些。她对显示屏上的另外一些数字并不感到惊讶——平均每天有 845029 名不同的观众通过网络观看她拍摄的实时视频，有 210 万人关注她的极速帖。如今，她已经不用担心自己会跌出"T2K"之外，因为她的可见性和她所有观众所具有的巨大力量能够保证她获得最高的转化率和零售数据，因此她的排名总是位列前十。

"让我们去看看海马吧。"梅说着向下一个水族箱走去。在这个水族箱里有一簇颜色柔和的珊瑚，水草那蓝色的叶片在水中飘舞。在珊瑚和水草之间，梅看到了几百只甚至是几千只小小的生物，它们和儿童的手指一般大小，有的躲藏在角落里，有的吸附在水草叶片上。"这些小家伙可不是什么特别友善的鱼。话说回来，它们能算鱼吗？"她问道，接着看向了右手腕，在右手腕的屏幕上，一位观众已经发来了答案：当然是鱼！条鳍鱼纲，和鳕鱼、金枪鱼同属一个纲。

"感谢来自格林斯博罗①的苏珊娜·温！"梅说着将这则答案发送给了她的关注者，"现在，让我们看看能不能找到这些海马宝宝的爸爸。你们可能已经知道，雄性海马负责孕育后代。你们看到的这几百只海马宝宝是在海马爸爸刚到这儿不久后就出生的。它现在在哪儿呀？"梅绕着水族箱走着，很快就找到了海马爸爸。它有梅的手掌那么大，正在水族箱的底部靠着玻璃休息。"我觉得它想要躲起来，"梅说道，"但是它似乎不知道我们就在这块玻璃的另一边，也不知道我们什么都能看见。"

她查看了一下右手腕的屏幕，稍微调整了一下她胸前摄像头的角度，一边拍摄到那只脆弱的海马的最佳画面。那只海马正蜷缩着身子背对着她，看起来筋疲力尽、羞涩腼腆。她把脸和镜头靠向玻璃，她离它那么近，甚至能够看见它那双聪明的眼睛中的小小雾气和它那精巧的鼻子上的斑点。它真是个不可思议的生物，不擅游泳，长得像中国灯笼一样，而且完全没有防御外敌的能力。这时，她的

① 格林斯博罗，美国北卡罗来纳州中北部城市，也是该州第三大城市。

311

手腕屏幕上突出显示了一条极速帖，获得了极高的关注度，它写道：（它是）动物王国中的羊角面包。梅大声地把这句话读了出来。尽管这只海马非常脆弱，但它已经生育了一百多个后代，而那些章鱼和那条鲨鱼却还在探索它们的水族箱的轮廓。不过，这只海马似乎对这一切都毫不在意，它没有和自己的孩子们待在一起，就好像它完全不知道它们来自何方，也丝毫不关心它们会怎样。

梅查看了一下时间，现在是一点零二分了。额外指导部门通过她的耳机告诉她："准备给鲨鱼喂食了。"

"好啦，"梅瞥了一眼右手腕，说道，"我看到有许多观众已经在要求我回到鲨鱼那里了，现在已经一点多了，我觉得我们应该去瞧瞧它了。"她离开了那只海马，就在她离开前，它突然转身面向梅，似乎不太想让她离去。

梅走回到第一个也是最大的水族箱前面，斯坦顿的鲨鱼就在里面。她看见一个长着一头黑色卷发的年轻女人卷着白色牛仔裤的裤脚，正站在水族箱上方的一架光滑的红色梯子上。

"你好，"梅和她打招呼，"我是梅。"

那女人似乎刚想说"这我知道"，但好像突然想起正有镜头对着自己拍摄，于是立刻用刻意的、表演般的语气答道："你好，梅，我是乔治娅，现在我正要给斯坦顿先生的鲨鱼喂食。"

尽管它什么也看不见，水族箱里也还没有食物，那条鲨鱼却仿佛察觉到自己即将迎来一场盛宴，开始像暴风一样打着转，向水面上游去。此时，梅的观众人数已经上升到了42000人。

"有个家伙饿啦。"梅说道。

此前这条鲨鱼看起来似乎只是略带攻击性，然而现在，它显得非常凶猛，好像完全具有情感一样，活脱脱就是捕猎本能的化身。乔治娅试图表现得信心十足、聪明能干，梅却在她的眼神中看到了恐惧和惊慌。"你在下面准备好了吗?"乔治娅这么问道,但她的眼睛一直紧紧盯着游向自己的鲨鱼。

"我们准备好了。"梅答道。

"好的,今天我要给鲨鱼喂点儿新食物。你知道,我们已经给它喂了各种食物,从三文鱼到鲱鱼再到水母。它来者不拒,把这些食物全部都吞了下去。昨天,我们试着往它的水箱里投放了一条蝠鲼,本以为它不会对此感兴趣,结果它毫不犹豫,兴致勃勃地把那蝠鲼吃掉了。所以今天我们还是会尝试投放新的食物。正如你所见。"她说着指了指手中的桶,梅发现那桶是用透明的合成树脂制成的,里面装着一些蓝色和棕色的、长着许多脚的生物。梅听见桶里的生物正用脚摩擦着桶壁,发出嗒嗒的声响,这才意识到那是一只龙虾。梅从来没有想过鲨鱼会吃龙虾,但如果它们确实吃龙虾,她也不会感到奇怪。

"我们这个桶里装着一只普通的缅因大龙虾,我们不知道这条鲨鱼的消化系统是否能够消化这只龙虾。"

也许乔治娅是想为观众呈现一场精彩的表演,但是就连梅也为她捏了一把汗,不知道她抓着那只龙虾还能在水面上待多久。把它扔下去,梅默默想道,求你快把它扔下去。

但是乔治娅仍然抓着龙虾,她这么做也许是为了梅和观众着想。与此同时,那条鲨鱼闻到了龙虾的气味,不管它是如何通过感官判断的,它一定已经确定了那只龙虾的形状。现在它绕圈的速度更快了,虽然还比较听话,但它的耐心显然快耗光了。

"有些鲨鱼能够消化像这样的甲壳类动物,有些则不行。"乔治娅说道,现在她正摇晃着那只龙虾,龙虾的螯时不时地碰着水面。快把它丢下去,梅想道,现在赶紧把它丢下去,拜托了。

"那么,我现在就要把这个小家伙丢进……"

她话还没说完，那条鲨鱼就已经跃出水面，从她手中夺走了龙虾。乔治娅发出一声尖叫，迅速抽回手臂，仿佛在确认自己的手指是否完整，这时，那条鲨鱼已经回到了水箱中央，一口吞掉了龙虾，大口中还隐约露出些龙虾白色的肉体。

"它伤到你了吗？"梅问道。

乔治娅摇了摇头，努力忍住眼里的泪水，答道："差一点。"她反复摩擦着自己的手，就好像它刚刚被火烧到了一样。

鲨鱼已经把龙虾完全吃掉了。接着，梅目睹了一件既可怕又神奇的事情——就在她眼前，她清晰地看见龙虾正在鲨鱼的体内被迅速消化分解。她看见龙虾在鲨鱼的嘴里被咬碎成了十几块，然后变成数百个小块；紧接着，这些小块经过鲨鱼的食道进入胃再进入肠道。几分钟后，龙虾已经变成了一种颗粒状的物质，最终被鲨鱼排出了体外，像雪花一样落到了水族箱的底部。

"它看起来好像还是很饿。"乔治娅说道，她现在爬到了那架梯子的顶端，手里拿着另一个树脂桶。就在梅观察鲨鱼消化龙虾的过程时，她已经拿来了鲨鱼的第二顿大餐。

"我没有看错那桶里的东西吧？"梅问道。

"这是一只太平洋海龟。"乔治娅一边说，一边举起那个装着海龟的桶。这只海龟有乔治娅的躯干那么大，身上有着绿色、蓝色和棕色三色拼成的花纹。这只美丽的生物挤在狭小的桶里，动弹不得。乔治娅打开了桶一端的盖子，好像在邀请这只海龟自己从桶里爬出来。但是海龟选择了待在原地。

"由于它们的栖息地完全不同，所以这只鲨鱼很可能从来都没有见过这样的海龟。"乔治娅解释道，"这只海龟一定没有去过斯坦顿的鲨鱼生活的地方，而斯坦顿的鲨鱼也肯定没有去过这只海龟生活的、有阳光照射的海域。"

梅想问问乔治娅是不是真的准备要喂鲨鱼吃这只海龟。这时，海龟已经看见了自己下方的捕食者，正使出浑身解数，缓缓地向桶底爬去。把这样一只可爱的生物喂给鲨鱼吃，无论是否必要，也无论它能为科学带来多大裨益，这样的做法一定不会令多少观众满意的。此时，她的右手腕屏幕上已经收到了不少观众发来的极速帖。请不要杀害那只海龟。它看起来像我的爷爷！还有人发起了另一个话题坚持认为那条鲨鱼比海龟大不了多少，况且海龟还有坚不可摧的壳，鲨鱼肯定没办法吞下或者消化海龟。然而，梅刚要质疑即将进行的喂食行动，她的耳机里就传来了额外指导发来的语音消息："把摄像机抓紧了，斯坦顿想要看看这一幕。"

鲨鱼在水族箱里绕起了圈，看上去和进食前一样饥饿。那只龙虾对它来说微不足道，充其量是一道开胃小菜。现在它知道正餐就要来了，便向上游去，逐渐接近乔治娅。

"咱们开始吧。"乔治娅说着逐渐将手中的桶倾斜过来，里面的海龟就开始慢慢地滑向水面。由于鲨鱼在不停地打转，海龟下方的水已经形成了一个漩涡。当整个桶呈竖直状态时，海龟的头从树脂桶里伸了出来，此时，鲨鱼再也等不及了。它一跃而起，一口咬住海龟的头，把它拖进了水里。和之前的龙虾一样，几秒钟之内这只海龟就被鲨鱼吞进了嘴里。不过，和吞食龙虾不同，鲨鱼不得不改变一下自己的形状。它看起来故意使自己的下巴脱臼，把嘴巴张大到了原来的两倍，以便一口把海龟整个吞下。乔治娅正在进行讲解，她告诉大家许多鲨鱼在吃海龟时都会把自己的胃部里朝外地翻过来，以便在消化完海龟肉之后把它的壳吐出来。但是斯坦顿的这条鲨鱼另有高招。这只海龟的壳在它的嘴里和胃里就开始分解，看上去就像包裹在唾液中的薄脆饼干。在不到一分钟的时间里，整个海龟就变成了一团粉末。和龙虾一样，它的大量残渣被鲨鱼排出了体外，像雪花一样沉到了水族箱底部，和之前其他生物的残渣混在了一起，无从辨认。

就在梅目睹这一切的时候，她看见一个人的身影（或者说是轮廓）出现在水族箱玻璃的另一侧，就在水族馆远处墙壁旁。那人的身体只是一团阴影，看不清面孔，但就在这时，从水族馆上部射下的光线反射在正绕着圈的鲨鱼的皮肤上，照亮了那个人的脸。

那人是卡尔顿。

梅已经有一个月没有见到卡尔顿了，自从她变"透明"以来，他从未联系过梅。在这段时间里，安妮先后去了阿姆斯特丹、中国、日本和日内瓦，因此她暂时没有时间关注卡尔顿的事。不过，安妮和梅偶尔会追踪一下有关卡尔顿的消息。对于这个身份不明的男人，她们是否应该感到担心呢？

不过那时卡尔顿已经消失得无迹可寻了。

此刻，他正站在那里一动不动地看着梅。

梅想大声喊他的名字，但又担心起来。他到底是谁？如果自己喊他的名字或者用摄像机拍他会不会产生不良影响？他会不会逃走？梅刚刚目睹鲨鱼消化海龟的过程，尚未从震惊中恢复过来，此刻她发不出声音，也没有力气呼喊卡尔顿的名字。于是，她就那样盯着卡尔顿，卡尔顿也盯着她。梅突然想到如果她能够用身上的摄像头捕捉到卡尔顿的身影，她或许能够把这段视频给安妮看，最终或许能够弄清楚卡尔顿的真实身份。但是，当她看向右手腕的屏幕时，上面只出现了一个漆黑的身影，根本看不清他的脸。也许她的摄像机正对着另一个方向，因此拍不到他。梅试图根据手腕上的画面来调整镜头追踪卡尔顿，但他向后退到了阴影里。

与此同时，乔治娅还在喋喋不休地谈论着那条鲨鱼以及她们刚才目睹的那一切，而梅一个字也没听进去。现在，乔治娅正站在梯子的顶端向梅挥手，希望梅已经拍摄完了，因为她再没有什么可以喂给鲨鱼吃的了——表演结束了。

"那么好的。"梅说道，她终于有机会离开这里去追寻卡尔顿了。她谢过乔治娅后便和她道了别，然后迅速地穿过水族馆昏暗的走廊。

她瞥见卡尔顿的轮廓走出远处的一扇门，于是加快了脚步，同时小心地避免抖动镜头，也没有呼喊卡尔顿的名字。卡尔顿经过的那扇门通往新闻编辑部，梅接下来去那里参观似乎也合情合理。"让我们来看看新闻编辑部里的人在干什么。"梅说道，她虽然还要走二十来步才能到达那里，但是她知道阅览室里的人一定都知道她正赶往那里。此外，她还知道安装在走廊里和阅览室门上方的"视觉革命"摄像头一定已经拍摄到了那个人的画面，因此她迟早都会知道刚才那个人到底是不是卡尔顿。每个人在圆环公司里的一举一动都至少会被一个摄像头捕捉到，事实上，通常会有三个摄像头从不同角度拍摄人们的行动，因此只需要几分钟时间，人们就可以用电脑重现某个人的举动。

当她走向新闻编辑部的大门时，梅想起了卡尔顿把手放在她身上的触感。她仿佛感到他的双手正向她身下伸去，正在进入梅的身体。她仿佛听见了他的低语，尝到了他那像湿润的新鲜水果一般的味道。假如她真的找到他了，她又能怎么做呢？她不能把他带去卫生间。她能那么做吗？也许她会找到解决的办法。

她打开了新闻编辑部的门。这间宽敞的房间是贝利仿照老式的报社装修的，里面设有一百个小隔间，到处都安装着字幕跑马灯和钟表，每张桌子上都放着一部复古的模拟电话机，电话机上的数字下方有一排白色按钮，不规律地闪着光。房间里还有老式的打印机、传真机、电传设备和凸版印刷机。当然，所有这些装修布置都只是为了展示而已——这里所有的复古机器都是不能使用的。编辑部的新闻编辑们正抬头微笑着看着梅，和她以及她的观众打着招呼。事实上，他们只需借助"视觉革命"就可以完成大多数的新闻报道。目前在全球各地有超过一亿枚摄像头正在工作，他们可以轻易获得这些摄像头拍摄到的画面，因此再也不需要派遣记者去现场进行报道了，那么做既昂贵又危险，更别提它导致的大量碳排放了。

梅在编辑部里穿行，那里的员工纷纷向她挥手致意，他们不知道这是不是一次官方授意的参观。梅一边向他们挥手致意，一边查看着这间房间。她知道自己显得有些心不在焉。卡尔顿到哪里去了？她发现编辑部还有一个出口，于是一边点头与那里的员工打着招呼，一边匆匆穿过整间房间，向房间另一头的那扇门走去。她来到门前，打开了门，外面耀眼的阳光刺得她眯起了眼睛。然而，她看见了他。他正在穿越那片巨大的草坪，恰好经过草坪上的一尊新雕塑——那尊雕塑是一位与本国政府持不同政见的中国人创作的，梅记起她应该在不久的某天隆重介绍一下这尊雕塑，甚至就在今天。这时，卡尔顿迅速回了个头，好像想确认梅是否还跟在他身后。两人的目光交汇了，卡尔顿在转身之前脸上露出了一个小小的微笑，然后继续快步走过了"五代时期"。

这时，梅的耳机里传来一个声音："你要去哪儿？"

"抱歉，我哪里都不去。我只是……嗯，这不重要。"

当然，梅有权去任何她想去的地方，毕竟许多观众最希望看到她四处游荡。尽管如此，额外指导部门还是时不时地想确认她的方位。此时，梅正站在室外的阳光下，身边有许多圆环公司员工，她听见自己的手机响了起来。她查看了一下手腕上的屏幕，上面没有显示来电者的身份。她知道打电话的只可能是卡尔顿。

"喂，你好？"她接起了电话。

"我们必须见个面。"卡尔顿说道。

"你说什么?"她问道。

"你的那些观众现在听不见我的声音,他们只能听见你的声音。此时此刻你的那些工程师一定正在纳闷声音输入系统怎么停止工作了。几分钟后他们就会修好它。"他的声音因为紧张而颤抖,"所以,听着,现在正在发生的大多数事情必须停下来。我是认真的。圆环公司马上就要'完整'了,但是你必须相信我,梅,这对于你、我以及全人类都是非常糟糕的。我们什么时候能见面?如果我们不得不在卫生间里见面,我不介意……"

梅的电话突然挂断了。

"抱歉,"她的耳机里传来额外指导部门的声音,"不知怎的声音输入系统出现了问题,我们正在修复它。刚才给你打电话的是谁?"

梅知道自己无法说谎,她不知道到底有没有人听说过卡尔顿这个人。"某个疯子,"她随机应变道,为自己的机智感到骄傲,"他在胡扯着什么世界末日。"

梅查看了一下手腕屏幕,现在已经有人在问刚才发生了什么、那故障又是怎么发生的。最受欢迎的那条极速帖这样写道:圆环公司总部出现了技术问题?那么接下来圣诞老人恐怕要忘记圣诞节了!

"请你一如既往地如实回答他们。"额外指导部门的人对梅说道。

"好吧,我也不知道刚才发生了什么,"梅大声说道,"当我弄明白之后,我会告诉大家的。"

事实上,梅正在发抖。她现在仍然站在室外的阳光下,偶尔会对身边发现她的圆环公司同事挥手致意。她知道她的观众想知道接下来会发生什么,她将到哪里去。她不想查看手腕上的屏幕,因为她知道观众肯定很困惑,甚至感到担心。这时,她看见远处似乎正在进行一场撞球比赛，突然想到了一个主意，于是向那球场走去。

她来到球场附近，已经能够看清正在打球的四名球员了。其中两人是圆环公司的员工，另两个人则是从俄罗斯来的参观者。她向他们挥了挥手，说道："正如你们所知，在圆环公司，我们不总是在玩耍，有时也需要工作；我们面前的这队人正是如此。我不想打扰他们，但是我敢肯定他们正在做的事情涉及问题的解决方案和复杂的算法，他们的研究最终会改进我们提供给你的产品和服务。现在，让我们沉浸其中。"

这样，梅就能够获得几分钟的思考时间。她每隔一段时间就会把摄像头的镜头对准这类事物——一场球赛、一个展示或者一次演讲，在观众观看这些活动的同时，她能有机会思考其他的问题。她查看了一下右手腕屏幕上的画面，看见她此时有 432028 位观众。这个数字在正常范围之内，而且现在没有什么急需回复的评论，于是，她给了自己三分钟自由思考的时间，三分钟后她就得继续展示了。她知道自己正处在三到四枚室外"视觉革命"摄像头的拍摄范围内，于是在摆出一个灿烂的笑容后才深吸了一口气。这是她最近获得的一项新技能——在脑袋一片混乱的情况下让外表显得平静甚至愉悦。她想打电话给安妮，但是她不能那么做。她想拥有卡尔顿，她想和他单独在一起，她想和他再回到那间卫生间，坐在他身上，感受着他进入自己的身体。但是他不是这里的正当员工，他是某种间谍、某种无政府主义者或者末日预言者。他刚才警告梅说圆环公司的"完整"会带来危险，他究竟有何用意呢？梅甚至不知道"完整"意味着什么。其实，没有人知道。"智者们"也仅仅是在最近才开始暗示这一概念。有一天，公司园区各处出现了许多新瓷砖，上面写着晦涩难懂的句子：思考"完整"、使圆环完整、圆环必须完整，这些口号确实如"智者们"所愿，激起了人们的好奇心。然而，没有一个人知道它到底意味着什么，而"智者们"也没有提供解答。

梅查看了一下时间。她看撞球比赛已经看了九十秒钟，她这个姿势最多只能再保持一两分钟。她的职责真的要求她如实汇报刚才的那通电话吗？到底有没有人听见卡尔顿的那番话？倘若真的有人听见了，该怎么办呢？万一这是一个测验，目的就是为了考验她是否会汇报一通捣乱电话呢？也许这就是"完整"的一部分内容——用类似的测验来检验她的忠诚度，消灭任何可能阻碍公司实现"完整"的人和事？哦，见鬼，她想道。她想和安妮谈谈，但她知道自己不能那么做。她想起了自己的父母，他们会给她提供有用的建议，但是他们的家也已经装满了"视觉革命"摄像头，变得透明了（这是公司为她父亲提供免费治疗对他们提出的条件）。也许她能够去父母家在家里的卫生间里和他们见面？这也行不通。事实上，她已经有好几天没有收到他们的消息了。此前，他们告诉她他们遇到了技术问题，将会在问题解决后重新联系她，他们还告诉她他们爱她。然而，在过去的四十八小时内，她们始终没有回复她的任何一条信息。而在这四十八小时内，她也没有查看她父母家中的摄像头画面。她必须查看一下他们的摄像头画面，她把这条记在心里。也许她可以给他们打电话？这样，她既可以确认他们是否一切安好，又可以在通话过程中暗示她需要和他们谈一件非常令她不安的私事？

不，不。她的这些想法都太疯狂了。她只是无意中接到了一个男人打来的电话，而她现在已经知道这个男人是个疯子。哦，真见鬼，她默默诅咒道，同时希望没人能猜出她混乱的心事。她很享受自己现在所处的位置，她喜欢像这样毫无保留地把自己展现在大家面前，并且成为向观众传递信息的纽带和向导，但同时，她肩上的责任以及心里多余的好奇心拖累了她。一方面，她拥有无限的可能性，另一方面，她对无数事物一无所知。每当她被夹在这两个极端当中动弹不得的时候，只有一个地方能让她感到安心。

下午一点四十四分，梅走进了"文艺复兴"大楼，她看见头顶的那尊缓慢旋转的考尔德雕塑作品，觉得它仿佛正在向自己打着招呼。她乘坐电梯上了四楼。仅仅是在这栋大楼中穿行，就让她冷静了下来。她沿着架空的走道往下走，大楼的中庭就在下方，这让她感到分外平静。这里是客户体验部门，是她的家，在这里她无所不知。

他们让梅继续在客户体验部门每周工作至少几小时，一开始，梅觉得挺惊讶。虽然她的确在客户体验部门工作得很愉快，但是现在她既然已经透明化了，似乎理应远远地离开那里。为此，贝利解答了梅的困惑："这正是我们的用意所在——第一，这样能使你与你在这里所做的基础工作保持联系；第二，我认为你的关注者和观众如果看到你继续做着这项重要的工作会感到非常欣喜的，因为这是一项非常感人的谦逊的举动，你难道不这么认为吗？"

梅立刻意识到自己所拥有的影响力——她即刻成了最引人注意的三位圆环公司成员中的一位，并且决心轻松淡然地发挥这种影响力。于是，她每周都会抽出时间回到自己原来的团队中，回到自己原来的办公桌前，而客户体验部门的同事一直将她的办公桌保留在那里。当然，那里也发生了一些变化，现在她的办公桌上共有九个显示屏，客户体验部门也鼓励员工对客户进行更加深入的探究，更加广泛深远地与客户互动。不过，就本质而言，那里的工作并没有改变，梅发现自己很喜欢那里的工作节奏，也极其熟悉，那里的工作内容，以至于她几乎能在工作的同时思考其他问题，因此每当她感到压力巨大或者麻烦重重的时候，她总是想回到这里。

于是，在实现了透明化的第三周的一个阳光明媚的周三，梅计划在一天的繁忙工作开始前先到客户体验部门工作九十分钟。下午三点，她必须通过身上的摄像头带领观众去参观"拿破仑时代"，那里的工作人员正在模拟废除一切有形货币后的情况，他们认为到那时，网络货币的可追踪性能够在一夜之间消除大量犯罪。下午四点，她需要向观众重点介绍园区新建的音乐家住宅区，那里有二十二间设备齐全的公寓，音乐家（尤其是那些无法依靠自己的音乐专辑销售额谋生的音乐家）可以免费在此居住，并且定期为圆环公司的员工进行表演。这两项活动将占据梅的整个下午。下午五点，梅将去参加最近刚刚实现透明化的一位政客的通告会，如今这些政客称通告会为"澄清会"。然而，梅和她的许多观众不明白为什么他们至今仍要大张旗鼓地宣告自己的透明化，毕竟现在在美国乃至全世界已经有数以万计的官员实现了信息透明化，这项运动早已不是什么创举，俨然成了一股不可阻挡的趋势；大多数观察员都认为政府终将实现彻底的透明化，至少在民主制国家将是这样，况且有了"视觉革命"摄像头，世界上的所有国家在十八个月内都将成为民主制国家。在这场"澄清会"后，园区内将上演一场即兴喜剧表演、一场为巴基斯坦的一所乡村学校筹集资金的活动、一场品酒会以及一场全体员工参加的烧烤宴会，宴会期间还将有秘鲁迷幻合唱队的伴唱。

梅走进了她原来的团队工作室，在那里，她亲口说的那三句话——"秘密就是谎言""分享就是关怀""隐私就是盗窃"已经用钢材料铸好，贴在墙上，占据了整面墙。办公室里充满了新人，显得分外热闹。这些新人先是颇为警觉地抬起头，看见走进办公室的是梅，又都感到非常高兴。梅向他们挥手致意，还对着他们做了一个夸张的屈膝礼，然后她看见杰瑞德正站在他自己的办公室门口，于是也向他挥了挥手。接着，梅决定踏踏实实地做自己的工作，便在自己的办公桌前坐下来，登录系统，打开了信息阀门。她以非常快的速度一连回答了三个客户问询，得到了 99 分的平均得分。她受理的第四位客户是今天她接触的客户当中第一个认出她来的——这位客户意识到是那个透明化了的梅在处理自己的问询。

我正在看着你！这名客户写道，她是新泽西州一位为体育用品进口商服务的媒介采购员，名叫贾尼斯，她简直不敢相信自己正在屏幕前看着梅在键盘上敲击出对自己问询的回复，同时梅的回复就出现在眼前这块屏幕旁的另一块屏幕上。我感觉就像置身于镜厅①中！她写道。

在贾尼斯之后，梅又处理了几位客户的问询，这几位客户都不知道回答问题的人是梅，梅为此颇感烦恼。有一位客户是奥兰多市的 T 恤经销商，名叫南希，她邀请梅加入自己的职业社交网络，梅欣然同意了。杰瑞德此前已经告诉梅，如今客户体验部门鼓励员工与客户进行更进一步的互动。如果你给客户发送了一个调查问卷，你就应该准备好回答客户的问卷。因此，梅现在已经加入了奥兰多 T 恤经销商的职业社交网络，她又收到了南希发来的一条信息。南希请梅就自己喜欢穿的休闲服饰回答一个短小的调查问卷，梅同意了。她点击链接，打开调查问卷，发现那问卷并不短小——它一共包含了一百二十道问题。但是梅很高兴回答这些问题，因为她觉得自己的意见得到了重视，并且有人愿意倾听，更何况这种类型的互

---

① 凡尔赛宫镜厅，又称镜廊，被视为法国路易十四国王王宫中的一件"镇宫之宝"，以十七面由四百八十三块镜片组成的落地镜得名。

动能够使南希以及与南希接触的人对圆环公司忠心耿耿。等梅完成了问卷，南希再三对梅表示了感谢，还指引梅登录了她的客户站点，说梅可以任意挑选一件自己心仪的 T 恤。梅回复说自己可以稍后再挑选，但南希回复说她已经等不及要看梅会选择哪一件 T 恤了。这时，梅看了看手表，她已经花了八分钟处理奥兰多的这条问询，这一耗时已经远远超过了客户体验部门新制定的指导方针——每则问询处理时间控制在两分半钟。

梅知道她接下来必须加快处理十来则客户问询才能将自己处理的问询数拉回可以接受的水平。她登录了南希的网站，选择了一件上面绘有一只穿着超级英雄服装的卡通狗的 T 恤。南希告诉梅她的这一选择非常棒。接着，梅转而处理下一则问询。正当她得心应手地修改样本回复来解答这位客户的问询时，南希又发来了一条信息。抱歉，可能我过于敏感了，但是我发现在我邀请你加入我的职业社交网络之后，你却没有邀请我加入你的职业社交网络。虽然我知道我只是奥兰多的一个无名小卒，但我还是想告诉你，这让我感觉自己的价值被贬低了。梅告诉南希她无意贬低南希的价值，只是自己在圆环公司的工作有些繁忙，刚才无暇顾及，而现在她正好有空闲邀请南希加入自己的职业社交网络，于是她迅速做出了弥补。梅处理完了下一则问询，得到了 98 分。她正在给那位客户发送追加问题的时候，收到了南希的又一条信息。你看见我在职业社交网络上发布的信息了吗？梅查看了自己所有的信息接收平台，却没有发现南希发来的任何信息。我是在你的职业社交网络上的信息平台上发布的信息！南希说道。于是，梅登录了那个自己不经常登录的网页，看见了南希的留言：你好，陌生人！梅打字回复道：你好！但是你可不是什么陌生人！！她想这样应该能够结束她们两人之间的交流了，但她还是在那个网页上短暂地停留了片刻，因为她隐隐觉得南希可能仍想和她交流。果然，南希很快又发来了信息：你回复了，我真开心！我以为我称你为"陌生人"，你可能会对此感到生气呢。告诉我，你没有不高兴吧？梅向南希保证说她没有不高兴，还用"XO"① 这两个字母拼成了一个表情符号，又一连发送了十个微笑表情，这才继续处理其他客户问询。她希望这样能令南希感到满意，并愉快地结束两人之间的交流。梅又处理了三则客户问询，并且发送了追加调查问卷，最后看到自己的平均得分为99分。她的这一表现引得许多人发来了祝贺的极速帖，观众很高兴地看见梅仍然非常忠诚地履行着自己在圆环公司每天的工作任务，为世界的运转起着至关重要的作用。人们通过极速帖告诉梅，她的观众中许多人也和她一样每天坐在办公桌前工作，也正因为她自愿做着客户体验部门的工作，并且乐在其中，她成了他们眼中的楷模，使这些观众备受鼓舞。梅听了这些，感到非常开心，这样的评价对梅来说非常宝贵。这些客户让她成为更好的人，而在实现透明化的同时为他们提供服务，又令她更上一层楼。这都在梅的意料之中，因为斯图尔特此前已经告诉过她，当数千人甚至数百万人正在看着你的一举一动的时候，你就会成为最好的自己——你会更加活泼愉快、更加积极向上、更加有礼、更加慷慨并且更具好奇心。但是，斯图尔特没有告诉梅，透明化也会在很多细微的方面改善她的举止。

当梅去厨房找东西吃的时候，摄像机的存在第一次改变了她的行为。当她打开冰箱寻找零食的时候，她手腕上的屏幕显示出了冰箱内部的画面。通常她会直接拿出一块冰冻的布朗尼蛋糕，但是当她在手腕的屏幕上看见自己的手伸向布朗尼的画面时，她意识到这

---

① XO在英文书信、简讯中表示"拥抱和亲吻"。

个画面人人都能看到，于是她缩回手臂，关上冰箱门，从厨房长台的一个碗中选了一小包杏仁，便离开了厨房。当天的晚些时候，她的头有些痛，她觉得这是因为自己今天摄入的巧克力比往常要少。她想到自己常在包里备上独立包装的阿司匹林药片，便想伸手到包里拿药。但这回她又在手腕上的屏幕中看见了大家都能看到的画面——一只手正伸向她的包，她顿时感到自己显得又绝望又可怜，就像一个服药成瘾的药罐子一样。

于是，她没有服药。就这样，每天她都能戒掉一些她本来不想摄入以及不需要摄入的食物。如今，她已经不再喝苏打水和功能饮料，也不再吃加工过的食物了。在圆环公司的社交活动中，她只喝一杯酒，并且每次都不会把它喝完。任何无节制的饮食都会引起人们发来许多表示关切的极速帖，因此她一直小心地控制着自己的饮食。她发现这么做让她感到非常轻松，不知不觉中她已经摆脱了坏习惯，不再做那些她不想做的事情，也不再摄入对她身体无益的食物。自从她实现透明化以来，她的行为举止更加高尚了。人们称她为楷模，母亲们告诉梅她们的女儿非常敬重她，这使梅感到自己肩负的责任更加重大了。这份对于圆环公司的同事、客户、合作者以及视她为偶像的年轻人的沉甸甸的责任感成为了梅行动的基石，也为她的每一天注入了源源不断的活力。

有人提醒梅去做圆环公司自己的调查问卷，于是她戴上耳机开始回答起了问题。在她的观众看来，梅正不断地表达自己的意见，并且比之前表现得更加具有影响力，但是这调查似乎失去了它原有的紧凑的节奏和一呼一应的特点。梅处理了另一则客户问询，然后点了点头。耳机中传来了一声远远的钟声。她又点了点头。

"谢谢你。你对目前的机场安保工作感到满意吗？"

"微笑。"梅回答道。

"谢谢。如果机场安保工作流程做出一些改变，你会欢迎吗？"

"是的。"

"谢谢。"

"目前的机场安保工作会不会促使你尽可能少地乘坐飞机？"

"会。"

"谢谢。"

问题还在继续，梅一口气回答了九十四个问题才停下来歇息。很快，耳机里传来了那个不变的声音。

"梅。"

梅故意忽略了它。

"梅。"

她自己的声音在喊着她自己的名字，这始终能够左右她，但她还不明白这到底是为什么。

"梅。"

这回，这声音听起来像是更加纯粹的自己。

"梅。"

梅低头看了看自己的手腕，上面显示着不少观众发来的极速帖，询问她是否安好。梅知道她必须要回答问题了，否则她的观众会以为她失去了理智呢。这就是梅必须适应的许多细微的改变之一——现在全世界有数千名观众正目睹着她所看见的一切，他们能够获知她的健康数据，听见她的声音，看见她的脸庞，也就是说，这些观众总是能够通过圆环公司园区的某个"视觉革命"摄像头以及她显示屏上的摄像头观察到她。因此，每当她不像往常那般轻松愉快地行事时，人们就会立刻发现她的反常。

"梅。"

她还想再听一遍这声音呼唤自己的名字，于是她什么也没回答。

"梅。"

这是一个年轻女人的声音，这声音听起来既阳光又有力，似乎这个女人无所不能。

"梅。"

这是一个更好、更加坚强不屈的她的声音。

"梅。"

每当梅听到这个声音，她都会感到自己更加强大。

梅在客户体验部门一直待到了下午五点。接着，她向她的观众展示了亚利桑那州州长的"澄清会"，她惊喜地发现这位州长手下的全体工作人员都实现了信息透明化——这也是许多官员正在做的事情，这样他们就可以向选民保证，没有任何交易是暗箱操作的，没有任何交易是背着这些信息透明的领导人达成的。在这场澄清活动上，梅见到了雷娜塔、德妮斯和乔塞亚，这几位圆环公司的同事原本都或多或少凌驾于梅之上，而今他们都成了梅的追随者。在澄清活动之后，他们一起在"玻璃餐厅"吃了晚餐。大家没有什么必要离开园区进餐，因为贝利希望圆环公司的员工之间能增进交流、分享想法、相互了解，于是他开始实行一项新政策——园区餐厅的食物不仅像往常一样免费提供，而且每天都由不同的知名大厨掌勺。这些大厨很乐意获得这样的曝光度，每天都有数千名圆环公司员工在网络上发布微笑点赞帖、极速帖或者晒出照片。这项政策一经推行，立刻得到了大家的热烈欢迎，公司的餐厅中充满了前来就餐的员工，当然，他们用餐时交流的新主意、新想法想必也不会少。

在夜晚的喧嚣之中，梅心神不宁地吃着晚饭——卡尔顿的话和晦涩的信息仍然一遍遍地回响在她的脑海中。她很庆幸热闹的夜晚暂且将她的注意力分散开去。那场即兴喜剧表演尽管有诸多不足之处，但如她所料，依然是粗糙又搞笑；而那场为巴基斯坦乡村学校筹集资金的活动则着实令人感到鼓舞——这场活动为那所学校收集到了 230 万个微笑；当晚最后还有那场烧烤晚会，梅在晚会上纵容自己喝了第二杯酒，然后才回到自己的宿舍中休息。

六个星期以来，梅一直住在这间房间里。如今，已经没有必要再开车回自己的公寓，那样做花费较大，而且她上一回在离开公寓八天后回到那里，发现那间公寓里已经有老鼠出没了。于是她彻底放弃了回自己公寓居住的念头，成了数百名"定居者"中的一员——"定居者"就是搬到公司园区永久居住下来的员工。这么做的好处非常明显，而且现在正在等待搬到公司宿舍中的人员已经多达 1209 人了。目前公司园区只能为 288 名员工提供住宿，为此，公司刚刚买下了附近的一栋大楼（原本是一家工厂），公司计划将这栋大楼改造成 500 间宿舍房间。梅的宿舍房间已经经过了改良，装备了全智能的家用电器、壁挂屏幕和窗帘——所有这些都是由中央系统统一调控的。房间每天都有人打扫，冰箱里每天都会放满食物，一些是通过"舒适之家"追踪到的她惯常食用的食物，另一些则是正处于测试阶段的新产品。只要梅能够向生产商提供反馈意见，她就可以获得她想要的一切。

梅回到房间后洗了脸，刷了牙，就躺进了雪白的床里。每天晚上十点之后，她就可以自己选择开启或关闭身上佩戴的摄像头了。通常梅会在刷完牙之后再关闭摄像头，因为她发现人们大多对刷牙这件事比较感兴趣，此外她还认为这么做或许能够增强年轻观众的护齿意识。在晚上十点十一分，她对她的观众道了晚安。此刻，她的实时观众只有 98027 人，有几千名观众回应了她的晚安问候。随后，梅把摄像机镜头取下来，放进了它的盒子里。大家允许她晚上关闭房间内的"视觉革命"摄像头，但是梅发现自己很少这么做。她知道这些摄像头晚间拍摄的画面（比如，她自己睡觉时做出的一些动作）在将来的某一天或许会有用处，便让摄像头一直开着。她当初花了几个星期才习惯戴着手腕上的健康监控仪睡觉，有一天晚上她抓伤了自己的脸，另一天晚上她压碎了右手腕的那块屏幕。好在后来圆环公司的工程师改进了监控仪的设计，用更加柔韧、不易破碎的屏幕代替了原来坚硬的屏幕，如今，梅即使睡觉时佩戴着监控仪，也丝毫感觉不到它们的存在了。

梅在床上坐了起来，她知道通常自己得花一个小时左右才能入睡。她打开了墙壁上的屏幕，想要看看她父母的情况。然而他们家里安装的"视觉革命"摄像头拍摄的画面一片漆黑。她给他们发送了一则极速帖，没有指望能够收到任何回复，事实果真如此。她又给安妮发了条信息，也没有收到任何回复。于是，她浏览了自己的极速页面，阅读了几则搞笑的帖子，自从实现透明化以来她已经瘦了六磅，因此她花了二十分钟想为自己找一条新裙子和一件新衬衫。当她浏览到第八个网站时，她又一次感到身体里的那个裂缝正在张开。也不知道为什么，她查看了一下梅塞的网站，想看看他的网站是不是仍然关闭着。果然如此。她想看看最近网上有没有人提到过梅塞或者他的所在，结果什么线索也没找到。她感到自己体内的裂缝正在迅速扩大，一片深不见底的黑暗在体内蔓延开来。她想起在自己的冰箱里还存有弗朗西斯介绍给她喝的那种日本米酒，于是起身从冰箱里把它取出来，给自己倒了一大杯，一口气喝光了。接着，她打开了"视觉革命"门户网站，观看了摄像头从斯里兰卡和巴西的海滩边拍摄的实时画面，这时她才渐渐平静下来，身上也渐渐暖了起来。她想到全世界有数千名自称"视觉革命者"的大学生正在全球各个最偏僻的角落里安装摄像头。于是，她观看了一部安装在纳米比亚沙漠一座村庄中的摄像头拍摄的画面，画面中两个女人正在准备午餐，她们的孩子们就在她们的身后玩耍。然而，梅仅仅看了那画面短短几分钟，就感到体内的裂缝变得更大了，从里面发出的仿佛是来自水底的尖叫声也更加响亮了，变成了一种令人难以忍受的嘶嘶声。她又一次寻找卡尔顿，尝试用新的、几乎是荒谬的方式拼写他的名字，花了四十五分钟浏览公司人员名录中的面孔，但是没有找到一个长得像他的人。她关掉了房间里的"视觉革命"摄像头，又给自己倒了些米酒，喝完才躺回床上。她躺在被窝中，想着卡尔顿，想着他的双手、细瘦的双腿和修长的手指。她用左手围绕着自己的乳头打转，同时用右手把自己的内衣脱到了一旁，模仿着他的舌头的动作。然而，这一切并不奏效。不过米酒让她逐渐忘记了忧虑，就在午夜十二点即将到来之时，她终于产生了睡意。

"好啦，各位。"梅说道。今天早晨阳光明媚，梅感到分外振作，于是决定尝试使用一种新的表达方式，希望它很快就能在圆环公司内部甚至公司外流行起来。"今天就和此前的每一天那样与此前的每一天都不相同！"话一说完，她就查看了一下自己的手腕屏幕，结果发现这句话并没有触动听众的神经。一瞬间，她感到有些泄气，不过这个崭新的一天以及它所包含的无限可能性令她欢喜起来。现在是上午九点三十四分，阳光既明亮又温暖，公司园区既繁忙又嘈杂。如果圆环公司的员工需要什么证据来证明他们正处在世界上一切重要事物的中心的话，那么今天上午，这个证据已经找到了。从上午八点三十一分开始，陆续有数架直升机飞抵公司园区，从直升机上下来的是全球所有主要医疗保险公司、世界多个卫生机构、许多国家的疾病控制中心以及全球所有重要的制药公司的高层。有传言说，这些曾经互不关联甚至敌对的机构将在此彻底实现信息共享，在圆环公司尤其是"真实的你"的帮助下，这些机构才有可能实现相互协调，而一旦他们所收集的健康数据能够实现共享，那么人们就可以从源头上遏制甚至消灭病毒，也可以追查到各种疾病的病源。整个上午，梅不断看见这些管理人员、医生和官员快乐地大步行走在园区内，向新建的"海马体"走去，在那里，他们将参加一天的会议，这次的会议是私密的，但是他们保证未来将召开公开的研讨会。当天晚些时候，那里将举办一场音乐会，表演者是只有贝利才会关注的某位上了年纪的创作型歌手。这位歌手是在前一天晚上到达公司的，为的就是和这位"智者"共进晚餐。

　　不过，对于梅来说，最重要的是，这些直升机中的一架把安妮带回了公司。她终于回来了。此前，她已经在欧洲、中国和日本待了将近一个月，解决了一些法律法规方面的问题，还与那里的一些透明化了的官员见了面，从安妮在行程结束后在自己极速网页面上发布的众多微笑表情看来，这些会面似乎取得了很好的效果。但是，梅和安妮之间却没什么机会进行更深入的交流。安妮恭喜梅实现了透明化——用安妮的话来说，梅是晋升了，但这之后，安妮一直非常忙碌。她说自己太忙了，以至于没时间给梅发送重要的信息，也没时间给梅打电话（她说自己原本会为打了那些电话而自豪的）。在过去的一个月中，她们两人每天都会相互发送一些简短的信息，但是安妮的日程一直排得满满的，用她自己的话来说，简直是"狂妄的"，再加上两人之间存在的时差，使她们几乎无法保持同步，也就更没什么机会交流重要的事情了。

　　此前安妮向梅保证自己会直接从北京出发，于当天上午抵达普罗泰戈拉公司，梅在等待她归来的时间里简直坐立不安。她看着一架又一架直升机降落在园区一栋栋建筑的屋顶上，努力寻找着安妮的那头黄色头发，却一无所获。结果现在，梅不得不在"亭"中花一小时完成一项重要的任务。若是在通常情况下，她一定会觉得这项工作很有趣，然而今天，她觉得这项工作就如同一堵无法逾越的墙，横亘在她和她的密友之间。

在"普罗泰戈拉亭"外的一块花岗岩石板上，不甚严谨地刻着一句普罗泰戈拉的话：**人是万物的尺度**。"就我们的目标而言，比这更为重要的是，"梅一边打开门，一边说道，"现在有了各种工具，人类真的能够测量万物。特里，我这么说对吗？"

在梅的面前站着一位高个子的韩裔美国人——一个名叫特里·民的男人。"你好，梅。梅的观众和关注者们，大家好。"

"你理了个新发型。"梅说道。

安妮回来了，梅感觉自己有些笨头笨脑的。听了她这话，特里一时也有些无措。他可没想到会有什么即兴表演，还以为一切都是按照台本走的。"啊，是的。"他说着，用手指抓了抓头。

"你的新发型有棱有角的。"梅评价道。

"是的，比原来更有棱角了。我们是不是该进去了？"

"是的。"

显然，这栋建筑的设计师们费尽心思使用各种有机形状，来缓和工程师日常工作的枯燥，毕竟这些工程师每天都要与严密精确的数学打交道。建筑的中庭包裹在银色的材料中，看起来似乎在一起一伏地波动着，就好像他们正站在一根巨大的起皱管道的底部。

"特里，今天我们将要看些什么？"

"我想我们今天首先会参观一下这里，然后会稍微深入地了解一下我们在这里为教育领域所做的一些工作。"

梅跟着特里走在这栋建筑之中。这栋建筑更像某位工程师的巢穴，而不像她所熟悉的公司园区的其他地方。不过她的工作的窍门就是适时地将圆环公司平淡无奇的一面和魅力十足的一面展现给观众，将两者加以调和，因为这两部分都需要呈现在世人面前。当然，许多观众对圆环公司的锅炉房肯定比对公司建筑的阁楼更加感兴趣，但是何时介绍锅炉房，何时介绍阁楼，这其中的尺度必须拿捏准确。

他们在参观途中遇见了约瑟夫，后者咧嘴笑着和他们打了招呼。随后，他们向许多软件开发者和工程师问了好，每一位软件开发者和工程师都向他们尽可能详尽地介绍了自己的工作。梅查看了一下时间，发现比利亚洛沃斯医生给她发来了一则新提醒——她让梅尽快去她那里。没什么要紧事，她在信息中说道，但是你今天应该过来。梅一边和特里行走在这栋建筑中，一边回复了医生的信息，说自己半小时后会去见她。"现在，我们应该去看看那个教育项目了吧？"

"这是个好主意。"特里答道。

他们穿过一条弯曲的走廊，来到一处很大的开放空间。在这里有至少一百名圆环公司员工正在工作，他们之间没有任何隔板分割他们的办公区域，看起来有点像二十世纪中叶的股票交易市场。

"你的观众或许知道，"特里说，"教育部给了我们一笔数目可观的基金……"

"是不是有三十亿美元？"梅问道。

"谁在乎这笔钱究竟有多少呢？这个数目本身并不重要。"特里答道，显然他对这一数字和它的含义非常满意，因为它说明政府知道圆环公司可以测量包括学生成绩在内的任何事物，而且他们的测量方法往往大大优于政府的期望。"重要的是政府让我们设计并实行一种更加高效全面的数据评估系统，用以测量全国学生的表现。哦，对了，这东西很棒。"特里突然话锋一转。

此刻，他们在一位女士和一个小孩子的面前停下了脚步。那孩子看起来三岁左右，正玩着自己手腕上戴着的一块非常闪亮的银色手表。

"玛丽，你好，"特里对那女人打着招呼，"这是梅，你可能已经认识她了。"

"我确实认识梅，"玛丽答道，她略带一点法国口音，"米歇尔也认识梅。米歇尔，向大家问声好。"

米歇尔没说话，而是选择挥了挥手。

"梅，对米歇尔说点什么。"特里对梅说道。

"米歇尔，你好吗?"梅说。

特里推了推米歇尔的肩膀，说道："好了，现在你给她看看。"

只见在米歇尔手腕上佩戴的那块表的小小屏幕上显示出了梅刚才说的那六个字。在这行字的下方有一个计数器，上面显示着数字"29266"。

"研究表明小孩子每天至少需要听到三万个字，"玛丽解释道，"这块表的工作很简单，它识别出他每天听到的字词，对它们进行分类，最重要的是，它对这些字词进行计数。这块表主要适用于学龄前待在家里的孩子。我们认为，一旦他们开始上学，所有这些数据就应该在课堂中统计了。"

"这是一个不错的展望。"特里评价道。他们向玛丽和米歇尔道了谢，然后穿过大厅，走进了一间大房间。这间房间装饰得像一间教室，只不过其中安装了数十块屏幕、许多按照人体工程学设计的椅子，还设置了协同工作区域。

"哦，杰姬在这里。"特里说道。

杰姬是个约莫三十五岁的女人，打扮整洁，穿着一条无袖长裙，突显出她宽阔的肩膀和人体模特般的臂膀。她和梅握了握手，她的右手腕上敷着一小块膏药。

"梅，你好，我真高兴你今天能到这里来。"杰姬的声音优美圆滑，非常专业，但带有一些轻浮卖俏的感觉。她正站在梅的摄像头前，双手交握在身前。

"那么，杰姬，"特里说道，"你能告诉我们你在这里做什么吗？"显然，特里很喜欢接近杰姬。

这时，梅看到自己的手腕屏幕上出现了一则提醒，于是打断道："也许你应该先和我们说说你在领导这个项目之前是做什么的。我想那很有趣。"

"谢谢你这么说，梅。我不知道那到底算不算有趣，不过，在加入圆环公司之前，我从事的是私募股权投资，在那之前，我是一个团队的成员，他们当时正准备……"

"你是名游泳运动员，"梅突然插嘴道，"你还参加了奥运会！"

"哦，你说的是那个。"杰姬说着微笑着在嘴前挥了挥手。

"你在 2000 年的奥运会上拿了一块铜牌？"

"是的。"杰姬突然变得羞涩起来，这让她显得很讨人喜欢。梅查看了一下自己的手腕屏幕，以确认观众对此的反应，结果看见人们发来了几千个微笑。

"此外，你还不止一次地提起你作为世界级游泳运动员的经历启发了你在这里的工作？"

"没错，梅。"杰姬答道，现在她似乎已经明白梅想让对话朝什么方向发展了。"在'普罗泰格拉亭'这里，我们有很多东西可以谈论，不过有一个东西你的观众一定会感兴趣，我们称它为'青少年排名'。你到这里来一下，让我们看看这块大板，"她领着梅来到一堵墙前，墙上安装着一块二十英尺见方的屏幕，"过去几个月以来，我们一直在爱荷华州测试我们的一个系统。今天你既然来这儿了，我们不妨向你展示一下。也许此刻你的观众中有人恰好正在爱荷华州读高中呢。不知道他们愿不愿意把自己的姓名和学校发给你？"

"你们听见她说的了，"梅说道，"正看着我的视频的人，有没有谁正在爱荷华州读高中呀？"

梅查看了一下手腕上的屏幕，上面收到了十一条极速帖。她把这些帖子展示给杰姬看，杰姬点了点头。

"这么说，"梅说道，"你只需要某个人的名字？"

"姓名和学校。"杰姬回答道。

梅读出了其中一条极速帖："我这儿收到了一位名叫詹妮弗·巴特苏里的女孩发来的帖子，她说自己就读于锡达拉皮兹市的成就学院。"

"好的，"杰姬说着转向了墙上的屏幕，"让我们在屏幕上显示出来自锡达拉皮兹市成就学院的詹妮弗·巴特苏里。"

她话音刚落，巴特苏里的名字就出现在了屏幕上，旁边还配有一张巴特苏里学校档案里的照片。从照片上看，她是一位美国印第安女孩，约莫十六岁，戴着牙齿矫正器，身穿一件绿色褐色相间的校服。在她的这张照片旁边，有两个数字计数器正在快速滚动着，上面的数字不断攀升，过了好一会儿它们滚动的速度才逐渐放缓。当数字最终定格下来时，上面的数字显示是 1396，下面的则是 179827。

"哇，瞧瞧。恭喜你，詹妮弗！"杰姬看着屏幕说道。说完，她转向梅解释说："看来，我们的这位来自成就学院的詹妮弗可真是大有成就呢。她在爱荷华州的全部 179827 名高中生中的排名是第 1396 位。"

梅查看了一眼时间。现在她需要加快杰姬的演示了："这一结果的计算过程是……"

"詹妮弗的得分是根据她的考试成绩、班级排名、学校的相关学术实力以及其他一系列因素共同考量的结果。"

"詹妮弗，你认为这一结果如何？"梅问道。她看了看手腕屏幕，但是詹妮弗并没有发来回复。

有那么短短的几分钟，梅和杰姬都有些尴尬地期待着詹妮弗的回音，希望她会表达出喜悦之情，然而詹妮弗一直没有回复。梅知道现在她必须进入下一个话题了。

"这么说，这个系统能够比较全国乃至全世界学生的得分？"她问道。

"没错，这正是我们的初衷，"杰姬答道，"正如在圆环公司内部，我们能够知道自己的参与度排名，很快我们就能够随时知晓我们的子女相较于全美其他学生的排名情况，就连他们在全世界学生中的排名也不在话下。"

"这听起来非常有用，"梅说道，"它能够消除人们的许多疑虑和压力。"

"可不是吗。想想这个系统对于父母了解子女被大学录取的几率会提供多么大的帮助。每年常春藤名牌大学总共招收约一万两千名学生。如果你孩子的得分位居全国前一万两千名，那么，你就有理由相信他很有可能能够进入常春藤名校。"

"这个系统多久会更新一次？"

"哦，每天都会更新。只要我们获得了所有学校和所有地区的全面参与，我们就能立刻囊括每一场考试和每一次突击测验的成绩，并以此为据每日更新排名。当然，我们可以分别对公立学校和私立学校的学生进行排名，也可以单独对某一地区学校的学生进行排名。此外，我们还可以整合、衡量以及分析这些数据，来考察各种其他因素对于**数据**的影响趋势——这些因素包括社会经济地位、种族、民族，等等。"

这时，梅听到耳机里传来额外指导部门发来的指令："问问这个系统如何与'真实的青少年'交叉。"

"杰姬，据我所知，这一系统以一种很有趣的方式与'真实的青少年'相交叉；'真实的青少年'的前身是'守护儿童'。"这句话刚说出口，梅就感到一阵恶心席卷了全身，甚至令她冒出了冷汗。她可一点儿也不想再见到弗朗西斯。也许她即将见到的人不是弗朗西斯？毕竟圆环公司里还有其他人员在该项目组工作。她查看了一下手腕屏幕，心想她或许能够利用"圆环搜索"迅速定位弗朗西斯。然而，就在这时，她看见弗朗西斯正大步朝她走来。

"这位是弗朗西斯·加拉文塔，"杰姬介绍道，显然她丝毫没有察觉到梅内心的痛苦，"他将向你介绍'青少年排名'与'真实的青少年'之间的交叉互动。值得一提的是，这种交叉互动既是革命性的，又是非常必要的。"

当弗朗西斯羞涩地把双手背在身后向她们走来时，梅和杰姬两人都注视着他。梅感到自己腋下正涌出大量汗水，同时也察觉到杰姬对于弗朗西斯有着一种超越同事关系的感情。梅意识到眼前的弗朗西斯变得与先前不同了，他仍然容易害羞，身材也依然纤细，但是他的微笑显得自信从容，就好像他最近刚刚受到了赞赏并且还希望获得更多的肯定。

"弗朗西斯，你好。"杰姬一边说着一边和弗朗西斯握手，她的肩膀调情似的转向他。杰姬的这一举动从摄像头的角度看来并不明显，就连弗朗西斯也很难察觉，但是在梅眼里，它就像一口铜锣一样响亮。

"杰姬，你好。梅，你好。"弗朗西斯答道，"我能带你们去我那里瞧瞧吗？"他微笑着问道，但还没等另两人作答，就转过身去，领着她们走进了隔壁的房间。梅此前从未见过弗朗西斯的办公室，此刻，她有些不太情愿将这间办公室的景象与她的观众分享。这是间阴暗的办公室，墙上安装了十二块屏幕，组合成一个天衣无缝的网格。

"正如你的观众可能已经知道的那样，我们一直在研发一个项目来保证让儿童更加安全。我们已经在美国对该项目进行了测试，自从项目试运行以来，美国的犯罪总数下降了近90%，而针对儿童的绑架案则下降了100%。在全国范围内，一共只发生了三起绑架案。由于我们能够迅速追踪到涉案儿童的位置，这三起绑架都在几分钟内得到了解决。"

"这简直棒得难以置信！"杰姬摇着头说道，她的声音听上去低沉沉的，似乎浸润着类似情欲的东西。

弗朗西斯对着她笑了笑，丝毫没有察觉杰姬语气里的情欲，又或许他只是假装对此一无所知。梅的手腕屏幕上涌现出了数以千计的微笑和几百条评论。美国的一些州还没有"真实的青少年"项目，许多居住在这些州的家长已经在考虑搬家了。还有些人将弗朗西斯比作摩西①。

"与此同时，"杰姬补充道，"'普罗泰戈拉亭'这里的团队一直在努力协调所有的学生测量数据，以确保所有的家庭作业、课外阅读、出勤情况和测验成绩全都保存在一个统一的数据库中。他们就快成功了。用不了多久，我们的理想就能够成为现实——当中学生即将升入大学时，我们能够知道他们迄今为止所学到的一切，包括他们阅读过的每一个字、在字典中查找过的每一个生词、标注出的

---

① 摩西，公元前13世纪的犹太人先知，《旧约圣经》前五本书的执笔者。传说摩西带领在埃及过着奴隶生活的以色列人返回迦南（巴勒斯坦的古地名，在今天约旦河与死海的西岸一带）。

每一句话、写下的每一个等式、回答的每一道问题以及订正的每一处错误。过去我们只能猜测学生在同龄人中的排名，推测他们学到了哪些知识，但不久之后，我们就不再需要这些猜测——一切都会有凭有据、显而易见。"

梅手腕屏幕上的信息仍然在疯狂地快速滚动着。二十年前怎么没有这个项目？其中一位观众这样写道，如果那时就有的话，我的孩子们就能上耶鲁大学了。

这时，弗朗西斯接起了话茬。梅觉得他和杰姬此前做过排练，这一点令她感到恶心。"此外，激动人心又分外简单的部分是，我们可以将所有这些信息储存在一块几乎只能在显微镜下才看得到的微型芯片中，"弗朗西斯带着职业化的敬意看着杰姬，微笑着说道，"目前我们这么做纯粹是出于数据安全考虑。但是如果这样一块芯片既能够提供位置追踪数据，又能够提供教育追踪数据，又会怎么样呢？我是说，假如所有的这些数据都存放在一处，那会意味着什么呢？"

"这还用问吗？答案显而易见。"杰姬说道。

"我希望家长们能够和你一样看到这一点。对于参与项目的家庭来说，他们将时刻获得子女每时每刻的一切信息——位置、成绩、出勤情况，等等。这些信息不是存储在某个手持设备中，因此无需担心孩子们会把设备弄丢。这些数据都将存储在云端，存储在孩子自己体内，永远不会丢失。"

"这一切完美无缺。"杰姬评论道。

"是的，我希望如此。"弗朗西斯一边低头盯着自己的鞋子，一边答道。梅知道他只是在故作谦虚而已。"正如你们大家所知，"弗朗西斯转脸看向梅，对着她的观众说道，"这段时间以来，我们在圆环公司一直在谈论'完整'，但即使是我们这些圆环公司的员工，也尚不知道‘完整’的真正含义。尽管如此，我觉得‘完整’就类似于这个项目——将仅仅一步之遥的服务和项目连接在一起。为了确保孩子们的安全，我们追踪他们；为了获得孩子们的教育数据，我们同样追踪他们。现在我们只需将这两条线相互连接，当我们实现这一连接时，我们就终于能够知道孩子们的完整信息。这很简单，但我敢说，这就是完整。"

此时此刻，梅来到了室外，正站在公司园区西区的正中央。她知道在安妮回来之前，自己只能如此停滞不前。现在是下午一点四十四分，按照梅的预想，安妮早该在很久之前就到了，现在她开始担心自己是否会错过与安妮的见面。此前，梅已经和比利亚洛沃斯医生约好于下午两点见面，这次见面的时间估计不会短，因为比利亚洛沃斯医生告诉梅，将和她谈一个比较严重的话题——当然，医生清楚地表示，那绝不是什么严重的健康问题。然而，弗朗西斯的出现将安妮和比利亚洛沃斯医生挤出了梅的脑海，奇怪的是，梅突然又觉得弗朗西斯很有魅力了。

梅知道自己之所以会有这样的感觉，原因很简单——弗朗西斯还是很瘦削，身上的肌肉毫不发达，眼神柔弱无力，而且显然存在早泄的问题；但仅仅因为梅从杰姬的眼神中看到了对弗朗西斯的情欲，她就又渴望和弗朗西斯独处了。她想当晚就把弗朗西斯带到自己的房间。但随即她意识到这个想法太疯狂，她需要清除脑中的胡思乱想。此刻似乎是解释和展示公司新雕塑的最佳时间。

"好啦，现在我们得看看这个，"梅说道，"这尊雕塑出自一位著名的Z国艺术家之手，他常常因为与该国政府的意见分歧而陷入麻烦之中。"然而这时，梅却没能想起这位艺术家的名字，"谈到这里，我希望感谢所有对Z国政府发送皱眉表情的观众，谢谢你们对该国政府迫害这位艺术家和限制互联网自由的行径表示不满。仅仅从美国发出的皱眉表情就有超过一亿八千多万个，你们有理由相信这一定会对该国政权产生影响。"

说完这番话，梅还是没能记起这位艺术家的姓名，她觉得观众很快就将注意到她还未提及艺术家的名字。就在这时，额外指导部门将那个姓名发送在了梅的手腕屏幕上。快告诉他们那个男人的名字！他们如此提醒道。

梅将她身上的摄像头对准那尊雕塑，有几位圆环公司员工正巧站在镜头前，他们纷纷向旁边靠去，避免挡住观众的视线。"别，别，你们站在那儿就好，"梅对他们说道，"正好能够帮助衬托出这尊雕塑的规模。请就站在原地。"于是，那几位员工重新走向雕塑。在雕塑的对比之下，他们显得格外矮小。

那尊雕塑有十四英尺高，用薄薄的、完美无瑕的半透明树脂玻璃制成。尽管这位艺术家此前的大多数作品都是概念性的，这尊雕塑却毫无疑问是具象派的———只和小轿车差不多大小的巨型手掌正从一个巨大的矩形中伸出来，大多数人认为这个矩形代表的是某种电脑屏幕。

这尊雕塑的名字叫做为了人类的利益伸出手，刚一问世就因为它的诚恳而广受关注，因为这一反这位艺术家的一贯风格，要知道，他的代表作品大多具有一种黑暗的讽刺意味，通常都有损正在崛起的 Z 国的国家形象，也会挫伤该国的国家自尊。

"这尊雕塑确确实实触动了圆环公司员工的心弦，"梅说道，"我曾经听见有人在它面前哭泣。正如你们所见，人们喜欢在它旁边拍照。"梅看见有些圆环公司员工在这只巨大的手前面摆着造型，就好像这只手正伸向他们，将要抓住他们，把他们高高举起。梅决定采访一下站在那向外伸出的手指附近的两个人。

"请问你是……"

"我叫基诺，我在'机器时代'工作。"

"你觉得这尊雕塑有什么含义？"

"虽然我不是什么艺术专家，但我觉得它的含义显而易见。艺术家想要告诉世人，我们需要更多的途径来通过电脑屏幕彼此建立联系，不是吗？"

梅点了点头，因为在公司所有人眼里，这就是这尊雕塑清晰地传达出的含义。但她觉得在镜头前，这一点还是有必要说一下的，这样有助于艺术理解能力稍弱的观众理解这个作品。这尊雕塑安装后，公司试图联系那位艺术家，却没能成功。贝利委托艺术家创作了这尊雕塑，但他说自己在作品的主题和创作中都没有插"手"——"你知道，这个'手'字一语双关。"他如是说。尽管如此，创作的结果还是令他非常激动，他非常希望那位艺术家能够来公司亲自谈谈这件作品。但是艺术家表示无法亲自前来，甚至也不能参加电话会议，他说他更情愿让这尊雕塑自己向人们诉说。这时，梅转向基诺身边的那位女士。

"请问你叫什么名字？"

"我叫林库，同样来自'机器时代'。"

"你同意基诺的看法吗？"

"是的，我同意。我是说，我觉得这尊雕塑充满了深情。比方说，它让我们思考如何寻找更多的方式来连接彼此。这个电脑屏幕是个障碍，而这只手正在超越它……"

梅点了点头，心想她得做个总结了。正在这时，透过这只巨手透明的手腕，她看见对面有个人似乎是安妮。那是个年轻的金发女子，身高和体形都与安妮相仿，她正轻快地穿过方形庭院。与此同时，林库正越说越起劲。

"我是说，圆环公司怎样才能找到有效的方法来加强我们与用户之间的联系？令我难以置信的是，这位艺术家距离我们那么遥远，身处那样迥然不同的世界，却表达出了我们圆环公司全体员工的共同心声！我是说，我们如何做得更好、更多、更广？我们如何通过电脑屏幕伸出手去，去靠近世界，靠近世界上的每一个人？"

林库说话间，梅看着那个貌似安妮的身影正向"工业革命"大楼走去。大楼的门打开了，安妮（或者说酷似安妮的那个人）走了进去。这时，梅向林库笑了笑，谢过她和基诺的作答后，查看了一眼时间。

此刻是下午一点四十九分，十一分钟后她就得与比利亚洛沃斯医生见面了。

"安妮！"

然而，那个身影仍在继续前行。梅陷入了进退两难的境地——她想要大声呼喊，但那肯定会令观众感到不满；或者跑着追赶安妮，但那样会使摄像头剧烈颠簸，同样会使观众感到不快。最终，她决定快速行走，同时用手扶住胸前的摄像头。安妮绕过另一个转角后就消失在了视线中。梅听见那扇通往楼梯间的门发出了一声咔哒声，于是快步向那扇门走去。若不是她了解安妮，她或许会以为安妮正在躲避她呢。

梅走进楼梯间后向上望去，看见了安妮的那只与众不同的手，于是喊道："安妮！"

这回，那个身影停下了脚步。她确实是安妮。安妮转过身，慢慢地沿着楼梯向下走来。她看见梅后，脸上露出了一个熟练的、疲惫的微笑。她们拥抱了对方，梅知道自己的任何一次拥抱在她的观众看来都有些滑稽，偶尔甚至略显色情，因为和她拥抱的对方的身体会猛然向摄像头扑过来，最终覆盖整个镜头。

安妮放开了梅，低头看了看摄像头，又吐出舌头抬头看着梅。

"各位，"梅说道，"这位是安妮。你们已经听说过她，她是‘四十人帮’的成员、平步全球的人、美貌的女强人，也是我的密友。安妮，对大家打声招呼吧。"

"大家好。"安妮说道。

"你这回出差情况怎么样？"梅问道。

安妮笑了笑，然而梅从她脸上一丝稍纵即逝的苦相看出，她这回出差的感受并不好。但安妮还是戴起了一张面具佯装快乐地说："棒极了。"

"你有什么想和大家分享的吗？与日内瓦的各位之间的事务进行得如何？"

安妮脸上的微笑黯淡了。

"哦，你知道我们不应该对那件事情谈论太多，毕竟大多数方面都还……"

梅点了点头，对安妮表示理解："抱歉，我只是想让你谈谈日内瓦这个地方。那里不错吧？"

"当然，"安妮答道，"那里很棒。我看见了冯·特拉普家庭合唱团①，他们今年穿了些新衣服，当然衣服还是用窗帘制成的。"

梅扫了一眼手腕屏幕，发现在她去见比利亚洛沃斯医生之前还剩下九分钟时间。

"你还有什么想说的吗？"

"还有什么？"安妮说道，"让我想想……"

安妮歪了歪头，似乎对这次不期而遇的采访仍在继续感到有些惊讶，又略微有点生气。然而，就在这时，她似乎突然意识到了什

---

① 冯·特拉普家庭合唱团，电影《音乐之声》的人物原型。

么，终于开始适应眼前的情形了——她突然意识到正有一个摄像头在拍摄自己，因此她必须扮演起公司代言人的角色。

　　"对了，一直以来我们还在暗示另一个非常酷的项目，一个被称为'完美过去'的系统。在德国期间，我就是为推行该项目在努力扫清最后的障碍。目前我们正在圆环公司内部寻找合适的志愿者来测试这一系统，一旦我们找到了合适的人选，就将为圆环公司开启新的纪元，毫不夸张地说，它也将为全人类开启崭新的时代。"

　　"这么说一点也不夸张吗？"梅惊叹道，"你能就此项目透露更多信息吗？"

　　"当然可以，梅。谢谢你这么问，"安妮说，她低头看了看自己的鞋，很快抬起眼看着梅，脸上露出了职业化的微笑，继续道，"我可以这么说，这个项目基本的想法是利用圆环社区的力量来绘制不仅仅是现在还包括过去的图景。目前，我们正在对美国和欧洲的所有档案库中的每一张照片、每一条新闻影片、每一段非专业视频进行数字化处理——我是说，至少我们是在努力将所有这些数字化。这项任务无比艰巨，但是一旦我们获得了足够多的数据，再加上更为先进的面部识别技术，我们希望我们能够识别出每一张照片和每一段视频中的所有人。如果你想寻找你曾祖父母的所有照片，那么我们可以让你搜索整个档案库，我们希望并坚信你能够因此更加深入地了解你的曾祖父母。或许你能在 1912 年世界博览会的参观人群中找到他们，或许你会在 1974 年的一场棒球比赛录像中看到你的父母。我们最终的期望是它能够填补你记忆的空白和历史记录的空缺。再辅之以 DNA 技术和更为先进的系谱软件，我们希望在一年之内，每个人只要发出一条搜索请求，就能够迅速获得关于他 / 她家族的所有能够获得的信息——所有的图片、视频和影像资料。"

"我猜想当人人都加入圆环公司这几位最初志愿者的行列时，历史记录的空缺很快就会得到填补。"梅笑着说，梅的眼神告诉安妮她的表现很不错。

　　"你说得没错，梅，"安妮答道，她的声音冲着二人之间的空间直刺过去，"和所有的网络项目一样，这一项目的最终实现大多依靠广大网络使用者。我们目前正在收集我们自己数以百万计的照片和视频，但世界上的其他用户提供的照片和视频将达到几十亿个。即使不是人人都参与这一项目，我们仍然相信我们能够轻而易举地填补大多数的历史空缺。假如你正试图寻找 1913 年前后居住在波兰某栋房子里的全体居民，而有一人你始终无法找到，你能够通过参照其他可以获得的数据很快找到这个人。"

　　"这真是激动人心。"

　　"没错。"安妮说着对梅使了个眼色，催促她赶紧结束这场谈话。

　　"但是你们还没有找到合适的志愿者，是吗？"梅问道。

　　"是的。对于这第一位实验者，我们希望他／她的家族在美国具有比较悠久的历史。这么做只是因为我们知道我们在美国这里能够获得的记录数据要比在其他国家获得的完整许多。"

　　"圆环公司计划在今年将所有项目完整化，这也是其中的一部分吧？这一项目目前还在按计划推进？"

　　"是的。'完美过去'很快就可以投入使用了。从其他各方面的进展情况看来，明年初我们就有望实现各项目的全面'完整'了。换句话说，再过八个月，我们就可以大功告成了。不过世事难料，有了这么多圆环公司员工的帮助，说不定我们能够提前完成任务呢。"

　　梅微笑着点了点头，两人又颇有些牵强地熬过了一段时间。其间，安妮一直在用眼神询问梅，她俩这样半表演性的对话还得持续多久。

此时，太阳从云层中探出了脑袋，阳光透过窗户照了进来，正洒在安妮的脸上。就在这时，梅突然间第一次发现安妮看起来显得那么苍老。她面容憔悴，皮肤苍白。尽管安妮还不到二十七岁，她的眼睛下却积累出了眼袋。在这阳光的照射下，她仿佛在过去短短两个月中老了五岁。

安妮握住梅的手，将自己的指甲恰到好处地按进梅的手掌，好引起梅的注意："实际上，我得去一趟卫生间。你一起来吗？"

"当然，其实我也得去一下。"

虽然完全透明了的梅几乎每时每刻都必须打开身上的视频和音频设备，记录自己生活的点点滴滴，但贝利执意认为某些特殊时间和场合除外，比如在卫生间里时，或者至少是在上厕所的这段时间。摄像头会保持开启状态，因为按照贝利的要求，此时摄像头将挂在卫生间隔间门板的背面，因此即使保持画面开启也无妨。但是音频将关闭，以避免梅的观众听见她上厕所的声音。

梅走进了一间隔间，安妮同时走进了她隔壁的隔间，梅关闭了摄像头的音频系统。按照规定，这种无声的状态最多只能持续三分钟，如果无声的时间超过了三分钟，观众和圆环公司的员工就会感到担心。

"你还好吗？"梅问道。她此时看不见安妮，但是透过隔间门下方的缝隙，她能够看见安妮的脚趾。安妮的脚趾看起来有些歪，似乎需要修剪一下了。

"很好，好极了。你呢？"

"我也不错。"

"你当然应该感觉很不错，"安妮说道，"你的表现征服了所有人！"

"你这么认为？"

"拜托，假谦虚在我这儿可不管用。你应该感到兴奋不已才对。"

"好吧，我确实如此。"

"我是说，你在这里就像一颗流星一样，棒得无与伦比。许多人都来找我，希望能够联系上你。这一切简直……太疯狂了。"

梅察觉到安妮的声音当中不知不觉掺杂了某种酷似嫉妒的感情。她在脑海中设想了许多自己可能作出的恰当回答，但是似乎没有一句是对的。如果没有你，我不可能做到这些。这句回答不行，因为它听起来既骄傲自大又有些屈尊俯就的意味。最终，梅还是决定换一个话题。

"抱歉，刚才我问了一些愚蠢的问题。"梅说道。

"没关系。不过你确实将了我一军，把我置于尴尬的境地。"

"我知道。我只是——我看见了你，想和你聊几句。我当时不知道还能问些什么。话说你真的没事吗？你看起来非常疲惫。"

"梅，还真得谢谢你。几秒钟前，我刚刚出现在你几百万的观众面前，而现在你就告诉我我看起来有多么糟糕。你还真是贴心，谢谢了。"

"我只是有些担心你。你最近睡得好吗？"

"我不知道。也许我有些不在状态，大概是时差的原因。"

"我能做点什么吗？让我带你出去吃点东西。"

"带我出去吃东西？在你随身戴着摄像头而我却模样糟糕的时候？这主意听起来棒极了，不过，不必了。"

"让我为你做点什么吧。"

"不，不用了。我只需要赶上工作进度。"

"你遇到什么有趣的事情了吗？"

"你知道，都是平常的工作内容。"

"那么，规章制度那方面的工作进展得都还顺利吧？欧洲那帮家伙真的给你施加了不少压力。我很担心你。"

听了这话，安妮突然冷声说道："你大可不必担心。我做这方面工作已经有好一阵子了。"

"我不是说我担心那方面。"

"那么，你不需要担心任何方面。"

"我知道你一定能应对自如。"

"谢谢你啊！梅，你对我的信心会让我如虎添翼的。"

梅决定忽略安妮话中的嘲讽："那么，我什么时候能再和你见面呢？"

"很快吧。我们会找时间见面的。"

"今晚可以吗？求你了？"

"今晚不行。今晚我得好好睡一觉，为明天做准备。我还有一大堆事情要处理。'完整'计划还有许多新的工作要做，另外……"

"你是说把圆环变得完整的计划？"

安妮沉默了好一阵子，梅敢肯定她正在细细品味这则梅尚且不知道的消息。

"是啊。贝利没有告诉你吗？"安妮答道，她的声音里有一种令梅感到生气的得意。

"我不知道，"梅说道，她感觉自己的心脏正在燃烧，"也许他说过。"

"无论如何，他们觉得圆环很快就将完整了。我此前在欧洲就是为了消除最后的几道障碍。'智者们'认为我们只要迈过这最后几道坎就能成功了。"

"哦，我想我可能听说过这个。"梅答道，她知道自己的话听起来很小气。但是她确实妒忌安妮，她当然会妒忌。她哪里有权获得安妮知道的信息呢？她知道自己无权知晓，但尽管如此，她还是想要知道，她觉得自己不应该只配从安妮的口中得知这个消息，毕竟，安妮在过去三周里都远在地球的另一边，而她才是留在这里的那个人。在这件事上，贝利对梅的隐瞒一下子把她置于一个不怎么光彩的地位，她觉得自己就是圆环公司的一个平庸的女代言人，一个面对公众的幌子。

"这么说，你确定不需要我为你做些什么吗？也许我可以给你一些敷面泥来消一消你的眼袋？"梅讨厌自己这么刻薄地说话，但此时此刻说这话却让她感到好受了不少，就好像身上某处发痒的地方给狠狠挠了挠。

安妮清了清喉咙。"你真好，"她说道，"但是我得走了。"

"你真要走？"

"梅，我不想表现得粗鲁无礼，但我不得不说，现在我最需要的就是赶紧回到办公桌前继续我的工作。"

"好吧。"

"我说这话并不是想对你无礼。我只是确实需要继续赶工了。"

"没事，我知道，我理解。这没什么。不管怎么说，我明天还是会见到你的，在'概念王国'会议上。"

"你说什么？"

"有一个'概念王……'"

"不，我知道那是什么。你也要去参加？"

"是的，贝利觉得我应该参加。"

"并且直播会议？"

"当然。有什么问题吗？"

"不，没有，"安妮说，但她显然是在拖延时间，消化着这则消息，"我只是有些惊讶。那种会议总是会涉及许多敏感的知识产权问题。也许贝利是想让你参加会议开始的部分，或者其他什么。我无法想象……"

安妮的隔间里传来冲水的声音，梅从门缝下面看见她站了起来。

"你要走了？"

"是的。我真的已经耽搁太久了，我都快吐了。"

"好吧，你可别吐。"

安妮匆匆走向卫生间门口，然后迅速消失了。

四分钟之后，梅就得去见比利亚洛沃斯医生了。她站起身，重新打开了摄像头上的录音设备，接着就走出了卫生间。

但随后，她又走回了卫生间，关闭了录音设备，又一次坐进了小隔间中，想花一分钟时间让自己定定神。人们可能会认为她便秘了，随他们怎么想吧，她不在乎。她敢肯定，此时此刻，安妮正在某处哭泣。梅也在一边啜泣，一边咒骂着安妮，咒骂她的每一根金发，咒骂她那自命不凡的特权意识。她确实在圆环公司待得比自己久，那又怎么样呢？她们现在是同等级别的人了，但是安妮无法接受这一点，而梅一定会让她正视这个事实。

下午二点零二分，梅到了。

"梅，你好，"比利亚洛沃斯医生在诊所大厅里欢迎她，"我看到你的心率正常。我想，你在这里慢跑的话，你所有的观众将会看到一些有趣的数据。请进。"

比利亚洛沃斯医生也是观众的最爱之一，这细细想来一点儿也不令人感到意外。她那姣好的曲线、性感的眼神以及口琴般悦耳的嗓音，令她成为了屏幕上炙手可热的人物。人人都希望能有她这样的医生，异性恋男士们尤其如此。虽然有了"真实的你"的存在，所有希望保住工作或者留住伴侣的人几乎不可能做出任何粗俗下流、带有情色意味的评论，但是比利亚洛沃斯医生的存在激起了观众一种较为文雅的赞赏，而且这种赞赏和粗俗色情的评论同样露骨。真高兴又见到这位好医生啦！当梅走进医生办公室的时候，一位男士如此评论道。快开始检查吧。另一位更加大胆、更有激情的男士写道。比利亚洛沃斯医生一边刻意展现出干练的专业水准，一边似乎享受着这些赞赏。今天她穿着一条带拉链的连衣裙，露出了一部分丰满的胸部。从远处看，这身装束颇为得体，然而，通过梅身上的摄像头近距离拍摄，这多少显得有些色情。

"目前看来，你的各项生命体征都很不错。"比利亚洛沃斯医生对梅说道。

此刻，梅正坐在检查台上，医生就站在她面前。梅看了看自己手腕上的屏幕，想知道此刻她的观众通过屏幕看到的是怎样一幅景象。她知道男性观众一定对此刻的这一幕很满意。似乎是意识到梅的摄像头中的画面可能过于挑逗了，比利亚洛沃斯医生转而面向墙上的屏幕。那块屏幕上正显示着几百个数据。

"你的步数数据还可以再提升一些，"她评论道，"你的平均步数只有5300，但这一数字应该达到10000。尤其是对于你这个年龄的人来说，步数应该更多才对。"

"我知道，"梅说道，"只是最近我比较忙。"

"好吧。但记住要多走路。你能向我保证做到这一点吗？梅，既然我们现在正对着你所有的观众说话，我想借此机会宣传一下你目前正在使用的这整套健康程序。这个程序的全称是'全面健康数据'程序，简称为'CHAD'。顺便说一句，我的前任也叫查得——查得，如果你恰好也在观看这个视频的话，我想告诉你，我给这程序取这名可不是为了你。"

这时，梅的手腕屏幕上收到了铺天盖地的信息。人们写道：查得，你这个蠢货。

"通过 CHAD 程序，我们能够获得圆环公司里每个人的实时健康数据。梅，你和公司的新人们是最先得到这款新手环的人，在那之后，我们又给公司里的所有其他人都配备了这款手环。这使得我们能够获得这里一万一千人的完整的健康数据。这你能想象吗？这么做的第一个好处就是，当上周园区内出现流感病情时，我们在几分钟内就知道了病菌是谁带来的。我们把这位员工送回了家，结果没有任何其他员工感染流感。你或许在想，如果我们能够防止人们把病菌带到公司园区里来就好了，对吧？或者说如果人们永远不离开园区，不在其他地方沾染上疾病，那么我们就都安全了。但梅，现在请允许我中断我的宣传，把目光聚焦在你身上。"

"当然可以，只要你带来的是好消息就行。"梅答道，努力挤出一丝笑容。事实上，她心里有些不自在，只希望能够迅速地跳过这个话题。

"我觉得那是个好消息，"医生说道，"这则消息来自苏格兰的一位观众。这段时间以来，他一直在跟踪观察你的生命体征，同时将它们与你的 DNA 标记物相互对比参照。他发现你进食的方式，尤其是你摄入的硝酸盐，正在增加你患上癌症的可能性。"

"我的老天。真的吗？这就是你要告诉我的坏消息吗？"

"不，不是！别担心。这个问题很容易解决。你没有得癌症，而且很可能不会得。可是，你要知道，你的 DNA 标记物当中显示，你可能会得胃肠癌。当然，它只是会增加你患癌的风险。而现在，这位远在格拉斯哥的研究者，通过监测你的活动情况和生命体征，发现你喜欢吃意大利蒜味腊肠和其他一些含有硝酸盐的肉制品，这可能会引起你的细胞癌变。"

"你一直在吓唬我。"

"哦，天呐，对不起！我不是故意的。不过我们得感谢他在关注你，我是说，我们当然也在关注你，而且我们监测数据的能力还在不断提高。不过，像你这样在全世界拥有这么多朋友的妙处在于，其中一个远在五千英里以外的朋友竟然帮你避免了不断增加的风险。"

"这么说，我不能再吃硝酸盐了。"

"没错，别再摄入硝酸盐了。我已经通过极速帖把一份含有硝酸盐的食物清单发给你了，你的观众也可以看到这份清单。你必须控制这些食物的摄入量，一旦你发现你家族里有癌症病史或者存在得癌的风险，你就得彻底放弃这些食物。你一定要记得把这份食物清单发送给你的父母看，以防他们没能及时查看他们自己的极速帖账户。"

"哦，他们一向及时查收极速帖的。"梅答道。

"好的，下面我就将告诉你一个不那么好的消息了。这不是关于你或者你的健康的，而是关于你父母的健康。他们现在身体还不错，但是我想给你看个东西。"医生调出了安装在梅父母家里的"视觉革命"摄像头所拍摄到的画面，那枚摄像头是在她父亲接受治疗一个月后安装的。圆环公司的医疗团队非常关心她父亲的病情，并且希望获得尽可能多的数据。"你发现有什么不对劲的地方了吗？"

梅仔细查看了整个屏幕。屏幕上的网格内本该显示出十六个画面，但其中有十二个画面是一片空白。"只有四个摄像头在正常工作。"梅说道。

"是的。"医生回答。

梅看着那仅剩的四个画面，试图从中寻找她父母的身影。然而她丝毫不见他们的踪影。"技术人员有没有去那儿检查情况？"

"这没必要。我们看到你父母做了什么——他们给每个摄像头都盖上了某种类似盖子的东西，或许那只是一种贴纸或者布料。你知道他们的这个做法吗？"

"我不知道。非常抱歉。他们不应该这么做。"

梅本能地查看了一下她此刻的观众人数——1298001人。每当她来比利亚洛沃斯医生这里时，她的观众人数都会激增。现在，所有这些人都知道了她父母的所作所为。梅感到自己的脸上一阵发热。

"你最近和你父母联系过吗？"比利亚洛沃斯医生问道，"我们的记录告诉我们你没有。但是也许……"

"在过去几天里我没有和他们联系。"梅答道。事实上，她已经有一周多没和他们联系了。在此期间，她曾经给他们打过电话，电话却没能接通。她也曾经给他们发送极速帖，也没有收到任何回复。

"你想回家看看吗？"医生问道，"正如你所知，如果我们对病人的情况一无所知的话，我们就无法提供良好的医疗服务。"

几个星期以来，梅第一次在下午五点离开了公司，此刻她正开着车往家里赶，脑袋里想着她的父母，纳闷他们到底犯了什么傻，竟然做出那样的事，她还担心他们受到了梅塞那疯狂想法的影响。他们竟敢切断那些摄像头！她做了那么多来帮助他们，圆环公司也放宽规定、处处通融来帮助他们，而他们竟然这么做！安妮对此又会说什么呢？

那个该死的交际花，去她的。梅一边开车一边默默诅咒道。她逐渐远离太平洋，空气也逐渐变得温热起来。她已经把自己的摄像头插在了车辆仪表盘上一个特制的底座里，那是为了便于她在驾车期间进行拍摄而专门设计的。这件事情发生得真不是时候，安妮很可能会借助这一事件想方设法为自己谋利。目前，她对梅的嫉妒正与日俱增（是的，这一点显而易见），她完全可以以这件事为借口，狠狠地挫一挫梅的锐气。梅和她那一文不名的家乡小镇，还有她那经营停车场的父母，这对老家伙不仅无法让他们的摄像头正常运转，还疾病缠身，他们获得了极大的恩惠——免费享受最好的医疗服务，竟然还敢大肆滥用这种恩惠。梅知道安妮那自命不凡的金发脑袋中此刻在想什么——总有一些人，你就是没法帮。

安妮的祖上可以一直追溯到乘坐"五月花"号①来到美洲的英国殖民者，她的祖先创造了这个国家，也曾在英国拥有大片的土地。似乎她的家族自人类发明车轮以来，就一直是豪门贵族。事实上，如果他们当中真的有谁的祖先曾经发明了车轮的话，那一定就是安妮的祖先。这一点合情合理，谁也不会对此感到丝毫意外。

梅有一年去安妮家共度感恩节时发现了这一切。当时，安妮家里还有二十几位亲戚，他们所有人都长着细长的鼻子，有着粉红色的皮肤，还戴着眼镜以保护他们脆弱敏感的眼睛。尽管安妮的家庭同样不愿意过多地谈论（也不怎么在意）他们的家族历史，梅还是从他们谦逊得体的谈话中得知，他们的远祖曾和其他殖民者一起庆祝了首个感恩节。

"哦，我的老天，谁会在乎这个呢？"当梅想要询问更多细节的时候，安妮的母亲如此答道，"某个不起眼的家伙上了一条船。他可能在英国各地都欠了不少钱。"

就这样，他们搁下了这一话题，继续用餐。之后，在梅的反复要求下，安妮给她看了一些文件资料。那些古老得泛黄的文件详细地记录了她的家族历史，一套漂亮的黑色图纸上画着她的家谱，还有一些学术文章和老照片，照片里留着夸张鬓角的老男人们正站在

①　"五月花"号，1620 年英国清教徒首次去北美殖民地所乘的船的名字。

粗制的小木屋旁边。

后来，梅曾多次去安妮家做客，她的家人始终都是那么慷慨、谦逊，对他们家族的血统毫不在意。但是，当安妮的姐姐结婚的时候，整个大家族的亲戚全都来了。这回，梅见识到了这个家族的另外一面。当时，她所在的那一桌坐的都是单身的男男女女，大多是安妮的表亲，她身旁坐着安妮的姨妈。安妮的这位姨妈身材修长，四十岁出头，相貌和安妮颇为相似，只是没有安妮漂亮。她那时刚刚离婚，故作傲慢地说自己刚刚离开了一个"地位比我低下"的男人。

"你是怎么认识安妮的？"她在晚宴开始二十分钟后才第一次转向梅，开始了交谈。

"在大学里。那时我们是室友。"

"我还以为她的室友是个巴基斯坦人。"

"那是她大一时的室友。"

"幸好你把安妮拉出了苦海。你的家在哪里？"

"加州中部，中央谷地，一个谁也没听说过的小镇，在夫勒斯诺市附近。"

此刻，梅开着车，回想起了这一切，其中的一些片段历历在目，带给她鲜明的痛楚。

"哇，夫勒斯诺市！"安妮的那位姨妈努力挤出一丝笑容，"我好久没有听人提起那个地方了，谢天谢地。"说完，她喝了一大口手中的金汤力，眯着眼睛看向远处参加婚宴的宾客们，继续道："重要的是，你离开了那里。我知道许多优秀的大学都在寻找像你这样的学生。这也许就是我当初没能进入自己理想的大学的原因。你可千万别以为那些大学会偏爱从埃克塞特①等大城市来的学生。其实，他

---

① 埃克塞特市，英国英格兰西南部城市，德文郡首府。

360

们早已为巴基斯坦和夫勒斯诺市的学生们预留了许多招生名额，不是吗？"

　　梅实现透明化后首次回家的经历曾经带给她极大的启发，令她对人性的美好充满了信心。那天，她和父母一起度过了一个平淡无奇的夜晚。他们一起做饭、进餐，同时谈论了她父亲在接受圆环公司提供的医疗保险后，得到的治疗与之前是多么迥然不同。通过梅的摄像头，她的观众可以清楚地看到他父亲的治疗成果——他看起来生机勃勃，在屋子里行动自如，但同时，他们也目睹了疾病给他造成的痛苦——他曾在上楼时笨拙地摔倒了。见此情景，许多观众纷纷发来信息表示关切，还有数千名观众从世界各地发来微笑表情以示鼓励。人们不约而同地向梅推荐新的药物搭配方法和物理疗法，给她介绍新的医生、实验性的治疗方法和东方药物，甚至建议她父亲通过信仰耶稣来抵御疾病，还有数百个教堂的信徒每周都会为她父亲祈祷。梅的父母对他们的医生非常有信心，大多数观众也能看出他父亲得到了非常优质的治疗服务，因此，相较于医疗方面的评论，梅一家收到的更多的、也是更加珍贵的是观众发来的鼓励他们全家的信息。读着这些信息，梅感动得流下了眼泪，因为这些信息中包含了人们对她全家的爱。人们和梅分享他们的故事，其中有许多人自己也身患多发性硬化症。还有一些人对她讲述自己与其他疾病抗争的故事——他们有的患有骨质疏松症，有的患有贝尔面瘫，有的患有节段性回肠炎。梅不断将观众发来的信息转发给她的父母，但没过几天，她就决定把她父母的电子邮箱和信箱地址公之于众，这样，她的父母就能每天从这些潮水般的消息和信件中获得鼓励和勇气了。

　　今天是她透明化后第二次回家，她知道这次的经历将比上一次更棒。她决定首先解决关于摄像头的问题。她猜测这其中一定是有什么误会。问题解决后，她计划让她的观众再次与父母相见，同时让父母在自己的镜头前对所有给他们发来过微笑表情以及提供过帮助的观众道声谢。

梅到家的时候，她发现父母正在厨房里切菜。

"你们最近过得怎么样？"她一边打着招呼，一边执意让他们仨一起来了个大大的拥抱。她父母身上都沾着一股洋葱味。

"梅，你今晚真是深情款款啊！"她的父亲说道。

"哈哈。"梅强笑了两声，翻了一下眼皮，试图暗示他父母不该这么说，因为这会让观众认为她有时没这么热情。

梅的父母似乎突然记起有个摄像头正在拍摄他们，而且他们的女儿如今已经是个重要的公众人物了，于是立刻调整了自己的言行举止。他们三人一起制作了千层面，梅还特意按照额外指导的要求带来了几味佐料，当着观众的面添加进了千层面中。晚饭做好后，梅给成品提供了充足的特写时间，之后一家三口才坐了下来。

"你们的摄像头有几个没有正常工作，公司的医疗团队对此有些担心。"梅尽可能轻描淡写地说。

"是吗？"她父亲笑着问，"也许我们应该检查一下电池？"说着，他冲着梅的母亲眨了眨眼。

"你们呀！"梅觉得自己必须把问题的严重性说清楚了，她知道无论是对她父母的健康状况还是对圆环公司致力完成的健康数据收集系统而言，这都是至关重要的时刻，"如果你们不让医疗团队获悉你们的情况，他们又怎么给你们提供优质的医疗服务呢？你们的这种做法就好像去看医生却不让她给你们把脉一样。"

"你说得很有道理，"她父亲说道，"我觉得我们该吃饭了。"

"我们马上就会找人来把摄像头修好。"她母亲说道。从这时起，梅觉得整个晚上开始变得非常奇怪。她的父母欣然同意她关于透明化的所有论断——她告诉他们每个人都需要透明地参与到公司医疗项目中，因为只有充分的参与才能获得疫苗。听了梅的话，她的父母不住地点头，完全同意她的观点，还不断夸赞她令人信服的口才和缜密细致的逻辑。然而，梅觉得这很奇怪——他们的态度太过配合了。

他们坐下来开始用餐，这时梅做了一件自己从未做过的事，她希望她父母不要因为太过意外而毁掉这一刻——她举起酒杯向父母祝酒。

"让咱们来为你们俩干杯，"她说道，"我知道，自从我上次来这儿之后，有几千位观众通过网络帮助过你们。借此机会，让咱们也为他们干一杯。"

她的父母僵硬地笑了笑，举起了酒杯。他们默默地吃了一会儿，梅的母亲小心地咀嚼着，吞下了第一口食物之后，她微笑着看向梅的摄像头——梅曾经反复对她强调不要这么做。

"我们的确收到了许多信息。"她母亲说道。

这时，她父亲接过了话茬："你母亲一直在整理这些信息，每天我们都会取得些许进展，但我不得不说，这非常费时费力。"

梅的母亲把手轻轻放在梅的胳膊上，说道："我们不是不感谢发来信息的观众，其实我们确实很感谢大家，真的。我只是想公开地向大家表示歉意，因为我们不能及时地回复每一条信息。"

"我们收到了几千条信息。"她父亲一边轻轻拨动着碗里的色拉，一边补充道。

她的母亲生硬地笑了笑，继续道："我想再强调一次，我们真的很感谢大家发来的这么多信息。但即使我们只花一分钟时间回复一条信息，全部回复完也得花上一千分钟。请大家试想一下，仅仅是最基本的回复就得花费十六个小时！哦，我的老天，我这话听起来这么忘恩负义。"

梅很高兴她母亲说了这么一句，因为他们的话听起来确实忘恩负义，毕竟他们在抱怨人们对他们的关心。正当梅以为她母亲将要推翻她此前的话，转而鼓励更多观众发来祝福的时候，她的父亲开口说了下面这段话，把情况弄得更糟糕了。而且和她母亲一样，她父亲说话时同样直视着梅的摄像头。

"不过我们还是要恳请大家以后不要发祝福信息给我们了，你们只要在心里默默为我们祝福就好。当然，如果你们有宗教信仰，经常祈祷的话，就请为我们祈祷，不需要再发送信息了。大家只要……"他闭上眼睛，从牙缝中挤出了下面几句，"按照我们的方式传递祝福就好，不需要通过电子邮件、极速帖或者其他什么方式来发送祝福。大家只需要在心里为我们祝福就可以了。这就是我们唯一的请求。"

"我想你的意思是，"梅努力压制着心中的怒火，说道，"你们只是需要一段时间来回复所有的信息。但你们最终还是会接受这些祝福信息的，对吧？"

她的父亲毫不犹豫地否定道："梅，我可不能这么说，我也不想做出这样的保证。事实上，接受和回复这么多信息让我们倍感压力，况且已经有很多人由于没能及时获得我们的回复而对我们产生不满了。他们先是发来一则信息，如果没有得到回音，又会在同一天接连发来数十条信息：'我是不是说错了什么话？''对不起。''我只是想要帮你们。''随便你们吧。'他们就这样神经质似的自言自语。因此，我不想暗示我们会立即回复所有的信息，尽管你的大多数观众都要求我们这么做。"

"爸爸，别说了。你的话听起来很过分。"

听了这话，她的母亲向前倾了倾身子："梅，你爸爸只是想说，我们的生活负担已经够重的了，我们得工作、缴纳各种费用、处理与治疗相关的各种事务，忙得不可开交。如果我们还得另外花费十六个小时来回复信息，那我们一定会累垮的。你明白我们说这番话的原委了吗？不过，我想再次强调一下，我们真的尊重和感谢所有为我们祝福的人。"

晚饭后，梅的父母想看一部电影。于是，在她父亲的坚持下，他们观看了《本能》。这是她父亲最常看的一部电影，尽管他从未明确表示他喜欢希区柯克，但他在观看这部电影时，总是评论说其中有许多灵感都源自希区柯克，许多精彩的片段都是在向希区柯克致敬。不过，很长时间以来，梅一直认为她父亲之所以钟爱这部电影，是因为其中时不时出现的各种带有情色意味的紧张感会让他春心荡漾。

在她父母观看电影的同时，为了让这段时间显得更为有趣，梅发送了一系列极速帖，追踪评论电影中冒犯性少数派人群（LGBT）①的片段。她的帖子在观众中引起了热烈反响，就在这时，她看了看时间，发现已经是晚上九点半了，她觉得是时候返回圆环公司了。

"好啦，我得上路了。"她说道。

梅仿佛从她父亲的眼里看到了异样的神色，她觉得父亲好像迅速地看了母亲一眼，似乎在说"她终于要走了"，但也许这只是她的错觉。梅穿上外套，在母亲的陪伴下来到了门口。这时，她母亲递给了她一枚信封。

---

① LGBT 是女同性恋者（Lesbians）、男同性恋者（Gays）、双性恋者（Bisexuals）与跨性别者（Transgender）的英文首字母缩略字。由于"同性恋社群"一词无法完整体现相关群体，"LGBT"一词便应运而生，并逐渐普及。此处选择把其翻译为"性少数派人群"。

"梅塞让我们把这个转交给你。"

梅接过信封，那是一枚普通大小的商业用信封，上面甚至连她的姓名都没写。事实上，信封上空空如也，没有标明收信人。

梅亲了一下母亲的脸颊，就离开了屋子。此时，室外的空气依然温暖。她发动汽车向高速公路驶去。但是，那枚信封就放在她的腿上，没过一会儿，梅就再也克制不住内心的好奇，在路边停下车，打开了信封。

亲爱的梅：

没错，你可以并且应该当着你观众的面阅读这封信。我希望你这么做，因此我这封信不仅仅是写给你的，也是写给你的"观众"的。各位观众，大家好。

读着梅塞的文字，梅几乎可以听见他在做一次重要演讲前习惯性的吸气声。

梅，我不能再和你见面了。虽然我们此前也算不上经常来往或者关系密切的朋友，但是我现在再也不能做你的朋友了，也不能参与你的实验。失去你这个朋友，我会很难过，毕竟，你曾是我生命中重要的一部分。但是，我们选择了非常不同的人生道路，很快我们之间就会产生太多的隔阂，无法相互交流了。

如果你已经见过了你的父母，你的母亲也把这封信交给了你，那么你一定已经看到你们的那套东西对他们造成的影响了。我是在和他们见面之后写下这封信的，他们都被观众发来的潮水般的信息弄得精疲力竭、苦不堪言，而这正是你造成的。梅，这一切太过分了，而且这么做是不对的。我帮助他们遮挡了屋里的一部分摄像头，我甚至买了那些遮盖用的布料。我很高兴那么做。你的父母不想收到大家发来的微笑或者皱眉表情，也不想接收极速帖。他们只想安安静静地生活，不被打扰，不受监视。我们不应该为了获得某种见鬼的服务而被迫受到监视。

如果事情继续如此发展的话，那么将会出现两种不同的社会（至少我希望会出现两种社会），一种就是你试图创造的社会，另一种则是与之截然相反的社会。你和你那些志同道合的人将心甘情愿、满心欢喜地生活在时时刻刻、无处不在的监视中，你们将在网络上相互投票，彼此点赞或者给差评，发送微笑或者皱眉表情。除此之外，你们几乎什么也不做。

信读到这里，梅的手腕屏幕上已经收到了大量观众发来的信息。梅，你从前是不是真的那么年幼无知？你怎么会和这么一个无名小卒约会呢？在一段时间内，这是最为常见的评论，不过很快，最热门的回复就变成：我刚刚在网上查看了一下这家伙的照片。他的家族里是不是有大脚野人①的血统？

梅继续读起了梅塞的信：

当然，我还是会祝福你一切都好。如今，你和你的同仁们正怀着必胜的信念，想要实现所谓"全人类的天命"。尽管我知道这不太可能发生，但假如有朝一日你们由于做得太过分而自食其果、惨遭失败时，我希望你能够重获理智和人性，正确地看待一切。见鬼，我在说什么呀？这么说已经太过分了。我真正想要说的是，我希望有朝一日能有少数敢于直言不讳的人站

***

① 大脚野人，又称萨斯科奇人，是传说中的北美大脚野人。

出来说你们做得太过分了，你们开发的这个工具暗中造成的危害甚于人类历史上的任何发明创造，因此它必须受到约束、规范和矫正，最重要的是，我们应该有权拒绝使用它。现在，我们正生活在一个专制蛮横的国家中，我们甚至不能……

梅向后翻了翻，看看还剩下多少页信没有读，结果发现还有整整四张正反面都写满了字的信纸，上面写的很可能都是类似的不着边际的废话。于是，她一把将那叠纸丢在了副驾驶座上。可怜的梅塞，他一直是个喋喋不休的吹牛者，从来都不了解他的听众。尽管梅知道梅塞是在利用她的父母来反对她，她还是有些担心。她的父母真的如梅塞所言感到那般困扰吗？此刻，她距离父母家只有一个街区之遥，于是她走下车，走回了父母家。如果他们真的对现状感到困扰的话，那么她完全可以解决他们的烦恼。

当梅进屋时，她去了父母最有可能在的两个地方——客厅和厨房，却没有发现他们的身影。她转过墙角，朝餐厅里望去，还是没有找到他们。屋子里唯一能证明他们还在家里的东西就只剩下炉灶上正烧着的一壶水了。梅尽力保持着镇定，可是那灶台上的烧水声衬托出整个屋子诡异的静谧，令她的脑中冒出了古怪的想法，她突然想到了入室抢劫、自杀协议和绑架诱拐。

于是，她一步三台阶地匆匆向楼上跑去，一踏上二楼楼板就迅速向左边拐去，冲进了父母的卧室。在冲进卧室的一瞬间，她看见父母迅速转过脸来，瞪大着眼睛惊惧地看着她。这时，她才发现父亲正坐在床上，母亲则跪在他身前的地板上，手里握着他的阳具，她父亲的腿边还放着一小瓶润滑剂。一瞬间，他们三人都意识到了眼前这一幕将会造成的影响。

梅迅速转过身，让胸前的摄像头对着一个梳妆台。他们三人谁也没有说话。梅唯一能够想到的补救方法就是躲进浴室，把摄像头对着墙壁，关掉摄像头上的录音设备。她把挂在脖子上的摄像头拍摄到的画面往回倒了倒，想看看它到底拍到什么，暗暗希望它出于某种原因没能捕捉到刚才那不堪的画面。

然而，事与愿违，那枚摄像机的拍摄角度恰好捕捉到了她父母的所作所为，甚至比她亲眼看见的还要清晰无误。梅关闭了回放功能，给额外指导部门打去了求助电话。

"我们能做什么进行补救吗？"她问道。

几分钟后，她就与贝利本人通上了话。梅对此感到庆幸，她知道，倘若有人同意她的想法，那一定就是贝利，因为贝利始终拥有正确无误的道德感。他一定也不希望这样的性行为在全世界播出，不是吗？虽然刚才他们确实直播了那一幕，但是他们肯定可以抹去那几秒钟的录像，这样人们就无法在网上搜索到那个画面，它也就不会永远留存在网络上了，不是吗？

"拜托，梅，"贝利说道，"你知道我们不能抹掉那段影像。如果我们总是能找到办法删除任何令我们感到难堪的影像，那么我们倡导的透明化还有什么意义呢？你知道我们从来不删除任何资料。"贝利慈父般的嗓音里充满了设身处地的同情，梅知道无论他说什么，自己都会听从的。毕竟，他具有高瞻远瞩的洞察力，比梅和其他任何人看得都要远得多，这一点从他一贯波澜不惊、泰然自若的处事方式中就可见一斑。"梅，要想推进这个实验性的创举，实现整个圆环公司的目标，就必须不折不扣地贯彻上述原则。我们拍摄到的画面必须是纯粹的、完整的。我知道，刚才那一幕可能会令你在接下来的几天里感到痛苦，但是，请相信我，很快大家就会对此见怪不怪，再也不会有人对类似的事情产生丝毫兴趣了。到那时，一切都会公之于众，一切可以接受的事情都会被大家所接受。因此，眼下我们必须学会坚强，而你必须成为我们的楷模，你必须坚持到底。"

梅再次驾车返回圆环公司，她决定一旦回到园区就待在那里，哪儿也不去。她的烦心事已经够多了——她的家庭、梅塞，还有她那个破旧可鄙的家乡小镇。她甚至没有问父母关于"视觉革命"摄像头的事情，不是吗？家里的情况一团糟，而在公司园区里，一切都那么熟悉亲切。在这里没有矛盾摩擦，她不需要向任何人解释自己的所作所为和世界的未来，因为圆环公司的员工都心照不宣地理解她，理解这个世界，知道这个世界需要变成什么样、将会变成什么样。

说实话，梅觉得自己越来越离不开园区了——园区外的世界愈发令她无法忍受，那里有散发着难闻气味、无家可归的流浪汉，有故障频出、无法运转的机器，还有未经清洁的地板和座椅；总之，外面的世界到处都是一片无序和混乱。梅知道，圆环公司正在帮助改善外面的世界，他们正在努力解决各种各样的问题。比如，她明白，一旦住房分配乃至整体公共住房体制彻底实现游戏化，无家可归的现象就能够得到缓解甚至解决。事实上，"奈良时代"的工作团队正在着手解决这一问题。尽管如此，梅还是越来越讨厌走出公司的大门。无论她走在哪里——旧金山、奥克兰、圣何塞或者其他任何一座城市，她都觉得自己仿佛来到了第三世界。那些城市里的每一个街区都充斥着肮脏、冲突、错误和低效。这数以千计的问题原来根本不应该存在，只要使用简单的算法，利用现有科技，再加上网民的志愿参与，这些问题就能迎刃而解。为了消除这些混乱，梅始终开启着自己身上的摄像头。

没用两个小时，梅就驾车回到了园区。此时还不到午夜十二点。

这一行令她既焦虑又烦躁，神经时刻处于紧张之中，现在她迫切地需要休息，并且分散自己的注意力。她回到了客户体验部门，因为她知道在那里自己可以派上用场，自己的努力也会得到及时而明显的认可。她走进办公大楼，抬头看了一眼那尊缓慢转动着的考尔德动态雕塑，乘坐电梯，步履轻快地穿过狭窄的天桥，径直走进了她的办公室。

她在办公桌前坐下后，看到了她父母发来的几则信息。他们还没有入睡，感到既沮丧又愤慨。梅试着把观众发来的一些内容积极的极速帖发给他们看。在这些信息中，观众赞叹这对上了年纪、还在与多发性硬化症做着抗争的夫妇仍然坚持过着性生活。但是，梅的父母对这些评论并不感兴趣。

求你别再发这些信息给我们了。他们恳求道。

接着，他们和梅塞一样，坚持要求梅除了在私密情况下，否则不要再联系他们。梅试图向他们解释他们的这种想法有悖于历史发展的潮流，但他们听不进去。梅认为自己最终一定能说服他们，这只是时间问题。总有一天，她的父母，甚至是包括梅塞在内的所有人，都会明白的。梅塞和她父母接受新事物总是比较慢，他们很晚才拥有了个人电脑，也很晚才买了手机。他们迟迟不愿接受无可争辩的当今潮流和无法避免的未来趋势，这种做法显得既可笑又伤感，而且毫无意义。

看清了这一点，梅决定耐心等待。与此同时，她开启了信息阀门。其实，在每天晚上的这个时间段，鲜有客户有急需解决的问题，但总会有一些尚未答复的疑问在等待着部门员工在正式办公时处理，因此，梅觉得自己可以利用新人们到来前的这段时间，帮他们稍稍减轻一点工作量。也许她能够处理完所有囤积下来的问询，给大家一个惊喜，这样第二天开工时，大家就可以一身轻松，从零开始了。

系统中一共有 188 条尚待解决的问询，梅决定量力而行，处理那些她能够处理的。一位来自特温福尔斯市的客户希望圆环公司为他提供一份纲要，在上面列举出他的客户同时访问的所有其他商家的信息。梅轻轻松松就找到了这些信息，制成一份纲要发给了他。一完成这项任务，她顿时觉得自己冷静了不少。接下来的两个问询很简单，都有现成的样板答案。她给这两位客户发送了追加问卷，得到了两个 100 分的评分。其中一位客户给她发来了一份调查问卷，她仅仅花了九十秒钟就答完了。接下来的几个问询要复杂一些，不过梅还是得到了 100 分的评分。第六个问询更加复杂一些，但梅还是进行了回复，得到了 98 分，她发去了追加问卷并成功地把评分提升到了 100 分。一位来自澳大利亚墨尔本市、做空调生意的广告商问梅他是否可以把她添加进自己的职业社交网络中，梅欣然同意了。这时，这位广告商才意识到回答他问题的竟然是梅。

你就是那个大名鼎鼎的梅吗？他打字问道，并自我介绍说他名叫爱德华。

我不得不承认你说得没错。梅回答道。

我真是荣幸。爱德华回复道，现在你那里是几点？我们这儿刚刚下班。梅告诉爱德华，在她这里已经很晚了。爱德华问梅他是否可以把她添加为自己的邮件联系人，梅又一次欣然同意了。很快，爱德华给梅发来了大量介绍墨尔本保险方面的新闻和信息。他提出要授予梅"墨尔本供暖设备和空调设备供应商协会"的荣誉会员资格，梅回答说自己备感荣幸。接着，他把梅添加为他自己圆环社交网站个人主页上的朋友联系人，也让梅添加他为好友。梅照做了。

现在我得继续工作啦，梅写道，替我向所有在墨尔本的朋友问好！此刻，梅觉得她父母以及梅塞的种种疯狂举动和想法都已经像薄雾一样消散了。她着手处理下一条问询。这条问询来自一家总部设在亚特兰大市的宠物美容连锁店。她得到了99分的初评分，在发送了追加问卷之后，将评分提升到了100分。接着，她给这位客户发送了六份问卷，其中五份都得到了回答。接下来，她接受了另一条来自班加罗尔①的客户问询，正当她在修改样板回答以解决这则问询的时候，她收到了爱德华发来的一条新信息。你看到我女儿的要求了吗？他问道。梅查看着自己面前的各块屏幕，想要找到爱德华女儿的要求，可怎么也找不着。这时，爱德华才告诉梅他的女儿和他不同姓，她正在美国新墨西哥州上学。原来，爱德华的女儿正努力让更多的人意识到北美野牛现在面临的生存困境，她希望梅能够在她的一份请愿书上签名，并在尽可能多的论坛上提及她发起的这项运动。梅回复说自己会尽力而为，并迅速发了一则极速帖宣传这一项目。谢谢你！爱德华写道。一分钟后，他的女儿海伦娜也跟着发来了一条致谢信息。我真难以相信梅·霍兰德竟然在我的请愿书上签名了！谢谢！她在信息中写道。随后，梅回答了三则客户问询，她的评分略微有所下降，成了98分。尽管她给这三位客户都发去了追加问卷，但都没能得到满意的结果。梅知道自己必须得到将近二十二个100分才能把平均得分从98分拉回到满分。她查看了一眼此刻的时间。现在是晚上十二点四十四分，时间还很充裕。这时，海伦娜又发来了一则信息，询问圆环公司职位招聘的情况。梅给她提供了一些常规建议，同时把公司人力资源部门的电子邮箱地址发给了她。你可以为我美言几句吗？海伦娜问道。梅回答说自己会尽力而为，毕竟她们俩素未谋面。可是到现在为止，你对我已经挺熟

---

① 班加罗尔，印度南部城市，卡纳塔克邦首府。

悉了呀！海伦娜说完就附上了自己个人主页的地址，她催梅去主页上读一读她写的关于野生动物保护的文章，以及她申请大学时撰写的一篇论文，她说自己的这篇论文即使到今天仍然具有现实意义。梅保证自己一有空就会读一读海伦娜的这些文章。不过，野生动物和新墨西哥州等字眼让梅想起了梅塞，那个自以为是的废物。当年在大峡谷边缘和她做爱的那个家伙到哪里去了？想当年，梅塞开车到她的大学里接她，然后两人毫无计划、漫无目的地驱车穿行在东南地区。尽管他们不知道自己身处何处，也不知道晚上应该在哪里过夜，他们却自得其乐、悠然惬意。他们迅速地穿越了整个新墨西哥州，来到了亚利桑那州。在那里，他们停了车，找到了一处俯瞰着大峡谷的悬崖。那里没有任何围栏，他们身后就是四千英尺深的深渊。就在那里，在正午的艳阳下，梅塞脱去了梅的衣服。他抱着她，她对他深信不疑，因为那时的他强壮有力，既年轻又有远见。而如今的梅塞不仅年纪大了，观念和行为更是陈腐老旧。想到这里，梅打开自己为梅塞创建的个人主页看了看，发现上面依然空空如也。梅咨询了一下相关技术人员，发现梅塞曾经试图把这个主页整个撤销掉。梅给他发送了一则极速帖，结果没有收到任何回复。她试图查看他的公司主页，结果发现那个网页已经被撤销了，上面只有一则留言，说他如今只与几位合作伙伴做生意。这时，海伦娜又发来了一则信息：你觉得我的文章写得如何？梅告诉她，自己眼下太忙，还没空读她的文章。紧接着，海伦娜的父亲爱德华发来了一则信息：如果你能举荐海伦娜，帮她在圆环公司谋得个职位，就再好不过了。我们不想给你太大压力，逼你非这么做不可，不过我们确实指望你了！梅再次告诉他们自己会尽力而为。这时，梅面前的第二块显示屏上收到了一则通知，通知说圆环公司正在开展一项运动，旨在消灭西非的天花。梅在上面签了名，发送了一个微笑表情，捐了五十美元，并且发了一则极速帖宣传这项运动。她看见海伦娜和爱德华迅速转发了这则极速帖。瞧，我们在尽自己的一份力！爱德华写道，你能礼尚往来地为我们做点什么吗？现在是凌晨一点十一分，梅突然感到一阵黑暗席卷了全身。她感到嘴里酸酸的。她闭上双眼，却看见自己体内的那道裂缝里面充满了光亮，于是赶忙睁开了眼。她喝了一大口水，想定定神，不料这却加剧了她内心的恐慌。她查看了一下自己此刻的观众人数。现在只有 23010 位观众在关注着她，但她不想让这些观众看见自己的眼睛，因为她担心自己的眼神中会暴露内心的焦虑。她再次闭上了眼睛，心想在盯着电脑屏幕这么多个小时之后，闭眼休息一分钟也只是寻常之举，不会引起观众的怀疑。我只是在闭目养神。她写道，并把这信息发送了出去。但她的眼睛一合上，就看见身体里的那道裂缝，现在这道裂缝变得更加清晰，里面传出的声音也更加响亮了。此刻她耳中听见的声音究竟是什么？它听上去就像几百万个淹溺在深水中的尖叫声。梅睁开了眼，给父母打了通电话。电话无人接听。她又给他们发送了信息，仍然无人回复。她转而给安妮打去电话，也无人接听。她给安妮发送信息，同样没有收到任何回复。她通过"圆环搜索"软件在园区内寻找安妮的行踪，发现她不在园区里。梅登录了安妮的个人主页，快速地浏览过几百张照片，这些照片大多是安妮在欧洲和中国出差时拍摄的。很快，梅感到双眼烧灼般的滚烫，于是又一次闭上了眼睛。然而，她又一次看见了体内的那道裂口，有道光线想从裂口中穿透出来，她也又一次听见了那些水底的尖叫声。她睁开眼睛，看见爱德华发来了一条信息：梅？你还在吗？我非常想知道你是否能够帮助我们。盼回复。然而，此刻梅脑中想的却是另一个人：梅塞真的能够像这样消失得无影无踪吗？她决心找到他。她在网络上搜索他的踪迹，想要找到梅塞可能给别人发去的信息，但她一无所获。她给梅塞打了电话，但他的电话号码已经无法接通了。擅自更换了自己的电话号码又没有留下新的号码，这可真是个无礼的举动，梅想道。梅塞曾经到底有哪一点吸引她了？他肩背肥硕，头发蓬乱，简直令人作呕。老天，他到底去哪里了？如果你怎么也找不到你想找到的那个人，就说明一定出了什么大事。现在已经是凌晨一点三十二分了。梅？还是我，爱德华。你能再次向海伦娜保证你待会儿就会去她的网站看看吗？她现在有点不安。你只要说些鼓励的话就能帮到她。我知道你是个好人，绝不可能故意让她心烦意乱，你绝不会在答应帮助她之后又无视她。祝好！爱德华。梅登录了海伦娜的网站，读了上面的一篇文章，对海伦娜表示了祝贺，告诉她文章写得很棒，并发了一则极速帖告诉所有人：来自墨尔本、正在新墨西哥州读书的海伦娜值得大家的关注，大家应该尽力支持她所从事的运动。然而，梅感到体内的那道裂缝依然张开着，她急需令它闭合。她不知道自己还能做些什么，只得开启了"圆环调查"软件，点了点头，开始回答问题。

"你是否经常使用空调？"

"是的。"她答道。

"谢谢。你认为有机护发产品怎么样？"

"皱眉（不大喜欢）。"梅答道。她对这一问一答的节奏颇为满意。

"谢谢。如果你偏爱的护发产品在你常去的商店或者网站上买不到，你是否会选择其他类似品牌的产品？"

"不会。"

"谢谢。"

用这种平稳的节奏来完成一个个任务令梅感到安心。梅查看了一眼手环，看见上面收到了观众新发来的几百个微笑表情。观众的评论很积极，看到类似梅这样的圆环公司的"名人"能这样为充实数据库做贡献，大家颇感振奋。梅还收到了自己最初在客户体验部门工作时帮助过的客户发来的评论。在哥伦布、约翰内斯堡、布里斯班的客户都纷纷发来了问候和祝贺。安大略的一家营销公司老板发来了一则极速帖，感谢梅为大家做了好榜样。梅简短地答谢了她，并询问了她公司的生意状况。

接下来，梅又回答了三则客户问询，并且成功地让这三位客户都填写了追加调查问卷。客户体验部门工作团队的总体平均得分是95 分，梅希望自己的努力能把平均得分提高一些。现在，她感觉非常棒，她正需要这样良好的状态。

"梅。"

耳机里，她自己经过处理的声音正在轻轻叫着她的名字，刺激着梅的神经。她觉得自己似乎已经有好几个月没听到这个声音了，但它蕴含的力量丝毫没有减退。梅知道自己应该点点头，继续回答问题，但她还想再听一遍那声音，于是她等待着。

"梅。"

听着那声音再次呼唤，梅觉得自己像在家一样既安心又自在。

当晚，梅来到了弗朗西斯的房间。理智告诉她，她这么做的唯一原因是眼下她生活中所有重要的人都抛弃了她。在客户体验部门待了九十分钟后，梅用"圆环搜索"查找了弗朗西斯的位置，发现他正待在一间公司宿舍里。接着，她发现弗朗西斯还没睡觉，正在上网。几分钟后，他就发来信息说他听到梅的消息既感激又高兴，并邀请梅到他那里去。对不起，他写道，等你到我房间来的时候我还会再次向你道歉的。梅关掉了自己的摄像头，到弗朗西斯那儿去了。

房门打开了。

"对不起。"弗朗西斯说道。

"别说了。"梅回答。她走进房间，关上了门。

"你想喝点什么吗?"他问道,"水? 这儿还有一种新型伏特加,是我今晚回来时发现的。我们可以尝尝。"

"不用了,谢谢。"梅一边回答一边坐在了靠墙的一张书柜上,那上面放着弗朗西斯的笔记本电脑。

"哦,等等,别坐在那儿。"他说道。

梅站起身:"我没有坐在你的设备上。"

"不,我不是这个意思。我是说,别坐在那个书柜上。他们告诉我它不怎么牢靠。"他微笑着说,"你真的不想喝点什么吗?"

"不用了,我真的很累。我只是不愿意自己一个人待着。"

"听着,"他说道,"我知道我应该先征求你的同意,但是我希望你能理解我这话的出发点。我不敢相信我现在正和你在一起。我似乎有点感觉,知道这是我俩在一起的最后一次机会了,因此我想把它铭记于心。"

梅知道自己在弗朗西斯眼里的魅力有多大,这让她产生一种独一无二的兴奋感。她坐上床,问道:"话说,你找到他们了吗?"

"你指什么?"

"上次我见你的时候,你正准备扫描你相册里的那些照片。"

"哦,对了,从那以后我似乎还没有和你说过话呢。我后来确实扫描了那些照片。那做起来很简单。"

"那么,你知道他们是谁了吗?"

"他们中的大多数人都拥有'圆环账户',因此我只需要对他们进行面部识别。我是说,那个过程只花了七分钟时间。为了识别另外几个人的脸,我不得不使用了联邦政府的数据库。目前我们还不能获得全部数据，但是我们可以查看机动车辆管理局保存的档案，那里有全国几乎所有成年人的照片。"

"你和他们联系了吗？"

"还没有。"

"但是，你已经知道他们都在哪儿了，对吧？"

"没错。只要知道了他们的姓名，我就能找到他们的住址。他们中的有些人曾经搬了几次家，但我对比查看了我可能寄居在他们家的时间。事实上，我为此整理出了自己寄养在各地的时间表。我寄住的大部分家庭都在肯塔基州，有几家在密苏里州，有一家在田纳西州。"

"就这样？你不打算采取进一步行动？"

"我不确定。有一对夫妻已经去世了，所以……我不知道，也许我会开车经过几户人家，以此来填补一下记忆的空缺，但我还没有决定。哦，对了，"他突然笑着转过身来说道，"我确实想起了几件事情。我是说，我回忆起的大多是关于这些寄养家庭的寻常事情。不过，我记起其中有一个家庭里有一个比我年长一点的女孩，我那时十二岁，她大约十五岁。关于她，我很多事情都记不清了，但是，我知道她是第一个让我产生性幻想的对象。"

弗朗西斯说的"性幻想"这个词立刻在梅身上产生了作用。过去，每当某位男士和梅说起"性幻想"时，他们都会接着谈论起各自的幻想，有时甚至会付诸实践。梅和弗朗西斯现在正是这么做的，尽管他们的这种实践非常短暂。弗朗西斯的幻想是走出这间房间，然后在外面敲门，佯装自己是一位迷了路的少年，正在轻叩一所美丽的郊区房屋的门；而梅的任务就是假装自己是一位孤独的家庭主妇，虽然有些衣不蔽体，但还是因为太渴望有人作伴而请这位迷途少年进了门。

就这样，弗朗西斯在屋外敲了敲门，梅开门迎接了他。他告诉梅自己迷路了，梅说他应该脱掉他那一身旧衣服，而且可以换上她丈夫的衣服。弗朗西斯非常喜欢梅的这个点子，于是，事态不可遏制地迅速发展，几秒钟后，他就赤身裸体地躺在了床上，梅则骑到了他的身上。他躺在梅身下，像一个在动物园游玩的孩子一样惊奇地抬眼看着梅随着他身体的挺动上下起伏。一两分钟后，他闭上眼睛，发出一声短暂的尖叫后就呻吟着迎来了高潮。

现在，弗朗西斯正在浴室里刷牙，梅躺在床上，盖着厚厚的被子看着墙壁。她筋疲力尽，心里感到的不是爱而是某种类似满足的东西。墙上的钟显示此刻是凌晨三点十一分。

弗朗西斯从浴室里走了出来。

"我还有一个幻想。"他说着掀开被子，躺上床，把脸凑向梅的脖子。

"我就快睡着了。"梅咕哝道。

"不，我的幻想不是什么费力的事情，完全不需要做任何动作，它只是口头上的。"

"好吧。"

"我想让你打分。"他说道。

"什么？"

"你只要打分就好，就像你在客户体验部门的工作接受客户的评分一样。"

"你是说最低分是 1 分、最高分是 100 分？"

"没错。"

"给什么打分？你的表现？"

"是的。"

"拜托，我不想那么做。"

"这只是为了好玩而已。"

"弗朗西斯，求你了，我不想那么做。这么做会毁掉一切乐趣的。"

弗朗西斯大声叹了口气，坐起了身："无知则恰恰会扼杀我的乐趣。"

"对什么无知？"

"我的表现。"

"你的表现？你表现得不错。"

弗朗西斯充满厌恶地哼了一声。

梅转过身："你到底怎么了？"

"不错？"他说道，"我表现得不错？"

"哦，老天爷。你棒极了，你太完美了。我说你不错的意思就是你表现得不能更棒了。"

"好吧，"他说着向梅靠过来，"那么，你之前怎么不这么说？"

"我想我说过。"

"你觉得'不错'和'完美''不能更棒'是同一个意思？"

"不，我知道它们不是一个意思。我刚才只是有点累了。我本应该说得更准确些。"

弗朗西斯的脸上露出了一个自我满足的微笑："要知道，你刚刚证明了我的想法是正确的。"

"什么想法？"

"我们刚刚争论了你使用的词语以及它们的意思。显然，我们对同一个词语有不同的理解，我们兜了个大圈子。但是如果你使用一个简单明了的数字，那我立刻就会明白你的意思。"说完，他吻了吻梅的肩膀。

"好吧，我明白你的意思了。"梅说完闭上了眼睛。

"那么……"他问道。

听了弗朗西斯恳求的语气，梅睁开眼睛看着他。

"怎么了？"

"你还是不愿意给我打个分吗？"

"你真的想要一个评分？"

"梅！我当然想要。"

"好吧，100分。"

说完，梅转过身面对着墙壁。

"这就是你给我的评分？"

"是的，你得到了满分100分。"

梅觉得自己似乎能听见弗朗西斯的嬉笑声。

"谢谢你，"他说着吻了吻梅的脑后，"晚安。"

在"维多利亚时代"大楼的顶楼有一间硕大的房间，它拥有极为壮观的景致和玻璃质的天花板。当梅走进这间房间的时候，她受到了在那里的"四十人帮"的大多数成员的欢迎。"四十人帮"这群变革者会定期评估并通过圆环公司的新项目。

"梅，你好！"梅听见一个声音在和自己打招呼，她循声望去，发现那人是埃蒙·贝利。贝利刚刚走进房间，正走到房间的另一头就座。他身穿一件带拉链的运动衫，袖口卷到了手肘上面。他戏剧化地走进房间，向梅同时也向所有可能在屏幕前观看的观众挥了挥手。梅希望此刻有很多观众在观看，毕竟她和圆环公司已经通过极速帖对今天的活动做了好几天的宣传。她查看了一下手环，发现目前的观众人数是1982992人。这真是不可思议，她想道，而且这一数字还会攀升。她在会议桌中间的一个座位上坐了下来，这样她的观众就能看见"四十人帮"里的大多数成员，听到他们的评论，看到他们的反应，而不仅仅是贝利一个人的。

梅落座后，时间已经不早了，她不能再随意离座了，这时她才发现自己不知道安妮在哪里。她打量了一下坐在桌子对面的四十张面孔，发现安妮并不在其中。她伸长了脖子向四周张望，同时努力保证胸前的摄像头始终对准贝利。终于，她在门边发现了安妮的身影——她正站在两排圆环公司员工的身后。这群人站在门边，以便在必要时悄然离开。梅知道安妮看见了她，但是安妮没有做出任何表示。

"好啦，"贝利面对着房间里的所有人绽放出灿烂的笑容，"既然大家都到场了，我认为我们该开始认真工作了。"说到这里，他的目光在梅和她脖子上的摄像头上短暂地停留了片刻。之前已经有人告诉梅，整个活动应该看起来自然不做作，以便让梅和观众感觉自己是受邀参加一场非常常规化的活动。

"各位帮内成员，大家好，"贝利说道，"我想要一语双关。"四十位男男女女都笑了。"言归正传，几个月前我们大家都见过了奥利维亚·桑托斯。她是一位非常勇敢也很有远见的立法者，她将透明化带到了一个新的（我敢说是终极的）高度。正如大家所见，时至今日，全世界已经有超过两万名领导人和立法者效仿她，把他们作为人民公仆的生活完全公开了。这让我们备感鼓舞。"

梅查看了手环上显示的视频画面。她的摄像头正对着贝利以及贝利身后的屏幕。已经有观众发来了评论，感谢梅和圆环公司让他们有机会参与这种活动。有一位观众将这比作是在观看"曼哈顿计划"①制定的过程。另一位观众则将这间会议室比作爱迪生在1879

---

① 曼哈顿计划，第二次世界大战期间美国陆军自1942年起开发核武器计划的代号。

年前后位于门洛帕克 ① 的实验室。

贝利继续说道："当今这个透明化的新纪元与我对于民主的许多其他想法相契合，也证明了科技能够帮助实现完全的民主。在此，我刻意使用了'完全的'一词，因为我们实现透明化的努力很可能让全面责任政府成为可能。正如我们大家看到的，亚利桑那州州长已经让她手下的所有政府职员实现了透明化，而这正是我们下一步的工作。在个别案例中，我们发现即使是透明选举出的官员，仍然存在一些幕后腐败问题。这些透明选举出的领导人成了幌子，用来遮挡背后的暗箱操作。但是，我相信这种情况很快就会改变。在今年年底前，至少在美国这个国家，政府官员和他们的整个团队都将实现透明化，那将意味着他们再也无法隐瞒任何事情。汤姆和我会努力确保他们大幅削减所需硬件和服务器容量，以便能够较为轻易地实现完全的透明化。"

四十位男男女女热情地鼓起掌来。

"但这仅仅是我们战争的一部分，只涉及那些选举出的官员，其他人怎么样呢？我是说像我们这样的公民呢？我们其他人应该如何参与透明化的进程呢？"

在贝利身后的大屏幕上出现了一张照片，照片里展现的是设在某所高中体育馆里的一处空空荡荡的投票点。这张照片很快分解成了一组数字。

"这里展示的是过去几届选举中参与的选民人数。正如大家所看到的，在全国范围内，所有有资格投票的选民中只有大约58%的人参与了投票。这听起来不可思议，不是吗？接下来，我们可以看看各州和各地方的选举情况。我们会发现这一百分比大大下降，只有

---

① 门洛帕克，美国加利福尼亚州圣马特奥县东南部城市。

32%的合法选民参与了州选举的投票，22%的合法选民参与了县选举投票，17%的合法选民参与了小城镇选举投票。似乎距离我们越近的政府选举我们越不在乎，这是多么不合逻辑啊！这简直是荒谬，是吧？"

梅查看了一下观众人数，现在有超过两百万的观众正在观看。每秒钟她的观众人数还会增加将近一千人。

贝利继续道："我们知道不少科技（许多都是圆环公司开发的技术）已经使投票变得更加简单了。我们一直以来都在努力让投票变得更为便捷。在我年轻的时候，国家颁布了《全国选民登记法》，那获得了一些成效。后来，某些州允许选民在网上登记或者更新登记信息，这方法不错，但它对提高投票率效果如何呢？不够理想。不过，接下来事情就变得有意思了。这是参与上一届国家选举投票的选民人数。"

他身后的屏幕上显示出"140000000"。

"这是全国合法选民的人数。"

屏幕上显示出"244000000"。

"同时，这是我们全美国注册了圆环公司账户的人数。"

屏幕上显示出"241000000"。

"这数字很惊人，对吧？注册了我们公司账户的人数竟然比参与总统选举投票的人数多了一亿人。这说明了什么呢？"

"我们太棒了！"第二排一位头发花白、扎着马尾辫、身穿老旧T恤的年长男人叫喊道。房间里顿时响起了一阵哄笑。

"这是当然，"贝利说道，"但是除了这一点呢？这说明圆环公司在鼓励群众参与方面很有一手。对此，华盛顿的许多政府高官也表示同意。说实话，联邦政府中有不少人认为我们就是实现全面民主的理想方案。"

贝利身后的屏幕上出现了大家熟悉的山姆大叔的形象。接着，在山姆大叔的旁边，出现了贝利的照片。他和山姆大叔穿着同样的衣服，做着相同的姿势——都在用手指着屏幕外的观众。房间里的人再次大笑起来。

"现在，我们终于可以提出今天会议的重点议题了，那就是——如果你的圆环公司个人主页能够自动帮你登记进行投票，情况会怎么样呢？"

贝利环视了整个房间，他的目光又一次在梅和她的观众这里短暂停留了一下。梅查看了一眼手环，只见一位观众写道：我激动得出了一身鸡皮疙瘩。

"有了'真实的你'，每个人都必须使用真实身份、真实住址、完整的个人信息、真实的社会保险号码以及真实的出生证明才能创建个人主页。换句话说，通常你在登记投票时政府需要你提供的所有信息在你创建个人主页时都必须提供。事实上，正如大家所知，我们要求提供的信息比政府需要的多得多。那么，这些信息难道还不够使你获得登记的权利吗？或者这样说更加恰当，一旦你成功创建了'真实的你'个人主页，政府（我们的政府以及其他任何一国的政府）又有什么理由不把你视为已登记的选民呢？"

整个房间里的四十多个人都不约而同地点了点头。他们当中有些人是在认可这个明智的想法，另一些人则显然早已思考过这个问题——显然这个问题在很久以前就有人在探讨了。

梅查看了自己的手环。现在，观众人数攀升得更快了，每秒钟就增加一万人，目前已经超过了2400000人。同时，她收到了1248条信息，大多数都是在过去九十秒内发来的。贝利低头扫了一眼他自己的平板电脑，显然他也看见了梅眼前的这个数字。他微笑着继续道："政府没有理由不这么做。很多立法者都同意我的观点，桑托斯议员就是其中之一。此外，我已经得到了另外 181 位众议员和 32 位参议员的口头认可。他们都同意制定一项法律，使'真实的你'个人主页成为大家登记投票的自动途径。这很不错，对吧？"

人群里爆发出一阵欢呼。

"现在，让我们试想，"贝利轻声说道，他的声音中饱含希望与惊奇，"试想如果我们能够在所有的选举活动中实现全面参与，情况又将怎么样呢？那将再也不会有人因为疏忽或懒惰错过投票，而后喋喋抱怨选举结果，也不会有人仅仅依靠少数集团的投票就当选。正如我们圆环公司这里的员工所知，全面的参与会带来全面的知情。我们知道圆环公司员工需要什么，因为我们询问他们的需求，他们也知道自己提供的答案对于构建整个圆环社区是必不可少的。因此，如果在全国范围内的选举中推行相同的模式，那么我想我们就几乎能够实现百分之百的公民参与，也就是百分之百的民主了。"

欢呼声如浪潮般席卷了整间会议室。贝利的脸上绽放出了灿烂的笑容，斯坦顿站起身，显然，对他来说，这场展示结束了。就在这时，梅的脑袋中产生了一个想法，她试探性地举起了手。

"梅，你有什么问题？"贝利的脸上仍旧保持着胜利的笑容。

"我在想我们是否能更进一步。我是说……事实上，我不认为……"

"梅，别犹豫，你继续说。你的想法听起来不错，我喜欢你的措辞——更进一步。我们公司的创立正是依靠这个理念。"

梅环视了整间会议室里的人，其中一些人露出鼓励的表情，而另一些人的脸上则写着担忧。这时，她的目光落在了安妮的脸上，因为安妮的表情既严厉又不满，她似乎希望看到梅失败、自取其辱。梅振作了一下精神，吸了一口气，继续说道：

"好的，您刚才说到我们几乎可以实现百分之百的参与。我在想为什么我们不能从这个目标出发，反向思考，用您刚才所列举出的所有步骤和我们目前已经拥有的所有工具。"

梅又一次环视了身边的人，打算在看见第一双质疑的眼睛时就立刻放弃发言。然而，她从人们的眼里看到的只有好奇。这群习惯了预先同意的人已经不约而同地缓缓点起了头。

"说下去。"贝利说。

"我只是要将几个小点串联起来，"梅说道，"首先，我们都同意我们希望实现百分之百的参与，而且大家都一致认为百分之百的参与是最理想的状况。"

"是的，"贝利说道，"这的确是理想主义者的最高理想。"

"而且，我们目前有 83% 的适龄选民注册了圆环公司的账户？"

"没错。"

"同时，我们似乎很快就能让选民通过圆环公司实现登记，甚至是直接投票，对吗？"

贝利把头向两边摇了摇，似乎有些许怀疑，不过他脸上仍旧挂着微笑，眼神里也流露出鼓励的神色："你这话有点跳跃，不过没事，请继续。"

"那么，我们为什么不能要求所有拥有投票权的适龄公民都拥有圆环账户呢？"

会议室里有人发出了支支吾吾的声音，也有人吸了口气——这么做的大多是较为年长的圆环公司员工。

"让她把话说完。"一个新的声音开口说道。梅循声望去，发现说话的人是站在门边的斯坦顿。他的双手抱在胸前，原本正盯着脚下的地板，这时突然抬起头来，迅速看了梅一眼，直率地冲她点了点头。梅重新找到了说话的方向。

"我知道大家在初次听到这个想法时会产生心理上的抗拒。我是说，我们怎么能够要求别人使用我们的服务呢？但是我们必须记住，在我们这个国家，有许多事情是法律强制公民履行的，而且这些事情在大多数工业化国家都是强制要求的。你是不是必须让自己的孩子上学？是的，这是法律强制规定的。孩子们必须去学校读书，否则你也必须让孩子在家接受某种形式的教育。无论如何，让孩子受教育这一点是强制的。你去银行汇款也必须登记，不是吗？你必须用适当的方式处理垃圾，你不能把垃圾随手丢在马路上，不是吗？你必须拥有驾驶执照才能开车，在开车时，你也必须系好安全带，不是吗？"

这时，斯坦顿又一次开口道："此外，我们要求人们纳税、缴纳社会保险金、担任陪审员。"

"没错，"梅说道，"我们要求人们在室内上厕所，而不是在大街上随地解决。我是说，我们有上万条法律法规。我们强制要求美国公民做许许多多合理合法的事情。那么，我们为什么不能强制要求他们投票呢？事实上，有十几个国家正是这么要求的。"

"在美国曾经有人提过这样的建议。"一位年长的圆环公司员工说道。

"但那提议者不是我们。"斯坦顿反对道。

"这正是我要说的，"梅说着朝斯坦顿点了点头，"此前，科技还不成熟。我的意思是，在过去任何时候，想要追踪每个人、让他们登记投票并确保他们参与了投票，这样做的代价是极其昂贵的。在过去，你不得不挨家挨户走访，督促人们去投票站，这一切都是不切实际的。即使在那些强制要求所有公民参与投票的国家，这项规定也没有真正得到实行。然而，如今，这已经是我们力所能及的了。我是说，你只要把参与投票的选民姓名和我们'真实的你'的数据库中的名字互相对比一下，就能立刻知道剩下那一半未参与投票的选民是谁了。这时，你就可以自动帮他们登记，到了选举之日快到的时候，你的任务就是确保他们去投票。"

"我们怎么才能做到这些呢？"有一个女人的声音问道。梅意识到说话的人是安妮。安妮这话不是对梅的直接挑战，但是她的语气也不友好。

"哦，天呐，"贝利这时说道，"我们有许许多多的方法，这很容易做到。比如，我们可以在选举当天提醒他们数十遍，或者冻结他们的账户直到他们投完票。至少这是我倾向于采用的方法。在选举当天，我们可以给他们发送信息，说'安妮，你好！花五分钟时间投票吧'之类的话。事实上，我们就是用这种方法来请人们参与我们自己的调查的，这你是知道的，安妮。"当贝利说出安妮的名字时，他的语气里带着些许失望和警告，显然，他希望安妮别再开口了。接着，他展开笑颜转头问梅："万一有不愿使用网络的漏网之鱼呢？"

梅对贝利笑了笑，她心里已经有了答案。她低头看了一眼手环，现在有 7202821 位观众正在观看他们的会议。这可是前所未有呢！

"至于这些漏网之鱼，我想说，人人都需要纳税，不是吗？现今有多少人是在网上纳税的呢？去年大约有 80% 的纳税人在网上纳税。那么，如果我们停止重复服务，转而将所有的服务纳入同一个统一的系统中，情况会怎样呢？这时，你就可以使用你的圆环账户纳税、登记投票、缴纳违规停车罚单，等等。这样，我们就能够让一切变得更为便利，为每位用户节省下数百小时，为整个国家的人民节省下数十亿小时。"

"应该说是数兆小时。"斯坦顿纠正道。

"没错，"梅继续道，"我们的操作界面比全国各地的交管局的页面要好用得多。如果人们能够通过我们的页面更换新驾照，如果政府提供的每一项服务都能通过我们的网络轻易实现，那么情况会怎样呢？人们会趋之若鹜，因为他们不必再访问数百个不同的网站来获得数百个不同的政府服务，这一切都能够通过圆环公司的网站轻易实现。"

这时，安妮再次开了口。梅知道这不是个明智的选择。"但是，为什么政府不自己创建一个类似的、提供全套服务的网站，而需要我们来做呢？"安妮问道。

梅不确定安妮是在反问，还是真的认为自己言之有理。但无论如何，现在会议室里的大多数人都在偷偷嘲笑安妮的问题。政府自己白手起家创建一个系统来与圆环公司相匹敌？这简直是天大的笑话。梅看了看贝利，又看了看斯坦顿。斯坦顿笑了笑，抬了抬下巴准备自己来回应安妮的问题。

"安妮，政府从零开始创建一个具有类似功能的网络平台既荒唐又昂贵，总之是不可能的。我们目前已经拥有了完善的基础设施和83%的选民。这情况你还不明白吗？"

安妮点了点头，眼神中流露出惧怕和后悔之色，或许还有一丝转瞬即逝的不服。斯坦顿的语气甚是轻蔑，梅希望他接下来的态度能有所缓和。

然而，他下面的话说得更加不客气："政府如今比过去任何时候都希望能节省开销，他们不会愿意从零开始新建一个巨大的服务平台的。目前，政府在一张选票上平均要花费大约十美元。如果有两亿人投票的话，就意味着每四年一次的总统选举得耗费联邦政府二十亿美元。也就是说，仅仅在选举当天处理那些选票就得花费二十亿美元。如果再算上各州和各地的选举活动，那么每年仅仅是简单的选票处理过程就得耗费几千亿美元，而这笔巨额花费是完全可以避免的。要知道，时至今日，有些州还在使用纸质选票。如果我们免费提供处理选票的服务，也就意味着我们给政府节省了数十亿美元的开支，此外，更为重要的是，我们能够立刻知晓选举结果。你明白这个事实吗？"

安妮冷冷地点了点头。斯坦顿仍然盯着她看，仿佛在重新审视她这个人。随后，他看向梅，示意梅继续发言。

"如果我们强制要求人们通过'真实的你'账户来纳税或者获取任何政府服务，"梅继续说道，"那么，我们的用户人数就能非常接近总人口的100%。到那时，我们就可以随时随地知道每一个人的想法。比方说，某个小镇想让全镇的人就某条当地的法规进行投票，而'真实的你'知道小镇上所有人的住址，那么只有该镇的居民有资格参与投票。当人们投完票后，他们能在几分钟后就知道投票结果。同样，如果某个州想要知道本州公民对于一项新的税费的态度，他们很快就能得到准确无误、切实可靠的数据。"

"这样，大家就再也不用凭猜测解决问题了，"斯坦顿说道，此刻，他已经走到了会议桌的前端，"我们也不再需要说客，不需要进行民意调查，甚至连国会都可能成为多余的。如果我们能够随时掌握人们最真实的意愿，避免误解和歪曲，那么联邦政府的绝大多数部门也就没有必要存在了，不是吗？"

这天晚上很冷，风刮得人脸上生疼，但梅根本没有注意到这糟糕的天气。在她看来，一切都显得那么美好、干净、恰当。今晚，她不仅得到了"智者们"的认可，或许还将整个公司领向了一个崭新的方向，甚至可以说，她可能为最终实现更高程度的参与性民主制度奠定了坚实的基础——凭借她的新点子，圆环公司或许能够真的实现完全的民主制度，不是吗？她的点子或许能够解决困扰全人类数十个世纪之久的难题，不是吗？

会后，也有人产生过一些担忧，他们认为一家私人公司来接管像选举投票这样极具公共性质的事务或许有些不妥。但是，这么做的内在逻辑以及它能够节省的巨额开支赢得了多数人的认可。如果节省下来的这两千亿美元拨给学校，会怎么样？如果把这笔钱拨给医疗系统呢？如果能将节省下的这笔开支用在其他地方，那么这个国家现存的任何弊病都能够得到解决。而且，不仅仅是每四年才能节省一笔开支，而是每年都能通过类似的方式节省开支。届时，所有耗资巨大的选举活动都会被几乎不费分毫的即时选举所取代。

这就是圆环公司对未来作出的承诺，这就是圆环公司独一无二的立场，这也是人们正在通过极速帖谈论的事情。梅和弗朗西斯一起搭乘火车穿过海底隧道时，她还在阅读人们发送的极速帖。他们两人都忘我地笑着。有人认出了他们，有人故意走到梅的身前，想要被她的摄像头拍到。梅毫不在意这些，事实上，她几乎没有注意到人们的举动，因为此刻，她右手腕上的手环正不断接收到大量好消息，令她舍不得把目光从手环屏幕上移开。

她迅速查看了一眼自己的左手臂，发现自己的脉搏正在上升，心率达到了每分钟一百三十下。尽管如此，她还是很喜欢这种感觉。当他们到达市中心站时，两人一步三台阶地迅速出了站。刚来到地面上，他们就立刻沐浴在了金色的阳光中。此刻，他们正站在市场大街上，远处的海湾大桥正在阳光下闪闪发光。

"我的老天，那是梅！"说这话的是谁？梅发现一对身穿套头衫、头戴耳机的年轻人正迅速向他们走来。"继续加油，梅。"两人中的另一个人说道。他们用赞许和崇拜的目光看着梅和弗朗西斯，然后迅速走下台阶向火车站内走去，显然是不想让梅和弗朗西斯误认为他们是跟踪狂。

"这很有趣。"弗朗西斯看着两人走远的身影，说道。

梅向海边走去。她突然想起了梅塞，仿佛看到梅塞像一个幽灵一般迅速消失了。这段时间，梅塞始终杳无音讯，安妮自从上次谈话后也再没联系过她。不过这些她都不在意。她的父母也没有发来任何信息，他们甚至可能没有看到她的表现，然而，梅发现自己对此也毫不担心。她只关心此时此刻，今晚的夜空清朗澄澈，没有一点星光。

"我无法相信你当时竟然能那么泰然自若。"弗朗西斯说完，在梅的嘴唇上轻轻吻了一下。那是一个干巴巴的、礼节性的吻。

"我表现得还行吧？"梅问道，她知道自己之前的表现显然非常自信，在取得那样的成功之后流露出这样的自我怀疑显得很可笑，但她还是想再次得到别人的肯定。

"你表现得非常完美，"弗朗西斯答道，"可以得100分。"

他们向海边走去，与此同时，梅迅速地浏览了一下观众发来的最新、最热门的评论。其中有一条评论似乎特别热门，这条评论中提到圆环公司的这种做法可能甚至一定会导致极权主义。看到这条评论，梅的心一下子沉了下去。

"拜托，你别听这个疯子乱说，"弗朗西斯说，"她知道什么呢？她肯定是某个小地方头戴锡纸帽的疯女人。"梅笑了笑，她不知道所谓的"锡纸帽"有什么含义，但她记得她父亲曾经也这么说过。一想起她父亲说这个词的情景，她就忍不住笑起来。

"我们去喝几杯吧。"弗朗西斯说道。他们决定去海边的一家灯光闪烁的酒馆。这家酒馆的门口有一个宽敞的露台。还没等梅和弗朗西斯走到那里，那些正在露台上喝着酒的漂亮年轻人就认出了梅。

"那是梅！"其中一个年轻人说道。

一位年轻的男士一边看着梅的摄像头，一边对着手机那头说道：

"妈妈，我正在家里学习呢。"他看起来那么年轻，似乎根本没到饮酒的年龄。在这个年轻人的身旁有一位三十来岁的女人。梅不确定他俩是不是结伴来喝酒的。只见那女人一边向镜头外走去，一边对着电话里说道："亲爱的，我正和姑娘们在读书俱乐部。替我向孩子们问好！"

这天晚上梅喝得晕晕乎乎的，只觉得身边灯火通明，时间过得飞快。一整晚，她一直坐在海边的那家酒吧里，几乎没有挪动位置——人们簇拥着她，不断有人请她喝酒，还不时有人过来拍拍她的后背和肩膀。一整晚，她就像一个出了故障的钟表一般，在座位上不停地转动身体，与每一位前来祝福她的人打招呼。人人都想与她合影，人人都询问她她所描绘的一切什么时候会成为现实。我们什么时候才能克服现存的重重障碍呢？他们问道。既然问题的解决方法已经清楚明了，也易于执行，大家都不愿再等了。一位年纪比梅稍长些的女士手里举着一杯曼哈顿鸡尾酒，在不经意间含含糊糊地说出了所有人的心声：我们如何才能让必将发生的事情早些实现呢？她问这话时，虽然不小心把杯中的酒洒了出来，但她的双眸却炯炯有神。

后来，梅和弗朗西斯来到了内河码头另一头更为安静的一家酒吧。在这里，他们又喝了一轮酒。这时，一位五十多岁的男人加入了他们的行列。这个男人不请自来，双手各捧着一大杯酒，坐在了他俩的身旁。很快，他就打开了话匣子，说自己曾经是神学院的一名学生，当时他居住在俄亥俄州，即将成为一名神职人员，就在那时，他接触了电脑。从那以后，他就放弃了与神学神职有关的一切，把家搬到了帕洛阿尔托市①，但此后的二十年间，他始终觉得自己远

---

① 帕洛阿尔托，美国旧金山附近城市。

离了精神世界——直到今天。

"今天，我看了你的发言，"他说道，"你将所有人都联系在了一起，并且找到了拯救所有灵魂的方法。这正是我们教会所做的——我们试图联系上所有人，但是如何拯救所有人的灵魂？这是几千年来传教士的使命。"他说话有些口齿不清，但他喝了一大口酒之后，继续说道："你和你那些圆环公司的同事们，"说到这里，他用手在空中水平地画了一个圆圈，这让梅想到了圣像头上的光环，"你们将会拯救所有人的灵魂。你们将让所有人集中到一处，教会他们同样的东西。到那时，世界上将只存在同一种道德、同一套规范。想想这样的未来！"说着，他摊开手掌，重重地拍了拍面前的铁桌。桌上，他的酒杯也随之摇晃着作响。"到那时，所有的人都将获得上帝那样无所不知的慧眼。你们知道下面这句话吗？'在上帝的眼前，万物都是赤裸的'之类的。它出自《圣经》，你们知道的吧？"看见梅和弗朗西斯的脸上露出茫然的神色，他嗤笑了一声，喝了一大口酒。"如今我们都是上帝。不久之后，我们每个人就能够清清楚楚地看清彼此、评价彼此。我们将能看见上帝所看见的，我们将能作出他会作出的评价。我们将能在全世界范围内经常性地表达他的愤怒和仁慈。到那时，所有人都能够成为上帝的信使，直接传达他的意志——世界上所有的宗教都期待着这一天的到来。你明白我的意思吗？"梅看了看弗朗西斯，后者正努力憋着笑，可他很快就忍不住笑出声来，梅也跟着笑起来。他们咯咯地笑着，想对那男人表示歉意，便举起双手请求他原谅。但是那个男人无法忍受他们的笑声，从桌边走开了，回到自己的座位上，几大口就喝光了自己杯子里的酒，然后跌跌撞撞地向海边走去了。

第二天早上七点，梅醒来时发现自己正躺在弗朗西斯身边。昨晚凌晨两点刚过，他们俩就在梅的宿舍房间内昏睡过去了。梅查看了自己的手机，发现上面有 322 则新信息。她睡眼惺忪，正拿着手机，手机就在此刻响了起来。呼叫者的身份被屏蔽了，但梅知道对方只可能是卡尔顿。她没有接听电话，让它自动转入了语音信箱。整个上午，卡尔顿先后打来了十几通电话。弗朗西斯起床后，吻过梅，就回到自己的宿舍去了；这时，卡尔顿打来过电话。梅洗澡时，他打来过电话。梅洗完澡更衣时，他又打来了电话。梅梳头、佩戴手环，把眼镜推到头顶的时候，他也打来过电话。但梅忽略了他所有的来电，打开了自己的信息信箱。

梅的信箱里收到了圆环公司内外的观众发来的大量道贺信息，其中一则最为激动人心的信息来自贝利本人，他告诉梅圆环公司的开发人员已经在按照梅的点子开始行动了。深受梅的启发，开发人员干劲十足地工作了一整夜，希望能在本周内按照梅的想法开发出原型，以便先在圆环公司试用，经过改进后再在拥有大量圆环公司产品使用者的国家推广——因为只有拥有足够多的圆环公司产品使用者，才能保证梅的想法切实可行。

我们准备称它为"德谟克西（Demoxie）"。贝利在极速帖中写道，意思是民主（democracy）加上你的声音和你的勇气（moxie）。它很快就会问世。

当天上午，梅受邀参观了开发团队。在那里，她见到了二十来位工程师和设计师。虽然他们都精疲力竭，但他们都备受鼓舞、灵感迸发。显然，他们已经开发出了德谟克西的测试版。当梅走进他们的工作室时，他们爆发出了热烈的欢呼声，室内的灯光迅速暗淡下来，只剩下一束亮光聚焦在一位女士身上。只见这女人留着一头黑色长发，脸上洋溢着无法克制的喜悦。

"梅，你好！梅的观众们，大家好！"她说着，微微鞠了一躬。

"我的名字叫夏玛。今天你能到我们这里来，我感到非常高兴，非常荣幸。今天，我们将展示德谟克西的最初版本。通常，我们的行动不会这么迅速，也不会如此透明。但是，鉴于圆环公司对德谟克西抱有极为强烈的信念，同时我们也非常相信人们很快就会在全球范围内采用它，因此，我们没有理由推迟对它的展示。"

墙上的屏幕亮了起来，上面出现了"德谟克西"的字样。这几个字是用灵动的字体写成的，被置于一面蓝白相间的旗帜中央。

"我们的目标是确保圆环公司的每一位员工都能够参与讨论一切与他们生活息息相关的事务——主要是在园区内的各种事务，当然也包括在园区外更广阔的世界中的各种事务。因此，在任意一天，如果圆环公司需要就某个话题了解员工的意见，圆环公司的员工就会收到一个自动弹出的通知，上面会列出他们需要回答的问题。我们预计会迅速获得大家的意见反馈。速度至关重要。由于我们非常重视每一个人的意见反馈，因此在你完成答题之前，你的其他信息收发系统会暂时冻结。让我来给你展示一下。"

屏幕上，在"德谟克西"标识的下面出现了一个问题——公司午餐是否应该为素食主义者提供更多选择？在这个问题的两端，分别写着"是"和"不是"两个选项。

梅点了点头，说道："伙计们，这非常了不起！"

"谢谢，"夏玛说道，"现在，如果你允许的话，你需要回答这个问题。"她引导梅点击屏幕上的"是"或者"不是"的字样。

"哦，好的。"梅答道。她走到屏幕前，按了"是"。这时，工程师们欢呼起来，开发者们也欢呼起来。屏幕上出现了一张笑脸，"你的意见得到了倾听！"的字样呈拱形排列在笑脸的上端。那道问题消失了，取而代之的是如下字样——**德谟克西调查结果：75% 的回答者希望获得更多的选择。因此，公司将为素食主义者提供更多的**

选择。

夏玛的脸上绽放出灿烂的笑容："看到了吧？当然，这只是一个模拟结果。目前，德谟克西还没有囊括所有人，但是你可以通过这个演示了解它的要旨。简而言之，一旦问题出现，所有人暂且放下手中的活儿，即刻作答，这样，圆环公司在获知大家全部的、完整的意愿后就能采取适当的行动了。这很不可思议，是吧？"

"是的。"梅答道。

"试想如果我们把这个系统推广到全国乃至全球！"

"这已经超出了我的想象！"

"但这可是你想出的点子！"夏玛说道。

梅不知道该说点什么。是她创造出了眼前的这一切吗？她不确定。她只是将几个分散的点联系在了一起——"圆环调查"的高效和实用，圆环公司始终追求的完全浸润的目标，以及全人类实现真正的、纯粹的、（更重要的是）完整的民主的愿望。如今，这一切都掌握在这些开发者手中，在圆环公司数百名世界精英手中。梅告诉他们，自己只不过是将几个原本就相距不远的点子联系在了一起而已。听她这么说，夏玛和她的团队都高兴地笑了。他们纷纷和她握手，一致认为他们完成的这些将会让圆环公司甚至可能是全人类踏上崭新的征程。

就这样，梅离开了"文艺复兴"大楼。她一走出大楼门，就有一队年轻的圆环公司员工前来和她打招呼。他们都迫不及待地告诉梅，他们从来没有参与过选举投票，过去对政治完全不感兴趣，一直觉得自己和政府毫无关联，根本没有发言权。他们告诉她，过去他们投出的选票或者签名的请愿书得经过当地政府和所在州官员，最后是华盛顿代表的层层把关，那感觉就如同把一封信塞在瓶子中抛入浩瀚无垠、海浪滔天的大海中一样。但是如今，这些年轻的圆环公司员工说他们觉得自己真的能够参与其中了。他们说，如果德谟克西能够奏效，话音刚落，他们就笑着改口道，德谟克西当然会奏效，应该说如果它能够得到广泛应用，那么届时民众将能够完全参与国家政务；如果这一切成真，那么这个国家乃至全世界都能够听到年轻人的声音，他们与生俱来的理想主义和进步主义情怀将令整个地球倾倒。一整天，梅行走在园区内，听到的都是类似的话。她从一栋大楼走向另一栋大楼时，几乎总是有人簇拥着她，对她说："我们即将迎来一场真正的变革。这场变革正以我们心之所向的速度迅速来临。"

　　然而，一整个上午，那个屏蔽了身份的来电者不断地给梅打来电话。梅知道对方是卡尔顿，也知道自己不想和他扯上任何关系。现在和他交谈就意味着大大的退步，更别说和他见面了。快到中午的时候，夏玛和她的团队宣布他们已经做好准备，即将在整个园区测试德谟克西。中午十二点四十五分，公司的每个人都会收到五个问题，大家对这五个问题的回答结果将迅速以表格的形式呈现给大家，此外，"智者们"承诺，大家的意愿将在当天得到执行。

　　梅正站在园区的中央，和数百名圆环公司员工一起吃着午餐。所有人都在谈论着即将开始的德谟克西测试。眼前的景象令梅想起了那幅描绘制宪会议①的画作，在那幅画中，所有人都头戴擦了粉的假发，身穿背心，僵硬地站着；那些人都是富有的白种男人，他们对于代表自己的同胞只是略感兴趣而已。他们创立的是一种本来就有瑕疵的民主制度，在这种民主制下，只有富人才能获得选举，只有他们的声音才能得到最多的倾听，他们把自己在国会中的位子

---

① 指 1787 年 5 月 25 日至 9 月 17 日在美国费城召开的长达 116 天的制宪会议。

传给另一个他们认为合适的、拥有相似权力的人。或许，自这套民主制度创立至今，它已经得到了一些改进，但是德谟克西将突破此前的所有改良。德谟克西更加纯粹，是世界上实现直接民主的唯一机会和可能。

现在是中午十二点半，梅感觉此刻自己内心非常强大、很有信心，因此她终于接听了电话。她知道打来电话的是卡尔顿。

"喂？"她说道。

"梅，"他说道，他的话简洁扼要，"我是卡尔顿。不要说出我的名字。我做了手脚，现在传入的音频已经停止工作了。"

"别这样。"

"梅，求你了，这件事生死攸关。"

卡尔顿对梅还是极具影响力。梅对此感到汗颜，因为这让她觉得自己脆弱、易受影响。她能够掌控自己生活的其他任何一个方面，但是只要听见他的声音，她的防线就会崩溃，做出一系列错误的决定。一分钟后，梅走进了卫生间隔间，关闭了声音设备。这时，她的手机又一次响了起来。

"我敢肯定有人正在跟踪我们的通话。"梅说道。

"没有人。我为我俩争取了时间。"

"卡尔顿，你想要什么？"

"你不能这么做。你提出的那套强制性的东西，它现在已经获得了人们积极的反响。只要迈出这最后一步，圆环就将实现完整，而这不可以发生。"

"你在说什么？这就是这一切的意义所在。你在公司待了这么久，应该比任何人都清楚这就是圆环公司自创立之初一直追求的目标。我是说，这个公司本来就是个圆环，你这个傻瓜。它必须闭合，它必须完整。"

"梅，至少在我看来，这种事情一直是我害怕发生的，而不是什么目标。一旦强制要求所有人拥有一个账户，一旦所有的政府服务都要通过圆环公司来实现，那么就会形成世界上第一个专制垄断集团，而你就是帮助缔造它的罪魁祸首之一。让一家私人公司掌控所有的信息，你认为这是一个好主意吗？强制所有人参与这家公司的活动，强制所有人对它唯命是从，你觉得这是个好主意吗？"

"你知道泰说的话，对吧？"

梅听到对方重重地叹了一口气："也许吧。他说了什么？"

"他说圆环公司的灵魂就是民主。只有当每个人都同等地、自由地获得一切信息的时候，人类才能获得自由。园区里至少有好几块地砖上写着这话。"

"好吧，梅，圆环公司确实出于一片好意。无论是谁发明了'真实的你'，他都是个天才。但是如今，这一切都必须得到遏制，或者彻底摧毁。"

"你为什么这么在意呢？如果你不喜欢这一切，你为什么不离开呢？我知道你是为另外某家公司或者像威廉姆森那样疯狂的无政府主义政客工作的间谍。"

"梅，听我说，你知道这将影响每一个人。你上一次联系你的父母、和他们进行有意义的交流是什么时候？显然，事情已经一团糟了，而你正处在独一无二位置上——在这里，你能够左右至关重要的历史事件。就是现在，现在是历史发生翻转的关键时刻。试想一下，如果你能赶在历史之前，阻止希特勒成为德国总理——现在的情况正是如此。梅，另一个极度贪婪、极度邪恶的帝国马上就要出现了。你明白吗？"

"你知道你的话听起来多么疯狂吗？"

"梅，我知道几天后你们将要举行一场广泛采集意见信息的会议，会上那些年轻人将说出他们的想法，希望圆环公司能够采纳。"

"那又如何？"

"到时候，一定会有大量观众观看会议直播。我们需要联系上年轻人，而收看那场信息采集会直播视频的观众恰恰是年轻人，大量的年轻人。这好极了。届时，'智者们'也会在场。我需要你借此机会向所有人发出警告，我需要你对大家说：'让我们思考将圆环闭合意味着什么。'"

"你是说将圆环完整化？"

"是的。那对于个人自由意味着什么，对于自由行动、做自己想做的事、保持自由意味着什么。"

"你简直是个疯子。我无法相信我……"梅原本想接着说"和你上过床"，但是现在，即使想想那件事也让她感到恶心。

"梅，世界上任何一个实体都不应该拥有圆环公司这帮人享有的这些权力。"

"我要挂电话了。"

"梅，想想我的话。如果你按我说的做，人们会为你写颂歌的。"

梅挂断了电话。

等她来到大礼堂的时候，那里已经聚集了几千名圆环公司员工，非常嘈杂。公司的其他员工按要求待在他们的办公室里，以便向全世界展示德谟克西是怎样在整个公司里运行的——圆环公司的员工会坐在各自的办公桌前，通过他们的平板电脑、手机甚至视网膜屏幕投票。在大礼堂的屏幕上，"视觉革命"摄像头拍摄到的画面组成了一张巨大的网格，画面中显示在公司每栋楼的每个角落，圆环公司的员工都已经做好了准备。夏玛发送了一系列极速帖，在其中一个帖子中，她解释说德谟克西的问题一经发送，所有的圆环公司员工将暂时无法做任何其他事情（包括发送极速帖、打字等），直到他们完成投票。在这里，民主是强制性的！她写道，并且补充道，分享就是关怀；梅对此颇感高兴。梅准备通过手环投票，事先已经对她的观众承诺，只要他们行动足够迅速，她同样会考虑他们的投票意见——毕竟，夏玛告诉大家，投票应该在六十秒钟之内完成。

接着，德谟克西的标识出现在了礼堂屏幕上，它下面出现了第一道问题。

1. 圆环公司的午餐是否应该为素食主义者提供更多选择？

坐在大礼堂里的人们都笑了。显然，夏玛的团队选择用他们实验过的问题开场。梅查看了自己的手环，看见有数百名观众发来了微笑表情，于是她选择了"是"选项，点击了"发送"。她抬起头看向屏幕上的画面，目睹着圆环公司的员工投票。仅仅用了十一秒钟，全公司的人都完成了投票，投票结果也以列表的形式出现在了屏幕上——有88%的员工希望午餐能为素食主义者提供更多的选择。

接着，贝利发来了一则极速帖，上面写着：我们会这么做的。

见此情景，整个大礼堂掌声雷动。

接着，大屏幕上出现了下一道问题：

2. 公司的"带女儿来工作日"是否应该从每年一次调整为每年两次？

十二秒钟后就有了答案。54%的员工给出了肯定的回答。贝利又发来了极速帖：目前看来，每年一次足够了。

到此为止，整场测试展示显然非常成功。礼堂里不断有圆环公司的员工向梅道贺，她手环上的屏幕也不断收到世界各地的观众发来的道贺信息，这使梅感到温暖、愉快。接着，大屏幕出现了第三道问题。一看到这个问题，全场的人都忍不住捧腹大笑起来。

3. 下列三个名字，你更喜欢哪个？约翰、保罗还是林格？

这回花了十六秒钟才得出了答案，而这答案也引发了一阵惊讶的欢呼——林格获胜了，有 64% 的人把票投给了它。约翰和保罗这两个名字则几乎打了个平手，20% 的人选择了约翰，其余 16% 的人则偏爱保罗。

在第四道问题出现之前，首先出现了一则内容严肃的说明：试想白宫想要得到选民最为真实的意见。试想你能够直接影响美国的外交政策。请仔细思考，从容回答下面的这道问题。未来可能会有一天（也应该会有这么一天），每一个美国公民的意见都能够影响这类国家大事。

屏幕上的说明消失了，接着出现了第四道问题：

4. 情报部门已经确定恐怖组织头目穆罕默德·卡里尔·艾哈迈德藏身于巴基斯坦一处人烟稀少的农村地区。在可能造成少数平民伤亡的情况下，我们是否应该派遣一架无人机去杀死他？

梅紧张得屏住了呼吸。虽然她知道这只是一场演示，但是这问题带给人的冲击力依然非常真实。同时，她觉得这么做是正确的。政府在做出一个会影响三亿美国人的决定时，有什么理由不考虑这些美国人民的智慧呢？梅停了停，仔细地思考着，权衡着采取这个行动的利与弊。身在礼堂中的其他圆环公司员工似乎也和梅一样，在非常严肃地履行自己的责任。杀死艾哈迈德能够拯救多少人的生命？那或许能拯救数千条生命，这世界上的恶人也将减少一个。这么做带来的风险似乎是值得的。于是，梅选择了"是"。一分十一秒后，大屏幕上显示出了全体投票的结果：71% 的圆环公司员工支持利用无人机进行打击。看到这一结果，礼堂内顿时安静了下来。

接着，大屏幕上出现了最后一道问题：

5. 梅·霍兰德是不是棒极了？

梅笑了，整个礼堂里的人也笑了。梅脸红了，她觉得这个问题有点过分了。她认为自己不能回答这道问题，因为无论她选择什么答案，都会显得非常荒谬。于是，她仅仅是看向了自己手腕上的屏幕，但她很快意识到，那屏幕已经被冻结了。没过多久，她手环屏幕上的那道问题就不停地闪烁起来，显得非常紧急。所有的圆环公司员工都必须投票。屏幕上显示出这句话。梅这时才想起只有每一位圆环公司的员工都提交了意见，这项调查才能够完成。由于她觉得称自己棒极了是件很傻的事情，于是她按了"皱眉"表情。她认为自己只能做出这个选择，这可能会换来大家的会心一笑。

然而，当几秒钟后投票结果统计出来时，她发现自己不是唯一一个选择了皱眉表情的人。有97%的人选择了微笑表情，其余3%的人则选择了皱眉表情。这结果清晰地表明她的同事中绝大多数人都认为她棒极了。当这一数字出现在大屏幕上时，礼堂中的人爆发出一阵欢呼。当大家陆续走出礼堂时，不断有人过来拍拍她的后背，以示认可和鼓励。显然，大家都认为这场演示大获成功。梅也有同感，她知道德谟克西很奏效，还有着无可估量的潜力。整个公司有97%的员工认为她棒极了，对此，她应该感到高兴。然而，当她离开礼堂行走在园区里的时候，她脑中想着的只有那剩下的3%的人——他们不认为她很棒。梅算了算，如果现在圆环公司共有12318名员工，每个人都参与了投票的话，那就意味着有369人选择了皱眉表情，认为她并不是很棒。不，应该是368人，因为她自己也选择了皱眉表情，当时她以为只有自己会做这个选择。

梅觉得自己的感官变得麻木了，同时觉得自己仿佛一丝不挂。她穿过健身房，瞥见那些在机器上挥汗如雨的身体，想知道他们当中的哪些人给她投了否定票。公司里有368个人讨厌她。她对此感到心力交瘁，于是离开了健身房，想要寻找一处安静的地方让自己冷静冷静。她向离自己的老办公室不远的楼顶走去，当初就是在那里，丹第一次告诉了她圆环公司对整个社区的责任。她得走半英里才能到达那栋楼的楼顶，她不知道自己是否能够走到那里。她的心仿佛被人用刀子扎了，是的，被人狠狠地扎了。这些人是谁？她对他们做了什么吗？他们不了解她。他们了解她吗？这个社区里什么样的成员才会对梅这样的人（一个人尽所知的、不知疲倦地和他们并肩工作、为了他们工作的人）发送皱眉表情呢？

梅努力保持着镇静，当她从其他圆环公司员工身旁走过时，她对他们微笑。她一次次接受他们的道贺，但每次都忍不住猜想这些人中谁是两面三刀、给她发送皱眉表情的人。她觉得这些人每按下一次"皱眉"按钮，就仿佛是扣下了一次扳机，在她心上开了一枪。她意识到自己此刻的感觉正是如此，她觉得自己体内布满了窟窿，仿佛这些人中的每一个都从她身后对她开了枪。这些让她遍体鳞伤的懦夫。她难受得几乎无法站立了。

就在她即将走进她原来的办公楼的时候，她看见了安妮。她们俩已经有几个月没有自发地交流过了，但此时，安妮的脸上焕发出了喜悦的光彩。"嘿！"她说着扑向梅，给梅来了个结结实实的拥抱。

梅的双眼顿时湿润了，她擦了擦泪水，觉得自己很傻，有些欣喜，同时还有点迷惑。片刻之间，她此前对安妮抱有的爱恨交加的情绪都烟消云散了。

"你最近不错吧？"她问道。

"是的，不错。最近发生了许多好事情，"安妮说，"你听说了'完美过去'项目吗？"

这时，梅突然察觉安妮的语气里夹杂着某种东西，说明安妮更多的是对着梅脖子上挂着的摄像头、对着梅的观众而不是梅本人在说话。梅继续着两人的对话。

"你曾经告诉过我它的要旨。'完美过去'项目有什么新进展吗，安妮？"

梅看着安妮，表现出对安妮的话很感兴趣的样子，但事实上，她的思绪早已飘到了别处。安妮是不是给她发送了皱眉表情？也许她想打击一下梅？安妮在整个德谟克西投票中占有多大的分量呢？她的意见能够击败那 97% 的人的意见吗？有没有人的意见能够击败那 97% 的人的意见？

"哦，天呐，梅，新进展太多了。正如你所知，公司研发'完美过去'已经有许多年了。你可以称它为埃蒙·贝利特别钟爱的一个项目。他当时想，如果我们能够利用网络的力量，利用圆环公司及其数十亿位用户的力量，来填补个人生活史中的空白，乃至整个人类历史的空白，会怎么样呢？"

梅看着自己的朋友非常卖力地表演着，她唯一能做的就是尽力表现得和安妮同样充满激情。

"哇，这听起来太不可思议了。我们上次交谈的时候，研发人员还在寻找志愿者，作为绘制个人家族史的先驱呢。他们找到合适的人选了吗？"

"我很高兴你这么问，梅，因为他们确实找到了。他们找到了合适的人选，那个人就是我。"

"哦，好吧。这么说，他们还没有敲定人选，是吗？"

"不，我是说真的。"安妮说这话时把声音放低了一些，顿时听起来更像那个真实的她了。不过很快，她就展开笑颜，把声音提高了八度，说道："那个人就是我呀！"

梅已经习惯了在开口前略微等待片刻——透明化之后，她学会了在开口前斟酌每一个字。此刻，她并没有立刻说：我以为他们会选择某个新人，某个没有什么经验的人，或者至少是个奋力进取、想要大幅提升自己参与度排名，或者赢得'智者们'青睐的人呢。但他们怎么会选择你？她突然意识到（或者说她觉得）安妮目前的处境正需要她做出一个大胆的举动，来增加自己的竞争力。这么说，安妮一定是毛遂自荐了。

"是你自告奋勇的？"

"是的，没错，"安妮看着梅说道，但她显然并没有在对梅说话，"我越是了解这个项目，越是想成为第一个参与其中的人。虽然你知道，但你的观众可能还不知道，我的家族是乘坐'五月花'号来到这片陆地的，"说到这里，她转了转眼珠，"尽管我的家族历史上曾经记载了一些巅峰时刻，但还是有许多事情是我所不知道的。"

一时间，梅无言以对，在她看来安妮的做法有些疯狂了："那么你家里的每个人都同意参与其中了？比如你的父母？"

"他们对此感到非常兴奋。我猜他们一直以我们家族的历史为荣。而现在，我们能够将自己的故事与人们分享，同时了解这个国家的历史，这对他们而言是个好主意。说起父母，你的父母最近如何？"

我的天呐，她这么问太奇怪了，梅想道。安妮的话中蕴含了好几层深意。梅在脑子里努力分辨着安妮话中的意图，同时，她的面部表情和嘴巴还得继续这场对话。

"他们很好。"梅答道，尽管她和安妮都知道，梅已经有好几个星期没有和父母联系了。梅的父母曾经托梅的一位表亲告诉梅，他们的健康状况良好，但是他们已经离开了家。在他们简短的口信中，他们用"逃离"这个词语来形容自己的这一行为。他们还告诉梅，不用担心任何事情。

梅结束了与安妮的谈话，独自一人缓缓地行走在园区里，头脑中满是困惑。她知道安妮现在一定很满意，因为她在这次短短的邂逅中不仅告诉了梅自己的新进展，证明了自己更胜一筹，而且令梅彻底糊涂了。公司任命安妮为"完美过去"项目的核心，却并没有将这一消息告知梅，这使梅看起来像个无知的傻瓜。当然，这一定就是安妮的目的。但为什么他们要选择安妮呢？他们没有道理这么做啊。毕竟梅已经透明化了，如果找梅来完成这个任务会简单得多。

梅突然意识到是安妮本人要求做这件事的。她一定曾恳求"智者们"选择她。她和他们的亲密关系使她能够做到这一点。相比之下，梅与"智者们"没有她想象的那么亲近。换言之，安妮仍然占据着一个特殊的地位。安妮的出身使她赢在了人生起跑线上，赋予了她各种由来已久的优势，又一次令梅逊色于她。梅总是逊色于安妮，就好像她是安妮的一个妹妹，永远没有机会超越比自己优秀的这位姐姐。梅努力保持冷静，但是她手腕上的屏幕不断收到观众发来的信息。显然，他们清楚地看到了她是多么沮丧失意和心烦意乱。

她需要保持呼吸，她需要冷静思考。然而，此刻她的脑海里装了太多的事情——她想到安妮那荒唐的制胜伎俩，想到那个本该由自己来完成的、可笑的"完美过去"项目。他们没有选择她，是因为她父母的越轨行为吗？话说回来，她的父母到底去哪儿了？他们为什么要妨碍梅致力完成的每一件事情呢？不过，既然有368位圆环公司员工都不认可她，她究竟想要完成什么呢？显然，这368个人非常讨厌她，以至于他们明知她当场就会知道结果，却还是按下了皱眉表情按钮，把对她的厌恶直接发送给了她。对了，还有那位苏格兰科学家担心梅会得的细胞突变，那个可能正发生在她体内、由于饮食不当而导致的癌变；这是不是真的在发生啊？见鬼，她是不是真的给危地马拉的那个民间军事组织发送了皱眉表情？梅一想起这件事，就觉得喉咙发紧。如果他们在美国也有人手，她的处境岂不是很危险？当然，加利福尼亚有很多危地马拉人，他们一定非常乐意将梅作为他们的战利品，来惩罚她对他们的侮辱。他妈的，梅默默咒骂道。她感到有一种痛苦仿佛正张开它那黑色的羽翼在她体内蔓延。这种痛苦主要源于那 368 个人，这些人显然非常厌恶她，想让她消失。向中美洲的某个国家发送皱眉表情是一回事，向公司园区内的一个同事发送皱眉表情又是另一回事。谁会忍心那么做呢？为什么这世界上充斥着这么多的敌意呢？突然，一个大逆不道的想法如闪电般在梅的脑中划过——她不想知道这些人是怎么看她的。这道闪电逐渐扩大，梅产生了又一个更加大逆不道的想法——她的脑中装了太多的东西。她意识到这世界上有太多的信息、太多的数据、太多的判断、太多的评价，此外，这世上还有太多的人，这些人又有着太多的欲望、太多的想法、太多的痛苦。所有这些经过一刻不停的校对、收集和汇总，全部都呈现在她面前，仿佛这么做就能够让这一切井井有条、便于管理似的，然而事实上，她早已无法承受这一切。不，不是这样的，梅脑中另一个声音纠正道。事情不是这样的，你只是被这 368 个人伤害了，这就是事实。她确实受了伤，被那 368 个意图杀死她的投票深深伤害了。那 368 个人当中的每一个人都期望她死掉。她要是不知道这一点该多好啊！时光如果能倒流该多好，这样，她就能回到过去——那时的她还不清楚公司里这 3% 的人的内心想法，还能够快乐地行走在公司园区里，向人们招手、微笑，和他们一起闲聊、一起用餐，享受与人交往的幸福。可惜，事实上那些人的的确确给她发送了皱眉表情，的的确确伸手点击了那个按钮，他们以这样的方式向她开了一枪——他们的做法无异于谋杀。梅手腕上的屏幕闪烁着数十条信息，显然人们已经开始担心她的状态。有了园区内安装的诸多"视觉革命"摄像头的帮助，观众发现梅一动不动地站在原地，表情扭曲，显得既愤怒又痛苦。

现在，她必须做点什么。她回到了客户体验部门，挥手和杰瑞德及其他同事打了声招呼，就登录了系统，开始处理问询信息。

在短短几分钟之内，她就成功完成了许多任务——她解决了布拉格的一位珠宝制造商发来的问题，查看了这个制造商的网站，发现他的作品既有趣又漂亮，于是不仅在语音中夸赞了他的作品，还发送了一则极速帖。她的这一做法带来了极大的转化率和零售额，在十分钟之内就创造了 52098 欧元的成交额。她帮助了一个名叫"设计生活"的、来自北卡罗来纳州的环保家具批发商。在回答完他们的问题之后，对方希望她能够填写一份顾客调查问卷，因为她所处的年龄层和收入水平对他们而言非常重要（他们需要进一步了解她这样的顾客的喜好），她照做了。在"设计生活"工作的谢莉莉·弗朗托成了梅的联系人，她给梅发来了好几张她儿子首次参加儿童棒球训练的照片，梅对这些照片一一做了评论。梅在评论这些照片的同时，收到了谢莉莉发来的致谢信息，谢莉莉还坚持邀请她到教堂山 ① 去，以便亲眼见见她的儿子泰勒，亲口尝尝当地正宗的烧烤。梅答应了谢莉莉的邀请，她很高兴结交这位身在东海岸的新朋友。接着，她继续处理下一条信息。这条信息来自密歇根州大急流城 ② 的杰里·乌尔里奇，他是一家冷藏货运汽车公司的老板。他想让梅给她所有的联系人转发一则信息，以宣传他的公司所提供的各项服务。他告诉梅，他正竭尽全力提升公司在加利福尼亚州的知名度，因此，无论梅能帮他多少，他都非常感激。梅通过极速帖告诉杰里她会将这一消息转告她认识的所有人，就从她的 14611002 位关注者开始。杰里回复说，梅以这种方式向大家介绍他令他受宠若惊，同时他随时欢迎这 14611002 人发信息给他，与他洽谈生意或者评论他的服务。在这些人中，立刻就有 1556 人和杰里打了招呼，并

---

① 教堂山，北卡罗来纳州奥兰治县的镇。
② 大急流城，亦称大溪城，是美国密歇根州第二大城市（仅次于底特律）。

承诺他们也会帮他宣传。杰里一边忙着处理潮水般涌来的大量信息，一边告诉梅，他的侄女今年春天就将从东密歇根大学毕业，他询问梅他的侄女如何才能在圆环公司谋得一份工作，还说他的侄女一直梦想能在圆环公司工作，她是应该把家往西部搬，以便住得离公司更近些呢，还是希望仅仅凭借自己的简历获得一次面试的机会？梅把公司人事部门的联系方式告诉了杰里，同时提供了一些她个人的建议。她将杰里的侄女添加为自己的联系人，设置一则批注以便跟踪她的进展，看她是否真的会申请应聘。接下来，来自佛罗里达州奥兰多市的赫克托·卡西利亚发来信息告诉梅，他对观察鸟类深感兴趣，还发来了他拍摄的一些鸟类照片。梅赞美了他的照片，将它们添加进了自己在云端的相册。赫克托让梅为自己的照片打分，因为他正在申请加入一个照片分享小组，梅的评分可能会帮他获得那个小组的注意。梅照做了，赫克托兴奋异常。几分钟后，赫克托告诉梅，那个照片分享小组中的某个成员惊讶地发现赫克托的照片竟然得到了某位圆环公司员工的关注，因而对赫克托本人刮目相看。为此，赫克托再次感谢了梅。他给梅发来了一则邀请函，邀请她参加今年冬天他所在的小组在迈阿密海滩举办的一场展览。梅回复说如果自己一月份恰巧在迈阿密附近的话，她一定会去参加的。赫克托或许高估了梅对于这场展览的兴趣，他帮梅联系了他的表妹娜塔莉亚。他告诉梅，娜塔莉亚拥有一个简易旅馆，从那儿到迈阿密只有四十分钟车程；如果梅去那里住宿的话，娜塔莉亚一定会为她打折的，当然，也欢迎梅的朋友一同前往。随后，娜塔莉亚发来了一则信息，还附上了旅馆烧烤的费用，同时特别指出，如果梅想要工作日在那里留宿，那么烧烤的价格可以做出适当调整。片刻之后，娜塔莉亚又发来了一则长信息，其中列出了许多介绍迈阿密海滩的文章和图片的网址链接，详细地介绍了冬天适合在迈阿密海滩进行的各项活动——游钓、水上摩托车、跳舞，等等。梅继续工作着，感到身体内又出现了那道熟悉的裂缝，那片不断扩大的黑暗。但她依然没有停下手里的工作，期望通过工作来消灭这道裂缝。当她终于停下来的时候，发现已经是晚上十点三十二分了。

原来，她已经在客户体验部门待了四个多小时。她离开办公室向宿舍走去，此刻，她感觉好多了，心情很平静。当她走进宿舍的时候，发现弗朗西斯正躺在床上，手里拿着他的平板电脑，正在将他自己的脸部照片贴到他最喜欢的电影中。"来瞧瞧这个。"他说着把平板电脑拿给梅看。只见上面显示着一部动作电影的一系列截图，不过那主人公不再是布鲁斯·威利斯①，而像是弗朗西斯·加拉文塔。弗朗西斯解释说这个修图软件几乎是完美的，就连小孩子也能操作它。圆环公司前不久刚刚从哥本哈根一家三人合伙创立的新公司处购买了这一软件。

"我猜你明天就能看到更多新玩意儿了。"弗朗西斯说道。他这话让梅想起了青年创意者的会议。"事情会非常有趣。不得不说，年轻人的有些点子确实不错。说到好点子……"话音未落，他就把梅拉到了身边，亲吻着梅，把梅的臀部拽向他的身体。有一片刻，梅以为他们这回或许能真真正正地做一次爱，然而，她还没来得及脱掉衬衫，就看见弗朗西斯紧闭着双眼，身体猛地向前一阵痉挛。她知道他已经完事了。等弗朗西斯换好衣服，刷完牙，他又一次让梅为他的表现打分。梅给了他一个 100 分。

梅再次睁开眼时，时间是凌晨四点十七分。弗朗西斯正背对着她，无声无息地熟睡着。梅闭上了眼睛，脑海中充斥的全是那 368

---

① 布鲁斯·威利斯（1955—　　），美国男演员、监制、作家和歌手。

个人。毫无疑问，那些人宁愿她从未降生到这个世界上，梅这样想道。她现在必须回到客户体验部门去。想到这里，她坐起了身。

"怎么了？"弗朗西斯问道。

梅转过身，发现弗朗西斯正盯着她。

"没事。我只是想到了昨天德谟克西投票的结果。"

"别担心，选皱眉表情的不过是区区几百人罢了。"

说完，弗朗西斯把手伸向梅的后背，试图从床的另一侧安抚她，轻抚着梅的腰背。

"可是，这些人是谁？"梅说，"我如今不得不在园区里到处走，却不知道究竟是哪些人巴不得我死去。"

弗朗西斯也坐了起来："那你为什么不查看一下呢？"

"查看什么？"

"查看那些给你发送皱眉表情的人的身份。你以为现在是什么时候？十八世纪吗？这里可是圆环公司啊。你可以找到那些讨厌你的人。"

"这个信息是公开的吗？"

问题刚一出口，梅就觉得自己真是太傻了。

"你想让我帮你查看一下吗？"弗朗西斯说道。几秒钟后，他就捧着他的平板电脑，滚动着屏幕浏览着上面的信息。"名单在这儿。这是公开的——这正是德谟克西的精髓所在。"他眯起眼睛仔细看着那份名单。"哦，这家伙出现在这里一点也不意外。"

"什么？"梅问道，她的心脏怦怦地跳着，"谁？"

"葡萄牙先生。"

"阿利斯泰尔？"

梅感到脑袋一阵发热。

"见鬼，"弗朗西斯骂道，"去他妈的。你想要完整的名单吗？"

说着，弗朗西斯把平板电脑的屏幕转向梅。但还不等梅反应过来，她就已经本能地紧闭着双眼向后退去。她站在房间的一角，用双手遮着自己的脸。

"哦，"弗朗西斯说道，"这可不是什么咬人的畜生。这只是一份名单而已。"

"别这样。"梅说道。

"这些人中的大多数很可能并无恶意。而且我知道，这其中的有些人其实很喜欢你。"

"别说了，别说了。"

"好吧，好吧。你希望我清空屏幕吗？"

"求你了。"

弗朗西斯照做了。

梅走进浴室，关上了门。

"梅？"弗朗西斯站在浴室门外问道。

梅打开淋浴开关，脱去了衣服。

"我能进来吗？"

任由水流重重地冲刷着自己的身体，梅的情绪平静了下来。她把手伸向墙壁，打开了浴室的灯。她淡淡地笑了笑，觉得自己此前对那份名单的反应很傻。投票信息当然是公开的。在真正的民主制度下，在更加纯粹的民主制度下，人们不仅不会害怕投票，更重要的是，他们也不会害怕为自己投出的票负责。现在，主动权在她手中，她可以选择知晓究竟是哪些人讨厌她，进而争取他们的好感。也许她不会立刻这么做。她需要给自己一段时间来做心理准备，不过她会知道的——她需要知道那些人是谁，这也是她的责任。一旦她知道了那些人的身份，她就能改变他们对自己的看法。那方法很简单。想到这里，她点了点头。她发现自己正独自一人冲着澡、点着头，不由得笑了。但她还是忍不住点头，因为圆环公司那高雅而纯洁的理念——真真正正的透明，使她感到平静，其中的逻辑和秩序感也令她觉得温暖。

坐在会议室中的是一群漂亮的年轻人，他们穿着五颜六色的衣服，有着蓝色、绿色和棕色的眼眸，有的留着雷鬼头，有的脸上长着可爱的雀斑，他们俨然组成了一道绚丽的彩虹。他们全都向前倾着身子，兴奋地容光焕发。他们每个人有四分钟的时间向圆环公司的专家顾问团介绍自己的点子。贝利和斯坦顿也是专家顾问团的成员，此刻，他们正坐在会议室中与"四十人帮"的其他成员热烈地交谈着。专家顾问团的另外一名成员泰通过视频与会场进行互动。从视频画面上看，他正坐在另外某个纯白的房间内，穿着他那件过于肥大的连帽衫，盯着面前的摄像头，同时看向会议室。他看起来对今天的这场会议既不感到乏味无聊，也似乎不怎么感兴趣。然而，相较于其他任何一位智者或者圆环公司的高层人员，这些年轻人更想打动的恰恰是泰。从某种意义上说，这些年轻人都是泰的孩子，因为泰身上的许多特质大大激励了这些年轻人——他的成功、他的青春、他那将想法付诸实践的能力，他在获得成功的同时保持的本真、超然和惊人的创造力。这些年轻人也希望能像他一样，他们也想获得泰所拥有的财富。

这就是卡尔顿此前提到的那场会议。他相信这场会议的观众人数将达到历史最多，此外，他坚持认为梅应该在这场会议中告诉她所有的观众，圆环公司不能实现完整，因为它的完整化会导致一场毁灭世界的善恶大决战。自从在卫生间里和卡尔顿通过话之后，梅就再也没有收到过他的任何消息，对此她感到庆幸。现在，梅比任何时候都确定，卡尔顿就是圆环公司未来的某个竞争者派来的黑客或者说间谍，他试图策反梅或者任何其他圆环公司的员工，从内部瓦解圆环公司。

梅摇了摇头，试图把卡尔顿从自己的脑海里赶出去。她知道，即将开始的这场会议会大有裨益。数十名圆环公司的员工都是通过这个渠道进入公司的——他们当初是作为心怀抱负的年轻人来到公司向公司高层介绍自己的点子，结果他们的点子当场就被公司买下了，他们本人也得到了聘用。梅知道杰瑞德和吉娜都是这样被聘用的。这是人们进入圆环公司的多种渠道中比较富有魅力的一种——他们推销自己的想法，公司采纳他们的想法并给予他们职位和优先认股权，接着很快，他们就能目睹自己的想法付诸实施。

在人们陆续落座的同时，梅向自己的观众解释了这一切。这间会议室里坐着五十来位圆环公司员工，包括"智者们""四十人帮"和几位助手。他们的对面坐着一排前来推销自己想法的年轻人们，其中几位还未满二十岁。他们每一个人都跃跃欲试。

"这将是场非常激动人心的讨论，"梅对她的观众说道，"正如你们所知，这是我们首次直播'进取者点子评选会'。"她险些用"浮游生物"一词来形容这些年轻人，毕竟这是圆环公司对他们的笑称，不过好在她在话出口前及时打住了。她低头瞥了一眼自己的手腕屏幕，上面显示目前有多达 210 万的观众正在观看这场直播，但梅知道这一数字很快还将有所攀升。

第一位发言的学生名叫费萨尔，他看起来不超过二十岁。他的皮肤就像油漆过的木板一样闪闪发光，他的提案也非常简单——我们不需要无休止地争论我们是否能够追踪某个人的消费行为，相反，我们为什么不和他们达成一项协议呢？对于非常理想的消费者而言，如果他们同意使用"圆环货币"软件来购买所有的商品，也同意将他们的消费习惯和消费喜好告知"圆环搭档"，那么圆环公司可以在每月的月末给予他们一些商品折扣、积分和返利，这就像航空公司为使用同一张信用卡的旅客提供飞行里程一样。

梅知道如果真有这项计划的话，她自己会报名参加的，同时推己及人地估计数以百万计的人们也会如此。

"非常有趣。"斯坦顿评价道。梅后来就会知道，每当斯坦顿说出"非常有趣"这句话时，就意味着他会买下这个想法并且雇用它的构想者。

第二个提案来自一位二十二岁的黑人姑娘。她名叫比琳达，她说她的点子将会消除警方和机场安全官员固有的种族定性行为。梅忍不住点了点头。这正是她喜爱自己所处的这一代人的地方——他们能够借助圆环公司的力量来伸张社会正义，并且精确无误地处理社会不公正问题。比琳达在屏幕上播放了一条热闹的城市道路的监控画面，只见数百个人在镜头前来来去去，丝毫不知道他们自己正被监视着。

"每天警察都会拦停一些车辆，他们这么做仅仅是因为该车的驾驶员是黑人或者有色人种，"比琳达平静地说道，"每天警察都会在大街上叫住年轻黑人，把他们推到墙边搜身。他们这么做的同时也剥夺了这些年轻人的人权和尊严。"

听到这话，梅突然想起了梅塞。她希望梅塞也能有机会听到比琳达的这番话。的确，互联网的某些应用确实有点粗俗和商业化，但是每有一个纯商业化的应用，就会有三个像比琳达所说的这样积极的应用，它们能够利用科技的力量来改善人性。

比琳达继续说道："警方的这些做法只会加深有色人种与警方之间的敌意。你们看见画面上的这些人了吗？他们中的大部分人都是年轻的有色人种，对吧？他们中的每一个人都有可能被警方喊住、搜身、侮辱。但是我们完全可以改变这一现状。"

这时，画面上的人群中，有三个人的身上开始发出橙色和红色的光。他们继续行走着，表现得一如往常，只是他们现在沐浴在橙色和红色中，就好像被彩色笔突出强调出来了一般。

"你们现在看到的这三个橙色和红色的人是惯犯。橙色代表犯罪情节较轻的罪犯，比如他可能犯有扒窃、持有毒品或者其他非暴力、基本上无受害者的罪行。"画面中有两个人都被标记着橙色。这时，有一个五十岁左右、看上去斯斯文文的男人正逐渐朝摄像头走来，他从头到脚都散发着红色的光。"用红色标记出的男人曾经犯过暴力罪行。画面上的这个男人曾经犯过武装抢劫罪、强奸未遂罪和多次伤害他人罪。"

梅转过头，看见斯坦顿正微微张着嘴，全神贯注地听着。

比琳达继续说道："如果某位警官配备了'看见你'这个软件，那么她就能看到我们眼前的这个画面。这个系统很简单，也适用于任何视网膜屏幕。配备该软件的警官什么也不需要做，他只消扫描任意一群人，就能立刻找到其中有犯罪前科的人。试想一下，假如你是纽约的一名警察，有了这个软件，管理全市八百万人的任务立刻就变得容易多了，因为你能够集中精力有的放矢。"

这时，斯坦顿开口道："他们怎么知道谁有前科？依靠这些罪犯体内的某种芯片吗？"

"或许吧，"比琳达答道，"如果可以的话，我们可以在这些罪犯的体内植入芯片。或者，更简单的方法是，让这些罪犯佩戴一种脚环。事实上，警方早在几十年前就开始给罪犯佩戴脚环了。所以现在，我们只需要稍微改进一下这些脚环，让它们能够被视网膜屏幕识别出来，并且能够被追踪。当然——"说着，她对着梅露出了一个热情的微笑，"我们还可以应用弗朗西斯开发出的技术，制造出一种芯片。不过，我想那么做得先获得合法性。"

斯坦顿把身子向后靠去，说道："或许如此，或许不然。"

"如果不需要的话，那当然最理想了，"比琳达说道，"而且，芯片将是永久性的。有了它们，我们就能始终知晓谁曾经犯过罪。相比之下，脚环则可能被擅自篡改或者解除。此外，还有人可能会说，脚环在一段时间后就应该摘去了。这样，这些人的犯罪记录就会被抹去。"

"我讨厌这些人的观点，"斯坦顿说道，"整个社区有权利知道哪些人曾经犯过罪。这合情合理。事实上，数十年来，人们就是这样处理性犯罪者的。如果你曾经犯下性侵犯罪，那么你就会被登记在册，你的住址会公之于众，你也必须前往所在社区的各家各户，向人们介绍你的犯罪史，因为人们有权知道他们的邻居是怎样的人。"

比琳达点着头说："是的，没错。千真万确。抱歉，我找不到更好的词来表达，我只能说我们给这些罪犯贴上标签，那么，从此以后，如果你是个警察，你就不必开着车在街上到处巡逻，拦下所有黑色和棕色皮肤或者恰好穿着松松垮垮的裤子的人进行盘问。相反，你的视网膜应用软件能够用不同的颜色识别职业罪犯——黄色代表情节较轻的罪犯，橙色代表非暴力但略具危险性的罪犯，红色则代表极具暴力性的罪犯。"

现在，斯坦顿正向前倾着身子："那么，让我们更进一步。情报部门能够借此迅速地制作出一个网络，上面囊括所有嫌疑人的联系人和共犯。这只需要几秒钟就能做到。我在想这个色彩方案能否有所变化，将可能与犯罪分子有联系的人也考虑进去，即使这些人本人未曾遭到逮捕或者定罪。你知道，许多犯罪团伙的幕后头目从来都没有被真正定罪过。"

比琳达用力地点着头，说道："是的，当然。在那样的情况下，我们需要使用一个动态的设备来标记联系人，因为他们没有被定罪，我们也就没有办法强制给他们植入芯片或者佩戴脚环。"

"是的，没错，"斯坦顿说道，"不过，我们还是有可能做到这一点。这些值得我们思考。我对此很感兴趣。"

比琳达满脸兴奋地坐了下来，佯装镇定地对着下一位发言人微笑着。接下来的发言人加雷斯紧张地眨着眼睛，站了起来。他个头很高，长着哈密瓜色的头发。现在，他发现整个会议室中的人都在注视着自己，便挤出了一个羞涩的、略显扭曲的笑容。

"不管怎样，我的想法和比琳达的有些类似。事实上，我们一发现我俩的想法相近，就稍稍进行了合作。我们主要的共同点在于关注安全问题。我认为我的计划将逐个街区、逐个社区地消除犯罪。"

他走到屏幕前，在屏幕上呈现出一个跨越四个街区、拥有二十五户居民的小型社区。每栋房子都用明亮的绿色线条勾勒了出来，观众能够看到屋内的情境。这让梅想起了热感视觉呈象。

"这个系统基于社区的监视模型，在此模型下，邻居能够留意彼此的动态，一发现异常举动就立刻汇报。有了'邻居观察'软件（这是我给这个系统取的名字；当然这也已修改），我们就能够充分利用'视觉革命'和圆环公司的各项技术，使整个社区都加入进来，让任何犯罪行为都很难在该社区中实施。"

说完，他点击了一个按钮，画面上的房屋中立刻充满了人们的身影——每栋房屋里都有两到四个人，他们都是蓝色的，正在自己的厨房、卧室和后院中四处活动。

"好了，正如你们所见，这些是该社区里的居民，他们都在做着各自的事情。在此，他们看起来是蓝色的，因为他们都已经注册了'邻居观察'系统，这就意味着他们的指纹、虹膜、手机号码甚至是身体特征都已经记录在了系统中。"

"每一位居民都能看到我们眼前的这个画面吗？"斯坦顿问道。

"没错，这就是他们家里显示出的画面。"

"真了不起，"斯坦顿评论道，"我已经兴趣盎然了。"

"你们可以看到，在这个社区当中一切都很正常。社区中没有任何不速之客。但是，一旦有某个陌生人进入该社区，我们就将看到下面的景象。"

这时，一个红色的人影出现在画面中，他走到了社区里一栋房屋的门口。加雷斯转过头看向观众，抬起了眉毛，说道：

"我们的系统不知道这个人的身份，因此他在画面上呈现出红色。任何一个进入该社区的陌生人都会自动引发电脑做出反应，它会给每一位居民的家里和移动设备发送通知，告知他们有一个陌生人进入了该社区。通常情况下，这都没什么大不了的，很可能是某位居民的朋友或者亲戚前来拜访。不过无论如何，你都能够在画面上看到这个新来的人，并且知道他在哪里。"

斯坦顿放松地靠在椅背上，似乎非常清楚接下来加雷斯会说什么，不过他还是想要帮助加雷斯继续他的发言："听你这么说，我猜应该有办法解除对他的预警吧。"

"是的。他前来拜访的那户人家可以向系统发送一则信息，说明他是他们的朋友，告知系统此人的身份，并为他担保，比如说：'他是乔治叔叔。'或者他们也可以在此人来拜访前提前知会系统。这样，这位来访者就可以被系统标记为蓝色了。"

此时，画面上这个叫乔治叔叔的人从红色变成了蓝色，走进了那户人家。

"这样，这个社区的一切又恢复正常了。"

"只要没有真正的闯入者前来。"斯坦顿提醒道。

"没错。偶尔确实会有某个心怀不轨的人前来……"现在，屏幕上出现了一个红色的人影，他正在鬼鬼祟祟地接近一栋房子，朝窗子里窥探。"这时，整个社区都会发现这个人。他们会知道这个人在哪里，可以选择坐视不理、报警或者与他当面对质。他们可以做出自己的选择。"

"很好，非常棒。"斯坦顿说道。

加雷斯的脸上绽放出灿烂的笑容："谢谢您。此外，比琳达的发言让我想到，居住在该社区的每一位有犯罪前科的人员在任何情况下都必须显示为橙色或者红色，或者其他某种颜色，这样，你就能知道他们虽然是该社区里的居民，但也是犯过罪的人。"

斯坦顿点了点头："大家有权知道这个信息。"

"一点儿没错。"加雷斯说。

"看来，你的想法能够解决'视觉革命'目前存在的一个问题，"斯坦顿说道，"也就是说，现在，虽然各处都安装了摄像头，但不是每个人都能看到所有摄像头拍摄的画面。如果一起犯罪发生在凌晨三点，有谁会在这时观看 982 号摄像头拍摄的画面呢，对吧？"

"没错，"加雷斯说道，"瞧，在这种情况下，仅仅拥有摄像头是不够的。颜色标记系统能够告诉你哪些人的行为是反常的，那么，你只需要关注那些反常现象就可以了。当然，其中蕴藏的难题就是，这样做会不会违反什么隐私权法。"

"至于这点，我认为不是问题，"斯坦顿说道，"你有权知道究竟是哪些人和你住在同一条街上。这和你向住在同一条街上的邻居们介绍自己又有什么不同呢？俗话说'好墙出睦邻'，而你说的这个方法只是一个更加先进、完整的版本罢了。我愿意相信这个系统基本上能够保护一个社区免受任何外来者造成的一切侵害。"

梅扫了一眼自己的手环。有数百名观众已经在要求获得比琳达和加雷斯所说的产品了。发来这些要求的观众人数众多，梅数都数不过来。他们都在问：在哪里能买到？什么时候能买到？多少钱？

这时，传来了贝利的声音："别忘了，还有一个没有解答的问题，那就是如果犯罪的是社区内部的某个人呢？如果罪行发生在某个家庭内部呢？"

比琳达和加雷斯都看向了一位衣着考究的女士。她留着黑色短发，戴着一副时尚的眼镜。"我想这个问题该由我来回答。"说着，她站起来，捋了捋自己的黑裙。

"我叫芬尼根，我发言的主题是家庭内部对儿童实施的暴力行为。我本人小时候就曾是家庭暴力的受害者。"她说完停顿了一秒钟，让人们消化这一信息。"家庭暴力似乎是所有犯罪行为当中最难以预防和消除的，因为施暴者显然是家庭中的一员，不是吗？然而，我后来意识到，杜绝家庭暴力所需要的一切工具其实已经存在了。首先，大多数人都已经拥有某种监控仪，能够追踪他们的生命体征，并在他们的愤怒上升到危险的水平时及时发出提醒。现在，如果我们将这一工具与标准化运动感应器相结合，那么当某种暴力行为正在发生或者将要发生时，我们立刻就能知晓。请允许我来举一个例子。这是一个安装在一间厨房当中的运动感应器。这种感应器经常安装在工厂甚至餐馆的厨房中，用以监测员工或者厨师是否按照规定标准完成了制定的任务。就我所知，圆环公司同样在许多部门里安装了这样的感应器，来保证工作的正规性。"

"你说得没错。"贝利答道。听了他这话，会议室另一头有人忍不住笑了起来。

斯坦顿解释道："我们拥有这项技术的专利权。这你知道吗？"

芬尼根的脸红了，她似乎在犹豫自己是否应该撒谎。她能回答说她已经知道这事吗？

"这我还真不知道，"她答道，"但我现在非常高兴获悉这一点。"

斯坦顿似乎对她的沉着冷静分外赞赏。

"正如大家所知，"芬尼根继续道，"在工作场所中一旦你做出非常规的动作或者未按照正常操作程序行事，电脑就会提醒你，或者记录下你的错误。于是，我想我们为什么不把这种运动感应技术运用到家庭中呢？尤其是那些存在高风险的家庭。这样，我们就能够记录下这些家庭中任何非常规的行为了。"

"这就像烟雾报警器，只不过它监测的对象是人。"斯坦顿总结道。

"是的。一旦烟雾报警器感应到环境中的二氧化碳含量有一丝一毫的增加，就会立刻发出警报。我的这个系统运用的是同样的原理。事实上，我发言前已经在这件会议室中安装了一个感应器。现在，我想让大家看看它是如何工作的。"

她身后的屏幕上出现了一个人影。那人影的身形与芬尼根相仿，不过没有具体的特征。换句话说，那就像她蓝色的影子，正反映出她每时每刻的动作。

"瞧，这就是我。现在，请看我的动作。如果我四处走动，那么在感应器看来，这一切都很正常。"

在她身后的屏幕上，她的身影仍然是蓝色的。

"如果我切一些土豆，"芬尼根一边说着，一边模仿切土豆的动作，"同样，这也是正常的动作。"

她身后屏幕上的蓝色身影也做着她的动作。

"但是，请看如果我做出某些暴力的举动，情况会怎样。"

说完，芬尼根迅速举起了手臂，又快速地向身前挥下，仿佛正在抽打她身前的一个孩子。这时，她在屏幕上的身影立刻变成了橙色，同时，房间里响起了一阵响亮的警报声。

这警报声是一阵快速且有节奏的尖叫声。梅意识到，这警报声对于现场展示而言过于刺耳了。她扭头看向斯坦顿，只见斯坦顿瞪大眼睛，翻了翻白眼。

"快把它关掉。"他几乎怒不可遏地说道。

然而，芬尼根没有听到斯坦顿的话，开着警报继续她的展示，就好像这刺耳的警报声就是她展示的一部分，她觉得没有丝毫的不妥："这声音当然就是警报声……"

"关掉它！"斯坦顿喊道。这回，芬尼根听见了他的话。她赶忙慌慌张张地在自己的平板电脑上乱按一通，想要找到关闭警报的按钮。

斯坦顿忍无可忍地抬起头看着天花板，说道："这声音是从哪儿传出来的？为什么它这么响？"

尖叫声仍在继续。会议室中半数的人都用手堵住了自己的耳朵。

"快把它关掉，否则我们就要离开这里了。"斯坦顿说着站了起来，抿着嘴，似乎怒火中烧。

这时，芬尼根终于找到了那个按钮，关掉了警报声。

"你这么做可不对，"斯坦顿说道，"你在向我们推销你的想法，而不应该惩罚我们。你明白吗？"

芬尼根睁大双眼，睫毛不住地颤抖，眼睛里很快就溢满了泪水："是的，我明白。"

"你本可以直接告诉我们警报会响，而完全不需要真的启动它。这就是我今天想教给你的东西。"

"谢谢您，"芬尼根双手紧紧地交握在身前紧张地答道，"我能继续发言吗？"

"我不确定。"斯坦顿说道，他显然怒气未消。

"芬尼根，你继续吧，"贝利说道，"只是，请你加快发言的速度。"

"好的，"芬尼根声音颤抖着说，"简而言之，我的想法就是在每个房间内安装感应器，并通过程序设置让它们能够分辨哪些行为在正常范围内，哪些行为是异常的。每当出现异常行为，警报声就会响起。理想状态是，屋内的施暴人员一听到这警报声，就能停止或者暂缓施暴行为。与此同时，该系统也会通知相关当局。当然，你还可以将邻居纳入该系统中，因为他们距离事发地点最近，最有可能迅速地介入并提供帮助。"

"行了，我明白你的意思，"斯坦顿说道，"让我们进入下一话题。"斯坦顿的意思是，有请下一位发言者。然而，芬尼根面对这种情形，展现出了令人钦佩的决心，继续说道：

"当然，如果将所有这些技术结合起来，你就能让人们在任何情境下都保持常规行为。想想监狱和学校。我的意思是，我的高中里共有四千多名学生，其中只有二十个小孩爱调皮捣蛋。我想，如果老师能够配备视网膜屏幕，在一英里外就发现在屏幕上标记为红色的学生，那么，他们就能够杜绝大部分的麻烦。当然，安装在学校中的感应器也能够精确地定位学生任何反社会的行为。"

此时，斯坦顿又一次把身子靠在了椅背上，他的拇指则插在裤子的皮带裥带中——显然，他又一次放松了下来："我突然想到，这世界上之所以存在那么多的犯罪和麻烦，全是由于我们需要追踪的信息太多了，不是吗？我们需要监控的地点和人太多了。如果我们能够将精力更多地集中在少数越轨者身上，如果我们能够更好地标记并追踪他们，那么我们就能够节省下大量的时间和精力。"

"您说得一点儿也没错。"芬尼根答道。

斯坦顿的态度缓和下来，正低头看着自己的平板电脑。他似乎和梅在她的手环屏幕上看到的是相同的景象——芬尼根和她的项目大受欢迎。他们收到的绝大多数信息来自各种罪行的受害者——那些在家里饱受虐待的妇女和儿童。这些受害者用各种方式表达着同一个显而易见的观点：如果这项技术在十年前或者十五年前就有了，该多好啊！不过，至少从今往后，不会再有家庭暴力事件了。

梅回到了自己的办公桌前，发现桌上有一张安妮留给她的纸条："你能和我见上一面吗？你在方便的时候只需要发信息告诉我'就是现在'，我就会去卫生间和你见面。"

十分钟后，梅坐进了她惯常使用的那间卫生间隔间里。随后，她听见安妮走进了隔壁的隔间。安妮主动和她联系，这让梅如释重负。此刻，梅非常高兴安妮又一次近距离地出现在自己身边。梅觉得自己现在能够化解此前的一切误会，并且下定决心这么做。

"现在只有我们两个人吗？"安妮问道。

"我已经关掉了音频设备。我们有三分钟时间。出什么事了？"

"没什么，只是想和你谈谈'完美过去'的事情。目前，他们开始陆陆续续向我透露一些结果，这些结果已经让我感到非常不安了；而明天，他们还会把这些结果公之于众，我觉得那会令事情变得更糟。"

"等等，他们发现了什么？我还以为他们会从中世纪开始调查。"

"没错，他们确实是这么做的。不过即使追溯到中世纪，我父母双方的家族似乎都是些黑心肠的家伙。我的意思是，我甚至都不知道英国人曾经拥有爱尔兰奴隶。这你知道吗？"

"不，我也不知道。你是指爱尔兰白人奴隶？"

"是的，几千名奴隶。我的祖先就是这其中的罪魁祸首，是他们劫掠了爱尔兰，从那里带回了许多奴隶，并把他们贩卖到了世界各地。这一切简直糟糕透了。"

"安妮……"

"我是说，我知道他们对这一结论相当肯定，因为他们用了几千种方法进行交叉比对。可是，我看起来像是奴隶主的后人吗？"

"安妮，你不必自责。毕竟，六百年前发生的事情与你毫无关系。而且，我敢肯定，每个人的家族史中都或多或少有些污点。你不必介怀。"

"这我当然明白，可是这件事情至少很令人难堪，不是吗？至少在我认识的所有人眼中，这段黑历史就是我本人的一部分。他们还是会和我见面，与我聊天，但同时他们会记得我的这个污点。这段历史被强加到了我身上，我觉得这不公平。这就好像在告诉人们，我知道我的父亲曾是三K党 ① 的成员一样。"

"你多虑了。没有人——我再强调一遍——没有人会因为你的祖先曾经奴役过爱尔兰奴隶就觉得你可笑。我是说，那种做法那么疯狂，而且已经过去了这么久，没有人会把它和你联系在一起的。你了解大家，没有人会记得这件事的，又怎么会把责任归到你身上呢？不会的。"

"可是，我的祖先曾经杀死过一些奴隶。有历史记载说，这些奴隶曾经进行过反抗，接着，我的某些族人率领人们对这些奴隶展开了一场大屠杀，杀死了一千名男人女人和小孩。这太令人作呕了。我只是……"

"安妮，安妮。你必须冷静下来。首先，我们没时间了，音频设备马上就要开启了。其次，你不能总是担心这件事。事实上，你的祖先算得上是原始人，而每个人的原始人祖先都不是什么好人。"

听了这话，安妮扑哧一声笑了。

"答应我，别再担心这件事了，好吗？"

---

① 三K党（Ku Klux Klan，缩写为 K.K.K.），一个奉行白人至上主义和基督教恐怖主义的民间仇恨团体，是美国最悠久、最庞大的恐怖主义组织。三K党最早于1866年由美国内战中被击败的南方邦联军队的退伍老兵组成。

"好的。"

"安妮，别再担心了，答应我。"

"好吧。"

"你保证？"

"我保证。我尽量做到。"

"好的。时间到了。"

第二天，当关于安妮祖先的消息公布后，梅觉得自己的预言多多少少得到了印证。当然，有人发表了一些负面评论——这是不可避免的，但大多数人对这个消息反应不大。没有人在乎这件事和安妮之间有怎样的联系，不过，确实有人开始关注这段长久以来一直被人们所遗忘的历史了——人们开始意识到英国人曾经进攻爱尔兰，并且从那里带走了大量人力。

安妮似乎能够泰然自若地接受这一切了。她发送的极速帖内容积极，还录制了一段简短的视频，告诉人们当她发现自己的祖先在这段黑暗的历史时刻中所扮演的负面角色时，自己是多么的惊讶和难过。不过，接着，她试图引入新的视角来看待这件事，尽可能地对它轻描淡写，同时，还向人们保证，类似的发现不会阻碍人们通过"完美过去"发掘个人历史的行动。"每个人的祖先都可能是坏人。"她在视频中如此说道。梅看着手环屏幕上的这段视频，笑了。

和梅不同，梅塞对待这件事，还是一如既往地严肃。梅已经有一个多月没有得到梅塞的任何消息了，然而在这周五（每周五是目前邮局唯一工作的一天），她收到了他寄来的一封信。她不想看这封信，因为她知道梅塞一定会在信中批评她、指责她、评判她。但是，他毕竟曾经写过那样的信了，不是吗？这回他的信或许会有所不同。

于是，梅打开了信，猜想这封信大概不会比上一封更加恶劣。

然而，她错了。这回，梅塞甚至没有在梅的名字前面加上"亲爱的"一词。

梅：

我知道我曾说过我不会再给你写信了。但是，既然现在安妮正处于毁灭的边缘，我希望她的遭遇能让你停下疯狂的举动。请你告诉她，她可以退出那个实验。我敢向你们俩保证，那个实验不会有好结果的。梅，我们无权知道一切。你有没有想过，我们人类的大脑或许恰恰应该在已知与未知之间保持精妙的平衡？我们的灵魂恰恰需要夜晚的神秘和白昼的明晰？你和你的同事们正在创造一个永远处于白昼的世界，我认为，那个世界将把我们所有人活活炙烤死。我们将不再有时间反省、睡觉和冷静地思考。你们这些圆环公司的人有没有想过，我们凡人只能容纳有限的信息？瞧瞧我们自己。我们很渺小，我们的大脑也很小，只有甜瓜那么大。你们难道想把世界上发生的每一件事情都装进我们的脑袋里吗？这是行不通的。

信息一则又一则地出现在梅的手环屏幕上。

你为什么要花时间读这封信呢？

我已经厌倦这封信了。

你这是在助长那个大脚野人的气焰。别长他人志气！

梅的心脏跳得很快，她知道自己不应该读下去，可是她克制不住。

当你和那些"数码法西斯分子"参加你们所谓的点子会议时，我恰好在我父母家里。我的父母坚持要观看你们的会议直播，他们为你感到特别自豪，我却认为那场会议实在是骇人听闻。尽管如此，我还是庆幸我观看了那场直播（正如我庆幸我观看了电影《意志的胜利》①一样）。我一直计划采取行动，而这场直播更是让我觉得刻不容缓了。

我要把家搬到北方，搬到我能找到的最隐秘、最无奇的森林中。我知道你们已经在亚马逊雨林、南极洲、撒哈拉大沙漠等地安装了摄像头，也必将在北方的森林中安装摄像头。但是，至少我抢在你们之前行动了。当你们的摄像头渗透进我所居住的森林时，我就会继续向北迁移。

梅，我不得不承认你和你的同事们赢了。我和你们之间的斗争差不多已经结束了。现在，我明白了这一点。但在那场点子推介会之前，我曾经心怀一丝希望，以为疯狂的仅仅是和圆环公司有关的人——几千名经过洗脑的圆环公司员工，以及数百万把圆环公司当做金牛犊②崇拜的人。当时的我仍然相信终究会有人挺身而出，与你们相抗衡；我仍然希望我们的下一代会认为你们所做的一切都是荒唐可笑的、压迫人权的和彻底失控的。

梅查看了一眼自己的手腕屏幕，上面显示人们已经在网络上组建了四个"讨厌梅塞俱乐部"。有人自告奋勇地说要删除梅塞的银行账户。只等你吩咐。那则信息如此写道。

① 这是一部记录1934年在纽伦堡召开的帝国代表大会的纪录片。由纳粹构思，为纳粹拍摄，内容也是关于纳粹。电影记录了大会的盛况和会议期间的一些重要事件。《意志的胜利》实际上向历史学家显示了纳粹政府如何通过宣传而发展壮大，希特勒如何运用他无与伦比又令人恐惧的语言能力煽动群众，并向他们灌输纳粹思想。
② 金牛犊，摩西在西奈山时以色列人崇拜的偶像。

然而现在，我明白了即使有人能够打败你们，即使圆环公司明天就会终结，很可能会出现另一个更加糟糕的东西来取代你们。世界上除了你们，还有一千名所谓的"智者"，他们不仅相信保有隐私是有罪的，而且拥有更加激进的想法。每当我认为情况已经糟糕透顶、不会更糟的时候，我都会看见某个十九岁的年轻人在宣扬他／她自己的想法，这个想法令圆环公司看起来更像是美国公民自由的乌托邦①。我还意识到，没有什么能吓倒你们这些人（现在我知道大多数人都是像你们这样的人）；再多的监视也不会让你们产生丝毫的不安，更不会激起你们的反抗。

　　梅，监测你自己的各项数据是回事——我是说，你佩戴上自己的手环，这没什么不妥。我可以接受你们追踪自己的行动，记录自己所做的每一件事，为了某种利益（无论那是什么）而收集关于你们自己的各项数据。但是，对你们而言，这还不够，对吗？你们不仅想要自己的数据，还想获得我的。你们觉得缺少了我的数据，你们就不完整。梅，我告诉你，这是病态的。

　　所以，我必须离开。当你读到这封信的时候，我已经从你们的世界里消失了，而且，我希望其他人也加入我的行列。事实上，我知道一定会有人加入我的行列。我们将生活在地下，生活在沙漠中，生活在森林里。我们会像难民或者隐士抑或这两者不幸的却必需的结合体那样生活，因为这就是我们本来的面目。

　　我想，这就是人类历史上的第二次大分裂，从此以后，将

---

① 原文 ACLUtopia 结合了 ACLU（美国公民自由协会）和 Utopia（乌托邦）。

出现两种人类，他们相互分离但又相互平行地生活着。他们中的一类人将生活在你们正致力建造的、充满监视的穹顶之下，而另一类人则将生活（或者说，努力生活）在这种监视之外。说实话，我对全人类的未来感到恐惧至极。

梅塞

梅在自己的摄像头前读完了这封信。她知道她的观众一定和她一样，觉得这封信既荒谬又可笑。她不断地收到人们发来的评论，其中有一些说得很不错。现在，那个大脚野人终于要回到他原本的栖息地啦！一则信息如此写道。另外一个人则说：总算摆脱这个大脚怪了。梅着实被这些评论逗乐了，她忍不住去找了弗朗西斯。结果，当他们两人见面时，她发现弗朗西斯已经看过那封信了。原来，已经有人把那封信抄了下来，贴了六七个网站上。一位米苏拉市的观众更是头戴假发，在一段视频中朗读了信中全文，并给视频配上了伪爱国主义的背景音乐。这段视频在网络上获得了三百万次的观看量。梅自己也看了两遍，每看一次就笑一次，但看完之后发现自己有些同情梅塞。她觉得梅塞虽然固执，但并不愚蠢。她认为梅塞还有救，她仍然有可能说服他。

第二天，安妮又给梅留了一张纸条。于是，她们又一次准备在卫生间里碰头。这回，梅满以为安妮在"完美过去"发布第二轮重大发现之后已经能够在具体情境中审视这一切了。她透过隔板底部的缝隙，在隔壁的隔间里看见了安妮的鞋子，于是关闭了摄像头上的音频设备。

安妮的声音听起来有些沙哑。

"情况变得更糟了，这你已经听说了，对吧？"

"我确实听到了一些消息。你是不是哭过了？安妮……"

"梅，我觉得自己应付不来了。我是说，知道祖先在英国老家做的那些勾当是一回事，毕竟，我有时会想，那些黑暗的过去都不重要，因为我的家族来到了北美，把所有不光彩的事情都留在了过去，他们从头开始了。可是，梅，真是见鬼，我现在才知道原来我的祖先在这里也曾经是奴隶主！我是说，这简直是愚蠢透顶。我的家族里都是些什么人呀？我的血液里肯定也存在着某种病态因子。"

"安妮，你不能总想着这些。"

"我当然可以。我脑子里想的没有别的，全是这件事……"

"好吧，好吧。但是，你首先得冷静下来。其次，你不能感情用事。你必须把自己和这件事分离开来。你必须用更加抽象的方式来看待它。"

"可是我不断收到人们发来的咒骂邮件。光是今天早上，就有六个人发邮件给我，骂我是'安妮主人'。我这些年来雇用的有色人种当中有半数现在都开始怀疑我，就好像我的基因就决定了我一定会像我的祖辈那样成为奴隶主似的！现在，我已经没办法再让薇琪为我工作了，我明天就会让她离开我的团队。"

"安妮，你知道这话听起来多疯狂吗？退一步说，你能肯定你的祖先在这里也曾经拥有过黑人奴隶？他们在这儿的奴隶不是他们从英国带来的爱尔兰奴隶？"

安妮重重地叹了口气。

"不，不是的。我的祖先先是奴役了爱尔兰奴隶，之后又奴役了黑人奴隶。你觉得这听上去如何？我的族人似乎无法避免奴役他人的命运呢。他们在内战中还曾经为南部联盟作战。你看到这条消息了吗？"

"我看到了，可是有好几百万人的祖辈都曾在内战中为南部联盟作战呢。当时，整个国家的人都处于战争之中，一半对一半。"

"可是正义偏偏不属于我的祖辈所在的这一半。你知道这一切令我家陷入了怎样的混乱吗？"

"可是，人们从来不会把家族史太当回事，不是吗？"

"可是，梅，人们曾经以为我们家是血统高贵的贵族，以为我们这些乘坐'五月花'号来到这块大陆的人一定拥有完美无瑕的历史！如果他们不曾这么认为，他们或许不会在意这些丑恶的过去，可是现在，他们真的很重视这些过去！我妈妈已经有两天没有走出家门了。我不想知道他们接下来还会发现什么。"

然而，两天后，"完美记忆"团队发现的事情比此前发现的糟糕许多。梅还不知道他们的新发现究竟是什么，但是她知道安妮已经知道了，而且安妮已经向全世界的人发送了一个非常奇怪的极速帖。她在帖子中写道：事实上，我不确定我们是否应该知道一切。当她们俩再次在卫生间里碰头时，梅还是不敢相信那句话是安妮亲手打出来的。当然，圆环公司不能删除这个帖子，但是或许有人（梅希望这人就是安妮）能够对它稍作修改，把它改成：如果没有合适的存储方式，我们就不应该知道一切——你可不希望丢失任何信息！

"那个帖子当然是我发送的，"安妮说道，"我指的是最初的那个。"

梅在心里仍然希望这只是一起糟糕的事故。

"你怎么能发那样的帖子呢？"

"因为那就是我的心里话，梅。你不明白。"

"我知道我确实不明白。你是怎么想的？你知道你现在的处境有多糟糕吗？无论是谁散布这样的想法，这人也不应该是你啊！你可是倡导了解过去真相的模范人物，你现在怎么会说……总之，你到底想说什么？"

"哦，见鬼，我不知道。我只知道我受够了，我必须终止它。"

"终止什么？"

"'完美过去'以及类似的一切。"

"你知道你不能那么做。"

"我准备试试看。"

"你肯定已经陷入大麻烦了。"

"没错。可这是'智者们'欠我的。我不能再参与这个项目了。我是说，他们其实已经免去了我的部分义务。管他呢，我不在乎。但是，如果他们不终止这个项目，我一定会昏迷的。事实上，我已经觉得自己快要无法站立、无法呼吸了。"

她们静静地在那儿坐了一会儿，谁也没说话。梅在犹豫自己是不是可以离开了。她觉得安妮已经无法把握对自己最为重要的东西了，她现在很不稳定，很可能做出鲁莽的行为，造成无法挽回的后果。因此，现在和安妮谈话也是一件冒险的事情。

这时，她听见安妮正在大口喘气。

"安妮，保持呼吸。"

"我刚刚告诉你我无法呼吸了。我已经有两天没睡觉了。"

"到底发生了什么？"梅问道。

"哦，见鬼，发生了很多事情。不，没什么。只是他们发现了关于我父母的一些诡异的事实。应该说，是很多诡异的事情。"

"这些什么时候会公布？"

"明天。"

"好吧。也许那没有你想象的那么糟糕。"

"那比你能够想到的要糟糕许多。"

"告诉我吧，我敢肯定那并不严重。"

"不，梅，那很严重，严重至极。首先，我发现我的爸爸和妈妈保持着某种开放式婚姻关系。我还没有就此问过他们，但是有许多照片和视频表明，他们各自在婚后都曾与其他许多人交往过。我是说，他们双方都有过一系列的婚外情。这听上去不严重吗？"

"你怎么知道那是婚外情呢？我的意思是，也许他们只是恰好与某个人同行？而且，你说的那些发生在二十世纪八十年代，对吧？"

"那更像是二十世纪九十年代的事情。而且，相信我，那一定是婚外情。"

"你是说，是性爱照片？"

"不，是接吻的照片。在一张照片中，我爸爸的一只手正搂着一个女人的腰，另一只手则放在她的乳房上。那张照片真令人作呕。在另一些照片里，我妈妈和一个蓄着胡子的男人在一起，那是一组裸照。显然，照片中的男人已经死了，他生前曾经留存着这些照片，他死后，有人在旧货市场上购买了这些照片，扫描了它们并且把电子版的照片上传到了云端。于是，当项目组的人在全球范围内进行面部识别的时候，他们立刻发现妈妈曾经裸着身子躺在某个骑摩托的男人身边。我是说，在一些照片当中，我妈妈和那个男人只是一丝不挂地站在那里，就好像正在毕业舞会上摆造型似的。"

"听到这些，我很难过。"

"那么，这些照片是谁拍的呢？当时，那个房间里还有另一个人吗？那个人是谁？某个热心的邻居吗？"

"你问过你父母吗？"

"还没有，但更'妙'的是，我还没来得及就这件事质问他们，就发生了另外一件事。这件事情比此前的事情糟糕多了，以至于我都不再在意他们的婚外情了。我是说，跟他们找到的那段录像相比，那些照片简直不算什么。"

"那录像怎么了？"

"事情是这样的。这段录像记录的是他们两人难得在一起的景象——至少他们俩难得在一起共度夜晚。这段录像是一个码头那儿的某个安全摄像头拍摄到的。我猜人们应该是在那个码头附近的仓库里贮藏了货物，所以就在那附近安装了监控摄像头。于是，这个摄像头拍到了我父母当天晚上在码头附近闲逛的情景。"

"那是段性爱录像吗？"

"不，比那糟糕多了。哦，见鬼，那实在是太糟了。梅，那简直太变态了。你知道每隔一阵子，我父母都会这么做吧？我是说，他们会出去饮酒作乐，过二人世界。他们曾经这么告诉过我。他们会在当天晚上喝得酩酊大醉，去跳舞，然后在外面度过整个夜晚。每年他们都这样庆祝他们的结婚纪念日。有时，他们会待在城里，有时，则会去墨西哥或者其他什么地方。他们似乎是想用这样的不眠之夜来留住青春，保持婚姻生活的新鲜感。"

"然后呢？"

"所以，我知道录像里的这件事发生在他们的一个结婚纪念日。那年我六岁。"

"那又怎样？"

"如果我当时还没有出生，情况或许会不一样……哦，见鬼，总之，我不知道当天晚上的早些时候他们都做了什么，但是他们在凌晨一点钟左右出现在了监控画面中。当时，他们正坐在码头上喝着一瓶酒，在水面上来回荡着双腿。有一阵子，一切似乎很平静，甚至有些乏味。但是后来，一个男人走进了画面中。他看上去像是一个流浪汉，踉踉跄跄地路过那里。我的父母看着他从他们身边经过。从画面上看，那男人似乎对他们说了什么，他们似乎笑了笑，接着继续喝着酒。接下来的一段时间，什么也没有发生，那个流浪汉也走出了画面。大约十分钟之后，那个流浪汉走回了画面，紧接着，他掉下码头，落进了水里。"

梅迅速地吸了一口气。尽管她知道自己可能会把事情弄得更糟，但还是忍不住问道："你的父母看见他落水了吗？"

这时，安妮开始啜泣起来："这就是问题所在。他们完完全全目睹了那一切。那个男人落水处距离他们坐着的地方只有大约三英尺。在画面中，你能看见他们站了起来，往前倾了倾身子，向水下喊了些什么。看得出来，他们当时不知道该怎么办才好。接着，他们向四周看了看，可能在寻找电话或者什么。"

"那附近有电话吗？"

"我不知道，那儿似乎没有。事实上，他们在事情发生后根本没有走出过镜头。这就是最见鬼的一点了。他们看见这个男人落水了，却只是待在原地。他们没有跑去寻求帮助，没有打电话报警，也没有跳下去救那个人——事实上，他们什么也没做。在几分钟的不知所措之后，他们只是再次坐了下来，我妈妈把头枕在了我爸爸的肩上，他们两人就这样在那儿又待了大约十分钟，然后才起身离开。"

"也许他们当时只是吓傻了。"

"梅，他们只是站起身若无其事地走开了。他们根本没有拨打报警电话，也没有采取任何措施。没有任何记录显示他们曾经想要报警，也就是说，他们根本没有向警方汇报这件事情。不过，第二天人们找到了那个男人的尸体。结果，人们发现那个人根本不是个流浪汉，他或许有些智力障碍，但是他此前一直和他的父母住在一起，在一家熟食店工作，负责清洗餐具。而我的父母就这样眼睁睁地看着他溺水身亡了。"

说完，安妮已经泣不成声了。

"你有没有把这事告诉你的父母？"

"没有，我现在根本没办法和他们说话，我现在想起他们就觉得恶心。"

"可是这件事还没有公布，不是吗？"

安妮看了看时间，说："很快就会公布了。还有不到十二个小时。"

"贝利对此是怎么说的？"

"他说他无能为力。他的为人，你是了解的。"

"也许我能为你做点什么。"梅说道，可事实上，她完全不知道自己能做什么。安妮对此没有做出任何表示，显然她不相信梅能够暂缓或者阻止这场即将向她席卷而来的风暴。

"这一切太令人作呕了。哦，真他妈的见鬼，"安妮说道，就好像她刚刚听说这件事，"现在，他们已经不是我的父母了。"

很快时间就到了，梅和安妮彼此道了别。安妮回到了自己的办公室，她说自己准备一直躺在那里；梅则回到了自己原来的工作团队。现在，她需要好好进行一番思考。此刻，她正站在办公室的门口，当初她就是在这里看见卡尔顿正打量着自己的，现在，她正看着客户体验部门的新人们。这些新人对他们的工作感到很惬意，正不停地点着头，他们口中正小声地说出同意或者反对的话——这让梅觉得一切又变得有序、正确了。偶尔会有员工抬起头对她微笑，冲着她的摄像头和她的观众朴实无华地挥挥手，然后继续埋头工作。梅感到体内升腾起了一股自豪感，她为这些员工、为圆环公司、为所有这些纯洁的灵魂感到自豪。这些人是开放的、诚实的，他们从不躲躲藏藏，从不囤积秘密，也从不拐弯抹角。

在梅身边坐着一位新人，他不过二十二岁，一头乱蓬蓬的头发就像从他头上升起的一团烟雾。他正聚精会神地工作着，甚至没有注意到梅正站在他的身后。他一边回答着客户的问询和"圆环调查"

的问题，一边飞速地、流畅地、几乎无声地用手指敲击着键盘。"不，不，微笑，皱眉。"他一边说着，一边轻快地点着头，"是，是，不，坎昆市^①，深海潜水，高档度假胜地，分散的周末，一月，一月，不确定，三，二，微笑，微笑，不确定，是，普拉达^②，匡威^③，不，皱眉，皱眉，微笑，巴黎。"

看着这个年轻人，梅突然意识到，安妮的难题有个显而易见的解决办法。那就是安妮需要支持，她需要知道她不是一个人。想到这里，梅一下子豁然开朗了——问题的解决办法当然就在圆环公司内部。毫无疑问，一定会有数百万人愿意站在安妮背后支持她，并且通过各种意想不到的、真心诚挚的方式来表达他们对她的支持。一个人独自默默承受的痛苦才算得上痛苦，在数百万满怀爱意的人民大众面前经受的痛苦就不再是痛苦了，而是情感的交融。

梅转身离开办公室门口，向楼顶平台走去。她的身上不仅肩负着对朋友安妮的责任，同时也肩负着对观众的责任。目睹了这些新人诚实、公开的工作，看了那个满头蓬发的年轻人全神贯注的样子，梅觉得自己真是虚伪。她一边爬着楼梯，一边评估着自己的行为和为人。几分钟前，她还在刻意地拐弯抹角、遮遮掩掩、躲躲藏藏。她刚才关闭了身上的音频设备，这无异于对全世界撒谎，对数百万认为她始终坦率、透明的人撒谎。

梅放眼望向整个园区。这时，她的观众一定在好奇她究竟在看什么，为什么不说话。

"我想让你们看到我所看到的景象。"她说道。

安妮想要躲藏起来，想要独自承受痛苦，想要掩盖真相。梅想

---

① 坎昆市，墨西哥著名国际旅游城市。

② 普拉达，意大利奢侈品品牌。

③ 匡威，美国帆布鞋品牌。

尊重安妮的选择，忠诚于自己的朋友。可是，对于一个人的忠诚能否战胜对于数百万人的忠诚？如果她这么做的话，岂不是在将个人的、暂时的利益置于大多数人的利益之上？这种思维方式不正是历史上许多惨剧发生的根本原因吗？这时，她又一次意识到解决问题的方法就在她眼前，就在她身边。梅必须帮助安妮，同时再次净化自己的透明化实践。要想完成这两项任务，她只需要做出一个勇敢的举动。她看了一眼时间，发现自己在展示"灵魂搜索"项目之前还有两个小时。于是，她走上楼顶平台，理了理思绪，以便将脑中的各种想法整理成清晰的陈述。紧接着，她毅然决然地向自己和安妮碰面的卫生间走去，仿佛那里是案发现场。她走进卫生间，在镜子中看见了自己，顿时，她明白有些事情自己必须说出来。她深吸了一口气，开口道：

"观众朋友们，大家好。在此，我有一件事情要宣布，虽然这件事令人痛苦，但我认为自己应该这么做。你们中的许多人可能知道，在一小时之前，我曾经走进过这间卫生间，佯装走进了那边的第二间隔间解决个人问题，"她说着，转身面向那一排隔间，"但事实上，在我走进隔间、在坐便器上坐下、关闭音频设备之后，我和我的朋友安妮·阿勒顿进行了一场私密谈话。"

梅刚说到这里，她的手腕屏幕上就迅速收到了数百条信息。其中一条到目前为止最受欢迎的信息已经在原谅她了：*梅，我们允许你在卫生间中进行私人谈话！别担心，我们相信你。*

"我想感谢所有给我发来善意评价的观众，"梅说道，"但是，比我的坦白更加重要的是我和安妮谈话的内容。你们中的很多人都知道，安妮正在参与公司的一项实验——一个尽最大可能追溯个人家族史的项目。她发现了自己家族的一些阴暗的秘密。她的一些祖先曾经犯下过严重的罪行，而她对此深恶痛绝。然而，明天，我们还将公布一个关于她家族的坏消息。这件事情就发生在不久之前，或许会令人感到更加痛苦。"

　　梅扫了一眼自己的手环，发现在过去的一分钟内，她的观众人数几乎翻了一番，增加到了3202984人。梅知道许多人在工作时都会把她的视频画面放在他们的电脑屏幕上，却很少在工作时间实时收看。现在，她即将宣布的事情显然吸引了数百万人的关注。梅觉得她需要博得这几百万人的同情来为明天即将到来的打击做好缓冲准备。不仅她需要，安妮更值得大家的同情。

　　"因此，朋友们，我认为我们需要充分利用圆环公司的力量，我们需要利用大家的同情心——每一位认识安妮、喜欢安妮或者能够和她产生共鸣的人都应该给予她同情。我希望你们所有人都能给她发去祝福，向她讲述你们发现自己家族史中污点的亲身经历，让她觉得不那么孤单。请告诉她，你们会永远支持她；请告诉她，你们和她一样；请告诉她，她过去的某个祖先的罪行与她无关；也请你们不要改变对安妮的看法。"

　　梅在结束发言前向大家提供了安妮的电子邮箱地址、极速帖地址和个人主页网址。人们立刻就作出了回应。安妮的关注者从88198人迅速增加到了243087人，随着梅的这段演讲不断在网络上散播，在这天结束前人数很可能会超过一百万。信息如潮水般涌向安妮，其中最受欢迎的一条这样写道：过去的都过去了，而安妮还是那个安妮。这句话不能说完全正确，但梅很欣赏这其中表达出的情感。另一条信息也获得了越来越多的人的共鸣，它这样写道：我不想给大伙儿泼冷水，不过我认为DNA中确实存在某些邪恶因子，所以我替安妮感到担心。安妮必须加倍努力地像我这样的黑人（我们的祖先曾倍受奴役）证明她现在正行走在正义的道路上。

　　这则评论得到了98201个微笑表情，而它获得的皱眉表情的数量几乎与之持平，达到了 80198 个。不过，通过浏览这些信息，梅发现，总体而言人们表达出的都是关爱之情（每当人们需要表达情感时，都会表露出对他人的关爱）、理解之情以及希望让过去的事情都过去的愿望。

梅一边持续关注着观众的反应，一边看了一眼时间。一个小时之后，她就得进行她的展示了，那将是她首次在"文艺复兴"的大礼堂中做展示。尽管没有经验，梅还是觉得自己已经准备就绪了。安妮的这件事情增加了她的勇气，让她前所未有地坚信大众就在她身后支持着她。此外，她知道有技术做保障，再加上圆环社区的融洽氛围，她的展示一定会获得成功的。她一边在为自己的展示做着最后的准备，一边时刻观察着自己的手环，想在上面寻找安妮的任何消息。她本以为安妮到现在一定会给出回应的，至少是表达感激之情，因为她现在一定已经被排山倒海、铺天盖地的善意祝福的信息淹没了。

然而，梅没有发现安妮的任何回应。

她给安妮发去了一系列极速帖，却没有收到任何回复。她查看了安妮此刻的所在，发现代表安妮的那个跳跃着的红色小点正在安妮的办公室中。有一瞬间，梅想去安妮的办公室找她，但还是作罢了。现在，她需要集中精力准备展示，而且，现在让安妮独自消化发生的这一切或许更好。等到下午，安妮就一定已经回过神来了，到那时，她就能感受到几百万关心她的人给予她的温暖，也会来向梅道谢，告诉梅她已经能够用新的角度审视问题，能够理性地看待她祖先犯下的罪行，能够继续向着未来前进，而不是退回无法改变的混乱的过去。

"你今天做了一件非常勇敢的事情，"贝利说道，"你那么做既勇敢又正确。"

他们此刻正在大礼堂的后台。梅穿着一条黑裙子和一件红色的丝质衬衫，这两件衣服都是新的。一位造型设计师正围着她打转，为她的鼻子和额头擦粉，又给她的嘴唇涂上唇膏。几分钟后，她就将进行人生中首次重大的演讲了。

"通常，我会先和你探讨一下为什么你一开始选择了隐瞒那件事，"贝利接着说，"但是你的诚实非常诚恳，而且我相信我想要教给你的东西你自己已经学到了。我们非常高兴你是我们中的一员，梅。"

"谢谢你，埃蒙。"

"你准备好了吗?"

"我想是的。"

"很好，那么让我们一起昂首挺胸地走上台吧。"

梅走上舞台，站在了明亮的聚光灯下，她感到信心十足，觉得自己一定能够成功。还没等她走到那座合成树脂制成的讲台前，台下观众爆发出的雷鸣般的掌声就已经让她受宠若惊了。她向指定的站位点走去，台下的掌声变得更加热烈了。前排的观众率先站了起来，接着，整个礼堂中的所有人都站起了身。梅费了好大劲才让他们安静下来，这时，她终于能够开口发言了：

"大家好，我是梅·霍兰德。"她说道。台下又一次响起了掌声。梅忍不住笑了，她这一笑，台下的观众也跟着笑了起来。整个礼堂中充斥着人们对她真挚的爱，这几乎让她无法招架。最重要的是开诚布公，梅想道。对真诚的唯一回馈就是真相。这句话可以制成一块不错的地砖，梅这么想着，在脑海中想象着这句话被人们用激光刻在石头上的样子。这太棒了，她在心里默默赞叹道，这里所有的一切都棒极了。她看向台下的圆环公司员工，任由他们为自己鼓掌，感到体内再次升起一股力量，这是通过给予而获得的力量——她将自己的一切都给了他们，告诉他们全部的真相，完全实现了透明化，他们则回馈给她他们的信任和潮水般的爱。

"好啦，好啦，"梅终于再次开口，举起手示意观众坐下，"今天，我们将为大家展示一个终极搜索工具。你们或许已经从各个地方听说了一些关于'灵魂搜索'的小道消息，今天，我们将在在座的所有圆环公司员工和全世界的观众面前正式检验它。你们准备好了吗？"

台下的人群欢呼着说出了肯定的答案。

"你们即将看到的景象完全是自发的、自然的，事前未经任何排练。即使是我也不知道我们今天将要搜索谁。这个人将由系统从目前已知的全球在逃人员数据库中随机选取。"

大屏幕上，一个巨大的数字化地球仪正在旋转。

"正如大家所知，我们在圆环公司所做的工作主要是利用社交网络来营造一个更加安全、更加理性的世界。当然，这一目标已经通过很多方式实现了。例如，我们研发的'武器感应'项目最近已经投入了使用，一旦有人携带枪支进入任何一栋建筑，它就能够立刻发现并向建筑中所有的居民和当地警方发出警报。这个系统已经在克利夫兰市的两个街区中进行了为期五周的试运行测试，在此期间，当地的持枪犯罪数下降了57%。这很不错吧？"

梅暂停了片刻，她感到非常舒适安心，也知道她要展示的东西将会立刻、永久地改变整个世界。

"到目前为止，你做得很不错。"一个声音传进了她的耳朵里，说话的人是斯坦顿。此前，他已经告诉过梅今天将由他来做额外指导。他本人对"灵魂搜索"项目非常感兴趣，因此他希望能够当场指导这场介绍活动。

梅吸了一口气。

"然而，我们生活的这个世界还存在着一个非常奇怪的现象，那就是有些罪犯竟然能在这样一个高度相互关联的世界中逍遥法外。我们足足花了十年时间才找到奥萨马·本·拉登的下落，而从那个自称是 D.B. 库珀①的臭名昭著的劫机犯携带一箱赎款从飞机上跳下到今天已经过去了几十年，他仍然潜逃在外。从今往后，不应该再发生类似事件了。而且，我相信，这种事情从这一刻起就将终结。"

在梅身后的大屏幕上出现了一个人的剪影。看得出来，这是某个人的上半身，他身后是警方在拍摄嫌疑人面部照片时惯用的背景图像。

"几秒钟后，电脑会从数据库中随机选择一位在逃人员。我不知道那将会是谁，事实上，没有人知道那会是谁。但是，不管是谁，我们都有足够的证据证明他的存在威胁着全人类的安全。针对这种情况，我们在此声明，无论这个人是谁，'灵魂搜索'都能在二十分钟内确定他的位置。你们准备好见证这一过程了吗？"

礼堂里的观众纷纷议论起来。人群中紧接着响起了稀稀拉拉的掌声。

"很好，"梅说道，"现在让我们来选择一个逃犯。"

只见大屏幕上的人体剪影逐渐被一个又一个像素填满，最终组成了一个真人的照片。等电脑完成选择时，被选中的那个人的脸也已经完整地出现在了屏幕上。梅很惊讶地发现这是个女人。这个女人长着一张冷酷无情的脸，照片中的她正斜眼看着警方的相机镜头。这个女人的某些特征（或许是她那双小眼睛和平嘴唇）使梅想起了

---

① D.B. 库珀指的是一位真实身份不明的男性劫机嫌犯，他曾于 1971 年 11 月 24 日挟持一架波音 727 飞机，在得到二十万美金的赎款后使用降落伞从机上跳下，至今未被抓获。

多萝西·兰格①的摄影作品——那些生活在干旱尘暴地区的人饱经日晒的脸。不过，看了这张照片下方的文字说明，梅意识到这其实是个英国女人，而且还活着。梅浏览了大屏幕上的信息，引导观众关注其中最重要的几条。

"大家请注意，这是菲奥娜·海布里奇，今年二十四岁，出生在英国曼彻斯特市。她在 2002 年被判犯有三起谋杀罪。她将自己的三个孩子锁在衣柜里，自己则跑到西班牙待了一个月。那三个孩子全都活活饿死了，他们都还不满五岁。菲奥娜在英国被捕入狱，但后来她显然成功色诱了一名看守，并在那名看守的帮助下越狱了。此后的十年中，再也没有人见过她，警方也几乎就要放弃寻找她了。不过，既然我们现在有了这些网络工具，再加上圆环公司的参与，我相信我们一定能够找到她。"

"很好，"梅的耳朵里传来斯坦顿的声音，"现在让我们把注意力聚焦到英国。"

"你们大家都知道，我们昨天已经告诉所有的三十亿圆环公司产品用户，我们将在今天宣布一项改变世界的计划。此刻，有这么多人正在观看本场活动的直播。"梅转身看向大屏幕，只见屏幕上的计数器定格在了 1109001887 这个数字。"也就是说，现在有超过十亿的观众正在收看我们的直播。接下来，让我们看看英国有多少人在看。"屏幕上出现了第二个计数器，它跳动了片刻之后定格在14028981 这个数字。"很好。据我们目前掌握的信息，早在几年前，菲奥娜的护照就已经被吊销了，也就是说她很可能还在英国境内。你们大家认为有了一千四百万英国人和全球十亿人的参与，我们能

---

① 多萝西·兰格（1895—1965），美国传记摄影师和摄影作家，她因为为美国联邦农业安全管理局拍摄的大萧条时期作品而出名。兰格的照片讲述了大萧条对百姓造成的后果也影响了传记摄影的发展。

在二十分钟内找到菲奥娜·海布里奇吗？"

观众爆发出肯定的欢呼声，但事实上，梅并不确定这能否成功。事实上，如果他们没能找到菲奥娜，或者说，如果他们最终耗费了三十分钟或者一个小时才找到她，梅丝毫不会感到意外。然而，每当全体圆环产品的用户一同施展他们的力量时，总会有一些意想不到的、奇迹般的事情发生。因此，梅相信在今天的午餐结束前，他们一定能够找到菲奥娜。

"那么，大家都准备好了吗？让我们开始计时。"一个巨大的有着六位电子数字的计时器出现在了屏幕的一角，上面分别显示出小时、分钟和秒钟。

"现在，让我给你们看看我们的某些工作团队。首先，让我们来看看东安格利亚大学的情况。"大屏幕上顿时出现了一个视频画面，画面中有数百名学生正坐在一个巨大的礼堂中。这些学生对着镜头欢呼着。"接下来，让我们看看利兹市的景象。"话音刚落，屏幕上就出现了一个公共广场的视频画面。画面中的广场上站满了人，他们都裹着厚厚的衣服，似乎当地天气寒冷、狂风大作。"我们在英国的其他数十个城市中都有这样的团队，人们会集结在一起，作为整个网络系统的补充。大家都准备好了吗？"身在曼彻斯特市的人们举起了手，欢呼起来，东安格利亚大学的学生也做出了同样的反应。

"很好，"梅说道，"那么，各就各位，预备，开始！"

梅放下了自己举着的手臂。与此同时，菲奥娜·海布里奇的照片旁边出现了许多栏观众评论，排名最高的评论处在最顶端。到目前为止，最受欢迎的评论来自布赖顿市①的一个名叫西蒙·汉斯莱

---

① 布赖顿市，英国南部城市。

的男士，他写道：大家真的想找到这个巫婆吗？她看起来和《绿野仙踪》里的稻草人一样可怕。

看到这条评论，礼堂各处都爆发出了阵阵笑声。

"好啦，我们得严肃起来了。"梅说道。

照片旁的另一栏内显示的是用户自己的照片，这些照片根据相似程度排列。在短短三分钟内就有 201 张照片出现在了屏幕上，大多数照片里的人都长得和菲奥娜·海布里奇非常相像。屏幕上，观众正在投票，选出他们认为最有可能是菲奥娜本人的照片。又过了四分钟，候选人集中在了五张照片上。这五人中的一人在美国俄勒冈州的本德市，一人在加拿大的班芙市，一人在苏格兰格拉斯哥市。这时发生了一件神奇的事情，这只有当世界上所有的圆环产品使用者一起努力完成同一个任务时才会发生。人们意识到，五张照片中剩下的最后两张是在同一个地点拍摄的——威尔士的卡马森市。这两张照片中的仿佛是同一个人，而且她似乎就是菲奥娜·海布里奇本人。

又过了九十秒钟，有人确定了照片上这个女人的身份——据说，她名叫法蒂玛·海伦斯基。这个姓名的首字母缩写与菲奥娜·海布里奇完全一致，观众一致认为这是个不错的信号。毕竟，如果某个人想从公众视野中消失，他是会彻底改名换姓呢，还是保留原来姓名的首字母？也许后一种方法会让他感到更加放心？倘若使用这个新名字，菲奥娜既可以轻松地摆脱警方的追踪，又可以对原来的签名稍作修改就获得新的签名。

此刻，有七十九位观众就居住在卡马森市或者卡马森市附近，其中有三位观众发来信息称自己几乎每天都能见到法蒂玛。种种迹象表明，他们似乎就快找到菲奥娜了，然而就在这时，一条评论获得了数十万张投票，迅速升到了排行榜第一的位置。这条评论是一个名叫格雷琴·卡拉派克的女士通过手机发送的，她说自己与照片中的女人一同在斯旺西市①的一家商业洗衣房里工作。人们敦促格雷琴立刻去找那女人，并且拍下她的照片或者视频。很快，格雷琴启动了手机上的视频功能。尽管此时还有数百万人在追踪调查其他线索，绝大部分观众都坚信格雷琴所说的这个女人才是大伙儿真正要找的。梅和大多数观众一起，目不转睛地盯着格雷琴手机上的摄像头拍摄到的画面。画面中，格雷琴在一台台巨大的蒸汽机中间穿行，当她迅速穿过中间一块洞穴般的空地，不断接近远处的一个女人时，她的同事们都怀疑地打量着她。远处的那个女人身材瘦削，正弯着腰把一条床单塞进两个巨大的齿轮中。

梅看了一眼计时器，时间刚刚过去了六分三十三秒。她敢肯定这个女人就是菲奥娜·海布里奇。这个女人头部的形状和行为习惯都说明她就是菲奥娜，此时，她抬起眼睛，看见格雷琴正持着手机不断地向她靠近，她显然意识到了情况不妙。她的眼神里流露出的不单单是惊讶和困惑，而是动物在垃圾堆中翻找食物时被人当场发现的那种神情———一种凶狠阴郁的、意识到自己有罪的神情。

在这一秒钟，梅屏住了呼吸。画面上的那个女人似乎准备投降了，似乎马上就会对着摄像头承认自己所犯的罪行，承认自己被人们找到了。

然而，事实却不然——她逃跑了。

有好一阵子，手持摄像头的人呆呆地站在原地，她的镜头中只有菲奥娜·海布里奇一人（现在，人们已经可以完全肯定那就是她了），只见她迅速地逃出了那个房间，向楼上跑去。

"追上她！"梅终于喊出了声。这时，格雷琴·卡拉派克才手持

---

① 斯旺西市，英国威尔斯南部一海港城市。

摄像头追了上去。有那么一瞬间，梅的心里划过了一丝不安，她担心大家的这次努力会以失败告终，也就是说，他们找到了逃犯，最终却因为一个笨手笨脚的家伙，很快失去了她的踪影。格雷琴的摄像头剧烈地颠簸着，她跑上水泥台阶，又穿过一条用煤渣砖砌成的走廊，最后终于来到了一扇门前。透过门上小小的方窗，能看到外面白色的天空。

这扇门猛地被撞开了，梅看到菲奥娜·海布里奇背靠着一堵墙，正被十几个人包围着，已经无路可逃。这些人手里都拿着手机，把摄像头对准了她。这个画面让梅大大松了口气——她知道菲奥娜跑不掉了。菲奥娜的表情非常疯狂，既害怕又不服，她似乎在寻找围困她的人中间的漏洞，想从那里溜走。"终于抓到你了，杀害孩子的凶手！"人群中的某个人对着她喊道。听了这话，菲奥娜·海布里奇彻底崩溃了，她用手遮着脸，缓缓瘫倒在地。

几秒钟后，围困菲奥娜的这些人中的大多数拍摄到的画面都出现在了大礼堂的大屏幕上。这样，观众就能从十个不同的角度看到菲奥娜·海布里奇那张冷酷无情的脸了。无论从哪个角度看，她的脸上都写满了罪恶。

"就地处死她！"洗衣房外有人喊道。

"我们必须保证她的安全。"斯坦顿通过耳机，小声对梅说道。

"请确保她的安全，"梅向在场的人恳求道，"有人报警了吗？"

几秒钟后，画面中传来了警笛声。当梅在画面里看见两辆警车迅速地穿过停车场时，她又一次查看了计时器。当四名警察走向菲奥娜·海布里奇，给她戴上手铐时，大礼堂中的计时器显示时间过去了十分二十六秒。

"我想，我们的任务完成了。"梅说着，停止了计时。

观众中顿时爆发出雷鸣般的欢呼。几秒钟内，参与追捕菲奥娜·海布里奇的人收到了来自世界各地的道贺信息。

"把视频画面掐掉吧，"斯坦顿对梅说，"让我们给她留下一点尊严。"

梅把斯坦顿的指示复述给了技术人员。很快，拍摄海布里奇的视频消失了，大屏幕上恢复了一片空白。

"事实上，"梅对观众说道，"那比我想象中简单了许多。而且，我没想到，我们只用了区区几个网络工具就完成了任务。"

"让我们再来寻找一个逃犯吧！"有个人喊道。

梅笑了："我们的确可以这么做。"梅说着看向了正站在舞台侧翼的贝利。后者耸了耸肩。

"这回我们或许不必寻找逃犯，"梅听见斯坦顿在她的耳机里说道，"让我们来试着寻找一位普通公民吧。"

闻言，梅的脸上绽放出了灿烂的笑容。

"大家请看好啦。"她说着迅速从自己的平板电脑中找出了一张照片，把它传送到了她身后的大屏幕上。那是梅塞在三年前拍的一张快照，那时他俩刚刚分手，但关系仍旧亲密。照片中，他们两人正站在一条海滨步道的入口处，即将开始沿着步道远足。

在这一刻之前，梅从来没有想过利用圆环公司的力量来寻找梅塞，但这个主意在她现在看来再合理不过了。要想向他证明网络和网民的力量，还有什么方法比这个更好呢？这一定能够打消他的所有疑虑。

"好啦，"梅对观众说道，"我们今天的第二项任务不是寻找某个逃犯，不过，你或许可以称他为友情的逃犯。"

说到这里，梅笑着回应了台下观众的笑声。

"这人是梅塞·梅代罗斯。我已经有几个月没见到他了，我非常想再次见到他。不过，他和菲奥娜·海布里奇一样，都不希望被别人找到。所以，让我们来看看我们能不能打破刚才的纪录。大家都准备好了吗？让我们开始计时。"于是，计时开始了。

九十秒钟内，认识梅塞的人就发来了上百条信息——这些人有的是梅塞小学和中学的同学，有的则是在工作中和他相识的。他们发来的一些照片中甚至还有梅。看到这些照片，礼堂里的观众都乐了。然而，在这之后的四分半钟内，没有一个人能够为确定他目前所在之处提供任何有价值的信息——这令梅感到恐惧。梅塞的另一位前女友也表示自己很想知道梅塞现在在哪里，因为她的一整套潜水设备还在梅塞那里。在一段时间内，这位前女友发来的信息算是与梅塞的现状关系最为密切的一则了。不过，就在这时，来自俄勒冈州贾斯伯市的一则信息迅速获得了大量投票，登上了消息榜首。这则信息这样写道：

我曾经在我们这儿的百货商店里见到过这个家伙。让我确认一下。

接着，发送这则信息的亚当·弗莱肯塞勒联系了他的邻居，很快确认他们都曾经见到过梅塞，有的在酒馆里，有的在百货商店里，有的则在图书馆中。但是，在这之后又有一段将近两分钟的、令人煎熬的停顿。没有人知道梅塞住在哪里。这时，计时器显示时间已经过去了七分三十一秒。

"好吧，"梅说道，"现在我们需要使用更加强大的工具了。让我们登录当地房产网站，查询一下房屋租借记录。我们还可以查询信用卡使用记录、电话记录、图书馆会员卡使用记录等他可能拥有的各项记录。哦，等等。"梅抬头看见大屏幕上已经出现了两处地址，这两处地址都在俄勒冈州的同一个小镇中。"有人知道我们是如何获得这两处地址的吗？"她问道，不过这似乎并不重要。现在，事情正进展飞速。

在接下来的几分钟里，好几辆车都开到了屏幕上列出的两个地址处，车上的人同时用视频记录下了他们抵达那里的情况。其中一处地址所对应的住所位于小镇的顺势治疗药物零售商店的楼上，那里长着参天的红杉树。一个摄像头拍摄到的画面显示，有人伸出一只手敲了敲门，然后向窗户里探了探。一开始，屋内没有人应答，不过后来，门终于打开了。那个摄像头朝下拍去，发现了一个大约五岁的小男孩正站在他家的门阶上，恐惧地看着聚集在家门口的人群。

"梅塞·梅德罗斯在家吗？"一个声音问道。

那个小男孩转过身，跑进了一片漆黑的屋子里。"爸爸！"他叫道。

有一瞬间，梅陷入了恐慌，她以为这男孩是梅塞的儿子——这一切都发生得太快了，她都来不及计算梅塞是在什么时候有孩子的。他已经有了个儿子吗？不，她很快意识到这不可能是梅塞的亲生儿子。也许他和某个已经有孩子的女人住在了一起？

然而，当一个男人的身影走到门前的光亮中时，大家发现那并不是梅塞。眼前的这个男人约莫四十岁，蓄着山羊胡，穿着法兰绒衬衫和宽松的运动长裤。就这样，寻找梅塞的任务陷入了死胡同，而此时已经过去八分多钟了。

大屏幕上列出的第二处地址对应的地点也已经找到了。这个地点位于高高的山腰上的森林中。梅身后的大屏幕切换到了一个视频画面，画面中一辆车沿着蜿蜒的盘山公路飞快地行驶，最终在一间灰色的木屋前停了下来。

这个视频拍摄得更加专业，画面也更加清晰。有个人在拍一位面带微笑的女士敲木屋的门，她一边敲门，一边调皮地挑着眉毛。

"梅塞在吗？"她对着门内问道。"梅塞，你在里面吗？"这个女人的声音听起来很熟悉，这让梅感到了片刻的不安。"你正在里面制作吊灯吗？"

梅感觉自己的胃揪了起来。她有预感梅塞不会喜欢这个问题，更不会喜欢那个女人轻蔑的语气。梅希望梅塞能尽快出现在镜头前，那样她就可以直接和他对话了。然而，屋内无人应答。

"梅塞！"画面中那个年轻的女人喊道，"我知道你就在里面。我们看见你的车了。"与此同时，摄像头转向了木屋旁的车道。梅兴奋地看到梅塞的小卡车确实就停在那里。当摄像头从车道上转过来的时候，画面中出现了十到十二个人，他们看起来似乎都是当地人，戴着棒球帽，其中至少有一个人穿着迷彩衣。等到摄像头再次来到木屋门口，那群人已经开始一遍遍地喊起来："梅塞！梅塞！梅塞！"

梅看了看计时器，现在已经过去了九分二十四秒。他们找到梅塞所花的时间至少要比找到菲奥娜·海布里奇多一分钟。但前提是，梅塞得出现在门口。

"我们四处瞧瞧。"那个年轻女人说道。这时，大屏幕上的画面切换到了另一个摄像头，这个摄像头正在门廊上东张西望，还不时地向窗户里窥探。然而，屋子里一个人也看不到，倒是能看见几根钓鱼竿、一堆鹿角和积满灰尘的沙发和椅子旁边放着的成堆的书籍和文件。梅敢肯定自己看到了在屋子里的壁炉架上一张她曾经见过的照片——那是梅塞和他的父母和兄弟们在去约塞米蒂国家公园 ①游玩时拍的合影。她还记得这张照片，而且清楚地记得照片里的人，因为照片中的梅塞尽管已经十六岁了，却还是把头靠在他母亲肩上，丝毫不掩饰自己对母亲的爱，这一直让梅觉得那张照片既奇怪又美好。

---

① 约塞米蒂国家公园，位于美国加利福尼亚州中部。

"梅塞！梅塞！梅塞！"屋外的人依然这么叫着。

这时，梅意识到梅塞很可能已经离开屋子去远足了，或者像洞穴人那样出门去捡拾柴火了，几个小时之内不会回来。梅已经准备转身面对台下的观众，宣布搜索任务圆满完成，提前结束这场展示——毕竟，他们已经毫无疑问地找到了他。然而，就在这时，梅听见了人们的一声尖叫：

"哦，他在那里！在车道上！"

摄像头立刻移动起来——拍摄者正从门廊跑向梅塞的那辆丰田小卡车，并且随着拍摄者的脚步不停地抖动着。画面上，有一个人影正要坐进卡车里。两个摄像头都聚焦在那人身上，梅确定他就是梅塞。这群人距离梅塞已经很近了，近得连梅塞都能直接听见梅说话的声音。但就在这时，梅塞已经把车开出了车道。

画面中有一个年轻的男人正在那辆卡车旁边奔跑着，显然他正在将某个东西贴在副驾驶座的车窗上。梅塞把车倒上了主路，迅速开走了。画面中，那些聚集在梅塞屋子前的人笑闹着钻进自己的车子里，决定开车追踪梅塞。

其中一位追踪者发来了一则信息，告诉大家他已经在副驾驶座的车窗上安装了一枚"视觉革命"摄像头。这枚摄像头立刻被激活了，它拍摄到的画面也立刻出现在了大屏幕上。人们能够清晰地看见梅塞开车的情境。

梅知道这枚摄像头只配备了单向音频设备，因此梅塞无法听到她说话。然而，她知道自己必须和梅塞谈谈。梅塞一定不会知道，这场搜索行动的幕后指使者是她。她必须向他保证这不是什么变态的尾随行为。她要告诉他，这是他的朋友梅在向大家展示"灵魂搜索"软件，而她只是想借此机会和他说上几句话，然后他们两人可以一起对此一笑置之。

可是，当梅看着各种棕色、白色和绿色的树木飞快地掠过梅塞的车窗时，她感到自己将要脱口而出的只有愤怒和恐惧的话。她发现梅塞正不停地、不顾一切地打着方向盘，似乎在飞快地向山顶驶去。梅开始担心那群追踪者可能无法追上他。不过，好在他们通过车窗上的那枚"视觉革命"摄像头，能够清楚地看见他的一举一动，就像在电影院中观看电影一般甚是有趣。梅塞看上去就像他的偶像史蒂夫·麦奎因一样，虽然气愤但仍然保持着理智，奋力操纵着他那辆笨重的卡车。梅突然想到他们或许可以创造出一种流媒体节目，让人们直播他们驾车高速驶过风景奇特的地段的景象，他们可以把这档节目命名为《她说，行驶吧》。梅的这个美好的遐想被梅塞充满恶意的声音击碎了——"见鬼！"他喊道，"去他妈的！"

画面中，梅塞正对着车窗上的摄像头咒骂。原来，他已经发现了它。随后，那枚摄像头的拍摄角度逐渐下降——他正在把车窗摇下来。梅不知道那枚摄像头能否坚持住，不知道它上面的黏合剂能否与自动车窗相抗衡。几秒钟后，这个疑问就有了答案——那枚摄像头被甩出了窗外。它剧烈地摇摆着下落，先后拍到了树林和路面，最终落到了地上，画面里只剩下定格的天空。

此时，计时器显示时间已经过去十一分五十一秒了。

在接下来漫长的几分钟里，人们找不到关于梅塞的任何画面。梅以为追赶梅塞的那几辆车中终究会有一辆追上他，然而从这四辆车中拍摄到的画面来看，他们都失去了梅塞的踪影。这四辆车分别开上四条不同的道路，根据车上人们的对话，他们显然都不知道梅塞去了哪里。

"好吧，"梅开口道，她知道自己将要说的话一定会深深震撼所有的观众，"让我们放出无人机吧！"她故意戏谑模仿着某个诡计多端的恶棍的口吻，大声喊道。

在经过了长达三分钟的苦苦等待之后，该地区可以动用的十一架无人机全部出动了，每一架无人机都由它的主人亲自遥控，朝着梅塞可能藏身的山上飞去。这些无人机上自带的全球定位系统能够避免它们相互碰撞，再配合上卫星视图，它们在短短六十七秒钟后就找到了梅塞的那辆深蓝色卡车。此时，时间已经过去了十五分零四秒。

　　无人机上的摄像头拍摄到的画面被传输到了礼堂中的大屏幕上。每一架无人机拍摄到的画面都得到了足够大的展示空间，在整个大屏幕上组成了一张不可思议的大网。观众像在看万花筒一般目睹着梅塞的卡车飞快地沿着山路穿过茂密的松林向山上开去。有几架体积较小的无人机能够俯冲，靠近梅塞的车，但大多数无人机的体积都太大了，无法在树木间穿行，只能在高空中实施跟踪。其中一架名叫"十号侦察者"的体积较小的无人机，下降到了树冠之下，似乎马上就要贴在梅塞驾驶座的车窗上了。它拍摄到的画面既稳定又清晰。就在这时，梅塞转过头发现这架无人机一直跟在自己身边，脸上顿时露出了极度惊恐的神色，就连整个面部都因此而扭曲了。梅从来没见过他这样。

　　"有谁能给我提供'十号侦察者'携带的音频设备的信号？"梅问道。她知道梅塞驾驶座的车窗仍然是敞开的，那么，如果她通过无人机上的扩音器对他说话，他应该能够听见，认出她的声音。梅收到了一个信号，通知她那架无人机上的音频设备已经开启了。

　　"梅塞，是我，我是梅！你能听见我说话吗？"

　　梅塞的表情隐约透露出他听出了梅的声音。他眯了眯眼，难以置信地再次看了看那架无人机。

　　"梅塞，把车停下。我是梅，别害怕，"接着，她几乎一边笑着一边说道，"我只是想向你问个好。"

观众不禁哄堂大笑。

礼堂里观众的笑声让梅觉得很温暖，她以为梅塞也会笑起来，然后停下车，摇摇头，对她能够轻易掌控的各种工具所具有的强大力量表示钦佩。她希望梅塞会说："好吧，我真是被你打败了。我投降，你赢了。"

然而，梅塞没有笑，也没有停车。他甚至不愿多看那架无人机一眼，似乎已经决定把车开上另一条路，并且非常坚决。

"梅塞！"梅模仿着权威的口吻喊道，"梅塞，停下车，投降吧。你已经被包围了。"接着，她又想到什么，忍不住笑了起来，压低声音说，"你被包围了……"然后突然用活泼的女中音说道："被朋友们包围了！"不出梅所料，整个礼堂中再次爆发出响亮的笑声和雷鸣般的欢呼声。

可是，梅塞依然没有停车，他已经有好几分钟没看无人机一眼了。梅查看了一眼计时器，时间已经过去了十九分五十七秒。她不确定自己是否必须让梅塞停车，或者逼迫他承认摄像头的存在。毕竟，他们已经找到他了，不是吗？当他们看到他钻进自己的卡车时，他们花费的时间或许比找到菲奥娜·海布里奇所花的时间还要短哩。那时，他们就已经确认了他的身份。有一瞬间，梅觉得他们应该召回无人机，关闭那些摄像头了，因为梅塞正在发脾气，肯定不会配合他们的行动的。但无论如何，梅已经成功地证明了她想要证明的事。

然而，梅塞至今仍然不愿意屈服，不肯承认自己失败了，甚至不承认梅所操纵的科技具有不可思议的力量……想到这里，梅知道她不能放弃，她非要得到梅塞的默许不可。然而，他会用怎样的方式表达他的默许呢？梅不知道，但她相信自己能够第一时间意识到梅塞给出的默许。

这时，梅塞车两旁的景色突然变得开阔了。迅速掠过车窗的不再是茂密的树林，而是零星的树冠以及大面积的飘着白云的蓝天。

梅看向另外一架飞在卡车顶端的无人机摄像头拍摄的画面。原来，梅塞的卡车正行驶在一座桥上。这座窄桥连接着两座山，桥下是几百英尺深的峡谷。

"我们能把麦克风的声音调大一些吗？"梅问道。

大屏幕上出现了一个麦克风的标志，上面显示麦克风原本处于中等音量，现在它的音量已经调整到了最大。

"梅塞！"梅努力用最凶恶的语气喊道。梅塞的头猛地转向了那架无人机，显然那上面发出的巨大声音让他吃了一惊。梅觉得他之前或许一直没有听到梅的声音？

"梅塞！是我，梅！"梅一边喊着，一边希望梅塞此前真的不知道正在发生的这一切都是她指使的。可是，这回梅塞仍然没有露出笑容。他只是缓缓地摇了摇头，似乎对梅感到极度失望。

现在，梅看见另外两架无人机飞到了卡车副驾驶座的车窗外。其中一架无人机上传出了一个男人的声音："梅塞，你这个混蛋！快停车，你这个蠢货！"

梅塞扭头看向发出声音的无人机，然后把车开回了山路上。此时，他的脸上写满了恐慌。

梅看见两台架设在那座窄桥上的"视觉革命"摄像头拍摄的画面也出现在了她身后的大屏幕上。几秒钟之后，屏幕上增加了第三台摄像头拍摄的画面。这台摄像头安装在桥下峡谷里的河岸上，通过它，人们能够看到那座桥的远景。

这时，另一架无人机上突然传出了一个女人的笑声，她一边笑一边说道："梅塞，投降吧！快臣服于我们，臣服于我们的意志！成为我们的朋友！"

听了这话，梅塞掉转方向把卡车向着那架无人机开去，仿佛要用卡车去冲撞那架无人机。可是，那架无人机灵巧地模仿着梅塞卡车的动作不断调整着自己的飞行轨迹，始终与卡车的行动保持一致。"你逃不掉的，梅塞！"那女人大声喊道，"你永远也逃不出我们的手掌心，永远不能。这场较量结束了。你快投降吧。成为我们的朋友！"最后的这句请求经过了变声处理，是用一个小孩子的哭声说的。就连那个女人也觉得这电子扬声器发出的声音（这个从一架无趣的黑色无人机上发出的鼻音浓重的声音）很奇怪，她自己也忍不住笑了。

礼堂里的观众欢呼起来，评论也像潮水一般涌来。有不少观众表示这是他们有生以来看到的最了不起的一幕。

就在礼堂内观众的欢呼声越来越响的同时，梅看见梅塞的脸上露出了一种新的神情——一种近乎决绝又类似平静的神色。突然，梅塞的右手猛地打了打方向盘，一时间，他从无人机摄像头的视野中消失了。片刻之后，当他们再次锁定他的画面时，他们发现他的卡车正穿过大路，飞快地冲向路边的水泥护栏。他的速度非常快，以至于人们根本来不及阻止他。只见那辆卡车冲破护栏，跃向下方的深谷。有那么一瞬间，那辆车似乎飞上了天，仿佛能看见方圆几英里内的广袤山林。接着，那辆卡车就掉了下去，消失不见了。

梅的双眼本能地看向那枚安装在峡谷河岸边的摄像头拍摄的画面，她清楚地看见有一个小小的物体从远处的桥上掉了下来，最终像一个锡制玩具一样落在了下方的岩石上。尽管她知道那个物体就是梅塞的卡车，内心深处也清楚没有人能在这样的事件中生还，但她还是忍不住看向其他摄像头的画面，看向那些仍飞行在高空的无人机拍摄到的画面，希望能从那些画面中看见梅塞站在桥上，低头看着下方峡谷里的卡车。然而，那座桥上空无一人。

"你今天感觉还好吧？"贝利问道。

此刻，梅正和贝利两人单独待在贝利的图书馆里。当然，她的观众能看见他俩的会面。从梅塞死亡至今已经过去整整一周了，梅的观众人数一直稳定地保持在近两千八百万。

"还行，谢谢您的关心。"梅措辞谨慎地答道。此刻，她正把自己想象成美国总统，无论面对何种情况，都必须找到一种合适的说话方式，既表达出自己最真挚的情感，又保持着冷静和尊严，体现出老练的、处变不惊的泰然。是的，这段时间以来，梅一直将自己想象成总统。毕竟，她和人们分享了那么多，肩负着对那么多人的责任，同时，也拥有影响全球性事件的能力。而她所处的地位也带来了新的、总统才会面临的危机。梅塞死了，安妮崩溃了，这些事件都让她想起了肯尼迪家族。"我不知道自己有没有意识到这件事对我的打击。"她补充道。

"也许你还没有反应过来，你可能需要一阵子才能明白发生了什么，"贝利说，"悲痛往往不会按照我们预想的那样到来，尽管我们倒宁愿是那样。可我不想让你感到自责，我希望你没有在自责。"

"这很难做到，不是吗？"梅说完，挤出了一个苦笑。这几个字可不是总统应该说的。贝利立刻揪住这句话不放。

"梅，你当时是在试图帮助一个心理失常、有反社会倾向的年轻人。你和其他参与搜索行动的人都是在向他伸出援手，想要把他拉回人类温暖的大家庭中，然而，他拒绝了你们的帮助。我觉得你显然是拯救他的唯一希望。"

"谢谢您这么说。"梅说道。

"在我看来，你就像一名医生，试图医治一位病人，而这个病人一见到这位医生，就从病房窗口跳了出去。你不该为此受到指责。"

"谢谢。"梅说道。

"你的父母情况如何？他们还好吗？"

"他们挺好的。谢谢您的关心。"

"能在梅塞的葬礼上见到他们，你一定很高兴。"

"是的。"梅答道。但事实上，她和父母在葬礼上几乎没怎么交流，葬礼结束至今他们再没说过一句话。

"我知道你们之间还存在着一些隔阂，但随着时间的流逝，这些隔阂都会消弭的。人与人之间的距离终究会消失的。"

梅很感谢贝利，感谢他表现出的坚强和冷静。现在，贝利已经成了她最要好的朋友，同时也扮演着一位父亲的角色。梅当然爱自己的父母，但是他们在这方面不像贝利这样睿智，也不像他这样坚强。她感谢贝利，感谢斯坦顿，尤其感谢弗朗西斯，因为自从那件事发生以来，弗朗西斯几乎天天陪在她身边。

"发生那样的事情，我感到非常难过，"贝利继续说道，"那真的非常令人气愤。我知道这有点离题了，我知道这只是我个人的兴趣所在，不过说真的，假如梅塞当时是坐在自动驾驶的车中，那绝对不可能发生那样的悲剧。自动驾驶车辆事先设计好的程序一定会防止此类事件的发生。说实话，他当时驾驶的那种车应该统统被规定为非法车辆。"

"没错，"梅说道，"那是辆愚蠢的卡车。"

"尽管钱不是最重要的，但是你知道修理那座桥需要花费多少钱吗？你知道为了清理桥下的那片狼藉我们已经花了多少钱吗？如果你规定他坐在自动驾驶的车中，那么他就无法选择自我毁灭。一旦他做出出格的举动，那辆车就会熄火。哦，抱歉，我不应该喋喋不休地说着与你的悲伤毫无关联的事情。"

"没关系。"

"另外，他当时独自一人住在那个木屋里。他当然会郁郁寡欢，把自己变得既疯狂又偏执。等到那些参与搜索的人到达他的小屋时，那个曾经正常的梅塞早就不复存在了。他一个人离群索居地住在高山上，即使是几千人甚至几百万人都没办法向他伸出援手，如果人们能早些知道他的存在，他们一定会不遗余力地帮助他的。"

梅抬头看了看贝利图书馆顶部用彩色玻璃制成的天花板，看着那上面的众多天使形象，想着梅塞是多么希望被人们视为殉道者。"曾经有那么多人爱过他。"梅说道。

"确实有很多人爱他。你看到大家发来的评论和悼词了吗？人们想要帮助他，人们试图帮他，你也努力过。当然，如果梅塞允许的话，还会有数千人愿意帮助他。换句话说，如果你拒绝接受人们的帮助，你就是在拒绝使用所有可以使用的工具，拒绝接受所有你本可以获得的帮助；这样，糟糕的事情就会发生。如果你拒绝使用能够防止车辆掉下悬崖的技术，那么，你就会真的摔下悬崖。如果你拒绝接受世界上数十亿人给你的帮助和爱，那么，你的情感就会坠入谷底。我说得对吗？"贝利停顿了一会儿，似乎在让他们两人仔细理解他刚刚说出的颇为恰当的比喻。"如果你将想要联系你、倾听你心声、同情你、拥抱你的人拒之门外的话，那么，悲剧也就离你不远了。梅，梅塞显然是一个极度抑郁和孤僻的年轻人，他显然无法在这个世界中存活，因为我们的世界正迅速地走向联合和统一。我真希望自己能早点了解他的情况。其实，在观看了那天的事件之后，我觉得自己似乎有些了解他。可是，我们还是没能帮到他。"

说完，贝利重重地叹了口气，显得非常沮丧。

"你知道，在几年前，我曾经下定决心要在我有限的人生中努力了解世界上的所有人。我是说，每一个人，哪怕只了解一点点也好。我希望我能和每一个人握手或者打招呼。当我产生这个念头的时候，我真的相信自己能够做到。你能明白那个想法对我具有多么大的吸引力吗？"

"当然。"梅答道。

"可是，这地球上一共有七十多亿人！于是，我仔细算了算，得出了以下结论——如果我花三秒钟来认识一个人，那么在一分钟内，我就能认识二十人，在一小时内，我就能认识一千两百人！这很不错，对吧？然而，即使以这样的速度，一年后我只能认识10512000人。也就是说，按照这种速度，我得花665年才能认识世界上的所有人！这太令人沮丧了，不是吗？"

"确实。"梅说道。其实，她也曾做过类似的计算。当时她想，虽然世界上有一小部分人能看见她，但这就足够了吗？她觉得，至少这有些意义。

"所以，尽管我们只能认识世界上一部分人，我们还是不得不知足，"贝利说着，又大声叹了口气，"至少，我们知道这世界上有多少人，而且我们能从这众多的人中选择我们想了解的人。至于你认识的这位头脑混乱的梅塞，他只是我们在全世界这么多人中失去的一分子。这不仅提醒我们要认识生命的无常，也让我们认识到生命的丰富。我说得对吗？"

"对。"

事实上，梅也经历了和贝利一样的心路历程。梅塞死了、安妮崩溃了之后，梅感到特别孤独，她觉得自己体内的那道裂缝又一次裂开了，变得比之前更大、更黑。然而就在这时，全世界的观众纷纷向她伸出了援手，给她发来支持和鼓励——梅收到了几十万个，不，是几百万个微笑表情。梅终于明白了自己体内的那道裂缝是什么，也找到了缝合它的方法。那道裂缝就是无知，就是不知道哪些人爱了她多久。那道裂缝就是无知导致的疯狂——她不知道卡尔顿的真实身份，不知道梅塞的内心想法，不知道安妮的感受和计划。她原本能够拯救梅塞（是的，梅塞原本还有救），如果梅塞愿意告诉她自己的想法，如果他愿意接受梅和其他人提供的帮助。正是无知导致了疯狂、孤独、猜疑和恐惧。但是，我们有办法消除这种无知。实践证明，透明化让整个世界都能了解梅，也令她变得更好，更接近完美。现在，世界上的其他人也将跟随她的步伐走向透明。完全的透明化将让所有人变得无所不知，无知也就不再存在了。想到这一切是多么简单、多么纯粹，梅不禁笑了。贝利见状，也露出了微笑。

"现在，"他继续道，"既然我们刚刚说到我们关心并且不愿失去的人……我知道你昨天去看了安妮。她的情况如何？还是老样子吗？"

"是的。安妮这人，你是知道的，她很坚强。"

"她的确很坚强，而且和你一样，她对我们至关重要。所以，我们会始终站在你们身边，站在安妮身边。我知道你们俩都明白这一点，但我还是想再强调一遍。圆环公司永远不会抛弃你们的，懂吗？"

梅强忍住不让自己哭出来："我明白。"

"很好。"贝利微笑着说，"现在我们得走了。斯坦顿还在等我们，而且我觉得我们大家（显然，他指的是梅和她的观众）现在可以把精力从这件事中抽离出来，做点别的了。你们准备好了吗？"

他们沿着一条昏暗的走廊向新建的水族箱走去，它正散发着耀眼的蓝色光芒。梅看见一位新来的水族箱饲养员正爬在一架梯子上。此前，斯坦顿与乔治娅在理念上产生了分歧：乔治娅不同意斯坦顿实验性的喂食方式，并且拒绝按照斯坦顿的要求将他从马里亚纳海沟带回的所有生物集中到同一个水族箱中；斯坦顿则坚持认为这么做能够营造出一个类似真实状态下的生态环境。于是，斯坦顿重新聘请了一位海洋生物学家——一个剃了光头的高个子男人，来帮助他实现自己的设想。斯坦顿的设想在梅看来合情合理，所以她很高兴斯坦顿解除了乔治娅的职位，找人取而代之了。有谁不想让这些动物生活在接近它们自然栖息地的环境中呢？在这一点上，乔治娅太胆小了，也缺乏远见。像她这样的人，不配在这些水族箱之间工作，不配待在斯坦顿身边，也不配待在圆环公司里。

"他在那儿。"当他们走近那个新的水族箱时，贝利说道。正如他所言，斯坦顿出现在了他们面前。贝利和他握了握手，接着，斯坦顿转身对梅说道：

"梅，我很高兴又一次见到你。"他说着，握住了梅的双手。此刻的他心情大好、热情洋溢，不过他还是微微皱了皱嘴唇，对梅最近的遭遇表示同情。梅羞涩地笑了笑，随后便抬起眼睛看着斯坦顿。她想让斯坦顿知道她现在已经没事了，而且准备好迎接接下来的展示了。斯坦顿点了点头，向后退了几步，转身面对那个水族箱。为了这次展示活动，斯坦顿让人建造了一个硕大无比的水箱，在里面放了许多色彩斑斓的活珊瑚和海藻，它们在水族馆明亮的灯光的照射下闪烁着五颜六色的美丽光芒。水箱里有紫色的海葵、绿色和黄色的气泡珊瑚，以及罕见的白色方形海绵。水箱中的水流很平静，但偶尔会有一股细小的水流流过，搅动那些生长在蜂巢珊瑚角落中的紫色植被。

"真美，真是太美了。"贝利赞叹道。

贝利、斯坦顿和梅站在水箱前面，梅的摄像头始终对着水箱，让她的观众能够清楚仔细地观察这个丰富多彩的水下世界。

"这个水箱很快就能完整了。"斯坦顿说道。

就在这时，梅突然感到有个人走到她身边，有一股温热的呼吸喷在她的后颈上，从左边往右边滑去。

"哦，他来啦，"贝利说道，"我觉得你还没有见过泰，对吧，梅？"

梅转过身去，发现卡尔顿站在贝利和斯坦顿身边，正一边冲着她微笑，一边朝她伸出手。他头上戴着一顶绒布帽，身上穿着一件过于肥大的连帽衫。然而，这个人毫无疑问就是卡尔顿。梅还没来得及控制住自己的反应，就已经惊讶地吁了一口气。

眼前的那个人笑了笑。梅立刻意识到，在她所有的观众和另两位"智者"看来，她见到泰时的惊讶反应再自然不过了。等梅低下头时，她发现自己已经在和泰握手了。她觉得自己快要窒息了。

她抬起头看见贝利和斯坦顿正咧嘴笑着。他们以为她是被圆环公司创始人、这位一直隐匿在公司幕后的神秘年轻人震撼到了。梅看向卡尔顿，想要从他那里得到解释，然而他脸上的笑容从未改变过，他的目光也始终是那么神秘难懂。

"梅，见到你我非常高兴。"他羞涩地说，几乎算得上是在喃喃自语了。不过，这恰恰说明他很清楚自己在做什么。换句话说，他知道观众对泰的表现有怎样的期待。

"我也很高兴见到你。"梅答道。

此刻，梅觉得自己的脑袋都快分裂了。见鬼，这是怎么回事？梅仔细审视了一遍泰的脸，发现有几根银发从他那顶毛绒帽下面露了出来——只有她知道他的头发都白了。事实上，贝利和斯坦顿知道泰已经苍老这么多了吗？他们知道他在公司里伪装成一个子虚乌有的"卡尔顿"吗？梅突然意识到贝利和斯坦顿一定知道这一切了。他们当然已经知道了，所以他们才只让泰出现在视频里，那些视频很可能是很久之前就录好了的。正是他们在维持着这一切——他们在帮助泰消失。

梅这时才发现自己仍然握着泰的手，于是赶紧把手抽了回来。

"我应该早些和你见面的，"泰说道，"可我拖到了今天，非常抱歉。"现在，他正对着梅身上的摄像头说话，用完美无缺、极其自然的演技在观众面前表演着。"这段时间，我一直在忙一些新项目——很多有趣的东西，因此我没能经常和大家联系。"

梅的观众人数立刻从三千万多一点增加到了三千两百万，还在不断增加。

"我们三个很久没有同时出现在一个地方了！"贝利说道。此刻，梅的心脏正疯狂地跳动着。她和泰上了床。那意味着什么？是泰本人，而不是所谓的卡尔顿，在警告她完整化的危险。那怎么可能？那又意味着什么？

"我们马上将要看到什么？"卡尔顿说着，朝水箱点了点头，"我想我知道答案，但我还是等不及亲眼看到它发生。"

"好的。"贝利说着拍了拍手。他的举动更让大家感到迫不及待。贝利转身面向梅，梅也将自己的摄像头对准了他。"鉴于我朋友斯坦顿的话可能会过于专业，他让我来替他进行一番讲解。众所周知，他从人类从未探索过的马里亚纳海沟带回了许多令人惊奇的生物。大家已经见过其中的一些了，尤其是那只章鱼、海马和它的宝宝们，以及最令人震撼的那条鲨鱼。"

人们在不断散播三位"智者"正在一起接受视频直播的消息，因而，梅的观众人数很快就达到了四千万。她转身面向那三个男人，然后在她的手腕屏幕上看到了自己拍下的令人震撼的一幕——他们三个人的侧影，他们三人此时都看着那玻璃水箱，他们的面容都沐浴在蓝色的灯光中，他们的眼睛里则都映照着水箱中不可思议的生命。梅发现她的观众人数已经达到了四千一百万。梅无意中和斯坦顿的目光对视了，后者几乎微不可察地歪了歪脑袋，示意梅现在应该把摄像头对准水族箱。梅照做了，同时努力想从卡尔顿的目光中找到他承认一切的信号。然而，卡尔顿只是盯着水箱，眼里没有透露出任何秘密。此时，贝利继续开口道：

"截至目前，我们的这三位水中明星都各自居住在自己的水箱中，并且已经适应了在圆环公司的生活。但是，它们这种相互分离的生活状态是我们人为营造的。事实上，它们应该生活在一起，就像它们当初在深海里被发现时那样。所以今天，我们将在这里看到它们三个重新团聚在一起，这样它们就能够共同生存，一同组成一幅自然状态下的深海生活图景。"

现在，梅可以看见那名水族馆饲养员正爬上水箱另一侧的梯子。他手里拿着一只巨大的塑料袋，里面装着大量的水和许多微小的生物。梅试图放慢呼吸，却做不到。她觉得自己快要吐了。她想从那里逃走，逃到某个非常遥远的地方。她想和安妮一起逃离这里。对了，安妮在哪儿？

她看见斯坦顿正盯着自己，他的眼神既担心又严厉，似乎在要求她立刻振作起来。她试图呼吸，努力将精力集中在眼前的这件事上。她告诉自己，在这件事结束后，她会有时间解开关于卡尔顿和泰的谜团的。她会有时间的。这样想着，她的心跳逐渐平缓了下来。

"正如大家所见，"贝利说道，"维克多正在运输我们最为柔弱的货物——海马，当然，还有它的众多后代。你们可能已经发现，我们是用一个塑料袋将海马转移到新的水箱中的，这个塑料袋和你们从游乐园把金鱼带回家时用的塑料袋差不多。实践证明，这是转移这种柔弱的小生物的最佳方式，因为塑料袋没有任何坚硬的表面，这些生物也就不会由于撞在上面而受伤，此外塑料也比合成树脂等其他硬材料轻得多。"

现在，饲养员已经爬到了梯子的顶端，在得到斯坦顿简短的目光示意后，他小心翼翼地将那只塑料袋放进了水里，让它漂浮在水面上。那些海马一如既往地不愿动弹，全都聚集在塑料袋底部，显然完全不知道正在发生什么——它们不知道自己正待在一只塑料袋中，也不知道自己正被转移到新的水箱里，甚至都不知道自己还活着。它们几乎一动不动，也没有做出任何抵抗。

梅查看了观众人数计数器，此刻的观众人数达到了六千两百万。贝利说他们还要等一会儿，好让塑料袋中的水温与水箱中的水温相一致。梅趁着这个间隙，看向卡尔顿。她试图直视他的眼睛，然而他故意将目光牢牢地锁定在水箱上。他始终盯着水箱，冲着那些海马亲切地微笑着，仿佛正看着自己的孩子一样。

在水箱的另一侧，维克多再次爬上了那架红色的梯子。"哦，现在到了非常激动人心的时刻，"贝利说道，"我们看到那只章鱼被拿了上来。我们需要一个更大的容器来装它，但也不需要太大，因为只要它愿意，它甚至可以把身体缩进一个饭盒中——它没有脊椎，也没有骨头，它的身体非常柔韧，而且极具适应性。"

很快，装着章鱼的容器也被放进了水箱里，和装着海马的袋子一起轻轻地在水面上浮动。那只章鱼似乎知道身下有一片更加广阔的天地，正把身子紧紧地贴在容器的底部。

梅看见维克多指了指海马，又迅速地对贝利和斯坦顿点了点头。"好的，"贝利说道，"看来是时候把我们的海马朋友们请进它们的新家了。我觉得这将是个美妙的场景。维克多，你准备好了之后可以随时开始。"当维克多把海马从袋子中放出来的时候，那景象的确很美。那些海马全身都是透明的，只带着浅浅的一丝金色，就仿佛镀着一层淡淡的金，它们缓缓地落进水箱中，就好像水箱里下起了一场金色问号组成的雨。

"哇，"贝利赞叹道，"瞧瞧这个。"

海马爸爸尽管看起来有些犹豫，最终还是从袋子中落进了水箱里。它的孩子们都毫无方向地在水中四处漂散，它却不同——它坚决地控制着自己的身体，让自己顺利落到了水箱底部，并迅速地躲进了珊瑚和水草之中。几秒钟之后，它就从大家的视野中消失了。

"哇，"贝利说，"它真是个害羞的家伙。"

海马宝宝们则继续向下方漂去，在水箱中部四处游动，并不急于去什么特定的地方。

"你准备好了吗？"贝利抬头看着维克多，问道，"事情进展得非常顺利！看来我们现在可以放出章鱼了。"维克多打开了装着章鱼的袋子，从底部把袋子解开了。那只章鱼立刻伸展开身体，看起来就像一只张开的手掌。它像独自待着时一样，用触手感知着水箱玻璃的轮廓，温柔地感觉着珊瑚和海藻，似乎想了解新环境中的一切，触碰这里的一切。

"瞧瞧这情景。这真是太迷人了，"贝利说道，"它真是个美丽绝伦的生物。它那看起来像个巨大气球的身体部位里一定有一个聪明的大脑，对吧？"贝利说着看向斯坦顿，想要从后者那里寻求答案，然而斯坦顿只把他的话当做一句反问句，没有回答。斯坦顿的嘴角露出了一丝细微的笑容，但他的目光一刻也没离开眼前的景象。

那只章鱼像花朵一般绽放开来，体积逐渐增大，从水箱的一侧游到另一侧，却几乎没有触碰那些海马和任何其他活物。它只是打量着它们，想要了解它们。在章鱼触碰着、丈量着水箱里的一切的同时，梅看见红色梯子上又出现了几个人影。

"现在，维克多和他的助手请来了我们真正的明星。"贝利说道。只见维克多的身旁出现了另一位同样穿着白色制服的饲养员，这位饲养员正在操作一个类似叉车的工具。叉车上运输的货物是一只巨大的有机玻璃箱，里面正装着那条鲨鱼。鲨鱼在这个临时的居所内扑腾了好几下，左右拍打着它的尾巴，但仍然比梅此前见到的它冷静许多。

维克多站在梯子顶端，小心地把有机玻璃箱放在水面上。梅以为章鱼和海马们一定会四处逃窜，寻找掩护。结果倒是那条鲨鱼彻底安静了下来，一动不动了。

"瞧，真是不可思议。"贝利惊叹道。

梅的观众人数又一次创下了新高，达到了七千五百万，还在以每秒钟几十万人的速度疯狂地增长着。

在鲨鱼下方的水里，那只章鱼似乎完全没有注意到鲨鱼，也完全不知道鲨鱼即将加入到它们的水箱里。那条鲨鱼则一动不动，可能故意不让水箱里的生物察觉到它的存在。与此同时，维克多和他的助手走下了梯子。不一会儿，维克多手持一个大桶回来了。

"正如大家现在所见，"贝利解释说，"维克多将要做的第一件事情就是向水箱里投放一些鲨鱼最喜爱的食物。这么做能分散它的注意力，满足它的胃口，从而让它的新邻居适应和它一同生活。今天，维克多一直在给鲨鱼喂食，所以它现在应该挺饱的。不过，万一它还觉得饿的话，这些金枪鱼可以作为它的早餐、午餐或者晚餐。"

正如贝利所说，维克多把六条硕大的金枪鱼放进了水箱里。这些金枪鱼每条都重达十多磅，一被放到水里就迅速探索起了新环境。"我们不需要花时间让这些家伙适应新环境，"贝利说道，"因为它们很快就会成为鲨鱼的食物。也就是说，它们的幸福可比不上鲨鱼的。啊，瞧瞧它们游动的样子。"那些金枪鱼正在水箱里横冲直撞，它们的到来把章鱼和海马都赶进了水箱底部的珊瑚和水草之中。不过很快，金枪鱼就安静了下来，悠闲地在水箱里四处游动着。在水箱底部，海马爸爸仍然不见踪影，不过许多海马宝宝都看得到，它们纷纷用尾巴缠着水草和海葵的触角。这是一幅宁静而美好的景象，梅看着它竟有些失神。

"这真是太美了，"贝利一边说着，一边仔细查看着柠檬色、蓝色和酒红色的水草间的动物，"瞧瞧这些快乐的生物。这真是个宁静的王国。我几乎不想对它做出任何改变了。"他说。梅迅速地瞥了一眼贝利，他似乎对自己刚才的话颇有些吃惊，毕竟那样的话与现在正进行的努力可有些南辕北辙。贝利和斯坦顿彼此使了个眼色，贝利试图弥补刚才的话。

"不过，我们在这里就是要努力展现世界真实而完整的一面，"他说道，"这就意味着要囊括这个生态系统中的所有成员。现在，维克多已经向我示意，是时候请鲨鱼加入这个大家庭了。"

梅抬起头，看见维克多正费力地打开有机玻璃箱底部的开口。那条鲨鱼仍然一动不动地待在那里，展现出了惊人的自制力。接着，它开始沿着有机玻璃箱底部的斜坡向下滑去。与此同时，梅突然产生了矛盾的情绪。她知道这么做是合乎自然规律的，毕竟其他生物曾经与鲨鱼共同生活在同一个环境中。所以，这么做是正确的，也是必然的。然而，有一瞬间，她觉得这么做就和看见一架飞机从空中坠落一样——人们虽然不会对此感到意外，但恐惧和灾难会接踵而来。

"现在，只差最后一块拼图，我们的水下家园就可以完整啦，"贝利说道，"一旦我们把鲨鱼放进水箱里，我们就能看见马里亚纳海沟里的生命生活的真实景象，就能目睹这些生物是如何在那里和平共生的——这在人类历史上可是第一次呢！大家准备好了吗？"贝利看了看斯坦顿，后者正沉默地站在他身边。斯坦顿直率地点了点头，好像在告诉贝利，他没必要获得他的允许。

于是，维克多放出了鲨鱼。它似乎早就透过有机玻璃锁定了猎物，做好了捕食准备，清楚地知道各个猎物所在的位置。它一从有机玻璃箱里出来，就直冲下去，迅速咬住了那条体积最大的金枪鱼，两口就把它吞进了肚中。人们可以清楚地看见这条金枪鱼在鲨鱼的消化道中移动，与此同时，鲨鱼又一刻不停地连吞下了两条金枪鱼。第四条金枪鱼还被鲨鱼叼在嘴里的时候，第一条金枪鱼的残骸已经变成无数细小的粉末，被鲨鱼排出了体外，像雪花一样落到了水箱的底部。

这时，梅看向水箱底部，发现章鱼和海马早已不见了踪影。她看见珊瑚丛的缝隙中似乎有生物在移动，并且瞥见了一个像是章鱼触角的东西。尽管她确定鲨鱼不会将章鱼和海马作为自己的猎物（毕竟当初斯坦顿发现它们的时候，它们正生活在一起），但章鱼和海马似乎很了解鲨鱼的癖性，对它的捕猎计划也心知肚明。梅抬头向上看去，只见鲨鱼正绕着水箱四处游走。此刻水箱里几乎空无一物了。在梅试图寻找章鱼和海马的短短几秒钟里，鲨鱼排泄出了另外两条金枪鱼的残骸。同样，它们的残骸像灰尘一样落到了水箱底部。

贝利紧张地笑了笑。"事实上，现在我在想……"话还没说完，他突然停下了。梅抬起头，发现斯坦顿正眯着眼睛，似乎在说，这个过程不应该被任何人、任何话打扰。显然，他的眼神让贝利别无选择，只得住嘴。梅又看向卡尔顿（或者说是泰），发现他的目光始终没有从水箱处移开——他正平静地看着水箱里发生的一切，就好像他曾经见过这样的景象，并且知道将要发生的一切结果。

"好吧，"贝利说道，"我们的这条鲨鱼是个非常饥饿的家伙。倘若不是我对情况很清楚的话，我一定会替这个小世界当中的其他成员感到担心的。但事实上，我很清楚会发生什么，因为在我身边就站着世界上最伟大的水下探险者之一。他知道自己在做什么。"贝利说话的同时，梅一直在观察他。他一边说一边盯着斯坦顿，希望斯坦顿能给他一个信号，以便他结束这场展示，或者给他一些解释和信心。然而，斯坦顿只是赞赏地盯着那条鲨鱼。

这时，水箱里突然有什么东西在迅速、猛烈地移动着。梅急忙将目光转向那里。只见那条鲨鱼正把鼻子深深地埋进珊瑚丛中，猛烈地攻击着躲藏在其中的生物。

"哦，不。"贝利说道。

珊瑚丛很快裂开了，鲨鱼一头扎了进去，立刻咬着章鱼退了出来，把章鱼一直拖到了水箱中间的开阔处，似乎是想让梅、她的观众以及"智者们"能够更清楚地目睹它撕碎章鱼的全过程。

"哦，天呐。"贝利说话的声音比之前低了许多。

不知那只章鱼是不是故意的，它奋力地与自己的命运抗争着。鲨鱼扯掉了它的一只触手，并一口咬掉了章鱼的头部。然而，几秒钟之后，鲨鱼发现那只章鱼竟然还活着，而且跑到了自己身后，看起来几乎毫发未伤。可是，这样的情况并未持续多久。

"哦，不。哦，不。"贝利小声说道。

只见鲨鱼转过身来，一股脑儿把章鱼的触手一只接一只地扯了下来，直到它的猎物失去生命，化作一团乳白色的碎片。鲨鱼两口就把章鱼剩下的部分全部吞进了肚中。水箱里再也找不着章鱼存在过的痕迹了。

贝利似乎发出了几声啜泣。梅没有转过身，只是扭过头看向他。只见贝利转过身去，用双手遮住了眼睛。此时的斯坦顿则看着鲨鱼，目光中夹杂着迷恋和自豪，就像一位父亲第一次目睹自己的孩子做了一件了不起的事情———件他期待已久却提前实现了的事情。

站在水箱上方的维克多看起来有些犹豫，竭力想抓住斯坦顿的目光。他脑中似乎与梅有着同样的困惑，即他们是否应该赶在海马被吃掉前把鲨鱼和它们隔离开。可是，当梅转身看向斯坦顿的时候，他依旧盯着水箱，脸上的表情没有丝毫改变。

在接下来短短的几秒钟内，鲨鱼接二连三地撞向珊瑚丛，撞碎了另一块珊瑚，把藏匿其中的海马叼了出来。那海马毫无还手之力，鲨鱼两口就把它吃掉了，它第一口先咬掉了海马柔弱的头部，接着吞掉了海马那弯曲的、如同纸一般脆弱的躯干和尾巴。

接着，鲨鱼像一个开足马力的机器一样，不停地绕着珊瑚丛，不断地把头刺入其中，直到它把海马、海藻、珊瑚和海葵全部吞入腹中。它吃掉了水箱里所有的东西，并很快排出了它们的残骸，给空荡荡的水箱底部铺上了一层白色粉末。

"这和我设想的差不多。"泰评价道。他看起来似乎没有被眼前的景象吓到，在先后与斯坦顿和贝利握手时，甚至显得颇为轻松愉快。他一边用右手和贝利握着手，一边伸出左手和梅握了握手，仿佛他们三人马上就要一起跳起舞来了。梅觉得有什么东西被塞进了她的手心，于是赶紧把手攥了起来。接着，泰把手抽回去，离开了那里。

"我也得离开了。"贝利小声说道。说完，他转过身去，一脸恍惚迷茫地走向了昏暗走廊的另一头。

现在，水箱里只剩下那条鲨鱼了，它依然饥饿难耐地在水箱中一刻不停地四处游走。梅不知道自己还能在这里待多久，不知道还应该让观众观看多久。不过，她决定只要斯坦顿还留在这里，她就不会离开。结果斯坦顿在那里停留了很久，他似乎对那条焦躁地游动着的鲨鱼怎么看也看不够。

"咱们下次再来看它吧。"斯坦顿最后终于开口说道，接着对梅和她的观众点了点头。此刻，梅的观众人数已经达到了一亿，他们中的很多人都吓坏了，但还有更多的人对刚才目睹的那一幕感到敬畏，并且希望看到更多类似的景象。

梅走进卫生间隔间，把摄像头对着隔间门板，然后把泰留给她的字条拿到眼前，不让观众看见。在字条中，泰坚持要和梅单独见面，并且提供了详细的信息，指导她如何到达见面地点。他说只要梅准备好了，她只需要先离开卫生间，然后转过身对着摄像头上的音频设备说"我得回去一趟"就可以了。观众会认为她是因为某个不便启齿的个人卫生问题，需要返回卫生间。在接下来的三十分钟内，他会切断她的传输信号，并且关闭所有可能拍摄到她的"视觉革命"摄像头。这当然会引起一阵小规模的骚乱，但是他不得不这么做。他告诉梅，她的、安妮的以及她父母的生命正处于危险之中。"所有人和所有事都危在旦夕。"他在纸条中如此写道。

这将是她犯下的最后一个错误。梅知道去见他是个错误，在关闭了摄像头的情况下尤其如此。然而，关于那条鲨鱼的某些事情让她感到不安，使她易于做出错误的决定。倘若有人能替她抉择该多好啊！那样就能消除她的疑惑，避免失败的危险。可是，她必须知道泰是如何做到这一切的，不是吗？也许所有的这些都是一种测试？这听起来有些道理。如果他们准备让她参与某项伟大的事业，他们难道不该对她进行测试吗？她知道他们一定会那么做的。

于是，她服从了泰的指令。她离开卫生间，之后告诉她的观众自己得回去一趟，等她的信号被切断后，她按照泰的指示向地下走去。这条路就是她和卡尔顿在那个诡异的夜晚曾经走过的那条，当时，他就是沿着这条路，把她带去了那个深藏在地下的房间，就是在那个房间里，他们储存着斯图尔特所见到过的一切。等梅到达那里的时候，她看见卡尔顿，或者说泰，正在那里等她。他背对着那个红色的箱子，已经摘掉了毛绒帽，露出了他那灰白的头发，不过，他仍然穿着那件连帽衫——这让他看起来像是泰和卡尔顿两个人的合体。梅对此感到厌恶，因此，当他向她走过来的时候，她叫道："别过来！"

他停下了脚步。

"你就站在那儿。"她说道。

"梅，我不危险。"

"我对你一点儿也不了解。"

"对不起，我没有告诉你我是谁。但是我没有说谎。"

"你告诉我你的名字叫卡尔顿！那难道不是说谎吗？"

"除了这一点，我从未对你说谎。"

"除了这一点？除了对你的身份说谎？"

"我想你应该知道我别无选择。"

"再说，卡尔顿算是个什么名字？是你从宝贝命名网站上看来的吗？"

"是的。你喜欢它吗？"

说到这里，他露出了微笑，这微笑顿时让梅失去了勇气。梅觉得自己不该到这里来，她应该赶紧离开。

"我想我得走了，"她说着向楼梯口走去，"我觉得这就是个可怕的恶作剧。"

"梅，好好想想。这是我的证件。"他说着把自己的驾驶证递给了梅。驾驶证照片上是一个剃光了胡子、头发乌黑、戴着眼镜的男人，跟梅印象中曾出现在视频、老照片和贝利图书馆外油画中的泰长得颇为相似。驾驶证上的名字写的是泰勒·亚历山大·戈斯波迪诺夫。"看看我。我不像他吗？"他走回他们俩曾经共度良宵的"洞中洞"，从里面拿回了一副眼镜。"瞧？"他说道，"这样就很明显了，不是吗？"好像在回答梅的下一个问题，他接着说道，"我一直是个长相平平的家伙。你知道的。我和你交往的时候，我摘掉了眼镜，没有穿连帽衫，并且改变了自己的长相和走路的方式。但最重要的是，我的头发白了。你觉得这是怎么回事呢？"

"我完全不知道。"梅说。

泰向四周伸出手，做出拥抱他们周围一切、拥抱他们头顶整个园区的动作，说："因为所有这一切。因为这条可恶的正在吞食整个世界的鲨鱼。"

"贝利和斯坦顿知道你一直在使用假名四处活动吗？"梅问道。

"当然，是的。他们希望我留在这里。从技术层面上说，我无法离开园区。而只要我留在这里，他们就很高兴了。"

"安妮知道这些吗？"

"不。"

"这么说，我是……"

"你是第三个知道这件事的人。"

"你为什么要告诉我？"

"因为你在这里有非常大的影响力，也因为你必须帮我。你是唯一一个能够让这一切慢下来的人。"

"让什么慢下来？你创建的这个公司吗？"

"梅，我当初没有想让这一切发生。这一切都发展得太快了。这个'完整化'的概念完全超出了我创建公司时的初衷，也是大错特错的。必须有人将这一切拨回正轨，保持原有的平衡。"

"首先，我不同意你的观点。其次，我帮不了你。"

"梅，圆环不可以闭合。"

"你在说什么？现在你怎么能这么说？如果你就是泰的话，这个主意绝大部分是源自你啊。"

"不，不。我只是试图让网络变得更加文明，更加优雅。我取消了网络匿名制。我将上千个相互分离的元素结合到了一个统一的系统中。但是我没有想创造一个世界，强制所有人成为圆环公司的产品使用者，也没有想让所有政府职能和所有人的生活都依靠同一个网络……"

"我要走了，"梅说完就转过了身，"而且，我不明白你为什么不直接离开这里，离开这里的一切。如果你不相信这里的理念，那么请你离开。到森林里去吧。"

"梅塞就是那么做的，可那没用，不是吗？"

"去你的。"

"对不起，我很抱歉。但是，是他使我决定现在联系你。你难道还不明白，梅塞的悲剧就是这一切导致的一个后果吗？世界上还会出现更多的梅塞，很多很多。许多不想被别人找到的人都会被大家找到。我是说，许多不想参与其中的人。这就是目前出现的新变化——从前，人们有权选择退出，然而现在，他们丧失了这一权利。完整就是它的目的。我们正在闭合每个人身边的圆环——这是一场极权主义噩梦。"

"这难道是我的错吗？"

"不，不。这完全不怪你。但是，你现在就是它的大使，你是它的名片，你是代表这一切的那张亲切友好的脸。是你和你的朋友弗朗西斯让闭合圆环成为了可能。我是说，是你提出应该强制要求每个人拥有圆环账号，而他则发明了他的芯片。他叫那玩意儿'真实的青少年'？梅，那真令人恶心。你难道没有意识到吗？所有的孩子在幼年时期都必须在体内植入一枚芯片，以此来保障他们的安全。是的，这么做的确能够拯救生命。可是，接下来呢？你以为他们会在孩子成人后取出芯片吗？不。从教育和安全方面着想，孩子们所做的每一件事情都会被记录、追踪、登记、分析，也就是说，这芯片将永远存在于他们的体内。然后，等他们达到法定投票年龄的时候，他们会被强制要求参与投票。至此，圆环就闭合了。每一个人从生到死的一切都将被追踪，完全没有逃脱的可能。"

"你这话听起来真的很像梅塞说的。你这是一种偏执……"

"但是，我比梅塞知道得更多。如果像我这样几乎一手缔造了这一切垃圾的人都觉得害怕了，你难道不认为自己也应该感到害怕吗？"

"不，我觉得你犯了个错误。"

"梅，说真的，我创造出的大多数东西只是为了好玩而已，我只是有点变态地想看看自己的某个发明到底有没有效果，人们到底会不会使用它们。我是说，这就像在一个公共广场上架设一个断头台。你不会指望会有一千个人排队等着把头放上去。"

"你就是这么看待这一切的吗？"

"不，抱歉，那是个糟糕的比喻。但是我们做的一些事情，我只是……我创造出一些东西只是想看看会不会有人真的使用它们，会不会有人认可。经常，当人们真的接受它们的时候，就连我自己都不敢相信。于是，一切都太迟了。贝利和斯坦顿加入了公司，接着，公司进行了首次公开募股。一切都发生得太快了，我们有了足够的资金，能够将任何愚蠢的主意变成现实。梅，我希望你能够想象一下这一切正在往什么样的方向发展。"

"我知道它在往什么方向发展。"

"梅，闭上眼睛。"

"不。"

"梅，求你了。闭上你的眼睛。"

梅照做了。

"现在，我希望你将这些点联系起来，看看你是否也能和我看见同样的图景。想想这些：这么多年来，圆环公司一直在吞并它所有的竞争对手，对吧？这让公司变得更加强大。截至目前，世界上已经有90%的网络搜索是通过圆环公司实现的。这一数字很快将达到近100%。现在，你和我都明白，如果有人能掌控信息的流动，那么他就能掌控一切，因为他几乎能掌控所有人看见和知道的一切。如果你想永久地消除某个信息，那么只需要短短两秒钟就可以搞定。如果你想毁掉某个人，也只需要五分钟。如果圆环公司掌控着世界上所有的信息，同时也掌控着人们获取信息的所有渠道，那么，谁还能够挺身而出与之对抗呢？他们希望世界上的每个人都拥有一个圆环账户，而且我们正努力将拒绝拥有圆环账号的做法定为非法。那么，会出现什么样的情况呢？如果他们能够控制所有的网络搜索，能够轻易获得关于每个人的所有数据，那么会出现什么样的情况呢？如果他们能够知道每一个人的一切动作和所有动态，那会怎么样？如果所有的金钱交易、健康和DNA数据、每个人生活中所有好的和坏的信息都通过同一个渠道流通的话，那会怎么样？"

"但是，我们有上千种措施来防止这一切的发生。你说的那种情况是不可能的。我是说，政府肯定会确保……"

"你是说透明化了的政府吗？那些依靠圆环公司来保住自己名声的立法者？要知道，他们一旦公开反对圆环公司，就会立刻身败名裂。你觉得威廉姆森议员身上发生了什么？你还记得她吗？她威胁到了圆环公司的霸权，接着，联邦调查局就在她的电脑里发现了犯罪证据。你觉得那仅仅是一个巧合吗？事实上，除了威廉姆斯，斯坦顿早已对另外大约一百人做过了这样的手脚。梅，一旦圆环公司实现了完整，就将出现这种局面。是你帮助了它实现完整，你提出的这个所谓的民主，或者叫'德谟克西'的东西，哦，我的老天爷。打着倾听每一个人的声音的幌子，你其实缔造了暴民统治，在你创造的社会当中，所有的秘密都被视为犯罪。梅，你真是太聪明了，我是说真的，你太厉害了。你就是斯坦顿和贝利从一开始就希望找到的人。"

"可是贝利……"

"贝利相信，只要每个人都能获得他们认识的所有人和所有事情的信息，那么生活将变得更加美好，甚至变得十全十美。他真的以为生活中遇到的所有问题都能够从其他人那里找到答案。他确实相信公开透明，也就是人与人之间畅通无阻的信息获取能够帮助改善世界。他也真的相信全世界都在等待每一个人都彼此联系在一起的这一刻。梅，这就是令他心醉神迷的未来图景！你难道看不出他的这个观点有多么的极端吗？他认为所有的信息，无论私人与否，都应该公开。这个想法非常激进，倘若在另一个时代，它一定会是某个古怪的副教授提倡的一个怪点子，根本入不了流。他认为，知识就是财富，而没有人有资格拥有它——这就是他构想出的'信息共产主义'，当然，它还配上了冷酷无情的资本主义野心……"

"那么，难道是斯坦顿？"

"斯坦顿将我们的理想主义专业化了，也把我们的乌托邦转化成了经济利益。是他发现了我们的工作和政治之间、政治与控制之间的关联。原本公共和私人之间的关系转变成了私人与私人之间的关系，不久之后，圆环公司就开始运营起政府的大多数甚至是所有的服务项目，而且展现出了私营企业不可思议的效率和不知餍足的胃口。这样，世界上所有的人都成了圆环公司统治下的公民。"

"你觉得这非常糟糕吗？如果每个人都能够平等地获得服务，平等地获取信息，那么我们将有机会实现真正的平等。人们不应该为获取信息而付出任何代价，他们应当能够不受阻碍地知晓一切、评估一切……"

"那如果每个人的信息都被追踪……"

"那么，世界上将不再有犯罪，不再有谋杀、绑架和强奸发生，不再有儿童会沦为受害者，也不再会有人失踪。我是说，仅仅是这一点……"

"可是，你难道没有意识到你的朋友梅塞经历了怎样的遭遇吗？他被人们一直追到了天涯海角，最后走投无路，只得自杀。"

"但这只是历史的枢纽罢了。你和贝利就此谈过吗？我是说，每当人类历史处于重大的转折点时，都会引起一些动荡。有些人会落在历史潮流的后面，而有些人则主动选择留在原地。"

"这么说，你认为每个人都应该被追踪，都应该受到监视？"

"我认为每件事和每个人都应该处于大家的视线中。为了达到这个目的，我们每一个人都应该受到监视。这两者是相辅相成的。"

"但有谁愿意时刻受到监视呢？"

"我愿意。我希望能被大家看见。我想要向大家证明我的存在。"

"梅。"

"大多数人都愿意这么做。人们为了知道自己能被他人看见，能获得他人的承认，并且可能被他人记住，他们愿意用自己知道的一切和认识的所有人进行交换。我们都知道自己终有一天会死去。我们都知道这世界太大，自己只能是其中渺小的一分子。所以，我们唯一的希望就是能被他人看见，我们的声音能得到别人的倾听，即使是短暂的一瞬间也好。"

"可是，梅。我们都看见了水箱里那些生物的遭遇，不是吗？我们目睹了他们被那野兽吞进腹中，变成了一团灰烬。你难道看不出，只要有那野兽的存在，所有进入那水箱的生物都会遭受同样的命运吗？而有了圆环公司这头野兽的存在，其他人的命运也会如此。"

"那么，你到底希望我做什么呢？"

"当你的观众人数达到顶峰的时候，我希望你能当着大家的面读一下这则声明。"他说着，递给了梅一张纸条。在这张纸条上，他用醒目的大写字母写着一行标题——**数码时代的人权**，在标题下方，他同样用大写字母列出了自己的一系列主张。梅迅速地浏览了一遍，看见其中写道："我们每个人都必须享有匿名权。""不是所有的人类活动都能被测量。""无休止地追求数据来量化任何人类努力的价值是无法获得真知灼见的。""公共和私人领域之间的界线绝对不能打破。"在纸条的最下方，她看到泰用红色的笔写道："我们每个人都必须有权选择从人们的视野中消失。"

"这么说，你希望我当着观众的面朗读这上面写的一切？"

"是的。"卡尔顿答道，眼里满是兴奋。

"然后呢？"

"我已经计划好了一系列步骤，我们可以一同瓦解公司里的一切。梅，我知道这里发生过的一切，并且相信其中的许多事情一定能说服大家，让即使是最盲目的人也意识到圆环公司必须解散。我知道我能做到这一点，我也是唯一一个能做到这一点的人，不过，我需要你的帮助。"

"在那之后呢？"

"然后，你和我就离开这里，到某个地方去。我有很多想法。我们将从人们的视线里销声匿迹。我们可以徒步穿越西藏，也可以骑车穿越蒙古大草原，还可以自己建造一艘船，乘坐它环游世界。"

梅想象了将会发生的一切。她仿佛看见圆环公司被解散了，在丑闻中被廉价出售，一万三千名员工失去工作，公司园区被其他势力接管，分割成不同的部分，被改造成大学、购物商场或者其他场所。最后，她想象着自己和眼前这个男人乘船无拘无束地环游世界的生活，可是这时，她突然想起了自己几个月前在海湾偶遇的那对生活在驳船上的夫妇。他们就那样安安静静地生活在那里，享受着二人世界，坐在防水布下，喝着纸杯里的酒，给游经身旁的海豹命名，回忆着岛上曾经发生的大火。

就在这时，梅终于明白自己应该怎么做了。

"卡尔顿，你确定没有人知道我们的这场对话?"

"当然。"

"好的，很好。现在，我一切都明白了。"

第三卷

世界险些遭遇了灭顶之灾——梅至今回想起来仍心有余悸。是的，她扭转了局势，避免了灾难的发生，表现得比自己想象的更加勇敢。然而，这么多个月过去了，她内心还是有些不安。倘若当初卡尔顿没有向她寻求帮助会怎么样？倘若他当时不那么信任她会怎么样？倘若他选择独自一人料理那一切，或者比那更糟糕，把他的秘密告诉了其他人——某个不像她这样正直、坚强、果断和忠诚的人，只会怎么样呢？

此刻，梅正在一家安静的诊所里，坐在安妮的病床边，她的思绪则飘到了九霄云外。病房里的一切都很宁静，呼吸器有节奏地发出轻微的响声，偶尔传来开关房门的声音，维系着安妮生命的机器运转着，发出轻微的嗡嗡声。安妮在自己的办公桌前晕倒了，当人们发现她的时候，她已经躺在了地上，精神极度紧张。人们赶紧把她送进了这家诊所，因为在这里她能够得到世界上最好的医疗照顾。自从入院后，她的病情稳定多了，而且预后良好。比利亚洛沃斯医生说导致安妮昏迷的原因目前还存有争议，不过它很有可能是压力过大或者精神打击甚至是过度劳累导致的。圆环公司的医生们坚信安妮一定能苏醒过来，与此同时，全世界的上千名医生都在关注着她的生命体征，认为她睫毛的经常性颤动和手指的偶尔抽动都是她即将苏醒的积极征兆。在安妮的心电图仪旁边有一个显示屏，上面不断显示着世界各地的人给安妮发来的祝福和问候，而这些人当中的大多数甚至所有人，安妮可能永远也没机会认识了，梅悲伤地想。

梅看着自己的朋友，看着她那未曾改变的脸、她那闪烁着光泽的皮肤，以及从她嘴里伸出来的螺纹管。安妮看上去非常平静安详，仿佛正在甜甜地沉睡。有那么一瞬间，梅甚至有些嫉妒她。她不知道安妮此刻在想什么。医生曾说安妮很可能正在做梦。他们通过监测发现处于昏迷中的安妮的脑部活动一直很稳定，但她的脑袋中究竟想着什么，没有人知道，这让梅觉得有些气恼。梅此刻坐着的位置正好可以看见一个监控仪，上面实时地显示着安妮的脑部活动——不断有各种颜色出现在监控仪的屏幕上，说明安妮的脑袋里正发生着什么了不得的事情。可是，她究竟在想什么呢？

　　这时，突然传来了一声敲门声，把梅吓了一跳。她越过安妮俯卧着的身体，抬眼望去，发现弗朗西斯正站在探视区的玻璃墙外。他稍显踟蹰地抬了抬手，梅也向他挥了挥手。她过一会儿就会和他见面，因为他们俩将一起参加一场全体员工都会参加的盛会，为庆祝公司最近在透明化道路上取得的新的里程碑。如今，全世界已经有一千万人实现了透明化，显然，这一运动已经势不可挡了。

　　安妮在实现透明化的运动中功不可没，梅希望她能够亲眼目睹这一切。梅有太多事情想告诉安妮了。肩负着神圣使命的她向全世界宣布了卡尔顿就是泰这一事实，并把他那荒谬的想法和妄图阻止圆环公司实现完整的企图全部公之于众。梅现在想起当日的情景，觉得那简直就是一场噩梦——她竟然和那个疯子单独待在深深的地底，失去了与她的观众和整个世界的联系。不过，好在梅假装愿意配合，并从那里成功脱身了。一返回地面，她就立刻把知道的一切告诉了贝利和斯坦顿。这两位"智者"出于一贯的同情和远见，允许泰继续以顾问的身份留在园区内，并给他配备了一间隐蔽的办公室，无需他履行任何义务。自从那天在地下见面之后，梅再也没有见过泰。事实上，她也不想再见到他。

梅已经有好几个月没能联系到她的父母了，但她觉得这只是时间问题。很快，他们就能够找到彼此。毕竟，在现今的这个世界上，每个人都能够真实地、完全地了解任何人，人与人之间不再有秘密，不再有羞耻，大家可以随意观看和了解他人而无需事先得到任何人的允许，再也没有人能自私地隐藏自己生活的任何一个角落、任何一个瞬间。用不了多久，所有的秘密都会被一种崭新的、荣耀的公开状态所取代，世界将永远处于光明之中。完整化马上就要实现了，它会带来安宁与和平，带来团结和统一。所有那些因人性而导致的混乱，所有那些在圆环公司成立前存在的不确定性都将终结，沦为回忆。

这时，安妮脑部检测仪的屏幕上又出现了大量色彩。梅伸手摸了摸安妮的额头，惊讶于她们两人之间隔着的遥远距离。安妮的脑袋里究竟在想什么？没办法知道安妮的想法，这真是令人气愤，梅想道。这对于她和全世界来说简直是一种公开的侮辱，一种有意的掠夺。于是，她决定一有机会就将此事向斯坦顿、贝利以及"四十人帮"反映。他们需要讨论一下安妮，讨论一下她脑袋里的想法。他们难道不应该知道安妮在想什么吗？全世界都应该知道她在想什么，而且应该立刻知道。